红色帽徽红领章

季建中◎著

中国大百科全书出版社　知识出版社

图书在版编目（CIP）数据

红色帽徽红领章/ 季建中著. -- 北京：知识出版社，2020.4

ISBN 978-7-5215-0170-4

Ⅰ. ①红… Ⅱ. ①季… Ⅲ. ①长篇小说—中国—当代 Ⅳ. ①I247.5

中国版本图书馆CIP数据核字（2020）第044208号

红色帽徽红领章 季建中 著

出 版 人 姜钦云
出版统筹 张京涛
产品经理 王云霞
责任编辑 王云霞
装帧设计 中外名人
出版发行 知识出版社
地　　址 北京市西城区阜成门北大街17号
邮　　编 100037
电　　话 010-88390659
印　　刷 天津顾彩印刷有限公司
开　　本 710mm × 1000mm　1/16
印　　张 36.5
字　　数 650 千字
版　　次 2020 年 4 月第 1 版
印　　次 2020 年 4 月第 1 次印刷
书　　号 ISBN 978-7-5215-0170-4

定　　价 128.00 元

谨以此书献给：

参加过苏中七战七捷、孟良崮战役和渡江战役的父亲、母亲和我英雄部队的战友们！

序

英雄永生

红色的帽徽红领章
红色的战士红思想
…………

1965 年，伴随着人民解放军取消军衔制，一首名为《全军上下一片红》的歌曲唱响在祖国大地上的每一座哨所、军港、机场、营房。全红五角星帽徽、全红领章成为中国人民解放军最鲜明的外化标志。

半个多世纪以后，季建中的长篇小说《红色帽徽红领章》与读者见面。这部作品叙述的故事，基本上纵贯了六五式军服列装时期的全过程（从 1966 年到 1985 年），《红色帽徽红领章》这个书名，堪称神来之笔。

这部作品，我前前后后读了四遍。掩卷在手，思绪升腾。脑海中与《全军上下一片红》交替回响的，是另一首经典歌曲的几句歌词："灿烂星空，谁是真的英雄，平凡的人们给我最多感动。"的确，一个民族不能没有英雄，一个国家不能没有先锋。英雄，是国家和民族最闪亮的坐标；英雄情怀，始终伴随着人类历史的发展进程；英雄主义彰显了中华民族和中华文明的高度自信，对国家发展的内动力起着烛照和凝聚的作用。而作为国家钢铁长城的军队、民族脊梁的军人，则是英雄主义永远不倒的战旗、不褪的底色。

从古至今，军队都是培育和生发英雄精神的一方沃土，英雄主义也必然会成为军事文学永恒的灵魂。然而在和平年代，黯淡了刀光剑影，远去了鼓角争鸣。

现实中的军营，不但鲜有战火中血性的迸发、刺刀见红的悲壮，也少有影视剧中特种兵的刺激、陆战队的豪情，一切都显得那么平凡。和平时期的军人不但要面对军营生活的单调、重复，还要承受超出普通人的痛苦、烦恼和压力。在这种常态之下，如何表现和弘扬英雄主义精神，是对军事文学作者功力的直接考验。

本书以主人公岳宗前十余年的从军经历为主要线索，讲述了佩戴着红色帽徽红领章的一代军人面对艰苦、磨难和挑战，一步一个脚印地创造业绩和光荣的故事，传神地塑造了一个个鲜活的官兵形象，立体地展现了一幅成长和奋斗的历史画卷，鸣奏了一首昂扬向上、激荡人心的英雄主义交响曲。

这部描写军营男子汉生活的小说，最独具特色的就是以绝对真实吸引读者，可以说完全是当年军营生活的纯粹再现。这是一部令你激动也让你沉思、让你发笑也让你唏嘘不已的文学作品。

一方面，小说对作战部队特别是基层连队生活的刻画非常真实，一看就是军人所熟悉和了解的生活原貌，军营气息浓郁，兵味十足。作品处处闪现着鲜活的连队生活细节，人物语言也充满着军营文化所独有的特质，让读者真切地感受到，岳宗和战友们从参军的那一刻起，是如何在军营的熏染下完成从老百姓到合格军人的转变，再进一步实现从普通军人到合格战斗员、指挥员的转变。作品中的每个人物形象不仅表现出军人特有的言行举止、生活习惯，而且具有属于自己身份角色的思维方式和话语体系，从而对新老兵、上下级、战友间的服从与尊重、守望与相融的关系做出了最恰如其分的描绘。

另一方面，小说又为现实生活注入了一种特有的激情，不仅表现生活，而且超越生活，点燃梦想，赞颂光明，给人希望，催人振奋。来自不同文化背景、不同生活条件、不同成长环境的青年，一旦进入部队，就会在军营大熔炉的冶炼下，去除杂质，加钢淬火，将军人风骨、军营文化植于体内、融入血脉，从而完成生命走向成熟的升华过程。在关于军队的各种夸张、虚浮的文字、影像充斥眼帘的今天,《红色帽徽红领章》让我们看到了真实的军旅生活，看到和平时期军人丰富的内心世界，也看到他们身上焕发的英雄主义光芒。

在故事情节上，本书叙述的虽然是军人的日常生活，但仍然能给予读者充分的阅读新鲜感，这同样来源于作者对军营生活的熟悉和把握。作者怀着亲和的平等意识，将目光投向最基层的连队、最普通的战士，不俯瞰，不仰望，不居高临下，不置身事外，以比肩的姿态、相通的心灵和熟悉的语气去探寻平凡中蕴含的诗意、涌动的激情，展现军人的生存状态和心灵世界。这部小说的氛围、情调、意境，宛如一首首昂扬向上的军歌，是那么明亮、灿烂。对基层连队和机关发生的诸多现实问题，作者没有回避，而是秉笔直书，但这些并没改变其积极向上的总体基调。作者凭着对军营生活的长期体验和个性化的艺术感悟，以独特的视角和创意，用日常的语言和生活细节，准确而又敏锐地触摸并展现着军人的内心世界：既超乎常人，也平凡普通；既能头顶天，也能脚立地；真实可感，伸手可及。小说对岳宗这一人物的日常化和人性化的还原，既遵循了时代的逻辑，又贴近人性的逻辑，代表了当代军事文学展现军人内心世界的新维度。

在题材运用上，《红色帽徽红领章》里有和平时期的军营生活，有多种样式的非战争军事行动，还有血火交织的边境作战。作者将这些元素有机地结合起来，既有妙趣横生、鲜为人知的细节，又有制止武斗、敌后破袭的扣人心弦、惊心动魄，使这部和平年代军人题材的作品，并不缺少军事文学应有的紧张刺激，没有陷于平面化、平庸化。小说在以岳宗的成长经历为主线的同时，还刻画了肖海平、于跃海、任保田、刘新柱等众多的军人形象。他们每一个人物都有自己鲜活的个性，每一个人物都有自己独特的故事，每一个故事都是一波三折。人物在故事中完成了个性的精彩展现，故事因人物而存在，人物因故事而灵动。无论是写日常生活还是战场搏杀，作者都在深入探讨军人的丰富内心世界上下功夫：艰苦生活的考验、平凡深处的崇高、困境中的无奈、上下级关系的微妙、军人与农民千丝万缕的联系，以及他们的喜怒哀乐、命运沉浮和内心深处的人生思考，都在作者笔下得到了真实生动的表达，显示了人性的深度。

在写作手法上，纵观整部作品，纯粹的直陈白描笔法给人留下了深刻的印象。小说没有离奇的情节、刺激的场面，不见华丽的辞藻、人为的渲染，也鲜有心理的剖析、旁白的议论。作者把平凡、真实的一切，以素描的方式，直截了当地呈送在读者面前，让读者做出自己的思考与判断，去感悟其中所蕴含的深层意味。这犹如美食烹饪中的清蒸、白灼，保持食材的原样原貌、原汁原味，不靠调味佐料，最显大厨功力。小说文字质朴无华，以真实自然感动读者，从正面写出了和平年代军人的英雄主义精神。在这个意义上，就像进攻作战里没有穿插、没有迂回、没有奇袭，完全靠正面攻坚，斩关夺隘。这种写作手法其实是不讨巧的，但也完成了作者勇于面对困难的一次成功挑战。

在创作态度上，作者始终高扬纯粹的理想精神，弘扬向上的青春豪情，张扬鲜明的军事特色，以灿烂的前途憧憬、高尚的精神向度、温暖的人文关怀，为读者营建理想的王国，创造精神的家园。同时他并没有粉饰生活，让作品处处“莺歌燕舞”，而恰恰是勇敢地直面现实，深刻地揭示和剖解矛盾，在矛盾的演绎中凸显心灵之光和人性之美，提升作品的感人力度。小说中对部队存在的一些矛盾和问题，丝毫没有回避，既在历史大背景下去洞悉和反映一代军人的命运，表现了他们复杂的心路里程和成长历程，同时也分清主流支流，激浊扬清，真实反映生活的本质，表现广大官兵为实现美好梦想在艰难跋涉和奋力超越中的精神嬗变与心灵重塑，通过一个个富有时代特征和鲜明个性的人物形象，在激扬的艺术律动中释放着阳光正气，彰显了这部小说的艺术魅力。这样的作品一定会被广大读者喜爱。

在人物塑造上，小说通过岳宗的艺术形象，为我们唱响了军事文学的主旋律，革命英雄主义则是其最高亢的音符。岳宗成长的每一步都面对着或难或险的环境磨炼、或大或小的人文心理冲突，而他始终坚持着青春的梦想，坚守着生命的意义，对人民军队的天然热爱和归属感以及军人的职业精神，使其人生价值始终向着一种真正纯粹的军人境界提升与飞扬，坚持与固守着一条明亮的精神底线，即高度的光荣感、责任感、使命感，这是一种强烈的英雄主义光辉；他无欲无求，淡泊乐观，严己宽人，不计得失，安心本职，牺牲奉献，这也是一种英雄主义精神；他忠诚使命，恪尽职守，思维敏捷，目光前瞻，精熟技术战术，兼通多个领域，投身于军队现代化建设，这种素质同样也是英雄主义。岳宗的形象不仅展现了和平时期中国军人的风采，也为当下的年轻人树立了榜样。他的精神可以成为引领时代前进的动力，这便是作品所要宣扬的精神内核——爱国爱家的民族大义、直面生死的铁血意志、英勇无畏的男子汉气概、敢作敢为的责任担当、不屈不挠的顽强作风、关爱战友的如火情怀、重大问题面前的原则立场……凡此种种，足以让我们跳出人物的影子而捕捉一种令人热血沸腾的感动，直指人们的精神高地：为了理想、坚定目标，不断追求、永不言败。

这部书的作者季建中，并非专业作家，而是一位职业军人。他入伍后在基层摸爬滚打十余年，小说中的晒盐、采石、烧砖、伐木、训练、执勤、演习等，都曾是他的亲身经历。1984 年调总参谋部军训部工作。退休后，他用三年时间完成了本书的创作，未及付梓，猝然辞世。原稿 110 多万字，后经其家人悉心整理，适应出版要求，压缩至 60 余万字，奉献给读者。

季建中是一位经受过作战部队严格锻造的军人，他的创作激情来源于对军营和军人的热爱，这就决定了他的作品是纯粹的、昂扬向上的、激励斗志的。他的小说与基层官兵的品质有机交融，刚柔相济，反映了对部队基层生活的细腻体验和真切感悟，真正抵近了军人的生存本相，既有灿烂的剑气，又有温暖的柔情。他的作品，有思考，有注视，有号角，有激越，有勇气，有牺牲，有血肉，有深情，有怀念，有安慰。

季建中既是一位军人，亦是一位作者。他毕业于南开大学中文系，半生笔耕于军事领域，有着深厚的文字功底。他的文学处女作是 1986 年出版的《战争奇观》系列小说《围猎》与《困兽》(海峡文艺出版社)，描写的是华东野战军某部淮海战役的作战经过。从《战争奇观》到《红色帽徽红领章》，由回望历史到直面现实，革命英雄主义始终贯穿于他的作品之中。

《战争奇观》的封面上，印着作者的姓名：季建中、王玉。在此特别说明，“王玉”是季建中的父亲季珏，一位新四军老战士，长期在军事理论研究和部队领导岗位工作的儒将。老人家以化名完成与儿子的共同创作，甘当绿叶的拳拳爱心令人感怀。《红色帽徽红领章》中的“老岳”身上，就有这位老前辈的影子。让我们向他致以最崇高的敬意！

“兵者，以武为植，以文为种。武为表，文为里”。古人所说的“文”，指的是政治，也包含了文化。一支军队不仅要有一流的武器装备来支撑，更要有一流的军事文化来塑造。先进军事文化，是在军事领域形成的反映军队性质与宗旨、制度与传统、精神与作风、素质与形象的总和，它是社会先进文化的组成部分，是军队的血脉，是军人的精神源泉，体现着军人的生存智慧，锻造着军队的软实力。文化的色彩，是一支军队的思想色彩；文化的格调，是一支军队的精神格调。一个人的脊梁不是骨骼，而是精神；一支军队的脊梁不是武器，而是军魂。不管时代怎样变迁，英雄主义精神都是军魂的传承，它构建着我们民族的精神内核，凝聚着正义、力量和无畏的勇气，并以各种各样的方式给我们以引导和激励。

在凝铸军魂、传播文化的历史进程中，军事文学一直扮演着重要的角色。用优秀的军事文学作品鼓舞人的斗志，凝聚民族精神，是创作者的天职。《红色帽徽红领章》撷取历史长河的一个片段，客观而准确地记录了人民军队的时代步伐，生动而深刻地反映了军旅现实生活，细腻而传神地刻画了军人形象，为繁荣军事文学、传播军事文化，注入了一股强大的精神与情感动力，让人清晰地感受到了这支军队雄壮的心跳、钢铁的脊梁和沉默的伟力。

作为共和国的一员，我们有理由为珍贵的和平年代祝福，而这份岁月静好都是因为有军人的存在。无论时代如何变迁，其间总有一些稳定的常态，亘古不变的精神特质才决定了足以扣动人们心弦、引领人类发展的本质力量。对于军事文学来说，这种本质力量就是英雄主义。《红色帽徽红领章》告诉我们，和平年代虽然少有战火硝烟，但革命英雄主义没有也不应褪色；尽管社会转型导致价值取向多元，但革命英雄主义没有也不应贬值；现代战争作战形态发生变化，但革命英雄主义没有也不会过时。这部作品通过向英雄主义表达敬意，成为军事文学百花园中一朵绚丽的新花；它所体现出来的文学价值以及文学之上的意义，将在中国文学史上留下浓墨重彩的一笔。

军营之子话军营，军人身份写军人。

一手钢枪，一手铁笔，是季建中军旅人生最为形象的写照。

斯人虽去，佳作犹存。

钟鸣韵远，英雄永生！

董　铭

2020 年 3 月 28 日

（本文作者系季建中的老同学、老战友）

目录

Contents

红色帽徽
红领章

RED
Cap Badge
RED
Collar Insignia

第一章

参军

他高高的身量，匀称的身材，脸上最引人注目的，就是那双眼睛。那两只炯炯有神的眸子里，透着聪慧和些许狡黠，还有几分硬装出来的深沉。鼻子、嘴巴线条分明，脸庞的轮廓都是由一些长短不一的直线构成，给人一种自信、刚毅，甚至有些固执的感觉。唯一与之不相称的，是他那对男人来说，显得有些过于白皙细腻的皮肤。

生活中有太多说不清、道不明的事儿，比如有的人本是伪君子，只因道貌岸然，便有了一个好名声；而另一些人不以虚伪自欺，不以假面示人，敢说敢做，敢怒敢骂，结果却落下不少诽言。“舌上有龙泉，杀人不见血”，古今皆然。要想人前不遭人妒，背后不被人说，似乎只有自甘平庸、无所作为这一条路，偏偏岳宗不是这样的人。

岳宗是岳家的老大。岳家共有五个孩子，三男两女。中华大地上的名山素有“五岳”之称，参加新四军前上过几年私塾的老岳，讨了点巧，用那五座著名山岳的名字，来为自家的五个孩子命名，分别为泰、衡、华、恒、嵩。依此为序，老大应该叫岳泰，怎么又成了岳宗呢？原因是老妈有不同的意见。

岳宗母亲上的学要比老岳多，她认为，两个仄声字连读，听上去有点拗口。于是，老岳又从杜甫《望岳》诗中的“会当凌绝顶，一览众山小”寻得灵感。泰山是山中之尊，也是五岳之首，因此又被称为岱宗。“岱”虽亦为仄声字，但“宗”字却是正儿八经的平声字。这样，岳家老大的名字，就被定为了岳宗。

1968 年，岳宗参军了。其实，岳宗最早的理想并不是参军，而是当一名飞机设计师。

岳宗自小聪慧过人，从上小学开始，学习成绩一直名列前茅。他的童年是在南京度过的，小学二年级暑假，随着老岳工作调动，岳家从南京搬到北京。岳宗在南京上的小学是市级重点学校，用的是新教材，教学进度要比北京的小学快不少。到北京进小学时，学校对他进行了严格的全面测验，测验成绩表明，岳宗当时掌握的知识，已经达到甚至部分超越了三年级水平，遂决定让他从二年级跳过三年级，直接上了四年级。正因为此，岳宗的年龄比同班同学们都要小一岁多。

初中一年级，岳宗当过班上学习委员，这可是全班公认的学习尖子才能当上的“官儿”！刚上初二，他加入了共青团；到了初二下学期，又当上了班长！要说学习成绩，那绝对是岳宗的强项！不要说数理化这些主科，连植物、生物、历史、地理，甚至社会发展史这样的副科，他次次考试都是满分。

除了各科功课全优，岳宗的课外兴趣也十分广泛。当时学校组织的各种与科技有关的课外小组，如航模、赛艇、测绘、无线电小组等，哪里都有他的身影。他同时还担任过校足球队的守门员。

上中学的那几年，整个社会呈现出一片欣欣向荣的氛围。解放军开始大比武，几部记录大比武盛况的影片在大江南北、长城内外热映。而全国各行各业也都在大办民兵师，开展军事训练。于是，岳宗又当上了学校民兵连迫击炮排长。在参加区民兵训练汇报活动中，他指挥的炮兵排实弹射击取得了首发命中、发发命中的优秀成绩。

可以毫不夸张地说，岳宗是个德智体全面发展、品学兼优的好学生。要不是世事难料，他一定可以轻松地考进京城任何一所名校，之后，一定可以如愿走进心中的科学殿堂——北京航空学院，为祖国设计制造出世界上最棒的飞机。

那时，最让岳宗感兴趣的，当属《航空知识》杂志。岳宗从 1964 年《航空知识》创刊起就让爸爸替他订了这本杂志。他清楚地记得，《航空知识》创刊号上的发刊词就是著名科学家钱学森写的。一次偶然的机会，他竟然在中学的图书馆里翻出来十几本 1958 至 1960 年的《航空知识》杂志。

回去认真读了这些杂志后，岳宗才知道，原来早在 1958 年《航空知识》就创刊了。刚开始是双月刊，1959 年改成了月刊，1960 年出了七期后一度停刊，直到 1964 年 1 月才重新复刊，而他就是那时候开始订阅的。

《航空知识》杂志上登载了许多人类探索飞行的史料与传说，介绍了许多飞行的知识和理论。就是这些杂志，点燃了岳宗当一名飞机设计师的理想的火花。

1966 年春，岳宗这些初三学生进入初中最后一个学期。随着国家经济的逐渐发展，物质生活条件也日益丰富起来。这些学生几乎是在一夜之间，身高就超过了他们的父辈。男生脖子上隆起了喉结，嘴唇边汗毛开始变黑、变粗，胳膊、大腿上的肌肉，也明显地鼓胀起来。这时，在他们的潜意识中，他们已经是大人了。他们最反感老师、家长仍然把他们当成小孩子。唉，也难怪，他们中许多同学的家长，在这个年纪，已经在革命战场上浴血奋战了，有的甚至已经当上排长、连长了。

那一年，“文化大革命”开始了。很快，学校都停课了。

岳宗那时上的学校是一所涵盖了小学初中的全寄宿制学校，属“九年一贯制”。当时在北京，这类学校并不少见。学校每天要进行“三操七讲”，早操和上下午各一次的课间操为“三操”，上午四节课加下午三节课为“七讲”，学生每天都被牢牢地拴在课堂上。而且，不管主科还是副科，每堂四十五分钟的课都撑得满满的，还要留一大堆课外作业。突然有一天，你再也不会在睡意正浓时被骤然响起的电铃惊醒，再也不会在球场上激战正酣时被铃声驱进课堂，再也不会在正津津有味地沉醉于侯宝林、马季、郭全宝说的相声时突然被切断了电源……种种限制、约束一夜之间解除殆尽。

那时候，在岳宗和他的同学之间传阅着一篇毛主席年轻时发表在《湘江评论》上的文章，其中一段话：“天下者，我们的天下；国家者，我们的国家……我们不说，谁说？我们不干，谁干！”这铿锵有力的词句，让这帮刚进入青春期的学生们个个血脉贲张、跃跃欲试，从内心深处迸发出那种当大人、干大事的冲动。

那时候，谁还能心安理得地坐在教室里看那些数理化？谁还有心思去考虑考哪所高中？正常的教学秩序，在一天之间，完全被打乱了，校长、教导处主任和老师们，再也无法控制局面。

那些日子里，红卫兵们被满腔沸腾的热血冲击着，像一阵阵旋风一样，不遗余力地奔走于各个学校和大街小巷，揪斗本单位的“走资派”，协助公安部门抓捕小偷流氓、维护社会治安……这些半大孩子们都觉得，自己就是无所不能的天兵天将，天下事没有他们不能管，没有他们管不好的，整天斗志昂扬，全然不知疲倦为何物。

转眼到了 8 月中旬，一天下午，岳宗正躺在学校操场边长椅上打盹，突然被同学晃醒，告诉他一个惊人的消息：“明天毛主席要在天安门广场，接见红卫兵代表！”

“真的?”岳宗一跃而起。

“当然是真的！还让咱们明天早晨5点钟前赶到天安门呢！”

记不清是怎样确定人选、集合、整队、出发的了，记不清是搭乘什么交通工具前往天安门的了，也记不清是怎样登上天安门观礼台西一台的了，只记得天特别蓝，云特别白，空气特别清新，阳光特别明亮。

上午8点左右，正当解放军战士迈着整齐的步伐，开始在天安门城楼前布岗之时，观礼台上的人群，骤然激动起来。大家齐声喊着：“我们要见毛主席！我们要见毛主席！”千百条喉咙发出的喊声整齐划一，节奏越来越快，声音越来越大。那阵势就像天边响起的春雷，一阵接着一阵；像大海掀起的波涛，一浪高过一浪！所有人都相信，毛主席一定能对他们那发自肺腑的喊声有所回应。

正当人们情绪越来越激动时，有人用高音喇叭在喊话：“××学校的红卫兵代表请上主席台……×××学校的红卫兵代表请上主席台……”已经念了好多学校的名字了，可还没有念他们学校的名字。岳宗开始焦躁起来，和几个最好的朋友们一合计，管他三七二十一，不再等了，我们自己先上去！

这时，毛主席满面红光、步伐矫健地朝他们走来，脸上带着长者的尊严和慈祥的微笑。他身穿崭新的绿军装，佩戴着鲜艳的红领章和红五星帽徽，越发显得神采奕奕、高大魁梧。人群立刻沸腾起来，泪水模糊了每个人的眼。大家不约而同地欢呼起来。

毛主席走到大家面前，伸出他宽厚的手掌，和站在前排的学生一一握手。人们挤成一团，欢呼着，跳跃着，高举着双手，抢着要和毛主席握手。当毛主席的手伸过来的时候，岳宗抢先一步把自己的手送到他的大手中。那一刻，岳宗感觉自己就是世界上最最幸福的人！

终于见到了毛主席！时间仿佛静止了，地球仿佛不再转动了，眼前看不见其他人，耳边听不见其他声音，连空气也在那一瞬间凝固了……那以后的许多天里，岳宗始终沉浸在这种巨大的幸福感之中。

几年以后，岳宗他们中的大多数人，已没了“文革”初期的那种冲动和自信，因为他们谁都没想到，曾经那样全身心投入的“革命”，会造成那样一种局面。

在那个特殊的年代，每个人都是历史的参与者啊！

岳宗参军的过程，是费了一番周折的。从严格意义上说，还走了一点儿

“后门”。

1967~1968 年间，经过“军管”“军训”“大联合”和“复课闹革命”，北京的中学红卫兵组织被强令解散，成立了由军队、教师和学生“三结合”代表组成的“革委会”。学校开始对原本应该在 1966 年离校，俗称“老三届”的初高中学生进行毕业分配。第一批分配去了青海省的某国营工厂，第二批则去了北京附近隶属军队的印刷厂、被服厂和军需厂。紧接着，是大批学生的“上山下乡”。岳宗大妹岳华，就是在 1968 年去了黑龙江生产建设兵团。

1968 年春节刚过，一个新消息传来：“部队要征兵了！”这次征兵不仅数量大，而且兵种全。在当飞机设计师的理想再也没有实现的可能时，能像父辈们那样成为中国人民解放军的一员，穿一身绿军装，佩戴上红色帽徽红领章，就像当年一支歌中唱的那样，“手握一杆钢枪，守卫在边防线上，为伟大祖国站岗”，已经成了岳宗他们那伙年轻人最向往的事。

那时，岳宗还差几个月才满 17 周岁。一听到征兵的消息，他立刻以最快速度赶回学校，找到校“革委会”填报名表。为了能及时得到消息，他多了个心眼儿，没有回家，而是住在学校宿舍里，一边加强锻炼，一边打听体检时间。一天天等待，一天天希望，体检的消息却迟迟没有来。

直到有一天，几个来学校打球的同学，谈起参加征兵体检时的趣事，岳宗才大吃一惊：

“你们都已经体检了？”

“当然，我们还纳闷儿呢，你怎么没去体检？”

“你们什么时候去的？在哪个医院？谁通知你们的？怎么通知的？”

“都好几天了，在海淀医院，是学校‘革委会’给家里发的挂号信。”噢，原来如此。岳宗再顾不上打球，急忙跑到校门口传达室，抄起电话就往家里打，是大弟岳嵩接的电话。

“小嵩，家里有没有接到挂号信？是学校通知去体检的。”

“没有呀，这几天只有南京四叔来了一封信。”

“真的没有？你再找找！”

“真的没有！”

岳嵩比岳宗小 4 岁，在他眼里，大哥绝对是他的偶像。对于大哥的事，他是不会马虎的。

岳宗放下电话，想了想，直接去了校“革委会”办公室，找到那个负责征兵登记的老师，几步走到他面前：“老师，为什么不通知我参加体检？”

那位老师有几分慌乱地说：“你，你好像没有报名吧？”

“什么？我就是在这张桌子上填的表，亲手交给你的，怎么说我没报名呢？”

“是吗？”老师低下头，装模作样地在办公桌上找起来。不一会儿，他从一个铁丝编的长方形文件筐里，找出了一张表格。岳宗用眼一扫，正是他那张应征入伍报名表，已经被打入另册。

“怎么回事儿？”他愤怒了。

老师结结巴巴地说：“是，是‘革委会’赵主任……”

后来岳宗才知道，这位赵主任有些偏执，因在“文革”中与岳宗是对立派，二人曾唇枪舌剑地激烈辩论过，岳宗冲撞过他。恰好他手上还有一封匿名信，说岳宗参加过打砸抢，是“联动分子”。事实明摆着，为了极其有限的参军名额，岳宗被人生生“卡住”了！这可应了那句老话：宁可得罪君子，不可得罪小人！

他当即推开负责登记的老师，冲向赵主任的办公室。可门上居然挂着一把大黑锁。他又冲向他的宿舍，还是铁将军把门。岳宗像一头暴怒的狮子，在校园里四面逡巡，逢人便问，但没人知道赵老师去了哪里。他满心懊恼，垂头丧气地骑着自行车回家，拖着沉重的双腿，一步一步上了楼。

客厅里，传来一阵爽朗的笑声。自从“文革”开始以来，老爸虽然因为在部队工作，没有受到什么冲击，但以往家里常常高朋满座的客厅，却已很少有人前来造访，老爸也很久没有这样高声大笑了。“是谁来了？让老爸这么高兴。”带着满腔的疑问，岳宗好奇地走到门前，只见一个脸膛黑红，穿着整齐绿军装的男人，正坐在沙发上，和老爸大声谈笑着。

看见他进来，老爸随口喝问：“弄得这么灰头土脸的，又去哪儿啦？”

“去学校了，还能去哪儿？”

平时，岳宗的父亲对儿子总是一脸的严肃，除了每到期末儿子把成绩册递到他手里外，很难看到他的笑容。“文革”开始以后，他更是一见岳宗的面便开始说教，不许这，不许那，什么“情况非常复杂，斗争非常残酷，不要忘乎所以……”之类，反正在他眼里，岳宗就是个懵懵懂懂的毛头小子，永远也不懂得世事的艰辛。

老爸正要接着教训儿子，那个男人却指着岳宗问：“参谋长，这小伙儿就是那个‘小洋号’？好家伙，长这么大了？”一口山东口音，像极了侯宝林在相声《戏剧与方言》中，用山东话学诸葛亮道白的那种腔调。

“不是他是谁？”老爸转向岳宗，“还不快叫叔叔，一点儿也不懂礼貌。”

看到岳宗一脸茫然，又指着那男人说：“这是你李叔叔，小时候还抱过你呢！”

岳宗叫了声“李叔叔好”，便转身向自己的房间走去，一边走，一边心里还纳闷：我什么时候又成“小洋号”了？

直到晚饭时，岳宗才从那个李叔叔的嘴里得知，原来在他婴儿时，以能哭闻名整个师直机关。据说，他当时的哭声就像部队的军号，高亢、响亮，尤其半夜里一哭起来，大半个家属院的人都能被吵醒。就这样，他得了个“小洋号”的外号。李叔叔提起岳宗小时候的种种顽皮劣迹，饭桌上不时响起阵阵欢笑。

饭后，老爸问岳宗：“你今天撞到什么鬼了，这么垂头丧气的？”

岳宗把事情的原委说了，最后又恨恨地说：“这个姓赵的，我绝轻饶不了他！”

“你还想怎样？你要敢胡来，当心你的腿！”

岳宗父亲对自家孩子们向来是严肃有余、亲热不足，平时一些鸡毛蒜皮的小事他不大管，但一旦谁犯了他的忌，下起手来绝不留情。

那回，还是岳宗刚上初中不久，有一次，岳宗课间和同学打闹，一失手把一瓶墨汁打翻在地，把另一个同学一双刚上脚的白球鞋染得漆黑。

星期天，同学找到岳宗家里告状。听着同学的哭诉，岳宗父亲的脸色越来越阴沉，胸脯起伏的幅度也越来越大。岳宗知道老爸真生气了，一边打量着老爸的脸色，一边贴着墙根想悄悄开溜。老爸冷冷地盯了他一眼，他立刻乖乖站住。老爸一边柔声安慰那位同学，一边严厉地命令岳宗：“去，去把你那双新买的球鞋拿来，赔给人家！”

什么？要把那双崭新的白“回力”赔给他？岳宗心里一万个不愿意。

那时，岳宗家生活条件虽然比普通人家要好一些，但父母对几个孩子在生活上要求很严，从不轻易给孩子们买新衣新鞋。自从上了初中以后，岳宗身上穿的都是父亲的旧军装，脚上也是部队发的解放鞋。为了得到一双和别的同学一样的“回力”牌篮球鞋，他好几次硬着头皮去求老爸，都被一句“脚上的鞋不是还没破吗?”给硬生生地顶回来了。

也许是岳宗沮丧的神情引起了妈妈的恻隐之心，对孩子们也一向严格的妈妈难得地发了善心，背着爸爸把买鞋的钱塞给了儿子。

鞋买回来的那天晚上，岳宗躺在被窝里，搂着那双鞋，一遍遍嗅着那好闻的胶皮味，兴奋得睡不着觉。当晚，他竟做了一个美梦，梦见自己穿着“回力”，在球场上奔跑跳跃，过人、投篮、上篮、摘篮板，连连得分。

现在，那双鞋，自己都还没舍得穿呢，却要赔给别人？尽管心里有十二万分的不情愿，但他知道老爸立的规矩：军人的孩子，一样要遵守军纪，遵守《三大纪律八项注意》第四条，“损坏东西要赔”！他从衣柜中拿出那双包装仍然完好的球鞋，连鞋带盒一齐甩到同学的怀里。可就是这么一“甩”，惹得老岳反身跑到阳台上，顺手抄起墙角的一根镐把，对准岳宗的腿狠狠地抡了过来。

老岳就是这么个说得出做得到，“吐口唾沫都是钉”的典型军事干部。别看岳宗有时在外面“无法无天”，但对老爸的话，还是十分忌惮的。

听着岳宗的话，李叔叔轻松地说：“我当什么大事呢，不就是当兵吗？这事好办，你参军的事儿，包在我身上了。”

岳宗几乎不敢相信自己的耳朵，一步跳到李叔叔身边，抓着他的手问：“真的？您说的是真的?”

“蒸的，还煮的呢！我这次到北京来，就是来征兵的，你跟我走吧。”

一种突然而至的幸福感，冲得岳宗头都有点晕。片刻之后，他有点儿不放心地说：“可，可是，我们学校那关，可能不大好过。”

李叔叔拍了拍岳宗的肩膀，大包大揽地说：“学校那边不用你操心。你爸爸是我的老首长，我这次来北京，哪怕只带走一个兵，这个兵也是你!”

这个李叔叔真有那么大的能耐？岳宗有点儿不敢相信。

“小李，你怎么能这样说呢？你可不能胡来!”老爸的原则性又来了。他从来都这样！别人家有事求到头上，他会千方百计地去给人办；可自家的事，从来要讲原则。

记得岳宗刚上初中时，老岳当年的警卫员小庄来看他，说起了河南老家的灾情。老岳二话不说，找出家里仅有的一百多斤全国通用粮票，又拿了二百块钱，塞到小庄叔叔手中，并连连问小庄还有什么困难。听说庄叔小弟高中毕业没找到工作，老岳立马拿起笔，给在东海舰队某基地的一个老战友写信，推荐庄叔叔的弟弟当上了一名令人羡慕的汽车兵。

"怎么是胡来？军人的孩子去当兵，那叫子承父业！再说，当兵又不是去吃喝玩乐。现在咱国家这个样子，边境敌情又那么严峻，当兵，那是要准备吃苦受累，甚至要准备流血牺牲的。参谋长，我一见面就看出来了，'小洋号'是个好小伙儿，送到咱部队这个大熔炉里去锻炼锻炼，将来一定能有大出息！这回呐，不管你批不批准，我还就带定了！"

"参军，可以，但一定要有正规的手续！"

"当然有正规的手续。"

"征兵可是要遵守征兵条例的。"

听到大人们在客厅里谈得如此热闹，岳宗几个弟弟妹妹早就挤到客厅门口。听到李叔叔这番话，他们一下子拥进来，争着嚷道："我也去！我也去！"

老爸笑着指着儿女们对李叔叔说："小李你看，我这几个孩子都还小，这个十四，这个十二，最小的还不到十岁，都还不够当兵的年龄啊！"

李叔叔笑着摸摸这个的头，拍拍那个的肩："都去都去！快快长，只要你们够了年龄，李叔叔保证，都让你们穿上军装！"

什么叫"山重水复疑无路，柳暗花明又一村"？岳宗万万没想到，在已经对参军完全失去希望之时，这道难题竟这样轻而易举地解决了！

李叔叔说到做到，第二天打来电话，让岳宗带上户口本去区武装部找他。岳宗兴冲冲地揣着户口本，骑上那辆被他擦得乌黑锃亮的凤凰车，像一阵风似的到了区武装部，找到李叔叔。先填了张报名表，又跟着一个战士去海淀医院检查身体，什么内科、外科、眼科、口腔科查了个遍，又到放射科照了透视，全身上下没一点儿毛病。

李叔叔看着岳宗的体检表，乐得合不拢嘴："你小子身体还不错，可怎么一米七几的个子，体重还不到一百斤？是不是不好好吃饭？"

"哪儿啊，我能吃着呢！二两一个的窝头我一顿能吃四个！这两年光长个儿了，还没顾得上长肉，再说今天忙得没顾上喝水，要是喝上一大缸子水，保证一百多斤了。”

“这就妥了，回去等通知吧！”

又过了几天，一封挂号信把入伍通知书寄来了。按照通知书上指定的日期，岳宗到区武装部报到，领回来一大堆崭新的被服装备，有暗绿色棉军衣一套、绒衣一套、棉被一床，国防绿外衣两套、棉军帽、单军帽各一顶；还有绿色的军用挎包、背包带、翻毛大头皮棉鞋、解放鞋、白色棉布衬衣、长衬裤、线袜子等。另外，还有印着“将革命进行到底”的白毛巾、涂着军绿色搪瓷的带把口杯，还有一本红塑料皮的《毛主席语录》、一枚中间镶在金黄色五角星的毛主席像章和一枚横条形“为人民服务”语录章。令岳宗诧异的是，其中还有一块一米见方的白布，他左看右看，始终也搞不明白那是干什么用的。

看着堆得满满一床的东西，妈妈赞叹道：“你们真是赶上好时候了。我 1944 年当兵时，只发了一套布军装、两双布鞋和一床棉被、一条床单，其他都是从家里带去的。”

老岳接口说：“那就不错了，我当兵那会儿，只有一顶军帽和一双裹腿，连军装都没有！当年，老子参加的是新四军。那时，南方八省坚持三年游击战的红军，刚刚从各个山头上下来，按人头发的军装，又被层层克扣了不少。我参军时，新四军刚刚挺进江南，还没站稳脚跟，那正是最困难的时候。”

岳宗拿起那块白布问妈妈：“妈，这块白布是干什么的？”

岳妈妈笑着从儿子手里接过白布：“什么白布？这叫包袱皮！”见岳宗还是不明白，岳妈妈把那块包袱皮在床上铺开，一边拿起一件衬衣叠好，放到包袱皮中央，一边说：“把暂时穿不着的衣服都叠好，包在包袱皮里，晚上睡觉时就用它当枕头。”

岳宗有点明白了，连忙和妈妈一起，把外套、绒衣、衬裤、袜子一一叠好，包在包袱皮里；又和妈妈一起把棉被纵向叠成四折，把衣服包放在中间，又对折两次，叠成宽一尺多，长不足二尺的长方体；再把略宽的那根背包带放在中间，用那根长的背包带按照三横两竖的要求紧紧地捆扎起来，不一会儿就打成了一个整齐漂亮的背包。岳妈妈又拿起解放鞋，别在背包上，把其他东西装入挎包。岳宗的弟弟妹妹们抢着背起背包，在各个房间出出进进。

岳宗拿起国防绿外套，认真地套在棉军衣上，把帆布腰带穿到裤腰上，又解开系在一起的大头鞋鞋带，一根根仔细地穿好，然后脱去家常的衣裤，从里到外都换上刚领回来的军装，蹬上大头鞋，带上棉军帽，又把那条草绿色的帆布腰带扎在腰间，走到镜子前一照：

“嘿，好一个英姿勃发、矫健俊朗的青年军人！”只可惜，还没有戴上那鲜红的帽徽和红领章！

岳宗对着镜子整了整衣服，转身出门下楼，打开车锁，一偏腿上了自行车，车把一扭，脚下一用力，自行车直蹿出去，像离弦的箭一般，径直朝着学校的方向飞驰而去。他的身后，只留下一串“向前向前向前！我们的队伍向太阳……”的音符。

他要把自己参军的喜讯，告诉每一个哥们儿！

就要离开家了。晚饭后，老岳把儿子叫到书房，郑重其事地说：“明天要去部队了，你跟我说说，这次去部队，是想当两年兵就复员回来找个好工作呢，还是想真正当个好兵，在部队干一番事业？”

岳宗脱口而出：“我当然要当个好兵，干一番事业啦！”

老岳轻轻点了点头：“那给我说说，你想怎么当个好兵？”

这几天，光顾着和哥们儿告别、饯行，一块儿乐了，这个问题还真没过脑子。他伸手挠了挠头，说：“那有什么难的，按照‘五好战士’的标准，背好‘老三篇’和毛主席语录，练好军事技术，遵守规章制度，和同志搞好团结，完成好上级交给的任务不就行了？”

老岳轻轻摇了摇头：“小子，你要把困难想得多一点。许多事情得靠你自己去闯、去碰，许多道理要靠你自己去悟。有些道理只有自己栽了跟头，才能弄明白。多碰几次钉子，多栽几个跟头，对你这种不知道天高地厚的小子有好处。我今天送给你三句话，只要你做到这三条，你就能当个好兵。”

岳宗认真地点了点头。

“这第一句，是要能够把自己的位置摆正。”

老岳停顿了一下，看着儿子带着几分迷茫的眼神，语重心长地接着说：

“部队里的官兵成千上万，正像毛主席在《为人民服务》里所说，都是来自五湖四海，参军前做什么的都有，但最多的还是来自农村的农民。我们这支军队从成立的第一天起，主要成分就是农民。中国的农民苦啊！‘面朝黄土背朝天，一年到头不得闲’。年成好些还能吃饱肚子，要是赶上个旱涝蝗灾，那就得拉着根棍子要饭去！

“农村穷，农民的孩子，没有多少上学的机会。解放这么多年了，还有好多农村没用上电。你到部队和那些农村来的战士接触后，可能会觉得他们土，不讲卫生，不善言辞，缺少见识，没有理想，可能还有点抠门，有点自私。但这些不能都怨他们，有时，这是由他们生长的生活环境决定的。你不要只看到农村战士的这些不足，你要看到他们中的绝大多数都吃苦耐劳、朴实忠厚。只要坦诚相交，就会与他们成为真正的朋友。

“我知道，你小子有点儿小聪明，到部队后学习军事技术可能会快一点儿。我从 1937 年参军就在你将要去的这个军，军里上至军长，下至师团的首长，有不少是我多年的老战友、老部下。你去当兵，他们肯定会从方方面面给你不少照顾。我警告你，你绝不能心安理得地接受这些照顾。部队里的战士们最反感的就是有这种……叫什么呢？嗯，就叫特殊关系吧，最讨厌这种有特殊关系的特殊兵。你要是有了这种特殊关系，就会被战友们孤立。你一定不能接受那些伯伯叔叔们的好心照顾，一定不要看不起那些农村来的战友，一定要把自己当成一个和他们一样的普通士兵，虚心学习他们身上的长处。他们有什么困难，你一定要尽自己的能力热情相助！

“一定要摆正自己的位置，真正从思想感情上成为他们的朋友。只有这样，你才有可能当好一个兵。”

岳宗认真地点点头，把父亲的反复叮咛牢牢记在心里。

老岳喝了口水，又接着说：“第二句话，无论做什么工作，都要舍得下功夫，舍得出力气！到部队后，要军事训练。步兵训练重中之重是六大技术：射击、投弹、刺杀、爆破、土工作业，还有武装泅渡。主要的就是三项：射击、投弹和刺杀。当然还有队列和单双杠、木马之类的辅助训练。这些科目都属于术科，没有多少深奥的道理，掌握要领也没有什么捷径，要靠下苦功去练，用心去体会。有关大比武的电影你看了不少，你看那些神枪手、投弹能手、刺杀标兵，他们的本事都是靠下功夫苦练才学到的，这是训练。到部队后还要执行执勤、生产、施工等很多任务……”

“部队还要生产?”岳宗忍不住插嘴问道。

“当然要生产!从建军时开始,毛主席便为我军规定了作战、生产、做群众工作三大任务。我们国家还很穷,军队要为国家减轻负担,就要开展工农业生产。你马上要去的这个军,有一个很大的农场,还有盐场、水泥厂、砖瓦厂,到部队后,很可能要派你去进行这些工农业生产,你要有这方面的思想准备。参加这些生产,也不会让你去干那些技术很复杂的工作,也就是当个壮工,抬抬扛扛、搬搬运运什么的,你只有吃得苦、受得累、舍得下力气才能当好兵。

“年轻人嘛,出力长力!体育训练里边不是有个什么‘超量恢复’吗?出的力多,长的力就多,而且长的力一定比你出的力还要多!你个子不小,但身体还是比较单薄,正需要多出力、多长力,身体才能越来越棒。在部队干,有副好体格,有一身好力气,是最起码的条件。像你现在这样的高粱秆身体,那可担不得大任!”

岳宗暗自佩服,老爸居然还懂得“超量恢复”,那可是日本女排魔鬼教练大松博文的理论,刚引进我国没几年。

“第三句话,要受得了挫折。我刚才说了,部队里的工作很多,你除了要做好分内的事情,完成好领导交给的任务外,还要力争多做工作。做得多,学得才可能多,这是一方面。但做得多,可能犯的错误也多,受的批评也多,这就是挫折。其实,年轻人犯点错误,挨点批评有什么要紧的?像小孩子学走路,哪有不摔几个跟头就学会走路的?摔跟头不怕,爬起来就是了,关键不要老是在一个地方摔跟头。怎么才能不在一个地方老摔跟头?很简单,要善于总结经验教训。做错了事,挨了批评以后,一定要认认真真地想一想哪里做错了,为什么做错了,怎样做才能把事情做好,这就叫检讨。

“检讨一定要认真。我们以前打仗时,每打完一仗,不管打胜了还是打败了,从敌情掌握、作战企图、任务区分、火器配备、战场选择、战机把握、战术运用、天气地形等各方面都要认真总结,而且主要是总结失误和不足,这样指挥能力才能越来越强,仗越打越好。你小子头脑还算灵光,从小到大,学习都还可以。学生以学习为主嘛,学习好了,老师喜欢,在同学中间也有威信,可以说一直以来你都很顺利,这是好事。但这又不完全是好事,因为太顺利了,容易骄傲，容易得意忘形。自古以来，骄兵必败呀！与其太顺利而得意忘形，最后一个大跟头摔得粉身碎骨，还不如经常摔些小跟头，经常提醒自己总结、反思，才能避免摔大跟头。

“记住，你做错了事，挨了批评，要从主观和客观两个方面去找原因。是对这个工作不熟悉还是不重视？是准备不足，组织不好，还是配合不好？是工具不对，方法不对，还是出了意外情况？为什么没有预料到会出意外情况？即便完成了任务，受了表扬，也要认真想一想：还能不能做得更好？一定要善于总结，做到‘不二犯’！从某种意义上来说，对一个年轻人来说，错误、批评和挫折要比表扬和成功有更好的作用。只要善于从失败和挫折中总结经验教训，就一定能有出息，一定能干成大事。”

“是啊！我要做这样一个人——像雄鹰一样搏击长空、高瞻远瞩，像黄牛一样脚踏实地、努力向前！革命的理想、抱负，永远不能丢！像老爸所说的那样，做一个既有革命的大目标，又有实干精神的称职军人。”

…………

在岳宗的记忆里，他那位军事指挥员出身的老爸，从来没有这样耐心，这样语重心长，这样深刻透彻地给自己讲过道理。老爸的一席话，每一个字，都被岳宗深深地印在脑海里。这些话里隐含的那些睿智的内涵、无形的力量，成为他一生做人、做事的座右铭。

红色帽徽
红领章

RED
Cap Badge
RED
Collar Insignia

第二章

告别家乡

第二天一大早，岳宗早早起了床，从里到外一件一件穿好新军装，洗漱完毕，开始打点行装。那天打好的背包，再也没有解开。军用挎包里也已塞得满满的，可还是有好多东西没地方放。妈妈找来一个她当年在“四清”工作队时用过的绿色帆布旅行包，把那些东西放进去，然后，又拿出一个用绿布缝制的长方形小包递给岳宗。他有些好奇地打开，见里面有一枚黄铜顶针，一块缠绕着黑白红绿四种颜色棉线的长方形纸板，还有三根长短不等的缝衣针。岳妈妈解释道：“这个针线包还是我当年用过的，你带在身上，到了部队里，缝领章，补衣服，钉纽扣都用得着。”

“补衣服？我哪会呀。”岳宗有些为难地说。

“不会就学，难不成到了部队，衣服破了还要妈妈来补？”

他不好意思地吐了下舌头，点点头，把针线包包好，放到挎包里侧的小口袋中。

中午，妈妈按北京人的风俗，专门包了几十个猪肉白菜馅的饺子，一边看着岳宗吃，一边念叨着：“上马饺子下马面，求的就是个一路顺风，平安归来。你这一路上，一定要听班长的话，遵守纪律，和同志们搞好团结。到了部队马上就给家里来封信，别让家里惦记着。”

岳宗一边吃着饺子，一边听着妈妈的话，心中不禁感慨万千。妈妈于抗战后期参加新四军，打过日本鬼子，打过国民党军，也是血里火里滚过来的人，平时说话办事干脆利落，从没这样婆婆妈妈、儿女情长过，看来真是“儿行千里母担忧”啊！

吃完饭，他整理好衣服，戴上帽子，背上背包，双脚脚跟一碰，把右手举到帽边，向爸爸妈妈敬了个军礼，大声说：“报告爸爸妈妈，孩儿从军一切准备完毕，是否可以出发？”

妈妈点头微笑，眼角处似有泪光闪动。老岳走到儿子身边，伸手替儿子正了正军帽，说："去吧，到了部队好好干。"

"得令！"学着戏剧舞台上接到令箭的武将那样，岳宗戏谑地叫了一声。大妹岳华和大弟岳嵩帮他提着旅行包，和他一起下了楼。岳宗把背包夹在自行车后座上，骑上车。岳嵩则提着旅行包，跨坐在姐姐自行车的后座上，一直把他送到中关村体育场。这里是区武装部指定的新兵集合地点。

中关村体育场不大。说是体育场，其实就是几个篮球场加个简陋的看台。岳宗来到体育场时，这里已站满了人。人群中最多的是穿一身国防绿的陆军新兵，还有许多身穿上绿下蓝军装的空军新兵，和穿着一身浅灰色军装的海军新兵。岳宗还在人群中看见不少空军学院、海军大院和空军大院的熟人，有的是他小学、中学时的同学，有的是常在一起打球踢球的哥们，还有在"大串联"中认识的朋友。有的和岳宗一样，穿一身崭新军装，一看就知道是即将入伍的新兵。岳宗一边和他们打着招呼，相互询问着将要去的地方，一边寻找着李叔叔。

在人群中找了好几圈，岳宗终于看到了正伸着脖子四下张望的李叔叔。他分开人群走到李叔叔面前，"啪"一个立正，高声向他报到。李叔叔伸出手腕看了看表，满意地拍拍他的肩膀，说："嗯，不错，提前 10 分钟到达，像你爸的儿子！"他又问了问岳宗爸妈的情况，岳宗简单作了回答。李叔叔点点头，指着旁边已经大致整好队的一伙人说："你到那边集合去吧，那边都是我们军的新兵。"

"喂，岳宗，岳宗！"

岳宗正走着，突然听到一个清脆的女声在喊他的名字。他回过头，看见两个熟悉的身影正朝着他招手。两人都穿着深绿色的条绒上衣和灰色的裤子，不同的是一个围条大红色围巾，另一个围条白色围巾。岳宗立刻认出来，围红围巾、身材较高的，是他的同班同学肖海平。她能歌善舞，遇事挺有主见，是班上女生中的"大姐大"。个儿稍矮一点，围白围巾的那个，则是跟肖海平关系最好的吴梅英。从小学四年级开始，岳宗和她们就是同学，一度还和肖海平同桌。

岳宗转过身，带着几分调侃说："你们知道我当兵？特意赶来送我？"

"美得你！我哥当兵，也是今天走，我们来送我哥。"肖海平说。

"你哥去哪儿当兵？"岳宗问。

"福州军区空军。你呢？"

“我去E军，济南军区的。”

“嗬，不错嘛，到了部队，可别忘了老同学呀！”

“哪敢呢，就是忘了我家大门朝哪儿开，也不敢忘了您二位！”

见岳宗作势要走，肖海平急忙说：“站住！告诉你啊，我们也当兵了，她是总后卫生兵。”她指了指身边的吴梅英，又接着说：“我去北海舰队，下礼拜走。”

“北海舰队？那不在青岛吗？那咱俩离得不算远。”

“北海舰队大着呢，要是给我分到旅顺去怎么办？”

“那也不远，不就隔着个渤海嘛。”

“渤海可不是北海，到时候，难道你能游过去？”

“游不过去不是还有船嘛。”听到那边响起了集合的哨声，岳宗顾不上再和她们贫，连忙说，“我得去集合了，咱们后会有期！”说着，转身就走。

“到部队，别忘了来信！”肖海平在后边喊着。

“放心吧，忘不了！”岳宗说着向肖海平、吴梅英挥了挥手，转身消失在人群中。

在带兵领导的指挥下，新兵们很快整好了队。不知是哪个领导讲了几句话后，新兵们按指挥分别登上不同编号的大卡车。在震耳欲聋的爆竹和锣鼓声中，卡车鱼贯缓缓驶出体育场。就在岳宗乘的卡车快开到体育场出口时，岳宗无意中一回头，突然看到远处那用三角铁焊成的看台的最高处，一个熟悉的身影正高高地扬着手臂，朝车队晃动着一条火红的围巾。

“行了，海平，车早就没影儿了，你举得再高，他也看不见了。”吴梅英一句话，让肖海平不由沮丧地放下胳膊，把围巾搭到脖子上，慢慢走下看台。她一边走，一边抬起手，悄悄抹去那双微微上挑的眼角处，不知什么时候溢满的泪水，黑黑的眼睛里，也失去了往日那灵动的光彩。

肖海平还从没像今天这样失魂落魄、心神不宁，好像一颗心有一多半，都随着那远去的车，离开了自己的身体。今天这是怎么了？肖海平的眼前，一幕接一幕闪过和岳宗相识的经过。

好像是在三年级吧，不对，是过完暑假，刚上四年级时。那天刚上课，班主任老师领进一位新同学。他小小的个子，瘦瘦的身材，穿一身用旧军装改成的衣服，脑袋上黑黑的短发像刺猬一样支棱着，白净的脸上，两只眼睛好奇地打量着四周，黑亮的眼珠一会儿转到左边，一会儿又转到右边，让人一眼就能看出，这是个不安分的家伙。

那时候，他瘦瘦小小的，个子差不多是班上男生里最矮的，甚至还没有一些女生高，比自己足足矮了多半个头，根本没有引起自己的注意。可是，生性顽皮的他，注定不会让人们忽视。他来班上第一个星期就开始惹事了。先是中午不好好睡觉，偷偷溜到荷花池去摘莲蓬。后来又在课堂上搞小动作：

那段时间，坐在他前排的女生车小明头上不知长了什么疮，为了抹药方便，头发被医生剃光了，于是每天戴着一顶白布小帽。这个新来的叫岳宗的家伙，总是上着上着课，用铅笔把车小明的小白帽挑下来，让她的光头暴露在众目睽睽之下。车小明当然不干，每次都顾不上夺回帽子，转过身来就打岳宗。可几乎次次都会扑空，因为岳宗早就躲到一边去了。于是，课堂上，经常会上演一个瘦小的男孩，在前边灵活地蹿蹦躲闪，一个光着头的女生在后边哭着追打的闹剧。

可说来也怪，这个岳宗闹归闹，学习成绩却一直不错。上课时也没见他怎么用心听讲，课后也没见他怎么复习功课，每次期中考试和大考，却总能得双百，就是平时的小测验，他的成绩也都不错。虽然他在课堂上不怎么爱举手回答老师的提问，但不管什么时候，老师只要把他叫起来，他的回答常常都能出人意料，让人耳目一新。

有一次上语文课，老师让大家找出与“画画、数数”结构类似的词组。这题看起来挺容易，其实相当难。这种词组，由两个完全相同的字组成，第一个字是动词，第二个字是名词，是一个动宾词组。全班同学一下子都懵了。老师把岳宗叫起来，他不慌不忙地、像连珠炮一样张嘴就说，什么扣扣、点点、圈圈、包包、铺铺、盖盖、漆漆、钉钉……一口气说了十多个，连尿尿都说出来了，真难为他是怎么想出来的。

还有一次，那时已经上初中了，记得是上代数课。一个单元讲完了，老师照例拿起粉笔，在黑板上写下几道题让大家做，算是单元测验，成绩要记到记分册上。教代数的杨老师在黑板上写下最后一个数字，转过身把粉笔头扔进讲台上的粉笔盒里，拍拍手上的粉笔灰，端起杯子刚要喝口水，岳宗就从座位上站起来，走到讲台边要交卷。

杨老师有些惊讶地问："你都做完了？"

"那当然。"岳宗胸有成竹。

"去，再回去好好检查检查。"

"用不着。"岳宗的声音平静而自信。

"告诉你啊，有一点错，你这次就是不及格！"杨老师略显严厉。

"要是我一点错都没有呢？"岳宗追问一句。

"那……"老师无言以对了。

上一回，也是上代数课。岳宗嫌老师出题太简单，竟然不屑动笔答题。老师找出中考统考试卷上的难题，结果也没能难住他。见岳宗这么有把握，老师挥挥手，放他出了教室。那一次，岳宗的成绩照例又是满分。

那时候，这个并不起眼的家伙，虽然总能干出些引人注目的事。但不知从什么时候开始，只要肖海平一静下来，岳宗的影子就会像今天这样，在自己的眼前悄然而至，挥之不去。

还有一件令肖海平难忘的事情。

记得，那是在初三上学期，大家到昌平山区一个叫杨家庄的村子里参加劳动。好像是为了抢时间种麦子，他们干的活儿主要是往山上的梯田里送水。杨家庄的山不仅高，而且相当陡。那些一层层依山势修成的梯田，是他们学大寨的成果。山上没有水，得从山下的一条小河里把水挑上去浇地。当时，女生和体格弱些的男生们，都是两人一条扁担，抬着两桶水往山上送。岳宗几个爱逞强的男生，却非要和村里男劳力一样，一人一根扁担，挑着两桶水上山，还连跑带颠地比谁跑得快，比谁挑的次数多。

经这帮不知天高地厚的半大小子们一折腾，桶里的水沥沥拉拉地洒了一道，把山上的土路弄得又湿又滑。肖海平和吴梅英一组，她们刚把两桶水送到地里返回时，自己一个没留神就脚下一滑，不由自主地顺着山坡出溜下去了，扑通一声，重重地摔倒在地，左脚被压在右腿下边，等到拄着扁担，费尽全力站起来时，左脚腕已经疼得不敢沾地了。

那天，吴梅英她们几个女同学连背带扶，才把肖海平从山上弄到老乡家。等坐到炕上脱下鞋袜一看，脚脖子已经肿得比小腿肚子还要粗了，原本白白的皮肤，也变成了青紫色。房东大娘送来一盆用野花椒枝叶熬的热水，吴梅英还从校医刘大夫那儿要来专治扭伤的松节油。女同学们帮着自己又是烫，又是泡，又是揉搓的，最后还用伤湿止痛膏把左脚腕贴了个严严实实。

可没想到，第二天早晨起床一看，脚腕处瘀伤不仅一点儿没见好转，反而肿得更厉害了！

班主任老师查看伤情后说："岳宗正好要回学校，让他先把你送回家吧。"肖海平心里不禁升起一丝怨气。哼！要不是他们在路上洒了那么多水，自己还不会受伤呢！

岳宗这个在小学出了名的捣蛋生，不知怎么的，上中学后，却成了老师们的宠儿。初一第一学期还没上完，他居然当上了学习委员，还带上了"两道杠"！而且，刚上初二，又被发展成班上的第一批团员，还当了班上的团支部组织委员。

上了初三以后，团市委提出"不让一个阶级兄弟掉队"的口号。班主任老师让岳宗帮助几个学习差的同学。于是，岳宗弄了个补习班，每天晚饭后用自习时间，以代数、几何为突破口，从初一学的有理数开始讲起，帮助他们复习功课。由于有独到的理解和心得，对许多问题，他的讲解比老师讲的还要好懂。上晚自习的时候，去听他补课的同学越来越多，后来差不多有一多半的同学都成了他的听众。有一回，肖海平也跟着吴梅英她们一起去听他补课。记得他说过这样一句话："要把数学符号当作词组，把列方程式当作重复应用题给出的条件。"听了还真让人有一种茅塞顿开的感觉。

那个年代，男生和女生之间好像隔了一堵墙。两张课桌之间的那条缝儿，成了谁也不能逾越的"三八线"。肖海平清楚地记得，在和岳宗坐同桌的时候，有好几次，自己的胳膊肘不小心过了"三八线"，都被岳宗粗暴地一下子撞回来。今天，见老师竟让他送自己回家，肖海平不由得紧紧地皱起眉头。

岳宗走进屋，抬眼看了肖海平一眼，没说什么，又看了看肖海平那肿得勉强塞进鞋里的脚和那打得四四方方的行李，还有旁边网兜里一大一小两个盆，以及牙缸、擦脸油、香皂盒、拖鞋等一应物品，轻轻叹了口气，小声嘟囔了一句："女生就是麻烦。"

虽然嘟囔着，却很快走到炕边，卸下自己的背包，用肖海平行李上多余的绳子把两个背包捆到一起，又解开网兜，把那些零七八碎的东西掏出去，一股脑都塞进自己的书包里，再把书包挎到肩上。网兜里只留下两个盆和一双拖鞋。他把网兜往肖海平手里一塞，硬生生地说了句：“这个你拿着。”然后，背对着肖海平，半蹲下身子，说：“上来吧。”

肖海平不解地问：“上什么？”

岳宗有些不耐烦地说：“上什么？上来我好背你呀，你的脚肿成那样，能走吗？”

“就凭他，还想背我？”虽说进了中学以后，岳宗的个子蹿起来不少，可是还是那么瘦。他能背得动我？

“去，谁用你背，我自己能走！”当时肖海平就是这么说的，而且话一出口，便从炕上跳下来，强忍着脚腕处钻心的疼痛，向屋外走去。到门口下台阶的时候，肖海平稍稍犹豫了一下，咬紧牙关一步步挪着下了那三层台阶，一阵阵剧痛让她出了一身冷汗。

岳宗跟着走出来，看了肖海平一眼，走到院墙边房东家的柴火堆旁，翻找几下，抽出一根粗点的木棍，拿起房东家搁在窗台上的镰刀，唰唰几下，砍去多余的枝杈，又比着肖海平的身高，砍掉一截，塞到她手中说：“给，拄着点儿。”

多亏了岳宗随手做的这根拐杖，要不是有这根棍儿，肖海平还真不知道，自己能不能那么顺利地回到家。

一路上，岳宗对肖海平的照顾算得上是无微不至。没想到，这个愣小子还能那么细心。他背着两个背包，手上提着网兜，还特意走在肖海平的左边，每当上下坡和走在不太平整的路上时，他都会及时地伸出手扶她一把。在车站等车的时候，他会把自己的背包放在下边，把她背包放在上边，让她坐在上边休息。上车后，要是有座，他会先让肖海平坐。要是没座，他就照样把两个背包摞在一起，让她坐到背包上，还站在她的外侧，用身子护住她，以免车上的人和东西，碰到她的伤脚。每次下车时，岳宗也都是先下去，然后伸出手揽着她的腰，连扶带抱地把她弄下车去。

就这样，不知不觉中，肖海平对岳宗的态度，也渐渐柔和了许多，还在等车的时候跟他聊起天来。长那么大，她还是第一次和一个不是自己家人的男生说那么多的话。

岳宗说的话题，总离不开男生那些调皮捣蛋的事儿，什么掏喜鹊窝、粘知了、斗蛐蛐儿、逮蚂蚱、钓鱼之类的。岳宗说，上五年级时，有一次星期六下午放学后，他们几个男生在学校外边的稻田水沟里抓了多半盆小鱼小虾和泥鳅什么的，本来想自己养着玩的，结果被班主任李老师看见了，非要给他们没收。那时还是困难时期，人们难得见荤腥，老师的意图显而易见。岳宗这家伙，不但没有顺水推舟把那些鱼虾交给李老师，反而“哗”的一下把它们全又倒进水沟里了！怪不得那一次，本来马上要发展岳宗入少先队了，结果李老师临时改变主意，说什么也不同意他入队！

聊起这件事，岳宗梗着脖子说：“她想要就直说，也不是不能给她，为什么一上来就批评我们不守纪律，还说什么抓了稻田里的小鱼小虾，就算破坏公共财产啊？好，要是交给她，准保得变成她们家锅里的私有财产。我总不能让老师也犯错误吧？”

这个岳宗，有时候就是这么倔！

从岳宗的嘴里，肖海平知道，他这次提前返校，是被数学组的老师选中，要去参加市教育局组织的中学生数学竞赛。岳宗的脑瓜确实比别人好使，那些复杂枯燥的代数几何，他好像不用费劲儿就学会了。最令人羡慕的就是每次考试前，大家都在教室里复习功课，恨不得一天能有四十八个小时才够用。可是他，不是弄个足球，对着教室外山墙一个劲儿猛踢；就是拿着篮球，在操场上练运球和投篮。可即便是这样，每次考试，他还总能得满分！咳，跟他当同学，自信心常常受到莫名的打击。

记得在一次自习课上，肖海平遇到一道几何证明题，想了半天，也不知道如何解，只得鼓足勇气去问同桌的他。岳宗只瞟了一眼，拿起笔在图上轻轻一画，画出一条辅助线，就又去看他手里的小说了。根据他画的线，肖海平很快就解出了那道题。哼，岳宗这个家伙，虽然有些傲慢，倒是一点也不让人讨厌。

那天，岳宗把她送到海军大院大门口时，已经是下午了。肖海平看他一路对自己照顾有加，原想把他带回家吃饭，让他尝尝奶奶的手艺，可是岳宗放下她的行李，朝她摆摆手，转身飞跑着去赶公交车去学校了，根本没容自己说出挽留他的话。

没错，应是从那件事之后，肖海平才开始越来越多地关注起他来，并越来越多地发现了他身上的许多优点，而且竟然在内心深处，对他有了一种莫名的牵挂。今天，自己明着说是来为哥哥送行，实际上，也是来和岳宗告别的。

这次来北京招兵的部队，来自全国各地，他们这一走，天南地北的，要是不抓住最后这个机会，这辈子还有没有机会再见到他，那可真难说了。老天还算开眼，只在这乱哄哄的人群里转了一会儿就碰上他了。半年多不见，他的个儿又蹿起来不少，已经足足比自己高出半个头了。他那么痛快答应给自己写信，也不知是真还是随口应着；自己站得那么高，朝他晃着围巾，也不知道他看见了没有。

肖海平一边骑车，一边满腹心事地问身边的吴梅英："哎，梅英，你说，他真的会给咱们写信吗？"

"会吧，到了兵营人生地不熟的，最容易怀念亲友。他答应得那么痛快，一定会写信的。"吴梅英轻轻一笑。

肖海平若有所思地往前骑，突然双手一捏闸，停住车，双脚撑住地，高声叫着："糟糕！刚才只顾着跟他斗嘴，忘了把我家地址告诉他了，他要真来信，往哪儿寄呀！梅英，你告他地址没？"

吴梅英说："我也把这茬儿忘了个干净，你都没告他地址，我干吗要告诉他呀？不过不用着急，岳宗那鬼灵精的脑子，够用！他要真想写信，肯定会把信寄到学校去。"

肖海平听了，想也没想就掉转车头，朝学校的方向骑去。吴梅英在后边急得大声叫着："哎！肖海平，你去哪儿呀？就算他真的一到部队就写信，至少也得三四天后才能到呢！你现在去学校，有用吗？"

"我……"被吴梅英说破了心事，肖海平一时语塞，"谁等他的信呀？我是，我是去学校看看，不行啊？"

虽然知道她是在强词夺理，但也不能不承认她对学校的感情。吴梅英和肖海平一样，从七岁上小学开始，在这个环境优美的校园里，已经度过十多个年头了。她们的童年、少年和青年时期最美好的时光，都是在这里度过的。学校的一草一木，还有那些房屋、假山、河流、小桥，真的令人眷恋，令人难以割舍。再过一个多星期，她们也要像岳宗一样，背起行装，离别父母，离开这座生活了十几年的城市，走进军队这个更为广阔的天地了。想到这里，吴梅英心里也泛起一阵淡淡的惆怅。她习惯地抿了抿嘴，轻轻一笑，脚下加劲，跟上肖海平，两人肩并着肩，一起向学校骑去。

满载着新兵的一辆辆汽车，很快到了火车站。岳宗他们是1968年北京征召的第一批新兵，市里在火车站举行了隆重的欢送仪式：由市政府和北京卫戍区领导讲话，还安排了一位新入伍的海军战士代表新兵发言。随后，在一阵锣鼓声中，新兵们排着队来到站台上，一个接着一个登上早已等在站台边的一列客车。随着一声悠长的汽笛声，火车“咣当”一声晃了一下，缓缓地驶出了站台。

不知道去别处的新兵，后来是怎样离开那个小站台的。去E军的这些人，先是坐在车厢里，一支接一支不停地唱歌,《三大纪律八项注意》《毛主席的战士最听党的话》《大海航行靠舵手》《下定决心，不怕牺牲》《说打就打说干就干》《三八作风歌》……新兵们几乎把那些部队的队列歌曲，全都唱了一遍。

天擦黑之时，有人不知从哪里抬上来两个大笸箩，一个装的是面包，一个装的是馒头。大多数人都把手伸向装面包的笸箩，岳宗则从笸箩里抓了三个大馒头。

1966年他和几百名北京红卫兵去上海大串联，上海方面给他们送来许多吃的。岳宗先是就着汽水吃了两个满是奶油味的面包，又就着榨菜吃了两个碱味有点儿大的馒头，相比之下，他立刻判明，榨菜就馒头，远比奶油面包更可口。从那以后，他再也不吃面包了。

吃喝完毕，又等了一会儿，天色渐渐暗了下来，车厢里的灯也亮了起来。站台上传来一阵脚步声，有人扒着车窗往外看，发现不知哪个车厢的人已经下了车，正在站台上整队待发。车厢里，渐渐响起一片嗡嗡的议论声。有人大声问带兵的干部：“连长，还要等多长时间呀?”“是啊，我们今天晚上是不是要在这车上过夜呀?”

一个大约三十岁出头的年轻军人，站起来大声说：“不要乱！你们都已经是解放军战士了，解放军战士，要无条件地服从命令。我们现在正在待命，大家要自觉遵守纪律，没事儿尽量少走动，保持安静，什么时候命令来了，我会通知大家的。”

在那个年代，能够穿上这身军装，对年轻人来说是一件难得的幸事，谁也不愿意刚到部队就给领导留下不守纪律的印象。用服从命令，遵守纪律的要求，来约束这些新兵，是一个绝佳的策略。车厢里立刻安静下来，靠带兵班长坐着的新兵，开始打听部队情况，离带兵班长较远的人，则互相打听各自的姓名和家庭、学校的情况。

大约又过了一个多小时，带兵干部大声宣布：“同志们，来接我们的车已经到了。大家立刻拿好自己的东西，按顺序下车，到站台上整队集合。”

随着一声令下，新兵们赶紧提上背包，鱼贯而出。带兵干部挨个点名，新兵出列，按照将要去的方向，到旁边重新整队。

刚入伍的新兵，最关心的，莫过于自己能被分到什么兵种，哪个部队。岳宗知道，陆军的军一般下辖三个步兵师，还没有装甲师、炮兵师、防空师，这些兵种师当时还隶属于各个兵种司令部。三个师加一个军直属队，应该是四个大单位。岳宗最向往军直属队。军直属队包括坦克团、炮兵团、高炮团、工兵团，还有侦察营、通信营，这些都是技术兵种，对岳宗这个“知识青年”来说，更具吸引力。

那边，已经站好三个方队了，眼看站在这边队列里的人越来越少，岳宗心中正在暗自着急，突然，听到带兵干部大声念出自己的名字。他连忙运丹田之气，一边大声答了一声“到！”一边提起背包一溜小跑，来到新聚起的小队列前，大声喊了一声：“报告！”随着一声“入列！”的口令，岳宗站进队伍。岳宗注意到，凡是被分到这个队伍中来的，一律都穿着翻毛大头皮鞋，跑起来嗵嗵响，脚步声特别重，和那些穿着胶底黑布棉鞋的明显不同。

不一会儿，来这边集合的新兵已有三十多人，被编成四个班，每班八九个人不等。岳宗被分到了一班，班长身材适中，略长的方脸膛上、有着一双明亮眼睛。岳宗一看，正是刚才那位三十岁出头的年轻军人。

“我叫任宝田，奉上级命令，担任你们的班长。请大家按从左至右顺序，简单介绍一下自己的姓名、年龄和入伍前的基本情况。从现在起，直到到达部队驻地，我们都将在一起。互相认识了，方便相互照顾。”

年轻军人一口略带点地瓜干味儿的普通话。言语倒还简明干脆，表达准确，没有一句废话，语气中透着一种权威和自信，一下子就掌控了整个局面。

新兵们按照任班长的要求，介绍了自己的基本情况。被分到这个班的九个人，分别来自西城、海淀和丰台区，均一色初高中学生。稍年长者，是来自北航附中的周松涛，“老高二”的，已经二十岁了。他立刻被班长指定为副班长。

“虽然都是北京人，但来自不同学校，也算是来自五湖四海。参军前谁也不认识谁，现在，为了保卫祖国这个共同的目标，大家走到了一起，就要互相关心、互相帮助、互相爱护。从北京到部队驻地，火车还要走一天多。在这段时间里，大家要以一个真正的人民解放军战士的标准严格要求自己，服从命令听指挥。特别要提醒大家：在‘输送’……噢，补充一句，军人‘成建制’，就是说按军队原有的编制（如军、师、团、营、连、排等）调动人员，乘火车机动，军中用语叫‘铁路输送’。铁路输送，有铁路输送的纪律和规章制度。其中最重要的一条，是要杜绝单独行动，不管你要干什么，哪怕是上厕所解大小便，都至少要有同班一人陪同，一定要严格遵守，明白了吗?”任宝田班长的这段话，几乎是一口气说完的，让岳宗感受到他带兵的真诚与经验丰富。

“明白!”新兵们齐声回答。

任保田满意地点点头，又说:“过一会儿再上车，我们班会跟别的班乘同一节车厢。大家要按指定位置乘车，并要注意搞好团结。‘输送’途中停车时，要注意听哨音，三声长音是下车，连续短音是上车，没有哨音不准下车。‘输送’途中大家还要轮流当值班员，负责打扫卫生和打水打饭。注意照管好自己的物品，除了毛巾、牙缸等洗漱用品外，其他暂时用不着的东西就不用往外拿了，免得拿乱拿错或者丢了就不好了。其他，还会有许多具体的事情，我不一一说了，说多了你们也记不住，反正大家记住一点，不懂的问我；讲过的，按照规定去做，一定不要自作聪明，自行其是，明白吗?”

“明白！明白!”任班长这一番话，温暖贴心，新兵们激动地回应。

通过从北京到驻地一路上和任班长接触，岳宗知道任班长是河北省人，他的老家在河北省中部的河间县（今河间市）诗经村。这诗经村历史悠久，有西汉毛苌讲授《诗经》遗址和民国时冯国璋将军府，这两处至今依然是河间的著名景点。

难怪，生长在诗书之乡的任班长，还是一位大学生呢！他是 1962 年从河北师范学院入伍的。那一年，为了应对局势，军队破天荒地征招了一批品学兼优的大学生。几十年后，这批文化兵中的许多人，成了我军各个部队的骨干。

任保田在 1964 年全军大比武时任尖子兵班长，曾率兵向党和国家领导人汇报表演。全国风靡一时的《向毛主席汇报》纪录片中，就有他带领全班跨越障碍，向“敌人”阵地发起冲锋的镜头。1965 年他被保送步兵学校深造，“文革”开始后，从步校回到部队，担任了排长。这次去北京带兵，他是临时担任班长。

在还未真正佩戴上红色帽徽红领章的这段时光，任班长就像一个见多识广、忠厚善良的兄长一样，用自己的一言一行为新兵们做榜样、引路子，教会新兵许多认识社会和与人相处的知识和道理，使新兵们了解了军队的特点和规矩。岳宗对他从心底里产生了一种信任和亲近感，觉得能在他手下当兵，非常幸运。

车一时还来不了，新兵们按照班长的命令，把背包排成两排放在地上，每个人都坐在自己的背包上，一边小声和身边的人交谈着，一边等待新的命令。

岳宗仰望着天上的繁星，脑海里不觉浮现出郭小川《望星空》的诗句：

今夜呀，
我站在北京的街头，
向星空瞭望。
明天哟，
一个紧要任务，
又要放在我的双肩上。
我能退缩吗？
只有迈开阔步，
踏万里重洋；
我能叫嚷困难吗？
只有挺直腰身，
承担千斤重量。
…………
在伟大的宇宙的空间，
人生不过是流星般的闪光。
在无限的时间的河流里，
人生仅仅是微小又微小的波浪。

是啊，马上要离开这天熟地熟人也熟的北京城了，明天，还不知道列车会把自己拉到什么地方。虽然肯定不会去踏万里重洋，但同样可以肯定的是，今后的生活将会是与之前完全不同的全新生活。将要去的地方，是平原还是高山？将要去的部队，是什么兵种？有什么武器装备？将要认识的人们，来自何方？有何脾气秉性？将要从事的工作，是何种性质？会遇到怎样的困难和考验？

如此这般，未知无数……也只有挺直腰身，去承担将来的千斤重担。岳宗坚信，不管遇到什么样的考验，只要记住老爸临别时的嘱托，自己一定能适应新环境，融入新集体，成为出类拔萃的好兵！至此，岳宗又悄声吟诵起《红灯记》中李玉和的道白："妈，有您这碗酒垫底，什么样的酒我都能对付！"

正当岳宗思绪像放开缰绳的骏马，在想象的空间里自由驰骋之时，突然响起了哨音。他立刻按照班长的命令，站起身，背好背包，随着人流穿过地下通道，来到另一边站台上。眼前，停靠着一长溜黑黢黢、俗称"铁闷子"的货运车厢。

进了车厢，只见里面是长约二十米，宽约三米，高两米半左右的空间。车厢两侧靠中间位置，各有一扇拉门；在拉门两侧车厢顶部中央，各垂下一根铁丝，铁丝下端吊着盏只在电影里见过的那种马灯，粘着些许油烟的玻璃灯罩透出昏黄的灯光。借着这昏黄的光芒可以看到，车厢的一侧铺着一层用稻草编成的垫子，占去了大约两米的宽度，在另一侧则留出了一米多宽的通道。

按照命令，岳宗这个班集中到车门左侧。他们打开背包，依次把床单铺在草垫上，又把衣物包袱放在靠近车厢壁的一侧，再把棉被叠成被筒铺在床单上。这就是新兵们在"输送"途中的铺位。班长的铺位，在最靠近车门的位置上。

大家刚刚安顿好，只听"呜呜"几声汽笛响过，紧接着"咣当"一声，火车猛地晃了一下，缓缓起动了。班长把耷拉在车门旁的一根铁链固定在门上，车门留下一道一米多宽的空档。车站上的灯光、建筑纷纷从门外闪过。远处，城市的路灯、楼影缓缓地向后方移去，渐行渐远。新兵们不约而同地拥到门边，怀着几分兴奋、几分惆怅，目送着远去的家乡，直到最后一抹灯光消失在地平线上。

"脱衣，睡觉！"班长招呼着大家。

穿着衬衣衬裤，头枕着包袱，侧身躺着，岳宗感觉很不舒服。隔着薄薄的包袱皮，能明显感觉到军装衣扣像一粒粒坚硬的石子，硌得脑袋生疼。这种货运闷罐车，车厢下没有减震装置，车轮轧过铁轨接缝处时，能感到明显的起伏，同时，还有震耳欲聋的金属撞击声传来。在列车减速时，还能听见闸瓦摩擦车轴发出的尖锐的吱吱声，阵阵夹杂着铁锈味的寒风，透过半开的车门刮进来，直吹得马灯的火头忽明忽暗。

车厢里的新兵们，或是因为难以适应这种震动和声响，或是因为初次离家而产生的莫名兴奋，几乎没人入睡。不时有人挪动身体调整着睡姿，还有人用近似耳语的声音与身旁的人交谈着什么，只有那位任班长对这一切似乎早就习以为常，他把棉帽戴在头上，把帽耳放下，枕着低矮的衣服包上，不一会儿就发出了轻轻的鼾声。

岳宗学着任班长的样子，带好棉帽，放下帽耳，再躺好。果然，衣服包不那么低矮了，包袱里军装上的衣扣不那么硌了，车轮与铁轨撞击的声音也小了许多，就连车厢的起伏，也好像变得均匀而有节奏了。到底是年轻，心无旁骛。很快，随着车厢那摇篮般的节奏，父母、弟妹、同学渐渐从岳宗的意识中淡去，不知从什么时候起，也进入了梦乡。

第二天天刚亮，班长把大家从梦中唤醒，要求各自打好背包。岳宗知道，这是快要到部队驻地了。列车轰轰隆隆地驶上一座大铁桥。班长指着桥下泥浆一样的河水说:“都过来看看，这就是黄河。”

伴随着“咣当”一声巨响，车厢猛地晃了一下，车过了黄河，又一口气儿走了三个多小时，车速开始渐渐慢下来。班长招呼大家，整理好自己的东西，打扫好车内的卫生，又把草垫子归置整齐。

新兵们心中都暗暗长出了一口气。一路上，颠簸于货运闷罐车的种种不适已然消退；这次“输送”的终点到了，岳宗眼前，只有前方的路。

红色帽徽
红领章

RED
Cap Badge
RED
Collar Insignia

第三章

流动红旗

中午，列车开进一个大型车站，停在最外侧的一道站台边。新兵们按照班长的命令依次下车，鱼贯相随，被带到站前的一片广场上。在那里，岳宗看见了戎装整齐的李叔叔——军司令部军务处李处长。

李处长把岳宗叫到身边，小声对他说："这次，原想把你分到军直属队，军直技术兵种多，又方便照顾。你老爸在整个战争年代，差不多都待在这个部队。这里他的老战友、老部下最多。可你爸坚决要求把你放到守备师去。守备师除了担负三百多公里海岸线的守备任务外，主要任务是生产。你可要做好吃苦准备呀！"

对自己儿子严格要求，毫不心软，这就是老岳的风格。岳宗知道，老爸对自己越是严格，越说明他对自己的信任与厚望。岳宗也有这个自信，相信自己用不着什么关照，能凭自己的努力，很快适应部队这个全新的环境，生存下去，求得发展。他看着李处长，坚定地说："放心吧，李叔叔，我能行！我不会辜负我爸和军首长们的厚爱的。"

"好小子，我就知道你会有出息！"李处长用力在岳宗肩头拍了一掌，"有什么事儿，一定要给我打电话！"

岳宗连忙说："这可不行，临行前老爸专门交代过，叫我当好普通一兵，不许麻烦部队领导。他还说，他随时能了解我的情况，要是给军里师里领导打电话要求照顾，他就把我调到别的部队去。"

李处长笑着摇了摇头说："这个老首长，还是这么个犟脾气。好吧，县官不如现管，我也会随时了解你的情况的。"说罢，又叮嘱了岳宗一些到部队后应该注意的事项，就转身离开了。

又等了一会儿，两辆军绿色的解放牌大卡车载着岳宗他们，一前一后开出了广场。

汽车沿着林荫道一直朝北行，拐了几个弯，很快把城市抛在身后，沿着一条笔直的公路一直向前开。从车篷后面的空隙可以看到公路两边是一望无际的平原。时已早春，地里的麦苗已开始返青，绿油油地从路边一直向远处铺开，像极了一块块绿色的地毯，焕发着蓬勃盎然的生机。公路两侧钻天杨的梢头上，已经钻出了一簇簇暗红色的“毛毛虫”。路边不时闪过一座村庄，偶尔还可以看到几头牛、几匹马、一两群羊，悠然自得地啃着刚刚露出地面的草芽。

新兵们一边看着路两旁的风景，一边兴奋地争着辨认田野里庄稼和树的品种。渐渐地，公路两边不见了麦田，映入眼帘的，是大片裸露的深褐色土地，地面上除了间或有一两个积水的坑洼外，竟然看不到一棵树、一根草，刚才还算密集的村庄也越来越难得一见了。不知是因为疲倦了还是什么别的原因，新兵们都住了口，只是默默地看着路两边蛮荒的土地，谁也没兴趣再争论什么了。

再往前走，又出现了一片一片的芦苇。靠近公路的地方，芦苇被人齐根割去，露出一片片密密麻麻的苇茬。远一点的地方，枯黄的芦苇上飘着一层白色的毛茸茸的芦花，随着阵阵春风不断地起伏。越往前走，芦苇越密，一处处芦苇连成了片，风再也无力撼动它们，只能从芦花的浮动上察觉到风的存在。

又走了一段路，汽车拐了一个直角弯，驶上了一座大桥，路面宽宽，桥栏密密。越过桥栏，可以看到桥下宽阔平缓的黄色水面。

“黄河？这是黄河吗？我们上午不是刚刚过了黄河吗？”岳宗指着桥下的水面，把一连串的疑问抛向班长。

“没错，就是黄河，我们师的驻地在黄河北岸的滨城。我们这是坐火车到了黄河南岸，再坐汽车去北岸，大概再有一个小时就可以到了。”任保田答道。

车过黄河大桥，路边仍然是荒芜的土地。不知从什么时候起，路边有了店铺和学校，汽车已经驶进了一座城市。再走一段路，汽车开进一座两侧建着岗楼的大门，沿着一条水泥路走了一段，向右一拐，停在一排平房前。这，就是岳宗他们的守备师一团驻地。

“到家了！一路辛苦了！”一位青年军官疾步迎上前来。

班长任宝田向来人敬礼道：“报告股长，北京新兵全部带到，请指示！”

“好！快回连队，休息吧！”股长关切的话语，让新兵们感到非常亲切。

跳下车，排好队，大家沿着甬道转过那排平房，又走了几百米，向左一拐，来到另一排平房前。随着任保田一声“立定！”的口令，有几位同样穿着崭新军装的新兵，接过大家的背包和提包，把岳宗他们领进了屋。

“嚯，好大的房子！”这间屋有十多米宽，三十多米长，屋内一组一组地放满了木制的上下床，足有好几十张。有些床上已经放上了被褥，但大多数还是空的。每张床上都铺着一块厚厚的草垫，草垫上面是一块洁白的羊毛毡，羊毛毡上，还有一条白色的棉褥子。

新兵们正不知该把背包往哪儿放时，门一响，一前一后走进来两个身穿干部服装的军人。走在前边的一位个头不高，面色黝黑，背部微微有点驼。紧随其后的那个人，足足比前者高半个头，他的国字脸上那双狭长的眼睛正精光四射，好像能穿透阻挡他视线的任何东西。看样子，他们应该是这个连队的主要首长。

果然，走在前边的那人开口说话了：“欢迎大家来到新兵一连！我是郭连长，这位是张指导员。”他微微侧过身子，指了指身后的军官。接着又说：“你们是第二批到团里的新兵，暂时都编入一连，等过几天人到齐了，再做调整。”一口浓重的山东口音，像极了高元钧的山东快书。

“欢迎，欢迎啊，这里的条件比较艰苦，比起伟大首都北京来，简直就是穷乡僻壤。我们参军入伍，是来保卫祖国的。我相信，大家都有很高的无产阶级觉悟，一定能够经受住艰苦条件的考验，在解放军这个革命大熔炉里，把自己锻炼成思想红、作风硬、武艺精的无产阶级战士。”张指导员不愧是政工干部，嘴里的词儿一套一套的。

两位连首长讲完话，新兵们开始安放各自的背包。在学校住校时，岳宗住惯了上下铺。眼前这些床宽度约有九十厘米，长度应该是两米，上铺靠外侧的一边，同样有一道约十五厘米高、一米左右长的栏杆，这些都和学校的差不多。岳宗顺着床头一侧的扶梯爬上上铺，解开背包，铺好床单，又叠好被子，贴近床头放好，顺手把背包绳捋了捋，压到褥子下边。

岳宗刚从上铺下来，郭连长就走了过来，对他说：“一个军人，随时都要准备一有命令就上战场，这么放背包绳可是要耽误事的。”说着，他把背包绳从岳宗的褥子下抽出来，先将背包绳对折，然后把左手拇指和食指张开成八字，右手拿着背包绳在两根指头上来回缠绕，绕成个 8 字形的绳团，再把绳头在中间缠几圈后别好，一个巴掌大小的背包绳结就弄好了。只见他右手握住绳结，左手拉着绳头轻轻一抽，刚缠好的绳团便呼噜噜地从中间一圈圈散开。郭连长说：“看到了吧？这样用起来方便多了，照这样整理吧。”

小小一个背包绳竟然还有这么多学问，看来在军队里，需要学的东西还真不少！待一切都安顿好了，岳宗重新打量起新住处来：这是一个南北朝向的大房间，房间的四个角各有一张单人木床，木床旁边摆放着三屉桌和椅子。任班长说，这是四个排长的床位和办公的地方。房间南北两面的墙上，各有九个宽约一米五，高足有两米多的大窗户。窗玻璃被擦得一尘不染。两个窗户之间，摆放着四个紧并在一起的上下床，整个房间内共有四十八张上下床，可以住九十六个人，再加上房子四角排长的床位，这个大房间可以整整住下一百人呢！

想象一下，来自五湖四海的一百个人，共同生活在这样一个空间里，就算有一半的人在说话，那会是一种什么样的情景啊！

每张床的床底下，还放着两个马扎。据任班长说，不是休息时间，除了病号以外，谁都不准沾床。在部队就是这样，无论是开会、学习、上课，还是写家信、下棋、看电影，都离不开小马扎。

房间外，门厅两边的黑板上，一边用彩色粉笔画着几个欢天喜地、敲锣打鼓的军人，另一边写着“热烈欢迎新战友”的标语。沿着通道再往里走，是一间比宿舍略小的房间，房间内靠墙摆放着四个书柜，透过柜门的玻璃，可以看到里面放着一排排《毛泽东选集》。这里是连队的“多功能厅”，今后，战士们无论是上课、开会、评比、表彰还是搞文娱活动，都将在这里进行。

吃晚饭时，新兵们被带进一个格外宽敞的大食堂里。听任班长说，这儿，是全营官兵就餐的地方。“嚯，好大啊！”

是呀，20 世纪 50 年代中期，部队进行正规化建设，曾一度沿袭苏军的习惯，以营为单位开伙。从 1959 年反教条主义之后，我军又恢复了以连为单位开伙的老传统，但全营共用一个大食堂的情况，却一时无法改变。

当然，每个连都各有一块固定的场地。由于新兵还没有到齐，那天的晚饭，营首长和各连的干部跟先来的五十多名新兵一起就餐。每张桌上，都放着两个浅黄色的搪瓷大盆，分别盛着白菜熬豆腐和炒萝卜片这两样菜。几张桌子中间，放着盛满馒头的笸箩和盛着黄澄澄小米稀粥的大木桶。餐具照例是每人两个粗瓷大碗和一双竹筷。

岳宗学着别人的样子，盛了一碗小米粥和一碗菜，左手抓着两个馒头坐到桌边吃起来。两个馒头下肚，感觉还没饱，又起身去拿，笸箩里却已经空空如也了。岳宗不由想起老爸嘱托“准备吃苦”的深意：在这种环境下，就是需要不断地挑战安乐啊！岳宗告诉自己一定要坚持下去！

最终，岳宗被编进新兵一连一排一班。新兵一连的郭连长和张指导员继续留任，令岳宗分外高兴的是，去北京带兵的任保田，依然在自己所在新兵一连任一排长。这位对战士像兄长般温厚的一排长，日后成为岳宗最亲密的战友。

一班长贾勤学是河南商丘人，1964 年入伍。他中等个儿，身板结实，也是大比武时的尖子兵，一举一动都透着股训练有素的军人的利索劲儿。不过，他好像不大爱说话，除了在队列前大声下达口令外，平时很少能听到他张口。遇到任何事情，他总是用无声的行动，表明自己的态度。这大概就是老爸所说吃苦耐劳、朴实忠厚的农村兵吧？当兵的时间越久，岳宗就越能感受到，这些农村兵的品性非常朴实诚恳，是自己学习的榜样。

岳宗他们班的刘新柱和王顺娃，也都是性格憨厚朴实的农村兵。他们来自山东沂蒙山革命老区。解放战争时期，E 军曾经在那一带打过许多漂亮仗，岳宗父母都参加过著名的孟良崮战役，曾首创歼灭国民党军头号王牌整编 74 师的辉煌战绩。也许正是由于这个原因，新中国成立以后，E 军几乎每年都要从沂蒙山区招兵。这次仅分配到守备一团来的新兵中，便有五十多人来自沂蒙山区。这些山里长大的小伙子，基本都不善辞令，但个个待人诚恳、吃苦耐劳。

每天一起床，刘新柱和王顺娃就会每人抱着一把大竹扫帚，把连队四周的道路和厕所打扫得干干净净。吃饭的时候，他们又总是抢着吃上一顿剩下的粗粮，还说在家吃惯了粗粮，非要把细粮让给北京来的战友，使岳宗深受感动。

班里还有两位来自河北乐亭县的新兵，一个叫高宝顺，一个叫吴庚壬。他们讲话的声调特别逗，每句话的尾音都往上挑，仿佛英语里的疑问句，说得快了，听上去就像唱歌似的。乐亭还有些特殊的方言，比如，把“藏起来”说成“抬了”，把“铁丝”说成“铁谈”，等等。第一次听到他们说“你听听这是啥味？”“谁把我的钢笔给抬了？”“把晾衣服的铁谈擦喽！”之类，常常令人忍俊不禁。

过了些天，连里又来了一批许昌籍的新兵。许昌位于河南省中部地区，历史悠久，三国时曾是魏国的都城，曹操曾在那里“挟天子以令诸侯”。河南地处中原，也是中国文化的发源地（2008 年初，出土于河南许昌灵井遗址的古人类化石，即被考古学家命名为“许昌人”）。分到岳宗他们班的谭春明，闲暇时常侃侃而谈，细数许昌考古的趣闻。他和岳宗一样，也是66届初中生。谭春明身高足有一米八五，体格强壮，篮球打得特别好。

最后，来连里报到的是重庆籍新兵。分到岳宗他们班的俞绍成和林广义，分别来自北碚和长寿。他俩的言谈举止中，常常流露出一种对什么都不屑一顾的劲儿，好像他们什么都经历过，还时常看似不经意地谈起重庆作为中华民国陪都时，“民国五大院”中高官显爵和社会名流的奇闻轶事。他们口里讲出的那些“文革”中奇诡莫测的市井传言，确实有点儿骇人听闻。

那时，部队供应的口粮是大米、白面、粗粮各占三分之一。粗粮里的玉米面窝头、发糕都还好对付，无非是硬一点，多嚼几下也就咽下去了。而小米饭则不然，吃到嘴里，腮边、舌下全是一个个尖锐的小颗粒，嘴里就像塞满了沙子。嚼吧，磨得牙床生疼；不嚼，更难以下咽。尤其对那些吃惯了大米的南方人来说，吃小米饭就成了一次艰难的考验。

记得俞绍成和林广义刚来那天的晚饭后，回到宿舍，躲在床上用被子蒙着头偷偷哭了一场。过不了吃饭这一关呢！后来还找到连长，坚决要求回家。当然，他们最终还是留在了部队，成了一名合格的解放军战士。

但是，如何帮助战士们过好生活关，也给部队带新兵提出了新课题。后来，不少单位研究出小米的多种做法，一些人还专门以“如何让新兵吃好到部队第一顿饭”为题，写出文章，部队的生活也日益得到改善。当然，这都是后话。

新兵们全部到齐了，新兵训练正式开始。一天早饭后，一连新兵排成三列横队站在操场上。值星排长立正敬礼，向郭连长报告：“新兵一连列队完毕，应到一百二十一人，实到一百二十一人，请指示！”

肤色黝黑的郭连长语调高亢地说：“马上，我们就要去礼堂参加‘开训动员’大会，这是新兵一连第一次集体亮相。队列要整齐，口号要响亮，起立坐下动作要一致，唱歌声音要有力！古话说‘文无第一，武无第二’，什么意思？就是说在战场上，只有‘第一’才是胜利者，‘第二’那就是失败！一连为什么是一连？这不光是一个编制序列排序，一连，是先锋、是尖刀、是第一流的主力连队！没有这种争第一的勇气和决心，就不配当个军人，更不配在一连当兵！大家有没有信心第一次集体亮相，就争个第一回来？”

话虽不多，但铿锵有力，充满挑战性，一下子点燃了新兵们心中争强好胜的情绪，大家不约而同齐声回答：“有！”

郭连长大声下达口令：“向右——转！齐步——走！”一百二十多只左脚同时迈出，同时落地，一百二十多只右脚紧紧跟上，响起一阵齐刷刷的脚步声。

“一，二，三——四！”郭连长喊着口令。

“一，二，三——四！”队伍的回应有如山呼海啸。

“一二——三四！”

“一——二——三——四！”

“一——二——三四！”

…………

新兵们跟着连长不断变化着节奏，阵阵口号声在四周震荡出一波波回音，热血在一百二十多个胸膛中沸腾！

进了礼堂，刚在指定的位置坐下，二连就先声夺人，唱起《大海航行靠舵手》的歌。当他们唱到“鱼儿离不开水呀，瓜儿离不开秧”时，早就做好准备的一连指导员把手一挥，起了个头：“下定决心，预备，起！”

“下定决心，不怕牺牲，排除万难，去争取胜利！”一百二十多条嗓子一齐吼了出来，像平静的海面上陡然掀起的一排排巨浪，当即把二连的歌声压了下去。

在集会的场合互相拉歌，是部队一种优良文化传统。几支歌一唱，这支连队的人心、士气、作风、凝聚力和战斗力，便展露无遗。唱什么歌，怎么唱，在什么时候唱，也都很有讲究。像这首《下定决心，不怕牺牲》，本是把毛主席在中共七大闭幕词《愚公移山》中的一句话配曲而成，词句铿锵、节奏紧凑，唱起来连续重复三遍，而且在最后一遍，先是以排山倒海般的气势高喊“下定决心！不怕牺牲！”的口号，然后再一字一顿地唱出“排除万难去争取胜利！”最后在“利”字上像刀切般戛然而止，特别具有一种压倒一切的气势。加上一连的歌声又是在二连唱的那首歌进入低婉的抒情乐段时起唱的，所以一下就突显出一连的气势。

一连的歌声刚落，三连、四连、五连，又此起彼伏地唱了起来。歌声在礼堂里回荡，震耳欲聋……

入伍训练动员大会火爆异常。政委讲了入伍训练的重要意义和地位、作用，团长对训练提出了要求，带兵骨干和新兵代表上台表了决心。最后，团参谋长宣布了在训练期间进行内务卫生、作风纪律、队列军容、军事训练四个项目中评比“流动红旗”的方法和条件。

团参谋长话音刚落，一连郭连长便走上台，从参谋长手中拿过那四面小红旗，对着台下大声说：“这四面旗子总要有地方挂，先挂在我们一连，一周后，你们几个连……”他用手指着其他几个连坐的位置画了个半圆，接着说：“谁有本事超过我们，就从我们这儿，把红旗拿去。不过，还得问问我们连答不答应！”

“我们不答应！”没有预先彩排，一百二十多条嗓子异口同声，喊出了战士们的决心。

参谋长走到团长政委身边，耳语几句，又走到台上笑着说：“今年的流动红旗，不叫‘评’，叫‘夺’，红旗先放一连，其他各连也想挂，怎么办？去夺嘛！一周以后，由团司政后机关组成联合评比组，到各连检查你们的内务卫生、作风纪律、队列军容和军事训练成绩，只要你们得分比一连高，我让老郭敲锣打鼓亲自把红旗送到你们连去！”

参谋长的话音刚落，郭连长就在台上对着新兵一连的官兵高声说：“一连的都听见了？到时候咱们全连一起敲着锣打着鼓给人家送红旗去，你们想不想去呀？”

“不想！”

“光不想不行，要拿出行动来！入伍训练，大家都从同一条线起步，我就不信别的连队的人比我们一连的人强。我们一定要通过超人一等的努力，做出超人一等的成绩来，大家有没有决心？”

一连的新兵们像是听到了冲锋的号角，“嗯”的一声，齐刷刷地站起身来，大声喊：“有！”这声音震天动地，好半天过去了，礼堂的穹顶上似乎仍然回荡着阵阵嗡嗡的回音。

在一连召开的“保红旗”动员会上，连长说：“荣誉是大家伙儿的，要靠我们每一个人的一举一动去争取。每一个人都要为集体的荣誉争光，对集体的荣誉负责。比方卫生检查，一百多号人，一百多双手伸出来，九十九个指甲都剪得干干净净，就你一个人留个长指甲，扣了分，丢了红旗，你怎么办？你对得起那九十九个人吗？比方军事训练，投弹投不远怎么办？一个字，练！功到自然成！你也不比别人缺条胳膊少条腿，站起来都是五尺多高的汉子，能甘心什么都比不上别人？

“你们这些人里藏龙卧虎哇！可话又说回来了，常言道，龙多旱，人多乱，公鸡多了不下蛋！一个单位里能人太多，都想显示个人的能耐，自己人会打起来！所以我要说，不管以前你是干什么的，都干过些什么，现在到了我们新兵一连，原来就算你是条龙，你也得给我盘起来；你是只虎，你也得给我卧好喽！到了这儿，你就是普通一兵，你就没有个人的荣誉和利益，你就要为我们一连整体的荣誉，做好你该做的所有事，贡献你的一切能力。

“怎么争红旗保红旗？大家都给我记住一句话，每个人都要心中有我们一连这个集体，牢记自己是这个集体中的一员，都要一切从自己做起，从一点一滴做起，都要努力不从自己身上丢分，不仅不从自己身上丢分，还要努力帮助自己的同志、战友不丢分。只要大家都做到了这一点，我敢保证，这红旗，就会在我们一连永远挂下去！”

连长的这些话，至今言犹在耳！当兵，就要有超人一等的努力，就要“盘龙卧虎”，甘当普通一兵！岳宗虚心向学，把这些箴言牢记心中！从此认真做事、踏实做人，很快成为班里颇受欢迎的一员！

第一次流动红旗评比，是新兵训练一周之后开始的。团机关一名副参谋长带着两个参谋和团卫生队的一名军医，又从五个新兵连各抽了一名干部，再加上一名班长和一名新兵组成内务卫生验收小组。岳宗作为新兵代表，也参加了第一次内务卫生评比。到团机关集中后，参谋长宣布了验收小组的职权、纪律、检查范围、验收办法、打分标准和注意事项。然后给每人发了一双雪白的手套，一张油印的记分表格。那上面，已经分门别类开列了三十多项检查内容，从各连的食堂、水房、厕所、宿舍，到每个人的衣、帽、鞋、裤、头发、指甲，连一周内有几人次去卫生队看病，都被列入验收内容。

评比采取扣分制，发现一处不合格就扣一分。比方说内务条令规定，军人帽檐儿露出的头发长度不得超过 1.5 厘米。检查时以此为依据，发现几个头发长度超标的就扣几分，最后汇总，哪个连队扣分最少，便获得流动红旗。

副连长给一连的几个人分了工，明确了每人的检查重点。比方检查食堂卫生，岳宗就专门负责查炊具，包括菜刀、案板、擀面杖、炒勺、锅铲、笼屉，甚至连炊事员的围裙、袖套是否摆放有序、整洁干净，都要一项项认真检查。分工完毕，副连长又压低声音嘱咐大家：“眼睛要尖一点，脑瓜要灵活一点，有些犄角旮旯的毛病，只要不影响我们连夺红旗，不一定都扣分。咱们的验收，只是在帮他们查找卫生死角，明白吗?”

检查开始了，按照抽签排定的顺序，第一个检查的是二连。在他们的食堂里，岳宗发现鼓风机喷口处沾有煤灰，面盆外侧有两处没擦净的污点，还有一根擀面杖的一端，粘着块绿豆大小的面粉。按照副连长教的办法，他用笔在炊具一栏的旁边轻轻点了三个点，先记下来，到最后评比时，一连如果领先，这三分就不扣了，要是红旗受到威胁，再扣他们的分。

一走进二连宿舍，那真是给人一种豁然开朗的感觉。窗玻璃擦得纤尘不染，被子叠得个个见棱见角，床下马扎摆放得整整齐齐，床头挎包挂成了一条线，猛一打眼，简直是无可挑剔。副连长走到屋角一个排长的铺位边，伸出带着白手套的手，在桌子内侧摸了一把，手套上干干净净。他又伸手到抽屉下面摸了摸，还是干干净净。他又蹲下身，把手伸到抽屉后侧的板壁上摸了一下，手拿出来时，却看见了他指尖上沾了些黑灰色污渍。一丝得意的微笑在他的嘴角闪了一下。接着，又在四个刷牙缸的把上和七把牙刷把尾端的小孔内发现了污迹。四连副连长还在一个排长的褥子底下，翻出了一双臭袜子，惹得大家一片哄笑。

对个人卫生的检查，更为严格。查到哪个连，卫生队的军医都会随意点出一个班，让他们列队站好，双手在身前平伸出来，检查指甲和袖口，再转到身后，检查头发的长度和领沿是否干净，甚至还要求每个人都张开嘴，哈口气，检查早晨是否刷了牙。那位军龄和团长不相上下的军医说了，新兵中有许多人在家根本没有刷牙的习惯，必须在新兵训练时让他们养成习惯。要不然下了连队，没有人会要求每人每天都至少刷一次牙。不注意口腔卫生，不仅容易传染疾病，要是一旦牙疼起来，那真是能要人命的。

岳宗对军医的话不以为然。说实话，他就没有养成每天至少刷一次牙的习惯。他们住校时，每学期开学时带去的牙膏什么样，到期末放假时带回家的牙膏差不多还是什么样。今天早晨因为时间紧，岳宗就只是漱了漱口。好在被选来参加评比验收小组，要不然查到他头上，说不定还真被扣分了呢!

第一次内务卫生红旗评比的结果，自然是一连第一。但也很悬，一连仅仅比排在第二的五连少扣了七分。原以为无懈可击的连队内务，竟然被扣去了十三分，主要扣在了四个排长的桌椅和大教室内的书籍摆放上。

评比结束后，副连长专门用一次晚点名时间，向全连通报了检查情况和各连内务卫生工作的优缺点，要求各班对照检查各自的薄弱环节，及时堵塞漏洞。特别强调要大家注意科学练兵，防止训练损伤和疾病，并要求卫生员每天都要及时检查大家的身体健康状况，发现问题及时诊治，尽量把疾病治愈在萌芽状态，努力减少去团卫生队看病的人次。五连这次就是因为比一连多了两人次去卫生队看病，被扣去二十分，才输给一连的。

谁也没有想到，在第二次内务卫生流动红旗评比中，拉了全连后腿的人竟然会是岳宗！

那是星期三早晨，完成例行的五公里越野后回到宿舍整理内务时，岳宗感觉肚子有点隐隐作痛。开始，他还以为越野跑时哪口气没喘好，岔了气。这是剧烈运动中常有的事，只要弯下腰蹲一会儿，或是喝几口热水，很快就会过去，所以没太在意。

不久，肚子的疼痛不仅没有消失，反而越来越重。岳宗本想扛过去，他悄悄把手伸到棉衣下，使劲用手掌按住一阵阵绞痛的下腹部，缓缓地揉动着，企图缓解肚子的疼痛。可是没有效果，肚子越来越疼。每日清晨七点半例行广播的《新闻和报纸摘要》节目结束，值星排长下达“起立”口令时，岳宗的腰竟然直不起来了！

战友们见岳宗脸色苍白，额头上布满了汗珠，一时不知所措。还是排长任保田有经验，他一边指挥战友们把岳宗扶到床上躺下，一边让人快去叫卫生员。卫生员解开岳宗的衣服，在肚子上按按听听，最后按住肚子的右下方，又猛一松手，一阵剧痛使他忍不住叫出声来。卫生员对焦急地等在一边的任排长说：“十有八九是阑尾炎，快找副担架，送卫生队吧。”

躺在床上的岳宗吃了一惊，怎么会是阑尾炎呢？还是在幼儿园时听老师说过，吃了没有脱尽的稻谷，消化不了，会存到盲肠里，存得多了，会得阑尾炎。平时吃饭时，岳宗特别注意把饭里没有脱尽的稻谷挑出来，怎么还会得阑尾炎呢？再说，去卫生队看一次病要被扣十分，要是在那儿住上几天，那得扣掉多少分呀？这样下周连队的内务卫生红旗不就丢了吗？自己可不能当那坏了一锅汤的老鼠屎！他强忍着疼痛说：“不，我不是阑尾炎，我不去卫生队！”

任排长对卫生员说："你赶快给卫生队打个电话，让他们来个军医再确诊一下。"

卫生员蛮有把握地说："不用，刚才问过了，他从半夜起腹部就有感觉，早晨越野回来痛感加重，先是上腹部疼痛，最后转移到右下腹，按压他右下腹，有局部抵抗和反跳痛，这些都是阑尾炎的典型症状。还是早送卫生队吧，耽误了，阑尾穿孔就更麻烦了。"

一连的这位卫生员，家里世代都是中医，从十岁开始，就跟着爷爷背诵中医经典《汤头歌》，再大一点还跟着上山采药，差不多的草药他都认识，诊脉开方很有一套。参军后，他又在驻地的医学专科学校学过西医。这些年，凭着一根银针和几把草药，治好了驻地周围不少老百姓的疑难杂症，在附近小有名气。听他说得这么肯定，任排长决定立刻把岳宗送去团卫生队。

任保田亲自带人把岳宗抬到团卫生队。卫生队的军医在岳宗耳朵上扎了一针，抽了点血一化验，白细胞竟高达一万四。等化验结果的时刻，军医又给岳宗量了体温，三十七点九摄氏度。这一下，阑尾炎的症状都占全了，军医决定立刻给他做阑尾切除手术。

军医先给岳宗做完皮试，打了一针青霉素后，便把他推进治疗室，做手术前的各种准备。打了青霉素，岳宗觉得肚子不那么疼了，心里浮起一线希望。他跟正在准备手术的军医商量："听说阑尾炎可以保守治疗，您给我开点药，回去每天让卫生员打针，不开刀行吗？"

军医看了他一眼，说："保守治疗也不是不行，但你这个情况还是做手术好些，一是防止转成慢性的，时不时地给你犯一下，倒霉的还是你自己。二是趁现在在团部，还有条件，要是到了农场或是盐场再犯了病，得不到及时治疗，那可就麻烦了。"

一直守在旁边的任排长立刻说："手术！当然要手术！要不下了连队条件那么艰苦，你身上要留这么个病根，不知什么时候犯，那可什么工作也干不好了。"

"可是……"岳宗刚想说出自己的担心，任排长像钻进他心里似的，立刻说："没什么可是的，就算下周我们连不要红旗，你也得把病治好。评内务卫生红旗的目的，在于督促大家养成良好的卫生习惯，不能为了保红旗连病都不治了。"

等待手术时，卫生队的军医们也在认真研究手术方案。过了一会儿，两个年纪稍长、身穿白大褂的人走到病床前说："经过研究，决定手术时用针刺的办法，实施麻醉。岳宗，你的意见如何？”

见他一时不知说什么好，任排长问：“陈队长，为什么要用针刺麻醉？用了有什么好处？”

这正是岳宗想知道的，他静静地等着回答。那个个子稍高的军医说：“针刺麻醉是我国医学研究的最新成果。在手术中不用传统的麻醉剂进行麻醉，而是用电针的方法，在身体的相关穴位扎上银针，再加上微电流刺激，阻断痛感神经传导，达到麻醉效果。用针刺麻醉，最大的好处，是伤口处的神经血管不受麻醉药物的抑制，活力不受影响，创面愈合恢复得快，而且不易留疤痕。”

“那，有过用针刺麻醉做手术的先例吗？”

“怎么没有？我和今天主管麻醉的许大夫和主刀的罗大夫，都在咱们军区总医院亲眼观摩过针刺麻醉下的开胸手术。那个孩子只有十一岁，做的是先心病修补术，手术持续了五个多小时，那孩子一边接受手术一边跟麻醉师聊天，手术中还吃了一个橘子罐头。三十多厘米的刀口，术后才四天，便能下地了。要是用传统麻醉方法，十天都未必下得了地。”

“我们团卫生队以前用针刺麻醉做过手术吗？”

“这，不瞒你说，今天是第一例。可是许大夫在军区总医院学习时，曾独立实施过十多次针刺麻醉，都很成功。这回用的针和电刺激仪，就是许大夫从军区总院带回来的，肯定没问题。”

任排长沉思了一会儿，说：“那，这毕竟是我们团卫生队做的第一例针刺麻醉手术，对象又是个刚离家还不到一个月的新兵。这个兵是我从北京带来的，我得对他负责。我就提两点：一是希望你们精心准备、精心实施，尽最大可能确保成功；二是希望你们准备第二方案，一旦针刺麻醉不成功，能够立刻用传统的麻醉方法顶上去。”

“那当然，我们也是这样准备的，相信我们，会尽最大努力把手术做好。”

任排长俯下身子，凑近岳宗的耳朵，低声和他商量：“到了卫生队，一切听军医的，就用针刺麻醉吧，我看能行。阑尾炎手术是个小手术，咱们团卫生队每年都要做几十例，手术本身没有什么问题，关键是针刺麻醉。我看他们准备得还算充分，许大夫又在军区总院亲手做过，应该没有问题。他们还准备了第二方案，手术中你要是觉得疼就及时说出来，他们会给你上麻药的。你放心，我就在手术室门外，等着你胜利的消息！"

岳宗原本有些紧张的心情，在排长和卫生队长的一问一答中渐渐放松了，又听了排长入情入理的分析，心中的恐惧也像一缕轻烟，很快飘散得无影无踪。他用力点了点头说："好，我听排长的。"

任排长用力握了握他的手。岳宗被抬上一张带轱辘的床，被人簇拥着推出病房，穿过长长的走廊，推进手术室，抬到手术台上。一个卫生员为岳宗备好了皮，一个戴着黑边眼镜的军医走过来握了握他的手，微笑着说："我姓许，负责手术的麻醉。针刺麻醉有一个特点，就是心诚则灵，你越相信我，麻醉效果就越好，你要是老七想八想的，那就比较糟糕。你不用怕，你要相信我。"

岳宗点点头说："好吧，我相信你。"

许大夫用熟练的手法在岳宗的腿上、胳膊上、肚子上和胸脯上扎下一根根银针，每扎下一针，都要一边捻动一边问："麻不麻？胀不胀？"岳宗感到有的针扎下去，确实像过了电一样，有一股麻酥酥的感觉，而有的针扎下去，既不麻也不胀，更不疼。

岳宗应着他的话，告诉他自己的感觉。一说"麻了"，许大夫就满意地停下手，在银针柄上夹一个用一根细细的导线与一个四四方方的铁盒子相连接的鳄嘴夹。要是听到说"不麻"，他便会把银针提起几分，换个方向再扎下去。经过一番努力，终于每根针扎的地方，都传来了又酸又麻的感觉。许大夫又调整了一下铁盒子上的几个旋钮，示意主刀的罗大夫可以开始了。

岳宗感觉到一个凉凉的东西在自己肚子上划过。罗大夫问："有什么感觉吗？"

"凉的，从上到下划了一下，一点也不疼。"岳宗边说边暗想，这针刺麻醉还真灵。没想到罗大夫却说："还没有动刀呢，当然不疼，这只是试试你的感觉。"

许大夫又调整了一次旋钮，岳宗又感觉到一个凉凉的东西在肚子上划过去。罗大夫又问："这回呢？"

岳宗说："和刚才一样。"

在一旁观看的陈队长，向许大夫投去疑问的目光。许大夫又调了一遍旋钮。罗大夫又问："现在呢？"

"没感觉。"

许大夫长长地出了一口气。岳宗知道，要开始动刀了，毕竟是长这么大第一次挨刀子，心里难免有些紧张。他听见手术器械相撞发出的轻微叮当声、吸引器发出的嗞嗞声，能感觉到有一个细长的物体，在右边的小肚子里探寻着。

负责麻醉的许大夫一边观察着岳宗的反应，一边和他有一搭没一搭地拉着家常。突然，岳宗觉得右边的小肚子深处传来一阵尖锐的剧痛，好像有什么东西在撕裂自己的肉体。他忍不住发出一声大叫。许大夫立刻问："怎么了？"

"痛！像有什么东西在撕我的肉！"

许大夫又去看那个铁盒，接着向队长做了个手势，然后对岳宗说："怎么麻醉都不可能一点感觉也没有的。刚才罗大夫刚找到你的阑尾，正要切，你忍忍，马上就好了。"

可那种刀子割肉时产生的剧痛，还是让岳宗忍不住发出呻吟。许大夫语气严厉地说："这么个大小伙子，怎么一点儿疼都忍不住？那你还来当什么兵呀，干脆回家去算了！"

岳宗费了一番周折，好不容易才当上兵，听说要被退回去，哪里还敢吭气？只得咬紧牙关，全力忍受着小肚子右边传来的一阵阵刀剜针扎般的疼痛。是呀，上甘岭！上甘岭！英雄们用自己的粉身碎骨验证了人类的勇敢精神！我这点儿小手术，算得了什么呢？坚持，再坚持一会儿，岳宗心里为自己鼓着劲儿。

好像过了一万年，下腹部的疼痛终于慢慢变得有些麻木了。只听"当"的一声，主刀的罗大夫把手术刀扔进托盘里，摘下口罩。"好了，手术顺利完成，用时，"他看看手表，接着说，"用时十七分钟。"他又看了看地下，疑惑地问："怎么用了这么多纱布？"

许大夫向他使了个眼色，招呼卫生员把岳宗送回病房。岳宗被抬下手术台时，清楚地看到手术台的床单上留着一个完整的人形湿印，那是自己忍受剧痛时流出的汗水造成的。

后来岳宗才知道，因为团部驻地的电压不稳，造成针刺麻醉的电刺激仪器失灵。当时，许大夫已经把刺激强度调到了极限，刚切开皮肤时还管点用，到了切除阑尾和最后缝合时，麻醉实际上已经完全失去了作用。岳宗就是中了许大夫的"激将法"，才强忍着疼痛，承受了这次几乎没有麻醉的手术。

岳宗的这次经历，被团宣传股的秀才们写成了报道，以《XX 团卫生队大胆实践，首例针刺麻醉手术获得成功》为题，在军区的《人民前线》报上刊登出来，全篇报道一千五百多字，大讲了针刺麻醉的神奇和政治思想工作的作用，而对岳宗咬牙忍痛的事儿却只字未提。

不过也算是因祸得福，经过这件事，岳宗在全团算是出了名。主刀的罗大夫连连感慨："佩服，佩服！"在卫生队住院期间，团长、政委都到卫生队去看过他。从卫生队出院后，新兵营给岳宗记了一次营嘉奖。甚至到三十多年后，岳宗重返老部队时，提起那次咬牙扛过无麻醉阑尾手术的经历，人们还在津津乐道，毫不陌生。而他肚子上的刀口也确实长得不错，现在如果不仔细看，真的看不出他曾经动过手术。

令岳宗感到遗憾的是，第二周内务卫生评比，因为自己身体的缘故，一连真的丢了流动红旗。不过，仅过了一周，一连又把红旗夺了回来。事后，岳宗在他的日记中，写下了"坚强"一词。没有哪个词能比"坚强"更能体现军人的力量！

第四章

入伍训练

新兵连最初的训练科目，主要是队列和体能训练。队列训练说起来很简单，就是立正、稍息、蹲下、坐下、起立等几个基本姿势和动作。可是，你知道为什么几乎古今中外所有军队，都要把它列为重要的训练内容吗？一连张指导员的训话就是“它所练的，绝不是几种走法和队形，更是闻令而动、听禁则止的组织纪律和服从习惯，是互相照应、步调一致的整体观念和团队精神，这是军队凝聚力和战斗力的基石”。

一个军队之所以能够万众一心、众志成城，就是从最普通的队列训练开始，一点一滴逐渐养成的。新兵一连队列训练，照例也是从张指导员的训练动员开始。从北京三军仪仗队来的副连长是当仁不让的总教官。

第一次进行队列训练时，副连长让新兵们摘下棉帽，解下帆布腰带，比着头围的大小调整腰带的长度，再把腰带扎上。据他说，男人的标准体型，就是要腰围等于头围，肩宽等于二倍臀宽，从胯骨轴到脚后跟的长度大于从颈后最突出的椎骨到尾椎长度的 1.1 倍。腿长和肩宽更多得自于先天，而腰围则是完全可以靠训练控制的。

年轻人谁不想有一副标准的好身材？新兵们都拼了命地紧缩腰身，当他们竭尽全力把腰带扣扣上后，再互相一打量，嘿，真的很神奇，一个个胸脯挺起来了，腰板拔起来了，就连身高也好像长高了几厘米！一连的新兵们就这样始终提着一口气进行队列训练，连自己也感觉到动作更加标准正规了。

每个队列动作，副连长都是先示范。不愧是经过三军仪仗队严格训练的，他那挺拔矫健的身姿和训练有素的动作，给人一种阳刚英武的美感。一连的所有新兵，都想像他那样，能把看似简单的队列动作，做得如此刚健潇洒。

达到这一标准没有什么秘诀，只有一个字：练！

就说一个最简单的“立正”吧，这个全世界无论哪个国家的军人最常用的基本姿势，要真正做到躯干挺直，两肩平齐，精神饱满，气势昂扬，那就不是一朝一夕的功夫。那些日子里，新兵们的课余时间，最多的就是花在练习立正，或者叫“站军姿”上。副连长用训练仪仗兵的办法，用木板条做了许多十字形的支架，让那些达不到肩平头正的新兵们别到身后，然后用两肩找横杠，用屁股沟和后脑勺找竖杠，练习上身的正确姿势。仅是肩平头正还不行，还要达到身形正直。办法是站在墙边，要求脚后跟、小腿肚子、屁股、双肩和后脑勺都要紧贴墙壁，同时要双目圆睁，直视前方，头顶上还要放一本书，就这样一站就是一个小时。副连长说，通过这样的训练，可以使肌肉和神经形成“记忆效应”，达到一定功夫，随便一站就是标准的立正姿势。

练了几天，虽然拉出单个人来看都已经有模有样，但站成队列，却总有些不尽如人意。比方说“三种转法”——向左、向右、向后转吧，不是你转错了方向，就是他动作慢半拍。连里几个干部一商量，决定区分快慢班。具体做法是在排的范围内重新调整各班人员，把接受能力强、动作做得好的调整到一、四、七、十班；动作协调性差的，调整到三、六、九、十二班。在调整各班人员时，副连长趁机把身高差别不大的新兵都调在了一起，并宣布，每周进行一次考核，一切靠考核成绩说话，成绩好的可以升班，成绩差的，要降班。

这就等于给大家都上紧了弦。都是不到二十岁的年轻人，谁能甘心在慢班待着，谁又能愿意从快班降下去呢？既然一切靠成绩说话，也只好“拉屎攥拳——暗地里使劲”了。那些天，岳宗和班里的其他人一样，晚饭后都跑到宿舍外面去加时训练。一时间，宿舍墙根下站满了练习立正的新兵们。那几个用来衡量“站军姿”标准的十字形支架，也成了抢手货。有些新兵还因为争抢十字形支架闹了意见。副连长只好又多做了几个，才算满足了大家的需求。

队列训练的重点，是三种步法和队形变换。三种步法就是齐步、跑步和正步。齐步走，是军队中最常见的步法。齐步走的核心，就是一个“齐”字，在队列里，你要与前方的人对正，用眼角余光与左右的人标齐，并要保持同一个节奏。对，用训练教官的话就是“要做到动作、节奏、步幅三同步，整个队列纵向横向都是一条线”，这样才算达到标准。

跑步走也是一样，也要突出强调一个“齐”字：一个连一百多人，脚步落地的声音只能有一个。每个人的步幅，整个队伍前进的速度，纵向和横向的对正标齐，都要整齐划一。队列行进中还可以喊口号、唱歌。跑步当然也可以唱歌，比方一连把那首《下定决心，不怕牺牲》用跑步的节奏唱出来，更有一种排山倒海、痛快淋漓的气势。

再就是正步走，这也是新兵们下功夫最多的课目。正步走，在西方国家叫“鹅步操”，意谓像鹅一样昂首挺胸，把腿直直地踢出去，高高地抬起，再狠狠地砸向地面的一种步法。据说最早用此种方法训练军队的，是被称为西方传统军事强国的普鲁士。在铁血宰相俾斯麦统一了德意志诸邦后，在整个德国的军队里，这种步法得到普及，以后又被欧洲各国军队效仿，逐渐在全世界军队中普及开来。

最早把这种“鹅步操”引入中国的，是在甲午中日战争后，奉了光绪皇帝圣旨，全盘照搬德国军事操典，在天津南郊小站编练新军的袁世凯。当时在北洋军阀军队中流行的正步走，动作分解成四步：一，抬头挺胸、左脚离地；二，左脚踢出、脚尖下绷；三，右脚跟离地、身体前探；四，左脚用力落地、右脚紧贴左脚，脚底离地。下一个“一二三四”，右脚重复左脚的动作。旧军队士兵，最怕的就是正步走分解动作训练，曾经广泛流传着“喊了一字儿喊二字儿，喊到三上断了气儿，就是四字不出嘴，当兵的老得抬着腿”的牢骚。

目前我军的正步步法，是全世界军队中最难掌握的。难就难在手臂的摆动与腿的配合上。我军的徒手正步走，要求在腿向前踢出的同时，另一侧的手臂要迅速前摆并同时向内弯曲约九十度，摆至胸前并与身体保持约十厘米的距离，同时另一手臂要迅速伸直向后摆至摆不动为止。

按照副连长的安排，一连的正步走训练分四个步骤进行。一是腿部动作。训练时要求双手背后，双腿按照正步走的要领，先分解，后连贯，重点体会小腿带大腿的踢腿动作和脚尖下压的落地动作。二是摆臂动作。训练时身体保持立正姿势，双臂按照正步走的要求摆动，重点体会前摆时小臂的正确动作和位置。三是臂腿联动的分解动作。训练时按指挥员的口令，喊一时左腿踢出右臂前摆，喊二时左腿落地，右腿踢出，同时右臂后摆左臂前摆，重点体会腿与臂的配合。四是连贯动作。训练时按指挥员口令正步行进。

由于都是新兵，正步走的步法又和人平时正常的行走完全不是一个套路，训练中难免洋相百出。练分解动作时还凑合，可一连贯起来，那就什么样的都有了。比方，岳宗开始体验正步走训练，有时大腿不是被小腿带着踢出去的，而是被“甩”出去的，膝盖就是绷不上劲。再看身边班长贾勤学，胳膊向前摆还符合要求，向后摆时，却仍然保持着九十度的弯曲，怎么提醒也伸不直。

王顺娃踢腿摆臂还算凑合，可脚落地时迈不出去，几乎能踩上自己的另一只脚。还有林广义，走一两步还行，只要超过三步，不知怎么的就走成了“顺拐”，像个大鸭子一跩一跩的。引得队列里许多人笑弯了腰……等大家笑够了，副连长重新整好队，自己在队前“唰唰”走了几个来回，那真是踢腿生风，落地生威，好一副标准的动作和磅礴的气势，新兵们不由发出阵阵掌声。

那段时间，一连的新兵们真像着了魔一样，正课练、早操练，有的战士就连上厕所都是踢着正步去。这么高强度的训练，一天下来，胳膊腿疼得连床都上不去。睡下铺的还好说，像岳宗睡在上铺，每天上床睡觉可费大劲了。他先顺着小梯子往上爬，腰部高于铺板后，再用尽力气转过身，坐到床上，然后两手合力，抱住一条腿，把腿搬到床上，再去搬另一条腿。上一回床，起码要用两分钟！每到这时，“许昌人”谭春明总要拍拍他的肩膀说：“小心点儿，兄弟。”

还得提一提会操。什么叫会操？噢，说白了，就是队列比赛。会操一般由营里组织，每个连挑出一个班，一般由营长指定，也有让各连自己选的，由营统一规定做哪些动作。各连被选中的班由班长带领，在全营人员面前按规定的顺序依次完成动作，既要看全套动作是否整齐划一、准确到位，又要看班长的口令是否响亮干脆，指挥调度是否科学果断，还要看全班人员的精神是否抖擞，士气是否昂扬。

组织新兵营会操时，一连被抽中的是五班。按抽签顺序，一连五班第三个出场。五班长带着他们班的新兵们成一路纵队跑步出列，来到场地中间立定站好。班长出列调整队形整齐报数，然后向营长敬礼报告：“报告营长，新兵一连五班列队完毕，请指示！”

营长回了一个标准的军礼，说：“按规定内容，开始！”

五班长高声答道：“是！”然后跑步回到指挥位置，开始操练。他下达了第一个口令：“整理服装！”然后率先举起双手，从军帽、领口、腰带、衣襟一路整下来。全班同志的眼睛都紧盯着班长的手，同步整理着身上的着装，最后双手拉着衣襟下摆略一停顿，同时放下，成立正姿势。嘿，就这一个动作，副连长要求新兵们按头围大小调整腰带的作用就立刻显现出来了，通过编快慢班对人员进行微调的效果，也立见成效。一连的五班，个个肩宽腰细，而且个头也几乎差不多高，整个班往那一站，就给人一种赏心悦目的美感，还什么动作都没做，给人们的印象，就已经赢了一分。

接着开始做动作。岳宗注意到，五班长的口令，在预令上，似乎比前边两个班长要稍稍拖长了一些，动令，则更加干脆果断。什么叫预令动令？咳，跟你们这些没当过兵的人说话够费劲的。真的，岳宗始终认为，人一辈子要是没当过兵，那真是个遗憾！

简单地说吧，预令，就是队列口令中前边的那几个字，是告诉你动作的性质、方向；动令就是最后那个字，是开始动作的信号。比方说向右转，下达口令时要这么喊:“向右——”这里要拖点腔，告诉你要做动作了，动作的性质是转法，方向是向右；“转！”这就是动令，听到这个字，就立刻要开始动作。一连五班在班长的指挥下，做了向左、向右、向后三种转法和齐步、跑步两种步法，做了行进间的队形变换和方向变换，口令响亮有力，指挥果断正确，动作整齐划一、干净利索。会操结果，自然是一连得了第一。

苦是苦点，累是累点，但功夫不负有心人，在新兵入伍训练结业典礼的阅兵式上，一连正步通过司令台时，得到了前来参加典礼的军师首长的高度评价！一连的新兵们都从心里往外透着那么一股自豪劲儿，不由让人心生崇敬：军人的美正在于他们所散发的阳刚之气！

新兵训练当然不只是练队列，和队列同时进行的，还有身体素质训练。做一名合格的军人，对身体素质的要求也是很高的，尤其是力量、速度、耐力、灵敏和柔韧这五项基本素质。军队不是专门的体育学校，除了一些单杠、双杠、木马等简单器械外，没有什么体育训练器材。力量训练主要是单杠上的引体向上、双杠上的双臂曲撑，再就是俯卧撑了。

连队要求每个新兵每天都要完成“五个一百”，即一百个俯卧撑、一百个引体向上、一百个双臂曲撑，还有一百个深蹲起，一百个仰卧起坐。谁完不成这“五个一百”，谁就不准上床睡觉。

速度训练主要是跑障碍，就是在一百米的距离上，设置沟壕、低墙、独木桥、高低台、高墙等五道障碍。每次训练，岳宗他们都要按要求，先以俯卧姿势待命，再以最快的速度跨越深 1.5 米，宽 2 米的沟壕，接着越过 1 米高的低墙，通过长 10 米、高 1.5 米、宽 15 厘米的独木桥，攀上高台，再跳到低台上，然后再翻越 2 米的高墙，跑回出发线。

副连长再三现身说法：“跨越沟壕、低墙，用一股向前的冲劲；到了高低台，要有向上的弹跳力。过独木桥注意掌握平衡，而到了高墙，更要靠弹跳力。”岳宗同时体会到：这里边还有个体力分配问题。通过难度最大的高墙在最后，前边就不能冲得太猛；否则坚持下来，难免会心有余而力不足了。

耐力训练，主要是长跑和五公里越野。围绕团部大操场跑一圈的距离是两千多米，新兵们每天早操至少要跑一圈，每周还有一次五公里越野。跑五公里越野时，要背上除武器外的所有个人装备，包括背包、挎包、水壶，水壶中还要灌满水。刚开始训练时，一个连跑到最后，队形哩哩啦啦，能拉开二百多米。经过两个多月的训练，全连基本能保持完整的队形跑完全程。仗着当兵前每天坚持练长跑的基础，对岳宗来说，五公里越野跑还是比较轻松的。

灵敏和柔韧度，主要靠军体拳和器械训练。当时部队的单杠训练有六个练习：引体向上，卷身上，单立臂上，双立臂上，屈伸上和大回环。双杠的动作不多，基本就是一个双臂曲撑。这些动作也是中学体育课的重要内容，岳宗在入伍前就都能完成。可是，同班吴庚壬，虽然人高马大，但身体偏胖，引体向上和双臂曲撑总也达不了标。怎么办？还是一个字，练！

军体拳分一套二套，动作本身没有什么难度。岳宗他们当年主要是把它作为百米障碍、刺杀训练这些大运动量训练的准备活动来做的，有时也穿插在队列训练之中，用来放松一下僵硬的筋骨。

还有投弹训练：用与真正的木柄手榴弹外形、重量都极其相似的教练手榴弹进行投掷，能投到 30 米远为及格，35 米良好，40 米优等，要是能投到 50 米开外，那就达到投弹能手的标准了。像岳宗这样的男孩儿，小时候没少用碎砖头打马蜂窝、打枣，投弹对他没什么难度。在第一次投弹课上，他没费多大劲儿，就把教练手榴弹投到了 40 米开外。而他们班的刘新柱、俞绍成和谭春明他们几个，别看都长得五大三粗，可不知怎么回事，就是做不到把那个才一斤来重的手榴弹投到 30 米！那几天，他们几个一有空就拿着教练手榴弹到操场上去练，刘新柱更是练得胳膊肿得连筷子都握不住，可还是达不到及格的标准。

班长把帮助刘新柱他们几个练好投弹的任务交给了岳宗。岳宗长这么大，还从来没有承担过这样的任务。再说大家都是同时入伍，刘新柱还比岳宗早到部队两天，让岳宗教他投弹，他还真有点发怵。班长的话音刚落，岳宗立刻就说："班长，这可不行，我自己还没弄明白怎么投弹呢，怎么会教别人？"

贾班长还没有张口，站在一边的排长任保田走过来接上了话茬："那你就先弄明白自己是怎么投那么远的嘛。"

岳宗看出来了，让他教他们几个投弹的点子是排长出的。他挠着头说："我真的不知道。我就是小时候老用石子打马蜂窝、打枣，还打过土坷垃仗。参军前比较注意锻炼，胳膊粗点，其他真没什么。"

任排长笑着说："你小子，真够淘的。行了，你就让他们先从扔石子开始，比谁扔得远。其实扔石子的动作要领和投手榴弹是一样的，都是要从肩的上方正直向前甩臂才能用上力。他们几个的毛病都是姿势不正确，手榴弹不是从肩的上方，而是从旁边投出去的，那叫'撇弹'，像老娘们撇石子轰鸡一样，当然投不远，还容易把胳膊伤着。那刘新柱就是个典型。你想办法，把他们这些毛病纠正过来就行了。"

听了排长的指点，岳宗心里有了些底，但还是不敢大意，又拉着排长说："哎，排长，把你们当年'大比武'时怎么练投弹的诀窍教教我呗。"

排长用手指点着岳宗的额头笑着说："你这个机灵鬼！告诉你吧，投手榴弹要想投得远，一靠姿势正确，二靠会发力，三要靠手臂的力量。你投弹的姿势是不错的，可你在发力的时候，还缺一点爆发力，你见过赶大车的老板甩响鞭吗？"

岳宗点点头。

"车老板甩响鞭用的是巧劲。他先把鞭子甩出去，甩到最后，再猛一抖手腕子，那鞭鞘就会往后一带，发出'啪'的一声脆响。那一抖手腕，用的就是爆发力。你再投弹的时候，也试着抖一下手腕。掌握了这个窍门，我敢保证，你的投弹成绩还可以再提高六七米！"

岳宗按照排长教的方法，领着刘新柱他们几个从扔小石子开始，逐步体会投弹的正确动作要领，加强手臂力量的锻炼。同时，更细心体会手榴弹出手前手腕那"一抖"的诀窍。过了十多天，刘新柱胳膊的肿消了，投弹很快突破了四十米，其他人也都过了三十米，而岳宗已经能把手榴弹投到五十米开外了！他真是越来越佩服这个上过两年大学的排长了。

手榴弹投掷考核在团里统一准备的投弹场上进行。作训股用白灰在操场北侧画出一条直线，在直线正中，又画出一条与之垂直的白线笔直地伸向前方。在那条直线上，相距三十米，画出一条横线，以后每间隔一米，都要画一条短线；在四十米的地方又画了一条长线，两端与三十米线相连，形成了一个等腰梯形。投掷者必须把手榴弹投到这个梯形内才能计算成绩，目的是要求投掷者在投远的同时，还要注意投准。但是，如果你投出的手榴弹能飞到四十米以上，那就不管投得多么偏，都可以计入成绩了。实际上，用正确的动作投弹，只要不是身体转偏了方向，手榴弹是不会偏出那个梯形及其两边的延长线的。

轮到一连投弹考核的那一天，早晨起床时还没有一丝风，可刚到投弹场，平地就刮起了足有四五级的西北风。虽然营房里有很多树，但刚长出树叶的树木根本挡不住这强劲的北风，风吹起的沙粒打在人身上唰唰作响。

当兵的都知道，顺风投弹，风力越大，对投弹越有利。一见起风了，郭连长兴奋得就像买彩票中了头奖，满脸通红高声大嗓地做了简短的动员，立刻就开始了投弹考核。

一连的新兵们就像流水作业一样，一个班投弹，下一个班就来到投弹场远端，前一个班投完，后一个班立刻每人捡起三枚手榴弹，跑步回到投掷线后边等待考核。就这样，全连用了不到一个小时全部完成了考核。全连只有两人因为三枚弹都投到梯形外边没有及格，连的平均成绩达到了三十五米。无论是平均成绩还是及格率，在新兵营五个连队中都排名第一！

真是天时地利人和啊！

在岳宗当兵的那个年代，军训课外的业余时间，既不能下棋，也没有扑克可打，唯一可以开展的业余活动是打篮球。营区内每个连队的宿舍旁，都有一个标准的篮球场。连里的干部战士，一有空儿就会抱着篮球去打上一会儿。一连的张指导员是个活跃分子，平日里，他激情演讲滔滔不绝，吹拉弹唱样样在行，而且，篮球也打得不错。与这样的政工干部相处，岳宗他们感到很亲切。

军事训练虽然累人，但年轻人争强好胜的天性和好玩好动的本性是累不垮的。特别在指导员的组织下，新兵一连轮番举行各班、排之间的篮球比赛。最后，指导员挑出十名战士，组成个篮球队，岳宗和谭春明，自然也在其中。每到星期天，指导员到其他连队“挑战”。比赛时，他既当教练，又当队员，还是场上的队长，非常活跃。

中学时，岳宗家住在高等军事学院。在那个院子里，解放军“八一体工大队”驻地也在那儿。有段时间，他们一帮孩子每周六下午都要去看“八一队”训练。那时候，“八一队”训练条件也很艰苦。平时训练都在室外用三合土轧成的场地上进行，碰上刮风下雨，也只能到一个用毛竹和芦席搭建的大棚中训练。这就给岳宗他们观摩当时国内水平最高的“八一队”训练带来了极大的方便。教练给队员传授要领、讲解战术的时候，他们也在旁边跟着一起听，运动员们训练休息时，他们就上场运运球、投投篮。那些运动员和教练们，有时还给他们做做示范，纠正一下动作。

当新兵营其他几个连的篮球队都成了一连的手下败将时，指导员又找到留在营区的唯一的老连队——团直特务连，下了“战书”，与之约定，下个星期在团部礼堂前面的球场决一胜负。

按部队习惯，星期天照例吃两顿饭。而和特务连的篮球赛，约在下午两点半开始。指导员要求一连篮球队成员星期天不许外出，上午整理卫生，中午一点集合训练热身。据他说，特务连的篮球队在团里数一数二，要是能够赢了特务连，那新兵一连的篮球队，可以算是打遍全团无敌手了。

近中午时分，岳宗费了好大劲儿，把在前些天训练中弄脏的衣服洗干净。刚把衣服在房前的铁丝上晾好，通信员跑来说：“快点儿，指导员正找你们篮球队员呢！去他宿舍，有好事儿！”

岳宗抬起头，疑惑地说：“还不到时间吧？指导员不是说一点才集合吗？”

通信员说：“爱去不去，反正我通知你了。”说着转身就走，走了几步，又回过头来，带着几分神秘说：“真的是好事啊，去晚了可就没你的份儿了。”

岳宗立刻把脸盆送回宿舍，大步走到连首长宿舍门前立正站好，大喊一声：“报告！”

门一下子打开了，一股红烧肉特有的香气扑鼻而来。自从离开家，已经有足足一个多月没有闻到这种香味儿了。老爸做的红烧肉，那可是岳宗的最爱呵！

岳宗连忙进了屋。篮球队的十个人都在，加上连部那几个兵，把一间小屋挤得满满当当。往桌上一看，桌子正中，一个黄色搪瓷盆里盛着满满一盆肉。一寸见方的肉块，油汪汪，红通通，散发着诱人的香气。搪瓷盆周围，还有几个已经打开盖的罐头瓶，红烧鸡块、红烧牛肉、红烧鱼等应有尽有。桌上另一个盆里，还有大半盆烙得焦黄的火烧。先来的人们，正一手拿火烧，一手拿筷子，大口吃呢。

岳宗顾不上多问，抄起一双筷子，先伸进盆里，夹起块颤悠悠的五花肉填进嘴里。立刻，一股热乎乎的油脂溢满口腔，齿颊之间满是红烧肉的香味。大家你争我抢地吃了不到十分钟，那一大盆肉，七八个罐头和大半盆火烧，统统被一扫而光，连那点肉汤和罐头瓶里的油汤，也都一点不剩地被打扫干净。

见大家仍意犹未尽，指导员一边抹着嘴，一边说:“今天下午和特务连的比赛是个硬仗，上午八点吃的饭，到中午十二点基本排空了，肚里没食打不了仗，吃得太饱也不行。今天可是我自掏腰包买的肉和罐头，让你们吃饱了有劲儿，下午打个漂亮仗!”

接着，他又详细分析了特务连篮球队的长处和弱点，要求大家要人盯人加强防守，并对开场后可能出现的情况进行了分析，布置了战术。随后，指导员带着大家练了一会儿防守阵形和步法，特别练了两三个人之间的配合套路。见大家头上都见汗了，指导员看了看表，说:“时间差不多了，一班副，你先带他们过去，我到连里把在家的都吆喝起来，去给咱们站脚助威!”

噢，忘了说了，投弹训练结束，上级让岳宗当了新兵连一班的副班长。

球赛在团部球场准时开始，两个连队的战士们阵线分明，叫好助威的声音一浪高过一浪，引得机关干部和其他连队的人也都跑来围观。特务连的优势，倒不是他们的球技有多高，而是他们的体格特别棒。他们的手掌沿和指肚上，都结着厚厚的老茧，肩头臂膀上的肌肉鼓得老高，两条腿更是像铁柱子一样。一连的新兵们无论是突破还是空切，碰到他们身上都像撞上了一堵墙似的，很难打到篮下，只能靠在外围远投。那些刚离开校门不久的新兵们也根本防不住他们的横冲直撞，被他们轻轻一碰，不是一个趔趄就是一个跟头。对他们来说，篮下三秒区犹入无人之境。好在新兵一连无论是传球的速度还是投篮的准确性，比特务连都明显高出一筹，比分才没有被拉开。

上半场特务连只领先一连三分。中场休息的时候，指导员又拿出几块月饼，给每人掰了半块，说:“大家都吃点，你们给我记住，军人无论到什么时候，手边都得有块干粮，较劲的时候，有没有块干粮，可能是决定胜负的关键因素！上半场打得不错，下半场再加把劲儿，多传，多倒手，拉开他们的防守再投篮，注意成功率，减少他们反击的机会，就一定能赢下来。”

下半场再开球，新兵一连加强了对球的控制。那时候还没有二十四秒违例这一说，也没有十秒内必须攻到前场的规定。谭春明控球技术好，他有意识地在后场多控球，等特务连的人过去抢球时，又迅速压向前场，大范围传球；这样三传五传，空当就拉出来了，这时再或远投或突破篮下，那就八九不离十了。裁判员对特务连的冲撞式打法也吹得更严了。这样，比赛进入了新兵一连的节奏，最后，新兵一连赢了特务连六分球！

那次比赛后，岳宗精准的投篮和巧妙的分球，给特务连侦察排长留下了深刻的印象，他好几次找到军务股，要求把岳宗分到他们连去。岳宗当然也愿意去特务连。特务连有侦察、有线、无线和徒步通信几个专业，哪个都比当步兵的技术含量高，对岳宗这样有点文化知识的年轻人当然有更强的吸引力。但是，最后岳宗还是没能如愿，原因不用猜他也知道，还是那个在北京遥控的老爸，要把他放到最艰苦的地方去锻炼，去摔打！

对此，岳宗绝无二话，老老实实把劲儿使在步兵军事训练上。

射击训练，是在投弹考核后开始的。那天上午“天天读”后，值星排长通知各班带上小马扎，去连队大教室集合。教室里已经准备好了一块黑板，郭连长正站在一张三屉桌边看着什么。值星排长向连长敬礼报告：“报告连长，全连集合完毕，请指示！”

连长还了礼：“坐下吧。”

新兵们整齐地把马扎放在身后，端正地坐在马扎上。大家的目光不约而同地射向三屉桌上那支闪着金属光泽的步枪。

郭连长看了大家一眼，轻轻咳嗽一声，开始上课：“入伍训练经过了条令教育、队列训练、身体素质训练和投弹训练，从今天开始，要进行一个新的科目，那就是射击训练。”

他转过身，拿起粉笔，在黑板上写下了射击训练第一课的教学内容：“56 式半自动步枪的基本结构和性能。”然后，他半转身体，用手里的粉笔指着黑板上的字接着说：“56 式半自动步枪，是我军新近列装的制式装备。这种枪重量轻，射击精度高，射程远，射速快，可靠性好，维护简便，并配有折叠式枪刺和木质枪托，可以用于白刃格斗。”

接着，郭连长伸手从桌上拿起枪，熟练地把枪分解开来，对照实物，讲解了枪的构造和相关尺寸，讲解了分解结合的方法和顺序，还讲了擦拭保养的重点和方法。新兵们边认真听课，边在笔记本上记下重点。

最后，郭连长以极快的速度，干脆利索地把拆散的枪重新装好，双手举到胸前，说：

“大家一定要牢牢地记住：枪，是军人的第二生命。在战争年代，我军曾经装备过三八式、美国三〇式、德国毛瑟式、中正式等多种型制的步枪，那些枪都是我军在战斗中从敌人手中缴获的，‘没有枪，没有炮，敌人给我们造’嘛！每一支枪都是经过与敌人殊死搏斗才得到的，每一支枪上，都沾着革命先烈的热血。

“枪是一个军人完成使命的工具，没有枪就无法有效地消灭敌人，就不可能完成保卫祖国的神圣使命。在战争年代，无故损坏或丢弃枪支，那都是要杀头的！在和平时期，谁要是无故损坏了手中武器，同样也要受到军队纪律的严惩。”

课后，文书打开武器库，各班都领到一支枪。班长让大家围成一个半圆形坐好，打开一块雨披铺在中间，边讲边做，把枪的各个零件一一分解开来。每拆下一个部件，他都要解释一遍其作用和擦拭保养要点。随后，班长又让战士们轮着拆卸和组装步枪。岳宗是副班长，在队列里的位置是班里最后一名，自然也是最后才轮到来亲密接触这个钢铁战友。

军人家庭长大的孩子，从小就对枪有一种特殊的感情。小时候，每当看见电影中那些策马挥枪、手起枪响、毙敌马下的英雄和那些手持机枪冲锋陷阵的战士们，端起枪扫一个扇面，敌人立刻人仰马翻，倒下一大片时，岳宗都会热血沸腾，幻想着自己也能像那些英雄们那样，跃马挥枪，驰骋沙场。

岳宗还记得，自己的第一个玩具就是一把小木枪，那是爸爸在他五岁生日时送他的礼物。那枪有一个用铁皮卷成的枪筒，枪口处堵着个小小的软木塞，只要把枪栓向后拉到位，再轻轻一扣扳机，“砰”的一声，软木塞就被打出去了。

“文革”前，岳宗家里曾经有三支枪。一支是小口径步枪，一支是把小左轮，还有一支是把带个木制枪盒的盒子炮，就是电影《铁道游击队》里刘洪大队长从日本火车上搞来的那种。那都是老爸的宝贝，从来不许他们碰。

在岳宗十岁那年，一次星期六下午放学回家，见家中没人，他偷偷溜进老爸的书房，打开写字台最下边的那个抽屉，把那支小左轮别在腰间，在和同学们的游戏中耀武扬威地当了一回游击队长。当岳宗带着满身汗水走进家门时，正好被老爸撞了个正着。接下来的情景，就不用细说了。反正就是从那以后，岳宗就再也没敢动那些枪一个指头。

后来长大点，岳宗抵挡不住对枪的喜爱，自己找来木板，又是锯又是削，做了一把像模像样的“盒子炮”。“文革”中，听那些在外地上大学的大孩子们谈起他们在武斗中见过用过的各种枪械，岳宗更是羡慕不已。他还自己动手做过一把能打铁砂的小火枪。

现在，他终于可以光明正大地亲手去操纵一支真正的枪了，那种迫不及待的喜悦心情，真是难以描述！

终于轮到由岳宗亲手分解组装那支半自动步枪了。在别的战友动手的时候，他就目不转睛地盯着他们的动作，早已把分解组装的程序、步骤记得一清二楚了。岳宗从谭春明手中接过枪，三下五除二，动作干净麻利地做完了一整套拆卸和组装 56 式步枪的全过程。除了在装复进簧的时候出了一点麻烦外，一切都很顺利。

人的感觉，有时是那样神奇。一支由冷冰冰的钢铁和木头组成的枪，经过自己亲手把它分解开来又组装起来，竟然会瞬间对它产生一种亲切感，就像认识多年的老朋友一样。岳宗拉动枪机，听着清脆的钢铁撞击声，对这支枪有了一种对最亲密朋友的那种亲近和信任，并从心里深深地爱上了这支枪。

很快，射击训练的前两个步骤——四点瞄准和固定枪瞄准，也在连排干部的贴身指导下按计划完成了。

新兵连配备的 56 式半自动步枪不够每人一支，四点瞄准和固定枪瞄准用的都是 53 式步骑枪。这种枪我军在朝鲜战场上曾经用过，都是直接从苏联进口的。此枪结构紧凑，射击精度很好。在上甘岭战役中，我军著名狙击手张桃芳使用的就是这种枪。从抗美援朝到岳宗当兵，差不多二十年了，一支枪会有多少人用过？经历过多少磕磕碰碰？可直到岳宗当兵时，这种枪不但还能打响，而且射击精度一点也不亚于 56 式半自动步枪。

接下来的第三步，是射击预习。射击预习，要使用 56 式半自动步枪。岳宗是连里第一个完成四点瞄准的，也是几个最早完成固定枪瞄准的新兵之一，因此也是第一批拿到 56 式半自动步枪的新兵之一。射击预习就是按照实弹射击的程序，完成装弹、操枪、瞄准、击发的全套训练。与实弹射击有所不同的是，弹仓里装填的是教练弹而不是实弹。

那天下午，一连的几个最早通过四点瞄准和固定枪瞄准的新兵，背着崭新的 56 式半自动步枪，在连长的指挥下，排成一路纵队出了西营门，来到射击场。在射击场，副连长又教了大家两个新动作，一个是“卧姿装子弹”，一个是“退子弹起立”。

在射击预习中，班排长们会拿出一个中间呈四十五度角、镶着块茶色玻璃片的四四方方的小铁盒，用橡皮条绑在缺口后边，然后在你身侧卧倒，把眼睛凑近那个小铁盒，通过那块茶色玻璃的反光，检查新兵瞄准是否正确，尤其是在扣动扳机的那一瞬间，是否能保持瞄准的正确性，以此来判断你是否真正正确掌握了射击的动作要领。

那一天，排长任保田来到岳宗身边，固定好那个小铁盒后，在他身侧卧倒，与岳宗手中的枪形成一个九十度的夹角，眼睛紧盯着茶色玻璃中反射出来的那支半自动步枪的缺口和准星，检查岳宗的射击动作。在看了岳宗连续几次瞄准击发后，任排长侧过脸，盯着岳宗问：“当兵前玩过枪？”

“是，我有个同学家里有一支气枪，有段时间每个星期六下午放学后，我们都一起到他家去，拿那支气枪一起到树林里打鸟玩。”

“都打过什么鸟？”

“主要是打麻雀，有时也打过柳莺、交嘴鸟什么的，有一次还打着过一只斑鸠。”

“你打得怎么样？”

“差不多是百发百中吧。”

任排长瞪了岳宗一眼，双手撑地，站起身来，一边拍着手上的土，一边说：“还百发百中，你就吹吧，气枪算什么？一扣扳机，‘吱’的一声，还不如放个屁响，那也叫枪？到时候上了靶场，听到真枪‘嘭嘭’的响声，你不吓得尿在裤子里就算你是条汉子！是骡子是马，咱们靶场上见！到时候打了光头，看我怎么收拾你！”

岳宗正在纳闷，一向对自己不错的任排长今天是怎么了？这么鼻子不是鼻子脸不是脸的？枪响？枪响有什么了不起？老子在幼儿园就敢用手拿着放二踢脚了！靶场见就靶场见，老子就不信会打光头！那时候，部队里习惯把打靶不及格，称为“打光头”。岳宗定了定神，又格外认真地预习起来。

那时，射击及格的标准是60环，哪怕你打了59环，也得算“光头”。连队射击成绩总评讲的是及格率。全连能打到及格以上的士兵人数，要是达不到规定的百分比，总评就是不及格！因此，各连抓射击预习，那真是下了功夫。班长排长重点抓那几个射击预习的“老大难”，每一个动作都抠得非常细。

一班的林广义瞄准时不会闭左眼，往往是闭上了左眼，右眼就眯成了一条缝，什么也看不清了。班长就让他在帽子下沿别上一块纸片，把左眼挡上，先了解正确瞄准的景况，再慢慢解决闭左眼的问题。

那个重庆人俞绍成，每次击发的同时，都要下意识地闭一下眼，已经建立好的瞄准线也常常偏得找不着了。为了纠正他这两个毛病，贾班长真是绞尽了脑汁，软的硬的哄的骂的全用上了，就是不见效果。最后还是任排长找俞绍成谈了次心，了解到他的奶奶和一个叔叔都死在当年日军对重庆的大轰炸中后，告诉他扣扳机的时候，就想着前面的靶子是日本鬼子，要看着鬼子是怎么倒在他的枪下的，才帮他克服了击发同时闭眼的毛病。

任排长还把墨水瓶包装盒拆开来，用纸板剪成缩小的靶标，贴在窗台下边，让新兵们利用集合前、收队后和饭前饭后的点滴时间，抓紧各种机会练习瞄准和击发。他的这种做法很快在全连推广开来。后来岳宗才知道，这就是“大比武”中行之有效的三五枪、三五弹运动。

实弹射击考核安排在两个星期之后进行。在这之前，新兵一连的投弹成绩已经拿到了全营第一，能不能拿到分量最重的那面军事训练流动红旗，就看到时候的表现了。

经过二十多天的射击预习训练，一连还有十几个“老大难”预习的情况忽好忽差，很不稳定。到底还是郭连长有办法。他私下打听到师部侦察连要到团里来考察几个选调对象的军事技术，其中就有实弹射击考核。本来靶场勤务是由特务连承担的，但郭连长不知用了什么手段，硬是把这个任务抢到手。他安排那几个预习成绩不稳定的新兵都去参加靶场勤务工作。为了让他们体验一下什么叫实弹射击，连里还让他们几个提前去每人打了三发子弹。那几个人回到连队，眉飞色舞地吹嘘着打实弹如何如何过瘾，岳宗听了真是把肠子都悔青了。要是早知道预习不稳会有这等好事，又何苦在射击预习时那么炫耀自己的本领呢?

实弹射击考核终于开始了。按团里的安排，新兵营五个连的半自动步枪实弹射击考核要在两天内完成。一连理所当然地被安排在第一天上午进行。

那天早饭，连里罕见地吃了包子。要知道，做包子既要先和面、发面、揉面，要剁馅，还要一个个包，又费事又耗时。早饭要吃包子的话，炊事班得凌晨四点起床才赶得上趟儿。那天的包子个大肉多，还有鸡蛋汤。郭连长还一个劲吆喝:“吃啊，今天包子撒开了吃，管够！吃饱肚子心里不慌，打靶才有准头啊!”

吃完早饭，郭连长又专门让炊事班烧了一大锅水，把每个新兵的水壶都灌得满满的，还让司务长设法到团后勤搞来不少压缩饼干，每人发了一块，并叮嘱一定要留到临上射击台前才能吃。

上午八点整，一连准时来到团射击场。指导员照例进行一番宣传鼓动，然后由连长宣布考核科目并提出要求。对那些几乎都能背下来的“服从命令、听从指挥、遵守纪律、严格规章制度”等类的要求，岳宗没顾得上细听。他的注意力被射击场全新的环境吸引过去了。

靶档上端中央和两边，各插了一面迎风招展的红旗。靶场的四个出入口处不仅插了红旗，还有专人站岗。靶档下边，整齐地安放着十五块靶板，每块靶板中央，都端端正正地贴着一张胸环靶靶纸。墨绿色的靶标中心，一个白色的圆点分外显眼，那就是他们将要瞄准的靶心。每块靶板的右下方，都插着一个圆牌子，上面用粗黑的阿拉伯数字标明了各个靶标的序号。靶板正下方还有一面三角形的小红旗，表示各个靶位已经准备完毕。

郭连长宣布完科目要求后，紧接着宣布实弹射击的分组。分组基本上是按照班的顺序安排的。岳宗被分在第一组的第九名。宣布完分组后，新兵们又按照组的顺序重新整了队，然后被带到射击地线后方约五十米处。连长下达了“枪靠右肩，坐下!”的口令，新兵们立刻按照练习多遍的动作，把枪面转向右，左腿撤到右腿后边，盘腿坐下，把枪斜靠在右肩上，耐心地等待着命令。

排长任保田走到队列前，挨个嘱咐些什么。走到岳宗面前时，他蹲下身，眼睛盯着岳宗的双眼，看了好一会儿，轻轻点了点头，说:“好小子，一点也不慌，就要这样！我对你有信心！你要注意的是，射击位置靠中间，最容易打错靶子，你一定要看清楚靶标的序号再打，记住，你的目标是第九号靶。”说完，他紧紧地握了握岳宗的手，又走向岳宗右侧的战友。

“第一组，起立！”射击指挥员发出命令。由于考核成绩关系到军事训练红旗最后花落谁家，整个射击场的指挥调度全由团机关负责，各连的干部都不允许进入射击场地。好在对实弹射击考核的程序和相关的规章制度，连里不仅已经讲过多遍，还模拟过考核的全过程，进行过多次演练。新兵们对各个步骤都已经做到心中有数了。听到命令，新兵们立刻站起身，成持枪立正姿势站好，等待下一步命令。

“向射击出发地线前进！”听到口令，新兵们提起枪，向左转，成一路纵队，齐步走向指定地点。到达射击出发地线后，又自动立定，向右转，看齐，成持枪立正姿势。

“验枪！”新兵们左脚上前半步，身体半面向右转，同时右手握住枪的上护木，“唰”的一声，把枪提起、前送，成四十五度角；左手接握下护木，右手回撤途中，打开弹仓，然后拇指握住机柄，等待指挥员验枪。射击指挥员从左边开始，逐个查验。当他走到岳宗身后时，用手轻拍了一下枪托，岳宗立刻拉动枪机，让他检查机匣中有无子弹。

听到“验枪完毕！”的报告后，发弹员走到队列前，依次发给每人一个弹夹，弹夹上空着一发子弹的位置。按照连长教的，新兵们都把弹夹放到右边的裤兜里。

“向射击地线前进！”

“卧姿，装子弹！”

“开始射击！”

岳宗左小臂贴紧依托物，左手轻移至下护木，右手握住枪颈，抬起枪托，把托底板紧紧地顶住右肩窝；食指自然前伸，拨开保险片，轻轻搭在扳机上；头部正直向下，右腮轻贴枪托，调匀呼吸；左眼微闭，右眼圆睁，通过缺口，找到准星；平正好缺口准星的关系，把瞄准线稳稳地移向靶子中央，让缺口准星压住靶心白点的下三分之一处；右手食指稳稳地压动扳机，扣下第一道火，又屏住一口气，略作停顿，食指继续压动扳机。

“嘭”的一声响过，右肩窝好像被什么东西轻轻地撞了一下。枪身向上轻轻一跳，又稳稳地落在依托物上，瞄准线依然牢牢地指向靶心。远处，九号靶下边升起报靶的标杆。标杆上的红点在靶板中央一上一下伸缩了几下。岳宗心中一喜，第一发命中了九环！

岳宗略微停顿了一下，又按照刚才的程序瞄准，击发。这次报靶杆头的红点是在靶子中央横向挥动，十环！紧跟着，岳宗又扣动了扳机，红点又一次划出了优美的横线，又是十环！打完第三发子弹，岳宗关好枪保险，同时报告：“九号卧姿射击完毕！”然后把枪放在依托物上，抬起头，观察其他靶位的射击情况。

岳宗这才发现，自己竟然是这一组最先打完三发子弹的。有的战友打了一枪，有的连第一枪都没打出去。岳宗立刻想到，是不是打得太快了？排长可还等着“收拾”自己呢！可一想到前三枪打出的二十九环，心里立刻有了底：我打个“优等”回去，看你怎么收拾我！

岳宗一边默默地复习着正确的瞄准击发要领，一边等着同组的其他人打完三发子弹。这时岳宗才发现，56 式半自动步枪的枪声是那样清脆悦耳，不像自己打枪时发出的那种“嘭嘭”的有些发闷的声音。这是怎么回事？还没找到答案，其他同志也打完了。

新兵们又按照指挥员的口令，转移到跪姿射击位置。岳宗又第一个打完三发子弹，打中了两个九环，一个十环。在立姿射击位置上，岳宗每打出一发子弹，报靶杆上的红点就一个劲地横划拉，居然连打了三个十环！

岳宗关上保险报告：“九号射击完毕！”之后，又等了好一会儿，才听到指挥员下令：“退子弹！”

“九号多少？你再报一遍！”岳宗觉得呼吸似乎停止了，睁大眼睛，牢牢地盯住那个统计员，静静地听着。

“好，八十七环，十号……”

一只大手重重地拍在岳宗肩上。他回过头，任保田那双充满喜悦的眼睛正默默地注视着自己。岳宗突然间明白排长那天为什么会对自己说那样的话了，他那一方面是告诫自己不要骄傲，一方面也是用了个激将法，让自己更加用心地练习射击技术。

“日落西山红霞飞，战士打靶把营归，把营归。胸前的红花映彩霞，愉快的歌声满天飞……”新兵一连的第一次实弹射击，参加者一百一十六人，只有三十一人没有打及格，稳稳地把军事训练流动红旗攥在了手心里。大家一路高歌，返回营房。队列中，岳宗的声音分外响亮，他的成绩是全连第一，估计整个新兵营，也是排在第一！

又过了几天，连里举行授衔仪式。我军虽然早在 1965 年 6 月就取消了军衔，但大家仍然习惯地把“领章帽徽”称作军衔。那天上午，指导员走到队列前面，立正站好，宣读军令：“中国人民解放军 XX 军区守备第一师第一团命令，新兵第一连岳宗等一百一十六名战士通过入伍训练，所训各科目经考核成绩合格，准予加入现役。此令。团长张金栋，政治委员孙玺，1968 年 4 月 7 日。”

红色帽徽红领章！从授衔仪式起，岳宗正式成为中国人民解放军的一名士兵了。他满心欢喜地回到营房，找出临行前妈妈给的针线包，抽出一根红色棉线，眯着眼睛正准备穿线缝领章，排长任保田走过来说：“小岳啊，新兵训练这么长时间，我注意观察了，你身上有一种当个好兵的气质！有担当，是硬汉！好好干吧，你在部队会有出息的……”

岳宗从排长的眼睛里看出了真诚，看到了赞许。当兵以来，任排长是他最好的引路人！岳宗知道任排长时而温暖又时而尖锐的言辞，都是在塑造自己的行为，帮助自己成长。他认真咂摸着任排长话中深深的含义，把它们都铭记在心。

红色帽徽
红领章

RED
Cap Badge
RED
Collar Insignia

第五章

海防连

新兵连训练结束，岳宗和其他二十二个新兵，被分配到二营四连。这个连，驻扎在离团部七十多公里外一个叫老河口的地方，担负海防执勤任务，被称作海防连。任保田排长原是四连来的，明天，将由他带领岳宗一行人，一起回老连队。

任排长告诉大家，老河口是旧黄河入海口，紧靠着海边，人烟稀少，地处偏僻。连队驻地距离最近的渔村还有三公里，分散驻扎在各个哨所的海防军人们的日常生活必需品，只能去驻地附近的供销社或代销点购买，让大家多买些日用品带上。也得亏有这位好排长，岳宗和战友们一起进了团军人服务社，买了些信纸、信封和洗衣粉、牙膏什么的。

第二天一大早，岳宗就打好背包，收拾好个人物品。吃完早饭回到宿舍，送大家去四连的大卡车已经等在宿舍门口了。新兵们把背包送上车码好，和最后留守的副连长告了别，就一个接一个登上车，踏上去往他们第一个服役岗位的行程。

卡车驶出营房南门，拐了一个弯，驶上了一条笔直地伸向东方的柏油公路。新兵们不约而同地扭回头，看着越来越远的营房。刚刚过去的那近百个日日夜夜，像潮水般在宗岳心中涌现出来。回想起在那些日子里的苦与乐，岳宗奇怪地发现，留在记忆深处的欢笑，竟然远比那些苦和累要多得多！牢记欢乐而忘却痛苦，难道也是人类的一种天性？

回到老连队，任排长做的第一件事，就是带着新兵们参观连部的荣誉室。

陈列在荣誉室中那些褪去本色的锦旗和纸张已经发黄的奖状，记录了连队的光荣历史。

这个四连，最早是红军主力长征离开中央苏区后，留在闽西玳瑁山地区坚持敌后游击战争的一支游击队。抗日战争爆发后，根据中国共产党与国民党达成的协议，游击队于 1937 年 10 月下山整编，成为国民革命军新编第四军（简称为新四军）一支队二团所属的一个连队。在抗日战争中，这个连跟随大部队东进苏中、浙东，转战大江南北，与日寇和国民党军队作战千余次，曾获得过击毙日军大佐武田荣男、生擒国民党江苏省主席韩德勤麾下的中将师长李士达等重大战果。在解放战争中，四连作为华东野战军主力部队中一支能征善战的连队，在苏中七战七捷、孟良崮战役、莱芜战役、豫东战役、淮海战役、渡江战役、漳厦战役和闽北剿匪中都有出色的表现。

其中“苏中七战七捷”“孟良崮战役”“渡江战役”，都是我军历史上赫赫有名的战役，也是岳宗老爸老妈当年参加过的军中大战！“苏中七战七捷”又称“苏中战役”，是 1946 年华中野战军在粟裕、谭震林指挥下，以三万兵力迎击美式装备的国民党军十二万之众，连续作战七次，次次打胜仗！延安总部高度评价苏中战役，称其为“七战七捷”。

在抗美援朝时期著名的“上甘岭战役”中，四连在与敌对峙期间，更是创造过一夜之间连续拔除美军七个班排支撑点，毙俘美军二百多人，自己只牺牲四人，负伤十九人，敌我伤亡比例近十比一的辉煌战绩。四连创造的一些战例，被收入军委总部编写的《志愿军战例选编》中。十多年后，岳宗在石家庄高级步校学习时，四连在上甘岭战役中创造的战例，仍是连进攻科目教学的经典，被学员们在沙盘上反复研讨。

在连队的荣誉室中，挂在正中央墙上的，是一面镶在一个大镜框中颜色已经变成浅粉红色，旗面上留着许多弹孔的奖旗，旗上写着“开路先锋”四个大字。那是四连的前辈们在攻打福建上杭县城时，首先突破城墙，为大部队打开胜利通道后获得的。奖旗左边写着授旗的上级单位，是中国工农红军第四军第十师第二十八团。就是凭着这面奖旗，确定了四连红军连的身份。在守备一团，能够被确认为红军连队的，除了四连，还有三营的九连。

在连队的荣誉室里，还保存着许多奖状、奖旗。那些奖旗上书写的题词，从作战勇敢、守如泰山、渡江第一船，到体育比赛、文艺会演、内务卫生，甚至连腌制小咸菜评比的全团第一名都有，真是琳琅满目，应有尽有。凡是在我军连一级单位可能获得的各种荣誉，四连几乎都获得过，那些大大小小镶着奖状的镜框足足挂满了一整面墙。

其中最突出的，要算排成一列，被挂在最高处的七个同样大小的镜框，那里面镶着的是七份规格、样式都完全相同的“四好连队”奖状。任排长向新兵们介绍说，自从 1961 年在全军开展“四好连队”评比活动以来，四连已经连续七年榜上有名。像四连这样连续七年被评为四好的连级单位，在全军区陆海空三军部队中，不会超过十个。连续七年被评为“四好连队”，是四连当前最重要的一份荣誉。

从连队荣誉室出来，新兵们好像突然成熟了许多，每个人的眼睛里都射出一种自豪、坚定的目光。能够成为这样一支有着悠久而光荣历史的连队中的一员，大家都有几分兴奋，也更明白了肩头的重担。作为这个英雄集体的新成员，每一个人都只能为这个英雄集体增光，而不能给那么多先辈用鲜血和汗水换来的荣誉上涂抹哪怕一丝轻微的灰尘。

海防连的编制与普通步兵连有所不同，除了步兵排和火力排外，为适应海防执勤需要，还编有一个特种勤务排。这个排包括一个船艇班、一个骑兵班、一个通信班。船艇班，主要装备是一艘排水量五十多吨的木壳巡逻艇，担负着每个月在连队防御海区巡逻的任务。骑兵班的任务，便是在连队的陆上防区巡逻。

因为远离部队独立在外执行任务，团里给连队配备了电台和一部二十门的小总机，同时也加编了一个一般连队都没有的通信班。其中“有线兵”主要负责通过那部二十门总机，沟通连部与各个执勤点的电话联络；“无线兵”则负责通过一部两瓦电台，沟通连队与团部的联络；此外，还有放映员，他们的任务，是用那部上级为丰富海边防部队文艺生活特配的十六毫米电影放映机，每个月为各个执勤点的战士和当地老百姓放映一部电影。

特勤排实际上只是暂时由四连代管，并不是连队的正式编制。哪个连队来执行海防任务，这个排就由哪个连队代管。但这个排的任务和地位又相当重要，不管哪个连队，都会把最好的干部和最强的骨干配到这个排。

哈，来到海防连，果真可以“守卫在边防线上，为我们伟大祖国站岗”啦！此刻，在岳宗这批新兵们心中，“让青春和祖国一起闪光”的理想，宛若清澈的蓝天一样开阔且永恒。

但是，岳宗没有想到，来海防连后的第一份工作，竟然会是与“手握一杆钢枪，跨战马保国防”完全不搭界的晒盐。

还是在当兵以前他就听人说过，人世间环境最恶劣、劳动强度最大的四种劳作，就是下矿井挖煤、在砖窑烧砖、上山场伐木和到海边晒盐，这都是很多人没办法生活才被迫去做的苦力活。他想不明白，来部队服役，为什么还要去晒盐？

部队就像一座金字塔，人数最多的普通士兵，处于塔的最底层。对于士兵来说，上级分配的任务就是命令，不管你是否想得通，是否情愿，都必须无条件地完成。这就是军队，古今中外，概莫能外。

第二天吃完早饭，岳宗和那些将要去哨所和盐场的新兵们一起上车，挥手告别了连里的领导和战友，离开这只住了两个晚上的连部。

汽车沿途把分到各个哨所的人放下后，直向盐场驶去。路边的景色还是那样，蓝蓝的天、白白的云、深褐色的土地和浑黄的海水，此时，它们已丝毫也引不起新兵们的兴致了。大家默默地随着车身的颠簸晃动着身体，脑子里都在猜测盐场的样子。自己将要去的那个班，会有些什么样的人呢？

车沿着土路行驶了大约一个多小时，远远的天边，现出一片白花花的水光。又往前走了一段，水光越发清晰起来。水光中间，隐约有一道道暗褐色的线，其间，还有几座小山一样的堆垛，在平地突兀而起。从远处看，形状极像桂林山水明信片中那些拔地而起，谁也不挨着谁的独秀峰。

车继续前行，眼前的影像越来越清晰。原来，那片水面是一个个相连的水池，那些暗褐色的线是分隔水池的土堤。那些大的水池，比足球场还要大；最小的水池，也要比篮球场略大些。水池一个连着一个，其间还有渠道相连，像极了江南水乡那些一片片紧挨在一起，还未插上秧苗的水稻田。

汽车开到土路尽头，在两排红砖平房前的空场上停下来。车刚一停稳，从平房中间两扇对开的门中，走出几个身穿旧军装的人。他们怎么没有佩戴领章帽徽呢？岳宗纳闷之际，任保田从驾驶楼跳出来，和那几个人一一敬礼握手。然后又回过头对着车上一挥手，大声喊着：“到了，都下车！”

任排长指挥新兵们排成两列横队，转身向一个身材高大、脸色黝黑、年龄稍长的人敬礼：“报告副连长，新兵共十五名列队完毕，请指示！二排排长任保田。”

被称作副连长的人却挥了挥手：“二排长，到了盐场就别那么正规了。”又对着新兵们说：“大家一路上辛苦了，别站着了，快进屋！”说着，拉起任保田的手，向屋里走去。他没有一点军人的样子，倒像是位农家大叔在欢迎到家中做客的亲朋好友。

新兵们跟着走进了屋。这是一间挺大的房间，中间放着一个没有球网的乒乓球案子，球案四周，转圈摆放着木头长椅。靠近窗户的桌子上有一部带摇把的电话机，一台有许多旋钮和红红绿绿灯泡的广播机，还有一个话筒上包着红布的麦克风。正对着房门的墙上，钉着一张用整张白纸拼接而成的大表格，上面赫然用大号黑体字标注着“守备师盐场制盐工艺进度表”一行大字。

副连长招呼新兵们在长椅上坐下，对大家说：“先认识一下。我是四连副连长孟凡刚，按连队分工，带着二排三排，担负在师部盐场制盐的任务。”再指着身旁一个黝黑的脸上已经有不少皱纹的人说：“他是盐场的胡场长，咱们盐场的最高领导。”又指着和胡场长并排而坐的一个稍显年轻的人说：“他是黄技师。咱们盐场每年什么时候出盐，能出多少盐，一要看老天爷的脸色，二要靠这位黄技师了。”顿了顿，他又说：“下面，先请胡场长给我们做指示。”说着，带头朝胡场长鼓起掌来。

胡场长操着一口浓重的山东口音开腔：“晒盐是个苦差事，盐场的生活条件比较差。这里没有花，没有草，没有鸟，没有淡水。但也有好处，连老鼠、苍蝇、蚊子都没有。大家平时吃喝洗涮用的淡水，都是从几十公里外拉来的。我们场部有一辆车，每星期一次，每次能拉三吨水。这里的活儿很重，很累人。交通也十分不便。盐场附近，只有你们来时经过的那一个村庄，叫小杨庄，离这里有六里多，大家要买什么日常用品，只能到小杨庄供销点去买。伟大领袖毛主席教导我们说，人民军队既是战斗队，也是工作队、生产队。俺们在这儿执行制盐任务，是为祖国创造财富，为人民减轻负担。希望大家一定要正确认识执行制盐任务的重大意义，为俺们的社会主义祖国多出盐、出好盐！”

一边听着胡场长讲话，岳宗一边在心里默默盘算：两个排怎么也得有五十多人，再加上场部的人，大概得有七八十人。三吨水，一个星期，平均到每个人，每天也就五升，吃喝洗漱，勉强够了，可要是想洗衣服，恐怕就有点紧张了，至于洗被子、洗床单，那可更不够了。好在自己不那么讲究，在学校住校时，一个学期不也只洗两次床单吗？

在岳宗正盘算着水够不够用时，孟副连长已经在介绍各班的班长了：四班长吴德宝，1964 年入伍，河南商丘人，与岳宗在新兵连时的贾班长是老乡。五班长杨玉玺，1965 年入伍，江苏东海人。六班长张仁海，也是 1965 年入伍，江苏海安人。二排机枪班班长孙学忠，同是 1965 年入伍，河北平泉人。三排的几个班长，也都是1964至1965两年入伍，河南、江苏、河北几个省的人都有。

接着，孟副连长又让新兵们自报家门，新兵们一一按照副连长的要求，各自说明姓名籍贯和被分配到哪个班。最后，孟副连长说：“好，下午新兵由二排长带着，熟悉一下盐场的环境，明天早饭后，和老兵一起出工。”而后，把手一挥：“散了吧。”呵，孟副连长性格很鲜明的一点是诚恳务实，有事说事儿，很少啰唆，这给岳宗留下了深刻的印象。

岳宗和刘新柱跟着吴班长进了四班宿舍。宿舍里没有上下床，一个由砖垛方木和铺板搭成的大通铺，占据了大半个房间。铺上摆放着几床叠得四四方方的被子。每个铺位下边都有一个用木板分为两层的空间，上层摆放各人的洗漱用品和毛主席著作选读本、笔记本。

东、西两边的墙上，各钉着一个由木条和钉子组成的挂架，用来挂个人的挎包和水壶。南面墙上，贴着一幅毛主席画像。画像上方，还贴着一个用红色电光纸剪成的大大的“忠”字。画像桌旁靠墙，放着一排都盛着大半盆水的脸盆。屋门后边，则放着口盖着盖儿的水缸，缸盖上放着一把白铁皮水舀子。这大半盆水、水缸、水舀子……已显示出水的珍贵。

吴班长指着通铺上空出来的铺位说：“小刘，你睡这里。小岳，你睡那边。”

按照班长指定的位置，刘新柱和岳宗放下背包，刚把东西摆放到位，屋外便喧闹起来。一队身穿旧军装，足蹬齐膝高的胶靴，肩扛铁锹铁镐的人，脚步杂乱地来到窗前。“他们怎么也没有佩戴红领章红帽徽？那可是军人的标志啊！”岳宗不禁心里直犯嘀咕。

来人纷纷把锹镐倚在窗下，脱下身上的旧军装，搭在窗前的铁丝上，换上晾晒在窗根下的鞋。一个身体壮实的汉子走到岳宗身边，微微眯起眼睛，上下打量了好一阵，然后问：“新来的？从哪来？叫什么名儿？”

岳宗说了自己的情况。吴班长走过来介绍：“这是咱班的副班长，叫袁正山。”

岳宗连忙举起手向副班长敬礼，然后伸出双手，说：“我是新兵，初来乍到，什么都不懂，今后还请副班长多多指教。”

岳宗满以为副班长会像在新兵连见到的那些班长一样，热情地握住自己的手，说上几句鼓励的话。哪知那个叫袁正山的副班长却不屑地把手一挥，说：“什么指教不指教的，我也什么都不懂，没什么好指教的。”

说完，径自伸手从床板下掏出个旱烟袋来，不再搭理岳宗他们，自顾自用烟锅从荷包里挖出些碎烟末，伸出拇指按了按，掏出火柴，划着火，点上烟，吧嗒着嘴，美美地过着烟瘾。岳宗满脸涨得通红，一双手干干地举在那里，伸也不是，收也不是。

吴班长走过来，按下岳宗还伸着的双手，把他拉到一边，拍了拍他的肩膀说："副班长就这么个人，面冷心热。他是 1964 年'大比武'的尖子，还到北京给毛主席表演过呢！处长了你就知道，这个人特朴实耿直，心里怎么想，嘴上就怎么说，从来不会弯弯绕。"

听说副班长是"大比武"的尖子，岳宗心中的不快减轻了许多。当年，电影中那些在毛主席面前展露绝技的尖子们，个个都是他心中的偶像。在岳宗的印象中，不爱说话的人，大都个性很强，不好相处。看着这位铺位和自己紧挨着的副班长，岳宗心里难免有些忐忑，不知今后怎样才能跟他搞好关系。

午饭后，班长招呼大家围坐在宿舍中开班务会。岳宗对班里的人都有了初步的了解：陈德中是党员，和王二娃、吴班长是同年的兵，都是河南商丘人。孙亚民是副班长的同乡，河北石家庄人，也是 1964 年入伍。张春和是山西黎城人，1965 年入伍，党员。杜泽成是安徽亳州人，1966 年入伍，在岳宗和刘新柱到来之前，他是班里军龄最短的一个。这个班一共九人，有四人是党员，五人是 1964 年的老兵，按当时服役条例，他们都是已超期服役两年的老兵了。

岳宗和刘新柱介绍了自己的情况。从人们的眼光中，岳宗隐约感到，老兵们对刘新柱好像有更多的认同感，而对自己这个来自北京的学生兵，好像不大瞧得起。岳宗暗自在心中立下誓言，一定要按老爸临行前嘱托的那样，摆正位置，舍得出力，做出个样子让他们看看！

下午，任排长和盐场黄技师带领大家参观盐场。高高的海堤外面，有一个四五米见方的池子，池子四壁由钢筋水泥浇筑而成，池中的水已经被抽干了，池底还残留着几处小小的水洼。黄技师告诉大家，这个池子有四米半深，下面有一条暗管直通到千米外的海里，把含沙量较低的海水引入池内。

盐场定期从这个池子抽取海水，放到附近那几个大池子里静置一段时间，待泥沙沉淀后，再把它们引进蒸发池制卤。随着卤水的浓度不断增高，逐次引入更高一级的蒸发池。蒸发池的级别越高，池子的面积和深度就越小，在第四级蒸发池中，卤水浓度达到接近饱和时，便可转去结晶池，再经过风吹日晒进一步蒸发后，卤水中结成大颗的晶体沉到池底。这时，把晶体捞上来，即为原盐了。

据黄技师介绍，这一套用海水制盐的工艺流程，在宋代沈括《梦溪笔谈》中就有记载，到明代宋应星《天工开物》中，更是详细地记载了古人用海水晒制原盐的方法，其基本原理和操作过程，和今天的制盐工艺一模一样。

在整个制盐的流程中，起决定作用的是阳光、温度和风向。战士们在盐场的主要工作，是清理海水和卤水流通的渠道，整修蒸发池和结晶池的池埂、池底，把结晶池中成形的原盐捞出来，晾晒干燥后，再运到盐垛上垛好、苫严。有运盐的汽车来时，还要负责装车。简言之，其工作流程划分为：清渠、整池、捞盐、堆垛、装车五大项。当然，要是盐场有什么临时任务，战士们也是主要劳动力。

在距盐池稍远一点的地方，是九个足有二十多米高的大盐垛，这些严严实实苫着土灰色苇箔的盐垛两两相对，排成两排。最南边那个盐垛旁，有一个刚堆起二米多高的盐垛还没来得及苫上苇箔。在正午阳光的照耀下，雪白的盐粒散发着耀眼的白光，其中更有星星点点夺目的亮点在闪烁，如同在一大块美玉上点缀着许多璀璨的钻石。

第二天早饭后，岳宗和刘新柱学着老兵们的样子，换上昨天下午领来的工作服，蹬上高筒胶靴，在宿舍门外等着上工。

上工前，孟副连长把大家集合到一起，布置任务，照旧直截了当："今天其他几个班，还干昨天的活儿。四班，去清理泵房的基坑，场部要求五天清完，你们要是三天能干完，就休息两天。早干完早歇着，我绝不再给你们另派别的活儿。"说完，他挥挥手，让各班带开，自己身一转，手一背，溜溜达达回去了。

四班战士排成一路纵队，跟在班长身后，沿着二尺多宽的池埂，拐了几个弯，上了海堤，来到昨天看到的那个大水池边上。大家看着那四米多深的池子，不禁有些发愣：池子这么深，怎么往上弄那些海泥？还有那光光的池壁，又怎么从那里上下呢？此刻，班长和副班长商量了一下，让孙亚民带着岳宗和刘新柱去场部找梯子和筐。不一会儿，岳宗他们找到场部的黄技师，借来一架长梯和两个筐，回到到池子边。几人拿着梯子，顺着池壁放到池底。

岳宗见刘新柱率先顺着梯子下到池底，想起老爸要自己摆正位置、舍得出力的教训，也紧跟着下到池底。那池底的泥不知有多长时间没有清理过了，非常稀软，双脚刚一碰到池底，立刻就陷了进去。泥水几乎淹没了高高的靴筒，双脚根本无法挪动。

岳宗看着刘新柱说：“这活儿穿着胶靴根本没法干，干脆，咱俩光脚吧。”

刘新柱说：“不急，我先试试。”说着，他一手扶着梯子，把一只脚费力地从靴筒中抽出来，登着梯子，把裤腿卷到膝盖以上，然后踩到泥水里。接着，他又卷好另一条裤腿，开始试着光脚行走。就像行进在沼泽地里一样，每前进一步，都相当费力，要不断地转移身体的重心，才能把腿从齐膝深的烂泥里拔出来。接着，他一步步挪到池角。

岳宗如法炮制，卷起裤腿，光着脚踩进泥水里。虽然已经是 4 月中旬了，海边的泥水还是非常凉，岳宗的脚刚一沾到泥水，立刻感到像有千万根细小的钢针直扎过来，一股冰冷的寒气透过皮肤直刺骨髓。他咬紧牙关，学着刘新柱的样子，一步步走到另一个池角站定，只一小会儿，两条小腿就完全没了知觉。

上边的人把筐放下来，岳宗和刘新柱用锹铲着泥往筐里装。饱含海水的稀泥，好容易装满一筐，往上一提，又差不多有一半从筐缝中漏下来，提到池上时，里面只剩小半筐了。泥水哗哗地流下来，有许多都流进岳宗和刘新柱的脖子里了。

干了一会儿，班长关切地问：“怎么样？下面水太凉吧？要不要上来换着歇歇？”

岳宗大声回答：“刚下来时有点儿凉，这会儿已经不觉得凉了。可是，要照这样干，五天恐怕干不完呀，得想点别的办法。”

吴班长说：“你说说，有什么办法？”

岳宗说：“现在的难点，是这泥太稀，半条腿陷在泥里使不上劲，装一筐泥提上去还剩不到一半，要是用桶往上提可能会好一点。”

吴班长想了想说：“找桶容易，场部就有。可总站在稀泥里，也不是个事儿。”

岳宗说：“要是能找几块木板踩在脚底下，那就好多了。”

吴班长说：“木板有的是。老陈，你带人去扛两块木板来，再去借几个桶。”

陈德中领着人去了。班长让岳宗和刘新柱先上去，歇歇再干。岳宗和刘新柱又装了两筐泥，见这样干实在效率太低，也就不再坚持，努力挪到梯子边，又费了好大劲儿，从泥里拔出胶靴，顺梯子爬了上去。

上到池边，袁副班长递过水壶，让岳宗喝口热水暖暖身子，又伸手摸着岳宗糊满泥的小腿，说：“还是个孩儿呢，可别冻坏了，闹上寒腿，那可是一辈子的事。”岳宗突然觉得，这位副班长的内心，可能远不像他的外表那样生冷。

大家一边坐在池边等着陈德中他们，一边议论着这活该怎么干。袁副班长说起他在老家挖河的事。那是1963年夏天，河北省遭遇百年不遇的特大洪水。水退之后，全省大修水利。挖河时他们也遇到过这种稀泥地段，那时采用的方法是：下午收工前先在稀泥中挖一条沟，让水渗出来，第二天上工后再挖，就好挖多了。

岳宗说：“在稀泥里怎么挖沟？泥那么软，用不着到第二天，一会儿不就塌成平的了？”

副班长说：“那有什么难的？找东西挡住沟帮不就行了？看见那两个筐没有？咱这回不挖沟，就挖两个坑，把那两个筐下到坑里就成。”

吴班长立刻说：“这个办法好，今天先这样，下午后两个小时，全部用在挖坑上，明天看看有没有效果，如果能行，就这么干。”

岳宗又建议说：“这地方太窄，人多了干不开，上上下下又耽误时间，能不能一次下去两个人，就在下面轮换着干，不用爬上爬下地换人。”这个建议也被班长采纳了。

陈德中他们拿来了木板和铁桶，岳宗抢先顺着梯子下到池里，在梯子最后一阶上站稳，接过上边递下来的木板，平着放在稀泥上。踩上去一试，果然好多了，木板只陷下去一点，泛上来的泥水还没没过脚面。刘新柱也下来和岳宗一起干。

用桶提泥浆效率明显高多了，一桶是一桶，基本不会洒出去。干到中午，池壁上泥浆的印痕已经下降了一寸多。下午干到太阳快落山的时候，池里的泥浆已经相当稠了。班长又指挥大家在池子中挖了一个坑，把两个筐摞在一起，下到坑里。池底的泥水就像雨后地面的积水一样，顺着藤筐上一条条细小的缝隙，欢快地流向坑中。

第二天一早，当大家来到池边往下看时，都不禁高兴得笑出声来。只见昨天挖出的坑里已经积满了水，坑外的泥明显干得多了。孙亚民和杜泽民用绳子拴住桶提手，把桶放到坑中，左右一摆，水桶横倒，泥水哗哗地涌入桶中。待水桶装满，他们又双手倒腾着绳子，把桶提出池沿，将泥水倒在堤坡上。两只水桶此上彼下，不一会儿，便淘干了坑中的泥水。岳宗和刘新柱又抢先下到池底，再挖起泥来，果然好挖多了。

就这样，两个人在底下负责装筐，两个人把泥筐提上去，倒在池旁。可是，这样一筐湿泥分量相当重，两个人往上提也很吃力。孙亚民和张春和两人费尽力气，好不容易才把一筐泥提上池边，倒完筐，张春和一屁股跌坐在堤埂上，喘着粗气直喊："累死了，累死了！"

见上边半天不往下扔筐，刘新柱冲着上面大喊一声："班长，你叫他们都闪开，我试试这泥能不能甩上去。"说着，他双腿略一弯曲，两手一用力，铲下一锹泥，接着，猛地举锹往上一甩，一大块湿泥高高飞起，划着一条抛物线，飞到池外。

岳宗学着刘新柱的样子，也铲了一块泥，一扭腰，双臂用力，把泥块甩出池子。上边的人都张着嘴，伸着头，带着几分惊讶地看着这两个新兵。岳宗的习惯是右手在前，左手在后，往右边甩泥，正好和刘新柱一左一右，一锹接着一锹地往上甩着泥巴。

刘新柱干得兴起，索性脱下外衣和长裤，只穿着一条裤头干起来。他手里的那把铁锹，活像关公手中的青龙偃月刀，上下飞舞。一坨坨湿泥接二连三地从他的铁锹上飞出去，直看得人眼花缭乱。张春和惊讶得半天说不出话来，袁副班长一掌击在地上，由衷夸赞了一声："好个小伙儿，真棒！"

岳宗和刘新柱干了一阵，被杜泽民和孙亚民换下来。他们俩干了一会儿，陈德中和王二娃又下去把他们换上来。这样，班里的 9 个人相互替换着下到池底。到下午收工时，整个池底积存的泥沙已经基本被清理完了，明天只需再扫扫尾，就可以完工了。

第二天下午，别人都去上工了，只有四班的人们还蹲在阴凉处，清理着工作服和胶靴上的泥污。班长吴德宝一边刷着自己的胶靴，一边说："这回咱班分来的这两个兵真不错，小刘一看就知道是把干活的好手；小岳别看是个北京兵，身上没多少肉，可劲儿不小，干起活来也不含糊，肯出力，能吃苦。"

岳宗直率地说："我老爸说了，年轻人多出力多长力，我就拿干活当锻炼身体了。"

张春和在一边哼哼着："哎哟，这两天都快把我累摊了，这甩泥是最费劲的，我从夜了个晚上开始，每一个骨头缝都疼，晚上睡觉连翻个身都不敢。"

岳宗疑惑地问："什么？什么叫'夜了个'？"

“嗬，这北京来的文化人还不懂咱乡下人的话，‘夜了个’就是昨天。”

后来，当兵时间长了，岳宗才知道，太行山地区，包括河北石家庄、邯郸和山西长治一带人的土语中，管昨天叫“夜了个”。哈哈，到军营，土话、方言，那可多了去了。

转眼到了5月中旬，下过几场沾衣欲湿的杏花微雨，又刮过几次吹面不寒的杨柳轻风，天气渐渐热了起来。在北京，这个季节正是草长莺飞、新枝吐绿的时候。而在这里，裸露的土地依然是光秃秃的一片，没有一点春天的迹象。

随着阳光的增强和温度的升高，蒸发池中，那些去年冬天即从沿海冰层下面抽取的海水逐级蒸发，卤水的浓度越来越高。从结了冰的海中抽取海水，用制盐的行话叫“抽咸”。因为冰中的盐含量很低，冰层下的海水咸度要比一般海水更高些。冬春两季的日照和气温虽不利于海水蒸发，但干冷的空气还是带走了大量水分。再加上“五一”过后连续几个响晴白日的好天气，经过黄技师的测量，四级蒸发池中的卤水浓度已经达标。战士们按他的指令，打开通向结晶池的闸门，把卤水缓缓放进刚刚整修一新的结晶池中。

一望无际的海滩，虽然看上去一马平川，实际上却是有高低之分的。各级蒸发池和结晶池依地势而建，闸门一开，卤水便顺着自然地势，慢慢地注满结晶池。盐场共有十六个结晶池，每个都比篮球场还要大。

看着结晶池中慢慢恢复平静的水面，陈德中长叹一声：“又得脱下三层皮了！”

岳宗终于知道为什么人们都说晒盐苦了。随着结晶池中白花花的盐层越积越厚，今天要开始出这个晒季的第一批盐了。毕竟是年轻气盛呀！想着就要亲手捞上来第一批盐，岳宗心中有一种按捺不住的兴奋。

捞盐之前先要“豁茬”，就是在池中几乎结成整块的盐层上，先豁出茬口，才能方便捞盐。豁茬的工具是一根有成人胳膊那么粗，两米多长，上面密密地安装着许多三寸多长铁钉的铁杠。所谓豁茬，就是用大铁链子拉着这根铁杠，在结晶池里一趟挨着一趟地走，靠那些铁钉把盐层豁出茬来。那根铁杠的重量至少有二百斤，再加上铁钉挂住盐层的分量，每次豁茬，都需要两三个人合力，才能拉得动那根铁杠。

岳宗和刘新柱一起拉着铁杠豁茬，高筒胶靴只穿了一个多月，就被腐蚀性极强的盐水侵蚀得像娄西瓜一样，轻轻一碰，就会破出个大洞，不能穿了。他们光着脚在池中走着，脚底被盐粒尖锐的棱角割出无数条细小的口子，再被饱和的浓盐水一杀，就像踩在无数根钢针上一样，钻心地疼。衣服已经被汗水和盐池中不断蒸腾的水分洇透，变得像铁板一样沉重。被阳光晒得滚烫的铁链搭在肩头，像烙铁一样炙烤着皮肉。两人弓着身子，双腿交替用力蹬着盐层，拖着铁杠一步步艰难地前行。转了一圈又一圈，接连转了四圈，才终于完成了任务。

在厚厚的盐层上豁出茬口之后，便开始捞盐了。孙亚民、张春和领着岳宗和刘新柱，每人抄起一个足有两米多宽的大钉耙，用力锄到盐层里，一边倒退一边用力往身前搂。随着钉耙的舞动，被搂起的盐越来越多。他们一步一退，把捞起的盐粒一直搂到池边，堆到池埂上。从结晶池中间到池边，大约有七八米的距离。退一步搂一下，得搂二十多下才能到池边，搂起的盐粒越多，钉耙就越沉重，到接近池边的最后那几耙，每一耙都要使出吃奶的力气才能搂得动，同时还得注意别把池底的盐搂翻过来，以免影响原盐的质量。

岳宗当兵前练过举重，算是有点力气。但举重是集中全身力气猛然用力，把杠铃举过头顶就立刻放下，靠的是一股爆发力。可这捞盐，每搂一下，都要使出全身的劲，而且得连续二十多下，一耙一耙地把盐捞到池边，才能松一口气。按盐场的习惯，四人包一个结晶池，捞完一池盐，再用独轮小车，沿着池埂把盐全都运到池边的空地上，才算完工。

岳宗和大家一起，用了将近三个小时，终于捞完一池盐，开始往外运盐。

运盐用的是独轮小车。这种车的车厢，是用几块木板做成的，呈簸箕形，高高地架在车轮上方；车厢下有两条长长的木把，直伸到车后；车把下还有两根支架。一辆独轮车支在那里，仿佛一只好斗的公鸡。

岳宗是第一次接触这种独轮车，试着推了一下，不行，走了不到两步，车就歪倒了。推不了车，只能装车。那种特大号的板锹，一锹足能铲起三十多斤盐，装满一车需要十多锹。岳宗弯着腰，一锹接着一锹，连续装满二十多车，才把今天捞出的盐运完。

下工时，岳宗的两条腿像灌满了铅块，沉得根本离不开地面，只能一步一拖地往前走，远远地落在队伍的最后边。他的双手连握住锹把的力气都没有了，扛在肩上的铁锹好几次掉在地上。他好不容易蹭回宿舍，一屁股跌坐在墙根下，接着，上身也不由自主地倒了下来，就那么张手伸腿地瘫倒在地上。班长吴德宝过来关切地问：“小岳，怎么了？”王二娃说：“没事，累的。城里来的小年轻第一次干这么重的活儿，又不会使巧劲，太累了。哪年的新兵头一次出盐不得累倒几个？没事，躺一会儿就好。”

老兵们对这种情况，见多不怪，纷纷放下工具，开始洗脸擦身。

到底是年轻，岳宗在地上躺了一会儿，试着动了动胳膊，感觉有了一点力气，这才努力爬起来，脱下工作服，端起脸盆开始洗漱。他刚把盆里的脏水泼掉，孙亚民就递过一支烟：“来，抽一口，解解乏。”

岳宗木然地接过烟，用孙亚民的烟头对着了火，轻轻地吸了一口。立刻，像是有一个铁一样硬的小拳头对准自己的咽喉狠狠地捣了一拳，胸腹内一口气反顶上来，当即呛出了一串咳嗽，鼻涕眼泪也跟着一起喷涌而出。

岳宗摆着手，一边把烟递还给孙亚民，一边连声说：“不行不行，我抽不了这个。”

岳宗的样子，引起大家一阵哄笑。副班长袁正山顺手在孙亚民背上拍了一掌：“你小子，积点德吧。”

那天晚饭，岳宗一口气吃了五碗大米豆干饭，还觉得没吃饱。饭后，岳宗拉着刘新柱，让他教自己怎么推车。

刘新柱一边做示范，一边讲要领，又用双手在前边扶着车，倒退着帮他练习。练了一会儿，岳宗就能推着车在平地上走了，可是到了池埂上，还是不行，走不了几步，不是车倒，就是歪到埂下边。

按照物理学中三点稳定的原理，这种独轮车在静止的时候，是靠车轮和两个支架固定的。一抬起车把，只有车轮一点着地，另两个支点，全靠推车人的双腿双脚了。车的重心一旦偏离，推车人一定要及时调整身体的位置和姿势来找平衡，用刘新柱的话说就是：“推车没有巧，全靠屁股扭得好。”

在平地上，双脚选择落地点比较容易，但到了池埂上，双脚只能在两尺多宽的范围内寻找落地点。再加上这种车整个车斗都在车轮上方，重心偏高，这就要求推车人的双手用力要均匀，重心偏离时，还要靠双臂的力量来调整车的重心。唉，不是短时间内能掌握的呀。

晚上躺到被窝里，全身放松下来，岳宗感到每一块肌肉、每一条骨头缝里，都像是浸满了十年陈酿的山西老陈醋，酸酸软软的，连翻个身都非常困难。

听着岳宗一阵一阵下意识的呻吟，孙亚民不紧不慢地说："今天这点活儿，和六七月份比起来，只不过是五公里越野前的准备活动。老鼠拉木锨，大头还在后边呢。"

副班长正好抽完一袋烟，接口说："别吓唬小孩子。小岳，不用怕，现在这天，三天都出不了一回盐。这几天你就抓紧练推车，会推车了，来回的路上可以歇一歇，就不会这么累了。"

岳宗心里，对这位一见面就给自己来了个下马威的副班长开始有了些许亲近感。

老兵们说的果然不假。接下来的几天，主要工作是把那些在捞盐时搂翻了的池底修补好，再就是把新捞上来的盐摊开晾晒，经黄技师检验，水分达标后再堆到大盐垛上。

岳宗这几天的重点，是练习推小车。上工时，他用独轮车把全班的工具都装上，推着车跟在队伍后面。到了盐池边，又抢着把晾晒好的盐往盐垛上推。在推第一车时，吴班长只给他装了平平的一车。岳宗见别人的车上都装得满满得冒尖，非让班长再装几锹不可。

吴班长说："得了吧，你能把这车推到地儿，不撒在半道就不错了，一口吃不成个胖子！"

岳宗有点儿不甘心地嘟囔了几句，推着独轮车朝盐垛走去。二百多米的距离不算远，可快到盐垛边他才发现，这里有一块二尺多宽、五六米长的跳板，成约二十度角把平地和盐垛连接起来。运盐的人都是从二十多米外就跑起来，凭着一股冲劲，把车顺着跳板一直推到盐垛上。

岳宗也学着他们的样，脚下加劲，慢慢地跑起来。可是没跑几步，车向一边歪去。一下子没把住，小车歪倒在路边，盐撒了一地。找来把铁锨，把撒在地上的盐重新装好，又开始推。没跑几步，车又歪倒，他又重新装好车接着推。这样推推倒倒十几次之后，岳宗才慢慢掌握了奔跑中推车的技巧。

可新的问题又来了，他怎么也无法把独轮车，对准那窄窄的跳板，好不容易，有一次对准了，可车轮压上木板的那一瞬，小车又朝一边歪去，半车盐全撒在盐垛下面。看着别人那么轻松地把装得满满的一车盐，顺着跳板推上盐垛，而自己却一次次把车翻倒在半路上，引得众人像看狗熊表演似的看着自己笨拙的样子，岳宗恨不得找个地缝钻进去。

当岳宗再一次装好车，咬着牙准备向跳板冲去时，任排长走过来对他说：“小岳，你要用车的中央对准跳板，在上板的一刹那，手腕要用力，腿要使劲蹬地，腰也要跟上劲顶一下，才能上得去。”

岳宗感激地看了排长一眼，双手抄起车把，逐渐加速，用车厢的中间对准跳板，越跑越快，在上板的瞬间，他大喝一声，手腕较上劲，略一弯腰，双腿使劲猛蹬，小车稳稳当当地顺着跳板一直上到两米多高的垛顶，又沿着垛上的跳板，把车一直推到盐垛的边缘，两手一掀车把，把一车盐倾倒在盐垛上。

盐垛下，一直关注着岳宗的任排长提高声音叫了一声“好!”带头鼓起掌来。

就这样，岳宗从一开始连空车都推不了，到后来能推着满满一车几百斤的盐，沿着四十多米长的跳板登上八九米高的垛顶，成了一名样样活都能拿得起的合格的盐工。

真正的考验还不是推车。孙亚民说的一点儿也不错，开始的几次捞盐，最多只能算是大赛前的热身，真正较劲的时候很快就来了。

时间进入6月，天气一天比一天热，太阳一天比一天毒。到了芒种，即到了被黄技师称之为制盐的黄金季节。结晶池里的盐眼见着一层层增厚，刚刚豁过茬的池底，稍一耽搁，便又重新板结。刚把一层新盐捞到池边，池中央又沉积下厚厚的一层。

那段时间，作息时间表完全被抛到了一边，战士们每天从日出一直干到日落，一天三顿饭都是送到盐池边吃。那些天的伙食也特别好，包子、烙饼、蒸饺，换着花样上，鸡鸭鱼肉变着法子做，晚上收工后，还要额外加上一顿捞面条。可人们谁也没有心思去品尝炊事班的厨艺，饭菜一来，都是以最快的速度填饱肚子，饭碗一扔便抄起捞盐耙。就连自称从会吃饭起就会抽烟、宁可断饭也不能断烟的袁副班长，也顾不上他的旱烟袋了。每个结晶池都包到了具体人，谁耽误了时间，谁就得加倍付出体力和汗水，人们像被鞭子驱赶着一样，疲于奔命地与阳光赛跑。

疲惫、劳累，都还算不了什么，好在大家都年轻，疲了、累了，只要能饱饱地吃上一顿，美美地睡上一觉，第二天，浑身又充满了力气。

对岳宗来说，最要命的是阳光。

大概是因为遗传吧，岳宗的皮肤天生怕晒。阳光稍稍强一点，他身上暴露的皮肤就会被晒得起水泡。不像别人，晒过几次，皮肤会变黑，便不再怕晒了。岳宗每次被晒得脱了皮后，遇到强烈的阳光，皮肤还是会起水泡、脱皮。他知道自己的弱点，每天干活的时候，不管天气多么热都穿着工作服，有时连衣领都要立起来护着脖子。班里的同志们取笑的风凉话自然不少，什么“别像大姑娘一样”呀，“这里都是爷们，不用怕”呀，岳宗自己心里有数，不管别人怎么说，他该什么样还什么样。

那一天，天上笼罩着一层薄薄的云，空气中没有一丝风，盐田里水汽蒸腾，捞盐的人们像进了蒸锅，汗水像泉涌般往下直淌。别人都脱去上衣，袒露出一身结实的肌肉。岳宗的工作服很快湿透了，严严地糊在身上，背上仿佛趴满了一层湿腻黏滑的蛤蟆。他实在忍不住了，见阳光不那么强烈，一横心，脱下工作服，赤膊上阵，干了起来。

谁知道，那薄薄的云层，根本遮挡不住海边太阳那格外强烈的紫外线，一时的痛快立刻招来了报应。当天晚上，岳宗觉得双肩和整个后背都火烧火燎般地疼，稍微一碰就像有无数小针扎着一样，钻心刺骨。第二天起床时，岳宗坐起身子，竟然把床单带了起来。他努力侧过头看了看，只见两个肩膀上鼓起一片大大的水泡，睡觉时无意间被压破的水泡流出的黄水沾湿了床单。

岳宗让副班长帮忙，轻轻揭下床单。副班长惊奇地大叫了一声：“怎么成了这样！”

其他同志闻声过来，也都发出“啧啧”的惊叹声。原来，岳宗的整个后背都成了一个大水泡！吴班长连忙让岳宗趴着别动，又让人去叫来了场部的军医。军医看了看他的后背说：“二度烧伤。”

军医拿出药膏就往岳宗的背上抹。岳宗强忍着剧痛，咬着牙不吭一声。看着他额头上不断渗出的汗珠，那军医突然问了一句：“你就是那个不用麻药做阑尾手术的新兵吧？”

岳宗咬着牙顾不上回答。刘新柱肯定地说：“对，就是他！”班里的其他同志忙问怎么回事，刘新柱把岳宗的“事迹”跟大家说了。袁副班长由衷赞了一声：“好小子，有种！”

早饭过后，班里的同志们都劝岳宗在宿舍休息，岳宗一想起大家拼命捞盐的样子，怎么也不能心安理得地待在宿舍里，还是坚持着跟大伙儿一起去了出工。他小心翼翼地穿上工作服，努力不碰破那积满了水的水泡。可是干起活来，谁还能顾得了那么周全？一次用力过猛的动作，终于又把水泡弄破了，一股热乎乎的水从岳宗的背上流下去，打湿了半条裤腿。但一阵难忍的疼痛过后，感觉似乎轻松了许多。

那天收工后，岳宗对副班长说："副班长，能不能从你的胡琴弓子上借根马尾？"

副班长问："你要马尾干什么？"

岳宗说："我在小说中看到过，长途行军脚上打了泡，可以穿上根马尾把水放出来，第二天就好了，我想试试，把泡里的水放出去，看会不会好得快一点儿。"

袁副班长二话不说，从墙上摘下胡琴，揪下两根马尾，穿上针就要帮岳宗挑泡。班长连忙说："等等，去找军医要点酒精棉球消消毒。"

刘新柱应声跑了出去。不一会儿，他手举着满满一瓶酒精棉球跑了回来。袁副班长细心地用酒精棉球擦拭了马尾，又点燃蜡烛，把针在火上烧了烧，轻轻地扎进岳宗背上的水泡中，又慢慢地穿出来，把马尾打了个结。水泡里的黄水一滴滴顺着马尾流下来，岳宗背上的疼痛逐渐减轻。

晚上，岳宗把被子叠成四折，放在铺位中间，趴在被子上沉沉入睡。第二天早晨，从岳宗背上水泡中流出的水把褥子打湿了一大片。水泡干了以后，薄如蝉翼的表皮紧紧地贴在了皮肤上，只要不碰，已经觉不出疼痛来了。就这样一连过了三天，岳宗背上的水泡终于好了，整个背上脱下来一大张略呈等腰三角形的皮。

在盐场最繁忙的季节，还有一件令人难以忍受的痛苦，那就是对用水的限制。天越热，人喝的水就越多，再加上每天又加了一顿饭，水的消耗也就更大。由于运水能力有限，每人每天的用水量就必须限制了。最紧张的时候，每人每天洗漱饮用的水加在一起，只够用刚来盐场时发的那个大号白搪瓷缸装一缸子。连喝都不够，谁还顾得上洗？

那些天，大家早晨起床后，只是含上一口水，在嘴里漱几下，就算是刷了牙。至于脸，三五天都顾不上擦一把。每天下工回到宿舍，他们脱下的工作服已被汗水反复浸湿又晾干，已变得像古代军士穿的盔甲一样，硬邦邦的。汗水被晚风吹干，在身上留下一层汗碱。

这时，岳宗终于体悟到为什么晒盐战士旧军装上总不见红色帽徽红领章了：

那是因为唯恐黏腻的汗碱玷污了鲜艳的红色。这些吃苦耐劳的年轻士兵，格外珍视作为军人的荣誉和象征啊！

在盐场的那些日子苦则苦矣，但连岳宗自己也没想到，尽管每天承受着如此繁重的体力劳动，他的体重不仅一点也没有减轻，反而增加了。

那天有人往食堂送菜，岳宗和几个新兵一起出公差帮着卸车。卸完车大家顺便称了下体重，岳宗的体重竟然达到了 134 斤！一开始，他还怀疑是秤出了毛病，司务长说："绝对不可能！就算出毛病，我这收货的秤，也只能打低不能打高。你们这些天吃了我这么多好东西，不上点膘对得起那么好的嚼谷吗？"

岳宗仔细打量着自己的身子，还真是的，腿不知什么时候变得更粗了，胳膊和胸脯上的肌肉也明显地鼓胀起来，站在军容镜前一照，身体也不再细细高高像根棍，而是更加匀称结实了。细想想也是，那段时间，差不多每天都要干得体力透支，伙食好，饭量也大增；超强的体力劳动，使得每天晚上临睡前的"口头文学会"也省了，人人都是头一挨枕头就一直睡到天亮。按照"超量恢复"的理论，身上不长肉才怪呢！

到了 7 月下旬，雨水越来越多，常常是个把星期也出不了一回盐。他们的身体和精神又渐渐地松散起来。岳宗忽然想到该写封家信啦！刚当兵的时候，军人寄信还不用邮票，只要把信送到收发室，打上个三角形的免费军邮戳，就能寄往全国各地。后来不知因为什么，军人免费军邮的"待遇"被取消了，直到"文革"结束后才又逐渐恢复。到了军人写信也要用邮票的时候，和岳宗保持联系的朋友们已经寥寥可数了。

岳宗的大妹妹岳华后来去了黑龙江生产建设兵团，给岳宗写了许多信。岳宗那时候正在盐场晒盐，一天到晚累得恨不得随时找个地方倒下来就睡，哪有时间给她回信？在妹妹面前他不愿承认自己手懒，只得用每月只有六块钱津贴费，不够买邮票做托词。谁知岳华在下一封信中一下子给岳宗寄来了一整版"全国山河一片红"邮票。二十多年后，这种邮票的价格竟飙涨到每枚一万多元。

给华妹的信写好后，岳宗仿佛突然看到一条火红的围巾，在眼前闪了一下。要不要给匆匆一别的肖海平写上一封？印象中，从幼儿园大班到初中毕业，她总是那样稳重、笃定。肖海平现在在哪里？岳宗陷入深深的沉思……

第六章

医院新兵

肖海平自从送别岳宗后，也从北京坐着闷罐列车，经过两天多的奔波，到了北海舰队，当上了一名海军新兵。

出发前夕，肖海平的心情一天比一天糟。最初的几天，在学校的信报栏上没找到岳宗的来信，她心里还能稳得住劲。可是今天已经是一别之后的第 5 天了。明天，她自己也该去部队了。今天，是收到他来信的最后机会了。

早晨，天阴沉沉的。肖海平顶着北风用力蹬着车，被风刮起的浮土不时地迎面扑来，她把口罩往上提了提，顶着寒风继续向前。学校就在前边了，一进校门，她就下了车，凑近传达室墙上的信报栏，审视着那些无人认领的信件。

肖海平先从最下一层找起，一封封仔细辨认着信封上的字迹。和岳宗同学六七年，对他的字迹，肖海平是熟得不能再熟了。岳宗的功课虽然门门拔尖，却老是因为字写得不正挨批评。他写的字一律都向左边倾斜，活像地里那些被狂风吹歪了的庄稼秆。后来，这家伙竟然想出了把纸向左斜着放的点子。还别说，把纸这么斜着放，等写完了再正过来一看，那些字倒真的基本上横平竖直了。不过那支棱八叉、毫无章法的风格，依然是外甥打灯笼——照旧。

肖海平从最下的一栏，一直看到最高的那栏，各式各样的信封上，没有一封是自己熟悉的那种“岳体字”。

又没有！肖海平的心情一下子坏到了极点。她骑上自行车，愤愤地往家走。爸爸妈妈都上班去了，弟弟也不知跑哪儿玩去了。肖海平推开家门，径直进了自己的那间小屋，反手把门一甩，一头扑倒在床上，任由泪水尽情地流淌。她的脑海中，不断闪现出岳宗的种种模样。不觉间想起了小学六年级时，自己和岳宗发生的那次激烈冲突。

那次是上自习课，岳宗早早做完作业，在教室里这儿转转，那儿看看，不时地给他那几个哥们讲讲题。那时候，大家都已经公认他是同学中最聪明的一个，他也有了几个形影不离的铁哥们。他的哥们有题不会做，他都能不厌其烦地给他们讲。可他对女生却总是爱答不理的。和他坐同桌的刘芳就不止一次地告诉过肖海平，遇到难题要是问他，他不是一句“自己想去!”把人直接顶回来，就是把作业本往你面前一推，硬邦邦地来一句“自己看去!”

那天，肖海平也碰上一道难题，怎么想也想不出从哪里入手。恰好坐在她后边的方明远冲着岳宗招手，把他叫过来讲那道题。当时她虽然没有回头，却竖着耳朵，把他的讲解一字不落地听了个全。正当肖海平做完那道题，收拾好书包准备回宿舍时，刚一起身，自己那两根长过腰际的辫子好像被人揪住了，猛地往下一拽，一阵钻心的疼痛让她一下摔倒在地。原来，她那两条大人们看了都忍不住要夸上几句的长辫子，不知什么时候，已经被人牢牢地拴在了椅背上。她摔倒时，岳宗就站在方明远桌旁，看着她狼狈的样子，张开嘴哈哈大笑。当时，肖海平心中冒出一股无名火，她站起身，抡起胳膊，一巴掌打在岳宗满是笑意的脸上。

岳宗虽然经常打架，却从没跟女生动过手。据说他老爸在打架的问题上曾经给他约法三章说，男孩没有不打架的，但第一不许打比自己小的孩子；第二不许打女生；第三不许先动手；除此之外，要打，就要打赢。那一次，他挨了一巴掌，虽然没还手，却牢牢揪住肖海平不放，说冤枉了他，非让她向他赔礼道歉。明明是岳宗欺负了她，怎么可能向他道歉？

后来听坐在方明远旁边的同学说，那一次，她是真的冤枉了岳宗。肖海平的辫子，其实是方明远拴在椅子背上的。不过，岳宗肯定看见了，她摔倒了他还笑，就算不是他动的手，也得算是同谋！打他一巴掌，也不能全算是冤枉。

那时候，他们那些男生迷上了打篮球，哪怕是在课间十分钟，也要抓紧时间打个半场。中午吃完饭，更是经常不回宿舍午休，而是顶着大太阳，一打就是一个中午。到下午上课时，他们一个个满头大汗地从球场回来，就那么把脑袋往水管子下一伸，先用凉水冲冲脑袋，再歪着脖子，凑近水管咕咚咕咚灌一肚子凉水。为了让岳宗打完球能喝上温开水，每天上午最后一节课后，肖海平总要用杯子从保温桶里接一杯水，放到他的课桌上。他打完球回来，总是抄起杯子就喝，从不问是谁晾的，当然也不带说个“谢”字的。

哼，臭岳宗，你有什么了不起的？肖海平愤愤地想着。明明亲口答应的，一到部队就来信，现在看来，还不是空话一句？自己也是真傻，竟然还天天跑到学校去等他的信！早知道他是这种言而无信的家伙，根本就不该搭理他！

肖海平抹了一把眼泪，既然不想跟他有什么瓜葛，那他来不来信，又有什么关系呢？不理他就是了，爱来不来！可是……那么多同学，真能给自己留下深刻印象的，也就只有他一个人。

肖海平自己也说不清楚，对这个又可恨，又总是让自己难以割舍的岳宗，到底是一种什么感情。他所做过的那些常常出人意料，又令人印象深刻的事，交替地出现在她的脑海中。她努力想把脑子里的杂念理清，好做出个决断，但总是刚刚有了一点头绪，立刻又被缠绕进新出现的思绪之中，一个又一个决断就像无数纠缠在一起的线头，相互否定、相互缠绕，越理越乱……

那天早晨，是妈妈把还在沉睡中的肖海平叫醒的。看到女儿眼皮微微发肿，眼睛周围还留着淡淡的黑晕，还以为女儿是因为舍不得离开父母才没睡好。她心疼地伸出手，轻轻拢了拢女儿的秀发，柔声说："好了，平平，天不早了，该起床了。"

肖海平一骨碌从床上爬起来。弟弟海涛骑着车，送肖海平去区里集中。

还是那个略显破败的体育场，还是那个已经重复了多次的场面。所不同的是，在来送行的人群中，认识的人越来越少了。她心头不禁有几分凄凉。可这又能怪谁呢？谁让自己是最后一拨走的呢？

登车的时间到了。北海舰队的新兵连男带女，大约有二百多人。女生共有三十多个，被分成四个班，站在队伍的最中间。带领她们的，是一个留着齐耳短发、长着一张红扑扑圆脸的女干部，和她带着的四个和她年龄相仿的女兵。肖海平发现，部队站队和学校不一样。虽然也是按大小个儿排，但在学校的时候，是小个子在前，大个子在后，部队却正好相反。在这拨女兵中，肖海平一米七二的个头绝对算得上是高个了，所以她排第一个，就站在比自己足足矮了半个头的班长后，显得分外惹眼。

汽车径直开到东郊铁路编组站。北海舰队的女兵们上了一辆闷罐车。放好东西后，肖海平不解地问女干部："首长，我们别的同学当兵，都是在北京站上车，咱们怎么在这儿上车，还坐这种车呢？"

女干部问清了她的同学是哪天走的后，笑着说："噢，你是叫肖海平吧？我不是首长，是你们的区队长。我姓俞，可以叫我俞队长。你同学他们那批兵，是今年走的第一批，市里要开欢送会，所以从北京站登的车。其实送他们的那趟车，从北京站开出后，也是把他们拉到这里，最后都是换闷罐车走的。"

“噢。”肖海平若有所思。这么说来，岳宗他们离开北京的时间就说不准了，那他到部队的时间就更没法计算了。想了一会儿，肖海平又问：“哎，队长，那咱们什么时候能到青岛？”

俞队长说：“那可说不好。咱们这车属于军列，遇上客车、货车都得让行。搞得好的话，两天应该能到，要是不凑巧，也可能要走三四天。”

“哦，原来是这样。”肖海平长长地出了一口气，心中一阵轻松。看起来，岳宗他们肯定也是在路上走了三四天才到的部队。分别时，自己又只说了下星期走。以他那精于算计的脑袋，当然能算得出，等他到了部队再写信来，也许自己早已走了。他才不会干那种把信寄到学校，一个月后没人认领，再被退回原址的蠢事呢。这么说这些天没能收到他的信，也不能全赖他，自己的哥哥不也一直没写信回来吗？肖海平的嘴角浮起一丝笑意。

肖海平端庄优雅的气质、活泼开朗的性格、健美匀称的身材和她的天生丽质，早就引起了俞队长的注意。空闲的时候，俞队长要求新兵们轮流起头，指挥大家唱革命歌曲。轮到肖海平指挥时，她那清亮的歌喉和良好的乐感，更是给俞队长留下了深刻的印象。

军列走走停停，在一个毫不起眼的小车站停下了。

“全体人员，下车集合！”俞队长指挥大家。

肖海平有几分疑惑：“队长，好像还没到青岛吧，咱们不往前走了？”

“对，我们新兵团设在青岛市李沧区，这是沧口站，从这儿下车，再坐汽车就到了。我们要在新兵团进行一个月的入伍训练，然后还要进行两个月的专业培训，最后才能分到具体单位去。”

在新兵连吃的第一顿饭，肖海平能记一辈子。当然不是因为它的美味，而是恰恰相反。肖海平刚把背包打开，还没来得及归置，门外就响起了哨音。女兵们在宿舍前站好队，俞队长接连下达了几个口令，把队伍带到饭堂。

在饭堂外，俞队长提高声音说：“大家在火车上连着吃了几天大包子，今天算是到家了，给大家换换口味。咱们到了山东，就得入乡随俗。按山东待客的规矩，送行的饺子迎客的面，到部队这第一顿饭，炊事班给大家做的是咱山东的打卤面。大家敞开肚皮，多吃些，吃饱了肚子不想家啊！”

听说有打卤面吃，肖海平心中暗喜。在家时她最爱吃的，就是妈妈做的打卤面。都说部队的生活苦，看起来，也还行啊。

女兵们依次走进饭堂，十几张方桌围成一个“口”字。在“口”字的正中，一个大号保温桶正冒着腾腾热气。等到拿着筷子开始从保温桶里捞面条时，肖海平微微皱起了眉头。面条软软的，用筷子一挑就断。桌上那个脸盆里盛着的就是卤吗？几片切成薄片的萝卜和白菜帮子，一些粗粉条，还有零零散散的几片蛋花。妈妈打的卤里，不仅有蘑菇、木耳、黄花，还有切得细细的肉丁，再恰到好处地勾上芡，拌到面条里，再淋上点醋和香油，不用吃，闻上一下，就能把人香个跟头！但这毕竟是在部队，要给一百多人做饭的炊事班，当然不能跟妈妈的手艺比。

肖海平盛了一碗面条，又拿起勺，盛了一点儿“卤”浇到面上，用筷子拌了拌，试着吃了一口。哎呀，齁咸齁咸的！肖海平皱了下眉头，下意识地抬起头，看了看同桌的人们。

同桌的女兵们看着那面条和卤，一个个脸上都显出为难的神色。俞队长看了看大家，尝了一口面条，一咧嘴，大声喊着：“王班长，你们炊事班把卖盐的给打死了？”又笑着对大家说：“嘿，咱山东人，尤其是这海边上的，口都重。今天这卤是有点咸了。不过，大家来山东当兵，也得学着习惯山东人的口味。”

几天后，来自全国各地的新兵们陆续到齐了。女兵连共有一百四十多人，是整个新兵团里人数最多的一个连，俞队长即任女兵连长。女兵们来自北京、天津、辽宁、四川、湖北、江苏等好几个省，当然也有山东本省的，真正的五湖四海。编班的时候都是把籍贯打乱了分的，每个班里，同省市的人最多不超过两个。肖海平所在的六班共有十二人。班长是一个已经当了三年兵的河北姑娘。肖海平被俞连长指定，当了六班的副班长。

新兵训练正式开始了。开训的第一天，俞连长站在队列前，高声宣布：“从今天开始，大家要忘掉在家里安逸、散漫、自由的舒服日子，忘掉自己是一个女孩子，要严格按照军人的标准要求自己，把那些娇滴滴的动作和不符合军人标准的习惯统统改掉，养成令行禁止、吃苦耐劳的军人作风。现在你们还不是一名正式的军人，到底能不能真正成为一名光荣的解放军战士，就要看大家能不能经受住接下来的严格训练的考验了。你们有没有决心下苦功夫，接受严格的训练，成为解放军中光荣的一员？”

“有！”新兵们齐声回应。

“好，大家回答得还算响亮。嘴上说容易，可要真正做到就难了。今后，我希望你们用自己的实际行动，交上一份满意的答卷！”

海军新兵训练内容相对简单，除了三大条令、革命传统教育和每天必有的“天天读”外，主要就是队列和射击。紧张的训练枯燥而劳累，那些看起来很简单的稍息立正，向左向右向后转，正步齐步跑步走，解散集合，看齐报数，其实练起来也很累人。队列训练时，每个人都时刻处于高度紧张中，全部的注意力和全身的肌肉都得随时做好按班长口令行动的准备，对人的精力、体力，都是一种极大的消耗。

恐怕每个年轻人都对射击有一种难以抑制的向往，听说马上就要进行射击训练了，大家都兴奋得难以入睡。熄灯号已经吹响好长时间了，女兵们都还支棱着耳朵，饶有兴致地听着班长讲她第一次实弹射击时的那些趣事……

入伍一个月后，女兵们通过新兵训练队列和射击的最后一次考核。考核的结果还算基本合格。俞连长再次站在队列前，眼神满意而语气温和地说：“从下周开始，我们将进入新兵训练的第二个阶段。在专业训练阶段，你们这一百四十多位新同志，将分别接受话务、报务、卫生、打字、电影放映等不同专业的训练。下面，我宣布一下到各个专业集训队去的同志的名单，请大家注意听好……”

肖海平倒不想去当文艺兵或是机关兵，但也不大愿意去当话务兵。她的理想是当卫生员。还是在幼儿园的时候，她就特别崇拜那些身上穿着白大褂，胸前挂着听诊器的叔叔阿姨们。在小学三年级的作文课上，老师出了个《长大后我要……》的题目，让大家写自己的理想。她写的就是要当医生，像白求恩那样，救死扶伤，为人们解除病痛。去卫生员集训队的人里没有自己，她心里正暗自懊恼，耳朵中又传来连长的声音：“去话务集训队的有，肖海平、高丽萍、刘宝英……”肖海平脑子里一片空白，心想着是不是弄错了？她把目光投向排长。那个长着一副娃娃脸的排长前两天还悄悄跟自己说，据可靠消息，她会被分到卫生员集训队去呢，这是怎么回事？

排长的脸上，也是一片茫然。

连长宣布完名单，把队伍带回营房。放下背包，肖海平就去找排长。排长带着她找到连部，俞连长只是说："军人嘛，以服从命令为天职。是金子，放到哪里都会闪光。小肖，我相信，你能当好一个优秀的话务员。"看起来，一切都无法改变了。肖海平强忍着眼泪没让它们掉下来，向俞连长敬了个礼，快步走回宿舍。

在给父母的信中，肖海平告诉爸爸妈妈，自己被分到了话务集训队，再经过两个月的训练，就要下到具体单位，当一个电话兵了。

她本来想向爸爸妈妈诉诉苦，让他们想想办法，把自己调到卫生员集训队去的。可当她正要落笔的时候，岳宗的身影却鬼使神差般突然出现在眼前。还是那次他送自己回家时的情景。等车的时候，和他聊起班上的同学，在聊到小学时的班长许冬雁时，他那副满脸不屑的样子和刻薄的言辞好像就在眼前：

"她有什么了不起？不就是仗着她妈是副校长吗？人生在世，什么都靠父母算什么本事？得要靠自己的努力建功立业，那才算得上真豪杰！"

是啊，要是以后他知道自己是靠了父母的关系才当了卫生兵，会不会也用那样的神色和言辞来说自己呢？他那个家伙，本来就心高气傲，没有多少人能让他放在眼里。话务兵怎么啦？不就是苦点、累点、责任大点吗？别人能干得来，我肖海平照样也能干得来！我就不信，凭我肖海平，当不好个话务兵！想到这儿，笔下本来准备诉苦的词句，都变成了豪言壮语。她向父母保证，一定要专心学习、刻苦努力，在专业训练中取得优秀成绩。

专业训练开始了。如果说第一阶段共同科目的队列、射击、紧急集合训练，更多的是体力消耗的话，在专业训练中，更多的却是对脑力的考验。

话务训练的重要内容，就是练"四功"。所谓"四功"，指的是脑功、耳功、口功、手功。

"脑功"就是要熟记部队代号、电话号码、话务勤务用语和人名、地名，这是话务兵的必修课。开始要求背记一百组信息，每组信息都包括部队番号、驻地、代号、电话号码和基本人员。而且差错率不能超过百分之三，否则，考核成绩就是"光头"。

"手功"，就是要出手快速准确。那时候，部队用的是那种需要人工插接的总机。总机台面上，是一排排连接着来电的插头，教员叫它们"塞子"。和这些"塞子"相对应的，是立在面前的一排排插孔，教员叫它们"塞孔"。转接电话时，看到哪个"塞子"旁边的指示灯亮起来，就要迅速提起"塞子"，问清楚对方要接的单位后，再准确地把“塞子”插进相应的“塞孔”中。虽然教员不厌其烦地反复讲解、示范了怎样才能快、平、轻、准地插塞、撤塞的动作要领，但要真正熟练掌握，苦练仍然是唯一的途径。

“口功”，是要求话务员必须用标准的普通话、规范的勤务用语和最动听的声音为用户服务。从北京来的肖海平，比起那些“人”“银”不分、“四”“是”难辨和“王”“黄”一样、“发”“花”相混的士兵们，在普通话这一项上具有很大的优势。但要达到说话声音甜美、语气柔和，并且不能因吐气过大产生噪音的要求，还是离不开勤练。

最难的要算“耳功”。只要对方说出一个“喂”字，就得在脑海里立马反应出他是谁。不仅如此，还要能听懂全国各地的方言土语，特别是在十个数字和一些容易弄混的姓的读音上，一定要分辨清楚。要不然，首长要找房参谋，你把电话接到黄参谋的电话上，下级要找陈副支队长汇报情况，你把电话接到了程副支队长那里，那都是要误事的。为了达到“听音知人”，大家总是利用一切机会，搜集整理首长讲话的各种“情报”，反复收听，总结特点，力争不出差错。

要是以为当一个女话务兵只要练好这“四功”就万事大吉，那你可就大错特错了。那时候，伟大领袖毛主席有一句话说，“时代不同了，男女都一样”，还说“妇女能顶半边天”，在话务集训队里，教员对男兵女兵也是同样要求，一视同仁。除了要练好“四功”外，还要做到“五能”，即能爬杆、能架线、能上机台、能排除一般故障、能野外侦听。每天的训练除了“四功”外，还有线头接续、攀登固定、话机维修……要学的东西太多了。

仗着身高腿长，又有长年运动打下的基础，即使在野战条件下架设临时线路而攀高放线的训练中，肖海平也不像其他女兵那样心生畏惧。但即使如此，她的双手、双脚和双膝内侧，也常常被电线杆和粗糙的树皮磨出许多水泡。这些水泡干瘪后又结成一层厚厚的老茧，使她原本细嫩的双手也开始粗糙起来。至于双手的拇指食指有多少次在架设电话线时被又细又硬的钢丝扎得鲜血淋漓，已经记不清了。

在专业训练考核中，肖海平的成绩在全话务队的女兵中排名第一。

经过三个多月的新兵训练，肖海平被分配到烟台 407 医院。

当话务兵，自然是单位越大越好，舰队通信总站是团级单位，旅顺基地、青岛基地都是军级单位，女话务兵至少一个排，好几十人。女兵多了，万一有个什么事，相互之间也好有个照顾。可是，革命工作需要，哪能都遂人愿呢？

肖海平还想到了一个只有她自己才特别看重的好处。听说岳宗去当兵的那个军就驻在淄博、潍坊、莱阳那一带，他去的哪个师、哪个团，驻地在哪儿虽然还不知道，但万一是驻在莱阳附近呢？从烟台到莱阳不过一百多公里。坐上长途汽车，两三个钟头就能到！哎呀，看来老天爷对自己还真是不错，把自己分到话务队，又给分到烟台，说不定还真是老天在暗中帮忙。嗯，要是真因为去了烟台能方便跟他联系，那该有多好啊！

在到达烟台的当天晚上，肖海平就由班长带着上了大夜班。

班长告诉肖海平，身为话务兵，担负着首长、机关“耳目”和“神经”的重任。插孔虽小，洞见时代风云；塞绳虽短，联系着千军万马。在机台上容不得半点差错，稍有不慎，就可能贻误军机，造成不可估量的损失。医院虽然不像作战部队那样，一举一动都可能关乎战争的胜负，但医院是救死扶伤的地方，每一个电话，都可能与一条生命相关，接错一个电话，或是贻误了接转的时间，就有可能耽误一条生命的救治。所以只要一上机台，话务员就得眼观六路、耳听八方，手不停、脑不停、耳不停、口不停，高速高效地接转每一个电话。

凭着在话务集训队打下的基础，肖海平很快就熟悉了总机班的工作。特别是她听音知人的本领，就连一些老话务员也甘拜下风。只上机值了几次班，医院的主要首长和机关干部们的声音、口音和语言习惯，她就掌握得八九不离十了。他们只要拿起电话说一声“喂”，甚至轻轻咳嗽一声，肖海平就能在第一时间确定对方的身份并以最快的速度为对方接转电话。她在接转电话时标准的勤务用语、甜美的语音和亲切和蔼的语气，更是给所有用户留下了深刻的印象。

医院有一个小小的播音室，在一日三餐和晚饭后，除了通过遍布各个科室的有线广播播放中央人民广播电台的新闻节目外，还要广播一些重要通知，表扬好人好事的来稿，以及播放些歌曲、音乐和戏曲、相声、山东快书之类的文艺节目。平时，广播室由电影队负责管理，一个放映员兼做播音员工作。五一节前夕，兼任播音员的小刘要回老家探亲，需要找个临时替班的人，电影队的李队长和负责俱乐部工作的王干事不约而同地想到了说一口标准普通话、嗓音甜美的肖海平。

王干事找到总机班赵班长说起想让肖海平担任临时播音员的事时，被赵班长婉言拒绝了。总机班的人一个萝卜一个坑，每天要三班倒、顶班值勤，就算不当班，也要补觉休息，不可能每天按时按点地去播音室放音乐、播稿件。王干事听赵班长说的也是实情，又退了一步，说是播放音乐、戏曲和文艺节目时可以用唱片，肖海平只管播报本院的稿件，而且时间可以灵活掌握，她什么时候不当班，就什么时候播。

让赵班长完全没有想到的是，当她把王干事的要求对肖海平说了后，肖海平竟然一口答应了。赵班长提醒她："小肖，咱们总机班的事就够多的了，要值班，要背记电话号码，要定期维护电话线路，总机和用户的电话出了毛病也得我们去修，这个播音员是临时的，工作是要占休息时间的。还有，咱们一个班值下来，少说要转接几百个电话，下了班再去播音，你的嗓子能受得了吗?"

肖海平微微一笑，说："这没什么，工作嘛，总得有人去干。反正我年轻，多干这么点活累不倒我。为了减少吐气产生的杂音，咱们接转电话时都是压着嗓子说话，当播音员用不着担心这个，正好可以放开了溜溜嗓子。班长，你放心，我保证不会因为播音影响了上机值勤。"

前几天，肖海平刚刚收到哥哥从福建寄来的信。在信中，哥哥叮嘱她，要保持一种积极向上的心态，同时还提到了当年他们都看过的一本名叫《军队的女儿》的小说。小说的主人公刘海英或许还不能算是个真正的军人，只是新疆生产建设兵团的一名军垦战士。她瞒报年龄去了新疆，风餐露宿患上了严重的风湿性关节炎，又因为抗洪累得晕倒在工地上，掉进水渠里，耳朵灌进污水，患上了严重的中耳炎，双耳几乎听不见任何声音，双腿也因风湿性关节炎近乎瘫痪。但刘海英以保尔为榜样，顽强地与病魔做斗争，拄着双拐练习走路，靠观察别人的口型来判断对方的语意，尽一切努力，使自己成为一个对社会有用的人。哥哥用刘海英的事迹激励肖海平，让她勇敢、乐观地去应对生活中的各种困难和挑战，在克服困难、迎接挑战中获取经验，提高能力，要做暴风雨中的海燕，不做温室中的花朵。

在信的结尾，哥哥写了这样一段话："山没有悬崖峭壁就不再险峻；海没有惊涛骇浪就不再壮阔；河流不经过跌宕起伏就不会壮美；人没有遇到挫折磨难就很难成熟；荷花如果没有出淤泥而不染的意志，就不会成为百花丛中的君子。人生也是一样，必须有坦然面对各种坎坷、虽百折而不回的毅力和勇气，才能成为万马军中的一颗亮星。"肖海平把这段话工工整整地抄在了自己的笔记本上。

肖海平当上了医院播音室的临时播音员。每到她播音的时候，她那甜美动听的声音会在医院的每一个角落响起。就像在总机房值班时一样，对着播音室的话筒，她也是面带微笑，用不急不慢的语速播送稿件。一开始肖海平以为，播音员的工作就是照读稿件，真正干起来以后她才知道，当好一个播音员远没有那么简单。为了播得流畅自然，她得事先把要播的稿件从头到尾细细地看上几遍，熟悉稿件的内容和节奏。她播的稿件有很多来自各科室的医生、护士和休养员，稿件中难免字迹潦草、文理欠通，有的甚至是错别字连篇。为了不让那些敢于提起笔写稿的战友们失望，她认真地调整每一篇来稿的结构和层次，一句一句地修改不够通顺的词句，一个字一个字地仔细辨认潦草的字迹，改正错别字，有时还要重抄重写。这样一来就大大增加了工作量。有时候，下了大夜班根本没有时间补觉；有时候，刚从总机房出来，顾不上洗一把脸，就又得赶到播音室，去准备马上要播出的内容。

功夫不负有心人。那段时间里，只要广播中一传出肖海平的声音，所有的人都会下意识地压低说话的声音，放慢行走的脚步，认真地倾听她那节奏分明、字正腔圆的播报，就连那些正为着一件什么事争得面红耳赤的人们，这时也会停止争吵，静静地听着她的声音……

在医院当话务兵，值大夜班时虽然电话不多，但只要一有电话，就是大事、急事，谁也不敢掉以轻心。就在八一建军节前夕，地方政府组织的慰问团来医院慰问演出的那天，肖海平和赵班长一同值大夜班。半夜两点多钟，肖海平正在改写一篇内科病房一个病员的来稿，突然，铃声响起，总机台面上红色的示警灯一闪一闪地发着亮光。肖海平熟练地把手中的“塞子”插进相应的塞孔，微笑着轻声问:“您好，请问您要哪儿?”

耳机里没有回音，在嗞嗞的电流声中，偶尔能听见一丝轻微的喘息声。肖海平扫了一眼面板，电话是从烟台第一干休所打来的，是一部不需要通过总机转接的直拨电话。这种电话只有市委领导和那些在干休所休息的老首长家里才有。肖海平判断，这一定是哪位老首长突发急病，挣扎着拨通了电话，却再也没有力气说话了。

肖海平脑海中迅速出现了市第一干休所的平面图。进了干休所大门就是卫生所和车队，后边是几排依山而建的平房，住着几位老红军。老人们身体都还算健康，只有住在最后边一排的刘爷爷肠胃不大好。刘爷爷的老伴去北京照顾刚生了孩子的女儿，现在老人家里应该只有他一个人，真要是他得了急病，还真不大好办。

肖海平飞快地脑动手动，先接通了干休所的卫生所，把值班医生叫起来，让他去刘爷爷家查看；接着，她又要通了医院急诊室的值班电话，通知值班医生做好出诊抢救老年病人的准备；然后，她又接通了医院汽车队，让救护车做好出诊准备。

干休所卫生所的电话打回来了，果然是刘爷爷突然发病，上吐下泻，已经不省人事，请求医院紧急出诊。肖海平立刻接通了急诊室和汽车队的电话，通知他们紧急出诊，然后又把电话打回干休所卫生所，告诉他们医院的救护车已经出发，让他们打开院门，准备放救护车进院……在不到半个小时的时间里，肖海平口眼并用，手脑不停，一连打了二十多个电话，就像一个指挥若定的将军，准确地判断情况，有条不紊地发出指令，终于让急诊医生在第一时间赶到病人身边，及时进行救治，赢得了最佳的抢救时间。

刘爷爷康复出院时，专门来到总机班，给肖海平行了一个标准的军礼。

为这件事，肖海平得到一次院嘉奖。

同年十月，肖海平接到院首长的命令，被调到外科，当了一名见习卫生员。

事情的起因是一次突发的车祸。

那一天，肖海平和赵班长刚值完大夜班，和前来接班的战友交了班，从总机房出来，打着呵欠往饭堂走。刚走到门诊楼前，一辆北京吉普拼命按着喇叭，风驰电掣地冲进医院，“吱”的一声，停在了门诊楼前。

司机跳下车，焦急地喊着：“大夫，快，快抢救伤员！”他一边喊着，一边跑到车后，打开车门。几个头上流着血，胸前吊着胳膊的伤员，相互搀扶着下了车。外科曹主任从门诊楼冲出来，找到驾驶员询问情况。原来，一辆从烟台开往文登的长途汽车，在离烟台二十多公里的山上冲出公路，栽到了沟底下。长途车出事的时候，这辆到烟台办事的军车正好路过现场。司机当即停下车，冲到沟下，砸开长途车的车门抢救伤员。据司机说，幸好那条山沟不算深，坡度也不陡，汽车冲下山沟时没有翻车，所以没有死人。他这车拉来的，都是些还能自己走动的轻伤员，事故现场还有十几个重伤员需要救治。

救死扶伤是医生的天职。曹主任问明了重伤员的数量，立刻叫来本院的救护车，让那个司机带路，去现场抢救伤员。门诊外科的人手本就有限，又一下子来了这么多伤员，曹主任正在为人手不够发愁，在旁边听明白情况的肖海平上前一步，说:“曹主任，我去。”

曹主任用疑惑的眼光打量着肖海平，说:“小肖？你行吗？这可是抢救伤员!”

肖海平镇定地说:“我知道，不就是包扎、止血、固定吗？我们在学校当民兵时都学过，就算那些救护专业技术我不如护士熟练，可我有力气呀，帮着背背人，抬抬担架也成啊!”

由于人手实在紧张，曹主任把情况向值班的院首长报告，建议医院调配力量，做好接收伤员的准备后，就带着一名医生、一个护士上了救护车，肖海平也随即上了车。曹主任一声令下，救护车跟在那辆北京吉普后面，飞快地开出医院。

到了车祸现场，车还没停稳，肖海平就打开车门，第一个跳下车，跃过路基，顺着山坡，快步来到失事的长途汽车旁。在来的路上，她努力回忆学过的救治伤员的程序和包扎、止血的要领，又向曹主任请教了几个记不清的问题，还向护士要了两个急救包。她来到一个仰面躺在山坡上的老大娘身边轻声问:“大娘，您伤在哪儿了?”

老大娘努力睁开眼睛，抬起手指了指自己的腹部，说:“俺肚皮疼。”

肖海平认真观察她的表情。只见大娘面色惨白，嘴唇也毫无血色。她解开大娘的衣服，看到她左上腹部有一块明显的瘀青。用手轻轻按压，可以感觉到她的腹部肌肉紧张。猛地松开手指时，大娘现出明显的痛苦表情。肖海平大声叫来曹主任，说:“曹主任，这位大娘嘴唇发白，左上腹部有明显瘀青，并且腹部肌肉紧张，有反跳痛，是不是内脏破裂?”

曹主任走过来，观察了一下伤者，伸出手在瘀青处按了按，又用左手掌紧贴伤处，曲起右手中指，在手背上轻轻敲了几下，看了肖海平一眼，问:“小肖，你什么时候学过医?”

肖海平说:“哪儿呀，我妈妈以前是医生，家里有医学方面的书，‘文革’时闲着没事，胡乱翻过几本。当兵前我一个同学玩双杠不小心让杠子给硌了一下肚子，我陪她上医院，医生诊断为脾破裂，当时她的症状就和这位大娘差不多。”

曹主任轻轻点着头:“嗯，你判断得不错，可以初步诊断，这位大娘是外伤造成的脾破裂。这种病人不能随意搬动。”他朝同来的那个男护士招招手：“快，小李，拿担架来。”

那一天，肖海平为两个腿部骨折的伤员打了夹板，沿着五十多米长的山坡，把两个脑震荡的女学生背到救护车上，还和男护士小李一起，把四个伤员从沟底抬到车上。长途车的驾驶员是个身高超过一米八的胖子，体重足有二百多斤。汽车撞上了沟底的一块大石头，猛地停住的一刹那，他整个身体被惯性抛起，头把挡风玻璃撞出个大窟窿，右腿被仪表板别住，断成了三截，人当时就失去了知觉。往坡上抬他的时候，先是肖海平在前，小李在后，抬了不到一半，小李就有点吃不住劲。又换成小李在前，肖海平在后，走了十几步，肖海平的腿就直打哆嗦。最后，曹主任和外科李军医一齐上手，才好不容易把他抬到救护车上。

回到医院，内脏出血的老大娘失血过多，已经陷入深度休克，肖海平挽起袖子，说：“我是 O 型血，万能输血者，抽我的。”

按当今的标准，所谓“万能输血者”并不存在。按照国家卫生部最新颁发的《临床输血技术规范》中明确规定，输血必须要“同型输注”。但那是四十多年前，又是紧急抢救，医生立即抽了肖海平二百毫升血，输入了老大娘体中。

自从肖海平参与了车祸急救之后，曹主任就不止一次找到院领导，要求把肖海平调到外科来。按他的说法，肖海平虽然没经过正规的卫生员训练，但她头脑清楚，处事果断。他以肖海平在车祸现场准确判断那个老大娘伤情的事例，向医院领导证明，肖海平善于运用以往的经验作为正确诊断的佐证，具备了一个优秀的卫生工作者应有的素质。

曹主任还说：“最难能可贵的是，小肖有那种救死扶伤、视患者如亲人的精神，还有她那亲切的微笑和蔼的声音，可以迅速消除患者的紧张情绪，让患者对医生产生一种亲切、信任的感觉。在很多时候，这种感觉对治疗的效果甚至要比药物更强。院长，这个小肖我要定了。”

在 407 医院有个不成文的规定。总机班的女兵们干满一年，如果自己愿意，再通过专业培训和业务考核，都可以调到科室去改行从医。院领导担心，总机班现在还有几个当了三年多话务员的老兵，肖海平毕竟只在总机班待了半年，现在把她调到科室去，恐怕不好做其他人的思想工作。

外科曹主任拍着胸脯说：“院长，这工作不用你们做，我来做。就把她这次参与抢救车祸伤员的事迹摆一摆，谁能和她做得一样好，我们外科都要。”

架不住曹主任五次三番的游说，院领导经过慎重研究，又逐个找总机班的女兵们做了工作，决定给肖海平一次全院通报表扬的奖励，并宣布鉴于外科护理人员缺少的实际情况，暂时把肖海平借调到外科，当一名见习卫生员。

在军队医院里，经过卫生员集训并考试合格的战士才可以担任卫生员，肖海平没有经过正规的卫生员集训，所以还只能是“见习卫生员”。但她并不甘心受这“见习”二字的束缚，她深深地知道，医务人员的每一项工作，都直接关系着伤病员的身体健康甚至生命安危，既然已经进入医务人员的行列，就必须想尽一切办法，抓住所有机会，尽快补上自己在专业知识方面的缺陷，使自己尽早成为一名合格的医护人员。

肖海平找老护士借来他们在卫生学校学习时的教材，对照着人体解剖图谱，逐个背记人体运动、呼吸、消化、循环、神经等九大系统器官的基本知识，了解各系统的常见疾病。她捧着本《外科学》，学习各方面的知识，从最简单的清创、消毒、包扎，到最复杂的外伤急救、无菌操作、酸碱平衡、术前准备、术后护理等。她还按照《护理学》的要求，学习护理的基本概念，人类生存的基本需要，护理的基本程序，病人的焦虑、疼痛等生理及心理反应等基本理论和概念，以及如何建立良好的治疗环境，怎样进行注射、输液和输血，以及常用的止血方法、包扎、固定、心肺脑复苏等急救技术。

除了看书外，在跟着老护士巡视病房和做治疗时，肖海平还特别注意他们都问病人一些什么问题，怎样根据医嘱分药；治疗后怎样观察询问病人的反应，评估治疗效果等。

当时的医院，科室不像现在分得那么细，那时的外科是一个综合科室，除了耳鼻喉、眼科、产科和皮肤科外，凡是需要动手术的病人，都统一归外科诊治。外科病房共有六十多个床位，是医院中最大的科室。

外科护士长陈月娥大约三十多岁的年纪，中等身材，已经是两个孩子的妈妈了。她性情直率、管理严格。肖海平第一天上班，就和一个叫杨华的护士一起上“卫生班”。

当时的医院里没有专职清洁工，护士们除了完成护理工作外，还要负责拖地、擦窗、打扫厕所等清洁工作，她们把这叫“卫生班”。

那天，肖海平和杨华刚刷完厕所，陈护士长就去检查。她进女厕所转了一圈，没挑出毛病，又转身进了男厕所，发现小便池内壁上粘着几处深黄色的污垢，立刻把肖海平和杨华叫进男厕所，指着那几处污垢，说："看看，你们自己看看，这就叫打扫过了吗？要是在你们自己家里搞卫生，也这样打扫吗？说过多少次了，良好的休养环境，是促进病人早日康复必不可少的条件。就你们打扫过的这个厕所，能叫良好的休养环境吗？"

陈护士长对肖海平说："小肖，你去工具室把墙根下那个棕色瓶子拿来。"

肖海平一溜小跑从工具间拿来了瓶子。陈护士长拧开瓶塞，往抹布上倒了几滴淡黄色液体，再去擦，抹布一接触到污渍，立刻发出一种刺鼻的气味，同时污渍也明显地缩小了。

陈护士长把抹布递给肖海平，说："看见了？我就说没有擦不掉的污渍嘛，就这么擦！"肖海平立刻接过抹布，学着护士长的样子擦起来。

护士长一边满意地看着肖海平的动作，一边继续指点着她们："说过多少次了，护士工作直接关系着病人的生命，必须认真负责、严谨细致、一丝不苟。小肖，咱们干护士的，周围都是伤病员，人在感到不舒服，特别是疼痛的时候，最容易心情烦躁，受不得一丁点刺激。所以，我们必须做到走路、说话、开关门'三轻'，尽量减少对病人的刺激。就你刚才那几步跑，咚咚咚跟砸夯一样，哎哟，怪不得，你怎么还穿着这种鞋？"

已经擦净了那块污渍，正在向另一处污渍动手的肖海平直起身子，看了看脚上的塑料底布鞋，不解地问："这鞋是部队发的，不穿这个，那穿什么？"

陈护士长说："咱们医院专门给护士配了软底胶鞋，没发给你吗？"见肖海平茫然地摇着头，她又对杨华说："小杨，弄完这里，你马上带着小肖去领。"

陈护士长走了。肖海平对杨华吐吐舌头，轻声说："这么厉害？"

杨华说："可不，以后，挨呲儿的时候还多着呢。"见肖海平脸上露出为难的神色，她又补充道："不过你也不用怕，其实护士长人挺好的，下了班就像个大姐姐，对我们都好着呢，就是在班上，容不得半点差错。别看她批评起人来一点儿面子都不给你留，其实那是恨铁不成钢。她这人最大的好处就是不记仇，哪儿说哪儿了。谁干得怎么样，她心里都有一本账，到评五好、入团、入党、提干的关键时刻，她都特能主持公道。护士们都说，在她手底下干活，不仅心情特好，还能学到真东西。”

杨华说的一点都不错，到外科上班的第三天，肖海平就亲身体会了陈护士长是怎样传帮带的。那是一次阑尾切除术。手术前一天的下午，陈护士长就通知肖海平：“明天上午第三台进行阑尾切除术，王医生主刀，你当器械护士。”

肖海平虽然已经从教材中了解了器械护士的职责和要求，但自己毕竟没有接受过正规的卫生员培训，只有书本知识，完全没有实际操作经验，她真担心自己完成不了。见肖海平面有难色，护士长说：“小肖，你不用担心，阑尾手术是我们外科最普通的手术，所用的器械也不多，你一定能胜任。到时候，我就站在你身边，该怎么干，我会教你的。来，咱们先去把明天手术要用的东西归置一下，你也顺便熟悉一下手术室。”

第二天一大早，肖海平就来到手术室。今天是她第一次担任器械护士，心中难免有几分紧张。为了尽快完成术前准备，还没等手上的酒精完全干透，她就准备戴无菌手套。

无菌手套是用极富弹性的纯白色乳胶制成的，比成人的手掌略小，放在手术包中一个信封一样的纸套里。按照规定，为降低感染概率，戴无菌手套时必须单手操作。肖海平用右手打开纸套，取出手套，张开手套口，把手往手套里伸。刚碰到手套，沾在手指上的酒精就和手套口粘在一起，手指头根本无法一个个对号入座，又不能用另一只手帮忙。肖海平一时手足无措，心中有点慌，下意识地锁紧了眉头，一张俏脸涨得通红。旁边几个同样在准备手术的医生和护士看见肖海平的窘样，忍不住笑了起来。肖海平的脸更红了，这时候如果地上有一条缝，她一定会毫不犹豫地钻进去。

一直在旁边留意着肖海平的陈护士长提高嗓音对那几个医生护士说：“笑什么？谁还没有第一次呀，想想你们自己第一次进手术室的时候，没准还不如人家小肖吧？”

几个人停止了笑声。陈护士长又凑近肖海平的耳朵，压低了声音，亲切地说：“小肖，别慌，一直到现在为止，你做得都很好，都是严格按照规范在操作。目前手套还没有被污染，你先把手拿出来，甩几下，等手干了再戴。”

肖海平的心立刻镇定下来，按照护士长的指点，抽回手，甩动了几下。挥发性极强的酒精很快干透了。肖海平再次把手伸进手套。附着在乳胶手套里面的滑石粉起了作用，五根手指顺利到位。按照同样的方法，左手也顺利地伸进了手套。肖海平双手协调，规范地完成了戴无菌手套这一操作。

手术顺利地进行着。虽然肖海平的操作还很生硬，器械排列也不够整齐，但想到有护士长在自己身边，她就有了主心骨，有条不紊地传递着器械，和主刀医生配合得还算默契。

中午在食堂里，肖海平端着饭菜和何文燕坐到一起。来医院已经半年多了，她们这些一起分到407医院来的女兵，吃饭时还是习惯往一块儿凑。肖海平不失时机地向同行请教："燕子，你扎针的技术怎么那么棒？你可得教教我。"

"教你行，但你要能忍得住疼。告诉你吧，我这都是在自己身上练出来的！"

见肖海平一对乌溜溜的眼珠茫然地看着自己，何文燕把手伸到肖海平跟前。只见她的手背上、手指上，仍然留着许多细小的针孔，肖海平不由得睁大了眼睛。何文燕继续说："这还好多了呢，最厉害的时候，我这手指肿得连筷子都没法拿，只能用匙子吃饭。"

看来，那些能够做到一针见血的护士，都经历过燕子这样的苦练。"宝剑锋从磨砺出，梅花香自苦寒来"！要掌握过硬的技术，除了苦练，没有别的捷径可走。

从那天晚上开始，肖海平洗完脚后，就蜷着腿坐在床上，用止血带扎住脚腕，先用注射器扎比较粗的血管，再找比较细的血管练习静脉穿刺。她还经常右手拿着针往自己的左手上扎，感受进针的深浅。后来，她模仿1964年"大比武"中，各行各业苦练基本功时的做法，每天一下班，就去医院动物室帮着饲养员打扫卫生，给那些兔子和小白鼠喂食，以换得在兔子耳朵上练习扎针的机会……

在一次曹主任主刀的急救手术中，由于大量失血，伤员的血管几乎找不着，科里的几名老护士都有些手足无措。肖海平说："让我试试看。"她在病人的脚踝处找到一根比火柴棍还要细的血管，一针下去，输液管中立刻出现回血。就这样，她在伤员的双脚和手上麻利地建立了三个输液通道，血液和药品源源不断地进入伤员体内，加上主任的正确处置，顺利地挽回了伤员的生命。从那次以后，只要是曹主任主刀的手术，他都会指定肖海平参加手术组。

经过一段时间的学习和在实际工作中掌握的技巧和经验，加在肖海平职务前边的"见习"二字终于被取消了。她已经能够单独顶班了。

红色帽徽
红领章

RED
Cap Badge
RED
Collar Insignia

第七章

邂逅

烟台的冬季来得早。几场来自遥远的西伯利亚的北风一刮，气温就像翻滚着滔滔浪花的河流突然来到悬崖边缘一样，从舒适凉爽的十多摄氏度飞流直下，骤然下降到零摄氏度以下。由于多雪，空气湿度大，总感觉比实际温度冷得多。

此时，肖海平头上的帽子，已经换成了只有驻寒区部队才配发的皮帽。这种帽子个头比棉帽大了一圈，重量也比棉帽沉不少，戴在头上，让人感觉脖子有些压得慌。可是配上闪闪发亮的红色帽徽，青春少女的风采依然展露无遗，人显得格外精神。让女兵们最不习惯的是那双看上去巨大无比，提在手上又沉重无比的大头鞋。年轻女孩的步伐本该像羚羊一样轻快灵动，可穿上这种大头毛皮鞋，走起路来变得像笨狗熊般步履蹒跚。但部队就是部队，穿着打扮，完全由不得自己。

春节过后没几天，肖海平跟接班的护士交完班，脱下那件洁白的护士服和那双雪白轻巧的软底白胶鞋，正在往脚上套那双厚重的大头鞋时，曹主任推门进来对她说：“小肖，明天早晨有一个从滨城那边送过来的伤员，是重度颅脑外伤，你准备一下急救器材，明天一早和我一起去码头接人。”

在烟台，407 医院算得上是首屈一指的大医院，外地重症伤病员转院到这里来医治是家常便饭，但那都是来自烟台周边的栖霞、蓬莱、招远、莱阳等几个市县和驻守在号称“渤海锁钥”的长山列岛的军民百姓，还从来没听说过滨城这个地方。肖海平一边系鞋带，一边疑惑地问：“滨城？滨城在什么地方？”

曹主任说：“具体的我也说不清楚，好像离德州不远吧。”

肖海平更不明白了，说：“那么远？那干吗要往咱们这边送？上济南，或是去天津，不比到咱们这儿近？”

曹主任说：“伤员是石油部九二三厂（即后来的胜利油田）一个钻井队的，他们工作的地方在海边，离最近的县城还有一百多里地，往德州、济南那边送，担心路途颠簸对伤员造成二次创伤。正好我的医大同学林栋在那边连队当军医，经过请示上级，决定动用巡逻艇把伤员送过来。”

“噢，是这样啊。”肖海平系好鞋带，去准备急救器材。

部队医院的急救器材组成，都有相应的方案。她根据抢救颅脑外伤伤员的需要，把担架、胸背固定夹板、便携式氧气瓶都归拢在一起，又往存放着酒精棉、急救包、缝合包、无菌敷料、绷带、胶布和剪刀、钳子、止血夹、手电筒的急救药箱中，塞了几瓶二百毫升装的生理盐水和脑外伤专用的急救药品。之后，她想了想，又拿了两个冰袋，打开冰箱，取了些冰块放进冰袋，拧紧盖，把冰袋放进冰箱的冷冻室里。

曹主任看着肖海平迅速而有条不紊的动作，轻轻地点了点头。对这个初来乍到的小兵，他是越来越满意了。这个小肖，最难得的，就是越到紧张的时刻，越显得头脑清醒、考虑周全。她虽然连一天正规的卫生员培训也没有参加过，但她聪明、勤奋、好学，来外科不过三个月时间，从病房的一般护理到手术室护士工作，都掌握得相当不错。见器材准备得差不多了，他说:“小肖，送伤员的船明天一大早到，我们六点半准时出发。”

肖海平点头答应着。主任又叮嘱了一句:“天冷，记着多穿点儿。”

烟台是个海滨城市，弯曲而漫长的海岸线上，分布着许多大大小小的码头，其中也有几个军用码头。离医院最近的军用码头，就在咫尺之遥的芝罘湾。早晨，天还没有大亮，大街上除了少数赶着上班的骑车人和背着书包的孩子外，几乎没有行人。救护车从医院出来，拐了几个弯，只用了十几分钟，便到了码头。

救护车刚刚停稳，肖海平就打开车门，跳下车，向码头上的人们打探消息。据码头上的人说，运送伤员的船刚刚驶过庙岛海峡，大约还要一个多小时才能靠码头。肖海平把结果告诉主任，见时间还早，天气又确实冷，主任让大家先在车里避避风寒。

救护车都是用解放牌大卡车改装成的，在解放车的底盘上安放了一个又高又大的车厢，通体涂上国防绿油漆，在车厢两侧的白色圆圈中，漆上醒目的红十字。车厢内两侧各有一排可折叠的座椅，座椅中间的空地可以并排放下两副担架。车厢的顶部，悬挂着挂输液瓶的挂钩。肖海平坐在右侧座椅上，背靠着坚硬的车厢板，默默地回味着昨天夜里梦中的情景。

在梦中，她正和吴梅英等几个最要好的女同学，在一个山清水秀的地方玩，却突然发现自己迷路了。她想找一条下山的路，脚下却只有锯齿獠牙般的乱石。

她想大声呼救，嗓子里竟然发不出一丝声音。正当她陷入无边的绝望时，天边好似有一道彩虹，越过那些突兀的险峰和翻卷的乱云，慢慢地向着她所在这座山峰延伸过来，桥面上，朦朦胧胧，好像有一个熟悉的身影，正在向这边走来……

日有所思，夜有所梦。梦是人的一种再正常不过的生理现象。据现代医学的最新研究成果，人在入睡时，肌肉、骨骼，包括主要感官，都进入了休眠状态，而人的大脑，却仍有相当一部分细胞，尚处在兴奋之中。做一个甜蜜的美梦，常常能给人带来愉快、舒适、轻松的美好感受。

梦中，那个身影会是谁呢？像是他！肖海平一阵兴奋，似乎与那个逐渐走近的朦胧身影相遇了……正放任着思绪信马由缰地自由徜徉时，码头上突然响起急促的铃声。高音喇叭里也传来值班员的声音："108 艇进港，靠 2 号码头，准备接船！"

远处，尚未消散的薄薄晨雾中，传来一声悠长的汽笛声。进港的船只渐渐驶近，透过薄雾能看到，那是一只漆成深灰色的小艇，靠近船头的艇舷上，有三个大大的白色阿拉伯数字"108"。显然，这就是那条来送伤员的巡逻艇了。船上的几个人影像钉子一样，直挺挺地站在靠近码头一侧的甲板上。那是按照海军的礼节，在向码头上的人们致敬。

"注意，准备接缆！"艇上传来一声吆喝。肖海平全身猛一激灵，这声音怎么那么耳熟？怎么那么像他的声音？她睁大眼睛，向正在靠近码头的小艇上望去。靠近艇艄的甲板上，一个瘦高的人影双腿分开，稳稳地站着，手上好像还拿着什么东西。

像！太像了！这和她脑海深处的那个身影简直如出一辙，就是昨夜梦中那个沿着金色的彩虹桥向自己走过来的身影！难道真的是他？不，不可能。世上哪有这么巧的事？而且他走的时候说得明明白白，他是去野战军当兵，野战军怎么可能会有巡逻艇呢？一定不是他。可是，看那人的体型、动作，还有他刚才的那一声喊，怎么看，怎么那么像他，难道世上会有如此相像的人吗？

巡逻艇又驶近了些，艇艄上的那人又喊了一声："接缆！"同时双手一扬，一根绿色的绳索从他手中飞出，划出一道弧线飞向岸边。岸上的人伸手在空中一抄，抓住飞过来的绳索，一把一把地收着。不一会儿，一根像婴儿胳膊那么粗的缆绳被引到岸边。岸上的人伸手抓起缆绳，熟练地套在系缆柱上。艇艄上的那人扳动绞盘开始收紧缆绳。刚才还低垂着浸在海水中的缆绳一寸寸离开水面，渐渐绷成一条直线。艇身慢慢靠近码头。

肖海平目不转睛地看着艇艏上的他：头上没戴棉帽，戴着一顶佩着红五星的解放帽，身上穿着件显得有些短的藏蓝色工作服，脚上是一双暗绿色的解放鞋。这么冷的天，手上也没戴手套，手腕处、手背上裸露出比一般男人要白得多的肤色，这也和他一模一样。

收紧了缆绳，那人转过身来，也像钉子一样站在甲板上。是他，就是他！那浓黑的眉毛、细长的眼睛、端正的鼻梁、紧抿的嘴唇，还有那瘦削的面颊和那个被寒风冻得微微有些发红的鼻头，不是他又是谁？这个世界上，绝对不可能有这样一般无二的两个人！

肖海平记不清自己是怎样上船的了。当那艘深灰色的小艇靠上码头，艇上的水手刚把一块五十多厘米宽、十余米长的跳板搭到岸上后，没有任何人下达口令，她就不顾一切地飞奔上船，径直跑到还在艇艏甲板上直立着的人面前，欣喜地大声喊着："岳宗，岳宗！真的是你吗？"

听到喊声，那人明显愣了一下，接着微微蹙起眉头，探究的眼光直勾勾地射过来。一见到这两道熟悉的目光，肖海平更认定了自己的判断没错。在学校的时候，只要是女生想跟他说话，他都会这样微蹙着眉，那眼神仿佛能直接看到你的骨子里。有多少人能经受得住这样凝视的目光呢？他的这种眼神太独特了，世界上可能有长得非常相像的人，但不可能有连眼神都完全一样的人。

他，就是岳宗！

肖海平伸出双手去拉那人的胳膊。那人警惕地一侧身，把胳膊藏到身后。肖海平猛然醒悟——他完全没有认出自己来！想想也是，他只知道自己在北海舰队当兵，将近一年没有任何音信，自己具体在哪个单位，干什么工作他都一无所知，现在又穿戴成这个样子，他怎么可能一下就认出自己呢？要不是之前听到了他的声音，又仔细观察了他的一举一动，清晰地辨认过他的外貌，自己也不可能确认面前的就是他吗？肖海平一把扯下口罩，又抬起手摘下头上的皮帽，大声说："岳宗，我是肖海平啊，你怎么连老同学都不认识了？"

岳宗的眉头骤然舒朗，眼睛里射出惊喜的光芒，两个嘴角同时向上方挑起，脸上立刻现出肖海平最熟悉的那种像秋天艳阳一样灿烂的笑容。他伸出双手，大声说着:“啊呀，肖海平？真是你？你怎么会在这儿？”

肖海平赶紧把帽子扣到头上，不由分说地抓住岳宗的手，兴奋地摇着说:“我当兵后，新兵训练在青岛，后来分配到烟台来了。你呢？野战军怎么会有巡逻艇？你怎么不给我写信？哼，真是个大骗子！”

岳宗正要分辩，曹主任在那边喊着:“小肖，氧气袋！”

肖海平这才想起，自己还拿着抢救伤员的氧气袋。她紧紧握住岳宗的手，以最快的速度说:“你们在烟台能待多久？”

岳宗迟疑着说:“不清楚，也可能明天就走吧。”

肖海平松开岳宗的手，一边往后甲板走，一边回过头冲着岳宗大声说:“你哪儿也不许去，等着我，下午我来找你！”

岳宗呆呆地看着肖海平的背影，一时还没从这出乎意料的邂逅中清醒过来。一直到肖海平他们小心翼翼地把担架从后舱抬出来，上了岸，送上救护车，他都没能回过神来。留在他眼底的最后一个印象，是已经登上救护车的肖海平，高举着手中的帽子朝着他挥动。那动作，和一年前离开中关村体育场时看到的一模一样，只是红头巾换成了皮帽子。

岳宗所在的二排，是在 8 月中旬和一排换防，来到海防哨所执勤的。这是连里的老规矩了，每年 8 月过后，由于气候的变化，盐场的制盐生产进入淡季，用不了那么多兵力。连里就把原来分散在海防哨所的那个步兵排，撤回连部集中整训，而从盐场调一个步兵排去哨所接防。到来年开春，再把在连部整训的步兵排派到盐场去。

到海防哨所执勤，是岳宗盼望已久的事，倒不是为了能比在盐场制盐轻松些。盐场的所有活计，岳宗已经样样能拿得起，放得下，是一个熟练的盐把式了。岳宗一直认为，他们连的海防哨所，虽然位于渤海湾最深处，真正出现敌情的机会几乎为零，但那也毕竟是海防前哨，在海防哨所站岗执勤，才是军人的本分。

年底老兵复员后，岳宗又被暂时借调到巡逻艇上。

搞完年终总评，复员的老兵一批批离队了，还要至少 3 个月后新兵才能补充到连队。大河口哨所的老兵多，一下子就走了六人，副班长袁正山、陈德中、王二娃、杜泽民等都复员了。四班的吴班长没走，据说任保田排长很快要被提升为副连长，吴班长很有可能会接排长的班。二班班长也没走，据说也要提干。那时候，基层干部都是从优秀的班长中提拔，好处是熟悉部队、熟悉士兵，从士兵生活成长起来，对士兵有一种天然的亲和感，在战士中有威信。哪个班长有可能提干，基本上都在大家的预料之中。

老兵一走，站岗的任务必须加倍了。白天本来是九个人站岗，现在只剩下四个人，每班岗得站三个多小时。岳宗终于知道，哨楼上的那把椅子是干什么用的了。连续站立三个多小时，谁也挺不住，有了那把椅子，才有可能连续站三个多小时的岗。夜间的双岗，也不得不改为单岗，每班还是一个半小时。

那天，排长任保田来到大河口哨所时，岳宗正在哨楼上站岗，刘新柱突然全副武装地来到哨楼上。看他那身披挂，分明是来接岗的。岳宗抬起眼皮看了看太阳，疑惑地问:“柱子，还没到时间，你怎么上来换岗了?”

刘新柱冲岳宗挤挤眼，笑着说:“好事，排长来了，说要把你调到艇上去。骑兵班来接你的马都到了，你快下去收拾东西去吧。”

岳宗的脑子突然有点发蒙。能到巡逻艇上去当兵，是他刚一下连队就盼望的事情。开着巡逻艇在碧波荡漾的大海上破浪前进，当然要比在哨所里那天天重复的单调生活有更大的吸引力。但是，这好事来得也太突然点了吧！再说大河口哨所现在只剩下这几个人，每天两班站四个多小时岗，已经弄得大家人困马乏，自己再一走，剩下的人怎么办?听说排长让自己赶快下去，岳宗顾不上想太多，按照惯例向刘新柱交了岗，匆忙下了哨楼。

天井里，篮球架上栓了三匹毛色油亮的战马。进到哨所的正房，吴班长正陪着排长和两个岳宗看着有些面熟的老兵坐在桌边喝水。见岳宗进来，任保田把他叫到桌边，向他宣布了调动的命令。

原来，巡逻艇上走了三个复员老兵，巡逻艇编制九人，一个萝卜一个坑，每人都有特定的职责，短时间，少个把人问题还不算大，一下子走了三个，巡逻艇就没法出海了。任保田把岳宗入伍前曾参加过航海俱乐部，有一定航海基础知识的事向连里报告了，于是，连里决定把岳宗暂时调到巡逻艇上去。

任保田郑重地对岳宗说:“这次调你去艇上，可不能有临时观念。要干一行、爱一行、钻一行，巡逻艇上技术性比较强，你要发挥文化高、接受能力强、又有一定基础的优点，尽快掌握本职业务。别忘了你是二排出去的兵，别给我们二排丢脸！”

岳宗挺直身体，双脚一磕，站成标准的立正姿势，说：“排长，你放心，我一定不辜负连党支部的信任和二排，特别是四班对我的培养，一定努力学习，虚心求教，尽快胜任新的岗位工作。可是……”

任保田见岳宗有些犹豫，说：“有什么想法都可以说，难道你还有什么困难？”

“倒不是我有困难，现在哨所人已经很少了，我再一走，这岗就没法站了呀。”

任保田笑了，对吴班长说：“你看，我没说错吧，小岳已经把四班当成他自己的家了，一个入伍还不到一年的新兵，就能够站在全哨所的角度考虑问题，真是不容易。”说着他指了指旁边坐着的一个岳宗看着非常面熟，但一时还没想起名字的人接着说：“这是四排的于连海，你们是坐同一辆车到咱连来的，怎么，你都忘啦？”岳宗想起来了，于连海在新兵连时是三连的兵，和自己一起分到海防连来，只是自己去了二排，他好像在通信班管那个二十门的小总机。

任保田接着说：“连里考虑到哨所的具体困难，派于连海同志过来，加强你们哨所的工作。你赶快收拾一下自己的东西，吃完午饭回连部报到。”他又指了指坐在一旁一直没有吭声的一个身材粗壮的战士说：“这是骑兵班的刘焕，是来接你的，吃完午饭你和他一起骑马回连部。”

都说“福无双至”，今天不知是怎么了，好事情接二连三地砸到自己头上。到骑兵班去当一名能骑着高头大马，风驰电掣地自由驰骋的骑兵，曾是岳宗到连队后的第一志愿，第二志愿才是上巡逻艇。他万万想不到，这两个“志愿”竟然能在同一天实现。虽然这次并不是调到骑兵班去，但能骑上真正的战马，也已经让他喜出望外。岳宗欢呼一声，立刻跑回里屋，以最快的速度打起背包来。

那天中午，既是为于连海接风，又是招待排长和骑兵班的刘焕，再加上欢送岳宗，大河口哨所举办了一个小型的宴会。炊事班老何施展浑身解数，做了红烧梭鱼、油焖大虾、尖椒土豆片、海鸡汤……有荤有素，摆了满满一大桌子。

吃完午饭，岳宗背好子弹袋，背上背包，把枪斜挎在胸前，和哨所里的同志们一一敬礼，握手告别。出了哨所营房，骑兵班的刘焕已经牵着马等在那里了。见岳宗出来，他让岳宗把背包摘下来，和提包一起拴好，横着搭在一匹黑色骏马的背上，又让他把枪从胸前移到背后，问了一句：“以前骑过马没有？”

岳宗摇摇头说：“早就想骑，但一直没有机会。”

刘焕笑笑说:“骑马没什么难的，胆子大就行。”

岳宗说:“胆子我倒有。”

刘焕说:“那好，上马。”说着，他一手抓住马缰绳，一手扳住马鞍，左脚尖踏进马镫里一使劲，挺直身子，右腿一撇，轻松地跨上了马背。

岳宗学着刘焕的样子，左手收紧缰绳，右手扳住马鞍，努力抬高左腿，把脚尖伸进马镫。那马有点欺生，见岳宗想跨上马鞍，便不停地踏着小碎步往边上躲。岳宗控制缰绳的左手紧了紧，右脚在地上用力一蹬，手上加劲，右腿猛一用力，翻身上了马背。

见岳宗顺利上了马，刘焕轻声说:“还行!”接着又告诉岳宗，脚不要伸进马镫太多，伸进三分之一就行了，用前脚掌蹬住马镫就行了。岳宗挥手向哨所的同志们告别，转过身抖动缰绳，跟在刘焕后边，纵马向连部巡逻艇班奔去。

原来，这巡逻艇班，应该有正副艇长加上三名轮机兵、两名水手、两名舵手。老兵复员走了一名轮机兵、一名水手和一名舵手，这艇就没法开了。但每个月的定期巡逻是不能少的，连里这才根据任保田排长的推荐，暂时把岳宗调到艇上顶一阵儿。来到艇上后，岳宗从老兵们的私下议论得知，任排长本来想让自己当四班副班长，为了巡逻艇能正常开出去才忍痛割爱，并跟连里做了约定，等新兵下连后，岳宗还得回二排。

岳宗初到艇上，自然要按惯例行事，先当一名普通水手。对于航海常用的绳结和旗语等知识，岳宗上中学时，曾在国防体育航海俱乐部中接受过训练，有一定基础。上艇后经过老兵们的指点，很快掌握了相应的技能。

另外，岳宗虽没有专业学过灯光信号通信，不过凭借早年喜爱的《航空知识》普及的基本原理，他知道根据点、划和停顿的不同组合，可以组成不同的英文字母和标点符号，再根据国际通用的通信代码，组成船名、航向、速度等各种通信内容，通过灯光发送给航行途中相遇的船只或岸边的灯塔。总之，只要下功夫背记一定的组合所代表的英文字母和标点符号，记住国际通用的通信代码，再掌握控制灯光明暗的手法就行了。这样，只用了十天左右的时间，岳宗顺利通过了艇上组织的考核，成了一名合格的水手。

岳宗被调到巡逻艇上后，执行的第一次出海巡逻任务，竟与大河口哨所有关。

那是一次冬季经常出现的“西伯利亚寒流袭击”。从前一天下午起，海上就刮起了七八级大风，海面上波涛翻涌，平时是一条直线的水天线，这时也变得像日落前的群山，高低错落且不断变换。第二天一大早，大河口哨所传来消息，在哨所正前方海面上发现不明漂浮物，据他们判断，很像是敌军特工“蛙人部队”使用的小型登陆艇。

前段时间，上级在战备教育中刚通报过友邻地区发现越狱逃犯作案、潜伏特务打信号弹，以及岸边发现随海浪漂来的反动传单和敌方“蛙人”上岸的痕迹。各级对这类情况都异常重视，连里当然也不敢怠慢。漂浮物距岸边太远不易辨认，连长就给巡逻艇下任务，要他们抵近侦察，看看到底是个什么东西。

当时，海上的风至少还在六级以上，远远超过了“海巡 -01”型近岸巡逻艇最大的抗风力。对军人来说，敌情就是命令，任务重于生命。在和平年代能够遇到一次真正与敌情沾点边的巡逻任务，全艇人员都兴奋不已。

孙艇长从连里领受任务回艇后，做了简短的动员，并给每个人明确了分工。岳宗是艇上最新的成员，不用艇长说，他主动承担了最艰苦的任务——做观察员。

副艇长和轮机兵老沈启动了柴油机，水手余有成和陶春林起锚、解缆，巡逻艇稳稳地离开码头，迎着风浪向大海驶去。

根据大河口哨所报告的不明漂浮物位置，巡逻艇出了老河口后，应该直向左转，沿着海岸选择一条最近的航线直达目标区。但今天的风浪超过了艇的最大抗风能力，侧浪前进，随时都有发生危险的可能。为确保安全，孙艇长选择了一条大回折航线——驶出老河口之后，驾着艇先迎着风浪，向正北方开到远离海岸的某一点，再折转回头，朝着大河口哨所报来的可疑漂浮物位置开进。

作为观察员，岳宗的岗位设在驾驶舱顶部的观察台上。巡逻艇离港前，岳宗穿上雨衣雨裤，把二十倍望远镜挂在胸前，套上救生衣，顺着扶梯爬上驾驶舱顶。登上观察台后，他用一根拇指粗细的缆绳绕着腰缠了三圈，在胸前打了个双盘结，又用剩余的绳子在桅杆上缠了几圈，打了个越拽越紧的“拉脱结”，牢牢地把自己与桅杆绑在一起。

巡逻艇驶出河口，到了海上，立刻见识到风浪的威力。风是强劲的北风，掀起一层层足有两三米高的长长的巨浪，翻卷着雪白的浪花迎面而来，把艇艏一会儿抬上浪尖，一会儿又压到浪底。小小的巡逻艇像驶上了大搓板路的汽车，忽高忽低地颠簸着前进。一个大浪迎面打来，海浪撞上艇艏，分成两半，飞溅的浪花迎面拍到岳宗的脸上，那感觉仿佛被人劈面扔过来一把沙石，打得脸颊生疼。几滴海水渗到眼睛里，眼泪禁不住流了下来。岳宗赶紧把防水镜戴上，伸出双手，抱紧桅杆。

接连几个大浪迎面打来，接近零度的海水，顺着衣领灌进脖子里，衬衣很快湿透了，冰冷地贴在胸前背后，岳宗接连打了几个寒噤。他摇了摇头：照这样下去，用不了多长时间，自己就会被冻成冰棍了。他松开抱着桅杆的双手，抽紧绳子，收紧雨衣的帽口，又扎紧雨衣领口。海水虽然打不进来了，海上的风却一刻也没有停。露在外面的鼻子和两颊，在小刀子一样的海风袭击下，很快变得麻木，海浪再打上来，已经没有什么感觉了。

巡逻艇迎风顶浪继续往前开，离海岸越远，风浪就越大。时间好像过去了大半个世纪，传声筒中终于传来艇长的口令：“右车前进二，左车停，左满舵。”终于到达折转点了。巡逻艇骤然减慢速度，向左画出一个巨大的半弧，开始转向。将要转到一半的时候，一个比艇身高出许多的大浪横着砸过来，艇身向左侧剧烈倾斜，大量海水从右舷急剧涌向左舷，一侧叶轮发出嘎嘎的空转声。

“完了！”岳宗的心一下子沉到了谷底，艇要翻了?！在那一瞬间，岳宗不知道别人是怎么想的，但他的心里真是有点害怕，后悔出来时太匆忙，没给父母留几句话，要是真“光荣”了，父母会多么伤心呀。

好像又过去了半个多世纪，漫上来的海水涌过甲板，从左舷流进大海。艇身慢慢正了过来，在下一个横浪到来之前，巡逻艇终于转过身，艇艏指向远处的海岸。海风改从背后吹来，虽然打到身上的海水明显减少，但海风仍然很快穿透了岳宗身上的雨衣和棉衣。

或许人背部感觉寒冷的神经细胞比别处都要敏感，岳宗只觉得背后好像紧贴着一块巨大的冰，寒气渐渐透过皮肤、肌肉，一点点钻进骨缝，传遍四肢，整个人很快被冻透了。正当他努力控制上下牙之间的相互叩击时，传声筒中传来艇长孙大林那带有浓重胶东口音的口令：“接近目标区，注意加强观察。”

岳宗猛地一惊，立刻按照艇上每句口令都要有回音的要求，运足全身的气力，响亮地回答：“观察员明白，目标区接近，加强观察。”回答完毕，一手继续抱着桅杆，一手举起望远镜，按照从右至左、由近及远的观察要领，开始观察。

海面上波翻浪卷，汹涌澎湃，原本应是碧蓝的海水，这时已变得浑黄一片，到处都是白茫茫的浪花，到处都是一片片海浪的反光。岳宗集中精力仔细搜索着远处的海面。为了稳定视线，他不知不觉中松开了抱着桅杆的手，改用双手举着望远镜，身体也不知从什么时候起，已经由坐姿改成了立姿。

突然，在一片熠耀闪烁的海浪光斑中，出现了一个淡蓝色的影子。岳宗调整望远镜焦距，努力让那个淡蓝色的影子变得更加清晰。望远镜牢牢地锁定了目标，他努力把看到的物体与出航前艇长通报的目标情况进行印证。

距离越来越近，望远镜中漂浮物的影像也越来越清晰了，像一个长椭圆形的盒子，盒子下方好像还有什么东西坠着，使它始终一面向上，在风浪中稳稳地漂着，既不打滚，也不翻转。岳宗确定这个东西肯定是这次出航要寻找的目标，立刻大声向艇长报告："发现目标，右舷三十度，距离二十四链，蓝色漂浮物！"

过了一会儿，传声筒中传来艇长的声音："明白！继续观察，注意锁定目标！"

估计艇长在驾驶舱里也发现了那个漂浮物。巡逻艇艄略向右偏，直朝着那个物体驶去。岳宗大声应答："明白，锁定目标。"

巡逻艇离目标越来越近，海面上出现了许多大大小小的浮冰。当时时令正当三九，是一年中最寒冷的季节，海边上入夜后的气温最低已经达到零下三十摄氏度左右，海水在靠近岸边的地方凝结成大片的冰凌。

随着浮冰逐渐增多，巡逻艇的速度明显慢了下来。余有成和陶春林两人手持长杆走上前甲板，用长杆把那些靠近艇体的冰块拨开。那些像锅盖、像方桌大小的冰块一个人就能拨动，要是再大一点的冰块，两人合力才能拨动。

岳宗见观察的任务已经完成，向艇长报告："报告艇长，目标已发现，是否可以下去一起拨冰？"

艇长没有立即答复。又过了一会儿，浮冰越来越多，见两个人实在忙不过来，艇长下达口令："观察员去前甲板，协助拨冰。"

听到命令，岳宗立刻去解把自己牢牢绑在桅杆上的绳结。被海水打湿的绳结本来就很难解开，再加上气温太低，上面已经结上了厚厚的一层冰，更难解了。费了好大劲，还是解不开那个"拉脱结"，于是他开始解胸前的双盘结，好不容易才从绳索中脱出身来。他顺着扶梯下到甲板上，抄起一根三米多长，头上安了铁尖的长杆，和陶春林、余有成一起，用力拨开靠近艇边的浮冰。

越靠近岸边，浮冰越多，冰块也越大。艇长下达命令，除留一人照看轮机外，其余人全部上甲板拨冰。巡逻艇以不足一节的速度，走走停停，好不容易开到距离漂浮物还有一百多米的地方，大块的浮冰越来越多；又往前走了几十米，艇周围都是小则两三平方米，大则近十平方米的大块浮冰，再往前走，艇很可能退不出来了。

艇长命令停机，也来到前甲板，焦急地和大家一起商量对策。艇员们提出许多办法，但都不能保证安全靠近漂浮物。岳宗仔细打量着那些浮冰，向艇长提议："这样行不行？我带着缆绳，踩着冰面跑过去，拴住那个东西拖过来，艇长你看可以吗?"

孙艇长皱着眉想了一会儿，又用长杆探了探艇边的水深，说："这倒是个办法，这里的水深也就一米左右，浮冰本身厚度有半米多，人踩上去不会翻过来。但你去不行，你是个新兵，没有经验。"

岳宗有点急了："我有什么不行？我入伍前练过冬泳，冬天凿开冰窟窿下水游泳都没事，这一米多深的水绝对出不了什么事情，您就让我去吧!"

副艇长过来说："老孙，我和小岳一块儿去，不会有问题。"

艇长考虑了一会儿，郑重地对副艇长说："老瞿，你和小岳一起去。记住，安全第一，别硬闯。不行就退回来，咱们另想办法。"

岳宗和副艇长脱去身上的棉衣棉裤，上身穿件绒衣，下身只穿条单裤，脚上穿着胶鞋，为防止打滑，又在鞋上横着捆了几道麻绳，腰上系上绳索，手里拄着长杆，翻过船舷，下到冰面上，向那漂浮物走去。艇长说得不错，这里的水比较浅，人上到冰面上，整块浮冰只是略往下沉，翻不过来。

岳宗和副艇长一步步接近漂浮物。每到两块浮冰相邻的地方，副艇长都要先用手中的长杆用力杵杵冰面，试探一下是否结实，然后再迈上去。有两次上到新冰面时，岳宗脚下打滑，差点掉进水里，都被副艇长及时拉住，只弄湿了鞋。就这样，两人有惊无险地越过一块块浮冰，来到那个漂浮物旁边。

漂浮在水面的东西呈椭圆形，浅蓝色，长约三米，宽约一米六七，盖子盖得很严，像是一个大号肥皂盒，盒身四周还有手指粗细的白色缆绳。副艇长用手中的长杆用力敲了敲那个肥皂盒样的东西，发出"哐哐"的声音，表明它不是实体。副艇长又用长杆挑起它旁边的缆绳，握在手中，用力一提，竟轻易把它提离了水面。岳宗赶紧上去帮忙，和副艇长一起，把那个东西弄到冰面上。那东西高度大约有一米多，下面像半个鸡蛋壳，呈半圆形，难怪它在水中漂浮了那么长时间都不曾翻转。

副艇长和岳宗解下腰间的缆绳，拴在那东西的缆绳上，向艇上挥手示意。艇上的人便开始收缆。副艇长和岳宗一人抓住一根缆绳，开始往回走。回到艇边，用绳索把那东西拴牢，拖在艇后，开始返航。

副艇长和岳宗回到艇上，痛痛快快地洗了个热水澡，换上干净的衣服，穿上皮大衣坐在舱内，手捧着一大碗滚烫的姜汤慢慢喝着。巡逻艇慢慢驶出浮冰区，又顶着海浪驶向海中。这时海上的风已经明显地减弱了。巡逻艇没有再走来时的航线，而是基本保持与海岸平行，绕了一个大大的弯，在中午时分回到老河口。

当晚点名时，连长宣布，为副艇长和岳宗各记连嘉奖一次。这是连队奖励权限内的最高奖项。

那浅蓝色的大盒子，经军区情报专家判断，应是外国商船上的一艘救生小艇，里面装着淡水、食物、药品、指南针、电台、发烟棒、鸭绒睡袋等物资，可谓是应有尽有，足够三个人生活四五天的。一旦船只遇难，船员只要钻进小艇，扣紧艇盖，就绝无任何危险了。等到风平浪静，打开艇盖，便可用固定频率的专用电台与岸上营救机构联系。这种救生小艇，到底在国外敌特的“策反”活动中起什么作用？岳宗不得而知。

春节刚过，巡逻艇又执行了一次远航任务。附近九二三厂钻井队在搬迁井架时，一颗足有婴儿拳头大的螺母，从三十多米高的井架上掉下来，正砸在一个技术员头上。那颗螺母分量有一斤多，从三十多米的高空坠落下来，动力加速度使它具备了极大的能量。虽然有铝盔的保护，技术员的头部还是受了重伤，人处于深度昏迷状态。井队领导忙向海防连林军医求救。面对这样重的脑外伤，林军医也束手无策，只能争取用最短的时间，把伤员及时转移到手术设施更完备的大医院去。出发前，指导员郑重要求艇长一定要平稳、安全、快速地把伤员送到烟台。

岳宗也参加了巡逻艇运送伤员的紧急任务，这才有机会与肖海平不期而遇。

那天上午，巡逻艇在烟台码头上加满了油和淡水，艇长又带着余有成去烟台街上采购了些鱼肉蔬菜，吃完中午饭，巡逻艇就起锚离开烟台，踏上了返回老河口的行程。离开烟台好远了，站在观察台上的岳宗仍然朝着烟台的方向发愣。在内心深处，他还不敢相信，早晨在码头上邂逅肖海平的那一幕真正发生过。世上哪有那么巧的事？

人呐，仿佛茫茫宇宙中的一个个天体，具有自己特殊的运行轨迹。在什么时候、什么地方能与另外一个天体相遇，只有当初创造了整个宇宙的上帝知道。当两个天体相伴着运行了一段又分开后，他们再次重逢的概率，估计不会大于十的负十次方。著名的哈雷彗星，要时隔两万七千多天，才能再一次靠近太阳。而他和她，只隔了不到一年时间，就在这完全不可预测的时间和地点再次相逢了。谁能说，这不是在冥冥中早就安排好的事呢？

自从在码头上意外见到了岳宗之后，这一整天，肖海平始终沉浸在一种高度亢奋的情绪中。虽然她早已从曹主任责备的目光中，读懂了他对自己今天举动的不满，但丝毫也没有影响她的兴奋心情。主任怎么可能知道，这次意外的重逢，自己期盼了多么久、又给自己带来了多么大的欣喜呢？都说“久旱逢甘霖，他乡遇故知。洞房花烛夜，金榜题名时”是人生四喜，这次意外邂逅给肖海平带来的欣喜，要比这四项全加到一块儿，再乘上一百还要多得多！为了这次重逢，哪怕给一次处分，她也心甘情愿！

抢救伤员的手术从上午一直做到掌灯时分。在整个抢救过程中，肖海平的表现可称完美。在手术准备会上，她认真地听陪伴伤员同来的林军医介绍伤情和前期处理措施，详细记录手术方案和各阶段的要点。伤员被送进手术室后，她和其他护士默契配合，把伤员平稳地移到手术台上，固定伤员体位、铺放无菌单、清理伤口，有条不紊，迅速准确。在手术进行中，她注意力高度集中，密切观察手术进程，随时掌握伤员的血压、脉搏、呼吸、肤色、尿量和出血量，同时还注意参与手术的人的表情。

负责器械的护士那天来了特殊情况，肖海平从她不时紧蹙的眉头看出了端倪，及时顶上去传递器械，全神贯注于手术的曹主任直到开始缝合时才觉察到，器械护士换了人。手术结束后，肖海平又和器械护士一起，认真查对器械、敷料和针线，就连有齿镊的镊齿是否缺损、器械上的螺丝有无遗失，都一一仔细检查。把伤员送到病房后，她又把手术的经过、伤员的情况和护理的要点向病房护士认真交接，直到病房护士完全清楚了，她才长长地出了一口气，想起要去码头找岳宗的事。

肖海平抬起头看看窗外，天早黑了，什么也看不见了。她顾不上脱去手术服，几步抢到护士站，抬眼看了一下墙上的挂钟，已经八点多了。她抓起电话，催着值班的守机员，要通了码头的电话。振铃的声音一声声传来，肖海平焦急地等候着。说好了下午要去码头找他的，没想到手术会延续这么长时间。也不知他是不是还在等着自己。说了让他哪儿都不许去，估计他不会出去，不过，要是他的艇已经离开烟台，返回驻地去了呢？也许，不会那么急吧？

终于有人来接电话了。听说要找上午来的 108 艇上的人，那个人不耐烦地说："什么 108 艇？ 108 艇上午补充了些柴油和淡水，下午一点多，就离港返航了。"

肖海平沮丧地摇了摇头，放下手中的电话，轻轻叹了口气，拖着沉重的双腿往更衣室走去。可能是一天紧张的工作耗尽了她的体力，在更衣室换下手术服后，她便觉得浑身一点力气也没有了，就连曹主任派人来叫她去食堂吃夜宵，她都恹恹的没心情去。

这一天经历得太多了，从夜里那个神奇的梦，到码头上那出人意料、让人喜出望外，却又似梦境的邂逅，还有持续了十几个小时的手术，搅得她头脑中好像被人塞进了一团乱纷纷的麻线，她得让自己赶快安静下来，好好清理一下头绪。万万没有想到，能在烟台这个毫不起眼的小小军用码头上，以这样一种完全出人意料的方式，意外地和他相逢。可是，虽然见了一面，还握了他的手，却没能说上两句话，又分开了。而且这一分别，说不定又是"两处茫茫皆不见"，自己既不知道他这一年来的任何情况，更不知道他的地址，原有的疑问没有得到任何解决，反倒更增添了许多新的疑问。这样倏忽而过的见面，真的还不如不见。

后来，还是在手术室里负责器械的小刘硬拉着肖海平去了食堂。今天在手术进行的时候，小刘的肚子突然一阵阵绞痛，要不是肖海平观察得细，及时顶上来，她真不敢说自己能把这台手术顶下来。

在餐桌上，因手术成功而显得特别兴奋的曹主任把在海防连当军医的老同学介绍给大家，又对今天的抢救工作做了简短的讲评。他没有批评肖海平早晨在码头上的失态，却大大表扬了她在手术中的表现。肖海平对主任的表扬并没有太在意，她的眼光始终盯着那个穿着一身陆军军服的姓林的军医。对呀，岳宗返回了，他们连的军医不是还在吗？他们是一个连队的，有他在，还愁打听不出岳宗的情况和地址？肖海平的心情一下子好起来，劳累和沮丧一扫而尽。

在接下来的几天里，肖海平只要一有空闲，就去找林军医，向他打听岳宗的情况。林军医的每一次讲述，她都听得那么专注，不仅要知道每一件事情的经过，还会不断地提问，努力了解每一个细节。在给不给他写信的问题上，肖海平开始还有些犹豫。自己毕竟是个女生，主动给一个男生写信，她还有点磨不开面子。但是，谁让自己时时刻刻都想知道他的情况呢？她铺开信纸，拧下笔帽，开始给岳宗写第一封信。

…………

收到信后的岳宗呢？

这是他第一次给一个不是自己家人的异性写信，写些什么，怎么写，心里一点谱都没有，不得不坐下来好好思量思量。

“肖海平，你好。”岳宗写完这句话，想了想，觉得不妥。肖海平的信中在自己名字后面还加了“同志”二字，本着对等的原则，自己好像也应该加上这两个字。于是，岳宗换了一张纸，又重新起头写起来。

他在信中，逐一回答了她一连串的发问。比如，他是怎么被分到守备师，又去了那么艰苦的海防连的？是怎么忍受没有麻药的剧痛，割去发了炎的阑尾的？他是怎么晒盐，怎么学会推独轮车，又怎么在海防哨所执勤的？洋洋洒洒，写了两页半纸。

虽然肖海平已经从林军医口中了解了一切，但是每当读到岳宗的回信，心中还是禁不住涌出欣赏和钦佩！每读一次信，好像就能切身感受到他所经历的一切，并从心底享受着一种说不清、道不明的甜蜜！她要求岳宗，每次收到信后，三天之内必须回信。岳宗也照做了。

你来我往，两颗年轻的心，在渐渐靠近。

一天，岳宗正捧着本《大众菜谱》在看。巡逻艇上无专职炊事员，每天的饭菜由艇员们轮番负责。岳宗长这么大，连挂面都没有煮过，更别说做饭了。好在有老兵指点，经过几次实践，岳宗已经学会蒸米饭、煮粥等几种主食和炒土豆片、烧豆腐等几种简单菜肴的做法。可总不能让同志们在自己做饭的时候，只能吃这几种单调的饭菜吧？

为此，岳宗专门写信回家，让妈妈把怎样做红烧肉、红烧鱼、红烧狮子头和冰糖肘子等菜的秘诀，写清楚寄来，好让艇上同志们也能品尝到江南名馔的美味。信发出只一个星期，家中就寄来了这本《大众菜谱》，并附有一封老爸十分罕见的亲笔回信，详细地说明那几种菜的做法。岳宗明白老爸的用意，即使在这些原不是战士最重要的本职工作上，老爸也希望自己能做到最好。

收到菜谱之后，只要一有空儿，岳宗就会根据艇上现有的食材，对照菜谱琢磨各种菜的做法，也试着做过几道菜，大家的评价还不错。受到鼓励后，他在做菜这事儿上更用心了。

不久，军区传来消息：四连将换防到师部所在地滨城，担任城市执勤任务。

是继续留在巡逻艇上，还是重返四连换防滨城？艇长郑重其事地找岳宗谈话，肯定他航海基础好、掌握新技术快、身体健康、适应能力强，是不可多得的航海人才，动员他留在巡逻艇上。岳宗到巡逻艇上的时间虽然不长，但和在盐场及哨所相比，艇上生活的方方面面对他的吸引力自然要大得多，尤其是两次出海执行任务的经历，更是与他追求新奇、渴望挑战的个性相投。他毫不犹豫地答应了艇长，愿意留下来，当好陆军船艇兵。

又过了些日子，任保田排长来找岳宗谈心，说他是这批兵中各方面都比较突出的一个，给四连上上下下都留下了比较好的印象，继续在连里干，有利于今后的发展，而如果留在将要并岗归到五连去的巡逻艇上，岳宗将面临的，是一个全新的环境：一方面，需要重新熟悉五连的人和行事风格；另一方面，五连各级领导和同志们也要重新认识他。要想在五连赢得目前在四连相同的位置，必须付出加倍的努力。

听了任排长的话，岳宗心中有些为难。他知道排长是在用他在部队这些年来的经历和经验，负责任地为自己考虑，想得很远，也很真诚。但自己已经答应了孙艇长留在艇上，刚刚答应的事又要反悔，这不符合他的性格。况且，以他当时的人生经验，对排长的话，还不能全部理解。岳宗犹豫了好一会儿，才说："排长，我知道您是真的为我好，可是我已经答应了孙艇长留在艇上，总不能反悔吧？总不能刚答应了就不算吧？我还是留在艇上吧。"

听他这么说，任保田也没有再说什么，只是在他的肩头上重重地拍了一下，说:“好，你是个聪明人，也不是小孩子了。不过，我劝你还是认真想想我刚才这些话，要想得稍微远一点。想想明年、后年，然后再做出选择，不要轻率下结论，行吗?”

任排长的真诚和对自己的充分信任，打动了岳宗。他深深地点了点头。

又过了几天，他突然接到一封家信。说“突然”，一是上星期刚收到过一封家信，还未来得及回；二是这封信是老爸亲笔写的。岳宗入伍一年，给家里写过十多封信，也收到家里来的近二十封信，可那些信，不是妈妈的笔迹，就是大弟弟以父母的口气写的，老爸的亲笔信寥寥无几。岳宗知道老爸的工作很忙，经常在外出差，一走就是一两个月不回家，心中也能理解。可这次老爸居然亲笔给自己写信了，当然颇感意外。打开信封，老爸那一笔刚劲有力的钢笔字立刻映入眼帘：

宗儿：

你好。从你李叔处得知，你入伍后干得不错，得到连里干部战士一致好评，尤其是调到巡逻艇上后，在执行任务中还得到连队嘉奖，为父心中甚慰。近日，获悉你连将调离海防一线，到滨城执行新的任务，这是你人生中面临的一次重要抉择。我意，你应从长远考虑，选择随连队开赴滨城。

我知道在巡逻艇上，可以乘长风破万里浪，加之伙食又远好于普通步兵连，甚合你意。但你要知道，巡逻艇在陆军中只有少量装备，难以进入主流，而步兵是陆军的主体，是完成陆上主要战斗任务的作战力量。

到一个单位工作，要想有长远的发展，必须进入主流。一个有出息的年轻人，不能只考虑眼前的痛快与享受，而要考虑长远。希望你认真考虑爸爸的意见，从长远发展出发，做出正确的选择。不管你做出何种选择，爸爸都会支持你。

祝我儿不断进步。

父字

信简短而明确，这就是岳宗老爸的风格。他既表达了自己的意向，又把最后的选择权完全交给了岳宗。这使岳宗有几分踌躇起来。知子莫若父，老爸知道，要是强迫岳宗去做什么，他多半是不会照着做的，只有让他自己选择，他才会认真考虑自己的意见。

仔细琢磨过老爸的话，岳宗不得不承认，老爸说得对。当兵打仗，步兵连、步兵才是主流嘛！拿破仑说过，“不想当元帅的士兵不是好士兵”，岳宗虽然并没有把能在部队提干当作改变人生的唯一途径，但能够在部队提干，也是证明自己人生价值的一个重要标志。再说，据到东北生产建设兵团的那些哥们来信说，他们那里的局势已经相当紧张。当一名飞机设计师的理想已经不可能实现了，但如果真的能有机会上战场，真刀真枪地挣一个“战斗英雄”的称号，那也不枉此生了。

岳宗已经做出了决定，但怎么去跟孙艇长说，一时还没有想好。正在这时，四连邓指导员来到艇上。他此行的重点，是来找岳宗和余有成两个新战士谈心，征求他们对下一步安排的意见。邓指导员对岳宗说，连队党支部对他一年来在盐场和大河口哨所的表现评价很高，二排任保田排长更对他寄予了很大的希望，已经向党支部打了报告，推荐他当四班副班长。指导员把话说得那样明白，再不答应，就有点不识抬举了。他当即对指导员表态，愿意服从组织安排。之后，岳宗找到孙艇长，把指导员谈话的内容和自己服从组织的决定对他说了。

孙艇长沉默了好久，深深地叹了一口气：“指导员说得对，回连队去，对你今后的发展，要比在艇上有利得多。可我真舍不得让你走啊。以你的条件，天生就是个当水手的料！唉，你根本不应该到陆军来，你要在海军，肯定是个优秀的航海兵。”

终于，调四连去滨城的命令到了。来接替海防执勤任务的五连干部也已经到了老河口。巡逻艇上的战士们为岳宗和余有成开了欢送会，大家各显其能，做了一桌好菜。孙艇长还破例开了几瓶好酒……

第二天一大早，岳宗和余有成打起背包，向艇上的战友们一一告别，回到了连里。

红色帽徽
红领章

RED
Cap Badge
RED
Collar Insignia

第八章

滨城执勤

换防的那一天，汽车把四连直接拉到师部北边一个独立小院。这里曾是滨城农业技术学校的种畜场。而这个种畜场，因为有完整的院墙，又远离城镇村庄，除了有足够一个连队居住的房屋外，还有八座宽敞高大的畜舍，稍加改造，便成了很好的武器库。四连的驻地，被安排在这个独立的院落里，除了担负滨城主要街道和几处重要公共场所的武装巡逻任务外，还要负责看守这师部的武器库。

到滨城不久，四连老连长被提升为二营副营长。新来的连长姓于，名跃海。于跃海身高腿长，长着一副黑里透红的脸膛，粗粗的眉毛，闪着精光的双眼，两只耳朵略微有些支棱，紧抿的嘴唇两角微微下弯，给人一种不怒自威的印象。他和邓指导员都是 1955 年前后入伍的义务兵。据说他军事技术好，又在军区步校深造过，后来在师作训科当了参谋。这次，是为了加强四连的全面建设，师长才忍痛割爱，放他到四连来当连长的。

任保田被提升为副连长后，四班班长张桓暂时代理了二排排长的职务。

1969 年初，当地的“革委会”发了布告，要求所有群众组织和民兵，必须在 3 月底之前，把手中的一切武器一件不留地上交到各县人民武装部，最后全部集中到守备师统一保管。一时间，四连驻守的武器库内，存放了各种各样从群众组织和民兵手中收来的武器。

岳宗算是开了眼。以前只在小说和电影中听说过的“三八大盖”“歪把子”机枪、“王八盒子”“二十响”，还有“汉阳造”“中正式”“汤姆枪”“勃朗宁”，这回都见到真的了。就连那些制作精巧而且子弹比花生米还要小的钢笔手枪、手套枪、烟斗枪这些属于间谍专用的武器，也见到真的了。还有一支小手枪，柄上刻着马头，镀铬的枪身银光闪亮，还配有六十发比花生米大不了多少的子弹，三十发一盒，宛若两盒扑克牌。这种俗称“马牌撸子”的手枪，岳宗曾经在老爸书桌的抽屉中见过一支。但那把枪没有子弹，要是能把这支枪连枪带弹往老爸面前一拍，一定能狠狠地“震”他一下。

那几天，占有这支小手枪的欲望强烈地折磨着岳宗，弄得他这从来不知失眠是怎么回事的人，也好几次躺在床上愣是睡不着。

岳宗的反常，引起了副连长任保田的注意。那天，他把岳宗叫到连部，开门见山地问：“小岳，这几天你是怎么了？老是心神不定的。”

岳宗一下愣住了，迟疑了一会儿才说：“没有呀，谁心神不定了？”

任保田双眼看着岳宗说：“你别以为我看不出来。你吃饭从来都是狼吞虎咽，一顿饭连窝头都能吃五六个，可昨天吃包子你才吃了三个。还有你睡觉从来都是一躺下就着，一整夜连个身都不带翻的，这几天我晚上查铺，已经有好几次看到你在那里翻来覆去的了。说说吧，跟我你还有什么不能说的？”

岳宗脑子飞快地盘算着，今天不说些什么显然过不去，可又该怎么说呢！突然，他的脑袋里电光石火般地闪过一个念头。他故作迟疑地又犹豫了一会儿，才说：“副连长，这个秘密只告诉你一个人，我想立功。”

“立功？立功好啊，哪个战士不想立功？可是，你想怎么立功？”

“副连长，你跟我来。”岳宗故作神秘地向他招招手，又说，“你保证，不把这个秘密告诉别人。”

副连长急于知道岳宗的“秘密”到底是什么，随口答道：“好好，我保证。”

岳宗带着副连长曲曲折折钻进了库房，悄声说：“我发现了这个通道，老想着别人也能发现它，要是有谁从这里钻进库房行窃，被我逮个正着，那还不得立个三等功二等功的？现在可是我们俩的秘密了，到时候抓住了贼，咱俩一起立功！”

任保田想了一会儿，瞪了岳宗一眼，说：“这个功，我看你还是别立了，我担心你别贼没抓着，自己再把持不住监守自盗……”

岳宗的心思被一语道破，脸上立刻涨得发烧，嗫嚅着说：“谁，谁监守自盗呀，我要想监守自盗，就不带你来了。副连长怎么这么看人，把人都想得那么坏？”

任保田看着岳宗那副神情，连忙笑着拍拍他的肩膀，说：“好好，我不是那个意思，是警告你别有什么歪想法。你年纪太小。这人呐，有时候，真的只是犯了一个好奇的孩子常常犯的小错误，就会把本应有的光明前程弄丢了。记住，以后不管是办事还是接人待物，都不要随心所欲，要严格自律，记住了？”

听了任保田的这番话，岳宗的心中，有一种拨开云雾见青天、茅塞顿开的感觉。后来，涉世越深，岳宗越能深刻地了悟到：为人处世，千万别耍小聪明。往往一个小小的邪念，做了错事，从而一步错，步步错，追悔莫及。人到世上来走一遭，一定要坦率本分地做个好人！此刻，岳宗长长地出了一口气，嗨，那把让人牵心挂肺的“马牌撸子”，只能是永别了！

在那个年代，真是什么荒唐事都有：一些号称群众组织的“造反派”，拒不上缴私藏的武器。这一天，四连长从师部受领“收缴武器”的军令归来，决定立即召开连级“诸葛亮会”，研究完成任务的方案。岳宗是副班长，按理没他什么事儿。但四班长正代理排长职务，岳宗实际上在负责全班的工作，连里让他也参加了会议。

据连长于跃海介绍，滨城农机修造厂的“造反派”，纠集附近柳树林几个农村武斗队共一百二十多人，占领了厂里一座三层办公楼。他们手中持有三挺马克沁水压重机枪、五挺“歪把子”、长短枪八十多支，连同两门自造的土炮，火力相当强。

这个团伙的头目曾在国民党军当过副排长，有一定的军事指挥经验。他把三挺重机枪和五挺“歪把子”放在二楼，平均部署在楼的四面；又把两门土炮，安放在楼顶平台上；把一楼大门和所有窗户都用沙袋封死，还在楼顶平台用沙袋构筑了许多掩体和工事，居高临下，控制着整个厂区和周围一二公里的范围。他们放出狠话：“要想收枪，先来收一百二十具尸体。”这是一伙“王八吃秤砣——铁了心”的亡命徒。地方政府的要求是：坚决收缴武器！师里的命令是：发扬我军能打硬仗的光荣传统，在尽量减少伤亡的前提下，坚决完成任务。

在“诸葛亮会”上，大家出了不少主意。有的建议用炮轰开堵塞一楼门窗的沙袋，强行突入楼内，擒贼擒王，首先击毙或抓捕那个前国民党军副排长；有的建议乘夜间切断电源，发起强攻；有的建议先礼后兵，先设法进楼与对方谈判，乘机查明其具体部署；还有人建议调坦克来参战，在坦克掩护下发起强攻。岳宗是个刚当上副班长没几天的新兵，默默地听着大家的建议，同时在心中给各种主意打分。

“小岳，你怎么不说话？你也说说，这一仗怎么打才好？”

任保田点了岳宗的名，不说是不行了。他用最快的速度，在脑子里把大家的建议整理了一下，开口说：“我是个新兵蛋子，本来轮不上我说话，副连长非要我说，我就说一点不成熟的意见。我认为，这一仗不管怎么打，我们都有绝对的把握取胜，现在考虑的应是怎样尽量避免和减少伤亡。一方面，可以学学韩信用兵中的‘四面楚歌’：采取政治攻势通过高音喇叭对楼里喊话劝降；一方面，组织特等射手打气球、打酒瓶子、打钢板靶，展示过硬的军事技能；再有，做好武力强攻的准备。这样，既从精神上震慑他们，又让他们目睹军队的战斗实力，明白抵抗毫无意义。选择进攻时机，最好选在凌晨两三点人最疲乏的时候，组织两三个战斗小组，沿地下通道突然冲进楼里，擒贼擒王，首先抓住那个国军副排。”

岳宗话音刚落，于跃海和邓指导员交换了一个眼神，用拳头在桌上轻轻一击，兴奋地说：“好，按这个办法打，才有可能既避免或减少伤亡，又能完成任务。唉，你，你叫什么名字？”

任保田说：“他叫岳宗，是去年入伍的兵，现在是四班副。”

于跃海面对岳宗：“听口音，你是北京兵吧？”见他点了点头，又接着说：“肯定看过不少书，有点谋略意识和战术头脑。好，就按照四班副的建议，拟订战斗方案报上级批准。四班副，战斗方案由你来执笔。”他抬起手腕看了一下表，随即命令：“现在还不到 10 点，午饭前，完成方案交给我。”

岳宗立刻喊起来：“连长，说说可以，我可不会拟订什么战斗方案！”

“把你刚才说的用文字写下来就行。不必多说了，执行命令。”

没办法，岳宗只好找来纸和笔，绞尽脑汁写起来。写写撕撕，撕撕写写，不过五百多字的方案，足足憋了一个多小时，直到午饭已经上桌了，才把方案交到连长手里。

于跃海逐字逐句地看完方案，笑着说：“好小子，还‘不战而屈人之兵’，你看过《孙子兵法》？”

岳宗红着脸说：“瞎看，用得不对，就抹掉。”

“干吗要抹掉？用在这里正合适。”说着，竟一字不改，签上了自己的名字。指导员从头到尾认真看了一遍，也签上了名，又找来信封，把那方案装进去，仔细封好了，叫来通信员，让他立刻送往师部。

下午 2 点多，师里批准了四连的战斗方案。一辆卡车拉来了高音喇叭和扩音设备，还拉来两挺重机枪和机枪射手。师防化连的技术骨干带着防毒面具也随车到来。

见状，岳宗向于跃海请求：“连长，让我进突击组吧。”

于跃海看着岳宗笑笑说：“你一个新兵，除了在新兵连，还没有受过什么像样的训练，怎么可能让你进突击组？听副连长说你枪打得不错，那你就在墙外打几个气球、瓶子什么的，吓唬吓唬楼里的人吧。”

下午3点多，五辆大卡车拉着四连全体人员来到柳树林镇，在距农机厂七八百米的距离停下。于跃海一声口令，全连人几乎在同一瞬间从卡车两侧和后面跳下车，间隔五至八米，成散兵线持枪前进，迅速把农机厂围了个风雨不透。高音喇叭里，开始传出母亲喊儿子、妻子喊丈夫、儿女喊父亲的呼唤声……

一阵呼喊后，岳宗和几个枪法出众的战士一字排开，百米外已经设好了气球、灌满彩色液体的啤酒瓶子和钢板人头靶。任副连长大声宣布：“每人三发子弹，预备——射击！”

任副连长话音刚落，枪声响了起来。顷刻间，气球和酒瓶纷纷炸裂，钢板人头靶也随着枪声和清脆的金属撞击声纷纷落地。紧接着，两挺重机枪对着工厂的外墙开了火。“哒——哒——哒”，一阵枪声响过，子弹扫过的地方，粉碎的砖块四处飞溅，一尺多厚的围墙，整整齐齐地被削下去一层砖。

楼里的人目瞪口呆。

邓指导员下达了命令：“机枪手注意，再打一梭子！”

“哒——哒——哒”，又是一阵枪声，围墙又被整整齐齐地削低了十多厘米。

这时，高音喇叭里传出地方公安局长的声音：“凡是在天黑之前，放下武器、主动投降者，一律不追究刑事责任。造反派组织者如果能悬崖勒马，可以保证不判死刑。如有立功表现，有犯罪前科也可以从轻发落。”

沉默了一会儿，二楼窗户中扔出一支枪，有人开始搬动封住门窗的沙袋。之后，楼里突然响起几声枪声，很快又平息了。有人用长杆挑出一块白布晃动着，还有人大声喊着：“解放军不要开枪，我们投降！”

过了一会儿，有人高举着双手互相拍击着走出来。他刚走出十来米，砰的一声，楼里人开了一枪，子弹打在他的腿上。紧接着又是砰的一声，这是四连的一位老兵对准响枪的窗口还了一枪。枪声还未落，有个人从二楼窗户一头栽出，摔到楼下。

邓指导员的声音接着响起：“楼里个别顽固分子听好了，谁敢阻挠别人投降，这个家伙的下场就是你们的榜样!”

连长把手一挥，早已准备好的突击组成员们一拥而上，扑向大楼……

这一仗，从包围农机厂算起，历时两个半小时，除击毙“造反派”武斗头头数人之外，另有一百二十一名武斗队成员投降。收缴重机枪三挺、土炮两门，各种长短枪一百多支，各种子弹一万多发。我方消耗步枪弹三十一发，重机枪弹六十三发，人员无一伤亡。

这次行动之后，岳宗的性格越加开朗，潜能也似乎被激发了。他充分利用在滨城执勤难得的一点空余时间，想尽一切办法阅读更多的书籍：一是到书店去购买，虽然滨城偏远，书店也偏小，但还是有些历史、哲学类工具书。他那本《简明哲学辞典》就是那时候买的，八百多页的精装本，售价还不到三块钱；二是向同学借。岳宗中学时代读过的古代典籍如《孙子兵法》和中外名著，大部分是向家有藏书的同学借的。来到部队，他也一直未曾中断通过邮寄的方式，向同学借书看。

岳宗看书的速度非常快，加之记忆力超强，可以说是过目不忘，所以尽管部队的工作和生活都十分紧张、繁忙，但并未影响他从书籍中不断吸取精神食粮。他那广博的知识、幽默的谈吐、聪明的头脑、矫健的身手，特别是那种机智果敢、多谋善断和有魄力、有担当、善于鼓动大家和他一块干事的能力，那可不是随便什么人都能拥有的。这都是“业精于勤”而“行成于思”的结果。渐渐地，岳宗成了连队人人喜欢的兵。

1969 年 3 月，珍宝岛的气温犹如中苏的关系，降至冰点，3 月 2 号，中苏双方爆发了第一次武力冲突。

珍宝岛位于黑龙江省虎林县（今虎林市）境内，它同附近的卡脖子岛和七里沁岛，都在中苏边境乌苏里江主航道中心线中国一侧，自古以来就是中国领土。而自 20 世纪 60 年代以后，由于中苏关系日趋恶化，两国边防军在珍宝岛地区不断发生摩擦，引发了这次“珍宝岛事件”。

那一代年轻人，尤其像岳宗这样的年轻人，父辈是从血火交织的战场上拼杀出来的军人，他们最向往的，就是能有机会像自己的父辈一样，金戈铁马，把一腔热血抛洒在保卫祖国的战场上。现在，有了真刀真枪打一仗的机会，能不让岳宗热血沸腾吗？岳宗当即抄起纸笔，给在黑龙江的大妹妹岳华写信，询问那里的情况。接着，岳宗又写了一份请战书，强烈要求上级批准自己到黑龙江边防部队去，参加反击侵略者的战斗。

岳宗跑到连部，把请战书交到连长手中，于跃海笑问："你真想去珍宝岛打仗？"

岳宗双脚一并，大声回答："那当然，不想打仗当兵干吗？！"

于跃海再问："小岳，你不是看过不少军事书籍吗？用你的军事知识冷静地判断一下，这次事件，属于什么类型和规模的战斗？"

岳宗没想到连长会提这样的问题，愣了一下，想了一会儿，说："我没有更详细的材料，不好做出准确判断，不过从电台广播中透露的消息看，这应该是一场排级规模的遭遇战。"

于跃海点点头："对，一场遭遇战！遭遇战是敌对双方不期而遇，仓促交火。这只能说这是一次边境武装冲突。这种瞬间、短期性质的冲突，我们这种守备部队能有参战机会吗？你给我回去，老老实实地干好本职工作！"

被连长劈头盖脸地这么一顿训，岳宗的脑袋像挨了重重的一棒，嗡的一下，又像钻进了一群被捣毁了蜂窝的马蜂，乱糟糟地响个不停。

见他站在那儿发呆，邓指导员温和委婉地规劝道："小岳，作为一个军人，我们要时刻履行自己的责任，把强烈的求战意识，落实到本职工作中，这是根本！下一步，武装巡逻和维护社会治安的任务会比以前更重。你还不是党员，要争取入党。你别不信，1962年蒋介石反攻大陆，从各部队抽调战斗骨干支援福建前线，要求人员政治标准的第一条，就是必须是中共正式党员，连预备党员都不行。不信你问问连长。"

于跃海接过话茬儿："可不是吗？因为还差两个月才满'预备期'，我当时就没去成。"

岳宗向连首长敬了个礼："那好，我这就去写……"话音未落，已转身出了连部。

回到宿舍，拿出纸笔，岳宗一挥而就，写了十八个大字："为了能上前线打仗，我申请加入中国共产党。"他立马跑回连部，交到指导员手里。

指导员看着岳宗的入党申请书，不禁笑道："噢，为了能打仗才入党，打不了仗就不入党了？我看出来了，你脑子还是没转过弯来。人呐，不能一条道走到黑，不要再提打仗的事了，还是好好想想怎样完成下一步巡逻任务吧！”

又过了几天，黑龙江建设兵团的哥们来信了。据他们说，3 月 2 号那场战斗，他们事先一点也不知道。现在，他们团承担了虎林县内大小道路的警戒任务。

在富锦的大妹妹岳华也来信了，她已经被调到团部小学当上了代课教师。她们那边离虎林还有三百多公里，她们也曾积极要求参战，但都没被批准。

3 月 15 号，苏联边防军和飞机再次入侵珍宝岛，这次的战斗规模比上次要大，持续的时间也比较长。我国守岛指战员和民兵紧密配合，打退了苏军的进攻，击毁了苏军多辆坦克和装甲车。据说还击毙了苏军一名上校。什么叫保家卫国？我英雄部队就是这样，在关键时刻，摧锋于正锐，挽澜于极危！

珍宝岛上的战斗，虽然只是一场边境冲突，但对战士们顽强精神的提升，起到了重要的激励作用。岳宗决心要像连首长要求的那样：“行动起来，努力履行滨海执勤的责任”！

自从顺利制服柳树林农机厂的“造反派”之后，四连威震四方。滨城各区镇违规武装者，纷纷上交私藏的武器。这样，那些原本混杂于“造反派”中的地痞流氓便流窜到社会上作案，滨城执勤维护社会治安的担子，显得比以往更加繁重了。

那一阵子，四连的武装巡逻任务骤然增加，由原来每天一班在市里主要街道巡逻两次，变成每天从早晨 6 点到晚上 10 点不间断地巡逻。对车站、邮局、油库、发电厂、中心广场和市委市政府等重要目标，还要昼夜执勤，对弹药库也要一点都不能放松。全连指战员都扑上去了。二排和一排担负巡逻和机动任务，几乎天天连轴转。

岳宗他们几乎是刚从街上巡逻回来，倒上杯水还没有晾凉，一个电话打过来，就又得去哪个点上增强执勤力量。好不容易把临时出现的情况处理完了，刚回到营房，街上又有群众游行，要赶过去维持秩序。要不是 1969 年的新兵下连了，还真有些难以应付。

四班分来了四个新兵，一个是河北石家庄北正定府的刘根，一个是石家庄西边获鹿县（今鹿泉市）的杜林，还有一个是湖北大悟的刘子同。三人都是农家子弟，个个老实憨厚。他们刚到班里，连谁叫什么名字都还没对上号，就开始和老兵们一起执勤。

没几天，原本精神饱满的小伙子们，个个被熬得筋疲力尽。正常的作息时间完全被打乱了，每天除了三顿饭还基本按时外，睡觉的时间完全由自己掌握，抓到个空就躺下睡一会儿，可没准你刚打起呼噜，又有新的任务来了。

一天中午，岳宗带着四班刚从街上巡逻回来，匆匆扒了几口饭，连部通信员就跑进食堂喊着："四班副，快，人民公园那边有情况，连长让你们班去处理。"

岳宗立马放下碗筷，不觉长叹一声："唉，就是头驴，也得有个打滚的时间啊！"

话音刚落，于跃海进了食堂。他那张黑脸往下一沉，大声道："说什么呢，谁是驴？谁把你当驴使了？别忘了，你刚写了入党申请书！少啰唆，赶快带着你的人去人民公园，处理不好，回来小心挨处分！"

自从上次写了请战书之后，岳宗觉得连长故意和自己别扭上了，整天耷拉着一张黑脸，好像自己上辈子欠了他钱没还似的，一张嘴不是呲打就是呵斥。岳宗心里暗自嘟囔：没办法，谁让他是连长，正好管着咱呐！于是，他长长地答应了一声"是"，背上冲锋枪，带着班里的战士头也不回地出去了。

这种状况一直持续到五一劳动节，真把人弄得疲惫不堪。

一天晚上，岳宗正沿着小院中的甬路去后院查岗（当了副班长以后，晚上站哨一般都是带班，在几个哨位间轮流查看），走着走着，忽然觉得有什么东西噼里啪啦地打在腿上。他猛一睁眼，却发现自己正站在一片齐腰高的玉米秆中间。原来，四连的司务长老潘特会过日子，他见仓库之间的空地荒着可惜，都种上了玉米。岳宗竟然走着走着睡着了，迷迷糊糊地走进了玉米地。意识到这一点后，顿时惊出了一身冷汗！幸亏是走到右边来了，要是往左边走，那边可有一口四米多深的井啊！哎哟，腿脚发麻，身体上有些部件开始不听使唤了……

当兵的什么苦没尝过？战时上战场，平日里也是这样，要经得起摔打。这时，岳宗豁然明白了老爸叮嘱自己的深意："在部队干，有副好体格，是最起码的条件……"岳宗索性坐到玉米地中间，短暂休息一会儿，这又让他想起了家，想起了老爸所谓的"超量恢复"……

那是 1967 年，经历了"文革"风雨的岳宗，坚决推辞了学校让他参加"革委会"的安排，当起了"逍遥派"。那段时间，他虽然很少去学校，但也没有像其他同学那样，成为终日无所事事，以打架、滋事、“拍婆子”为乐的“顽主”。岳宗是个不愿虚度时光的人，他开始饥不择食地读书，开始有计划地锻炼身体。他去商场买回一对六公斤半重的哑铃，每天早晨天不亮起床，沿着院外的公路先跑一万米；早饭后，举着哑铃做一套广播操，然后看书；午休过后，常和一帮哥们一起去玉渊潭公园八一湖游泳；回家了，还要看两个小时的书；晚饭前，再举着哑铃做一套广播操……当然，那时坚持锻炼，其原因也是不想让老爸再唠叨——“像你现在这样的高粱秆身体，那可担不得大任！”

如今细思量，岳宗从小养成自律极强的好作风，还真是得到了父亲的口授亲传。是啊，人生的成功，真的是靠每天的努力和坚持得来的。常言说得好：不怕你每天迈一小步，只怕你停滞不前。坚持，是生命中的一种毅力！坚持，铸成了当兵人铁骨铮铮的力量！

此时，岳宗不知不觉地和自己的内心对着话，一份坚不可摧的超强意志力，已深深植入他的心田。还觉得没睡够？又百般受挫了吗？那种种不如意的想法，亦犹如薄雾淡去，活力乐观的精神又重新回到他的身上。

五一节过后，滨城市区巡逻和要点执勤的任务解除了。大家刚想喘口气，于跃海便开始抓军事训练了。

在于连长看来，军事训练不光是练武艺，更重要的是练意志。他抓训练确实有一套。他从军人素质应具备的“敌情观念”抓起，然后，再一项一项具体安排射击、投弹、刺杀、单兵战术中的敌火下运动、利用地形地物等军事训练科目。

“强将手下无弱兵”，在于连长身体力行的率领下，四连从最基础的科目练起，同时严格遵守军人的作风纪律，不管是平时在营房内还是节假日外出，都要求做到“站有站相，走有走相”，那种英姿飒爽的样子，让人一看就知道是连续八年“四好连队”培养出来的兵！当然啦，“梅花香自苦寒来”，这其中的甘苦，只有当兵的才能体悟出来。

一天，午休后，四班例行进行下午的操课和体能训练。已经到了盛夏，蓝蓝的天空中没有一丝云，骄阳似火，烤得人们浑身的毛孔像一个个微型泉眼，接连不断地渗出汗水，结成一颗颗汗珠，顺着头发、脖子、脊背往下流淌，浸透了衣衫，洇湿了腰带，又顺着双腿一直流到鞋子里。而随着战士们的动作，汗水四散溅落，洒在周围土地上，激起一阵阵轻烟。

正当战士们被高温和汗水折磨得精神有些恍惚，动作有所松懈时，于连长不知从哪个方向，避开所有人的注意，悄没声息地来到四班训练场旁。当岳宗听到他略带嘲讽地一下下拍巴掌的时候，一切都已经晚了。

于跃海脑袋略微向右偏着，眯缝着眼睛，像不认识似的，从上到下，又从下到上地打量着岳宗。岳宗像砧板上的鱼一样，知道这一刀肯定躲不过去了，沮丧地低下了头。

于跃海像一只刚抓住老鼠的猫，并不急于下嘴。过了好一会儿，只听见他不紧不慢地问道："小岳，你多大岁数了？当了几年兵了？"

岳宗心中微微一愣：自己多大岁数，当了几年兵，档案中都记得清清楚楚，你当连长的会不知道？再说，那又和今天的训练有什么关系？唉，不管原因了，照实答就是了。岳宗双脚一磕，挺起胸脯大声说："报告连长，我明年一月满十八周岁。截止到今天，收到入伍通知书一年零六个月十七天。到团新兵连，也已经一年零五个月二十八天了。"

于连长万万没想到，岳宗几乎在一瞬间，把当兵的时间计算得如此精确。他顿了一下，说："噢，这么说，你岁数不大，当兵也没几天，从哪里学来这一身老兵油子的做派？"

一开始，还是调侃的语气，到后来，他的语气越来越严厉："当面一套，背后一套。长官来了，挺胸收腹圆瞪眼；长官刚转过身子，立马松腰斜胯打瞌睡……"

听他如此一说，岳宗明白了首长的用意。原来，于连长把他抓尖子班的训练方法用到了抓连队训练上。方法之一是抓小教员培训：每进行一个新科目训练前，他都要抽出半天时间，组织班长们先训一步，不仅要熟练掌握动作要领，还要会组织训练，会做示范动作，会纠正错误动作，会调动训练积极性，这叫"四会"。刚才眼见四班训练"精神恍惚"，露出懈怠，他理所当然先训斥班长。

"冬练三九，夏练三伏，军人军训，雨不张伞，夏不操扇，外练筋骨皮，内练一口气。练武艺，练意志，练精神，归根到底，靠的是一股精气神！是靠有我无你，你死我活，舍我其谁，睥睨天下群雄，压倒一切敌人的气势！这股气势从哪里来？要靠千锤百炼！听说你老爸当年也是战斗英雄，写封信回去问问你老子，他们当年哪一次打胜仗，不是顶风冒雪日晒雨淋……"

听着连长如江河决口般一连串的谴责，岳宗连羞带愧，真恨不得找条地缝立马钻进去。早听说连长厉害，今天算是领教了，尤其听他提到血里火里打拼出来的英雄老子时，更让他无地自容。这个堪称英雄的老爸，就像自己背靠的一座山，可能会在某些关键时刻依靠他，但更多的时候，他会让人们另眼看待自己。自己做得好了，人们未必会相信那全都出于自己的努力；而如果有一丁点做得不尽如人意，不知道会有多少人在背后借题发挥，说出多少难听的话来。仅为了不给别人借题发挥的机会，自己也必须比别人做得更好。

见岳宗和全班都在那里立正站着，被训得没有一点脾气，于连长的“火力”明显没那么猛了。他停顿了一会儿，说：“说说吧，四班副，你是怎么想的？”

岳宗挺了挺胸，说：“连长，您批评得对，我们刚才是偷懒了，这不怪其他同志，都赖我，没有做到‘四会’，组织训练拖沓了……说到底，还是头脑中的敌情观念不够强。我保证，四班战士一定会认认真真地去完成每一个动作，通过扎扎实实的努力，当好各方面都能过硬的合格军人。”

于跃海一直在歪着脑袋听着。岳宗话音刚落，他嘿嘿一笑，说：“你小子，不愧是北京来的，长了张好嘴！听你说得不错，能认识到根本原因是敌情观念不够强，也算是挖到了根子上，‘听其言，观其行’，以后，我可要看你的行动了！”

接下来的几天里，岳宗带着四班训练时，每一个动作都以战斗条令为依据。每做一步，都让大家有新鲜感。四班战士个个精神饱满、全力以赴投入训练。前腿踢出带着风，钢枪刺出携着电，杀声喊得震天响，身上的汗水也像断了线的珍珠项链，一串一串地往下淌……

而于连长最热衷的，还是抓刺杀训练。刺杀是近战歼敌的重要手段，再配合徒手格斗和捕俘训练，在滨城执勤方面，有着不可低估的作用。当时部队有一首铿锵有力的队列歌曲，歌名即《拼刺刀》。四连战士们更是遵照连长要求，做每个刺杀动作，都要用上“爆发力”，随着每个动作，同时发出金属部件轻微撞击的铿锵声。伴随着虎虎生风的步伐和震天动地的喊杀声，确实让人们热血沸腾，气势雄壮。

刺杀训练的最高阶段是对刺。对刺堪比武术中的对练，通常在熟练掌握基本动作之后才进行。进行对刺训练，必须穿戴头盔、护身和手套等护具。在和平时期进行对刺训练，要保证安全不受伤，可不能像《亮剑》里李云龙主张的那样——即使在训练捅断两根肋骨，也总要比在战场上丢了小命儿强。其实，如果在对刺训练中有人被捅断了肋骨，那是要算训练事故的，到年终总评时，“四好连队”肯定也要泡汤了。

岳宗天性好动，身姿敏捷灵活。于跃海对和岳宗的对练，特别感兴趣。岳宗也就有意无意地展示自己的强项。

儿时，岳宗是大院里的“孩子王”。大院在北京的西山脚下。在松柏覆盖的山坡上，残留着好几处历史上“杨家将”留下的残破城堡。每到假期，这里就成了大院男孩子们游戏的天堂。他们常在这儿玩“三国演义”：各自手持一件竹竿或木棍制作的兵器追打格斗，常常玩得忘记了吃饭。就在这种棍棒相交的游戏中，岳宗练就了一身“武艺”，在年龄相仿的孩子们中，他从来没在格斗中吃过亏。凭着这点功底，再加上有护具防身，岳宗倒也不怵与连长的对练。

于连长在进行对刺训练时，从不穿戴护具。他最喜欢干的活儿，就是拿着训练用的木枪当陪练。他的绝招是一连串让人眼花缭乱的假动作，明明你看着他要刺你的左胸，可是枪头不知怎么一转，却向你右胸刺来；明明看着他的枪头指向头部，可你刚想举枪防护，下腹部却早已经重重挨了一枪。最厉害的是，他的眼神居然也能作假。岳宗在校队当守门员时，曾得到过在北京队当过替补守门员的体育老师的指点：在扑对手的点球时，要特别注意观察对方助跑前最后一眼瞟向的方向。人的眼睛不会骗人，最后一眼看向哪里，哪里就是他想要把球踢过去的地方。

可是于跃海连眼睛都会骗人，你看他瞟向你的右胸，他的枪却直刺下盘；你看他盯着你左胸，那你就除了左侧，哪儿都得防。这样，岳宗苦练“骗左一刺右”“骗右一刺下”“骗下——刺上”……练得多了，渐渐地掌握了连长的套路，于连长的木枪也很难在岳宗胸前击出“咚咚”的响声了。

那天，岳宗正在和刘新柱一进一退地练习对刺，于连长拎着木枪从旁走来，双手往胸前一抱，把木枪靠在肩膀上，往地上一蹲，歪着头眯缝着眼睛，在一旁静静观看。

岳宗接连两个防刺，利索地挡开刘新柱刺过来的枪，反手刺中了他的前胸，又用一个“骗刺”动作晃开对手，一枪刺中刘新柱的腹部。刘新柱向后趔趄了好几步才站稳身子。于跃海不知是真是假地拍了拍手，喊了声“好”，然后站起身来，把刘新柱赶到一边，举起木枪，冲着岳宗说："嗬，四班副，这几天没白练，功夫见长啊，刚才这几枪真不错！来，咱俩过几招，让我也见识见识。"

岳宗摘掉头盔，说："连长，过招得平等地过，老是你攻我防就没劲了吧？"

于跃海说："谁说光是我攻你防了？你也可以攻嘛。"

岳宗说："那，那您可得穿上护具，要不我还真不敢攻。"

于跃海说："你放心攻吧，自从老子在军区比武中夺了冠军以来，四五年了，还没人能刺中老子呢！"

岳宗故意有几分犹豫地说："话是这么说，可要是万一呢，万一我一不小心，刺中您一下呢？虽然是条木枪，那也够疼的。"

于跃海还要说什么，邓指导员走过来说："老于，还是注意点儿好，你把护具穿上，要不，四班副也放不开呀。"

见大家都这么说，于连长只好极不情愿地穿上了护具。大家自动围拢过来，形成了一个直径十米左右的大圈子。岳宗和连长紧张地对峙着，副连长任保田拿来一面小红旗，当起了裁判。

任保田手中的小旗向下一挥，对刺开始。岳宗透过头盔上的格栅看到，连长的眼睛像是安上了轴承转个不停，让你根本无从判断他的进攻意图。

在比武场上，并不是先发者都能制人。当两个从未谋过面的武者对峙的时候，有经验的一方往往是先守严门户，等着对方发动攻势，待对方动起来后，再抓住其破绽，反击得手。岳宗毕竟不够老练，听着周围战士们加油的喊声，突然有点心浮气躁，主动发起进攻，猛地往下一矮身，想以假动作引诱连长做出"防下刺"的动作，好突然攻击他的上盘。这点小伎俩根本骗不过老谋深算的于连长，只见他往后略一撤步，就在岳宗的枪头向他胸部刺来时，一个干净利索的"防右刺"，隔开刺来的木枪，顺势把枪往前一送，"咚"的一声，重重地捅在岳宗的胸口上。

"连长防右刺上，命中四班副胸部，一比零！"任保田大声报着比分。

这一枪让岳宗冷静下来。连长是军区刺杀冠军，是得过高人指点的对手。和他对决，只要败得不很难看，就算是胜利了。

岳宗沉住气，拉开弓步，把身体的重心压得低低的，牢牢地守紧门户，一心只做防御的打算。这样对峙了一会儿，于跃海故意抬高枪头，露出腹部，引岳宗去攻。已经吃过一次亏的岳宗不再上当，只是虚张声势地咋呼了几声，仍然守而不发。于跃海开始大步横移，想搞乱岳宗的步法。岳宗小步挪动，始终以最小的正面迎着对方。于跃海步伐移动得越来越快，突然，脚下好像被什么绊了一下，身体一个趔趄，几乎失去重心。岳宗抓住机会，一个突刺，直向他左胸刺去。枪刚一刺出，岳宗就后悔了。这又是个假动作！于跃海脸上浮出一丝狡黠的微笑，一个“防左刺”，干净利索地挡开岳宗的枪，顺手把枪往前一递，又重重地捅在岳宗的左胸上。这一下他用上了力，岳宗向后倒退了两三步才站住脚。

“连长防左刺上，命中四班副左胸，二比零！”

又上当了！岳宗彻底打消了所有侥幸心理，拿定主意，决定不再主动进攻。于跃海又变换了几次步法，故意露出破绽。岳宗一心守住门户，只求不再上当。于跃海见岳宗不肯上钩，又开始主动逼近，不断做着假动作。岳宗一边后退，一边想着对策。就在于跃海又一次一个箭步逼向前来时，岳宗突然抬起左脚，用脚外侧猛地踢向他的小腿。于跃海左脚刚落地，迎面骨就被踢中，疼得他倒吸一口凉气，瞬间僵立不动。这样的机会稍纵即逝，岳宗立刻用枪猛击于跃海的枪，一个“打压刺”，只听“咚”的一声，狠狠地捅在他的胸部。

“四班副打压刺，命中连长胸部，一比二！”

周围的人群发出一阵热烈的欢呼和掌声。于跃海摘下头盔，一边苦笑着蹲下身子，揉着左小腿迎面骨，一边说：“好小子，还会枪中夹腿了，我这四五年没被人刺中的英名，算是栽在你手里了！”

在训练讲评中，于连长专门对岳宗提出表扬，肯定了他不怕苦、不怕累，作风顽强，特别是善于开动脑筋，训练认真刻苦的精神，值得全连官兵学习。同时，连长布置下一步战术训练任务。他提出要求：“以操场为战场，勤学苦练，一丝不苟，严抠细训……同志们能不能做到？”

“能！”全连战士齐声回答。

岳宗在中学参加民兵训练时，曾观摩过学校专门聘请北京卫戍区官兵进行的单兵战术训练示范表演。一想起那些战士们围着土堆爬来滚去的身影，他心里便有几分发怵。回到宿舍，他翻出一本步兵战术教材，带着战士们按照教材附图的样子，修好了壕沟、弹坑、坟包和矮墙、土坎儿，还推来两车沙子，铺在湿漉漉的地面上。

战术训练的重点是战斗方法、运动方法、兵器与火力的运用、分队之间的协同动作等。“从实战需要出发，从难、从严进行实际作业和演练。”再艰苦，也要按照连首长的这条指令去做。

那些天，正当盛夏。往往夜里下雨，白天转晴。岳宗和他这一班弟兄们每天训练结束后，都把沾满泥水的衣裤晾在铁丝上，任雨水冲净上面的泥土。第二天再换上半干不湿的衣裤，去操场上滚一身泥污。那些积满雨水的坑坑洼洼，非但无人避忌与清理，在训练中，反倒总有人争着往水洼里爬——除了能争得连长吝啬的表扬外，也为了获得片刻的清凉。

战术训练的第一课是“敌火下运动”。讲完动作要领，于连长从战士手中要过一支半自动步枪，“唰”的一下，卧倒在地，先做了一遍侧身匍匐，又做了一遍低姿匍匐，每个动作都是先分解后连贯，先慢后快。做完示范，他站起身问：“看清楚没有？”

“看清楚了！”战士们齐声回答。

“分组练习！”岳宗下达口令。全班分成三个小组开始练习，先个人体会，后互相观摩。

最后，于连长归纳大家的意见，又对每个动作都做了些改进。他指挥全班一字排开，一步一步量出三十米的距离，用脚尖在地上画出一条线，命令全班用低姿匍匐的姿势，比赛谁能最先通过这段距离。

岳宗知道，于连长在单兵进攻战术教学中，突出重点，精讲多练，评比竞赛，树立标兵，这套训练方法，是在当年军区组织的“郭兴福教学法”培训班上学来的。

1960 年中国人民解放军步兵第 100 团副连长郭兴福，创造了民主教学、官兵互教等一套切合实际的练兵方法，成为解放军的光荣传统。当年于连长曾经用心钻研过的东西，已经溶进了他的血液中，虽然多年未曾操练，今天再拾起来，仍然是那样轻车熟路、炉火纯青。这样的指挥官，如何能带不出像样的兵！岳宗由衷钦佩，愈发处处以连长为榜样。

几天后，“敌火下运动”科目告一段落，又开始了“利用地形地物”训练。于跃海先讲解“利用地形地物”的理论原则，尔后，以战例的实兵指挥进行战术分段训练。

最后他说："毛主席教导我们，战争的目的不是别的，就是保存自己、消灭敌人。在战场上，哪怕是一棵小草，一片树叶都可以利用。在抗日战争中，我军倚凭青纱帐，开展平原游击作战，就是很好的例子。实战经验证明，日本鬼子的三八大盖枪弹在玉米、高粱这些高秸秆作物的青纱帐里，杀伤距离还不到五十米。下面，我们以土包为例，共同研究一下对不同地物的利用方法。"

于连长把战士们带到两个土包之间，问："你们看，这两个土包一大一小，在战场上遇到这样两个土包，我们应该利用哪一个？"

等了一会儿，见没人回答，于连长指着刘根说："小刘，你来答。"

刘根愣了一下，说："要我说，应该用大的。"

"为什么？"于连长又问道。

"为什么？因为它大，能护住身子，活动的范围也大。"

"还有呢？"于连长继续追问。

"还有？还有可以利用的地方也多。"

"谁还有不同意见？"连长问大家。

刘新柱迟疑了一阵，说："俺觉得利用这个小的也不错。"

"说说理由。大家注意了，在战术训练中，学员在回答教员问题时，不仅要说明自己的观点，还要说明理由。小刘，你提的意见不错，说说你为什么要选择利用小的土包？"

刘新柱涨红了脸，说："俺是这样想的，你选择利用大土包，那敌人也会这么想，他就会格外加强对大土包的注意，那就不如利用小土包更能达到保存自己、消灭敌人的目的。"

于跃海兴奋地说："好！刘新柱动脑子了。战术训练就是这样，每一个人都要开动脑筋，和敌人斗智斗勇，考虑问题，既要从自己的一方考虑，也要会站在敌对立场上，想想敌人会怎样想、怎样做。战术训练，不像我们做算术题，一加一只能等于二，在战术训练中，没有绝对正确，只有相对合理。大家要敢想敢做，只要合理，就是正确的。"

这一番话，准确地点明了战术训练的本质，更有效地打消了每个人心中的顾虑，把大家参与训练的积极性充分调动了起来。

于连长再退到十几米外，接连做了几个利用土包的动作，成卧姿瞄准姿势，又在地面上俯卧了几秒钟，才站起来发问："大家说说吧，哪样做更好些？"

大家异口同声："第三种做法好！"

"为什么？为什么你们都认为第三种好？说说理由。"

大家都举起手。于连长指了一下张子同。他说："第一种直冲闯上去，太暴露了；第二种好像是事先没有看见这个土包，临时才去利用；第三种充分利用了土包的遮挡作用，比较隐蔽，观察、出枪也比较隐蔽，所以我觉得比较好。"

"说得不错，还有谁补充？"于跃海用鼓励的眼光看着大家。

岳宗犹豫了一会儿，说："连长，我觉得您刚才的整个动作都好，就是最后出枪那一下，是不是还可以改进改进？"

"嗬！好啊，你说说，有什么不妥？怎么改进更好？"于跃海圆睁双眼，盯着岳宗说。

岳宗迎着连长的眼光，说道："像您刚才那样出枪，出枪后不能在最短时间内形成瞄准线。在战场上，慢一秒钟就有可能要吃大亏。我觉得，在观察发现敌方目标后，应该充分利用土包的遮挡作用，装定表尺，打开保险，然后调整好姿势，双手同时出枪，这样，一出枪，就可以迅速形成瞄准线，向敌人射击。"

于跃海一边听着，一边琢磨。岳宗说完，他指着岳宗说："你，出列！按你刚才说的做一遍，让大家一起来判断哪种出枪方式更好。"

岳宗走出队列，跑步来到距土包十多米的地方，学着连长的样子，弯腰提枪跑了几步后，向前迈出一大步，左手尽力向前伸出，手肘撑地，猛然卧倒，同时左腿蜷曲，右腿蹬地，用侧身匍匐姿势迅速接近土包。接着伸头观察，又将身体缩到土包后面，仔细装定了表尺，左手握住枪的下护木，右手握住枪颈，然后双手一齐用力，将枪猛地一下伸出去，枪托迅速抵住肩窝，成瞄准射击姿势。

于跃海喊了声"停"，让岳宗把出枪的动作再做一遍。岳宗又照样做了一遍。于跃海对大家说："你们都看清楚了？哪种方法更好，大家在训练中自行体会，十分钟后，就这个问题进行讨论。"

战士们分散开来，在几个土包土坎周围反复练习。十分钟很快过去了。于跃海又招呼大家围拢在一起进行讨论。大家一致认为，双手出枪明显优于单手出枪。于跃海一锤定音："好，在条件允许的情况下，用这个动作！"

于连长就是这样，循序渐进，启发诱导，让战士们形象直观地明白，战术训练没有唯一的正确答案，谁的建议更合理，就按谁的去做。

不久，四班作为示范先行班，又接受了新的训练任务。岳宗惊奇地发现，原本在训练场上略显木讷的刘新柱、张子同等人，经过先行示范的经历，不仅一改过去沉默寡言、动作迟缓、各种反应都慢半拍的情况，变得充满自信、动作灵活，经常能提出一些很有创见的奇思妙想，而且在平常的工作与生活中，性格也变得更加开朗、更加自信了。

岳宗把这个发现告诉了任保田。任保田升任副连长后，已不再直接管排里的事了，但岳宗心里有什么想法，还是最愿意和他交流，听听他的意见。

任副连长告诉他，这就是郭兴福教学法的魅力所在。就像在学校里，老师一般都比较喜欢学习好的学生。他们是因为学习好才得到老师青睐，还是因为得到老师的青睐才学习好？孰因孰果，或是互为因果，是很难说清楚的。人能否干成一件事，当然有许多内在和外在的原因，但其中最重要的，就要看他是否有足够的自信，有了足够的自信，才能有坚持做下去的决心和毅力。郭兴福教学法要求训练中的每个人都要开动脑筋、发表意见，实际上就是培养自信心，人有了自信，性格自然开朗，潜能得到激发，能力也会提高。军事训练能够锻炼人，塑造人，培养人，其原因也就在这里。

其后，经过一段时间的严格整顿，滨城社会治安状况明显改善，市内正气上扬，小偷、流氓大大收敛。据说好长时间内，连流窜作案的惯犯，都不敢在滨城落脚。守备师四连作风过硬、武艺超群和于跃海“万人敌”的名声，更在滨城被传得神乎其神，几乎家喻户晓。

第九章

紧急战备

1969 年 10 月，国庆节平安度过。四连在滨城的执勤任务圆满完成，连队返回原驻地。

那时候，越南劳动党的缔造者胡志明主席刚刚逝世，中越两国关系的走向立刻充满了变数。中苏关系也异常紧张。自发生“珍宝岛事件”之后，苏方就在与我国接壤的边境地区大量增兵。为此，毛主席向全军和全国人民发出“备战、备荒、为人民!”的指令。

到了 11 月，上级突发“紧急战备”命令:“全军部队提高警惕，进入战时指挥位置。”特别要求“三北”——东北、华北和西北地区，“各军区立即疏散隐蔽坦克、飞机、大炮等重要武器装备。加强首长值班，并对执行此命令的情况迅速逐级上报”。

军队讲究令行禁止。命令一经下达，全军立刻进入紧张的战备状态。当天下午，六辆保障连队机动的解放牌卡车，已停到四连营房的山墙外。车上，装着各种弹药的木箱满满地铺了一层，连平时在连队武器库很少存放的反坦克手雷、反坦克地雷和手榴弹、爆破筒之类的爆炸器材，也都按战时标准，满基数配发到连队，全部装到了车上。

那些日子，战士们都打好背包，白天不管是政治学习、军事训练还是出公差，都是全身披挂着战时必须携带的全套装备，连吃饭时也不解下来。晚上只是把装备从身上卸下来，放在触手可及的位置上，和衣躺在铺板上，头枕着背包睡觉。只要天一亮，所有人都要把背包放到车上指定的位置。最紧张时，全连战士甚至全天全副武装地坐在车上，汽车则开到疏散地域隐蔽待命。那阵势亦如古代“披盔戴甲”，随时准备开赴战场，与敢于入侵的敌人殊死一战。

面对“也许明天就要上战场”的紧张局势，连队上上下下也都做好了各项准备。

理发员给全连干部战士一律都剃了光头。一些已经成了家的老兵，纷纷把存在银行里的钱取出来，一分不留全都寄回了家。仍然打光棍的战士们，也都把钱取了出来。香烟、水果、点心、罐头等这些平时轻易舍不得买的物品，那些天不断地出现在连队的宿舍里和餐桌上。连平时最吝啬的人，也买了高级香烟和各种罐头，豪爽地请老乡和同班战友们共享。一些向战友借过钱的人，郑重其事地把钱一笔笔还到战友手中，一时还不上的，也都把账记得清清楚楚，放在贴身的衣袋内，准备一旦自己在战场上牺牲了，好让活着的战友们，用自己的抚恤金把这些欠账还上。他们说："这叫人虽死了，账不能烂！"

连里的干部们，都指定了代理人。党员们激情写就的决心书、保证书，像团团烈火燃烧了战士们的心。岳宗这种还没有入党的战士，都再次向党支部递交了入党申请书，表达"杀敌立功，争取火线入党"的决心。

当然，战备期间也发生了一些有趣的事情。例如炊事班怂恿连长向那十几头肥猪开刀，就是其中一件。

那时候，连队的伙食简单得不能再简单，每顿饭都是两个基本见不到什么油星的菜，再加上一大桶汤。说是汤，其实就是把最后炒的那个菜留点儿底，倒上一桶水，抓上两把盐，兑上一勺酱油，再烧开，便是汤了。但就算这种比刷锅水好不到哪里去的汤，也不能敞开了喝。

最要命的是负责掌管连队后勤的司务长老潘，每顿饭都按人头掐着定量下粮，许多战士经常只能吃个半饱。

一天中午，于跃海有事回来得晚了些，走近饭堂，只见九班长正手里拿着块笼屉布，蹲在饭堂门口一粒一粒地舔着那上面粘的饭粒。他带着火气训斥道："老宋，你出什么洋相？"

九班长宋其中是 1965 年入伍的老兵，他理直气壮地回答："没法子，才吃了两碗，笸箩就见底了，这肚子里还空着一多半呢，总得找点什么垫垫吧。"

于跃海走进食堂，对炊事班长嚷着："把给我留的饭拿来，让九班长吃。再把司务长给我叫来！"

老潘正躲在操作间里，听连长点他的名，不得不走出来。于跃海脸拉得有二尺多长，没好气地问："你中午饭下了多少米？"

"全连现在在家的是一百零四人，我按每人半斤的量下的米，共是五十二斤。"潘司务长答道。

"胡闹！一级战备，训练量那么大，一人半斤哪够吃……你给我听好了，再下四十斤米，再做！让战士们敞开了吃！”

此时，老潘像是做好了准备，不紧不慢地答道：“是！让战士们敞开了吃！吃了今天晚上的饭，明天能不能吃上早饭还不一定呢。”

“要不，趁还能吃的时候，把那些猪杀了吃喽？回头上级的命令一来，那些猪可带不走！还不得后悔死？要是真牺牲了，眼也闭不上啊。”

听了这话，一向胸有成竹、沉稳老练的于跃海有些把持不住了。他认了真，当场答应了老潘的建议。在场的战士们，都情不自禁地鼓起掌来。

那段时间，一周之内，四连一下子放倒了四头滚瓜溜圆、体重在二百斤以上的肥猪。那几天，四连的餐桌上不是红烧肉就是炖排骨，要不就是包着一个大肉丸的大肉包子！每天一顿的粗粮也不吃了，顿顿不是大米就是白面，而且餐餐管够。一下子杀了那么多猪，肥肉消耗不了，炊事班还把它们和猪板油一起都炼了猪油，炼出的猪油足足装满了三大缸。

不久，上级领导知道这种情况后，一个命令下来，各连不断杀猪的势头，才被及时遏止住了。

那段时间，军事训练也一切为了备战。比如“战场自救互救训练”——要学会包扎身体不同部位的伤口，并要学会止血、固定断肢和搬运伤员的方法。“三防”训练，不再只是象征性地做一个伏地卧倒的姿势，再掏出毛巾把口鼻一捂就算完了，而是真的每人都发了一个防毒面具，还专门戴着防毒面具出操、训练，跑五公里越野……

连长于跃海对军事训练抓得更紧了。在“班进攻”和“班防御”的训练中，四班仍然是先行示范班。在于连长的指挥下，四班战士天天一身臭汗一身泥，累得人人脑袋一沾枕头，就呼噜山响。

岳宗虽然一如既往地带着战士们摸爬滚打，可是在内心深处，却对这样的训练产生了疑问。他以最近的战事情势分析认为，敌对方全靠坦克、装甲车打冲锋，可备战训练的这些科目，仍然是打步兵的老一套。这一套练得再熟，能对付得了人家的坦克装甲车吗？他把自己的思考和任保田副连长做了交流。

几天后，于跃海找到岳宗：“听说，你对训练有些想法？说说看，你是怎么想的？”

时间已经过去好几天了，岳宗的一些想法逐渐成熟。他说："连长，训练是为了打仗！现在打仗都是靠坦克装甲车打头阵，我们训练，也应该加强打坦克的训练。比方说，练练 40 火箭筒射击，用爆破筒、反坦克手雷、反坦克地雷之类的武器打坦克，行不行？不对的地方请您批评。"

听了岳宗的话，于跃海好半天没有说话，一双眼直勾勾地盯着岳宗。

岳宗不知道自己的意见有什么不妥，有几分忐忑地说："连长，您不是要求我们训练中要动脑子吗？我不过是有点儿想法，错了您批评，别这么看着我呀！"

于跃海握起拳头，照着岳宗的胸脯轻轻捶了一下，说："好，从那次收缴柳树林农机厂造反派武器开始，我就一直看好你。你这个建议不仅提得好，而且很及时。我完全支持你的建议，我们马上就进行 40 火箭筒射击的普及训练。至于你说的反坦克手雷、反坦克地雷的训练，还需要相应的器材，我会向上级请示，并建议尽快在全师范围内开展打坦克训练。"

几天后，连长在训练中详细介绍了 56 式 40 毫米火箭筒的构造和用法。虽说这种早在 1956 年定型装备部队的 56 式 40 毫米火箭筒（简称"40 火箭筒"或"老 40"）不尽如人意，但它毕竟是当年我军步兵连唯一的反坦克火器，对付敌人的装甲车，尤其是打敌火力点、地堡等，具有相当爆破力。飞在天边的凤凰，永远也比不上抓在手心中的麻雀。战士们满腔热情地投入了老 40 火箭筒射击训练。

40 火箭筒最大的优势是机动灵活，瞄准击发都和步枪没有什么区别，倒是射击时对人的心理要求比用步枪冲锋枪要高得多。火箭弹的发射药柱直径四十毫米，比任何爆竹都要粗得多。打火箭筒时，筒身放在右肩上，右耳紧贴着筒身。你想想吧，一个一只手都握不过来的大爆竹，要在与耳朵不到一厘米的地方炸响，在点燃爆竹的那一刻，你心中会有怎样的恐惧？听打过实弹的老兵说，第一次打实弹前，谁的心里都像揣了个兔子一样怦怦地跳个不停，打完以后，右耳好几天都听不见声音！

虽然人人心中都对打 40 火箭筒实弹存着一份忌惮，但也同样盼望着能有一次实弹射击的机会。当过兵的人都有这样的体会，只有亲自操作手中的武器摧毁了目标，才能对它产生出一种像对最忠实的朋友那样的信任感和亲切感，这是人与武器装备完美结合最重要的一步。但是，据干部们说，一发火箭弹的价钱，要比一两金子还要贵，不要说普通步兵了，连专职火箭筒射手，在两年服役期内，都不一定能摊上一次打实弹的机会。

尽管如此，能见到真枪实弹，每日身携“老 40”，也只有在紧急战备状态下的特殊训练才会有。岳宗带领本班战士们参照传统射击训练中的“连测法”原理，调整“老 40”的射击精度，并通过在测量定位的几个控制点上仔细地琢磨和反复测算，终于摸索出 40 毫米火箭筒瞄准的规律，使误差缩到最小，大大提高了命中精度。后来，在 1979 年对越自卫还击战中，这“老 40”依旧堪称攻坚利器。

于跃海的精心备战计划，得到上级的高度重视，师长亲率司令部作训、炮兵、工兵参谋等来到守备一团，狠抓普及打坦克训练的试点。

为了让指战员们对坦克有一个真实的认识，师长和军里协调，调来了两辆真坦克。那天，守备一团全团人马都集中到射击场，两辆 T-34 型坦克早就等在那儿了。

T-34 坦克是苏联卫国战争的功勋坦克。它虽然不像美国、英国和德国等工业发达国家的坦克那样设计理念先进，生产工艺精巧，但它那八十五毫米口径的主炮和七点六二毫米口径的并列重机枪具有强大的火力。而且正因为它设计和生产工艺相对简单，大部分部件普通工厂都能加工，使这种坦克能够大量生产。当时，我军大多数坦克部队的主要装备，还是这种在建国初期购买的，曾在第二次世界大战战场上威风八面的 T-34 型中型坦克。

团作训股早已做好了布置。只见距坦克三十米直到三百米的距离上，已经安排了五十个各种型号的靶子，只要信号一发出，这些靶子会在一分钟时间内依次显示，每隔十秒钟显示一次，每次十秒，显示三次后不再显示。坦克则会在发现目标后自行射击。

随着两发红色信号弹同时升空，靶场上人头靶、机枪靶、胸靶、半身靶、正面跑步靶依次显示。两辆坦克的并列机枪不时打出一个个长点射，那种带着金属音的闷响像平地上突然刮起的一阵阵旋风，一股浓烈的火药味随着飘散的硝烟迅速弥漫了整个靶场。

一分钟后，两发绿色信号弹腾空而起，坦克停止射击。五十名战士在一名干部的带领下，肩扛着靶子跑步来到队列前，依次在各连队列前展示。当他们走到四连队列前时，岳宗不由倒吸了一口凉气。只见那些靶子上，至少有四五个明亮的窟窿，被命中最多的靶子上，竟然有三十多个洞。这就是说，足足一个加强排的步兵，在不到一分钟的时间内，全部被两辆坦克一个不剩地消灭了。怪不得在战场上，只要能消灭一辆敌人的坦克就能荣立一等功，并有可能当上战斗英雄。步兵和坦克之间，其战斗力何止差了十个数量级！

官兵们的惊讶还没有平息，作训股孙股长手拿半导体喇叭开始讲话："刚才，是进行防御作战时，坦克依靠自身动力快速构筑掩体的情况。这种固定坦克火力点，除非是八十五毫米以上的大口径炮弹直接命中，否则是不可能被摧毁的。"

"坦克，可是真老虎、铁老虎！要不然，世界各国怎么会花那么多钱去造坦克呢！"

可是，在防御战场上，最讲究以弱制强。坦克这个"铁老虎"也有它自身固有的弱点，只要抓住这些弱点，练出一套真正管用的打坦克的战法来，它就成了"纸老虎"，最终都会被打成"死老虎"。

"下一步，以连为单位，轮流进行有真坦克配合下的打坦克训练。每个连练三天。一连留下，其他各连，带回！"随着团长一声号令，打坦克训练轰轰烈烈地开展起来了。

轮到四连训练时，坦克团谭副参谋长剖析了坦克的四大弱点——履带、炮塔与车体结合部、发动机盖和有限的视野。战士们轮流进到坦克里，用潜望镜向外观察，果然，靠近车体三十米内是坦克观察的死角，即使在三十米以外，也只能通过潜望镜看到一个大约十五度角辐射的范围。在经验丰富的步兵手中，反坦克手雷和反坦克地雷都是非常有效的反坦克武器。

为了让指战员了解反坦克地雷的威力，团里组织了一次反坦克地雷的威力展示。

把全团拉到野外隐蔽好，工兵科战士把地雷埋好后，又在上面压了几根一米多长的钢轨和一截坦克履带，接续好电线，再按下起爆钮。

岳宗只觉得胸口猛地一震，紧接着传来轰的一声巨响，几百米外的地面上，突地升起一道十几米高的浑黄色烟柱，钢轨和履带像被旋风刮飞的树叶一样，打着旋直飞向数十米的空中，又翻滚着砸向地面。转瞬间，一辆车拉着被地雷炸得扭曲成麻花状的铁轨和断成几截的坦克履带，依次从各连队前缓缓驶过，战士们不禁发出一阵"啧啧"的声音。反坦克地雷巨大的破坏力，完全超出了人们的想象。

反坦克手雷是触发爆炸，头部是空心装药，可定向破甲。它的手柄上有带环保险销，拉出后，包覆在手柄上的阻力伞张开，保证手雷飞行中弹头朝前，同时进入战斗状态……

就这样，从不懂到懂，从陌生到熟识，从忌惮到毫不畏惧，经过一步步扎实的训练，战士们的反坦克适应能力显著提高。除了炸药包捆扎和反坦克地雷的埋设与撤收外，各连还发动群众，想出了许多埋设地雷和送炸药包的方法。

经过与坦克配合练习，岳宗最想做的“爬上坦克，揭开顶盖，往里扔手榴弹”的方法被证明根本行不通。不说坦克跑起来人很难追得上，只说履带下被卷起来的那些沙土和石块，就让人很难接近。即便真爬上坦克了，坦克手只要扭动一个把手，那顶盖便被锁死，从外边根本打不开。

另外，往坦克上送炸药包，也不如想象中那么容易。经过试验，能炸毁坦克的炸药包，重量都在五公斤以上。一般人很难把那么重的炸药包扔到十几米开外。而且坦克跑起来不仅速度相当快，还会剧烈颠簸，费了好大劲扔到坦克上的炸药包，常常又翻滚着掉下来。

连队的能工巧匠们用木头制作了插板，绑在炸药包上，能牢牢地把炸药包卡在坦克的履带护板上。还有一种上边钉满铁钉的十字木架，带着根两米多长的木杆，接近坦克后，只要举起长杆用力一送，会很容易把炸药包送上坦克，上面的铁钉卡住坦克发动机的散热窗，也不容易被甩下来。

于跃海似乎对这些训练还不满意。一天晚饭后，他让通信员去叫岳宗。

岳宗大声报告后，推开了连部的门。于跃海见岳宗进来，笑着对他说：“四班副，想过没有，要是让教练反坦克手雷和地雷能带点儿响，是不是更贴近实战？”

“弄个带响的东西，当然要比光摆弄教练手雷和地雷强多了。可是，怎么才能让它们响，同时又不伤人呢？这我还真没什么主意。”

“叫你来，就是要交给你这个任务。你脑子灵，又见过些世面，好好动动脑子，搞出个能响的东西来。提高了训练效果，我给你报功。”

那天晚上，岳宗躺在被窝里，翻来覆去睡不着。要让手雷和地雷既能响又不伤人其实并不难，只要在实弹上动个小手术，把装药量减少到足以保证安全的量就可以了。可是那样做等于是改变了装备的性能，上级要是认真起来，治你个“破坏武器装备罪”，那可谁也承受不起。这条路行不通，只能想法制作替代品了。

岳宗的化学课学得不错，他曾在老师的指导下，用氯酸钾和赤磷为学校小剧团配制过用于音响效果的火药，但那一点点经验，远远不足以制作出能达到连长要求的东西来。这里不仅有购买化学试剂的困难，还涉及机械加工，以及选用什么原材料的问题，要解决这些问题，他的知识还远远不够。

迷迷糊糊中，岳宗好像又回到了童年。那时候，院里的孩子们都喜欢玩一种火柴枪。他们把一根火柴头朝内插进一根比火柴杆略粗的小铁管，然后用橡皮筋带动一个小铁块猛击火柴头，引燃火药，“啪”的一声，能把火柴杆打出好远。这种小玩具，每年春节时厂甸的小摊上都有卖的，院里男孩子们几乎人手一把，一到星期六下午，就相互追着满院子跑……

岳宗家院子的西墙边对面是另一个军队机关家属院。男孩子们都是军人的后代，他们小时候最爱玩的游戏就是打仗。两个院的孩子很自然地分成两个阵营。随着年龄逐渐增长，两个大院男孩之间的“战争”也逐步升级，从互相扔土坷垃、打弹弓，逐步发展到打爆竹仗。每到春节，男孩儿们都把成串的爆竹拆散开，拥到隔开两院的那道墙根下，一手持香，一手拿炮，点着炮捻扔到对方院子里，更有把“二踢脚”斜着拿在手中，点着炮捻，打到对方院子里去的。爆竹仗打得虽然激烈，但从没把人崩伤过，这应该能符合连长“既要有点响动，又不能伤人”的要求吧……

第二天一大早，刚出完早操，岳宗就找到于跃海，说：“连长，你交代的事，我昨晚想了一夜，觉得要想既有响声又不伤人，用爆竹最合适。做爆竹是河北、河南、山东一带农村的主要副业，农闲时差不多家家都做，咱连的战士们肯定有人做过。我想连里应该成立一个小组，由连干部负责，把做过爆竹的战士集中起来。三个臭皮匠，顶个诸葛亮嘛，大家在一起想想办法，肯定能解决。”

于跃海哈哈笑道：“什么想了一夜，晚上我十点钟查铺，你睡得跟死狗似的，枕头掉地上了都不知道，还是我帮你捡起来的。是在梦里想的吧？哈，不谋而合！还有，作训科仓库里有些演习用的‘纸包手榴弹’，那其实就是大号‘麻雷子’！还要好好研究一下，纸包手榴弹太轻，分量和反坦克手雷相差太远，得设法让它和反坦克手雷一样重……”

当天晚上点名时，于跃海宣布了成立训练器材革新小组的事：以四班为主，又分别从一排、三排和四排各抽了一名战士参加。组长是任保田，他是全连文化水平最高的，也是做爆竹的行家。于跃海果真从作训科找来了十多个“纸包手榴弹”。这种手榴弹是用粗糙的再生纸做的，把纸卷成直径三四厘米，长约十五厘米的圆筒，中间塞上一段黑火药药柱，两头用胶泥封好，再接入一根约四厘米长的导火索。用的时候插上个拉火管，像扔真手榴弹一样，先拉着火，再扔出去，三四秒钟之后，纸包手榴弹就像个大爆竹一样，砰的一声，炸成一堆纷飞的碎纸屑。

制作模拟反坦克手雷，进行得比较顺利。在“反 -1 式”反坦克手雷教练弹上打个眼，塞入自制的大爆竹，就可以解决引爆问题了。经试验，效果非常好。同时小组吸取了一个河南兵的意见，在制作爆竹的黑火药中加了些红丹粉，引爆后能炸出一团红色烟雾，可以加倍增加实战气氛。

他们又遇到了如何给手雷点火的难题：反坦克手雷和手榴弹不一样，不是拉着火后再投，而是在击中敌坦克的同时引爆，这就不能用拉火管点火。但这一点并没有难住上过大学的任保田。他设计了一个能反复使用的“自动触发引信”，找到柳树林农机厂求助，工人们很快给他们做成了。

但反坦克地雷的压发引信构造比较精巧，任保田设计了好几种替代品，试用效果都不理想。后来经过大家研究，决定改变思路，另做一个“能响的”装置放在教练雷上，和教练雷一起埋设。思路一打开，办法就多了。

最终，革新小组制作的模拟反坦克地雷不仅能响，还能发出耀眼的亮光，比预想的效果还要好。

四连的实战演练惊动了在一团蹲点的师长，师首长们决定亲临现场观摩。于是，团长决定以四连为主，集中各连反坦克训练成果，搞一次排防御抗敌演习。那两辆 T-34 型坦克便充当了假设敌。

演习当天，风清日朗。于跃海向师长报告后，演习开始。

在于连长的指挥下，四连以战斗小组为单位，组成反坦克组。一组成员在阵地前方布设了反坦克雷场，在反坦克障碍物中埋设了炸药包，又构筑了反坦克前出阵地。二组三名成员组成三角队形，间隔三十米左右构筑单人掩体隐蔽待机。

这时，两辆坦克威风凛凛地向“我方阵地”逼近。它们像两只怪兽，喷着青烟，发出巨响，履带卷起的沙土像两只浑黄的翅膀向两侧伸展，暗黄色的沙尘遮住了大半个车身。

突然,“轰——轰——轰”几声,坦克履带下发出几道夺目的闪光,接着又腾起几股红烟。反坦克地雷发威了!坦克停顿片刻,继续前进。刚越过“我方”前沿,于连长大喝一声:“开火!”两侧战壕内飞出几个反坦克手雷。坦克车身上又接连响起几声闷响。

“命中!”阵地上战士们发出声声欢呼,那两辆假设敌被直接击中。红烟随之腾空而起,恰似几朵鲜红的牡丹,越开越大,渐渐地消失在空中……

其后,师长授予“嘉奖令”。政治部门专门撰写文章,总结经验,夸赞他们“在实兵对抗演练中,守备一团、四连,组织战斗和协同方法灵活,贴近实战”,“未来将面对瞬息万变的战场环境,临危不乱,源自平时的扎实训练!”

几场秋雨过后,转眼之间,树叶枯黄了,飘落了;鲜花干萎了,凋零了。一行行大雁排着整齐的人字形,在高空中互相呼应着飞向南方。田野里的玉米、高粱、瓜果蔬菜则籽粒饱满,果实累累……这一年各种农作物的长势格外好,等待着人们的,又是一个仓满囤流的好年景。

这天,岳宗收到家信,只用眼一瞥:“哈!大弟岳嵩的!”

他连忙把信拆开:“大哥,你好!”当看到熟悉的笔迹,仅仅四个字,倒让岳宗眼睛忽地湿润起来——兄弟手足情啊!岳宗真想这个大弟弟了。

岳嵩与岳宗之间隔了个岳华。岳宗上初中时,他还是个刚上小学三年级的小屁孩。可他不愿意跟和他差不多大的小孩玩,却愿意跟岳宗这些比他足足高出一个头的大孩子玩。每到星期六下午和星期天,他总像个跟屁虫一样跟在岳宗身后,甩都甩不掉。岳宗打篮球,他就在一旁帮着捡球;岳宗去钓鱼,他就帮着挖蚯蚓;岳宗去打鸟,他就帮着捡拾猎物;岳宗下河游泳,他就帮着看衣服。

有一次,岳宗和几个同学在八一湖游泳,岳嵩蹲在湖边帮着照看衣服,一个没看见,他也卷起裤腿下了水,不知怎么脚下一滑,整个人“扑通”一声跌到水中。幸好当时大家都还没游出多远,赶紧拼命往回游,把他从水里捞出来。人虽然只喝了几口水,可一身衣服全湿了。岳宗帮他脱下衣服,搭在湖边的树枝上晾着,一直到太阳都快下山了,才穿着半干的衣服往家走。

知道岳嵩不小心落水后,老爸二话不说,抄起一根到贵州出差时亲手从大山深处找来的比大拇指还粗的藤条,往岳宗腿上抡过来。那一回,老爸一连抽了岳宗十多下，可对岳嵩，连一个指头也没碰，事后还说，这就叫“首恶必办，胁从不问，符合党的一贯政策”。唉，这个老爸！

“文革”开始后，岳宗参加了“红卫兵”，岳嵩立刻把哥哥当成了偶像。只要岳宗在家，每天晚上他都抢着倒岳宗的洗脚水。“大串联”开始时，还在上小学的岳嵩也非要跟着岳宗一块出去。因为实在太小，父母没让去，他还大哭了一场。从1967年开始，岳宗“逍遥”在家，不管干什么，身旁都少不了岳嵩。

这一晃，岳宗离开家已经一年多了，算起来，岳嵩也已经满十四周岁了，个头应该长高些了吧？那一头细钢丝一样扎手的头发，不知是不是还像刺猬一样，没有任何规矩地向四处支棱着？他的脸上，也该长出些青春痘了吧？真想看看这小子现在什么样了。

得知弟弟想来部队看看，他立刻拿出笔，铺开信纸写回信。他以亲身经历告诉大弟，无论将来上山下乡或当兵，知识和身体都是十分重要的，不管别人怎么样，自己一定要抓紧还在学校的大好时机，尽量多看些书，多学习一些数理化知识，到什么时候都会有用的。再就是要坚持锻炼身体，每天早晨要坚持练长跑，至少要跑够三千米，还要举哑铃、练单杠。一个男子汉如果弱不禁风、手无缚鸡之力，不管干什么，都不可能有什么大出息。还要像自己在家带他练游泳那样，不管刮风下雨还是天寒地冻，每天都要坚持下水，增强身体对气候变化的适应能力。最后，岳宗还详细写了从北京坐火车再倒长途汽车到守备一团驻地来的路线，表示欢迎他来部队，但必须要经过爸妈的同意。

信，捎去了岳宗对亲人们思念的心……

已经是立冬后的第三天了。那天本来是要休息的，大家正端着碗吃早饭，司务长老潘拍了两下巴掌，清了清嗓子说：“立冬不起菜，必定有一害。今天占大家半天时间，咱们都收菜去，好不好？”

偌大一个食堂，没有一个人回应司务长的话。大家都知道那个“好不好”是他的口头禅，并不是要真的征求别人的意见。这位老潘司务长，他说十句话，至少要有九句半是用“好不好”结尾的。

早饭后，战士们回到宿舍，从战备装具中取出工兵锹，没有工兵锹的，就到连队工具房拿个铁锨，简单整了一下队，一同往营房东边的菜地走去。

今年菜地里种的全都是闻名中外的山东青口大白菜，这种菜植株高，叶片宽，汁多肉厚，口感好，包心紧，耐储存。

北方部队冬季的当家菜就是“老三样”：白菜、萝卜和土豆。小时候岳宗曾在《北京晚报》上看到过著名画家齐白石画的一幅画，那上面寥寥几笔，勾画出一棵栩栩如生的大白菜，旁边还题了几行字，说是人们都以西瓜为果中之王，牡丹为花中之王，而白石老人则认为白菜是菜中之王。

在各种蔬菜中，岳宗最爱吃的，也是大白菜。所以对收白菜，他从心里感到高兴，干起活来自然也分外卖力。

几个战友指着一棵足有六十多厘米高的大白菜在那里争论着，有的说有十多斤重，有的说十公斤都不止。双方争得不可开交，甚至打上了赌。

司务长老潘手中拿着一杆秤走过来，说：“都别争了，别争了，有多重，过过秤就知道了。”“呵，我的乖乖，足足十三点七公斤！这十亩多地，我种了六亩白菜，将近四千棵，这么算下来，足有十万多斤呐，这一冬天的菜不用愁了！”

大家正在兴高采烈地收着菜，连部的通信员气喘吁吁地跑到地头，高声喊着：“岳宗，岳宗，你弟弟来了，正在南营门呢，卫兵把电话打到了连里，连长让通知你，快去南营门接人。”

嗬，这小子，真的来了？岳宗放下刚刚砍倒的一棵白菜，对张桓说：“班长，我弟弟来了，我去一下。”

张桓点点头说：“去吧去吧，先把人接到班里，我们干完活儿就回去。”

顺便说一句，张桓在代理了大半年的排长之后，又回到四班来当班长了。能在部队提干，是当时那些来自贫困农村的战士们改变人生的唯一途径，也是促使他们在部队做好各种工作，努力展现自己能力的根本动力。张桓人很聪明，军事技术过硬，任保田当副连长后，他代理排长的工作也干得相当出色，本来是有机会把“代理”二字去掉，正式当上排长的，但就在最近，上级又给二排派来一个新排长。

新来的排长姓石名克玉，原来是师长的警卫员。既然有了新排长，张桓只好回到班里来继续当班长。

来不及再回营房，岳宗把工兵锹交给班长，在地头的水井里打上半桶冰凉的井水，撩起水洗了把脸，又草草地洗去手上的泥土，从菜地直接抄近路向南营门跑去。远远地，就看到一个身上穿了件洗得发白的旧军装，又高又瘦的青年人，正在和营门的卫兵聊着什么。岳宗见旁边再没有别人了，心中有点起疑：难道这就是自己那个一年多没见的弟弟？

这样想着，岳宗已跑到离营门还有十多米的地方。大概是听到了脚步声，那年轻人猛一回头，看见了岳宗，立刻喊了一声："大哥！"真的是他！

岳宗跑到弟弟身边，在离他两三步远的地方停住脚步，上下打量着。一年多不见，这小子的个头竟然窜得比自己都要高了。弟弟头上没戴帽子，一头短发还是那样毫无章法地向四外支棱着；脸上的五官完全长开了，两道漆黑的眉毛从鼻梁上方一直向鬓角延伸；一双清澈的大眼睛里满是喜悦的光；挺直的鼻子下边，已开始有了微黑的茸毛，咧开的嘴中，露出两排整齐的白牙；两边的腮上，还挂着一对浅浅的酒窝；脖子上的喉结已经明显地突出来了。

岳宗上前一步，一把拉起岳嵩的手，说："你小子，还真的来了，家里怎么样？爸爸妈妈身体都还好吧？小衡、小玄他们都好吗？还有大江、朝阳、小四、大明他们都怎么样了？你这次来，能待几天？"

岳嵩咧着嘴一个劲儿地笑。岳宗轻轻握起拳，在他的胸前捶了一下，说："你就那么高兴吗？一个劲儿傻笑什么？"

岳嵩伸出手，从岳宗腮边摘下一条两寸多长的枯草叶。原来刚才脸洗得匆忙，一根草叶还粘在脸上。岳宗瞪了弟弟一眼，说："我们正在菜地干活呢，知道你小子真的来了，急着来接你，洗脸时急了点，有什么好笑的。"说完，在登记簿上登了记，帮弟弟提起放在一边的提包，领着他走进营区。

一路上，岳嵩看着那个超大的操场，看着一排排高大整齐的营房，不断地咋舌；等进了那个整整能住下一百个人的大宿舍，他更是惊讶得半天都合不拢嘴。

岳宗用自己的脸盆打来水，让弟弟洗了脸，听说他早晨下车后还没吃早饭，又把他带到食堂。炊事班长听说岳宗的弟弟来了，马上捅开封好的炉灶，下了一把为做病号饭准备的挂面，在面里卧了两个鸡蛋，还顺手切了点咸菜，端上了桌。

岳嵩狼吞虎咽地吃着面条，那盘咸菜引起了他的特别关注，连吃了几口，好奇地问："大哥，你们吃的这是什么高级咸菜？这么好吃，又脆又爽，还有点甜味儿。"

岳宗说："哪是什么高级咸菜。吃白菜时，掰完了菜叶，剩下的菜疙瘩，用刀一切两半，往酱油缸里那么一扔，等到它沉了底，就能吃了。吃的时候捞上来洗一下，切成片，撒点辣椒面一拌就是。”

岳嵩听了，又夹了几片咸菜，一边在嘴里嚼着，一边说：“嗯，真的挺好吃的。不过你们也真够抠门的，怎么连白菜疙瘩都想法儿吃了？”

岳宗说：“你以为呢！谁像你似的，上一顿没吃完的菜，下顿热热你就不愿意吃了！”

岳宗的这个弟弟在家里几个孩子中最得奶奶喜欢。他从小身体弱，没上过幼儿园，是老太太一手把他带大的。老太太常在买菜的时候用找回的零钱给他买些糖块、点心、酸枣面什么的，悄悄塞到他手里；有时还趁别的孩子都不在家时，悄悄地给他“开小灶”，弄得他在吃上特别挑剔，稍微不合口味他就不吃。今天来到连里，大概是真饿了，这少盐没油的清汤挂面，竟吃得津津有味。

岳嵩一边吃着面条，一边回应着岳宗的问话，告诉岳宗，老爸已经从蓝天仪器厂“支左”回来了。人家厂里本来想让他进三结合领导班子，当厂“革委会”主任，可老爸死活不干，硬是在家装了一个多月的病，弄得厂“革委会”成立大会一拖再拖，最后实在拖不下去了，只得另选了别人才算完。妈妈在她们医院也被选进了“革委会”，现在的职务相当于主管业务的副院长……

那一天，岳宗和弟弟在一起聊了很久。听他说起北京和家里的新闻，好像又回到了那个曾经熟悉的地方，并不时为那些趣事笑作一团。岳嵩最后还带着几分神秘说：“告诉你吧，我这次来，还有一个特殊任务呢！”

“是不是让你来查一查我在信里有没有吹牛？”岳宗问。

岳嵩大为惊讶地说：“你是怎么知道的？”

岳宗笑着说：“嘿，给他们当儿子都快二十年了，这还猜不出来？这就叫，知父莫若子！”

“好哇，你敢如此不敬，我回去都告诉爸爸！”

“告吧，反正现在老爸已经不是我的直接领导了！”

晚饭后，岳宗找任副连长商量了一下，从连里拿了一套公用被褥，在大宿舍找了一个空铺位安排岳嵩休息。在帮弟弟铺被褥时，他说：“行了，这下你可以从早晨起床开始，一直监视我到晚上睡觉。一举一动都在你眼皮底下，你可要看好了，回去好向老爸汇报。”

就这样，弟弟岳嵩早晨和连队一起出操。连队训练或上政治课时，他也跟在一旁，一天三顿饭都在四连吃，晚上又和战士们一起进入梦乡。一直过了快一个星期，他还是没有一点要走的意思。最让岳宗感到不解的是，这个对吃颇为挑剔的家伙，居然对连队的伙食赞不绝口，不管是粗粮还是细粮，即使是那大锅熬的没有多少油水的萝卜片，他也吃得津津有味。难道真的像大人们说的那样，别人家的饭菜都比自家的香？

那天晚上，轮到四班站岗，岳宗上岗时把弟弟也叫起来。这小子来部队一回，得让他全面体验体验连队的生活。

这段时间，四连担负南营门的警卫任务。南营门昼夜都是双岗，加上带班员，每班岗是三个人。岳宗带着两个战士和弟弟，一起列队来到南营门。两名接岗的战士分别向左向右转，正步走到哨位上。上一班的哨兵，向他们交代了执勤中的有关情况和当晚的口令后，正步走到营门正中，列队站好，由带班员领着他们回宿舍休息。接岗后，岳宗沿着从营门通往营区的大道缓步巡查，弟弟跟在他身边，听他讲述在海防连的种种趣闻，不由得心驰神往。

岳嵩带来了家里的照相机，这使他成了连里最受欢迎的人。那时候照相机可是稀罕的物件，别说是普通战士，就连团里的首长们，也只能趁着到野外看地形时，让作训股或是宣传股的参谋干事们帮着拍张照。岳嵩拍了许多连队出操、训练、上课、整理内务和劳动的照片，还给连里所有临时来队的家属和她们的老公、孩子们拍了全家福，其中也包括于跃海和他那个娇小可人的妻子，以及那个刚满两岁、顽皮可爱的儿子。

二排的战士们当然是近水楼台，每个人都留下了一张挺胸抬头、双手握着冲锋枪的“光辉形象”。当然，岳嵩也背着岳宗的冲锋枪，摆了几个英勇冲锋的姿势，拍了许多照片。四班还拍了一张集体照，四个身材较矮的蹲在前面，五个高个子站在后排，背景是连队刚刚收获的大白菜。营区内属于军事禁区，按规定不许拍照，以大白菜为背景自然另当别论。岳嵩拍的所有照片，几乎都是在营区外拍的。

又到星期天了，岳嵩准备第二天返回京城。吃过早饭，岳宗请了假，带着他去城里最繁华的商业区逛逛。

守备一团所在的这个县城盛产水果，秋末冬初，县城主要街道两边，一个紧挨着一个，都是贩卖各种水果的小摊，光是梨就有十多种。岳宗带着弟弟一路看过去，那些小贩们纷纷把各种水果举到他们面前。多数小摊上都只有一两种水果，一看就知道卖的是自家的产品，而那些一个摊上有十多种水果的，则是走村串乡的水果贩子。岳宗和弟弟边尝边买，挑了几种汁多味甜又好保存的，还买了些当地的特产金丝小枣。这种枣肉厚核小，含糖量极高，拿一个成熟的小枣从中间掰开，能拉出许多金黄色的糖丝来。

回到营区，岳宗带着弟弟来到军人服务社，把货架上的几瓶好酒全“包圆”了，让他带回去，算是给老爸上的“贡”。

几天的军营生活让岳嵩着了迷，私下里说他想去军部找找李叔叔，争取能留下来当兵。岳宗一听就瞪起眼睛，厉声呵斥：“你可不许乱来！说起来现在你是个初中生，实际连小学都没有正经毕业，年龄也刚满十四周岁，你去找李叔叔，那不是让李叔叔为难吗？”

最后还说：“军队不养老也不养小，只要穿上这身军装，你就得担负起一个战士的责任。就你这体格，别看这一年多个子蹿起来不少，可看看你那像面条一样的胳膊和麻秆一样的腿，你能背得动一百多斤的石头吗？你能推得了几百斤一车的盐吗？你能把手榴弹扔到三十米开外吗？部队不管分配什么任务，都是按人头平分，分给你的任务你自己完不成，让别的同志来替你完成，这不就是拉别人的后腿吗？像你这样的，就算到了部队，也不会有什么大出息。真要想当兵，你就回去像我在家时带着你那样，好好锻炼身体，努力学文化，起码要再过两年，满十六周岁后再考虑。”

不知是被岳宗严厉的语气吓住了，还是岳宗那一番对超重的体力劳动带来的疲劳和痛苦描述得过于真切，岳嵩终于不再提去找李叔叔要求当兵的事了。

第二天，岳宗向连里请了假，把弟弟送到县城的长途汽车站，一直看到他乘坐的那辆开往德州的长途汽车出了站，才返回营房。

一个星期后，岳嵩寄来了给连里战士们拍的照片。当看到战友们拿着照片喜笑颜开的样子时，岳宗的心里也乐开了花。

时间过得飞快，随着那场一阵紧似一阵的北风，地上的草一丛一丛地黄了，树上的叶一片一片地落了。一些昨天还在“浅吟低唱”的昆虫们，在一夜之间，深深地钻进地下，进入冬眠状态。

世界格局在不断地发生新的变化，战备形势也明显地放松下来。

又接连下了两场雪，气温已经降到了零下十摄氏度以下。连队那个能住一百个人的大宿舍里没有取暖设备，屋里的温度经常比室外还要低。每天晚上睡觉时，被窝像冰窖一样。每次往被窝里钻的时候，都要在心里默念着“下定决心，不怕牺牲”之类的口号，才能下决心把热乎乎的身子钻进那冰凉的被窝里。

岳宗的身体一向很好。在北京上学的时候，即使在冬天最冷的日子里，他也很少穿棉衣棉裤。从 1966 年冬天开始，在那些不用上课的日子里，他还跟几个特别“铁”的哥们一起练起了冬泳，不管是刮风还是下雪，每天中午都要来到八一湖的西湖，凿开二十多厘米厚的冰层，下到冰冷的水中游泳，经过这样的锻炼，岳宗几乎从来没有得过感冒。

可是，这一年的冬天不知是怎么了，从下第一场雪开始，岳宗就咳嗽不止。一开始还只是在野外训练时被冷风呛着时猛咳一阵，回到屋里就不大咳了，可是到了后来，不仅白天咳，晚上也咳，搅得周围的人们都难以入睡。

看岳宗的咳嗽总不见好，排长石克玉督促他去团卫生队看病。凭当时的医疗条件，团卫生队对付咳嗽这种部队里最常见的疾病，除了甘草片就是氨茶碱，再不就是上针灸。药吃了，针也扎了，效果都不明显，该怎么咳到时候还是怎么咳。

卫生员看岳宗实在咳得难受，给了岳宗一片麻黄素让他吃吃看，没想到，一片药下去，咳嗽竟然神奇地止住了。从那以后，每天晚上睡觉之前，岳宗都要找卫生员要一片麻黄素。只要刚钻进凉被窝的那一会儿不咳嗽，基本上是脑袋一沾枕头就能香甜地打起呼噜，接着能平安无事地一觉睡到第二天吹起床号。

就在为终于找到治咳嗽的灵丹妙药高兴的时候，岳宗突然发现自己的鼻子闻不到味了！第一次有所察觉是在一天晚饭后。大概是受了家庭的影响，岳宗对羊肉的膻味有一种与生俱来的抗拒。

那天白天特别冷。晚饭时，炊事班专门包了肉包子，并烧了一大锅肉汤给大家驱寒。岳宗一口气吃了十几个大包子，喝了三大碗汤。从食堂出来往宿舍走的路上，班里的刘根打趣说：“副班长，今天的包子香不香？”

“那还用说？”

“那汤呢？”

岳宗说:“香啊，我连喝了三大碗呢!”

刘根又问:“副班长，你吃出今天的包子是什么馅的了吗?”

“猪肉大葱馅呗，要不，能有那么香?”

“你得了吧，包子明明是羊肉馅的，你还说不吃羊肉呢，今天你不也吃得挺香的吗?”

岳宗微微一愣:“不可能！要是羊肉馅的，别说吃，一进食堂门那膻味就会把我熏出来。”

刘根说:“谁还蒙你呀，就是羊肉馅的。不信你问问别人。”

岳宗一回头，拉住正要从身边走过的七班战士小孙，问:“小孙，今天的包子真的是羊肉馅的?”

小孙点了点头说:“没错，是羊肉馅的，怎么了?”

岳宗连忙返身回到食堂，用力闻了闻，没有一丝羊肉特有的腥膻味。岳宗又拿起勺子，从盛汤的木桶底下捞起一块肉，放进嘴里，仔细地品了品，也没有膻味。他还不相信，又进了炊事班的操作间，问炊事班长:“徐班长，咱今天晚上的包子是羊肉馅的吗?”

正在指挥炊事员打扫卫生的炊事班长老徐莫明其妙地说:“是啊，怎么了?”

“噢，没什么，随便问问。”岳宗一边应付着，一边充满疑惑地往回走。他闹不清楚，为什么平时闻之欲呕的羊膻味，今天却对自己一点影响也没有？是炊事班找到了什么驱除羊膻味的新奇调料，还是这回的羊肉有什么特别？要不就是自己的味觉出了问题?

第二天早晨刷牙时，岳宗发现，牙膏那特有的清香也消失得无影无踪。肯定是自己的味觉出问题了。他立即想到，原因肯定就出在每天晚上临睡前的那片麻黄素上。看来，这麻黄素是不能再吃了。可是，要是再没完没了地咳起来怎么办呢?

岳宗想起在北京的时候，院里门诊部有一种叫“龙脑鸡苏丸”的药。每次一咳嗽，请大夫开上几包，一吃就好。于是，他专门请假，转遍了县城几个药店，却毫无收获。只好去邮局挂通了家里的电话。

“喂，找谁呀?”电话那边传来了妈妈那略带江浙口音的普通话。

“妈，是我，岳宗。”

“噢，宗儿呀，你怎么想起给家里打电话了？是不是得了什么病了?”

妈妈一下猜到了岳宗往家里打长途的原因，声音变得有些急切。

“我挺好的，可最近有点儿咳嗽。在家时，门诊部开的龙脑鸡苏丸比较对症，一咳嗽，吃这种药特灵，一吃就好！能不能给我寄几盒过来？”

“好，好啊！你还需要什么别的吗？你一个人在外边，要学会照顾自己，要注意根据天气增减衣服。还有，天气冷了容易受伤，不管是训练还是劳动都要注意！”

母子天性，要是让当医生的妈妈说起有关健康的话题，她可以说上大半天。这可是跨省长途，一分钟的花费要比一天的伙食费还要多呢。岳宗连忙抢过话头：“妈，后边还有人排队等着打长途呢，不多说了，再见！”

几天后，岳宗收到一个从北京寄来的包裹。打开一看，里面满满地塞着各种药品。除了龙脑鸡苏丸外，还有橘红止咳丸、二母宁嗽丸、川贝止咳丸等。妈妈大概是把她能够弄到的所有止咳中成药都寄来了。除了止咳药外，还有消炎粉、红花油、五虎丹等外用药。看来，如果可能，妈妈恨不得把整个药房都给岳宗寄过来。

吃了龙脑鸡苏丸，岳宗的咳嗽很快好了，味觉也渐渐恢复了。

红色帽徽
红领章

RED
Cap Badge
RED
Collar Insignia

第十章

带新兵

1969年冬季，又到了新兵入伍的时节。20世纪50年代，国家实行义务兵役制之后，每年都有相当一部分服满现役的老兵复员退伍，同时要补入数量大体相同的新兵。每到征兵时，团里都要抽调干部，组成新兵营，专门负责新兵训练——帮助他们掌握一个合格军人必须掌握的知识和技能，完成从一个普通老百姓到一名合格军人的转变。

这一次，肖海平将作为烟台海军部队医疗小分队成员，前往海岛新兵团巡回医疗。医疗小分队除了送医送药之外，还有丰富驻岛新兵文化生活的任务。院里在挑选小分队人员时，除了强调过硬的医术外，又增加了能歌善舞的条件。

自从在码头上意外邂逅了岳宗后，肖海平的心情就像秋日里的天空，艳阳高照，彩云纤纤，清爽而又透亮。心情好了，一切也都好了，不仅工作起来浑身有使不完的劲儿，就连走在路上，两条腿也像安上了弹簧，步履格外轻快。

每次收到岳宗的信，肖海平都会一行一行认真地读，一边看，一边止不住从心里笑出来。他还是那么懒，差不多自己写三封信，他才能回一封。但是，现在总算和他建立了稳定的联系，通晓他的内心，这已经让她相当知足了。

大概是和心情好有关吧，肖海平在联欢会上超水平发挥，她的歌声如云端百灵，清亮婉转，一声一韵，都那么悦耳动听；她的舞姿如风中杨柳，舒朗伸展，韵味绵长，一举手一投足，都那么富有艺术表现力。

明天就要启程了。肖海平收拾好行装，在桌边坐下，拧亮桌上一个用37高炮教练弹改制的台灯（那是她第一次参加医疗小分队时，驻守在南城岛上的战士们赠送的礼物），开始给亲人写信。

医疗小分队要跑遍黄海中几十个岛屿，整个行程将近两个月。如果碰上风暴，两个多月都不一定能回得来。要是不事先写封信，父母还有岳宗肯定会担心的。

给父母的信，很快地写完了。

肖海平重新铺好信纸，准备给岳宗写封信。

岳宗一个月前写信来，讲述了战备形势。他说："师医院给每个人都化验了血型，还把一些一时用不上的个人物品都统一打包，写上家庭住址……看起来真要打仗了。"

他还说自己已经做好了牺牲的准备，一旦接到上战场的命令，将义无反顾地为保卫祖国献出鲜血和生命！最后，他还说，因为怕父母担心，"上战场、付出生命"这些话，连对父母都没有说过；如果真到了那一天，要替他把决心告诉爸妈。

肖海平知道，他最后的那段话，好像是对自己的某种嘱托，而这种嘱托，通常都是托付给最亲近的人的。越是这样想，她的心里越是甜甜的。可到后来，肖海平又至少给他写过三封信，甚至言辞严厉地下了最后通牒：再不及时回信，就断绝联系！还是没有换来岳宗的回信。当然，他的脾气她太了解了，"软硬不吃"。其实，别管多生气，只要一收到他的信，她就会在瞬间把所有的愤懑和抱怨统统抛到脑后，并接连几天，整个人都沉浸在一种莫名的兴奋之中。她怎么可能会真的与他断绝联系呢？

经过半年多的通信，肖海平感到自己的心和岳宗贴得越来越近了。如果说过去对岳宗的印象，更多的是他聪明的头脑、丰富的知识、诙谐的谈吐和机智果敢的处事方法这些外在表现的话，现在，她开始一步一步靠近他的内心世界，了解他的志向、理想和他为了实现理想而做的努力。特别是他那种不管做什么事，都要尽最大的努力去争取做到最好的性格，更是深深地打动了她。她还记得他那句"豪言壮语"："虽然这地球离开谁都照样转，但我就得让我所在的集体，离开了我，就转得不那么利索！"多大的口气呀！当时自己还窃笑他是在吹牛，如今看来，他真的是在朝那个目标努力。他既然说已经做好了牺牲的准备，肖海平相信，那绝不是一句空话。

明天就要出发了，要不要告诉他，这一回自己要到海岛新兵团执行任务？可是，他知道了会不会担心呢？肖海平有些犹豫。信都已经开了个头，想了想，她又把信纸揉成了一团。还是先不告诉他吧。

少女的心呢，柔美纤细。她不知不觉把落款中自己的姓悄悄隐去，只写了"海平"两个字。一抹笑意，挂在脸上。

第二天一大早，汽车拉着医疗队的人来到码头。医疗器械和给守岛部队的慰问品早在前一天都装上了船，医疗队的人一到齐，随着一声悠扬的汽笛声，船驶离了码头。

上级给医疗队派来的，是一艘我国自行设计生产的 067 型轻型登陆艇。这种艇长 28.6 米，宽 5.4 米；满载排水量 120 多吨；一次加满油后，可以连续行驶 500 海里。

医疗队行程的第一站是大石山岛。大石山岛主体是一座数亿年前一次海底火山喷发遗留下来的火山锥，最高处海拔 270 多米，是黄海上距离我国大陆最远的一座有人居住的岛屿。该岛距烟台 87 海里，用 067 型登陆艇作交通工具，其能力绰绰有余。

登陆艇驶出港湾，向着黄海深处驶去。渐渐地，身后的大陆成了一道模糊的淡影。远方的水天相连处，数片白帆在波光粼粼的海面上，轻悠悠地上下闪动。几只雪白的海鸥，伸展着最强健的双翅，画着一个个优美的弧线，在浪涛间穿梭起伏……

看着这雄浑而苍茫的大海，肖海平神清气爽、心旷神怡。她特别喜欢辽远开阔、变幻多姿的大海。她那当过水兵的母亲，从唐诗“春江潮水连海平”中获得灵感，为她取了这个名字。

海上的天气就像孩子的脸般变化无常。不知何时，天边已经悄悄堆满了乌云。渐渐地，云层越积越厚，一团团墨黑的云朵肆意翻滚着迅速膨胀。

起风了。随着风力越来越大，成排的海浪一次次推动着艇身左右摇摆，在波峰浪谷中颠簸着前行。

“067 型登陆艇最大抗风力是六级，而从海浪的状况判断，今天遇上的这股风，风力至少在七级以上。”富有经验的艇长紧锁双眉，举着望远镜密切观察着前方的海面。

“赶快下到底舱休息，防止晕船！”水兵们提醒船上的二十多位医疗队员。

肖海平渐渐感觉心跳在加快，两边的太阳穴开始一阵阵隐隐胀痛。随着艇身的一次次摆动，好像有一只无形的手，一下一下有节奏地扰动着胃肠，脚下的甲板也好像时有时无，身体时而像径直落入无底的深渊，时而又像被抛向高高的天空。细心的海图员发现肖海平渐显苍白的脸和额头上沁出的汗珠，关心地问：“这位同志，你是不是不舒服？”

艇长猛一回头，发现了还在驾驶舱内的肖海平，瞪起双眼厉声喝问：“不是让你们都到底舱去吗？你咋还在这儿？乱弹琴，赶紧下去！”

肖海平赶忙顺着陡立的扶梯从驾驶舱往下走。风浪中，海水不停地涌上甲板，肖海平刚踏上甲板，脚一滑，整个人立刻失去重心，身子几乎与甲板平行，腾在空中，向左舷外直飞出去。幸亏她用双手紧紧抓着扶手，随着艇身自动向右调整，才又重新站立在甲板上。艇身又开始向右舷倾斜，一名水兵以最快的速度滑下扶梯，一手紧紧握住扶手，另一只手抓住了她的胳膊。

刚才，当身体向舷外直飞出去的那一瞬间，肖海平的头脑一片空白，心脏也几乎停止了跳动，只是靠着最原始的求生本能，两只手才没有松开扶手。当感觉到自己的双脚又重新站立在甲板上，又有一只强健的臂膀紧紧抓住自己之后，她的意识才逐渐恢复。

肖海平宛若一个受了惊吓的孩子，双手紧紧抓着水兵的胳膊，亦步亦趋地跟随水兵挪动脚步。途中，一个劈面而来的大浪灌了她满满一口又苦又咸的海水。当终于下到底舱时，她紧绷着的神经顿时放松下来，感到那只扰动着自己五脏六腑的手，又开始毫无规律地动作起来。一股股又酸又辣的热流，不住地顺着食道直冲喉间。她抓过一个小铁皮桶，嘴一张，早饭时吃进肚里的咸菜、小米粥、馒头，还有刚被灌进嘴里的海水一股脑儿喷了出来……

这种难以遏制的剧烈呕吐，不仅是对人体力精力的巨大损耗，更是对人精神的无情摧残。肖海平头脑中仅存的一点清醒的意识，很快被接连不断的呕吐驱除得干干净净。泪水也不由自主地涌出，模糊了双眼。

一个水兵顺着扶梯下到舱里，对带队的刘副院长说：“报告首长，海上风太大，今天去不了大石山了。现在艇已经停靠在海螺岛，艇长让通知你们，请大家准备下艇。”

海螺岛是黄海中的一个石岛，因附近海域盛产海螺而得名。这个岛虽然面积不大，但因岛的主体是一座高出海面近二百米的石质山，四周又分布着几个水深、底质和海岸条件都相当优良的天然港湾，历来是海上船只遇到风浪时首选的避风良港。

艇长根据多年在海上经历风雨的经验判断，即将到来的大风风力在八级以上，已远远超出了登陆艇的抗风能力。他的责任，是确保登陆艇和医疗队的安全。于是当机立断，命令舵手转舵，把艇径直开到了海螺岛。

那些还能行走的医疗队员们，互相搀扶着顺着跳板登上了海螺岛。肖海平和几个吐得最厉害的队员，是由水兵们抬着担架送上岛的。

虽然已经躺在渔民家里的石炕上，肖海平依然觉得身子还在不住地摇晃。她不敢睁开眼睛。只要一睁眼，屋顶、房角、墙壁，都像风扇一样，绕着一个无形的轴心不停地旋转，身下坚硬的石炕也会跟着向斜上方倾斜过去……那天晚上，她昏昏沉沉地躺在炕上，默默听着海浪拍击岸边的轰鸣声，似梦似醒地挨过了整个夜晚。

早晨，肖海平忽然被窗外传来的一阵嘈杂的人声吵醒。她小心地移动了一下头，不那么沉重了。她悄悄把眼睛睁开一条缝，窗户和屋顶也不再旋转了。她起身轻轻推开门，看到人们都聚集在海边，争相欣赏着刚刚露出海面的太阳。

在远处海天交际的地方，初升的朝阳红得那么纯净、那么透亮。阳光把云彩、海水、山石和海面上的一切都涂成了金黄色。

一夜狂风把小山一样的巨浪不断掀到空中，同时，也把长年栖息在海底的海参、海胆和海螺掀起，抛到岸上。岛上的半大孩子们纷纷拿着水桶、脸盆向海滩跑去，去收获这大自然无私的馈赠。

下午，水兵和医疗队员们顺利抵达大石山岛。

休息了一夜，肖海平不但没有好转，反而觉得胸部像是被压上了一扇沉重的石磨，喘不上气来，还一下接一下不断地咳嗽。伴随着每一次咳嗽，胸部有明显的痛感。经过化验血，军医诊断她得了急性胸膜炎。最有效的治疗方法就是注射抗生素，等她打完针，整理好衣服，准备往外走时，小孙连忙喊住她："海平，你先等等，医生说了，得十五分钟后才能走。"

肖海平坐到椅子上，头昏沉沉的，胸部还在隐隐作痛。她用手支撑着头，靠在桌边休息。在那个年代，青霉素是应用得最为广泛的抗生素，大至脑膜炎、肺炎、骨髓炎、破伤风，小至扁桃体炎、睑腺炎，甚至是手上脚上划个口子引起的感染，医生开出的处方里，常常都会有青霉素。从小到大，她不止一次打过青霉素，从来没有出现过过敏。要是在以前，她会微微一笑，对护士说声"没事儿"，但是今天，一方面她在医疗教材中，看到过特意被加粗了字体印刷的使用青霉素时的注意事项；另一方面，这次病情确实凶险。长这么大，她还从来没有发过这么高的烧，这么难受过。

肖海平坐了一会儿，感到胸口越来越憋闷，渐渐地，有些喘不上气来。她想到屋外去透透气，努力扶着桌子站起身来，刚往前迈了一步，眼前突然一黑，便什么都不知道了。当再一次睁开双眼时，她已经躺在团卫生队那洁白的病房里了。

看见肖海平睁开眼，护士小孙欣喜万分："呀，海平，你可算醒了，刚才可把我吓坏了！"

肖海平艰难地张开嘴，轻声问："小孙，我，我刚才怎么啦？"

小孙说："刚才我正在整理器械，听见'扑通'一声，一回头，是你摔在地上。我正要去扶你，刘军医连忙制止，直接就在地上给你检查。知道吗？你当时脸色苍白、呼吸急促、脉搏几乎摸不到了。刘医生马上给你打了强心剂，扎了针灸，又叫人用担架把你抬到病房来，给你吸上氧气、输上液。你这是典型的青霉素过敏，要是抢救不及时，会出人命的！"

"青霉素过敏？"她疑惑地问，"怎么会呢？我对青霉素从来不过敏啊！"

肖海平的话正好被走进病房的刘军医听见，他走过来，说："青霉素是一种蛋白质，当它进入人体时，会刺激到人体的免疫系统，产生过敏反应。是否对青霉素过敏，不仅因人而异，而且同一个人，在不同时间对不同批号的青霉素，也会有所不同。以前对青霉素不过敏，不等于永远不过敏。比如这次，你先是有过剧烈的晕船反应，身体素质急剧下降；接着又得了胸膜炎，自身免疫系统极度敏感，这些可能都是引起过敏的诱因。"

刘军医接着说："常用抗生素中疗效比较好的，除了青霉素，就是磺胺类药物了。磺胺类药物对消化道的刺激性比较大，你吐得那么厉害，上磺胺，我担心你胃肠受不了。"

肖海平说："我没事，刘大夫，您就放心用吧，我的消化系统好着呢。"

刘军医说："那好，那就上磺胺。不过，小肖，磺胺类药物进入人体后，要经过肝脏代谢，然后经肾脏过滤后排出体外。上了磺胺后，你要记着，一定要多喝水、多排尿，要不然，可能会影响肾功能的。"

那几天，肖海平严格遵照医嘱，按时服药，多喝水。大石山岛上有一股天然泉水，清澈甘洌、日夜奔涌，足够供应岛上军民的生活。肖海平找来一个大玻璃瓶，洗刷干净，用它来晾白开水。她上午一瓶、下午一瓶，每天都要喝下两千毫升，由于身体底子好，再加上治疗及时，几天后，完全康复了。

经过这次意外，肖海平想明白一件事：如果真的这样告别人世，她最感遗憾和后悔的事，那就是还没来得及对心中所爱表达好感。倘若岳宗现在真的出现在自己面前，她会不顾一切地扑进他的怀里，紧紧地抱住他，毫无保留地倾诉对他的感情。

思绪纷飞呀，利用养病的机会，她斜倚在病床上给岳宗写信，告诉他：已经下了决心，要把自己的一生和那个叫岳宗的人联系起来，她知道，他决不会让自己失望。

肖海平把信仔细封好，小心地放进贴身的挎包里。

岳宗的咳嗽总算好了。正当他暗下决心，准备在“冬训”中大干一番的时候，排长石克玉突然找到他，告诉他一个完全出乎意料的消息：连里准备派他去陕西带新兵。

岳宗正收拾行装，做着去陕西的各项准备时，收到了岳嵩的来信。弟弟在信中说：“自从在部队住了一周后，巴不得早点儿参军。”他还抬出“老爸当年刚满十五岁就从学校跑出来，参加新四军”作为论据。

不行，一定要说服他！这小子哪里知道，即使当个普通战士，也是两眼一睁，忙到熄灯！岳宗当即找出纸笔写回信：

“你从小体弱多病，不像大哥这么顽劣皮实，哪能受得了部队这风里来雨里去，泥里滚水里爬的摔打？要当兵，无论如何也要把初中上完！等再大几岁，身体长结实了再说……”

岳宗把对弟弟的关怀、爱护、勉励之意，都写在他急切的回信中。想想，心里又没底。岳宗对这个弟弟太了解了，别看他平时不哼不哈的，可是个“蔫有准儿”。岳家的人主意都大，是“拿定了主意九头牛都拉不回头”的犟种，这一点大概都随老岳。只是，光听说身高长相能遗传，没想到这脾气性格也会遗传。

怕给弟弟写信不一定管用，岳宗又写信告诉妈妈：“一定要看好家里的户口本，别再像大妹妹岳华那样，家里还一点儿都不知道，她自己就已经报名去北大荒生产建设兵团，连北京户口都注销了。”

那一年，岳宗他们部队在湖南、辽宁、陕西、安徽四个省招收新兵。团里完成新兵骨干集训后，奔赴陕西接兵的这一行人，由二营机枪连副连长吴清顺和六连副指导员李友带队，他们的任务是从陕西省的延安市和志丹、子长县，征集一百三十名新兵。大家都做好了出发的准备。

团里确定了去延安的路线，是乘火车经过德州、石家庄、太原到临汾，再搭乘长途汽车去延安。

从德州开往石家庄的普客列车，一路上停停走走，走走停停。车窗外，初冬时节的华北大平原是一片无边无际单调的土黄色，偶尔闪过的村庄或集镇，也像笼罩在薄雾中的图画，到处是灰突突一片。间或有几只在田野里漫步的牛羊和跟在它们身后的牧童，算是在这幅单调的画面上，增添了一两笔灵动的色彩。

列车驶过衡水、辛集等几个稍大的车站，终于在傍晚时分驶进了喧闹的石家庄火车站。

岳宗他们一行人出了车站，走进一个只有一间门脸的小饭馆草草吃了点饭，并向饭馆负责人说明了“借宿”之意。那时候军队的威信极高，负责人二话不说，让服务员关门歇业。几个人把饭桌和椅子拼了拼，搭了几个床铺，把小饭馆变成了临时宿营地。

第二天清晨，他们乘上开往太原的列车，中途再转车，于当天晚上 10 点到了临汾。长途客运站的候车室内除了几个来赶车的农民外，还聚集着一些无家可归的流浪儿，横躺在长椅上睡得正香。军人们占据了候车室的一个角落，从背包上解下捆扎成卷的大衣穿上，坐在长椅上打盹。大家都是年轻人，又都没有成家立业，心头的烦心事少，再加上旅途颠簸的劳累，瞌睡来得特别快。虽然都坐着，但没多大一会儿，除了值班的人外，都很快进入了梦乡。

第二天，他们换乘长途汽车赶赴延安。长途汽车开出临汾城，像一头不堪重负的老牛，喘着粗气，沿着弯弯曲曲的盘山公路慢慢爬行。

岳宗坐在靠窗的座位上，透过蒙着一层黄土的车窗，打量着窗外的景色。

这是吕梁山脉的南麓，初冬的山坡上，满是低矮的灌木和贴着地面生长的不知名的野草。灌木的叶子早已被凛冽的北风吹落殆尽。随着高度不断上升，远处连绵起伏的山脊上，露出一个山口。

汽车开到离山口还有约二百多米时，终于在一阵连续的喘息和呻吟之后，发出一声痛苦的吼叫，停在路边不动了。年轻的司机拉上车刹，打开车门跳下车，揭开车头的发动机盖，一股白烟冒了出来。他骂了一句什么，又向路边啐了口吐沫，无可奈何地回到车上，向军人们看了一眼，操着浓重的晋南口音说：“没办法，又开锅了。解放军同志，帮帮忙，下车推一把吧。”

全车旅客都回过头来，看着坐在车后部的军人。吴清顺站起身说：“这有什么说的，老乡，帮你其实也是帮我们自己。来，推车！”他手一挥，自己第一个往车下走。军人们都站起来，侧着身子从乘客中间挤出一条路，向车下走去。

见大多数人还都没动，司机大吼一声：“怎么着，还都想赖在车上当老爷呀？下去，都下去，就算不能加一把力，起码也能减轻点分量嘛，怎么这么没有眼力见儿？”

在他连呵斥带讥讽的吆喝下，除了几位老人，旅客们都纷纷下了车，有的蹬腿伸臂，活动筋骨，有的找个背人的地方解决内急，大多数人则和军人们一起拥到车后，伸出胳膊抵住车身，一起推起车来。在众人的合力下，汽车又缓缓地开动了。开出山口，眼前豁然开朗。这里是吕梁山脉的主山脊，越过这道山脊，是一路下坡。从这里向西方望过去，所有的山峰一个比一个低矮，一道白练似的长河从北方沿着山脚逶迤而来，那就是分开山西与陕西两省的黄河。遥望黄河对岸，亿万年的飓风洪水搬运过来的砂石粉尘层层堆积，形成了一大片由黄色钙质土胶结而成的黄土覆盖层，这就是闻名世界的黄土高原。

黄土高原的黄土颗粒细小，质地疏松，植被稀疏，夏季又多暴雨，造成奇峰、陡壁、溶洞、陷穴、天生桥等多种地貌，形成了地表无数的皱褶。在这无数的黄色皱褶中，世世代代生活和繁衍着中华民族的子子孙孙。那些纵横交错的道道溪水河流，串连着一个接一个的村庄。连那些远离河流的山上，也是这里一处，那里一处，布满了大大小小的村落。

汽车沿着山路一路下行，速度比上山时明显提高了。很快，汽车下到山底，又向前开了一段，开上了一座可供几辆汽车并行的钢筋水泥大桥。过了这座桥，便进入陕西省的地界了。大桥上游几公里的地方，是著名的壶口瀑布。据说那里的黄河水真的像从天上直落下来，水花飞溅，涛声轰鸣，十几里外都能听得到。

岳宗挺起身子，努力伸长脖子向车窗外望去。越过浅灰色的水泥桥栏，眼前是一片熟麦似的黄色。车过大桥，又开始沿着弯曲的盘山公路，一路向上。在太阳快要接近西边的山顶时，宝塔山的侧影，终于远远映入人们的眼帘。

汽车又沿着蜿蜒的山路越过最后一座村镇，拐了几个弯，下了一道坡，开进延安城，在一座二层砖楼后的院子内停住。司机大喊一声："可到了！"被一整天的颠簸折腾得疲惫不堪的旅客们都长长地出了一口气，纷纷站立起来，一边收拾着行李，一边挨挨蹭蹭地下车。

第二天下午，吴清顺在军分区办好了手续，开好了介绍信，石克玉带着岳宗他们打起背包，再搭乘长途汽车，离开延安去子长县。

子长县原称"瓦窑堡"，是陕北红军著名将领谢子长的家乡。1926 年初，谢子长创立陕北武装力量。其后，在"保卫河口"的战役中，胸部中弹，身负重伤，仍然忍着剧痛坚持指挥，直到战斗胜利，牺牲时，年仅三十八岁。1942 年，为纪念革命英雄谢子长，陕甘宁边区政府决定，把瓦窑堡更名为子长县。

石克玉带着岳宗和两个新兵班长，被安排在县中学一间大约十五六平方米的空屋内。除了他们之外，还有来自沈阳、武汉、兰州、西藏几个军区的军人们也都在这里落脚。

子长县是革命老区，从这儿走出去的老一辈革命军人，分布在我军许多部队。新中国成立以来，每年都有近千名农家子弟穿上军装，担负起保家卫国的重任。

第二天，他们单独活动，熟悉环境，为下一步深入农民家中走访做准备。

这座黄土高原上的普通县城，看上去没有一点城市的模样。县党委和县政府的办公地点，不过是两座紧挨在一起的二层红砖楼。县城里最繁华的百货公司，也不过是把着街角的一大溜稍高一点的平房。

岳宗正在街上漫步，一个声音突然钻入耳中："行行好吧，大爷大娘，可怜可怜，给口吃的吧，都已经三天没吃东西了……"

岳宗惊奇地顺着声音望去，在百货公司墙角下，一个身穿四处露着棉絮的破棉袄的人正坐在地上大声向路人央告着。他戴着少了一只帽耳的破棉帽，手里举着个满是破茬口的粗瓷大碗。

这人的声音怎么那么熟悉？岳宗大步走到那人面前，凝神仔细看去，这不是以前的老同学蔡林吗？没错。不是他还能是谁？岳宗一把推开伸向自己的破碗，大声说："蔡林？你小子，在这儿出什么洋相？"

蔡林一下子愣住了，疑惑地盯着面前的人。之后，他瞳仁里闪出两点亮光，笑逐颜开地说："岳宗？真的是你？你怎么到这儿来了？"

岳宗连忙把蔡林从地上拉起来，对他说："是我，我到你们这儿接兵来了，你怎么回事儿，怎么在这儿要起饭来了？"

蔡林向四处瞅了瞅，把岳宗拉到一个墙角，说："嗨，你们当兵的当兵，上兵团的上兵团，我只能到这兔子不拉屎的地方来插队了。我去的那个穷地方，种地全得看老天的脸色，要是老天不开眼，一斗种子下地，连三升都收不回来。这不，今年的秋庄稼全都被九月的一场大雨给冲光了，没办法，全村都出来要饭了。"

岳宗问："你真的三天都没吃东西了？"

蔡林的脸上露出一丝狡黠的笑容："三天没吃是瞎话，但今天真的到现在还啥都没吃呢。"

岳宗说："走，你知道这儿哪里的饭馆好，你带我去，我请你吃个饱。"

岳宗跟在蔡林身后来到一个叫"为民食堂"的小饭馆，进了饭馆，找了张靠窗户的桌子坐下。岳宗对一个女服务员说："把你们这儿最好吃的都拿出来。"

那个梳着两条刚过肩的辫子的姑娘说："俄（方言我）们这有油泼辣子面、臊子面、羊肉泡馍，还有羊肉包子，你们要什么？"岳宗看着蔡林，等着他发话。

蔡林说："一碗油泼辣子面、一碗羊肉臊子面、一碗羊肉泡馍，再来一斤包子。"

那服务员睁着两只大眼睛看着岳宗，岳宗冲她一挥手："还愣着干什么？还不快上？"

小饭馆的动作挺快，不一会儿，三个热气腾腾的大碗和两盘摞得老高的包子就端上来了。蔡林两眼放光，端起一碗面稀里呼噜地吃起来，转瞬间就下去大半碗。见岳宗坐着没动，他停下筷子，对岳宗说："老岳，你也吃呀，这臊子面香着呢，还有这羊肉泡馍。"

"你吃吧，我不吃羊肉，这都是给你要的，你快吃吧。"

蔡林看着岳宗说："你真不吃羊肉？那，那我可放开吃了。"

"我真不吃羊肉，你别急，慢慢吃，不够咱再要。"

蔡林又低下头，大口地吃起来。两碗面和一盘包子下肚后，他吞咽的速度才逐渐慢下来。

蔡林一边吃一边说："呵，今天有福，碰上老同学了，这一年多第一次吃这么好的东西。我可得慢慢品品味儿。”说着，又向服务员要来了醋和蒜，拿着包子蘸一下醋，咬一口蒜，大口地吃着。

“嗯，以前看《水浒传》，看到鲁智深又要瘦肉又要肥肉，还要了寸金软骨，都让镇关西细细地切成‘臊子’，那时不知道什么是‘臊子’，到了陕北才知道，这‘臊子’原来就是细肉丝！鲁智深是陕西人，说的都是关中话，现在这里上点岁数的男人，一开口还自称‘洒家’‘洒家’的，和鲁智深一样。”

看蔡林的吃相，听着他的谈吐，岳宗真是有点儿佩服这位老同学，都落到这种地步了，他还有心思去揣摩《水浒传》中鲁智深的陕西方言。见蔡林吃得差不多了，岳宗问：“蔡林，你以后打算怎么办？”

蔡林自嘲地笑笑，说：“这年头，谁还管什么以后？今天吃饱了，不想明天，要是明天早晨还能睁开眼，那就再想明天的辙儿，混呗……”

岳宗突然灵机一动，压低了声音问蔡林：“哎，你想不想当兵？”

蔡林说：“当兵？谁不想当兵谁是孙子！谁能要我呀？”

岳宗蹙着眉头盘算了一会儿，凑近蔡林的耳朵，压低声音，把自己的想法细细地说了。

听着岳宗的话，蔡林停止了吞咽，瞪大眼睛看着岳宗：“这真的能行？”

岳宗用力挥挥手：“这样，我给你一张报名表，过两天体检你也跟着一块儿去，让队里和公社别卡你。你们那片正好归我走访，我再给你说点好话，争取从正路上上来。”

蔡林瞪大双眼盯着岳宗，猛地一拍桌子，兴奋地说：“这还有什么好想的？队里好办，我们队刘支书巴不得这些知青赶快都离开呢。公社那边我没有认识的人，不过可以让老刘去说。”

岳宗说：“你还要小心，有些人你还不知道？自己得不着好，那谁都甭想得到。你要跟刘支书说好，让他一定保密。”

蔡林一拍大腿：“对了，刘支书家二小子这次也报了名，他如果合格，我这……”

岳宗说：“我再提醒你一句，要想把这事办成，只能你知，我知，刘书记知，再多有一个人知道了这件事，哪怕是你的亲弟兄亲姐妹知道了，这事都办不成。连你爹妈，都得在到部队新兵训练完、下了连队后才能告诉他们，你明白吗？”

蔡林说："知道，知道，事机不密则废，好像是诸葛亮说的吧？"

当天下午，岳宗把一张应征青年报名表，交给了蔡林，顺便又塞给他二十块钱。

应征青年体检，是在县医院进行的。子长县是个贫困县，大多数农民连吃上顿饱饭都难。参加体检的适龄青年普遍个头不高，身体偏瘦，一解开衣服，胸前都是一条条明显突出的肋骨。再就是眼病，很多人是因为沙眼和结膜炎被淘汰的。岳宗在等待体检的队伍中看见了蔡林。看来这两年他真的没少吃苦，一米七三米的身高，体重居然只有四十三公斤。除了体重偏轻以外，蔡林别的方面倒没有什么问题。

瞅了个没人注意的机会，蔡林悄悄塞给岳宗一张纸条。岳宗打开一看，上面写着"刘满囤"三个字。岳宗知道，这就是蔡林插队的那个村刘支书儿子的名字。岳宗顺手翻了翻体检表，果然有刘满囤的。抽出来一看，有沙眼，血压还有点偏高，岳宗不禁皱起了眉。

体检很快结束了。三千多名参加体检的适龄青年，身体完全合格的还不到四分之一。武装部的同志们也挺急，直解释说："这里经济太落后了，青年人普遍营养不良，身高体重不够没关系，到部队吃上几顿饱饭很快就上来了，沙眼也应该不是问题，到部队用上眼药都能治好。咱这是革命老区，老百姓对部队的感情都很深，都希望把自己最优秀的儿子送进部队这个大熔炉里锻炼锻炼。"

几个部队来接兵的负责人碰了个头，认为如果严格按照标准选兵，再加上政审还要刷下去一批，很可能完不成接兵任务。武装部的同志们说得有些道理，在身高体重方面，可以适当放宽标准，血压偏高的，可以给一次复查机会，至于沙眼，也可以暂时放宽，让他们抓紧治疗，十天后复查，如果还有血压高和沙眼，就不能要。

岳宗立刻把这个消息告诉了蔡林，让他转告刘满囤，这几天少干活、少喝酒、多喝醋，抓紧买药治沙眼，要是十天后复查身体还不合格，那就别想当兵了。

体检后第二天，岳宗他们的驻地——县中学院子里，忽然多出一个穿一身破旧黑棉袄、戴一顶少耳破棉帽的年轻人。每天天刚亮，他先抡着大扫帚扫院子，再挑着一对水桶，在接兵军人们面前进进出出，并依顺序为每一位军人的脸盆和牙缸内倒水。然后，他又拿着块抹布，不是擦桌子，便是擦窗户，再不就是给炉子添煤出灰。

这些军人们哪里享受过这种待遇？纷纷争抢他手中的扫帚、扁担。可怎么抢都拗不过他，你夺下扁担，他又拿起扫帚，你抢下扫帚，他又抄起了煤铲。到了吃饭的时候，这人就没了影儿，当大家吃完饭从食堂回来，他又挑着水桶，早把洗脸水给打好了。

征兵走访是对体检合格青年的家庭和邻居进行走访，尽可能全面地了解应征青年的基本情况。守备一团要在子长县接四十多名新兵，打出百分之十的挑选余地，需要走访的人家有五十多户。按规定，接兵人员不得单独行动，这样，两人一组，每组得走访二十多户人家。黄土高原沟沟壑壑，只能靠两条腿翻山越沟，在弯弯曲曲的羊肠小道上一步一步地前行。

岳宗同组二人，负责子长县最靠北边的玉家湾、南沟岔、涧峪岔三个公社的走访工作。他们先搭长途汽车，再搭毛驴车，到了玉家湾公社。每天早晨在公社食堂吃早饭，然后带上干粮去走访，中午走到哪个村，只在村委会喝杯开水、啃几口干粮，晚上回公社吃晚饭。走完一个公社，再换下一个公社。

老乡们住的都是窑洞。陕北窑洞一般深七八米，高和宽都有三米多。当地农民打窑洞，全家齐上阵，打好一孔窑洞，需要一两年时间。规模大些的窑洞，甚至要几代人不停地挖才能完成。窑洞的拱顶能将压力一分为二，重心稳定，分力平衡，具有极强的稳固性。因此，民间流传着一句话："有百年不漏的窑洞，没有百年不漏的房。"

已经走访过的几个村子，贫穷状况完全出乎岳宗的想象。缺吃少穿的现象普遍存在，甚至有些十七八岁的大姑娘都衣不蔽体。一些人家晚上甚至连油灯都点不起。天一黑，人们封门闭户早早睡觉。野狼随意跳进羊圈任意叼羊，也没人敢出来撵打。这样的村庄里，大部分人家除了拥有一点最基本的维持活命的东西外，可以说是一贫如洗。

第四天，岳宗二人去蔡林插队的榆树峁村走访。

榆树峁村窝在一道数百年山水冲刷而成的深沟里，北边一处高高的峁顶上，生长着一棵枝繁叶茂的大榆树，村庄因此而得名。

刚一进村，刘支书就热情地迎上来，指着一个后生娃抢先介绍："这是我儿刘满囤……”

小伙子个头儿不高，身材还算匀称，言语谈吐也还得体。岳宗和同来的战友对望了一眼：“好小伙！不错！体检时血压和沙眼问题，抓紧治疗，争取复查时能够合格。”

随后，刘支书又带他们去了另外一家。从这家出来，岳宗提出要去蔡林家时，刘支书稍显迟疑地说：“这蔡林，他家三代贫农，成分没有问题。蔡林那娃中学毕业，劳动也好，这哒去县城他同学家串门去了。你们要见，俄找人给他捎个话，让他去县中学找你们。”

见刘支书应答得挺得体，岳宗满意地点点头，说：“那好，你赶紧找人给他捎信儿，我们大后天回去，让他一定去找我们一趟。你儿子只要体检能过关，当兵没有问题……”

三天后，岳宗刚回到县中学，蔡林就找上门来。岳宗摆出一副公事公办的模样，问了他的姓名，把他带到石克玉面前。石克玉一看，原来正是那个每天给大家打水扫地的青年。岳宗对石克玉说：“他就是蔡林，是榆树峁村的应征青年。这不，他来了，一块见见吧。”

石克玉说：“噢，这几天他一直在我们这儿打水扫地搞卫生，原来他也是应征青年。这个蔡林身体合格，人也很有眼力见儿，到部队一定是个好兵。”

听见排长这么说，蔡林激动得一个劲地说谢谢。出门的时候，岳宗用肩膀轻轻撞了蔡林一下，右手的拇指冲他挑了挑，轻声说：“坚持，不领到领章帽徽不能放松！”蔡林重重地点了点头，欢天喜地地跑出门去。

经过走访和身体复查，他们确定了兵员人选。守备一师这次到子长县来征兵的最高领导、师军务科王副科长经过和其他部队来征兵的领导们一番讨价还价，为守备师争来一百一十四名体检政审都合格的兵员，刘满囤和蔡林都在其中。

蔡林拿到入伍通知书后，还是每天照常到接兵人的驻地打水搞卫生，早晨洗脸水、晚上洗脚水，一次不拉。经岳宗指点，蔡林把服务重点盯准了军务科王副科长，搞得王副科长人前人后对他赞不绝口，并且已经几次放话，要把他带回师部，推荐给师首长当警卫员。

入伍通知书发下一周之后，各村拿到通知书的青年到县里集中，从武装部仓库里领到了全套军装、被褥和新兵的一应物品。两天后，守备一师的接兵人员带着被选中的一百一十四名穿着一身崭新军装的新兵，登上了省军区专门派来的汽车。

那些在黄土高原的高坡深壑中长大的孩子们，许多人是生平第一次乘坐汽车。汽车一开动，车厢里立刻发出一阵兴奋的骚动。

岳宗说："秋明，指挥大家唱个歌吧，要不，过一会儿准得有晕车的。"

刘秋明伸手搔了搔脑袋，说："刚征来的兵，他们会唱些什么歌？"

岳宗说："唱《大海航行靠舵手》《中国人民解放军进行曲》等这些歌，保准都会唱。要不，你就教个新歌也行。"岳宗说的这些歌，在"文革"那些年里是真正的流行歌曲，连穷乡僻壤的孩子也是人人会唱。现如今任何一首流行歌曲，也不可能比那几首歌在当时的中国流行得更深、更广。

刘秋明轻轻咳嗽一声，清了清嗓子，提高声音说："大家都听着，坐车，最怕的就是这么闷着，再闷下去，要不就是睡着了容易感冒，要不就容易晕车。来，我们一起唱个歌，《大海航行靠舵手》，注意了，'大海航行靠舵手'，预备，起！"

> 大海航行靠舵手，
> 万物生长靠太阳。
> 雨露滋润禾苗壮，
> 干革命靠的是毛泽东思想。
> ……

一路上歌声不断，人人都精神振奋。

以岳宗当兵一年多的经验，当兵的人在三种情况下对家乡的思念最为强烈。一是刚离开家乡，还没有到达部队驻地的时候。在前方等待着自己的，一切都无法预知，在后方刚刚离开的，是生活了十多年的山山水水。只要一闭上眼睛，父母那饱经风霜的面容和流露着对儿子无限关爱、无限期望的双眸就在眼前晃动；二是忍受病痛折磨的时候，父母那慈祥的眼光和家中可口的饭菜立刻会在脑海中萦绕；三嘛，就是在经历了节日的欢庆后躺在被窝里的时候，与父母和兄弟姐妹们一起在家中欢度节日时的情景会像大海的潮水一样，一波接着一波地涌到眼前，他们的一颦一笑都会那么真实地在脑海中重现。现在，这些第一次远离家乡的青年们，正经历着第一次对家乡的强烈思念。

岳宗在新兵对面盘腿坐下，用轻松的口气说："怎么，刚离开家，就开始想家了？"

新兵们微微一愣，都把头摇得像拨浪鼓似的，说："班长，谁想家了？俄们不想家。"

岳宗微微一笑，说："长这么大第一次离开家，想家太正常了。无情未必真豪杰，我们出来当兵是为了什么？不就是为保家卫国嘛。我刚当兵的时候，火车一开，也是扒着车门一个劲往外看。我们走的时候是半夜，除了灯光什么也看不见，我就一直盯着那些灯光看。最后火车拐了一个弯，灯光一下子看不见了，我的眼泪一下就流出来了。"

"班长，你老家是哪儿的？"一个新兵问。

"我是在北京长大的，也是从北京当的兵。"

"北京多好，有天安门、人民大会堂，还有那么多高楼，马路那么宽那么平，汽车那么多。"一个新兵羡慕地说。

"北京是不错，你们老家也很好嘛，天那么蓝，云那么白。谁都爱自己的家乡，不是有一首《谁不说俺家乡好》的歌嘛，咱们中国有句老话，叫'金窝银窝，不如自家的土窝'。我教你们一个秘诀，到一个新的地方，你要尽快找到这个地方哪儿比你老家强，山外青山楼外楼嘛，你发现新地方有许多地方比你老家强，你就会喜欢上新地方，慢慢就不那么想家了。"

"班长，你是从什么时候开始不想家的？"又一个新兵问。

岳宗想了想说："我是从拉着我们的汽车一开进咱们团营房的大院开始，就不想家了。咱们团的营房可大着呢。在咱们团，每个星期都能看上一回电影，逢年过节，军区的文工团还会到团里来慰问演出呐！"

岳宗讲完了部队的营房，又开始讲部队生活中的佚闻趣事，新兵们出神地听着。

当天晚上，军列停在华阴车站。驻站军代表室的人们刚把饭菜抬到站台上，又一列满载新兵的列车开进了站台。新兵们正排着队准备打饭，那边刚停稳的车上跳下来几个人，跑过来抬起笸箩和盛汤的桶就往他们那边跑。

岳宗一个箭步冲上去，伸腿在抬笸箩的兵腿下一绊，那人一下摔倒在地，笸箩里的包子滚得满地都是。那人恼羞成怒，爬起身对着岳宗挥来一拳。岳宗略一侧身，躲过对方的拳头，上前半步，抓住对方的手腕，轻轻往后一别，同时出腿钩住他的脚，借着他的力量，往旁边一带。对方整个身子平飞起来，“嘭”的一声，重重摔在站台上，摔得他胸腔里发出“吭”的一声闷哼，趴在那里，一时动弹不得。岳宗一手扭住他的手臂，伸脚蹬住他的肩膀，厉声问：“你，哪来的土匪，怎么青天白日的，下手就抢呢？”

另一人见同伙被制住，连忙点头哈腰地赔着笑脸说：“这位班长，我们是S军的，我们错了，您先放开他。”

在军队中，有一些部队，仗着在战争年代前辈们打过几个好仗，就觉得老子天下第一，走到哪儿都不把别的部队放在眼里。没想到这刚穿上军装没几天的新兵竟然也这么野。那人的同伙要是像被踩在脚下的这小子那样，不管三七二十一先来一拳，岳宗也还佩服他，一见对方厉害就立刻服软，岳宗最看不上这号人。

“你S军就牛呀，连个先来后到都不懂？去，叫你们领导来，我得教教他该怎么带兵！”

那边又涌过来一伙人。站台上，那么多穿着同样新军装的新兵，分不清谁是哪边的人。怕把事情闹得不可收拾，岳宗手上稍稍加了点劲，被踩在脚下的那个新兵发出一阵痛苦的叫声。岳宗指着涌过来的人大声说：“都给我往后退，你们再往前来，信不信我把他胳膊卸下来！去，叫你们领导来！”

这边动静闹得大了，王副科长分开人群走过来，问：“怎么回事，你怎么把人给打了？”

岳宗指着撒了满地的包子说：“这家伙二话不说，上来就抢笸箩，我拦住他们问问，这小子挥拳就打，我这是自卫，同时也教他懂点规矩。”

对面也走过来一个干部模样的人，一边轰着他们的兵“回去，都给我回去！”一边走过来问：“怎么回事儿？你们怎么动手打人？”

岳宗瞪着那人，一点也不客气：“怎么回事儿？问问兵站的人就知道了。”岳宗用下巴朝还躺在地上的那人指了一下，接着说：“这小子上来就抢我们的饭，还先动手打人，我教教他该怎么守规矩。最可气的是，这小子还敢自称是S军的人，我一听就是假的，S军的人哪能这么不懂规矩？还有那个……”岳宗一指那个央告着放了他同伙的人，“一看同伙被抓住了，立刻就点头哈腰的，S军的人会这么㞞包？我可不信。”

话音还没落，这边的新兵群里就爆发出一片嘲讽的笑声。驻华阴车站军代处的人也走过来，对那个干部说：“你们的人也太不像话了，怎么上来就抢啊！你们的饭马上送来，你们回去等着。”

对方那个干部模样的人满脸通红，愣了一下，双脚脚跟咔地一碰，举起右手，向岳宗行了个军礼，说：“这位同志，谢谢你替我们教育这些不懂规矩的新兵。我们本来应该在上一站吃晚饭，但被别人抢了先，一多半人都没能吃上饭，这些小子是饿急了。你把人先放了，我们回去一定严格教育。”

岳宗没想到他会来这一手，一时有点不知所措。正在犹豫的时候，王副科长也举手向那人行了个军礼，说：“大水冲了龙王庙，都是一家人！”说着，又回过头对岳宗说：“还不快把人扶起来？”

岳宗放开手，把脚从那人肩上移开，弯下腰，双手插到那人腋下，稍一用力，扶他站了起来，还替他拍了拍胸前沾的灰土，又朝他敬了个军礼，说：“对不起，下手重了些，你回去后多活动活动这个胳膊，不会有事的。”

吃完晚饭上车后，那些新兵们再看岳宗时，眼睛里都充满了敬畏的神色。军队就是这样一个强者的世界。军人只敬佩强者，服从强者。在那个“全军上下一片红”，看不出职务高低的时代，军人们更是近乎本能地选择去服从那些在智力、体力和能力上超出一般水平的强者。刚带着这些还叫不上名字的新兵们登上火车时，岳宗还在担心，怎么才能平安顺利地把他们带回驻地，看到他们的这种眼神，岳宗的一颗心完全放下了。

那一夜，岳宗始终没有睡踏实，这一个班十来个人，谁睡得比较好，谁总是在翻身，两个拉肚子的新兵夜里拉了几次，他心中都明明白白。这大概就是当班长和当普通士兵不同的地方。当一个普通士兵，只要自己不出问题就一切 OK，而当了班长以后，不管班里谁出了问题，当班长的都得担一份责任。这就像一个拖家带口的男人，首先要让全家人都有饭吃，自己才有可能心安理得地端起饭碗。

如此这般，经过三天两夜的长途跋涉，岳宗终于带着他的一班人平平安安回到驻地。

领章帽徽发下来了。军装是军人的外在标志，是一个国家军队的独特象征，是一种使命、一种向往，可以振国威、壮军威、鼓士气，增强民族自信心和自豪感，增强部队凝聚力和战斗力。据说，世界各国军队的服装，都是本国最有经验的服装设计师集体智慧的结晶，除了符合战场环境的需要外，还无一例外地体现着本民族的优良传统，集中了最能反映时代特点的多种元素。难怪军装常常会成为青年人竞相追逐的时髦着装。

军装还有一个神奇的特点：它能让穿着它的年轻人显得身材挺拔、成熟稳重，而让穿着它的老年人，显得精神健旺、老当益壮。但是，如果军装上缺少了显示军人军种、资历、军阶和荣誉的种种配饰，都会使穿着它的人完全失去军人应有的精气神，变得像一个穷困潦倒的流浪汉。这也许就是各个国家对犯罪或是成为俘虏的军人，首先就要撕去他军装上的一切饰物的原因吧。

当新兵们把新发下来的红色帽徽红领章钉在领口和帽檐上之后，再穿上军装、戴上帽子，立刻像是变了一个人一样，全都从略带着几分傻气的小青年，变成了英姿飒爽的解放军战士。

“佩带上领章帽徽，标志着新兵入伍训练的结束”。第二天，全体新兵进行了入伍宣誓。团里决定不再组织新兵搞阅兵式和分列式，直接宣布所有新兵正式入伍，编入所在连队。岳宗仍然回到二排，担任了五班班长。五班分来了四个新兵，姚永符、胡成刚、刘满囤、杨栓柱都分到了五班。

第十一章

难忘的春节

这是岳宗入伍后的第二个春节。

第一次过春节时，岳宗还在巡逻艇上当水手。孙艇长带着巡逻艇利用节前最后一次战备巡逻的机会，直接从渔船上买回一批刚刚捕捞上来的野生海鲜。那两尺多长的鲅鱼、鲶鱼，小小脑袋、扁平菱形鱼身的“蝙目鱼”，还有各种形状的蛤蜊、海螺……艇班的餐桌上丰盛之极，各种海鲜可谓琳琅满目。

在岳宗几十年的军旅生涯中，北至黑龙江，南达西沙群岛，东起齐鲁大地，西到天山南北，走遍了祖国的山山水水，也算把中华大地上花样繁多、风味各异的饺子全都品尝遍了，但是，1969 年除夕夜的饺子，那鲜美劲儿，却让他回味无穷、至今难忘。

“每逢佳节倍思亲”，越是传统节日，越是禁不住对亲人的思念……

春节前夕，岳宗接到一封来自吉林梅河口的信。他满心疑惑地打开：“啊？岳嵩当兵啦？”他那个倔强的弟弟根本没听哥哥的劝告，再三恳求父母亲，最后终于实现了年轻人的梦想，成为沈阳军区某坦克师的一名新兵。

岳嵩不无得意地向大哥吹嘘：“我们坦克师在朝鲜战场上可厉害啦！立过七次战功，还有著名的反坦克英雄！我见到了团里陈列的 59 式中型坦克，听说一炮能射穿多层装甲板！”弟弟好像对坦克着迷了，大谈坦克上的稳定器如何高级，59 式坦克能够在行进中射击，等等，满纸都是对坦克的称赞。

看着他的信，岳宗忍不住暗自发笑。

弟弟这一套，要是跟他那些哥们儿吹吹，也许真能唬住不少人，但他这大哥是谁？当兵前已饱览兵书，又比他早当兵整整两年呐，怎能和他那帮嘴上没毛的同学画上等号呢？59 式坦克上只有单向稳定器，还不能进行真正意义上的行进间射击，比苏军现装备的 T-62 坦克差了整整一代！

岳宗本想立刻批评他的无知。可转念一想，当兵的人，是需要对自己手中的武器装备有足够自信的。作为一名军人，必须坚信自己手中的武器一定能战胜任何敌人。要是一个军人整天想的都是敌人有什么先进的武器装备，自己手中的武器相比之下多么不堪一击，那他肯定不用上战场，就会自动举起双手当俘虏了。

“对，还是给他讲讲老爸那些‘战场无小事’的道理吧，让弟弟踏实下来。”岳宗想着，老爸那侃侃而谈的身影逐渐清晰起来，仿佛正在讲述他亲身经历的一件事情。

老爸参加新四军时，曾任老二团司令部作战参谋。一次，首长派他到另一个村庄去传达命令。临行前，他仔细把那支德国造的驳壳枪擦了一遍。按照习惯，要把子弹一粒粒从弹匣中退出来，再重新压进弹匣，关上保险，才能出发。可是因为时间太紧，他未来得及检查子弹便匆匆上路了。谁知半路上，突然与偷袭的日军狭路相逢。

老爸当即掏枪，在腿上轻轻一蹭，打开保险，抬手对准日寇尖兵扣动了扳机。没想到子弹卡壳了，枪膛里发出的竟是颗臭弹！幸亏日寇尖兵反应不够灵敏，让老爸有时间一翻身滚进路边的水沟，退出那颗臭弹，顶上一颗子弹，朝鬼子开了火，才得以脱身。“危险啊，只是疏于一颗子弹的检查，差点儿耽误了大事！战场无小事呵！”

岳宗把老爸的谆谆教导又细致地讲给他最亲爱的弟弟：“任何平时看来并不起眼的小事，到了战场上，都有可能成为影响一场战斗，甚至是一次大规模战役胜负的关键因素。坦克兵是技术兵种，要掌握扎实过硬的军事技术，必须学会用书本知识解决训练中遇到的问题。”想到弟弟到今年 10 月才满十五周岁，正处在容易冲动的青春期，他叮嘱道：“还要好好改改自己的脾气和性格，要虚心，学会谦让，搞好团结，绝对不能和别人打架。”

中国式家庭总应验了那句古话，“帝王重长子，百姓爱幺儿”，岳宗知道，老爸平日对自己严格要求，那是对自己寄予厚望，而作为家中长子老大，友爱兄弟，则是父母最期望他做的。难怪岳宗在给老爸的信中忘不了调侃一句“知父莫若子”呢。

逢年过节，父母最牵挂出门在外的孩子，写封信回去报个平安，同时送上对父母的思念和问候，表达儿子的一份孝心，这也是为人之子的应尽之情。岳宗打开硬纸夹，坐在马扎上，继续趴在床铺上写家信。

一封，两封……第三封写给在黑龙江生产建设兵团的大妹岳华。她上次来信说，自己被抽调到团部子弟小学当了老师，教四年级的算术和常识，同时兼教美术课。大妹冰雪聪明，上学时各科成绩一直名列前茅，尤其还有几分美术天赋。“文革”时学校不上课，老爸怕孩子们到社会上惹是生非，每天上班时都要把门反锁上。

那时候，岳宗带着弟弟们照着《航空知识》里刊登的各种美军战斗机的三面图，用家中废木料制作实体飞机模型。为了做这些模型，岳宗把客厅悬挂窗帘的杆子都取下来锯成一截一截的，用来做机身。岳华呢？她一声不吭、稳稳地带小妹岳衡刻剪纸、画水彩画，还用酒瓶盖、碎布头、线轴子等做手工艺品。在大院政治部组织“红心献给毛主席美术作品展”时，岳华和岳衡把家里用剩下的蜡烛头都找出来，以《解放军画报》上一幅冰雪瀑布照片和一幅红梅国画为参照，做了一幅《已是悬崖百丈冰，犹有花枝俏》的蜡雕画。她们的这幅作品，竟然获得了一等奖。

岳华小时候身体一直不好，每年冬天稍不注意就会犯哮喘病，一发作起来就呼吸急促、面色青紫，嗓子眼里像有一根细细的琴弦，咝儿咝儿不停地响，整晚整晚都不能躺下，只能倚着床头坐在被窝筒里迷糊到天明。

岳宗在信中特别提醒大妹要注意保暖，加强锻炼，增强体质，提高免疫和抗寒能力。“万一哮喘病发作，就算违反纪律也一定要回北京治疗！咳嗽算不上什么大病，哮喘可不一样，真要发作起来，那是会死人的！”岳宗对同胞妹妹的一往情深，透过信中的一字字一笔笔，极真挚地流淌出来。

再给肖海平写一封？自从陕北接新兵回到连队，岳宗一下子收到她三封信。新兵训练这两个多月，接连又收到她五六封信，但因为忙于训练，一直没给她回信。现在，他们彼此已如家人般互相牵挂了。记得上一回，捧着她的信，竟然感觉她好像一个任性的女孩，在受到惊吓之后，在亲人面前肆无忌惮地撒娇使性。在空闲时，岳宗还悄悄打着腹稿，想着用怎样的语言，说说她的撒娇使性。

写信之前，他习惯性地想找出她的信再看一遍。岳宗从硬纸夹的最下边抽出肖海平的信。在岳宗的印象中，她的信用的都是那种只有在大城市文具商店才能买到的白色道林纸信封，可现在怎么发现了一个牛皮纸信封？咦？这一封好像没看过。接着，他又发现几封没拆过的信。

也许是当时新兵刚到连队，一大堆七七八八的事缠手缚脚，实在腾不出时间。他迫不及待地一封接着一封把来信全都拆开。越往后看，他的呼吸越急促。看到最后一封落款是“想念你的……”下边又起了一行，只落一个“平”字。岳宗感到全身的血液全都涌到了脑袋上，两边的太阳穴被血流冲击得嘭嘭直响，脑袋里一片空白。

在那个年代，像岳宗这样的男生，基本不懂什么是爱情。在他们最熟悉的小说和电影中，吕布因为贪恋貂蝉的美色，最后身败名裂；关张赵马黄五虎上将中，没有一个是有妻室的；宋江和林冲都因为女人几乎送了性命；而武松、鲁智深、李逵、石秀这些英雄豪杰，没有一个和女人有任何瓜葛。还有少剑波和白茹、杨晓东和银环、马英和苏建梅、魏强和汪霞这些当时最为流行的红色经典小说中的男女主人公之间，虽然有那么点儿朦朦胧胧的爱情，但这些还处于青春期初期的中学生还不能准确地理解其中的真谛。

在岳宗心目中，英雄是不近女色的，而像叛徒马鸣、汉奸刘魁胜、杨百顺和许大马棒、郑三炮那样的土匪，则是整天想着女人的好色之徒。

岳宗隐约记得，还是上中学时，就曾经有胆大的女生，通过各种形式的“密码”，向自己发出过表示好感的电波，但那时自己这边的“电台”还没有放上“电池”，因此完全没有接收到这些信息。这回，肖海平完全是在用“明语”发出信号了，该怎么回应才好？岳宗一时没了主张。

那几天，岳宗心中好像被塞进了一团纠结繁杂、了无头绪的乱麻，他想把它们清理出来，却根本不知道该从哪里下手。一向被战友们视为核心人物的岳宗，忽然间像霜打的茄子般发蔫儿了。

岳宗这些反常现象，被细心的副连长任保田看在了眼里。星期天早饭后，有的同志请假上街，有的去会老乡，还有的在操场打篮球，只有岳宗懒散地躺在床上，头枕在被子上，眼睛盯着屋顶呆呆地发愣。任保田走过来，在他身上轻轻地拍了一下，说：“小岳，怎么了？你这几天一直无精打采的，是身体不舒服还是遇上了什么难事啦？”

岳宗连忙坐起身，吞吞吐吐地说：“没，没什么，我身体挺好的。”

副连长说：“还没什么，当我没长眼睛呀？早上包子那么香，你怎么才吃了两个就撂了筷子？碰到什么事了？说说看，没准儿我能帮你参谋参谋。”

岳宗犹豫了一会儿，从枕头下抽出那几封信递到任保田手中。

“哈，在学校时你就是这样！掏出来的手绢，妈呀，简直比抹布还脏！”任保田一边看，一边忍俊不禁读出声音来。他笑着对岳宗说：“这是好事啊，你这个同学是看上你了！”

沉思了片刻，任保田很认真地刨根问底：“你给我说说看，你对这事儿，到底是怎么想的？”

岳宗想了一会儿，说：“我也说不清楚。我们虽然是同班同学，上初中后还同过桌，但我们在学校的那几年，拢共也没说过几句话。在这之前，我根本没考虑过处对象的事儿。条令上也有明文规定，战士在服役期间不准谈恋爱，我总不能违反条令吧？”

任保田想想说：“那这么说，你是不愿意和她处对象了？”

岳宗说：“那倒也不是。我这两天，脑子里一直在回想我和她之间的那些事儿。我在班上是学习尖子，还拿过市里数学竞赛的第二名。那段时间她有不会做的题老问我，我想，那时候她对我可能有一点儿崇拜和欣赏。她人也挺聪明的，长得也还行，算得上能歌善舞。她在部队干得也不错，新兵训练考核总分第一，去年入了党，我对她整体印象还是挺好的。”

“那你就是愿意和她处对象喽？”任保田问。

岳宗踌躇片刻，说：“说不上。我虽然觉得她挺好，但我现在还不想考虑处对象这种事。我觉得现在还太小，还完全不懂男人和女人之间感情上的这些事儿。咱们工作又忙，训练又累，人家来上三四封信，我才能回一封，哪有时间和精力来应付这些事儿？再说你看这些女的，好起来比火都热，稍不如意，她就能找出那么多的词来骂你，心思变得那个快，连孙猴儿都得甘拜下风。我这人性子急，说话又不会拐弯儿，更不会透过字面儿，去猜人家的潜台词，指不定什么时候就会会错了意，招来一顿骂。”

任保田想想说：“你说的也有道理。依我说，你把这些想法写信告诉她，我想，她会理解的。还有，我要纠正你一点，条令上是要求战士在服役期间，不准跟驻地的女青年谈恋爱，没有说不准跟老家的女青年谈恋爱。你要真想和她处对象，不存在违反条令的问题。我想，你应该立刻给她去封信，把你的想法解释清楚。这种事儿，越早解释清楚越好。”

岳宗迟疑着说：“你没看见她信中说不让我再给她去信了吗？再去信，我不是找挨骂吗?”

任保田笑了:“你呀，人家说你笨，我看你也真笨得够可以的，你光看见人家不让你再去信，你怎么就没看见人家要骂你一辈子呢?真要从此互不来往，她怎么骂你一辈子?不过，你跟她说你的想法时，措辞一定要讲究，这种事儿一般都是男生主动，可就像电影《刘三姐》里唱的，‘世上只有藤缠树，谁人见过树缠藤’?现在人家姑娘先张嘴了，说明人家对你够意思，真想跟你好，你千万不要伤了人家的心呐!”

任保田走后，岳宗考虑再三，提起笔来，想郑重地给肖海平回封信。刚写完“肖海平，你好!”看了看，感觉这样显得太正式，太生硬了，便三把两把撕了，重新起头:

“海平，你好!”岳宗暗自打定了主意，“执子之手与子偕老啊!”过几天，趁着春节放假的机会，还要再给她写回信，讲讲自己是如何过春节的。

转眼间，到了农历腊月二十三“过小年”，离春节只剩下六七天了。但岳宗没有想到，从这一天开始到除夕，他的生活中竟然会出现那么多意外。以至于几十年之后，他仍然对此记忆犹新，终生难以忘怀。

那时候，军人脑子里战备这根弦都绷得相当紧。但在整个新兵训练期间，还没有进行过一次紧急集合和实战演练。围绕“招之即来、来之能战、战之能胜”的要求，连里在于跃海的带领下，根据团部的重新部署，安排新兵们进行“手榴弹实弹投掷”训练。

为方便新兵“实弹投掷”训练，连里临时调整了铺位，在那个能装下一百人的大宿舍里，腾出约四分之一的地方，让新兵们能够相对集中住宿。岳宗仍然是新兵班班长，那个稳重老成的辽宁朝阳籍新兵姚永符任副班长。姚永符比岳宗大，今年已满 21 周岁。那年征的兵，是真的要准备和“苏修”到战场上去真刀真枪拼杀的，征兵的年龄放得较宽，部队还有意识地挑选了些大龄兵。

当好新兵班的班长，最重要的一点，是在班里尽快树立起自己的威信。在一个集体中，凭什么才能让大家都听你的话?职务当然重要，但更重要的，是你必须显示出人格和能力方面的优势来。在人格方面，首要的是热心、坦诚、公平和谦逊。新兵班是一个全新的集体，所有人员都是初次相识，互不了解。新兵对班长，除了有一种本能的敬畏外，还有一种能得到班长理解和尊重的渴望。岳宗学着任保田第一次与自己相识时的做法，早已和每一个新兵都开诚布公地谈了一次话。人，都是这样，你以诚待人，对方同样也会坦诚地向你敞开心扉。你尊重对方，对方同样也会加倍地尊重你。

要得到班里新兵的信任和尊重，很重要的一点，还是要公平。把每一个新兵都放在平等的位置上，尽量照顾到每个战士的感受。从新兵中选用副班长，本来是由班长指定的。但在班里人都到齐后，岳宗照例开了个班务会，就选谁当副班长的事听取了大家的意见。姚永符性格沉稳，体格健壮，又年长一些，也成为副班长的人选之一。岳宗又强调了他是共青团员，还当过民兵排长，有一定的军事基础，这样，这一决定得到全班的一致赞同。姚永符更是把岳宗引为知己，热心地承担起副班长的责任。

在新兵的心目中确立威信，最重要的一点，还要有一身过硬的军事技术。在步兵连队里，要是枪打不准、弹投不远、五大技术不过硬，真到了需要较真儿的时候，哪怕你是连长、指导员，说出话来，战士们也会不自觉地多打几个问号。

在军事技术上，岳宗比较自信。步兵分队的各项技术，无论是射击、投弹还是刺杀、队列，范围更大些不敢说，在守备一团，岳宗还是项项都能名列前茅的。

手榴弹实弹投掷是步兵分队所有训练科目中危险性最高的一个，在全军每年因事故造成人员伤亡的比例中，占第一位的是车祸，占第二位的就是手榴弹实弹投掷。当把一枚真正能爆炸的手榴弹握在手中时，和拿着一枚教练手榴弹时的心理感觉是完全不一样的。

第一次投实弹时，内心主要有两点担心：一是怕万一握不牢，手榴弹会掉下来；二是怕连接拉火管的那根弦，会牵拉着手榴弹掉在脚下。有了这些想法，握实弹时会握得格外紧，投弹时也会下意识地格外用力，这样，很容易导致动作变形，造成意外。

要克服这种心理负担，仅靠理论说教效果十分有限。要打消新战士对手榴弹的恐惧心理，就要让他们真实地感知手榴弹的实际威力，以及各种防护措施的有效性。为此，训练的第一步，是在团里专门组织全体新兵，进行一次“手榴弹威力及防护演示”。

那天，全体新兵都集中到团靶场。作训股参谋把一颗手榴弹平放在地上，用一个连着长长细绳的小铁钩钩住“拉火环”，特别讲解了“拧手榴弹盖”和“拉弦”等投弹细节。

为了让新兵了解手榴弹的杀伤力，作训股长指挥战士们在距手榴弹炸点五米的地方，设置了五个正面“跑步靶”，在距炸点三米的地方，垒起防护墙，挖好防护坑。等所有人都隐蔽好后，作训股长任意指定一名新兵：“你，小李出列，准备投弹！”

作训股长替小李拿出手榴弹，拧掉盖子，捅破纸，用小拇指勾出拉环，一边弄一边讲解。小李天生机灵，伸手一把抓过手榴弹，猛力拉动细绳，扔了出去。手榴弹落地后，木柄后冒出一缕青烟，过了两三秒钟，才“轰”的一声炸了，腾起一股黑烟。黑烟散去，地面上只留下一个几乎看不出来的浅坑。

作训股长命令参谋放倒靶子，在距炸点十米的地方又竖起五个正面“跑步靶”，重新拿来一颗手榴弹，拧开木柄后面的铁盖，取出拉火环，又叫出一名新兵，让他投弹。随后，又分别在离炸点十五米、二十米、二十五米、三十米的距离上竖起靶子，引爆手榴弹。然后，组织新兵们依次到那些靶子前，观看手榴弹的杀伤效果。

岳宗也跟着新兵们一起，仔细察看了那些靶子：距炸点五米的靶子上，一般都有四五处被弹片击中的痕迹，但仅有四处击穿了靶板，其他弹片都嵌在靶板上；距离二十米的靶子，竟有两个靶板没有任何被击中的痕迹；距离二十五米的靶子，仅有一处被弹片击中；而那块放在距炸点三十米远的土坎后的木板上，竟然没有一处被弹片击中的痕迹！实验的结果，有效地降低了新兵们对手榴弹实弹投掷的恐惧心理。

第二步，手榴弹实弹投掷开始。那一天，已经是腊月二十八了，按中国民俗，是贴年画、春联和窗花的日子。实弹投掷场地选择在靠近团靶场西北角的一块空地上。对新兵第一次实弹投掷，团里只要求能按照动作要领，把手榴弹投出去就算及格。为确保安全，投弹场上修起了一道宽两米多，厚一米，高一米半的胸墙，作为防护墙。投弹手只要能把手榴弹抛到胸墙前方，再及时隐蔽到胸墙后，即可确保安全。

这一次新兵投实弹演习，岳宗和石克玉负责发弹，连长于跃海亲自担任投弹指挥员。能参加投实弹的，都是能把教练弹投到三十米线以外的新兵；那些连三十米都投不到的，只能在远处观看。

第一个走上投掷位置的，是二班副班长姚永符。他动作从容，很有爆发力。选他来投第一弹，是岳宗和石克玉排长反复斟酌才定下来的。第一弹顺利，后面也不会有大问题；要是第一弹投不好，那对后面新兵们的心理影响是无法估量的。

在把手榴弹交到姚永符手里时，岳宗微笑着对他说："副班长，就按要领投，你一定能行！"姚永符点点头，自信地说："班长，你就等着吧，我决不会丢咱班的脸！"

姚永符瞅准前方靶板，一个滑步移开，把手榴弹拉环猛然一拉，干净利落地投出了第一枚实弹。紧接着，全班、全排、全连的新兵们，都顺利地完成了手榴弹实弹投掷。

除夕这天上午，照例是节日教育、战备检查，团、连、班逐级强调军事纪律、军容风纪，仔细核查战备物资专项保管等情况。

到了下午，终于有了些许欢乐的氛围。几个文艺骨干在副指导员的带领下，赶排文娱节目，为当兵的枯燥生活增添了节日气氛。那时候没有春晚，就算有春晚，连队也无法收视。那时，守备一团全团没有一台电视机。每个连队拥有一台电视机，那是 20 世纪 80 年代以后的事情。别看是排练文娱节目，战士们也都饶有兴致地在一旁观看。

"有秦腔吗？"新兵刘满囤一边看排练，一边嘿嘿笑着问。

"没有，咱们这边，兴的是河北梆子。你们要是爱听秦腔，也可以自编自演嘛。陕北拉长腔的那种，放羊老汉在山坡上唱的那种，都行！"

"那叫——信天游。"

"对，就是信天游，那调子真叫绝！曲调那么高，拐那么多道弯，甩那么长的腔，传得那么远，让人一听直想掉眼泪。逢年过节来上那么一嗓子，保证都不想家了。"

"班长，不行，那信天游尽是酸曲，在部队怕是不能唱吧？"

"什么？啥叫酸曲？"

"就是哥哥妹妹什么的，在部队唱，人家会说你犯了八项注意第七条哩。"

“那你们不会编点新词？用信天游曲调，唱咱连队自己的事儿，保管大家都叫好。”

岳宗当班长，总是真诚地让战友间平等对话，互相鼓励。岳宗从自己的经历中体会到，老兵带新兵，妙诀在真诚，你只要做到真诚坦率，他们就可以在整个从军生涯中，把你当兄长、知己，甚至是亲人，有什么心里话都愿意对你讲。你要求的一切，他们也都会千方百计地去争取做到最好。

从带新兵的第一天起，他就手把手地教给新兵脱下来的衣服裤子应该怎么放，怎样摸黑打背包，怎样整理随身携带的战备用品，以及怎么放松精神，等等。他把自己从任保田那儿学来的所有知识，加上自己的体会，都毫无保留地教给了新兵们。

除夕那天，天刚擦黑，营房大院里就响起此起彼伏的烟花爆竹声。

部队的年夜饭，一般都是吃饺子。连队供上百人吃的水饺，不可能全由炊事班包。每次吃饺子，基本都是按每人半斤肉的标准，由炊事班调好馅，然后，根据各班的实有人数，按每人九两面的标准把面和馅发到各班，以班为单位动手包饺子。炊事班则只管烧开一大锅水，哪个班先包好，就由哪个班先下锅煮饺子。

“班长，头锅饺子二锅面呐，谁都想抢头一锅！”

“对，第一锅煮出来的饺子，汤水清亮，煮烂的少，吃起来味道最鲜美！”

“哈，过春节吃头锅饺子，还有在来年样样都能占头名的好彩头呐！”

饺子还未下锅，战士们就七嘴八舌地议论着，好像汤锅中煮沸的开水一样热腾起来了。

岳宗指挥全班先腾空一个床铺当案板，找出几个不知哪一届老兵留下来的擀面棍，等把面和馅从炊事班领回来之后，几个北方籍战士立刻动手和面。

和面、擀饺子皮，岳宗都插不上手，包饺子他也是当兵后才学会的。岳宗父母都是南方人，过年习惯要吃“八个盘、十个碗”，有鸡、鱼、肘子、红烧狮子头，图个“吉庆有余、红火完美”的口彩。

岳宗在家时也吃过饺子，那都要全家人一齐上阵，从和面、剁馅，到饺子吃到嘴里，得忙活大半天。身在连队包着饺子，岳宗的思绪不觉已飞到家中……

班里几个河南、山东、辽宁兵，是包饺子的主力军。他们一边说笑着，一边把面和好了。然后一个人管做剂子，两个人擀饺子皮，班里其他人只管包。陕北兵包饺子没问题，可那些从湖南、安徽来的兵，包起饺子来就显得笨手笨脚，不是馅放得太多了捏不住，就是放上馅后，只会把皮一对折就捏紧，包出的饺子平躺在案板上立不起来。岳宗把自家的绝活儿教给大家：先在面皮一边捏上几道褶，做成个小簸箕形，再往里面放上馅，把边缘捏严。这样，慢虽慢一点，但包好的饺子放在那，一个个都挺胸鼓肚，还挺像模像样的。

为了能争到"头锅"，岳宗专门叮嘱老姚，让他把剂子做得大一点儿。老姚遵命照办，擀出的饺子皮比碗口还大。大皮容易包大馅，眼看盆里的馅下去得太快，岳宗又不得不提醒大家馅别放得太满……战士们一边说笑着一边包，包好的饺子一排排整齐地排列着，就像团里会操时各连的队列。

北方人过年喜欢吃饺子，除了它简单、易做、好吃以外，还有一个重要的原因，就是包饺子时的大众参与度。包饺子的时候，大家围坐在一起，人人动手，有说有笑，热热闹闹，透着一种分工合作，团结一心的亲情；而做那些"八个盘、十个碗"，除了主厨外，别人只能择择菜、洗洗鱼，打打下手，远不能营造包饺子时那种红火热闹的氛围。

还剩最后一小团面了，五班的饺子马上就要包完，眼看就能争到新年饺子的"头一锅"了，可就在这时，窗外的高音喇叭里突然传来一阵急促的军号声。

"紧急集合！"岳宗高喊一声，顺手把手中正在包的饺子扔到铺板上，站起身来，以最快的速度，从上铺拿下自己的被褥，摸出盘好的背包绳，熟练地打起背包来。

几个新兵第一次经历紧急集合，有些手忙脚乱，睡在上铺的，还要往铺上爬。岳宗低声喝道："把被褥拿下来，在地上打！"他们这才恍然大悟，纷纷按照平时练习过的方法，打各自的背包。

副班长低声诅咒着："千刀万剐的'苏修'，专挑我们过节时候突然袭击！"

岳宗又一声低喝："废什么话，自己背包打好后，帮助一下新兵！"

这一次紧急集合，出乎所有人的意料。前一段紧急战备，大家头脑中战备的弦一直绷得很紧。近一段时间以来，无论是从报纸广播，还是上级的教育中看来，战备形势似乎缓和了许多。"苏修"的"突然袭击"一直没有发生，人们心中战备这根弦，也渐渐松弛下来。对这次紧急集合，是真有情况，还是又一次训练，岳宗真有点摸不透。

在现代战争中，敌军发动突然袭击，往往选在节假日，这是普通的军事常识。冬季作战又是苏军的强项，从这个角度判断，很可能是真有情况。但“月晕而风，础润而雨”，苏军对我国发动突然袭击，事先不可能不露任何端倪。为什么上级没有像紧急战备刚开始时那样，定期下发敌情通报？从这个角度去推理，又有可能是一次例行的战备检查。当然，无论何种情况，军令如山，必须一切行动听指挥！

“快，快，快，都直接到外面集合！我去武器库取枪……”岳宗边说边背起背包，佩戴好装具，冲进武器库，把五班枪架上七支半自动、两支冲锋枪和所有子弹袋一股脑儿背在身上，趺趺撞撞地跑向宿舍前二排的集合点。

紧接着，各班战士们都陆续续地跑出来，一边整理着装具，一边小声地嘟囔着什么。五班战士都到齐了。岳宗整理好队伍，第一个向石克玉报告：“报告排长，五班到齐。”

虽然情况来得突然，但一来大家头脑中的战备观念一直没有放松，二来都还没有脱衣上床，十分钟之内，全连已集合完毕。连长于跃海清点了人数，把连队带到营集合点。而后，不到二十分钟，全团在团部大操场上，已集合完毕。岳宗注意到，远处一串明亮的车灯间隔均匀地向这边驶来，进了南营门，又拐过两个弯，陆续开进了大操场。

李副师长走上阅兵台，对守备一团的紧急集合进行了简短的讲评，高度评价了一团的战备工作落实情况和全体干部战士的战备观念，之后又下达命令：“团直属队、各营营部和一、四、七连到旁边操场登车，其余连队带回！”

岳宗提得高高的心，终于落了地。看来这是一次战备检查，真有情况，不会让其他连队带回的。紧接着，又一个悬念浮上心头，让四连登车，会把他们拉到哪儿去呢？还是那句话，多想也没用，只不过他凡事总爱究其原因，有些习惯成自然了。

岳宗随连队登上指定的汽车，按排长指定的位置坐好。他想看看其他车的情况。和以往不同的是，汽车篷布全都遮得严严实实的，不露一点缝隙，连平时乘车时从不封闭的后车帘，这次也在战士们上车后，被从外面封住，车厢里漆黑一片，伸手不见五指。岳宗回忆登车前的那一瞥，在营区昏暗的路灯下，似乎感觉车篷上还笼罩着一层边缘模糊的阴影，对了，那应该是防止敌人侦察的伪装网。

可是，既然蒙上了伪装网，汽车开进营区时，为什么还亮着大灯？那不是更容易暴露目标吗？

岳宗正在胡思乱想，车晃动了一下，开始上路了。凭着直觉判断，汽车从东营门驶出了营区，沿着向东的公路一直驶去……

“噼里啪啦，轰——轰……”大约过了两三个小时，又听得见燃放烟花爆竹和孩子们欢快的喧闹声音了。

在黑暗中，排党小组长张桓告诉大家，这次是一项重要的战备行动，至于到哪里去，大家不要乱猜疑，而要下定决心，敢于牺牲，不折不扣地完成一切任务。要求党员起好模范带头作用，正副班长要切实负起责任来。

接着，岳宗主持召开了班务会，带头表了决心。他虽然还不是党员，但作为班长，在这种时候应该干什么、怎么干，他心里还是非常清楚的。他表完决心后，班里的同志们也都纷纷发言，党团员表示保证起好模范带头作用。团员们还纷纷提出口头申请，请党组织在执行任务中严格考验自己，把最重要的任务交给自己，并表示要以实际行动争取火线入党。

“咣当当——咣当当”，车身剧烈地颠簸了几下，路上的坑洼明显多了起来。除了汽车的轰鸣声和远处偶尔传来的爆竹声外，还夹杂着越来越大的北风呼啸声。岳宗判断，汽车已离开公路，并且已出了县城，远离了密集的人口居住区，正行驶在一片无遮无挡的广阔原野上。之后，听到前方传来汽车刹车声。岳宗乘坐的这辆车也拐过一个弯，“吱”的一声，稳稳地停住了。没有命令，战士们都安静地坐在车上，没有任何人发出哪怕一丁点声响，车厢内，几乎能听见每个人胸膛中怦怦的心跳声。

“肃静！”“行动迅速一点”，声音由远及近。

随后，“咣咣”的碰撞声四面响起，车后的帘布被人从外面打开，一股凛冽的寒气立刻涌满了车厢。外面传来于跃海的命令：“各排下车，到我这儿集合！”

战士们纷纷背起背包，提着枪，跳下车清点人数，整队来到连长指定的位置。

于跃海用兴奋的声调向全连宣布：“我们团被师首长指定，担负机动作战任务。机动作战，不是守在阵地上等着敌人来攻，而要在广阔的战场上进行远距离机动，主动打击敌人。下一步，我们还要进行铁路输送，还要进行徒步开进，进入任务地区。

“连里要求大家下定决心，不怕牺牲，拿出我们连续九年‘四好连队’的综合素质来，圆满地完成上级首长布置给我们的各项任务。……”借着灯光看上去，于连长粗粗的眉毛下一双睁圆的眼睛像是在向外喷火！那种威严，那种气场，强大得就像泰山压顶一般……部队有这样的连首长带兵，战士们自然是心服口服，肃然起敬。

排长石克玉主持召开了党小组会。岳宗虽然还不是党员，但作为班长，也被允许列席旁听。因为具体任务还没有明确，石排长只是要求大家心要细，做好重点人的工作，并明确了党团员和群众的互助关系。

五班副班长是党员，是1962年入伍的老兵，平时岳宗十分尊重他。排里党小组会后，岳宗和副班长一起分析班里的情况。班里的战士们天天生活在一起，各自的情况大家都心中有数。岳宗和副班长把班里的战士排了队，副班长主动承担了对重点人的互助，让岳宗掌控全盘工作。对这位副班长，岳宗从心里感谢。

“开饭啦！”岳宗至今还记得那顿“年夜饭”：主食是米饭，菜是少半盆清水煮咸萝卜条。

以往连里组织紧急集合，一般都会给炊事班透点风。炊事班会事先把菜和肉洗净切好，用麻袋装着带到野炊地点，用不了半个小时，战士们就能吃上美味可口的两菜一汤。而这次紧急集合，团里事先都毫不知情，炊事班自然不可能提前做准备。

四连连续九年的“四好连队”不是白得的。“四好”之中“生活管理好”这条，主要看炊事班。炊事班水平不济，全连其他工作再出色，也不可能评上“四好连队”。同样是紧急拉动，在基本相同的条件下，四连炊事班能在四十分钟内让全连干部战士吃上热气腾腾的饭菜，而其他几个连，有的直到开始行军了，饭还没有做熟呢。

“四连注意，拿好自己的东西，集合！”

战士们站起来，重新整理好行装。四连排成疏开的两路纵队，紧随连长指导员身后，走进了浓浓的夜色之中。他们连续行军三个多小时，来到一处火车编组站。车站上，两列早已编组好的闷罐车正等候在那里。

“咣当”一声，列车启动了，沿着一条战备铁路，风驰电掣地行进了三个多小时。在东方的天边刚刚露出些许光亮时，列车停靠在一个不知名的小站旁。战士们下车后，在逐渐退去的夜色中又徒步行军一个多小时，走进一个叫“余官屯”的村庄。

接下来三天，部队“夜行晓宿”，天黑透时上路，天光放亮时宿营，连续进行了三个夜行军。

第四天清晨，天将破晓之时，一团有些熟悉的黑影儿，忽然出现在远处的地平线上。随着天光渐渐明亮，岳宗终于看清楚了，那不就是他们守备一团的营区吗？渐行渐近，越来越多的人认出来，那就是自家的营房。

“呵，到家啦！”队伍中，连续几天的沉闷气氛刹那间一扫而空，有人开始大声说笑。在距离营区还有三四百米的时候，远处传来一阵欢快的锣鼓声。隐约可见，通往营区的道路两旁，有许多人正在集合整队，彩旗招展，锣鼓喧天，原来是留守营区的战友们正在列队欢迎参加紧急拉动的官兵。

“一营——二营——三营……”哈，队伍走近营区，各营留营连队的同志们纷纷迎上前来，迎接本营的弟兄。

随后，团长做了简短的讲评。直到这时，岳宗才知道，这是一次由军区组织的紧急战备拉动检验性实兵演练。演练完全按照战时要求，事先不打招呼，临时确定参演单位，逐级下达机动命令，严格控制知情层级，直到登上火车，团首长机关还不知道演练的实情。在全军区所有参加演练的连队中，守备一团五个连队，一共上交了十八份决心书、请战书，没有一个逃兵，是所有参加演练的团级部队中综合表现最好的。

团长当场宣布：“守备一团五个连队，各报请集体三等功一次！”“所有参加演练的连队，全部补假五天，重过除夕！”那一刻，团长自己把自己都说笑了。

当战士们回到宿舍时，眼前的景象把大家都惊呆了。只见宿舍里这里一堆、那里一团，到处都是散乱的面团、馅料和已经包好的饺子。许多散落在地上的饺子已经被踩踏得肚破馅散，粘在地上，像一团团污泥。更多的饺子虽然还保持着饺子的形状，但也滚得满地都是，沾满了尘土和垃圾。只有少数几个班的饺子，仍然在盛饺子的搁板上整齐摆放着，但凑近一看，饺子皮也早已干得裂开了口子。

大家看着宿舍中狼藉一片的景象，愣了一会儿，不知是谁带的头，突然一齐爆发出一阵莫名的大笑，有的人笑得蹲下了身子，有的人笑得眼角迸出了泪花，更多的人笑得前仰后合，几乎站立不住。好一阵，笑声渐渐平息了。

这真是一个热闹祥和、丰富多彩的春节啊！

早饭后，没有什么事儿，岳宗和大多数人一样，脱衣上床，蒙头大睡。

入伍近两年了，岳宗一个最大的进步，就是学会了睡觉。

睡觉谁不会呀，这还用学？当然要学，因为此睡不同于彼睡。正常人睡觉，有时有点，有舒适的床铺、被褥和枕头，洗漱完毕，宽衣解带，钻进被窝，听一阵音乐，或是看几页闲书，然后再闭上眼睛，进入梦乡。这样睡觉，人人都会。但即使这些条件全都一个不少地完全具备，不是还有人常常为失眠而苦恼吗？

这里所说的睡觉，是军人特有的本领。军人要能在任何时间、地点，采用任何姿势，不强调任何外部条件，都能够随时进入梦乡，并且要能够在一瞬间，就从最深沉的睡眠中完全清醒过来。要不然，军人怎么可能在情况需要的时候，随时以充沛的体力和旺盛的精力去执行任务呢？

军人式睡觉的本领，不是一天两天就能学会的。岳宗在盐场时能睡，主要是劳累所致，被超出身体承受能力的繁重体力劳动耗尽了所有精力，当然只要一躺下，便能立刻入睡。在海防哨所时能睡，主要是疲倦所致，每天八个多小时的睡眠，还常常要被分成两段，天天如此，从身体到精神都被耗得经常处于一种疲劳倦怠的状态之中，如同饿极了的人特别渴望一顿饱饭一样，那时候岳宗最盼望的，便是能“一觉睡到自然醒”。

在滨城执行维持社会治安任务的那段时间，是岳宗真正学会军人式睡觉的时候。那时，战士们夜间的睡眠时间基本有保障，但也常有突发情况，需要通宵达旦地执勤。日常的工作作息基本有规律，但也难免有特殊情况，需要昼夜连续地工作。为了适应这种军人特有的生活节奏，岳宗才逐渐学会了利用每一个点滴的间隙时间，去休息放松身心，恢复消耗的体力，时刻保持适应任务需要的最佳状态。那时候，岳宗甚至会在上下岗的途中，眯起眼睛、放松精神，让自己处于一种半睡眠的状态中。直到到了哨位上，才精神抖擞地投入执勤。

参加紧急战备拉动演练的最后几天都是夜行晓宿，适应了这个节奏的人体生物钟，此刻也正该指向睡眠。岳宗的脑袋刚一沾上枕头，就深深地进入了梦乡。

岳宗是被下午开饭的哨音从梦中唤醒的。按守备一团的习惯，凡是节假日，连队每天只吃两顿饭。上午八点左右吃早饭，下午四点多钟吃晚饭。这和我国北方多数地区每到冬季农闲的时候，都吃两顿饭的习惯相仿。

草草地吃完晚饭，又待了一会儿，通信员送来了报纸和信。守备一团驻地的邮局每天上下午各向团里送一次报纸。上午送的通常是三天以前的《人民日报》和《解放军报》《中国青年报》《光明日报》等全国性报纸，下午送的则是当天的省报、地区报和军区小报。送报的同时，邮递员会把全国各地寄往一团的信件、包裹顺便捎来，同时把从一团寄出的信件带走。

“班长，给，你的信！”姚永符手里拿着两个信封递到岳宗面前。岳宗有些疑惑地接过来，拿眼扫了一下。白色信封肯定是家里来的，从入伍后接到第一封家信起，爸妈给岳宗来信，一直就用这种比一般信封略大些的白色信封。另外一个黄色牛皮纸信封会是谁寄来的呢？

“哦，肖海平！”岳宗承诺春节后写信给她，没想到她又抢先一步啦！

“看来，得先给她回封信了。”

岳宗拿过信纸，向肖海平一一讲述了从过小年时重当新兵班长，到除夕排练文艺节目、包饺子和夜半紧急集合，以及其后三个夜晚的徒步行军，直到大年初六早晨才回到营房的所有经历……这难忘的春节，考验你，历练你，让你坚强无畏、勇往直前！最后，岳宗补上一句：“希望你能继续给我来信，不然，我心里也会很郁闷的。”

几天以后，他收到了肖海平的回信。她谅解岳宗“太忙，来不及回信”的解释，但要求他每个月至少要给她写一封信，“哪怕只有短短一页纸也行”，最后落款是“想你的平”。看起来，他们之间的那层“窗户纸”已经捅破了。

这段时间以来，一直堵在岳宗心头的那团乱麻，总算有点儿头绪，可以暂时放到一边了。

第十二章

兆川煤矿

春节很快过去了，四连接到师部命令，到位于山东省中部的兆川矿务局执行军管任务。五辆解放牌大卡车把四连的全体干部战士，连同连里的锅碗瓢盆、油盐酱醋，还有那几大缸去年紧急战备时宰杀的肥猪炼出的荤油，都一起拉到了数百公里以外的兆川市。

远远望去，这里有一大片从鲁中平原上突兀而起的高山，山势一律是东北朝向大海的一面险峻陡峭，而西南背向大海的一面，则平缓漫长。一侧石壁直立，松柏映衬；一侧地势缓平、宽阔，两种景色完美融合在一起，如诗画般美丽，令人叹为观止！

经过数十亿年的沧桑巨变，或许原先那一大片茂盛的远古植物，经历了地壳深处的高温和重压，渐渐变成了一种黑黝黝、亮晶晶、闪烁着重金属光泽的岩石？或许由地球化学作用，石油又转化为煤炭？岳宗又开始动脑筋思索着……

岳宗知道，中国煤炭资源北多南少，西多东少，分布并不平衡。华东地区煤炭资源储量的百分之八十以上集中在安徽、山东地区。山东省中部的兆川矿务局，便是新中国成立后，国家统一管理的煤炭资源开采中心。每年从这里挖出的煤，供应着山东人民的日常生活和几千座大中型工业企业所需的能源。

“文革”开始后，兆川矿务局的“造反派”们不仅派系斗争始终不停，还废除了从数十年煤炭采掘经验教训中总结出来的各种生产规章和制度，把“大跃进”时期“人有多大胆，地有多大产”的那一套用到了煤矿开采上。矿务局甚至于不顾地貌地况，专捡煤层厚、地质条件好的地方采挖，致使井下冒顶、透水和瓦斯爆炸等事故不断发生。为了“抓革命、促生产”，上级命令四连参与对兆川矿务局的“三支两军”暨“军管”工作。

所谓“三支两军”，是指在“文革”中，中国人民解放军“支持左派群众、支援农业生产、支援工业生产、实行军事管制、军事训练院校师生”的简称。在1967 年 3 月至 1972 年 8 月这五年多的时间中，“军管”承载着稳定当时混乱局势的特殊使命。

规章制度的建立和生产秩序的恢复，自有“军管会”的领导和矿务局的技术人员去管。四连的任务是进驻矿务局所属的各个矿区，深入采掘第一线，和煤矿工人一起，督促规章制度和生产秩序的落实。兆川矿务局下边有十几个矿区，四连负责其中的两个煤矿。

守备师马副政委带着组织科、宣传科几名干事，随四连一起来到“后沟矿”。之所以由政治部领导牵头来四连这个连续九年被评为“四好连队”的单位蹲点，目标很明确，那就是要总结出一套能适用于全师，甚至是全军区部队执行“三支两军”任务的经验来。

当时提出的口号是：“用阶级压迫的苦水，磨快杀敌立功的战刀。用民族斗争的血泪，筑牢反修防修的长城。”试图通过“两忆三查”，提高阶级觉悟，促进各项工作。

“两忆三查”，是由解放战争时期西北野战军开展的“诉苦”和“三查”运动发展而来的。在解放战争中，我西北野战军和对手胡宗南部相比，无论是在人数上还是在武器装备上，都处于明显劣势。为了提高士气、激励斗志，完成保卫党中央的艰巨任务，他们在部队中进行了一次以“诉苦”，实即“忆阶级苦”“忆民族苦”和“查阶级”“查工作”“查斗志”为主要内容的教育和整顿。通过“两忆三查”，教育广大官兵，尤其是那些在战场上被我军解放过来的原国民党士兵，明白了为谁扛枪、为谁打仗的道理，从而有效地鼓舞了我军的士气和斗志，提高了部队的战斗力。其后，“两忆三查”成为20世纪60年代末70年代初，我军进行政治思想教育的重要方法之一。

为此，马副政委代表政治工作组，站在矿区大会议厅内专门向四连全体官兵做了报告。他说：“‘两忆三查’的重点是搞好‘两忆’，即‘忆阶级苦’‘忆苦挖根’，算账对比，要解决好对国内形势的认识问题。”

在岳宗当兵的时候，军人的主要成分已经由亲身受过地主和资本家剥削压迫的农民和工人，变成了在新中国成长起来的青年。官兵们都没有直接受过地主资本家的剥削压迫，自身无苦可诉；而我军的主要作战对象，已变为在我国边境陈兵百万的“苏修”，于是，直接“诉苦”便无从谈起。

为了提高“忆苦”的效果，除了要请老工人、老贫下中农来部队“诉苦”外，工作组还动员全连官兵纷纷给家中写信，请自己的祖辈和父母，回忆在旧社会所遭受的剥削和压迫，请父母把在旧社会穿过的破衣烂衫和用过的讨饭碗、打狗棍寄到部队来，集中起来办展览，让大家受教育。除此之外，还要吃“忆苦饭”，亲身体验旧社会广大劳动人民受过的苦。

1960 年，是新中国建立之后一个特殊的年份。从 1959 年开始，除西藏外，在全国范围内出现了前所未有的严重自然灾害：旱灾、霜冻、洪涝、冰雹，还出现了蝗灾、黏虫灾、鼠灾。北起黑龙江、吉林，南至广东、福建、浙江等主要粮食产区普遍遭灾。受灾严重的广大农村，更是出现了新中国成立以来少有的逃荒要饭，甚至饿死人的现象。

这些切近的回忆，让忆苦大会的参与者收效很大。

在 20 世纪五六十年代，我军将与敌人飞机和空降兵做斗争作为对付敌人突然袭击、进行反侵略战争的一项重要任务。因此，那段时间，四连的军事训练也抓得相当紧，除了按训练大纲进行射击、投弹、刺杀训练之外，还特别抓了打坦克和用步兵武器打飞机、打空降的训练。而究竟如何训练打飞机，各连队的办法，也是五花八门。

打飞机、打空降，好歹得有个靶子。连长把这个任务交给了五班。

飞机靶子好办，岳宗小时候是学校航模小组的积极分子，矿山上木料又多。他先是凭着记忆，画了一个美军 A-10 攻击机的图纸。五班的小赵在家里学过木匠，岳宗带着小赵一边琢磨一边做，仅用了一天工夫，便做好了一个比实际尺寸缩小了二十倍的飞机模型。

按岳宗最早的想法，就是用一个高高的杆子把飞机模型顶在上面，让大家从不同角度，练习一下对空瞄准射击的动作就行了。没想到，连长于跃海还要求让这个模型动起来，能让大家体会“追随瞄准”和“待机射击”的要领。

所谓追随瞄准，指在建立瞄准线以后，选好提前量，把瞄准线指向目标前方的适当位置，追随目标移动，待瞄准点与目标的关系位置达到最佳时，果断击发。采取这种方法射击，对持枪的稳定性要求较高。所谓待机射击，即把瞄准线指向目标移动前方预先选好的待机点，同时用眼睛的余光观察目标，当目标到达待机点时，果断击发。无论是“打待机”还是“打追随”，都是单兵武器相对“运动目标”射击时采用的。

而让飞机模型能成为“运动目标”移动起来，必须有一条能供它运动的轨道。面对这样的难题，大多数人可能都会望而却步。可是，岳宗不然，他总是乐于把无穷的想象力化为富于创造力的行动。

他不避艰难，带着班里的小刘爬遍了矿区周围大大小小的山头，最后选中了离矿区不远的两个山头。这两个山头相距大约两千米，高低相差不足百米，山谷之间，除了一条羊倌们踩出来的小路外，就是些乱石和灌木，在这里进行打飞机训练，既有多种地形地物可以利用，也不会践踏农民的庄稼，再理想不过了。

于连长批准之后，岳宗从矿物资库借来了一捆比小拇指略细些的钢丝绳，指挥全班出动，先在略矮些的山头上找到一条石缝，打下一根足有一米半长的钢钎；再用水手打绳结的手法，打了个越拉越紧的“拉脱结”，固定好钢丝绳的一头；然后，他们全班替换着，用一根比胳膊还粗的木杠抬着钢丝绳，沿着山坡下到谷底，又一步一步爬上那座略高些的山头。在两山之间，架起了一根倾斜度约有三十多度的索道。而后，用一根两米多长的八号铁丝，从飞机模型的重心穿过，再慢慢地把飞机模型顺着索道放下去……

这一切设置好了之后，他专把连里干部们都请来，演示了一遍。正当岳宗在一片“啧啧”称赞声中等待首长表扬时，没想到，于跃海却阴阳怪气地说：“五班长，你们这飞机怎么是屁股朝前啊？这是哪国的飞机，还有这个本事？”干部们一下子都哄笑起来。

岳宗顿时感觉脸上火烧火燎的，唉，是自己疏忽了。片刻之后，他立刻有了新的点子：“这好办，我们在模型的头尾各做一个铁丝圈，把拴着模型尾部的细铁丝头部做成钩子，在那边山上安排值守人，待飞机往下放时，用钩子钩住模型尾部，往回收时，把铁钩摘下来，钩住模型头部就行了。”

“还有，你这飞机离索道那么近，要是实弹射击时，谁一枪把索道打断了怎么办？”

“连长，这我们早想到了，只要射击位置不设在索道正下方，而是从两侧射击，命中索道的概率还不到百分之一。”

“百分之一？还是太高。模型离索道的距离，最起码得在十米以上。”

“连长，模型离索道那么远，有一点风就会把模型吹得左右摇晃。”

“那你们不会给模型加点儿分量?”

“那好吧，我们再试试。”

经过反复试验，岳宗在飞机模型上加了十公斤的配重，又在模型下滑方向上，也增加了一根细铁丝，从上下两个方向控制模型移动，总算达到了连长的要求。

“打飞机，打空降”，这类移动运动式射击，当时还未列入步兵连的主要训练课程，没有正式的教材，因而也就没有正式的评定标准。在部队，没有评定标准的训练科目都属于软指标，训练起来随意性很大。但有了岳宗他们搞的活动飞机靶子，战士们经过几次训练，都基本掌握了打飞机的要领。

一阵热闹之后，马副政委工作组总结了一整套“阶级苦水磨战刀”促进“三支两军”工作的经验，满意地向师党委汇报去了，四连也正式进入煤矿，开展军管工作。

按上级的部署，连部和一、二排留守后沟矿，指导员和任保田副连长则带三、四排去了前川矿。

进入矿区，矿领导安排部队的同志们先利用两天时间熟悉煤矿生产的全过程。

第一天，战士们下矿了解采煤作业的情况。当岳宗他们每人身穿一套崭新的深蓝色劳动布工作服，足蹬一双高及膝盖的橡胶靴，头戴一个柳条编成的安全帽，出现在矿区井口时，矿上一位工程师脸上露出满满的慈爱:“哈，真够帅气的！小伙子们就是棒!”

“后沟煤矿是一座设计年产能八十万吨煤的大型国营煤矿。已探明的储量是八千多万吨，最早由德国人投资兴建，主产无烟煤和烟煤。目前用爆破法并试行联合割煤机采煤……”经过那位工程师的一番介绍，大家对后沟煤矿的历史和现状已了然于心。

听完介绍，矿长领着大家准备下井。四连的官兵们排成一队，依次从一个小窗口经过，每人领到一个矿灯和一个号牌。

“这号牌是统计每天下井人数的依据，请大家把它挂在脖子上，上井后，和矿灯一起交回灯房。”大伙儿一边听着矿长的指令，一边跨上了足有一间房子大小的罐笼。这罐笼一次能上三十人，是矿工们上下井的主要交通工具。

岳宗第一批上了罐笼。随着一阵轻微的吱吱声，罐笼开始急速向地下深处沉下去。罐笼四周是一根根竖直的钢筋，每根钢筋都比大拇指还粗。罐笼不断下降，周围的光线也越来越暗，最后黑得伸手不见五指。耳边风声呼呼，罐笼飞快地坠向地层深处……所有人的心都开始缩紧，手不由自主地紧紧抓着铁栏杆。谁都不再说话，只能听见彼此紧张的喘气声和凹凸不平的井壁上“哗哗”的流水声。

也许仅仅是短短的一瞬，罐笼明显降低了速度。又过了一会儿，终于稳稳地停了下来。矿上的人打开罐笼门，告诉战士们：“现在的深度是负五百米，也就是说，我们已经到了地下五百米的深处。”

走出罐笼，拐了一个弯，难以想象的景况立刻展现在眼前：灯光、铁轨、矿车、管道、线路、材料、房屋……各种声响和回音纷至沓来。战士们走进一条宽敞、明亮、高大的巷道。这条巷道足有十多米宽，地上有两条长长的铁轨，足有两层楼高的钢筋混凝土顶棚上，隔不多远就是一盏明亮的矿灯。

工程师告诉大家：“在井下，所有大型巷道都是南北走向，这叫南北大巷。在这里，大家最重要的是要辨明方向。记住南北大巷、东西石门，便不会迷失方向。”

有人问：“那到了掌子面（指不断向前开挖的采煤工作断面）上怎么办？”

工程师说：“到了那里后，最重要的不是判明方向，而是不要落了单儿，要始终跟大伙儿在一起。万一落了单儿，牢牢记住要顶着风、顺着水走——掌子面上都有大通风管往里送风，煤层中渗出来的水，也会顺着地势流到低洼处，再用大型水泵抽出地面。只要顶着风、顺着水走，一定能走出掌子面，摸到大巷来。”战士们默默地把这些话牢记在心中。

第二天参观掌子面。岳宗他们跨上罐笼，直抵井底。他们走在仅仅依靠帽子上矿灯照明的巷道里，只听四周不时传来煤层和岩石在巨大的地层压力下发出的轻微咔咔爆裂声。没有任何人提醒，大家都自觉地紧紧地拉住了前边人的衣角。他们好像在同一瞬间都意识到了，在这样无边的黑暗中，人们只有相互依靠，才有可能走出黑暗。

又往前走了一段路，噪音越来越大，灯光也明显亮了许多。只见四五个矿工正在一起操纵着一台巨大的机器。那机器伸出两根又粗又长的钢铁臂膀，臂膀的前端是一个巨大的圆盘。在圆盘的左右，安装着四个像公牛犄角一样的大铲刀。那圆盘不紧不慢地转着，切入煤层的铲刀就像战士们在土工作业训练时，用工兵锹铲切战壕壁一样，把大块大块的原煤从煤层中铲切下来。

这里的煤层厚度有九米多，全部是优质无烟煤。采煤用的是最先进的联合割煤机，其主掘头是当时世界上最大的，直径有四米半，再加上铲刀，一次可以开采近五米厚的煤层。

岳宗他们停下来，和矿工们一起站到联合割煤机旁。不断转动的大铁铲把散落的煤块儿铲到溜子上，那些从煤层中铲切下来、坠落的煤块儿，便源源不断地被送出掌子面……

每日跟着工人们按部就班、有条不紊地工作，岳宗从心底里叹服现代大工业生产组织的科学性和严密性。这里的每个人都知道自己的职责和任务，明确自己在什么时候应该干什么，因为任何一个环节上出现疏漏，都有可能影响整个系统的运转。以具体的行动支援工业生产，这是当时部队执行的“军管”工作，而岳宗呢，身处这种全新的工作中，也有了更多的人生感悟。

此时，“文革”混乱局势趋向稳定，“军管”工作越发细致而深入了。

一、二排的五十多个人被分成了十四个小组，每组三四个人不等，下到各个车间和采掘队，和工人们同学习、同劳动。

岳宗和刘满囤、胡成刚三人被分到了十一车间。这个车间是机修车间，负责全矿区各种车辆、机器和采掘设备的维修。这里车、钳、铣、刨、磨、铆、锻、焊工种齐全，能学到技术，很多人削尖了脑袋都想挤进来。岳宗三人小组的任务，主要是在工作中和工人们聊天、交朋友，听取他们对建立正规生产秩序的建议和意见，每隔两三天，集中汇报一次，确保“三支两军”任务的有效执行。

车间里的各个工种中，最让岳宗着迷的是钳工。那些钳工师傅们，不用任何机器，只凭一双手和台钳、锉刀、扁铲、冲子、刮刀、榔头等简单工具，就能让那些冰冷坚硬的铁块，乖乖地变成一个个复杂的机器零件。

有一次，车间要从一块十毫米厚的钢板上，裁下一块略成椭圆形的钢板来。当时车间里没有冲床，如果用氧炔焰气割，边缘还要再打磨。这时，一个平时不言不语，约莫四十岁的工人走上前。他的徒弟是两个二十多岁的壮小伙，也赶紧各抡着一把十八磅大锤跟了过来。

老师傅用长柄钳夹住一个冲子，顶在钢板上，划出一条直线。

“叮叮当当——叮叮当当”，师傅不时指点着徒弟，两位壮小伙儿挥舞大锤，一阵紧似一阵，轮流击打起冲子来……

这种简单工具，平时只是在钻孔前用一下，现在到了师傅手里，竟成了神奇的武器，很快把一块椭圆形钢板裁了下来。岳宗上去拿起那块钢板一看，只见钢板的边缘像是一刀切下来的一样，光滑、整齐，断面处亮得可以照见人影，根本看不出是一下一下用冲子冲下来的。后来岳宗才知道，那位四十多岁的老师傅姓秦，是全矿务局唯一的一位八级钳工。

据说三年多以前，第一套联合割煤机刚从国外运来，那两根支撑着采掘头的钢臂怎么也无法安装到位。正当几个捷克专家一筹莫展之时，矿区领导请出了秦师傅。秦师傅眯起眼睛向那两根钢铁巨臂瞄了瞄，先是让两个徒弟用喷灯对着他指定的位置烘烤，接着又掂起一把二十四磅大锤，对准钢臂咣咣就是几锤，然后轻声说：“再试试。”捷克专家们再一试，果然很顺利地安装到位。

干一行爱一行，行行出状元！面对这样的能工巧匠，岳宗更清楚地意识到：所谓状元，一定都是身怀绝技的，应该“见贤思齐”呀，自己仍须加倍努力！

在那个年代，根据全民皆兵的要求，凡有能力的工矿企业，差不多都要自制各种武器。后沟煤矿也从十一车间抽调出几位出身好、技术精、本人表现好的工人组建了一个武器试制小组。岳宗差不多整天都和他们泡在一起，眼看着一块块钢铁在他们手中变成了一个个机枪零件，又经过打磨、抛光、热处理，最后，一件件组装起来，组成了一挺崭新的“轻机枪”。

进行试射那天，岳宗自告奋勇，揽下了试射的任务。

试射之前，岳宗把机枪拆散，在一块崭新的擦枪布上蘸满枪油，仔细地擦拭每一个零件，擦去铁屑和灰尘，在零件表面涂上一层薄薄的油膜，又细心地把它们组装起来。然后，他又把用来试枪的子弹也仔细擦了一遍，把前十发子弹按一发实弹、一发教练弹的顺序卡到弹链上。因为是试枪，首先要解决打得响的问题，其次才是打得准。

试射的时间到了。他们把射击场选在一个小山坳里，百米之外的地方竖着一个胸环靶。军管会的领导和矿上的主要领导都来了，一些得知消息的矿工和村民们也簇拥在一起，远远地观看着。

"报告首长，机枪试射准备完毕，是否开始，请指示！"岳宗提高了嗓门。

军管会领导下达口令："可以开始。"

"是！"岳宗向后转，带着副射手，跑步来到射击位置，立定站好。

岳宗左腿向前跨一大步，右手提起枪，向前送出，架到射击位置上，双手撑地，左腿向后伸，在机枪左后侧卧倒，从副射手手中接过弹盒，安好；然后，拉动枪机柄，"咔"的一声，把第一发子弹轻轻顶进枪膛；再把瞄准线稳稳地指向百米外胸环靶中心的那个白色的圆点，瞄准线建立的同时，轻轻吐出半口气，屏住呼吸，右手食指果断地压向扳机。

岳宗原以为，机枪马上会发出"砰"的一声脆响，射出它第一发子弹。谁知耳中却传来闷闷的"嘭"的一声，眼前腾起一片青色烟雾，同时右手手背像是被火烧了似的，传来一阵钻心的疼痛。

"试射停止！退子弹起立！"负责现场指挥的于跃海迅速下达命令。岳宗强忍着疼痛打开机匣盖，取出弹链，卸下弹盒，交给副射手。

于跃海立刻来到岳宗身边，捧起他的右手，仔细地看了看，轻轻地吁了口气。

军管会领导跑过来问道："怎么回事？人伤着没有？"

于跃海报告："好像是炸膛了，不过并不重，人没大碍，轻二度烫伤，一个礼拜准好。"

听说是炸了膛，军管会领导勃然大怒："怎么会炸膛？马上查，一定要查个水落石出！"

岳宗脑海里迅速回闪着擦枪和试射时的每一个细节："报告，我好像知道是什么问题。"

军管会领导急切地问："什么？你慢慢说，你知道些什么？"

岳宗说："我在试射前擦枪时，好像感觉这枪的撞针稍长了一点，问题是不是出在这儿？"

于跃海一个箭步抢到射击位置，从地上捡起刚刚发射过的子弹壳，仔细一看，兴奋地说："没错，是撞针太长，击穿了底火，致使火药后喷，弹头应该还在枪膛里。这应该不是故意破坏，而是经验不足、装配不细造成的。"

军管会领导命令副射手把枪拿来，打开机匣盖，眼睛凑近枪口一看，果然里面黑洞洞的，弹头还卡在枪膛里，他立刻下达新的命令："迅速排除故障！"

试制组工人们立刻拥过来，只一会儿工夫，就重新装配好了机枪。军管会领导指着试制组中一个年轻人说："这次你来。"

岳宗立刻上前一步："报告领导，还是我来吧。从来没打过机枪的，恐怕不行。"

军管会领导看了岳宗一阵，又问于跃海："你们连能不能换个人来？"

于跃海说："其他人都下井了，就让他打吧，他是我们连最好的射手。"

军管会领导走过来，拉起岳宗的手，看着已经泛出水泡的伤处，关切地问："你手伤成这样，还能行？"

岳宗把胸脯一挺，说："轻伤不下火线。"

军管会领导轻轻点了点头："好，继续试验！"

接下来，一切顺利。岳宗连打了三个单发，又用四发子弹校正了枪的瞄准系统，最后的十二发子弹经过重新装弹后，又连打了四个点射，命中了九十七环。

自制班用轻机枪试射成功的消息，以最快的速度传遍了整个矿务局，岳宗准确判断故障，带伤完成试射任务的事迹，也同样迅速传扬开了。矿务局军管会还特别建议四连报请上级批准，给岳宗记了一次"三等功"。

但是，另一个惊人的消息，却从前川矿区驻军处传播开来：吴庚壬得精神病了！

吴庚壬？就是那个在新兵连时跟自己一个班，乐亭来的那个大个子？这小子身高足有一米八多，身材结实匀称，壮得像头牛。不管对谁，他都是笑呵呵的，不管谁有了难处，他都第一个伸出援手。他的军事技术也不错，队列、射击、投弹，都名列前茅。在新兵连里，从连里的干部到每一个新兵，谁都说不出他半个"不"字。

当初，在去海防连的车上，吴庚壬和岳宗坐在一起，闲聊中曾对岳宗透露过他的志向。据吴庚壬说，他的祖爷爷十几岁那年，老家河南遭黄河水患，全家只剩下他祖爷爷一人。祖爷爷只好背井离乡，去闯关东了。当他祖爷爷跟着那些闯关东的人们一步一步走到乐亭的时候，正赶上秋收季节。祖爷爷给一家大户打短工，掰玉米、砍高粱、种麦子，挣几个盘缠钱。那大户看上了他祖爷爷矫健的身材和一身过人的力气，把他祖爷爷收留下来，并把自己的女儿许配他祖爷爷做妻室。这样，他们这一家在乐亭繁衍起来。

听吴庚壬说，他们这一家，多少代人都是从土里刨食，没有出过一个在外为官的，受尽了官府、土匪和比他们家势力更大的地主的盘剥、欺压。到了他爷爷那辈，当年的大户人家，已经成了一户只有几亩薄田的穷人。他这次当兵离家前，爷爷一直把他送到县武装部，反复叮嘱他，“一定要在部队好好干，争取挣个一官半职，好为咱们吴家光宗耀祖”。

吴庚壬的计划是一年入党，两年提干，十年之内，要争取调到师以上机关工作。达不到这个目标，他决不回家探亲。

当时，岳宗虽然对吴庚壬的“志向”不以为然，但丝毫不怀疑他实现自己志向的能力和决心。像吴庚壬这种从农村出来当兵的人，都切实体验过农民的辛苦和艰难。为了能从农村走出来，他们是很能——用个什么词呢？拼搏？对，就是拼搏，也只有这个词才能最准确地形容他们为了跳出农村，那种咬着牙、挣着命的努力了。

吴庚壬 1966 年“文革”开始时已经是高二学生，文化高、身体棒、决心大，为人处事又足够老练，所以，按常理推算，他一定能实现自己的目标。

就是那么精明强干又争强好胜的一个人，怎么会得了精神病？岳宗的第一反应就是：这绝对不可能，一定是有人在造谣。可是听了三排那些人讲述的事情经过，他又不由得相信了，那太符合吴庚壬的性格特点了。

据三排的人说，吴庚壬一直留守在大河口哨所。每天早晨大家都还没起床，他就把哨所的院子打扫得干干净净，还为每个人打好了洗脸、刷牙的水，甚至把牙膏都挤到牙刷上。大家起床后，他又打扫室内卫生，连登上哨楼的楼梯都被他用墩布擦得一尘不染。每次学习他都抢着念报纸、读语录，并总是抢着第一个发言，他的发言既有理论，又能联系自己的工作和思想实际，用听过他发言的指导员的话说，“的确很有深度”。他不仅在集体学习时非常积极，还一有空就捧着本《毛泽东选集》，孜孜不倦地用功，短短的几个月里，他所写的读《毛泽东选集》心得体会就有好几大本。不仅如此，他还经常替别人站岗。

哨所的主要任务就是站岗，每人白天晚上都各有一班岗。如果在星期天，白天，吴庚壬常常一班岗就站半天，即便是夜岗，他也经常一站就是两三个小时，让别人能多睡上一会儿。班里人人都夸他好，党小组也早把他列为培养对象。连长指导员了解了他的情况后，都非常感动，感叹多年不见这样有上进心的好兵了。

有上进心当然是件好事。但是，上进心如果过于强烈，也是会起反作用的。吴庚壬毁就毁在他那过分强烈的上进心上。

那是一个多月以前的一个夜晚，又轮到吴庚壬站天亮前的第二班岗。按海防连的规矩，夜间的岗这样安排：由于海边冬天夜间的气温常常低到零下二十摄氏度以下，为了保证战士们的身体健康，都把夜间每班岗的一个半小时分成两个部分，前四十五分钟在室内待班，后四十五分钟才到哨楼上去站岗。这样，避免了刚从热被窝里钻出来，就到冰窖般的哨楼上去站岗。过去，很多人就是这样患上了老寒腿，一辈子都饱受折磨。

那天，吴庚壬被叫醒之后，先是坐在屋里守着电话，随时准备有什么情况好上传下达。但是，处在我国内海渤海湾最深处的海防哨所能有什么情况？吴庚壬闲极无聊，开始摆弄起他的子弹来。那时在哨所执勤的战士，都是随身带着枪和子弹的。每支半自动步枪配半个基数的子弹，整整一百发。他打开子弹袋，打算给子弹上上油，可没想到突然发现少了一发子弹！

吴庚壬还记得在连里组织的授枪仪式上，连长要求大家“要像爱护自己的生命一样爱护武器，做到不丢失、不生锈、不受潮、不损坏”的话。他先是在桌子周围、椅子下好一阵翻找，又摸黑到宿舍床下和枪架下找了半天。当时大家都睡得正香，他不敢搞得动静太大。反复找了几遍没有结果，便自以为聪明地做了一件最愚蠢的事——从旁边另一位同志的子弹袋中抠出一发子弹。

其实，在当时那种环境下，就算是真丢了一发子弹，最多在连队军人大会上做个检讨，发展入党的时间推迟而已。可是，他从别人子弹袋中取出的这一发子弹，却使事情的性质发生了根本的变化。

那天吴庚壬到哨楼上接了岗后，照例一直站到了起床时间——那天，他如果不是一直站到起床时间，就会起早去打扫院里卫生，这样的话，事情也会完全是另一个样子。但是，生活中不存在如果。因为那天吴庚壬还在哨位上，是另一个战士起床后拿着大扫把去扫院子了。他扫了没几下，就发出一声惊叫：“这是谁的子弹？”原来，有一发金灿灿的子弹，不知什么时候被人踩了一脚，深深地陷进了地面中。

那个战士把子弹从泥土中抠出来，举在手中大声问："这是谁的子弹？"这时候，如果吴庚壬说是他的，是上岗时发现少了一发子弹，准备起床后再向班长报告的话，后面的事情也不会发生。那个战士会毫不怀疑地把子弹还给吴庚壬。吴庚壬只要趁大家还都不知道，悄悄地还回那发从别人子弹袋中取来的子弹，就一点事情也没有。但同样，生活中不存在如果。刚从哨楼上下来的吴庚壬和大家一样摇着头，装出一副茫然无措的样子。这就在愚蠢的道路上，又迈出了更为愚蠢并且是无法挽回的一步。

凭空多出一发子弹，这本来也同样算不了什么大不了的事。无非是把子弹交给班长处理就是了。班长拿到那发子弹，多半会趁哪次实弹射击时把它打出去。吴庚壬只要先悄悄还回那发子弹，再在下次实弹射击时少打一发，也就能神不知鬼不觉地把这事遮掩过去了。如果那天指导员不是正好在哨所蹲点，这件事多半也就这样处理了。还是那句话，生活中不存在如果。偏偏那天指导员正好在一班哨所蹲点，于是，吴庚壬的命运无可挽回地改变了。

指导员从屋中出来时，那个战士还在问子弹是谁的。见始终没人来认领，平时挺随和的指导员不知怎么突然较起真来。他从那战士手中接过子弹，仔细看了看，又把它举到空中，提高了声音大声问："这到底是谁的子弹？"等了一会儿，见还是没有人认领，他就把子弹往手心中一攥，把手背到身后，冲着班长大声下达了命令："组织点验！"

所谓点验，是部队管理的一项制度。点验的内容包括对编制制度的执行情况和各种物资器材的保管情况，其中也包括个人物品。内务条令中明文规定，组织点验时，每个人都要把自己的所有物品（包括军队配发的和个人购买的）全都拿出来，在大庭广众之下，由点验组一件一件地翻检，检查对配发物品的保管情况和有无违禁物品。

指导员的命令下达以后，吴庚壬完全傻掉了。他机械地按要求拿出个人全部物品，一样样摊开来。当他把自己子弹袋中的子弹全都取出来后，人们的目光都集中到了他的身上。他的弹夹中，都是刚从连部弹药库中领来不久的新子弹，呈现一种明亮的紫铜色。而其中只有一发却是暗淡的古铜色。指导员手中的那发子弹，正是那种明亮的紫铜色，而另一位老兵的子弹袋中，却正好少了一发暗淡的古铜色的子弹。

事情就这样不可挽回地发生了，而且从丢失一发子弹，演变成了对一个人思想品德，甚至是人品的质疑。吴庚壬之前的一切努力，全都成了他别有用心制造的假象。那些一直认为他是个少有的好兵的人，都不约而同地产生了一种被人愚弄的感觉，从而不仅对他失去了信任，而且开始上纲上线地批评甚至批判他。

试想想，一个涉世不深的人，一个被自己的家族寄予了全部希望的人，一个对自己的前途抱有如此远大的宏图并一直在为之努力的人，一个总是被大家表扬、赞美，并因而飘浮在高高的云层之上的人，突然从云端一个跟头倒栽下来，突然失去了所有表扬赞美和希望，突然发现自己之前付出的所有努力不仅全都成了泡影，而且变成了他人茶余饭后取笑的谈资，他的精神能不在瞬间崩溃吗？

据三排的战士说，从那以后，吴庚壬常常整夜整夜地不睡觉，在毛主席像前弯腰曲背地“请罪”。后来，他的种种反常越来越严重，才有人意识到他的精神可能出了问题。连里的军医带他到上级医院做了检查，最后被确诊为“精神分裂症”，被送进了一所军队的精神病医院……

只是因为在一件微不足道的小事上，没有把握好自己，把自己的一生就这样毁了，岳宗真为吴庚壬惋惜。不诚实，是人一生中一块最险恶的暗礁。侥幸心理，则是人生中最能害人的心理。做人最重要的，就是一个“诚”字，就是要杜绝一切侥幸心理，把自己的人生，建立在扎扎实实的努力之上，这才是成功最可靠的保证啊！

国庆节那天，矿上如同过大年一样，处处洋溢着喜庆的气氛。从矿工食堂到井口的道路两边，五颜六色的彩旗迎风招展，各色彩纸书写的标语贴满了电线杆、树干和主要建筑的墙面；高音喇叭里，一首接一首播放着旋律激昂的革命歌曲；矿区的大小道路上，一队接一队穿着崭新工作服的人们，神情兴奋地涌向矿工食堂，从那里领取一份井下吃的工间餐，然后又大声说笑着互相打着招呼，一齐向井口走去。

“迎国庆、放卫星”运动终于结束了。那天，三个班次出的煤一个比一个多，一天下来，运到地面的煤一共有一万余吨。可是由于机械超负荷运转，在以后的几天里，割煤机、溜子、电机车各种故障层出不穷。

11 车间的几个班组那几天差不多都下到井下，全力排除机械故障。那两台联合割煤机断断续续几乎停了一个星期，因此减产的数量加在一起，远远超过了那颗卫星。

滚滚长江东逝水，浪花淘尽英雄……青山依旧在，几度夕阳红。

接下来，利用国庆节假期，连里把战士中的能工巧匠们组织起来，到矿上家属区摆摊，免费修理自行车、收音机，锔锅补碗、掌鞋换脸盆底、磨剪子抢菜刀、焊洋铁壶。后沟煤矿的工会主席，则带着放映队和矿工们到连队来拥军，演了一台热热闹闹的节目，放了两场电影。矿上职工业余篮球队还和四连举行了一场军民友谊篮球赛。

一时间，军民一家，其乐融融，兆川矿区生产正常运行，社会生活恢复稳定。在那个特殊年代，“军管”任务顺利完成，连队该撤回啦！营房那十多亩地的白菜萝卜等着收获，还有军事训练考核、老兵复员的准备工作，总之，又得忙乎一阵了。

第十三章

探亲假

兆川煤矿军管结束，四连回到营区，已经是十月底。紧张的冬防工作开始了。

俗话说，“编筐编篓，重在收口”。所谓冬防，是驻北方部队的习惯说法。其具体内容包括给各种车辆、机械、火炮等换冬季装备，储备取暖燃料，收获储藏过冬的蔬菜粮食，等等。只有圆满完成冬防任务，才算是为一年的工作画上了一个圆满的句号。

那几天，于跃海连长总是大声命令，要求他们在进度和质量上，一定要比其他连要快、要好！每天早上一吹起床号，四连战士迅速排成队列，又成了一支精神抖擞、整齐划一、能够冲决一切阻碍的钢铁洪流，一下子回到紧张有序、纪律严明的正规化军营里，原先散落在兆川深山里的“神”重新被聚集起来了。

岳宗带着全班投入了紧张的冬防工作。

那是一个周末，晚饭后照例是自由活动，岳宗正端着泡着一双脏解放鞋的脸盆往水房走，连部通信员小孙突然找到他说：“五班长，连长指导员让你立刻跑步去连部一趟。”

小孙原来就是五班的兵，是岳宗看他身体太单薄，个子又小，担心他受不了步兵班摸爬滚打的苦，才千方百计向连长推荐，调到连部去当了通信员。这小子在班里的时候，整天耷拉着个脑袋，一副总也睡不醒的样子，谁成想到了连部，却如鱼得水，整天都精神百倍，两只眼睛放着光，处处透着聪明机灵。

小孙对岳宗一直是心存感激的，平时连里有什么事，他总是提前给岳宗透个信，要是有什么特别急的事儿，也能帮着岳宗拖延一二。

“立刻？是什么事？”岳宗正暗自琢磨着，小孙一把夺下他手里的盆：“班长，这鞋我替你刷，快去吧，好事儿！”

岳宗自从下连队两年多来，连里其他战士的好事，确实见过不少：同年入伍兵里面，被抽调出去学开车、学报务、学习高射炮指挥仪等种种好事，居然都没有自己的份儿！这一度让岳宗很不开心。后来，还是副连长任保田找岳宗谈心时，劝他把眼光放得远一点，他才慢慢想通了。想通归想通，岳宗还是为自己这个曾是北京市中学生数学竞赛第二名，具有那么好的数理化基础感到惋惜。从那回以后，他基本上绝了去当技术兵的念头。对一个当了两年多兵的战士来说，会有什么好事儿呢？岳宗实在想不出来。

"报告！"岳宗来到连首长宿舍外，双脚脚跟一碰，挺胸抬头，大声喊道。

"进来！"屋里传出邓指导员的声音。

岳宗轻轻推开门，左脚迈步，跨进屋里，右脚靠拢左脚，立正，敬礼，大声说："报告连长指导员，五班班长岳宗奉命来到，请指示！"

岳宗当了班长以后，常来连部，但还很少这样严格按照内务条令的要求，又是报告，又是敬礼的。一来是因为连长于跃海正狠抓队列训练，提倡正规化军纪；二来是因为岳宗也期盼着这一次"好事儿"，别再像以前似的，煮熟的鸭子又飞了，想给连首长留个好印象。

于跃海靠在椅子上，上下打量着岳宗，好一会儿后才说："嗬，看来我的正规化没白抓。不错，报告词简单明白，声音洪亮，敬礼姿势标准。是不是听到什么风声了？怎么这么规矩？"

指导员邓颂平笑着说："是不是小孙跟你说什么了？"

岳宗还没来得及回答，于跃海站起身来，走到岳宗面前说："指导员和我研究了一下，准备让你休探亲假，二十天。明天你准备一下，后天一早就走，早去早回。"

休探亲假？这可真是好事儿，是岳宗连做梦都不敢想的好事！

"真的吗？"岳宗几乎不敢相信自己的耳朵。见他愣在那里不说话，于跃海和邓颂平互相看了一眼，对岳宗说："怎么？你不想回去就算了，我们再安排别人。"

岳宗连忙说："不是，我当然想回去看看爸妈，但是我想，连里冬防工作这么紧张，这时候休假合适吗？要不，要不等忙完了冬防我再回去？"

于跃海说："什么忙完再回去，你当兵也两年多了，连队里什么时候不忙？忙完这段下段更忙！让你回去就回去，哪那么多婆婆妈妈的？怎么，这地球离开你还就不转了？"

邓颂平语调温和："老兵休探亲假，连里统一安排。今年超期服役的老兵们都休过探亲假了，剩下你们几个班长还没休，轮流安排嘛。明天上街买点土特产，后天一大早出发！”

出乎意料的好事儿，往往会让人更加惊喜！岳宗努力压抑着心头的兴奋，“啪”的一声，又是一个立正敬礼：“是，谢谢连首长的关照！”说完，一个标准的向后转，几步跨出连部，飞快地向宿舍跑去。

第二天，岳宗早早起了床，从枕头包里挑出一身七八成新的军装和一顶新军帽，仔细地钉好领章帽徽，又挑出一身干净的衬衣衬裤，把身上的衬衣和军装换下来，摁进脸盆里。然后，先来到团军人服务社旁的储蓄所，把当兵两年多没花完的津贴费全取了出来。

守备一团驻地当时属于经济欠发达的贫困地区，有钱也买不到什么东西。两年多下来，节余的津贴费将近二百元。岳宗拿着钱走进军人服务社，把货架上摆着的六瓶好酒全都包了圆儿。那时的茅台，用的还是那种浅酱色的陶瓷瓶，瓶口用软木塞封口，瓶子外面还包着一层薄薄的绵纸，每瓶卖八块钱。服务社主任帮岳宗找了个装肥皂的纸板箱，把六瓶酒放进去，还有小半箱空着。想起在北京买肥皂还得凭本限量供应，又买了几条上海产的灯塔牌肥皂，满满地装了一纸箱。接着，他又借了辆自行车，一路如飞地来到县城，搜罗了集市上所能见到的金丝小枣、薄皮核桃和一些虾仁、海米、蘑菇、木耳之类的山珍海味……

“谁言寸草心，报得三春晖？”对于父母的付出，做孩子的长大后，无论怎么报答也不为过。岳宗恨不得把所有能带的东西都带回家。

无意之间，路过邮局，拐进去站在柜台边写了封信：“肖海平，我们能在一起度假吗？”岳宗止不住兴奋，把将回北京的好消息告诉了她。

临行前，岳宗又找出一双白塑料底、黑平纹布面的松紧口布鞋。这种布鞋是当时军队统一配发给士兵的制式军鞋，穿着非常方便舒服。当了两年多兵，第一次回家探望父母双亲，虽说不上是什么衣锦还乡，但也要穿戴得整齐利索些，让父母看着高兴。

一路顺利，岳宗搭乘长途汽车赶到德州。

当地有德州扒鸡这种享誉全国的特产。那时候人们的收入水平都不高，物价也很低，一只一斤半重的扒鸡，只卖八角钱。为了方便旅客购买，售货员把两毛钱找头预先装在扒鸡包装袋里，只要交上一块钱，就能得到一只包装好的鸡。岳宗一下子买了三只德州扒鸡。

坐在去北京的火车上，岳宗往窗外望了望，一片浓黑，根本无法判断火车到了哪里。一位中年人看着他焦急的样子，微笑着问："怎么，有急事儿？到北京出差？"

"当兵两年多了，第一次回家探亲。如果火车晚点，赶不上末班车可就糟了。"

中年人问："你家在哪儿住？"

岳宗告诉了他。

"那边通地铁了，地铁末班车到晚上十一点多呢。"

"什么？地，地铁？"岳宗疑惑地问。

中年人说："对，地下铁路。现在，从北京站到西郊人们都坐地铁，又宽敞又亮堂，还不堵车，冬暖夏凉，可方便呢。那车站修的，都跟大礼堂差不多，一水儿两个人抱不过来的大柱子，可结实呢！"

早听说北京在建地下铁路，可没想到，当兵两年不在家，这地铁居然已经通车了。嘿！今天，就坐地铁回家！终于，列车伴着《东方红》乐曲驶进北京站。怎么那么巧，列车停在了第一站台上。两年前，也是这样一个华灯初上的夜晚，岳宗就是从这个站台登上了离京的火车，开始了军旅生涯。这里的一切，让他感到那么熟悉，那么亲切。

出门在外，岳宗最不愿意和那些肩扛手提着行李包裹的人们去抢道。他不紧不慢地跟着出站的人流，缓缓地向出站口的方向挪动脚步，之后，他走进那个长方体建筑，下了几级台阶，向右转弯，来到地铁站台上。

这里，并不像一般人描述的那样金碧辉煌、雍容华贵，但也十分美观大气。地铁站内装饰风格和北京站如出一辙，同样是浅黄色大理石贴面的圆柱，粉红色花岗岩方砖的地面，乳白色日光灯照明，大理石圆柱上，同样悬挂着一块块红底黄框白字的毛主席语录板，站台上同样是熙熙攘攘，人声嘈杂。

岳宗随着人流上了车，在离家最近的车站下了车。刚走出地铁站，晚秋的那股清爽之气，立刻浸透了他的胸膛。眼望四周宁静的夜色，真不敢想象，刚刚自己还身处人声鼎沸的城市中心。

他提着旅行包，脚下的步子越迈越快。进了家属院大门，沿着熟悉的小路，绕过礼堂、食堂、招待所、锅炉房和汽车队，穿过那个篮球场，飞快地来到自己家住的那幢楼下，进了自己家的那个门洞，顺着楼梯一步三级上了三楼，顾不得平息一下急促的呼吸，抬起手就敲起门来。

“是谁呀？这么晚了，有什么急事吗？”门里传来妈妈的声音。

“妈，是我，我是岳宗，快开门！”

“是谁？岳宗吗？”还是妈妈的声音，兴奋中带着几分疑问。

“没错，是我，我回来休探亲假了！”

门里传来杂乱的脚步声。有人小跑着来到门边，拨开插销，转动门把手，拉开了门。只穿着背心裤衩的小弟岳玄站在最前边，在他的后面，是披着外衣的小妹岳衡和妈妈。人人的脸上都满溢着惊喜的笑容。

小弟岳玄抬头看着岳宗问：“大哥，真的是你呀，你怎么回来了？”

岳宗走进家门，放下提包，说：“可不真的是我？连里让我回来休探亲假！你怎么样？最近又捅什么娄子了？”

岳宗这个最小的弟弟今年才刚满十岁，正是“狗都嫌”的年龄。从爸妈和小妹岳衡的来信中，岳宗早就知道，这个最小的弟弟成天带着一帮小男孩们不是在院里折腾，就是和院外的孩子们打架，比自己当年还不让大人们省心。

妈妈把岳宗拉到客厅里，打开灯，仔细地端详着，说：“你这孩子，长这么大了怎么还是一点事都不懂？回来探亲怎么也不提前来个信？”

岳宗双手拉着妈妈的手，仔细地看着妈妈。

在灯光的照耀下，妈妈的容貌没变，一双明亮的眸子充满慈祥的爱意，只是满头的乌发中，已经隐约现出几根刺眼的银丝了。

岳宗扶妈妈在沙发上坐下，一边从提包里往外掏东西，一边讲连里怎么突然让自己探亲的经过。他把酒放到茶几上，有几分得意：“妈，你看，这是我给爸爸买的茅台酒。别看在北京这酒不好买，我们团服务社就有，知道爸爸爱喝，我把我们团服务社的茅台包圆儿了！花了我半年的津贴费呢！哎，爸爸呢？爸爸怎么没在家？”

妈妈盯着岳宗上上下下打量着，听到岳宗问，忙答话：“你爸在 301 住院呢，检查一下身体。他刚从越南回来，前一段那边疟疾大流行，从那边回来的都要住院查体。哎，你还没吃饭吧？小衡，快给你哥下点挂面去！”

妈妈的话音未落，小妹岳衡已经把一大碗热气腾腾的挂面端上来了。面汤里加了香油和胡椒面，一个荷包蛋从面条的缝隙中隐约露出一点踪影。岳宗由衷赞了一声：“真香！小衡刚上初中吧，就能下出这么香的挂面了！”

妹妹岳衡腼腆地看着岳宗，只是笑。妈妈说：“你不知道，这几年，小衡可长本事了。你们几个大的都走了，你爸爸三天两头出差，我又老要值夜班，他们两个有时放学晚了，赶不上食堂的饭，就是自己煮挂面。一开始不是煮得半生不熟，就是坨到一块儿，后来你爸亲手教她怎么煮面，怎么调味，怎么卧鸡蛋。以前我一值班老担心这两个孩子吃不上饭，现在我是一点也不担心了。小衡不光会煮挂面，还会焖米饭，会做西红柿炒鸡蛋了呢！”

岳宗一边大口吃着面，一边说：“这好比《红灯记》里唱的，穷人的孩子早当家。咱家的小衡才刚满十三岁，就这么能干了，将来她炒菜的手艺一定会超过特级厨师！”

和和美美，其乐融融。这正是岳宗最最看重、时时渴盼的家的味道。当天晚上，岳宗躺在自己当兵前睡的那张床上，感觉美美的，舒服极了。

可是，早饭后上卫生间时，岳宗却发现自己竟然不习惯坐马桶了，只得跑到院子里的公用卫生间，才把“大事”解决了。小衡和小玄知道了，都笑哥哥当了几年兵把自己当成个土老帽了。是啊，当年从生活条件相当优越的北京，到穷乡僻壤的海防前线去当兵，岳宗没有觉得有什么不适；而今从贫困县城回到北京，反而有了诸多的不适应。难道真像人们所说的那样，人没有吃不了的苦，却有享不了的福，自己天生就是个吃苦的命？

早饭后，送走了上学的弟妹，岳宗往军用挎包里装了瓶茅台酒、一包德州扒鸡和一些水果，出门下了楼。他跨上那辆两年多没骑的自行车，直奔301医院。虽然来之前已经问清楚了爸爸住在哪个病房，可一进医院的大门，看着那一幢幢外观都差不多的大楼，岳宗还真有点发蒙。正当他踯躅着想问路时，一个清亮的声音突然传入耳中：“岳宗？是岳宗吗？”

他扭头往声音传来的方向看去，只见一个身材苗条，穿一身国防绿军装的女子，手里提着装满东西的网兜，正朝这边走过来。

“吴梅英，是你呀，你怎么在这儿？”

吴梅英有几分嗔怪地说：“我家就住在这儿的家属大院！”

听说岳宗是来探视老爸的，吴梅英带着他来到南楼。

走到病房门外，吴梅英打开门，侧身闪到一边。岳宗上前一步进了屋门。

这是一个带套间的大病房。外间布置得像一间会客室，靠墙放着几组沙发，迎面的一个大沙发前的茶几上，放着几个白瓷杯子和一个果盘，老爸正坐在沙发上看报纸。里间有一张宽大的铺着雪白床单的病床，床头靠窗户的一边，是一张写字台，写字台上并排放着两部白色的电话机。

“爸！”岳宗走进屋内，喊了一声。老爸听见声音，猛抬起头，眼光越过老花镜的上边框，眉头微皱，打量着岳宗。

“爸，我是岳宗，我回来看你来了！”

老爸放下手中的报纸，站起来，绕过茶几走到岳宗面前，一把拉住他的手，又握起拳对着他的胸脯捶了两下：“你小子怎么回来了？什么时候回来的？”

“连里让我回来休探亲假，昨晚儿九点到家，今天一大早就来看您了！”

“到家了，怎么不给我来个电话？这电话你妈知道的。这个老糊涂！”老爸轻声嘟囔着。

“爸，不赖妈，是我不让妈打的。一呢，是有点儿晚了，怕影响您休息；二来也是想给您个惊喜。看，这是我们滨城的枣、苹果和梨，别看长得不怎么样，味儿还行，您尝尝。这是正宗的德州扒鸡，我还带来了茅台，这瓶您先喝着，家里还有！”

老爸这才发现还站在门边的吴梅英，仔细看了她一眼，问：“这位姑娘是？”

“噢，爸，这是我中学同学，她家就是总院的。今天要不是碰巧遇见她，我还不知道怎么才能找到这儿呢。”岳宗转过身，把吴梅英拉进来，“这就是我爸。”

吴梅英大方地走进来，握着老岳的手：“伯父，您好！我在新疆当兵，也是回来休探亲假的。”说着，她从网兜里掏出香蕉和橘子，放到茶几上：“这是我爸刚从南方出差带回来的，您尝尝。”

老岳一边答谢，一边让座。岳宗和吴梅英一边一个，在老爸两边的沙发上坐下。

老岳似乎对吴梅英更为关心。听说她在新疆当兵，很自然地把话题转到了一年前的铁列克提事件上。老岳说：“那一次，‘苏修’那边是蓄谋已久了，珍宝岛吃了亏，他们要找回来的。东北这边两国有界江相隔，华北这边隔着个蒙古，他们肯定要在新疆搞鬼。铁列克提事件以后，我参加了军委调查组，对整个事件了解得很清楚。”

岳宗指着吴梅英说：“爸，她参加了那次战斗的战场救护，还立了三等功。”

老爸有几分惊讶地看着吴梅英说：“是吗？你参加了那次战斗，还立了功？好样的！”

岳宗带着几分羡慕说：“她是我们当兵同学里第一个上过战场，第一个立功的。”

吴梅英涨红了脸，有些扭捏地说：“其实也没什么。我们是战斗结束后才上去的，算不上上过战场。是那些男兵把伤员从阵地上抬下来，我们女兵只是包扎、抢救、护理，我那时刚从卫训队结业，什么都不懂，就是跟着老兵们干。我是因为给伤员输了血，再有，服务态度比较好，才立了功的，其实真的算不了什么。”

“哦，那也很不简单，第一次见到那么血腥的场面，不害怕就很了不起，你还能给伤员输血，真的了不起！”

“提干了吗？”老爸又问。吴梅英轻轻点了点头。

“那可得帮助帮助你这个老同学，这小子，当兵两年多了，到现在还什么都不是！还一点都不谦虚，给家里写信，老是吹他枪打得多么准，手榴弹投得多么远，还是同年兵里第一个当上班长的，真像你说得那么好，怎么现在还是白丁一个？你看你同学，又立功又入党又提干，你还好意思吹？”

岳宗第一次回来探亲，老爸难得这么高兴。岳宗大着胆子打着哈哈说：“咳，她那是运气好，赶上那一拨了。我不是时运不济嘛，晒过盐、站过岗、执过勤、施过工、下过煤窑开过船，摸爬滚打，什么苦都吃过，什么好事都没赶上，也不知是得罪哪位神仙了。不过人不可能老是这么背，您等着，爸，等我时来运转，说不定还能弄个师长旅长干干呢！”

老爸指着岳宗笑着对吴梅英说：“看看，又吹上了，现在这些孩子，我最反感的，就是他们这一点。”

见有医生来查房，岳宗站起身来，对老爸说：“爸，您这儿有事，我先撤了，明天再来看您。”说着，和吴梅英一起告辞出来。

出了病房大楼，岳宗跨上自行车，朝吴梅英摆了摆手，脚下一使劲儿，一溜烟向前蹬去。

当天下午，岳宗去看徐惠宁。徐惠宁在三年初中里一直住岳宗的下铺，曾经因为患肾炎休学一年，是初一下学期才转到岳宗班上的，是岳宗无话不谈的好朋友。

谈及肖海平，徐惠宁说：“我敢说，是她追的你，对不对？”岳宗微笑着不说话。徐惠宁问：“你们现在到什么程度了？你俩可都够强势的，能行？”

岳宗说：“还能到什么程度？两地书呗，天各一方，鸿雁传书。”

谈及我党我军的那些老干部们，徐惠宁说：“你爸还好吧？我记得以前去你家，跟你爸聊过。在我印象里，他记忆力相当好，头脑清楚，逻辑性强，用词也非常准确生动，表达能力相当强。我觉得，要是有人把他说的话记录下来，稍加修饰，准能在报纸杂志上发表。你小子上语文课从来不好好听，可作文还写得挺好，说不定得了你爸的遗传呢。”

岳宗说：“我爸参军前只上过三年私塾，其实也没什么文化。哎，你看《资本论》能看懂吗？那可是经济学，什么价值、价格、货币、宏观、微观、实体、虚拟的，我翻过几页，头都大了，我看，那些书最大的功能恐怕就是催眠了，你真能看得懂？”

…………

两个久别重逢的老同学海阔天空地聊了很久，直到傍晚。见天色不早了，才笑着挥手告别。

岳宗刚一推开家门，妈妈就埋怨着说：“一下午到哪儿疯去了？你一个女同学打了好几个电话找你。给，赶紧的，好像有什么急事儿。”

岳宗接过妈妈递来的纸条，一看是吴梅英家的电话号码。

“到底有什么急事儿？是不是有肖海平的最新消息了？”

“算你脑子灵，一下子就猜中了。看完你回京探亲的信，她立马去科里请假，也该着她轮休。她今天晚班火车返京，明天早晨六点半左右到，让你去车站接她。”吴梅英说。

“呜——”蒸汽机车拉着汽笛，喷吐着浓烟和白气，拖曳着一长串车厢缓缓地驶进站台。

列车渐渐停稳，车门打开了。人们相互拥挤着，一刻不停地向出站的地道口涌去。岳宗按照肖海平的“电话指示”，迎着人流高举着报纸，同时用双眼紧张地搜寻着每一个穿军装的人。

看了半天也还没见着那个穿海军服的苗条身影，耳中也没听到久久期待的那声饱含兴奋的呼唤，岳宗心中不禁有些忐忑，难道她没有乘这趟车？正要转身之际，他突然看到一个身着灰色海军服的女军人，正直直地站在那儿朝自己笑。长鹅蛋形的脸上那对从鼻梁顶端高高飞向两鬓的秀眉，那一双眼角微微上挑的凤目和像黑水晶一样闪闪发亮的眸子，那洁白的牙齿，还有两腮上时隐时现的浅窝，不是肖海平又是谁?!

见岳宗走到身边，仍然满脸是笑的肖海平，眼角突然涌出一串珍珠般晶莹闪亮的泪珠。泪珠顺着她的脸颊扑簌簌地滚落下来，岳宗连忙上前一步，双手扶住她的肩膀:“海平，你，你怎么了？怎么了？”

既不说话，也没有任何动作，她就那样睁着一双大眼睛牢牢地看着岳宗，任由眼泪不断地滚落。

长这么大，还从来没有遇见过这种情况，他一时不知所措，只是不停地问:“你怎么了？说话呀，你到底怎么了？”

肖海平看着岳宗焦急的样子，微微一笑，掏出手绢擦了擦脸上的泪水:“我高兴的，我激动的。”

岳宗伸出一只手挽住肖海平，一边往外走，一边对她说:“真怕接不到你呀。既不知道你乘哪一趟车，又不知道你在哪个车厢。”

肖海平低声说:“知道吗？我也担心和你错过了。我正随着人群往外走，一抬头，就看见你举着那张报纸，举得那么高，不知怎么，一下子就迈不动腿了。你知道我有多想你吗？看见你焦急地在人群中找我，我这心里，都高兴得不知该怎么办了。”

“你应该喊我呀！看着出站的人越来越少，还是没有你，你知道我有多着急吗？”

“我想喊来着，可是喊不出声。”

“那你向我招招手也行啊，就像在中关村体育场那样。”

一路上，你一言我一语，仿佛有说不完的话。

岳宗一直把她送到海军大院门口。肖海平松开拉着岳宗的手，仍依依不舍:

“你不来我家吗？”

岳宗稍一迟疑：“太突然了。以后吧，找个合适的机会再去你家。”

“丁零零……丁零零……”

岳宗正在看书，电话铃响了起来。他没有去接，想着打电话的人见没人接会以为家里没人，过一会儿就挂了。可是电话那头的人好像知道家中肯定有人似的，铃声仍不屈不挠地响着。没有办法，岳宗拿起话机，轻轻问了一声：“喂，请问您找谁？”

电话里传来一声怒喝：“找谁？就找你！你明明在家，为什么不接电话？”是老爸的声音。“哦，是爸爸，这不一听见铃响，我赶快就来接了。爸，你不是在医院吗？有什么事，需要什么东西吗？我立刻给您送去。”

“送什么送，告诉你妈，我出院了，晚上回家吃饭！让你妈炸点花生米，弄几个下酒菜。”说完，“咔”的一声，老爸撂了电话。

老爸说过，打电话，有屁就放，放完就挂，最烦吞吞吐吐，婆婆妈妈，磨磨叽叽，没完没了，老占着线就是不放。他这样说，也带头这样做。他的这个习惯，也影响了岳宗。

放下电话，岳宗到厨房看了看，见洗菜池子旁边的盆里还有些土豆、胡萝卜，碗柜里有多半盆红烧肉和几块炸带鱼。

老爸要回来，这点儿菜肯定不够。

岳宗骑车到附近卖菜的地方又买了些蔬菜。往回走时，见一个十五六岁的男孩提着个桶站在路边。他停下车看了一眼，桶里是两条一尺多长、身上长着菱形花纹的黑鱼。

“你这鱼卖吗？”

“卖！一块钱一条。”

岳宗微微一笑：“得嘞，两条我都要！”他付了钱，把鱼装进网兜，骑上车回家。

晚上，妈妈做了满满一桌菜。

在妈妈的手下，岳宗买来的两条黑鱼一条成了溜鱼片，一条成了红烧鱼，妈妈还做了烧土豆茄子、炒油菜、焖豆角和胡萝卜丝炒香干。小妹小弟早早做完作业，全家人都等着爸爸一回来就开饭。这是岳家的规矩，除非是事先声明了不回来吃饭，否则要等到全家人都到齐才能开饭。看着满桌喷香的菜肴，小弟不住地吞咽着口水，眼巴巴地望着家门口，恨不得爸爸立刻回到家里，好马上解解馋。

爸爸终于推门进来了。小弟冲上去接过爸爸手里的皮包，小妹把拖鞋放到爸爸脚边，岳宗接过爸爸的军装，挂到门厅里的衣钩上。爸爸看了一眼饭桌，赞叹一声："好丰富！"

妈妈拿着刚启开盖的酒瓶和一个酒盅，从厨房里走出来。

爸爸洗了手出来，耸起鼻子嗅了嗅，说："好香的酒！"他来到桌边，在经常坐的那个位置上就座。见妈妈只倒了一杯酒，竟破天荒地说："怎么只倒一杯？这么好的酒，我一个人喝有什么意思？去，再拿个杯子来，给小宗也倒点儿！儿子，你来陪爸爸喝两杯！"

妈妈瞪了爸爸一眼："行了，你一个人喝就得了，还教儿子喝，怎么不教他们点儿好呢？"

爸爸说："跟儿子一起喝杯酒怎么就叫不教儿子好了？有句话你没听说过？男儿不喝酒，白来世上走。儿子已经长大了，不会喝酒怎么行？去，快拿去！"

妈妈坐在那里还是不动。小弟早跑到厨房里，拿来了两个酒盅，放到桌上："爸，我和大哥一起陪你喝！"

爸爸笑着抬起手，在弟弟的后脑勺上轻轻拍了一下，说："你不行，你还是个小孩儿，不能喝酒。你哥哥已经满十八岁，算是个大人了，大人才能喝酒。你要想喝，就好好吃饭，快快长，什么时候像你哥哥一样，才能喝。我们岳家的规矩，男孩不到十八岁不准碰酒，你，快快长吧！"

在家中五个孩子里，爸爸平时最宠的，就是这个最小的儿子，但对他的要求也相当严格。爸爸不管小弟高高噘着的嘴，拿起酒瓶，倒了一盅酒放到岳宗面前："来，儿子，这第一盅酒，爸爸祝你已经长大成人。来，干了它！"说着，端起酒杯，满脸是笑地看着岳宗。

岳宗连忙端起酒杯，在爸爸酒杯上轻轻碰了一下："谢谢爸爸。"说罢，一仰头，把一杯酒倒进嘴里。

爸爸又给岳宗倒了一杯酒，端起酒杯："这第二杯酒，是表彰你在部队取得的成绩。你在部队的表现，你李叔叔隔一两个月就会打电话向我报告一次。听说，你在部队干得不错，聪明好学，不怕吃苦，军事技术过硬，和同志们团结。不怕吃苦，技术过硬，搞好团结这几条非常重要。一个人，只要有了这三条，不管到哪里，都能站得住。你一定要保持好这三条优点。来，再干一个！”

岳宗端着酒杯，听着爸爸的话，什么也没说，又和他轻轻碰了一下杯，喝干了杯中酒。

爸爸又在酒盅里倒上了第三杯酒，叮嘱道：“这第三杯，是要你戒骄戒躁，谦虚谨慎，经常看到自己的不足，虚心学习别人的长处，不断取得新的进步。你千万别以为自己有多了不起，你的那一点点成绩，可以说是微不足道，离成功还差得很远很远！”

“为什么没有入党？别找客观原因，先找找自己的毛病。是不是老爱发些牢骚？”听爸爸这么说，岳宗皱着眉想了想：“没有哇，我没发过牢骚哇。”

“还说没有，有一次，你刚下岗回来，又有任务，连里派你们去，你是不是说‘使唤驴也得给个打滚的时候’？”老爸双眼盯着岳宗，严肃地问。

老爸竟然连这都知道，岳宗真有点儿惊呆了。岳宗说：“爸，你在我身边安了克格勃呀，怎么你全都知道？”

老爸有些得意地说：“那当然，当年打日本的时候，方圆几十里内的几个鬼子据点，哪个据点一天三顿吃的什么饭，每天晚上向上级汇报说的什么话都瞒不过我，何况是你？你可不要小看这些鸡毛蒜皮的小事。你们这些干部子弟，平时的生活太优越了。你们和那些普通老百姓家的孩子们在一起，总是自觉不自觉地摆出一副居高临下的姿态，不管你们自己有没有意识到，别人就是这么看你们的。”

“《论语》里有句话，‘不患寡而患不均’，这是深入到咱们中国人骨子里的一种意识。你已经‘不均’了，人家就会另眼看你，那你怎么办？你就只有付出比别人更多的努力，做出比别人更大的成绩，比别人做得更好，才能得到别人的认可和信任。所以，你既要把自己当成集体中最普通的一员，不能有任何的非分之想，又要时刻牢记，自己要比别人更能吃苦、更能牺牲、更有见识、更有担当，这样大家才能接受你、信任你，把你当成他们真正的好朋友，只有这样，你才能真正成功。懂不懂？”

岳宗端起酒杯，对爸爸说：“爸，你说的这些有点深，我一下子还不能全懂，但我会记住的，也会努力去理解去做。我当兵两年多，你说的这些，我也有些感觉和体会，也正想和你细聊聊，听听你的指教。你放心，你儿子不是不可雕的朽木，我一定会加倍努力，争取早日入党。”说完，他拿酒杯在爸爸的杯沿上用力一碰，父子俩高兴地喝干了杯中酒。

爸爸拿起酒瓶又要倒，妈妈按住他的手，说：“好了，宗儿回来高兴，让你喝几杯，你也自觉点儿，适可而止吧。今天就喝三杯，剩下的，明天再喝。”

“老婆子，咱们儿子真的长大了，你听他说得多好，你不高兴？来来来，咱们三个一起喝一杯，只喝一杯，喝完这杯，今天不喝了，行不行？来，一起喝！”说着，爸爸掰开妈妈的手，拿起小弟刚才拿来的另一只酒杯，倒了满满一杯酒，放到妈妈面前，又把父子俩的杯子倒满，然后站起身来，高高举起酒杯：“来，咱们干了这一杯！”

妈妈一边嘟囔着：“谁发明的这个酒，真是害人不浅，几十岁的人了，见了酒，就像回到了幼儿园！”一边端着杯子站起来。三人举杯互相碰了一下，仰头喝了下去。

妈妈的杯子里，还剩了小半杯没有喝完。一直在一旁看得眼馋的小弟岳玄手疾眼快，一把抄起来，一仰脖倒进了嘴里。烈性白酒刺激着他娇嫩的口腔，辣得他几乎流出泪来，张着嘴呵着气，还不住地用手在嘴边扇着，逗得大家哄堂大笑。

正吃着饭，电话铃突然响了起来。小弟跑过去接，大声说：“大哥，找你的，是个女的。”

电话是肖海平打来的：“岳宗，我有两张电影票，晚上去看电影吧！”

“这年头有什么电影可看？除了样板戏就是老三战，我都能背下来了。”

“内部电影，外国参考片，听说特好看，好不容易搞来的票。”

岳宗犹豫了一下：“哦，今天我爸出院刚回来，要好好聊聊，下次我请你看，行吗？”

那边，肖海平不情愿地挂上了电话。

岳宗回到桌边，爸爸问：“谁来的？”

“中学同学，说是有什么内部电影，让我和她一起去看。”

爸爸问：“是那个陪你来看我的同学？”

“不是，另一个。爸，什么叫内部参考片？”

"噢，最近是有不少内参片子，是通过不同途径搞来的。有文艺片，也有军事政治参考片，我看过几次，有的还不错。最近北京几个军队大院里，放这些内参片都快放疯了。这就是我刚才跟你说的'不均'，普通老百姓就看不上。你已经长大了，那些片子你看看有好处，开开眼界嘛。"

老岳这人教子有方，他对孩子们的爱，常常表现在细微之处。而且，从来都是"一言既出，驷马难追"的。

一天晚上，老岳下班回来，外衣都没顾得上脱，就把两张电影票拍到岳宗面前，说："部里礼堂晚上放电影，和你那个同学一起去看吧。"

岳宗放下手里的书，拿起那两张票看了看，座位号是12排20、22，两张挨着，位置还不错。他心里一阵兴奋，急切地问："爸，是什么片子？"

老岳一边脱外衣一边说："片子不错，一共两部，是《三个城市》和《罗马大战》。两部连着放，大概得三四个小时呢，七点准时开演，赶快给你同学打电话吧。"

岳宗立刻拨通了肖海平家的电话。这几天，岳宗已经和肖海平形成了一种默契：每天上午八点以后十一点半之前，下午两点以后五点半之前，家里其他人都走了之后才通电话，或是聊聊天，或是相约着一起上哪儿玩。家里有人的时候，他们还没有通过电话。

电话铃响了两声，听筒里传来肖海平的声音："喂，你找谁？"

岳宗连忙说："看电影。我等你，抓紧点儿！"

到了礼堂前，岳宗从兜里掏出票，递给肖海平一张："你先进，这院的大人孩子差不多都认识我，注意点儿影响。"

肖海平挽起岳宗的胳膊，笑着打趣说："嗬，还有你怕的？我就要和你一起进，这叫'有福同享，有难同当'。"

肖海平的这句话，鼓起了岳宗的勇气。他深深地吸了一口气，拉着她的手，大步迈上台阶，径直向礼堂大门走去。

影片中有许多男女拥吻的镜头，是岳宗从来没有看到过的，虽然都是快速移动的镜头。

那一连串电影镜头，只有短短的十几秒钟，却让岳宗血脉贲张。他下意识地伸出手臂，轻轻揽住肖海平的腰肢。啪的一下，肖海平挥手打开了他的手，低声斥道：“老实点！”

岳宗突然惊醒，立刻缩回了手。过了一会儿，肖海平轻轻拉起他的手，上身靠向岳宗，轻声说：“搂着我，可以。别的，不行！”说着，她把手臂伸过来，也轻轻地搂住了他。

过了两天，岳宗又和肖海平相约去了一趟颐和园。

颐和园距岳宗他们读书的学校距离比较远，加上门票一直是北京所有公园中最贵的，他们平时都很少去，只在中学最后一次春游时同去过颐和园。那时哪知道恋爱是怎么回事？但是，他俩那次说了许多话，谈得很投入，一直到上了返回学校的汽车，岳宗还和肖海平凑在一起，说个不休。

“春有百花秋有月，夏有凉风冬有雪。”四季中，北京的秋天是最迷人的。

去颐和园的那天，湛蓝的天空下映着红、黄、绿一山秋色。肖海平呢？她穿了一条浅灰色长裤，上身是一件米黄色外套，领口处露出白色羊毛衫的直领，脖子上系着一条洋红色纱巾。一见到岳宗，肖海平微皱起眉头：“你怎么总是这一身半军不军、半民不民的打扮？”

岳宗有些发窘地低头，看了看自己那一身下蓝上黄的装束，嘟囔着说：“这有什么？谁像你们女生，有点钱全用在穿衣打扮上。哎，买再好看的衣服，穿在身上，你自己又看不见，花自己的钱养别人的眼，傻不傻？还不如买点好吃的！”

肖海平抿了抿嘴，不由笑了：“得，你怎么都行，全依你！”

岳宗看着肖海平：“你知道吗，你回来前我去看徐惠宁，跟他说了我们的事，他说我们俩都太强势了，在一起以后准得吵架。”

肖海平认真地说：“他知道什么，我怎么强势了？我在女生中是显得强一点，你想想，和你在一起，只和你在一起的时候，我什么时候强过？还不是什么都听你的？”

岳宗打趣地说：“就是，在别人面前你是老虎，一碰上我，就变成猫了。其实，吵架也是一种交流的方式，我爸和我妈就老是拌嘴，他们感情还不是挺好的？”

俩人逛了著名的园中之园“谐趣园”，途中又上了万寿山佛香阁。再向北，过荇桥、石舫后，又拐回长廊，沿着长廊继续向东，回到东宫门。每遇到稍有特色的景物，肖海平都要停下来，摆出各种姿势，让岳宗给她拍照。一个能照三十六张的胶卷，不知不觉间用完了。

在说笑追逐中，肖海平说得最多的一句话是：“谁还不知道你那臭德行。不过我一直觉得咱们还是有缘分，你跑不了。”

临到了回家时刻，肖海平突然收起笑容，满脸庄重地看着他：“岳宗，咱们俩的事儿，你跟父母说了吗？”

该过父母这道关了。

在先去谁家的问题上，他们之间发生了一点儿争执。按岳宗的想法，毕竟是自己要把肖海平娶到岳家来，当然得先让她的父母过目。可肖海平却说，她自己的事，她说了就算，只要他父母能接受她，她们家没有问题。

争不过她，岳宗只得先带她来见自己的父母。那天上午，岳宗带着她进了自家门。一进门，肖海平打开她带来的那个大提包，取出两瓶茅台酒递到老岳手中，又把几盒阿胶放到岳妈妈面前。岳宗的父母还来不及推辞，她又像变戏法似的拿出两包水磨年糕和两瓶黄泥螺。岳宗父母都是江南人，来北京这么多年，还是忘不了这些江南名吃。

那时候不像现在，只要一进超市，天南地北的特产应有尽有，甚至连法国红酒、荷兰奶酪、瑞士巧克力、巴西咖啡，只要你有钱，都可以买到。到 20 世纪 70 年代北京人过年，还只有按户口供应的一点花生瓜子和咸带鱼，连只肥一点的老母鸡都很难买到，更别提江南名吃了。

东西不在多少，更不在贵贱，只要让人中意就好。那一天，仅这一包东西，已经赢得了岳宗父母的欢心。等到她脱下只有海军舰艇部队才有的灰呢子军大衣，露出白色高领羊毛衫和雪白的长裤，亭亭玉立地站在岳宗父母面前时，老爸老妈更是高兴得合不拢嘴了。

肖海平放下东西，连水都没顾得喝一口，就挽起袖子，和岳宗母亲一起进了厨房。那天中午，她炒的一个油菜心炒年糕片，放在岳宗家饭桌的正中央，雪白的年糕片衬着碧绿的油菜叶，发出阵阵诱人的香气。

她还谦虚地说：“叔叔、阿姨，这是我在上海学做的一个小菜，不知合不合你们口味。”

老爸仅尝了一口，便满脸笑容称赞：“不错，真不错，就是这个味！哎呀，好久都没吃到这么香的炒年糕了！”

岳宗也伸筷子夹了一点，还真不错，油菜清脆爽口，年糕糯黏软滑，口味咸中还带着一点点甜，正是小时候吃过的奶奶炒的那种味道。

岳宗送肖海平回来后，老爸一个劲儿地点头：“你小子，眼光不错，能找到这么好的女朋友，好好珍惜吧！”

岳宗去肖海平家的时候，也带去了给她父母的礼物。给未来岳父的是一个用燕山特有的一种灌木的根制作的烟斗。给未来岳母的，是一条用狐狸皮做的围脖。此外，还有一些蘑菇、木耳、黄花菜等，都是一些山里的特产。肖海平父亲把岳宗家里和他自己的情况问了个遍。看起来，对他的回答还算满意。肖海平母亲呢？好像更热情些，一个劲儿地把削好的苹果、梨和剥好的橘子往他手里塞。

过了双方父母的这一关，岳宗和肖海平的关系，算是又进了一步。

接下来两天，生活似乎轻松了许多。在肖海平提议下，他们又有了一次“三人行”。

“去香山？怎么去呀？”

“骑车去呀，没多远，过了西郊机场不就到了吗？”

岳宗以前常来香山，但陪着女生一起来还是第一次。一路上，肖海平和吴梅英有说有笑，一边走，一边还不断地从挎包里掏出瓜子、花生、京糕条之类的零嘴吃着。岳宗走到前面，她们就大呼小叫地让走慢点，等等她们。好在带了照相机，岳宗走在她们前边几步远的地方，边走边选择合适的角度，时不时停下来“咔嚓”一声按下快门，留下她们青春的倩影。

秋行，山中秋味渐浓，远近都是风景。在一片红叶掩映的层层亭台前，岳宗给她们俩每人都拍了一张单人照，又拍了一张俩人的合影。转身正要往前走，吴梅英突然说：“岳宗，这地方风景不错，你也来一张吧。”岳宗把照相机递给肖海平，随意把毛衣袖子撸到胳膊肘上，一手叉腰，一手自然下垂，挺起胸脯，摆了个昂首远眺的姿势，只听“咔嚓”一声，肖海平按下了快门。

岳宗放下手正要走，肖海平突然喊了声“等等！”她把相机交到吴梅英手中，自己飞快地跑到岳宗身边，挽住他胳膊，对吴梅英说：“来，给我们来张合影。”

岳宗没想到肖海平有这一出，感觉有两团火“腾”一下在自己脸上点着了，脊背后面像是突然被人塞进了无数枚小针，整个人全身一下子僵在那里。吴梅英却并不惊奇，举着相机一边调焦，一边还说：“岳宗，你自然些，别那么紧张，笑笑。”

那一次，肖海平和岳宗照了好几张合影，她一会儿在岳宗左边，一会儿在岳宗右边，一会儿又让岳宗蹲下，一会儿又和岳宗并肩坐在大石头上。岳宗脑中空白一片，就像个木偶，任由她随意摆放。

那一天，岳宗记不清是怎么爬上鬼见愁的，只记得下山的时候，肖海平的那双皮鞋让她吃尽了苦头。那双鞋有点儿半高跟，上山时还觉不出什么，到下山的时候，总是让她重心前倾，落脚不稳。也不知是真的还是故意夸张，只要脚下的路稍有一点儿陡，肖海平就大呼小叫，不是让岳宗拉住她的手，就是让岳宗扶住她胳膊。在一个不到半米高的台阶前，无论岳宗和吴梅英怎样扶她劝她，她就是不敢下，非要岳宗把她抱下来不可。

当着吴梅英，岳宗有点磨不开面子，干脆拉住肖海平双手，转过身背起她，连跑带跳下了那段陡坡，一直到比较平缓的地方，才把她放到路边的长椅上。

一股淡淡的暗香扑鼻而来，肖海平却一个劲儿说："嗯，慢点，你怎么就那么笨，理解不了人家的心呢?"

岳宗微笑着说："记得有一位哲人说过，他宁愿绞尽脑汁去解一道最复杂的多元高次方程，也不愿去揣度一个女人的心思，因为经验告诉他，那往往是白费力气。他还说女人是感性动物，思想和行为完全不受逻辑的约束，所以根本就没有什么规律可循，要想把女人的心思琢磨透，那是最愚蠢的和注定要失败的尝试。连哲人都这样说，我一个刚刚过了青春期，从没和女人打过交道的毛头小子，猜不透你这位大小姐的心思，那还不是理所当然吗？以后你有什么要对我说的就直说啊，可别让我猜，我猜不着。"

肖海平愤愤地说："什么哲人、高次方程，我给你的信，明明白白，还让我怎么直说?"

岳宗说："你给我的那些信，我可都留着呢，要不等将来儿子长大了给他看看？看他能不能正确理解他妈的意图!"肖海平涨红了脸，要跳过来打岳宗。

漫山遍野的黄栌红得像火焰一般。红叶林中，荡漾着年轻人的欢声笑语……

正当岳宗陶醉在青春的畅想和欢愉之中时，老岳家收到了山东部队来的电报。

当天晚上，岳宗回到家，从爸爸手中接过电报，电文只有两个字："速归。"

爸爸已经让值班室帮助订了火车票，告诉他："明天就走。"

岳宗有些不情愿地说："假期还有整整十天呢！"

老爸说："这就叫军令如山。民兵还讲究个招之即来呢，何况你还是正规军，没让你今天晚上走就算照顾你了。"

岳宗是知道军人的职责的，他吃完晚饭，把东西简单归置了一下。趁老爸不在书房，岳宗给肖海平打了个电话，告诉她自己明天要归队的事。肖海平虽然抱怨了几句，也没多说什么。军人家庭里长大的孩子，对这种事情不感到意外。

第二天中午，岳宗告诉爸爸，下午还要到城里去看同学，吃完晚饭就直接去火车站，爸爸沉默了一会儿，掏出皮夹，抽出一叠钱塞到岳宗手里，说："这次太仓促，没来得及和你好好谈一谈，这些钱你拿着，在火车站买些北京特产给战友们带回去。"

岳宗推辞着，说："爸，我有钱，我不要。"

老爸瞪了岳宗一眼，把钱塞进儿子上衣口袋，眼眶湿润："你那点钱够干什么的？拿着，多买点。"

临行，老爸又恢复他的严厉，把手一挥，说："老子还要警告你三点：第一，你现在还是个战士，别忘了条令是怎么规定的；第二，在我们岳家，不许出现脚踩两只船的事儿；第三，你是个军人，按军队的规定，二十五岁以前，不许你考虑结婚的事儿！你给老子记住！"

听到老爸满口"老子、老子"的，岳宗知道他是动真格的了。

整个下午，岳宗一直和肖海平待在一起。傍晚，他们在北京站附近找了家饭馆，要了几个炒菜和一碗汤，一边吃饭，一边聊天。岳宗把冲扩好的照片递给肖海平："咱们这几天拍的照片，你收好。吴梅英的，你给她吧，顺便替我向她告个别。"

"还有，我老爸说了，二十五岁以前，不许考虑结婚的事儿。我老爸的家规比较严，恐怕结婚还要推迟三年五载吧……"

看着岳宗沮丧的表情，肖海平伸过手来，握住他的手，说："没关系，别说是三年五载，十年八年，我也等得了。"

岳宗也握住肖海平的手，感激地看着她。

肖海平一张张仔细地看着照片，突然，两颗晶莹的泪珠从她眼睛里滚落出来，滴到一张岳宗和她的合影上。她抬手抹去脸上的泪珠，拿起那张照片递给岳宗，说:“这张，你留着。”

岳宗从胸前衣袋里掏出一张同样的照片，对她说:“这张我洗了两张，我这儿有一张了，这张是给你的。”

肖海平把岳宗手中的那张拿过去，把沾了她泪水的那张塞到岳宗手里:“咱们换一张。”说完，又挑出一张她在昆明湖游船上的照片，递给岳宗:“嗨，你照得多好，把我都拍成电影明星了。这张送给你。你想我了，掏出来看一看吧。”

那一顿饭，从下午五点多，一直吃到北京站的钟楼上传出连续九下报时声。马上要进站了，肖海平非要把岳宗送上车，他坚持着没同意。岳宗把肖海平送到地铁车站门口，看着她一步一回头地走下高高的台阶，忽然闪过一个念头:“回归家庭，养儿育女该有多好!”

在地铁列车一阵阵的轰鸣声中，眼看深爱着的她，被熙熙攘攘的人流吞没，岳宗的心中尽管有些不舍，但更多的却是理所当然。因为对他而言，军人的职责更重要啊!

他转过身，提着旅行包，大步走向候车大厅。

第十四章

移防北线

岳宗上了从北京开往济南的223次直快列车。离开车还有十多分钟，他在靠窗的座位坐下，习惯地向站台看去。突然，他发现肖海平不知什么时候已经来到站台上，正快步向这边走来，一边走，一边用焦急的目光扫视着一个个车窗。

岳宗连忙打开车窗，把上半身探出窗外，扬着手招呼她："海平，我在这儿！"

肖海平小跑着来到车窗前，脸上绽放着花一般的笑容，以最快的速度，从她随身带的小包里，取出一个扁扁的黑色长方形塑料盒递过来。岳宗打开一看，在深红色丝绒底座上，横躺着一支墨绿色笔杆、金黄色笔帽的英雄100型金笔。这种笔是在"大跃进"年代由上海钢笔厂研制生产的，号称"英雄超派克"，是当时国产金笔中最好的。

岳宗把笔放回塑料盒，紧紧抓在手里："放心吧，你等着我的信。"他再次把手伸出窗外。两双手紧紧握在一起，肖海平睁大了眼睛直直地看着他。

列车慢慢启动了，肖海平跟着车跑起来。岳宗使了好大的劲儿，才把手从肖海平手中抽出来。就在岳宗的手挣脱出来的那一瞬，两行晶莹的泪从她眼中夺眶而出，泪珠滴落在岳宗的手背上。她又跟着列车向前跑了几步，终于不得不停下，那只高高扬起的手臂朝着列车不停地挥动着，挥动着……

一直到列车拐过一个弯，再也看不到站台了，岳宗才收回身子，重新在座位上坐好。缓缓地，他从胸前口袋里掏出照片，一边端详着，一边回味着刚刚过去的十天里的种种情景，心中渐渐泛起一种从未有过的甜蜜。

回到紧张有序的军营，岳宗拎着提包，径直来到连首长的屋门口："报告！"

"嗬，回来了，这么快？"

于跃海走过来，一双明亮的眸子直盯着岳宗的眼睛，连声地说："好样的！前天发电报，今天就到了。不错，像个训练有素的军人！"

岳宗放下提包，一边往外掏着带来的北京特产，一边笑着说："什么叫'像个'？就是训练有素的军人好不好！连长，到底有什么急事？"

于跃海压低了声音，带着几分神秘："你不是老吵吵着要上战场打仗吗？这下，离你的愿望不远了。"

岳宗激动地提高了声音问："是让咱们连，不，咱们团上前线？"

于跃海看着岳宗，表情严肃："不只是咱们团，是咱们师。咱们全师都要调到北京军区去！咱们师的新番号已经下来了，叫北京军区燕山守备师。现在，师里刚刚下达命令，要求各级紧急收拢人员，限期完成冬防工作，准备换防！"

邓指导员补充道："一点纰漏也不许出，你听见没有？"

岳宗给邓颂平敬了个礼："指导员，您放心！"

当天下午，战友们收工回来，见到岳宗，都一个劲儿"班长，班长！"地叫着，争先恐后地跟他打招呼。岳宗一边回应，一边忙不迭地打开提包，哗的一下，把里面的果脯、杂拌、糖果、花生，一股脑儿倒在床上："买了点儿北京特产，大家尝尝，这可都是当年皇上吃的！"

战士们"嗷"的一声，一拥而上，只一会儿工夫，满满一床花花绿绿的各色吃食，就被一扫而光。

连队一般都是这样：休探亲假的人们，无论家里景况有多么窘迫，在返回连队时，都会想尽办法，多带一些土特产和各种食品，为的就是让战友们这么一抢一吃，图个热闹。

大约十多天之后，移防北线的教育工作开始了。

全连集中在多功能厅列队坐好，面前的大黑板上，钉着一幅大挂图。图面上，一条蜿蜒曲折的红线，画出了我国北部边疆的轮廓，在那条红线上方大片的空白处，从一个个标注着外国地名的黑点上延伸出来的线条，勾画出一面面旗形图标。旗面上填写着不同的数字，纵向排列着，在雪白的底色上显得格外醒目。

在热烈的掌声中，团政治处陈主任走到队列前，举起右手，行了个标准的军礼。政治处主任算得上是团首长了，连队普通战士们平时难得见他一面。按照中国人的习惯，越是平时难得见到的领导，战士们对他就越多几分敬畏，欢迎的掌声甚至要比经常能在训练场，或者是施工现场上见到的团长、政委来连里时还要热烈些。

陈主任清了清嗓子，从衣兜里掏出一沓稿纸，开始讲课。

“大家都看到这张图了，有谁能告诉我，这一条弯曲的红线，是一条什么线？”

陈主任把期待的目光，投向大家，无人应声。

岳宗举起了右手：“这是我国北部，与苏联、蒙古接壤的边境线。”

陈主任说：“对！这条边境线东起图们江口，西至塔什库尔干河谷，总共有一万二千二百多公里长。其中，在中苏、中蒙边境上的领土归属还存在着争议。而边界线上的争议地区，是引发相邻国家边境冲突的导火索。”

是啊，岳宗想起这次探亲回家，听老爸讲过，“边境冲突事件，很多是由边境争议地区的归属问题引发的”。

经过陈主任的一番讲解，全连每一个战士的头脑中，都深深地印下了那条蜿蜒曲折的中苏、中蒙边界线。面对那些密密麻麻的小旗和那些触目惊心的数字，都意识到国家安全所面临的巨大威胁。

“同志们，对侵犯我国领土主权的狼子野心，我们答应不答应？”

“不答应！”人群中爆发出一声怒吼。

年轻人满腔的热血，就像是一粒火星落进了盛满汽油的桶中一样，被那些鼓动性的言语瞬间催发到爆燃的高温。那一声怒吼，个个发自肺腑，字字直抒胸臆。即使面前是刀山火海，是弹雨，是剑阵，战士们都会毫不犹豫，义无反顾地直冲向前。

接下来，陈主任纵论古今，介绍了燕山地区的战略位置，他说：“燕山山脉居于华北平原的北侧，是从内蒙古高原和东北地区进入华北平原的必经之地。当年成吉思汗三次围攻金中都北京，其主力都是穿越燕山地区的。现在，为加强燕山地区设防，中央军委决定，把我们改编为燕山守备师，赋予我们保卫首都北大门的光荣任务。

“下一步，四连的任务很重，在完成冬防工作的同时，还要完成铁路输送任务。到达新驻地后，还要完成对新驻地的敌情侦察、地形勘察、社情调查和自然情况调查，为团党委确定驻防部署，提供详尽资料。怎么样？有没有完成任务的决心啊？”

“有！”惊天动地，发自一百多号人胸腔的这一声怒吼，再一次证明了陈主任的这次动员，取得了百分之百的成功。

那以后的几天里，人人都像被一种神圣的使命召唤着，个个都像上足了发条的钟表，不知疲倦地高速运转起来。以往需要一个多月的冬防工作，只用了十多天就完成了。当年该复员的老兵，一个个向连里递交了决心书，保证不主动提出复员的要求，保证干好分内的工作，保证站好最后一班岗。

冬防完成后，铁路输送训练随即展开。各种物资怎么打包、装车；各种装备、车辆，怎么上车、固定；各种弹药油料按什么标准携带；输送途中的给养采取什么方法保障；输送途中的通信联络如何沟通；伤员病号如何救治；从“铁路输送”向“摩托化输送”转换应该注意什么，等等，甚至连输送途中的文化娱乐和宣传鼓动工作应该怎么组织，许许多多的细节和问题被提出来，又通过反复讨论，一个个得到解决。老的难题刚刚突破，新问题又一个个涌现。人们的精力和智慧都被调动到了极致，人们的创造力也同样被调动到了极致。许多看上去无法解决的难题，被战士们用不可思议的简单方法一一轻松拿下。

在这段紧张的移防准备中，岳宗一共收到肖海平三封信。其一，重点叮嘱他不管接受什么任务，一旦到了新驻地，一定要立刻把新的通信地址告诉她。其二，她透露了一个重要信息：国家可能要进行招生改革试点。她问岳宗想上哪所大学，看她的意思，是想在大学继续和他成为同学。第三封信，则告诉他她已经参加了提干前的体检。

同一年参军入伍，她都要提干了，可自己的入党问题还没解决呢！连队党支部到底要考验自己到什么时候？岳宗暗自叹了一口气，随后又释然了。他提笔给肖海平回信，描述了近一段紧张而忙碌的工作情况，祝贺她即将提干。末了，岳宗用她送的金笔，工工整整地把秦少游《临江仙》词句，写在第三页信纸的最下端：

纤云弄巧，飞星传恨，银汉迢迢暗度。金风玉露一相逢，便胜却人间无数。

柔情似水，佳期如梦，忍顾鹊桥归路。两情若是久长时，又岂在朝朝暮暮。

岳宗不止一次对她说过，只要两情长久，不一定非得终日厮守在一起。我们和我们的孩子们，不可能几辈子人都守着巴掌大的地方。注定是要走南闯北，四海为家的。相信自己和她的情感能够经受得住时间和空间的考验。虽然天各一方，但心是可以连在一起的，正所谓“海内存知己，天涯若比邻”。

给肖海平的信一发走，连队马上要移防上路了。

虽然经过几次演练，并且分工有序，装车还是用了整整一天，一直到晚饭前，才把各种物资分门别类地装到车上。吃完晚饭，连长于跃海集合队伍，把连队带到团部前边的大操场上。那里，三十多辆满载物资的解放牌大卡车，早已整齐地排列好了。

团前指、四连和警通连部分人员都到齐后，前指负责人孙副团长向团长报告:“报告团长，燕山守备师一团前指开进准备完毕，请指示！前指指挥员，孙向前。”

团长还了礼，站到队前，大声说:“这次行动意义重大，各级都要认真履行好自己的职责，提高警惕、听从指挥，尽心尽责、加强防范，安全、顺利地完成输送任务。一件物资不丢，一个人员不少！准时到达新驻地。大家有没有信心?”

“有!”一声炸雷从二百多条嗓子里迸发而出，震得操场四周树上栖息的鸟儿们惊飞四散。

团长大手一挥:“出发!”

孙副团长敬礼告别，登上指挥车。一辆挂着北京军区牌照的吉普，轻轻鸣了一下喇叭，缓缓启动。其他车辆间隔均匀地尾随指挥车，鱼贯而行，驶向营房正门。

当车辆驶出营门时，官兵们都不约而同地扭过头，注视着渐渐远去的营房。

别了，那一片在荒凉土地上突兀耸立的绿树；别了，那一片青墙灰顶，规整有序的房屋；别了，那一道清澈见底的“护城河”；别了，那一条平坦宽阔的“环城路”。再见了，那留下了无数汗水和欢笑的操场、靶场、菜地和猪圈；再见了，那留下了无数美好青春记忆的地方!

经过三个多小时摩托化开进，车队来到铁路局一处专为守备师移防开辟的装载站。师部工兵营已经在三对铁轨上搭建了顶端站台。车队到达装载站后，战士们纷纷跳下车，抄起各种工具，有条不紊地忙碌起来。十几盏探照灯从四面八方照射过来，把整个装载站照得如同白昼一般，即使是一根针掉在地面上，也能看得清清楚楚。

驾驶着大卡车的司机们，在装载员的指挥下，小心翼翼地驾驶车辆爬上顶端站台，开上平板车，又沿着平板车之间的跳板，一节节开过去，一直驶上与本车编号相同的平车。车辆刚一停稳，负责固定车辆的战士们就拿起三角木、钢丝绳、铁丝、绞棍、扒钉、铁锤等一应工具一拥而上，给每个车轮下一前一后各垫上两块三角木，把它固定在平车上。再用铁钩拴住轮毂，用绞棒绞紧。最后，用钢丝绳绕过车帮，紧紧地把车身固定在平车两边的铁钩上。

铁路输送人员的车辆，一律卸去了篷布，采取“爬装”的方法，后车的前轮爬到前车的车厢上，牢牢地固定在上面。指挥车、通信车也都用三角木、钢丝绳、铁丝和扒钉固定好了。最后是列车编组，载运各种车辆的平车，按照指挥车、通信车、物资车、爬装车的顺序一一连接，车尾照例挂上押运守车。

当东方的地平线上刚刚露出晨曦的时候，整列列车编组完毕。随着一声悠长的汽笛响起，机车巨大的车轮缓缓起动，车厢挂钩处传出一阵清脆的钢铁撞击的铿锵声，整列车“轰隆隆”同时一震，平稳地开出车站。

载运武装人员的车厢编在列车的前部，岳宗所在二排的二十多人，被塞进了同一节闷罐车里。大家把背包解开，在草垫上铺好被褥，把枪放在自己铺位的右边，就着水壶里的水，开始吃起随身携带的干粮来。

通往燕山深处的铁路上，沿线军代处保障能力也很有限，团里本着以自我保障为主，以途中保障为辅的原则，出发前给每位官兵都配发了足够三天吃的干粮。每人还发了一个专供海军远航时食用的辣味雪菜罐头和五个煮鸡蛋。此外，每个班还发了一些香肠和酱肉。

按照排长的指示，每个班打开了几个辣味雪菜罐头，还切了一些酱肉，大家围坐在一起，默不作声地吃着手里的压缩饼干，偶尔伸出筷子，从放在中间的菜盆里夹一点儿雪菜或是肉。这种雪菜酸酸的，有点微微的辣味，很是开胃，据说是专门为克服海上风浪引起的晕船设计的。大家闷头吃了一会儿，都停下了筷子。菜盆里，雪菜和酱肉都剩下不少。岳宗小心地用报纸盖住菜盆，放到车厢的角落里，留着下一顿再吃。

刚收拾完，排长把几个班长叫到一起，压低了声音说："大家注意到没有，有什么不对的地方?"

几个班长都一愣，互相看了一眼，四班长张桓说："没什么不对呀，排长，你看出什么来了?"

石克玉又看了大家一眼："你们没注意吗？吃饭时，气氛不大对。我注意了一下，每个班的菜盆里都有剩菜，有的班连酱肉都剩下了，这说明什么？说明大家的情绪有点不对，你们当班长的，要随时注意这些细节，及时找重点人谈谈心，要掌握大家的活思想。"

抓好活思想，是当时做部队政治思想工作的方法，只有针对活思想的问题去解心结，才能收到立竿见影的效果。那个时候，抓活思想，是带兵人的一项基本功，尤其是基层班排连长和指导员们，都常把抓战士们的活思想挂在嘴边。

几个班长互看了一眼，四班长张桓拖长了声音说："排长，不至于吧？大家的胃口不大好，是因为在团里装车干了一天，装载又整整干了一个通宵，从早晨到现在，都差不多二十四小时没合眼了，累的。你没看吗？好多战士伸筷子夹菜都半闭着眼睛。排长，你放心，只要让大家饱饱地睡上一觉，保证一个个都欢蹦乱跳的!"

老班长果然经验老到。大家打扫完早饭的战场后，排长讲评了昨天一天一夜的情况，表扬了大家的干劲和好人好事，又强调了铁路输送途中的注意事项，安排了输送途中的值班顺序，就让大家休息了。

担负值班任务的士兵穿上大衣，抱着枪，在车厢中的椅子上坐下，其他人纷纷宽衣解带，钻进被窝。尽管车轮与铁轨撞击的铿锵声不断冲击着人们的耳膜，尽管秋天的寒风一阵阵从半开着的车门处吹进来，尽管身子下边的铺草厚薄不均，尽管炫目的阳光不时地从开在车厢侧上方的窗口射进来，扫过人们的脸庞，连续一昼夜的劳作确实已经耗尽了人们的精力，不一会儿，车厢里就响起了此起彼伏的鼾声。唉，大家都太劳累啦！以至于连那些睡觉从来不打鼾的战士，此时的呼吸声也变得格外沉重。

其实，不用抱怨，也不用委屈，当兵的人都知道，无论怎样的工作，都不会比战场更糟！军人有纪律要求，如果没听到休息的指令，那任务就得继续，就应该像勇士那样去战斗！一不怕苦，二不怕死的精神，已经铸就了这一个时代的军人气质。

轮到岳宗值班，时间已经接近黄昏，列车一路向北。在离开装载站时，行车方向右边的天空刚刚泛出一抹红晕. 而现在，太阳已经挂在左边的天空上了。

从车厢两边半敞着的车门往外看，一马平川的原野上，成片的庄稼已经被砍倒，许许多多被扎成一捆捆的秸秆整齐有序地排列在一块块阡陌纵横的大田两边，正等着大车把它们拉回场院。阡陌之间的土地绽露出刚刚被犁翻过的痕迹，那是勤劳的人们在这片土地上播下了冬小麦的种子，等到明年夏天，在这片土地上，将是一片无垠的金黄……

铁路两边的树木已经开始落叶了，杨树巴掌大的叶片反射着夕阳的余晖随风飘落，刺槐羽毛般的复叶像绿色的雪片成簇地飘飞，只有柳树修长尖削的叶片，仍然带着浓重的绿色，顽强地在如发如丝的柔软枝条上，随着阵阵秋风，舞出最婀娜的舞姿。

列车在不知不觉中慢了下来，车轮和铁轨摩擦出来的铁腥味，淡淡地飘进车厢。

连接着指挥车的电铃发出一长串清脆的铃声，列车将在前方停车。岳宗立刻吹响哨子，把大家从睡梦中叫醒。战士们迅速穿好衣服，着装披挂。接着，随着一阵晃动和随之而来的“吱吱嘎嘎”的噪响，列车缓缓地停了下来。

岳宗抽出倚在车门旁边的小木梯，伸出车门架好，第一个下了车。全排战士手持武器，依次下车，整好队，迅速向那几节装载着物资车的平车跑去，只一瞬间，即在平车两边布好了警戒岗哨。不担负本次警戒任务的人们，也有条不紊地拿着铁锤、扳子、绞棒，纷纷跳上各自负责的平车，认真地检查、加固着各种车辆。

铁路两旁的灯一盏盏亮了起来，远处驶来了几辆小型越野车。前指指挥员孙副团长显然已经接到通知，车里的人刚一下车，他就曲臂提拳，急忙朝向前方跑过去。孙副团长立定站好:“报告首长，燕山守备师一团正在休息待命，请指示。”

那个领导模样的军人还了礼，边高声回答“继续休息”，边笑着走上前，伸出双手，握住孙副团长的手说:“啊呀，一路上辛苦了，我是R军的副军长李元明，代表军首长欢迎你们。你们还没有吃晚饭吧?”

孙副团长回答:“我们自己带了干粮，我已经命令炊事班烧开水了。”

李副军长是个大嗓门，只听他高声说着:“哎，怎么能让你们吃干粮呢？这不，给你们带饭来了，猪肉大葱馅的包子管够，快集合你的人，开饭吧!”

孙副团长微微一愣，立刻说:“哦，那太谢谢了！出发前我们听说这一路上车站的保障能力有限，都是按自我保障的要求准备的，随身带了压缩饼干和干粮。”

李副军长说:“车站保障不了，我们自己还保障不了？你们那么老远赶过来，和我们一起保卫伟大首都的北大门，怎么能让你们一路上只吃干粮呢？军党委已经做了决定，由我专门负责你们输送途中的各种保障。我们已经在输送沿线开设了三个兵站，多了不敢说，保障你们铁路输送途中每天吃上一顿热饭还是做得到的。快，开饭吧!”

孙副团长下达了命令，除了正在执勤的人，其余人都集合起来，来到一个四周都拉起了一串明晃晃电灯的场地中间，每个人都领到了两只大碗和一双筷子。之后，每个排围成一圈，圈内中间放着两个笸箩和两口行军锅，笸箩里是热气腾腾的包子，两个行军锅里分别是鸡蛋汤和小米粥。兵站的人们想得真周到，每个人的手里，还都被塞进了一头大蒜。

排长一声令下，大家立刻吃起来。还是早晨刚上车时吃了一点干粮，这一路走来，虽然中间也停了两次车，但停的时间都比较短，大家只顾布置警戒和检修各种车辆的紧固状况，基本没顾得上吃东西。见到冒着蒸腾的热气，香味扑鼻的饭菜，大家都食欲大开，咬一口包子，就一口蒜，喝一口汤，吃得分外香甜。

大家吃得正开心，突然传来消息，列车马上又要开进，让大家紧急登车。除了少数几个饭量特别小和吃得特别快的人，大多数人都还只吃了个半饱，在几节物资车边担任警戒的人还一口都没来得及吃。孙副团长正踟蹰间，李副军长发了话:“这种情况早在我们的意料之中，大家都把笸箩和行军锅抬上车去，边走边吃，到下一个兵站，只要把家伙事儿交给他们就行了，大家上车吧，一路上注意安全!”

人人都在心底里发出一声欢呼。军首长考虑得就是周到，他们早就根据铁路输送随时停车、随时开车的特点，周密安排了保障工作。石克玉迅速分工，大家抬起笸箩和行军锅，按照口令，迈着整齐的步伐走到车边，上了车。

列车缓缓起动。

刚吃饱了肚子，精神头重又回到了每个人的身上。大家一边议论着包子和蛋汤的味道，一边互相开着玩笑。等那几个担任警戒任务的人们也放下碗筷时，笸箩里还剩下十几个包子，行军锅里还剩了一锅底小米粥。四班的丁玉强提议，每班选出一个人，来个吃包子比赛，看在一分钟内，谁吃的包子最多。赢得第一的，今天夜里全班都不用执勤。

大家正起哄准备开赛，四班长张桓不紧不慢地说："只听说过比跑比跳比谁劲儿大的，还没听说过比谁能吃的，比能吃拿个第一，除了落个饭桶的名声还能有什么好的？"

在那个年代，部队里的文娱活动极其单调，除了在营区时每周能看上一次反复演过不知有多少遍的《地雷战》《地道战》《南征北战》和偶尔一见的朝鲜或是阿尔巴尼亚电影外，就是那几部现代京剧翻拍的革命影片，再就是连里战士业余毛泽东思想宣传队演的那点小节目。扑克、象棋都作为封资修被"破四旧"给破了，一个排一副的军棋也因为棋子不全，早就没法玩了。在空闲时间，除了在一起吹吹牛，最能引起大家兴趣的，莫过于打赌了。

大家正起哄，准备着目睹一项新纪录的诞生，却被张桓兜头一盆凉水浇下来，热闹的场面立刻静了下来。

一个老兵翻着眼睛瞪他："四班长，依着你还有什么高招？给大家亮亮吧？"

张桓胸有成竹不紧不慢地说："当兵的人，饭吃得快是个本事，要不一有情况就真得饿肚子。可怎么才能吃得快，那可是有窍门的，咱们这里边，数排长兵龄最长，见多识广。我注意了，排长也是咱们排里吃饭吃得最快的，每顿饭他都是第一个撂筷子，咱们就让排长讲一讲吃得快的窍门好不好？"

这个提议倒是新鲜。自从要移防北线的消息一公布，岳宗就发现，四班长张桓总是有意无意地在公众场合表现出对排长的崇敬和佩服。对他的这个提议，大家自然是一顿巴掌，一致通过。

排长石克玉完全没有准备，不满地瞪了张桓一眼，轻轻咳嗽一声，清了清嗓子说："其实我没什么窍门。不过就是饭量比较小，吃得少，没什么可说的。不如大家一起拉一拉，把你们那点看家的货都往外抖一抖，大家有什么高招，都说说吧。"

石克玉不愧多吃了几年军粮，脑子够快，这防守反击也用得够好。稍稍沉默了片刻，大家七嘴八舌地说起来。

这时，石克玉笑了笑：“看起来大家都动脑子了，说的办法都不错。归纳起来，我看有这么几条：一是要做得好，情况紧急的时候，要尽量多做些包子、馒头、窝头这样的便于携带的食品，尤其是包子，又有主食又有菜还好吃。二是对米饭这种不方便携带的食物，就要连汤带菜拌在一块儿吃，既补充了食物，又补充了水分。三是最好做一些体积较小、营养价值比较高的食品，可以方便多带一点儿。我听说宇航员在宇宙飞船上吃的，就是一种像牙膏一样的东西，往嘴里挤着吃，每天只要吃一点儿就行。四是还要加强训练，从日常生活中养成快吃快嚼快咽的习惯，真到了紧急情况下就不用担心吃不饱了。”

一次饭后无聊的闲扯，变成了一次目的明确、关于吃饭方法的研讨，而且有了不错的结论，这倒是始料未及的。石克玉再瞧向张桓的眼光，已经不再有埋怨的成分了。战友们之间说笑打闹的情景，往往给部队枯燥的日常生活增加了欢乐温暖的氛围。人呐，越是生活简单，越要善于苦中作乐，这才是当兵人的独特情怀。

窗外，依然是无尽的黑暗。睡眼蒙眬中，感觉列车好像又向左转了一个弯，一个上边写着“通县西”大字的水泥站牌，飞快地掠过车门。岳宗知道，军列已经与北京擦肩而过，将要转向北方，一直开进那层峦叠嶂的大山深处去了。

岳宗想起了中学时背诵过的《木兰词》：“旦辞黄河去，暮至黑山头。不闻爷娘唤女声，但闻燕山胡骑鸣啾啾”。现在，自己不正在“万里赴戎机，关山度若飞”吗？此刻，他的心已飞到了远处那“朔气传金柝，寒光照铁衣。将军百战死，壮士十年归”的古战场了。

清晨太阳刚刚升起，列车又停了下来。这里仍然是一个大编组站，地面上十几对铁轨或平行，或交错，道岔一个接着一个。整个编组站上空空旷旷，只有这一列军车。看起来，这里是 R 军开设的又一处兵站，照例有一群人、几辆车，为大家送来了热气腾腾的饭菜。

这次的主食是一种面饼。两层松软喷香的面饼，中间夹着厚厚的一层猪肉多大葱少的馅料，看上去有点像肉夹馍，却要比肉夹馍个儿大，一口咬下去，满是油香的热乎乎的汤汁立刻溢满整个口腔，几乎都不用怎么嚼，面饼和肉便自动溜进了嗓子。想起昨天对如何快速吃饱的讨论，大家情不自禁地互相交换着兴奋的眼神，这又是一种符合排长归纳的标准的利于快吃快饱的食品。

一路上走走停停，在天光放亮的时候，军列在一个山间小站上停了下来。石克玉招呼大家整理内务。

部队就是这样，哪怕是在炮火连天的战争年代，只要稍作安顿，就要整理内务、打扫卫生。被子不仅要叠得四四方方，像一块块豆腐干，还得纵横成线，摆放整齐；地面不仅要打扫得寸草不留，还得弄得平平整整，不能有一点儿坑洼沟坎。

形式主义吗？可能有一点儿，但就是在这日复一日、看似无用的无数次重复中，一个个自由散漫的老百姓，变成了有统一意志、服从命令听指挥的军人；一群从五湖四海聚到一起的陌生人，变成了能相互托付生命的兄弟，变成了一支能摧城拔寨、斩关夺隘的钢铁雄师。试想一下，要是每个士兵都率性而为，允许他们衣服乱扔，随地抛垃圾，或者一觉睡到中午，我们的军队会成什么样？

战士们在等待时，从前方指挥车上跳下来一个人，他一边沿着铁路奔跑，一边不停地吹着哨子。尖利的哨音带给士兵们的第一反应就是紧急集合，有的人已经下意识地摸出背包绳，准备打背包了。排长石克玉挥手止住大家，从车门处探出身子，大声问："怎么回事儿？"

车下的人大声喊着："到终点了，赶快下车吧！"

一路上，下车、开饭、上车都规定了相应的信号，由指挥车连通各个车厢的电铃发出长短不同的铃声，指挥大家行动。可不知怎么回事，到终点站的下车信号却给疏忽了。要知道，终点下车和途中下车，是有本质不同的。大概是孙副团长灵机一动，临时把紧急集合的哨音当成了到终点下车的信号。后来，这个做法被沿用下去，一直到多年后，岳宗乘坐军列时，仍然用的是这一套信号。

对于军队来说，严明的纪律是凝聚军人、提高战斗力的保证。石克玉是个明白人，立刻回头命令："紧急集合，动作快点！"

不知是谁，好像还没有完全清醒过来问："排长，打背包吗？"

石克玉一边打着背包，一边果断地说："废话，不光打背包，把所有东西都带上！"

战士们毕竟训练有素，不到五分钟，所有人都打好了背包，提着各自的行李跳下车。仅几秒钟，四连已列队集合完毕。于跃海大声说:“同志们!”大家“唰”的一声，收回右脚，成立正姿势站好。

于连长满意地略作停顿，接着说:“稍息！我们经过两天两夜的铁路输送，现在已经到达了终点站承德。下一步，按照在营区训练过的程序，进行卸载作业，各班按分工完成各自的任务。特别要强调的是，卸载过程中要注意安全，尤其是二排，你们负责弹药车，要特别注意，要事先把从卸载站到车场的道路勘察好，坑坑洼洼的地方都要垫平整，防止出现大的颠簸。兵站马上送来早饭，大家要以最快的速度吃完早饭，然后开始卸载。好，各排带开，准备开饭!”

各排长下达口令，把队伍四散带开，东西南北各占一方，排与排之间相距十来米，把连部放在中间，形成一个略成正方的队形。兵站的同志们抬着大筐、笸箩和保温桶过来了。大家迅速吃完了早饭，开始了卸载作业。

卸载的整个程序与装载时完全相反。车站上的调车员先把整个军列拆解，把装载车辆的平车调到最靠外侧的道岔上。工兵已经搭建了顶端站台，战士们把枪支弹药、背包和个人物资集中放好，由连里派专人负责警戒，其他人都抄起工具，进行卸载作业。

大约用了三个多小时，军列上装载的车辆、器材和各种物资全部卸载完毕。整个车队按指挥所、通信分队、四连、物资车、收容车的顺序，驶出了停车场，向着新的驻地驶去。

岳宗在车厢的最前排，坐在自己的背包上，背靠着车帮，把冲锋枪放在两腿中间，透过车篷布的缝隙观看车外的景色。这是一个不算大的山间盆地。东、北、西三面都是不算陡峭的高山，山坡上的植物叶子都已经落得差不多了，整个山脉呈现出一种深灰中掺杂着棕绿的色调，给人一种略显压抑的感觉。向南是一个相当宽的豁口，从山势上判断，那应该是一条河流的河床，公路应该是沿着河流的右岸一直向北延伸的。

观察了一会儿，岳宗掉转身来，无意间看到四班长张桓一个人在呆呆地发愣。难得有这段短暂的空闲时间，岳宗朝他摆摆手，张桓立刻凑了过来。“怎么啦？老班长!”这一声亲切的称呼，似乎让他很感动，竟涨红了脸:“哎，我只想告诉你，这次任务完成后，恐怕我要复员了。”

岳宗知道，自从石克玉当排长以来，曾经代理过近一年时间排长的四班长张桓在和他打交道的时候，总有些别别扭扭。这也难怪，人家毕竟已经代理了将近一年的排长。突然间，上边又派来个排长，没他什么事儿了。这就好像排队买电影票，排了半天，马上到窗口了，硬生生却插进来一个人，把眼看到手的最后一张票给劫走了，你说这该有多恼人！

本来，张桓今年是做好了复员准备的。可是，这次移防又让他看到了希望。从骨子里说，每一个从农村入伍的战士，都盼望着能在部队提干，从而脱离面朝黄土背朝天的艰苦农村生活，成为一个“公家人”。

也许是有高人指点，这次紧急战备移防的消息一传来，他第一个向连队党支部递交了决心书，表示在部队调往前线的时刻，绝不当逃兵，坚决要求在部队再干一年，并保证起到一个老兵应有的作用，在各项工作中带好头，给排长当好参谋。在这种部队面临大变动的时候，连队也确实需要这样一批有经验的老班长。

他继续留队的申请很快被批下来了，他本人也作为老班长的典型，团里好一顿宣传。在随后的工作中，他也真的像决心书中表示的那样，一扫过去与石克玉之间的别扭，成了排长的好参谋。对他的话，排长相当重视，还要求班长们把情况想得再细一点儿，把工作做得再深入一些。

“为什么又变化了呢？”岳宗不解。

俗话说，“铁打的营盘流水的兵”。部队实行义务兵役制以后，每年都有新兵入伍服役，同时也有老兵退役复员，几年下来，同年入伍的战友就显得越来越珍稀。要是曾经在同一个新兵连，甚至是同排同班接受过新兵入伍训练的，相互之间的关系便会更加亲近。更何况，岳宗也曾代理过四班班长，他们的彼此关系更“铁”一些。

“老班长，你可想好了，是走还是留，这可是大事，事到临头，你可别犯糊涂。”

听了岳宗的话，张桓点点头：“跟你直说吧，那天，指导员也是这么劝我的。”

原来，在铁路输送训练开始前，他已经找过指导员了，提出要求复员的申请。

当时，邓指导员惊得大张着嘴、瞪着眼睛看着他，足足有四五分钟没说出话来。等到他确信自己没有听错，张桓确实是在要求复员，才急切地说："四班长，你怎么啦？这一段一直干得不错嘛！前天我还和连长在一起念叨，搞完老兵复员，把你的提干报告打上去，这两天你就等不了啦？你可想好了呀……"

邓颂平也是从农村参军入伍来到部队，经过一番努力奋斗，从战士提升为干部的。他可太知道能不能在部队提干，对一个家在农村的战士来说有多么重要了。张桓和邓颂平都是河北人，是关系相当好的老乡，他可不愿意看到张桓在这转变人生轨迹的最后关头出什么岔子。于是，又语重心长地补充了一句："张桓，这么多年辛辛苦苦摸爬滚打，你容易吗？你可千万别在这个时候掉链子！就像一锅馒头，从和面、揉面到上屉烧火，现在马上要熟了，你在这时候撤火，会是个什么结果，你可想清楚了！"

听了指导员的这一番话，张桓低垂着头沉默了很久，最后抬起头，用手抹去眼角渗出来的泪珠，对邓颂平说："邓大哥，我今天叫你一声大哥，我是真的想把心掏出来给你看啊！我当兵来到咱们连已经整整六年了，这六年里，你邓大哥是怎么关心、爱护、帮助我这个小老弟的，我心里都清楚、都记着呢，你对我的好，我一辈子都忘不了。

"可是，你对我的期望，我做不到了。真的，邓大哥，我家里真的是有困难！别的不说了，我们家里哥仨的关系你都知道的，我要是再不回去，你弟妹真要被我那两个哥哥嫂子欺负死了！我必须得回去呀！"

邓颂平说："你们家的那点儿事我知道。可你想过没有？只要你提了干，到麦收的时候穿上四个兜的干部服，风风光光地回趟家，把大队和村里大大小小的头头们请上那么一桌，公公平平地和你那两个哥哥嫂子把家一分，你那两个哥哥不愿意养你老娘，你就把你老娘和家里的老房子都包下来，你这边拿着工资，你媳妇又能干，那日子就好多了。我听说咱们现在这地方算边防，边防部队连职干部家属就可以随军。这样再熬上几年，凭你的能力，干个连职不是什么难事，到那时候，不就什么都好说了吗？"

张桓沉默了一会儿，说："邓大哥，这个事儿呢，我是这么想的：家，是肯定要分的；老娘，我也一定要养。只要我回去，他们就不敢欺负人，家就会分得公平些。从咱们近几年老兵复员的情况来看，像我这样超期服役三年以上的老兵，政府都会分配工作，再加上咱又是党员，最不济也能在公社当个脱产干部，闹好了还能到县里国营单位当个职工什么的，工资比在部队当个小排长也差不到哪去。按你说的那样也确实不错，但咱们老家有一句话，‘天上的凤凰再好，也不如家里养的鸡’，我这个人没什么大出息，当年来当兵的时候，我老爹还在，他叫我保家卫国。我在部队干了六年了，国，我卫了，我得回去保家了。”

邓颂平呆呆地看着张桓，他知道张桓是拿定主意了。一旦拿定了主意，他是轻易不会改变的。此刻，邓颂平不再想劝说什么，只是为张桓感到惋惜。最后，他长长地叹了一口气，轻轻地在张桓肩上拍了一下：“好吧，杨子荣说过，人各有志，不能强勉，你既然想好了，愿意走就走吧。今天你叫了我一声大哥，我不会让你白叫，你放心，我会努力为你争取一个最好的结果的。但是，我也要求你，支持我一下，站好最后一班岗，配合北线移防工作，用自己的实际行动，为连队的荣誉增光添彩！我相信你！”

“指导员，你放心！我保证！”张桓坚定地承诺。

一诺千金啊！老班长一席肺腑之言，植入了岳宗心田。

没有当过兵的人，永远无法理解军人的情感；没有在部队摸爬滚打过的人，自然也没法理解战友之间的深情厚谊。像张桓这样具备了提干基本条件的老班长，虽然他们都分散在不同连队，但只要是与他们有关的消息，很快就会在他们中间传播开来。移防的消息刚刚传出，他们最先得到了消息，并不约而同地向各自所在连队递交了“决心书”，为保卫北京北大门庄严宣誓，为争得连队新的荣誉，为战友同乡的信赖，他们用一种执着和刚毅，证明了无论何时，无论内心经历怎样的矛盾交织，依然忘我，想方设法完成任务！

日落西山，一群征雁疾速地从空中掠过，往南方飞去。

同为四班一老一新的班长，岳宗与张桓几乎同时站起身来：“千里黄云白日曛，北风吹雁雪纷纷。莫愁前路无知己，天下谁人不识君！”面对着窗外所展现的座座大山、道道河流，他们都感到心胸骤然开阔，俩人互相击掌，随后，发出一阵爽朗的笑声。

车队沿着狭窄的山间公路，缓缓地向集镇开去。终于，停靠在了一个用高大的杉篙和松树枝叶搭建的彩门前，几个斗大的汉字龙飞凤舞：“热烈欢迎亲人解放军！”

四连新驻地的名字叫金锁镇。

刚放下背包，还没来得及喘口气，外面就传来值星排长的声音："一排二排，各出一个班的公差，帮助前指卸车展开；三排出一个班，帮助通信分队卸车展开，动作快点儿！"

团里动员时已经明确过了，四连随前指进驻燕山地区，必须以实际行动，给燕山人民留下良好的第一印象。上级把这个问题，提到了关系到能不能在燕山地区站住脚，能不能完成保卫首都北大门光荣任务的高度。这不，刚刚下车，连憋了一路的尿都还没来得及撒，公差任务就派下来了。

还没等石克玉发话，四班长张桓抢着说："排长，我带人去吧。"

石克玉犹豫了一下，说："老张，连着好几天了，大家都没怎么休息好，刚到新驻地，下一步怎么干，我心里一点底也没有，还指着你帮我参谋参谋呢，这点力气活，还是让年轻人去干吧。这样，每个班出两个人，五班长，你辛苦一下，带着人去，一是要注意安全，二是要听从指挥，机关的那些参谋干事们事多，咱们是服务单位，记住一句话：干活不由东，累死也无功。人家让干什么就干什么，人家让怎么干就怎么干，知道吗？"

连队的基层干部们，总是这样视你如亲兄弟，甚至于絮絮叨叨地"传、帮、带"，哪怕再辛苦也互相鼓励，一同渡过难关。这种战友情，没有丝毫的利益掺杂，也没有什么交易的成分。能够在热血的青春当中收获最珍贵的友情，也是部队生活的一大收获吧。

岳宗放下解了一半的背包，卸下身上背着的子弹袋、水壶、挎包和手榴弹袋，对石克玉敬重地说："明白，排长，放心吧，保管让他们挑不出毛病来。"说完，从班里点了两个今年人伍的新兵，带着其他几个班派出的人，向前指所在的前院跑去……

第十五章

新驻地

到达新驻地第二天，四连在金锁镇北边一个用碎石砌成墙围的大院子里，举行了隆重的燕山守备师四连铁路输送总结大会。指导员表扬了各班的好人好事，特别提出老兵们在整个移防过程中发挥的良好作用。连里三个获得营嘉奖的人中，就有四班长张桓。岳宗由衷地为老班长高兴，带头鼓起掌来。

“新驻地的任务，除了完成警戒、公差勤务和助民劳动之外，还要参与对驻地周围山川地形和民情社情的调查。”于连长布置工作时，强调了最后一项重要工作。他认为“调查勘察工作周不周密，完成得好不好，直接关系着全团乃至全师的移防工作能不能顺利、圆满地完成”，要求各班高度重视。

干事时，责任明确了，效果就容易落实。我军从解放战争后期开始，进行过多次大规模铁路输送。抗美援朝期间及以后的剿匪、平叛、抢险救灾、国防部署调整，已经形成了一个相当成熟的基本套路，但每次输送之后，各级仍然非常重视发动每一位参与者，总结新的经验，发现和解决新的问题，这是我军能够不断提高的重要原因。

在这远离城市的深山中，夜色是那样沉静。群山黑魆魆，像一座黑色城墙，高耸入云，从四面八方一齐挤压过来，连天空也变得那样逼仄、狭小。疏星冷冷，不甘寂寞地眨着眼睛。月牙弯弯，被寒气包裹着缩成了窄窄一条。一股山风吹来，地面上的尘土和碎叶随风乱卷，箭风刺骨，使人不由得缩紧双肩。

这正是俗话中“鬼龇牙”，黎明前最冷的时刻，何况，又身处北方冬季的深山之中。岳宗把自己安排在凌晨四点半开始的夜间最后一班岗。他蹬上大头鞋，戴上皮帽子，又把皮大衣领子竖起来，加强对双耳的防护，把棉手套换成了长及小臂的皮手套。这些都是专为驻地在高寒地区部队配发的戎装。

站院门岗的是四班的老张。他和岳宗是同年兵，老家是山东沂蒙山区的。岳宗和他打了招呼：“怎么样？老张，这燕山和你们沂蒙山比，哪儿的山更大些？”

老张口鼻处喷着浓浓的哈气说：“那可说不好，我们那的山，都是下面立陡立陡的，山顶上平展展的，这儿的山是靠山脚下不太陡，可越往上越陡，不一样，太不一样了。”

岳宗提醒他：“这天儿可够冷的，别光傻站着，多活动活动。”

老张说：“知道，这不一直没停嘛。好家伙，这才刚进十月就这么冷，要是到了腊月，那谁还敢出屋啊。”

东方的天空泛起了一抹红霞，天渐渐亮了起来。前指的司号员走出屋，举起擦得锃亮的铜号，吹出一串嘹亮的音符：“嗒嗒——滴答——滴哩——嗒嗒——，嗒嗒——滴答——滴哩——嗒嗒——”。起床号吹响了。

整个院子立刻沸腾起来。战士们以最快的速度穿好衣服，在宿舍前集合。不一会儿，于跃海的大嗓门就在院中响起：“稍息，立正！向右——转！跑步——走！一二一，一二一！”

全连排成三路纵队，开始围着院子中间的空场跑步。二十多分钟后，下操的战士们回来洗漱时，大家惊奇地发现，水桶的表面，已经结上了薄薄的一层冰。

在前指的那些日子里，几个兵龄比较长、有一定文化的班长，被抽调去参与对驻地周围山川地形和民情社情的踏勘，为前指安排机动与部队设防、各兵种的配置使用，提供重要参考意见。岳宗最先被指定随同作训股赵参谋走访公社武装部。

公社武装部王部长有着一副花岗岩一样结实的身板，中等身材，他一边笑着一边说：“嘿，你们到这穷山沟来，咋说也是贵客上门，我们应该早早迎着呐！”听口音，竟然和北京口音别无二致。

“我 1957 年当兵，1967 年复员回家乡，现在担任这儿东大沟公社的武装部长。言归正传吧……”

王部长打开小本子，如数家珍地讲起了驻地的位置、行政区划、人口、物产、地形、气候、主要农作物的产量等基本情况，间或还夹杂着一些历史故事和民间传说。岳宗认真地听着，同时用笔记本记下要点，在他讲述的间隙，还不时地插话，追问某些关键的细节。

赵参谋走到地图前，仔细地看着地图，边看边问：“王部长，你们这儿的地名挺有意思，怎么除了沟就是梁，都有讲吗？”

王部长说："这儿的土话管山不叫山，叫梁。这金鸡梁是因为山顶上有一块形状有点像鸡冠子的大石砬子。噢，我们这儿管那种大块儿的石头山叫石砬子，根本没法往上爬，自古就是一夫当关，万夫莫开的险川要道。"还有这"达来沟"，传说当地方言称狼为"赖呆"。山民们说"打狼"为"打赖呆去了"，便依语音把此地叫"达来沟"。还有"红石砬子""熊耳山""笔架山"等，也都各有传说。

岳宗指着地图上一处标记说："哇，还有个'马踢泉'呢？"传说曹操北征时有马刨泉水，解了人畜渴极之危，虽然只是一个神奇的传说，不觉引人无尽的遐思。

读万卷书，不如行万里路。如能走遍这里的每一个村落，把这些历史与传说汇集起来，一定很有意思。岳宗这样想着，却听赵参谋在一旁点拨："哪些地方有水，哪里地势险要，哪里有什么动物植物，对打仗都有用，这即所谓'兵要地志'，你都记了没有？"

岳宗忙把手里的本子举了举："记了，都记下了，回去后再整理，凭着记忆尽量把有用的资料写全。"

"凭记忆？"赵参谋有几分调侃，"你那么相信自己的记忆？告诉你，再好的脑子也比不过烂笔头，我问你，这个县有多少个公社？"

岳宗想都没想随口答道："二十六个。"

"这里是哪年建县的？"

"乾隆四十三年，1778 年建县，1940 年县治迁到大阁镇。"岳宗对数字有特殊的敏感，上学的时候，两位数的平方数和立方数都能倒背如流，记这点数字自然难不住他。

赵参谋可能是想再考考他，便一连串问道："金锁镇公社下辖几个自然村？有多大面积？多少耕地？主要作物年平均产量？民兵、枪支储备量多少？猪存栏和牛羊有多少呢？"

岳宗一一平静回答，王部长笑着连声赞叹："啧，啧，部队里真有能人！"

经历了这几年的部队生活，岳宗深切地体会到，小时候严格的学校和家庭教育，十分有益。他五六岁便开始写字、背书，稍有偷懒，还会受到责罚。渐渐地，读书便成了习惯，这才锤炼了他的博闻强记和勤于动手的能力，让他在工作中，往往表现出"十八般武艺，样样精通"。

显然，赵参谋很满意。他一边走一边对岳宗说：“今天带你出来，看来是带对了！你小子关键时刻还行，有个机灵劲儿，脑子够用，也够冲的，真把公社那些人镇住了。哎，你真的还没入党？”

岳宗说：“骗你干吗，不信你去问我们于连长。”

赵参谋问：“你就是那个开刀不用麻药的？听说你一直干得不错呀，今天带你来，就是孙副团长点的名。老于为什么还不让你入党？你是不是得罪过他？”

岳宗说：“我哪敢得罪他呀？其实我们连长对我还是不错的，也挺器重我。可不知为什么，没让我入党，老说要考验考验的。”

赵参谋嘟囔了一句：“这个老于，我去找他。你到作训股来干吧，你那脑子，正适合！我得向股长举荐人才呀！怎么样？”

岳宗有点心动，但转而一想：“唉，于连长准不放。算了吧。”

赵参谋照岳宗的肩上拍了一掌，说：“得嘞，就这么着，你回去尽快把今天了解的情况整理出来，明天交给我，我去找你们连长要人。我跟你们于连长是老交情了，我去要人，他敢不给？看我怎么收拾他！”

因为王部长向赵参谋汇报民兵装备情况时说，这山沟沟里有豹子、熊瞎子、狼、野猪等能伤人的大牲口，公社干部下村走夜路都得带枪，随时领用，专人保管。于是，团首长根据这一情况，调整了规定，把每班岗增设为五人。

事情真有这么巧，几天后，岳宗执勤，真遇到了王部长告知的叫“赖呆”的狼。

那天，约莫十点多钟了，岳宗他们站完岗往回走，刚走到村前小石桥边，就看到河沟里有团黑影。

王开生睁大了眼睛，悄声问：“这山上真的有大牲口？”

“别出声儿。”五个人蹲了下来，屏住呼吸，朝着发出声响的那片山涧望去。透过树丛，能隐约可见那是一只狼，正叼着个半大的壳郎猪。岳宗他们一下子呆住了，就这样等着。

那猪的个头比狼还大，它叼不动，咋办？那狼才鬼呢，只见它一口咬住猪耳朵，用大尾巴扫打猪屁股，就那么赶着猪往前走。猪要是老实跟着走，它就不使劲咬，猪要是挣巴，它就使劲咬。那猪怕疼啊，就那么一边哼哼着，一边跟着它走。

他们一直看着，只见那只狼窜到山上的灌木丛里，一口咬断猪的脖子，先喝干猪血，再从屁股后头那么一掏，把肠子五脏都掏出来吃了。

“看到了，血肉模糊，惨不忍睹!”

接着，窸窸窣窣的声音又传来，他们的心剧烈地跳动着。

这一刻，刷的一下，早有战士端枪侧卧，一动不动瞄准了那只狼。

岳宗冷静地指令:“别动！听老乡说，面对狼，先要看是独狼还是狼群？要是独狼还好办，要是有两三只狼或是更多，搞不好还得把自己搭进去。”

人类和野生动物相处，最好不要先触碰和追逐它们。你开枪射杀，动物会垂死挣扎，那时才是最危险的。

岳宗和王开生低语:“你们知道那狼最怕什么?”

“怕什么？有人说狼怕火怕光?”

“狼最怕圈！要打着手电筒一个劲地画圈。狼看见有圆圈，以为是要套它，就不敢逾越了。”

顿时，弧圈闪闪，几个战士轮换着，一会关上手电，一会儿打开手电，一会儿换个地方，把飞光环绕到狼身上。那只狼，瞪着两只直冒绿光的眼睛，看了好一会儿，恐怕也没弄清有多少人，便返身跃过灌木丛飞快地逃走了。一会儿，它便消失在深山之中。

后来，岳宗又拜访了王部长，向他询问燕山地区的风物特点，还特意请教防御各种野兽伤人的办法。王部长面对眼前这位素来爱刨根问底的班长，内心十分喜欢，巴不得侃侃而谈。他说:“野兽伤人的事件倒还没有。不管咋说，这野兽它还是怕人。再有，咱们这儿的百姓也多少了解点野兽的习性，知道它什么时候爱上哪儿，咱就少上那儿去，不和它打照面。”

万一上山打柴或是走夜道碰上了，也有办法对付。比方，遇上熊瞎子，就尽量顺着风跑，这样一来它闻不着味，二来风会把它头顶上的长毛吹下来，挡它的眼睛，它跑不快。

当地山民出远门都带伞，一是遮阳挡雨，二就是为了防狼。狼生性狐疑，你扛着把伞，它一看长长中间的还有根细棍，以为是枪，不敢过来。要是在路上突然碰见狼，你就把伞一会儿打开，一会儿收起来。它看这东西一会儿变长了，一会儿变圆了，不知是什么，也不敢过来。怕就怕狼和狈在一起，这狈前腿短，跑不快，它得趴在狼背上，让狼背着它走，狼和狈经常联合伤害牲畜。

岳宗一笑插嘴说："哦，这就叫狼狈为奸呐。"

王部长说："对，对，是这么个说法。要是碰到狼和狈在一起，那就得点火了，不管是什么野牲口，哪怕是老虎豹子，都怕火。我们这儿走夜路的人都是一根接一根地抽烟，只要有火头一亮一亮的，什么野牲口都不敢靠近。"

岳宗连连点头："王部长，我回去得跟我们首长汇报一下，什么时候请您到部队去专门给我们讲讲怎么防野兽伤害的知识，要不部队夜里站岗，被野兽伤了可就出大洋相了。"

王部长说："这你放心，野牲口自来就不敢伤当兵的，当兵的整天操枪弄炮，身上有股罡气，野兽闻着老远就躲开了。前些年，我们组织民兵上山去打猎，平时上山，总能碰见些野兔、山鸡、狍子什么的，可只要背上枪，就什么也碰不上，可神乎了。"

"再好的脑子也比不过烂笔头"，自从那次和赵参谋接触之后，他的话对岳宗产生了影响。一回到驻地，岳宗顾不得其他，先摊开他那个绿色塑封的笔记本，把王部长讲的那些需要特别注意的事情记录整理下来，并草拟了一份《燕山区域兵要地志》，将城塞、地险、防御等内容，做了详细介绍，顺利完成了与赵参谋共同踏勘的任务。

不久，岳宗又随着前指宣传股张股长和徐干事，勘查金锁镇民情和军需供应能力。然后再根据这个新驻地的丘壤、山川、植被等自然条件，编写军事要地专题性资料。

部队移防时，首先面临的一个问题就是安排这么多人马的住宿。按照原先的设想，部队到新驻地后一律住帐篷。为此，上级给守备一团配发了许多由两层帆布中间夹着一层厚厚的羊毛毡制作的保温帐篷。

据说，在团首长随师首长来勘察地形的时候，曾登上金锁镇东南边一个能够俯瞰全镇的制高点。当时师长手指着老牛河那宽阔的河床对团长说："你们团的营区就建在那片河滩地上，又开阔，又清爽，用水又方便，离村子不远不近，既不扰民，到镇上办点什么事也方便。瞧，这块地简直就是老天爷特意留给你们团的!”

岳宗他们三人来到金锁镇后，即选择距离那片河滩地最近的一个山坡，进行实地勘察。乍一看去，那片河滩上除了石头多点之外，确实平整开阔，是一处理想的设营场所。但是，举目环望，四周都是山，最近的村落也在数十里之外。

“太偏僻了!”三人不约而同地叹道，发现这里根本不适合设营。

“老牛河，老牛河！问题的关键就是这条老牛河!”公社刘书记说道，“老牛河从金锁镇往南这一段，河床比较宽，很像一个牛脑袋。可是，再往下到金锁镇北边，这老牛河细细长长的，又像一条牛尾巴。”

正是因为这种特殊的地理地形，这里大风、洪水等灾害频发。

比如，那一片河滩地，正处于老牛河冲破金锁的束缚、豁然开阔的地方，是一处风力强劲的风口。如果金锁镇里是刚刚能吹展旗面的二三级风，河滩上的风力能达到五级以上，一阵风刮过，身体单薄些的人都会被风吹得动。

在金锁镇以北的坝上地区，冬季夹杂着冰块和雪粒的风，被称为“白毛风”；春秋两季夹带着黄沙石块的风，被称为“黄毛风”。一年四季从不间断的阵阵北风，像是一堵厚实沉重、能够移动的墙，推搡着阻挡它的一切。无论是马、牛、骆驼这样的大牲畜还是羊群，甚至连狼和黄羊这样生命力极强的野兽，一旦遇上白毛风或黄毛风，也只能顺风狂奔，停不住脚步。

听着刘书记的介绍，岳宗指向西南的一个喇叭沟口，补充说，四连初到新驻地时，曾试着在那儿搭建了一个帐篷，上午搭建时费了不少力，总算把帐篷搭起来了，到了下午，那越来越强劲的北风，把帐篷刮得歪歪斜斜，不停地晃动。第二天，天亮后再去看，整个帐篷已经被风刮到了三百多米外河床边的杂树丛中。固定帐篷的八根比大拇指还粗的麻绳生生被绷断了三根。打进地下一米多深固定麻绳的钢钎，有一根竟然被拔了出来!

张股长、徐干事一边听，一边琢磨着，不断地点着头:“嗯，这情况一定要向上级报告一下。”

“这里的地下水位比较高，看着是平平整整的河滩，随意搬开一块篮球大小的石头，下面很可能就是一汪水。那些看上去略高出河床的土地上，也多是一些混杂着草根和腐殖质的半冻结土层，温度稍高一点，冻土融化，很快就会变成一片烂泥塘。”刘书记继续介绍。

夏天发洪水的时候，老牛河北边这一段，因为河道窄，水量大，河道弯又多，上边来的水卷着石头直接冲撞石壁，几处的声音叠加在一起，老远听着就像牛吼。

“你们听过牛吼吗？是牛顶架急眼了时的那种吼叫，嗡嗡的，又低沉又洪亮，就那个声音，好几里外都能听见。所以才管这条河叫老牛河。”

岳宗忍不住搭话：“对，物理学上说过，声音频率越低、波长越长，传得也越远。这应该是一种人耳能听见的最低频率的声音。”

“燕山地区的特点之一，就是无论大小河流都是时令河。你们看，那些平时干燥得没有一丝水汽的小沟，只要一场暴雨过后，立马会变成一条大河。这里山上的土层薄，植被少，存不住水，大部分雨水都会夹带着泥沙，形成规模越来越大的洪水。要是真在河滩上设营，一场洪水就可能让你们全军覆没。”刘书记语调非常坚决。

谁也没想到，在新驻地竟然找不到一块可以搭帐篷的空场。

如果不去河滩地，把帐篷搭在村庄周围的平地上可以吗？也不行。要知道，在这深山里，有数的几块面积稍大些的平地，都是当地农民多年来一筐土、一筐粪地平整垫积起来的，是他们安身立命的根本。要是部队冬天在那儿搭帐篷临时住一下，除了会把土地踩实踩硬外，倒还没有什么大的影响，开春后再帮老乡把土地翻松便是了。可守备一团不是临时野营驻训，而是要在这里扎下根来，长期驻守，所以绝对不能占用老乡的农田。在这山里，哪怕只是一块巴掌大小的平地，也都早被老乡们种上庄稼了。

看来，靠搭帐篷建营地是不行了。像过去常见的那样，征用机关、学校，或是仓库、庙宇这样的空房设营，行不行？同样行不通。岳宗分析说：“原因很简单，一是人太多，二是要长期驻扎。”在这经济并不发达的燕山深处，别说一个公社了，即使是在县城里，要想找到能够容纳两千多人马，而且相对集中的空闲房屋，也不是一件容易的事。更何况，还有那么多的车辆要停放，那么多的部队要进行日常军事训练，那么多武器弹药要贮存和保管，这真的是超出了一个公社级的行政村镇的实际接收能力。

针对勘查结果，岳宗等绞尽脑汁，提出了很多重要的建议，均被上级采纳了。

还值得一提的是，由岳宗操刀绘制的《金锁镇附近兵要地志要图》，竟然与《燕山守备师一团兵力部署图》，并列挂在指挥所同样醒目的位置上。

那些日子，张股长和徐干事经常夸赞："你小岳，可是上驷之才呐!"岳宗却不无玩笑地回答："不，不敢，岂能充'上驷'?"

在岳宗看来，自己之所以能在当兵后比较顺利，各项工作都没有被别人拉在后面，并不是天生就比别人强，而是和自己与生俱来的不甘人后的性格有着密切的关系。自己的这种不甘人后并不是事事都要争先。吴庚壬是事事都要争个先，却出了那样的岔子，他的毛病就是患得患失，经不起一点点失败。而自己比他强的，是承认自己不是完人，在确实不如他人的方面，暂时不与人争，而在其他方面，则处处力争上游。这就叫"以己上驷，对人下驷"，所以才能在总体上，经常处于上风。

人在年轻的时候，往往不知道人生的道路应该怎样走。能够在人生道路上遇到坑洼时，及时辨清道路，找到跨越它们的方法和途径，就能少摔跟头、少受挫折，即使是摔了跟头，也能及时找到原因，避免以后摔同样的跤，人生的道路就会顺利得多。性格即命运，能够因势利导者，才能掌握自己的命运。

两个月之后，经过前指与当地党委政府协商，决定先征用老乡家的房屋，暂时解决部队的住宿问题，待日后再长远考虑营地建设的事。这样，大部队一批批从山东老营房来到金锁镇。四连圆满完成了警卫和保障任务，正式归建，住进了东大沟靠山营的一个自然村。

靠山营村距金锁镇有四五公里。村里有一百三十多户人家，在全公社算是比较大的村庄。四连、五连和营部都住在靠山营。村民们住房都比较简陋，一般在半米多高的石墙基上，用五十厘米见方的大块土坯垒墙，用碗口粗的圆木做梁柱和檩条，用成捆的秫秸并在一起苫顶。为了保暖防风，每年都要在山墙外侧抹一层掺杂着草秆的泥浆。隔几年就要在秫秸捆苫成的房顶上苫上一层新的秫秸。天长日久，许多房子的墙壁厚度都接近一米，房顶也都有半米多厚。虽然外表看上去灰头土脸，但冬暖夏凉，比起住帐篷，要舒服得多。

岳宗的房东胡大嫂是个很能干的农村妇女，她每天不仅和男人一样下地干活儿，还养着一群鸡和一头猪。那年头，农民吃粮吃菜基本靠集体，而要抓挠几个活钱，就得靠老母鸡下蛋了。

胡大嫂每天天不亮就起床，在做好一家人吃食的同时，顺手把猪和鸡都喂了，早饭后便下地干活。中午回家，顾不上休息，就要做一家人的中午饭，等到把刷锅水倒进猪食槽，又该忙着去干下午地里的活儿了。

岳宗他们住进大嫂家，包下了挑水、扫院子这些活儿，有时还能帮着她刷刷锅、烧烧火。别看就是这一点小事儿，可大大减轻了胡大嫂的劳动强度，也使战士们与老胡家很快成了亲密无间的“军民一家人”。

部队住进老百姓的家里，给管理工作带来了许多不便。首先，集合的时间比以前延长了许多。部队营房有事集合时，哨声一响，不到两分钟全连就集结完毕，而现在全连分散住在二十多户村民家里，每逢集合，值星排长得吹着哨子跑遍半个村子，待全连集合到一起，起码需要十多分钟。

还有，因住宿分散，集体活动明显少了。在营房时，每天三顿饭前，全连都要集合整队，唱上一首队列歌曲，然后再进食堂吃饭。而现在呢，战士们吃饭得由各班的小值日打回来，分散在各个住户家里吃，饭前的集合整队唱歌这一套自然全免了。

村里没有能容纳全连人的大屋子，每天听广播，改成了分散在各户收听村里的有线广播。以前，每周至少两次的政治课和党团活动，也换了形式。非得全连集中才能进行的政治课，则选择天晴风小的时候，集中在生产队的场院里进行。课是上了，但一会儿跑过来几只鸡，在队列的四周啄食打斗，一会儿刮起一阵小风，卷起地上的尘土和草屑，在人缝中打转，又有多少人能真正集中精力，把指导员讲的那些道理听进去呢？可别小看这些似乎并不起眼的细节，连队的正规秩序和凝聚力，往往是通过无数这样的细节形成并维持下去的。

最要命的是，随着时间的推移，官兵们对新驻地的了解日渐深入，一种不安于部队生活的危险情绪，开始日益蔓延，并直接影响到了官兵的士气。最早露出端倪的，是那些刚入伍的新兵。

今年接新兵时，因为知道将要移防北京军区，接兵人员都已告知应征青年是去北京的部队。那时候的农村青年，哪里知道“北京部队”这个概念，竟然涵盖了河北、山西和内蒙古这么一大片地区呢？他们都想当然地把自己将要去服役的地方，想象成灯火辉煌的天安门广场。他们以为自己也会像电影中常见的战士们那样，身背冲锋枪，迎着朝霞或落日，排着整齐的队列，在宽阔平整的长安街上巡逻。

可是，当他们在山东老营房完成了新兵训练，怀着美好的憧憬，乘坐闷罐车路过北京，又眼看着自己乘坐的火车与那万家灯火的繁华都市擦肩而过，一直把他们拉到这一山更比一山高的深山里的时候，他们最初的感觉便是上当受骗了。

过了几天，一首打油诗悄悄在战士们中间流传开来："满心想着去北京，谁知来到大山中。风吹黄沙漫天舞，雨打怪石顺山冲。小米饭硬难下咽，高粱面酸像喂猪。出门就得爬山头，炕上就能数星星。在这当兵三年整，不如劳改在狱中。"

战士们情绪波动，部队日常的秩序也似乎被打乱了。

以前，常有新兵们抢着挑水扫地，争着做好事挣表现，现在这拨新兵中这种情况成了凤毛麟角。而干起活来出工不出力，训练场上不求上进、得过且过的现象相当普遍。有些人甚至还故意泡病号、磨洋工、顶撞班排长，恨不得立刻捞个处分，早点被处理除名才好呢。

一营有个新战士，偶尔听老兵们在闲聊中说"右手大拇指和食指，少一个就能评残"后，居然趁站岗时把右手食指放在枪口上，用左手扣动扳机，一枪打飞了自己的食指。等指导员找他谈话时，他竟然一脸茫然地说出"想尽快混过两年，早点复员回家"的想法。

团直警通连的两个新兵，在一个夜晚结伴开了小差。他们不敢走大道，结果在山里迷了路，走了一个多星期也没有走出金锁镇公社，后来吃光了携带的干粮，实在饿得受不了了，只得下山，被公社护林员发现后带回团里。

有一天，在四连五连同驻的靠山营，也发生了一件惊天动地的大事：有人在村子中间一根架着高音喇叭的木杆上，用钢笔写了一条反动标语！

要知道，在"文革"那种阶级斗争的弦高度紧绷之时，就连一些随口而出的一两句完全不相干的话，都会被上升为"阶级斗争新动向"，掀起一阵轩然大波，何况真的出了反动标语呢？

当时，由公社派出所、县公安局和师保卫科协同，组成了"侦破反标专案组"，把识字的村民，还有两个连及营部的官兵全都集中到一起，让每个人写几条标语，比如"毛主席万岁""打倒蒋介石！"之类，为的是与反动标语比对笔迹。

那时比对笔迹，没有现代扫描仪、电脑之类的高档设备，完全要靠人工进行。村子里识字的人，加上两个连和一个营部，足有四五百人。那些公安民警和保卫干部天天开夜车连轴转，一份一份地比对，忙活了一个多星期，也没有对出个所以然来。

调查毫无结果，专案组改变了方法。他们两人一组，分别参与各班的班务会。在会上，他们一边引导，一边记录，引导大家回忆那三天自己干了什么。好在三天的时间不长，除了找老乡，战士们大都是集体活动，大家互相提醒着，证明着，总算都说清楚了那几天里各自的行动轨迹。又折腾了十多天，发誓不破此案决不收兵的专案组，也不得不悄没声息地离开了靠山营。

嘿，没想到的是，专案组撤走没几天，“反标案”却自动告破了。

那天，大家训练完正在休息，四排的几个战士在掰手腕。天气已经变暖了，战士们自然都卷起了衣袖。一个新入伍的战士和人比试左手腕力时，人们赫然发现，他左手小臂上，竟然清楚地写着那条反标！

标语一共是十个字，分成两行，平行地写在他左小臂内侧。这下不用什么专案组了，任何人都会准确地判断，这小子就是反标的作者。即刻，他被战士们撕去了领章帽徽，把双手扭到背后反绑起来，关进了生产队牲口棚旁边的小木屋。

当大家既愤怒又有几分好奇地去小屋外窥视时，却发现这小子不仅没有一点心慌和反悔，反而好像有几分得意。当团政治处副主任带着保卫干事来提审他，问他为什么要写“反标”时，他竟直言不讳地说：“就是想让你们赶快把我除名，让我回家。”

团政治处副主任厉声道：“你想过没有？这种行为是现行反革命，你要被判刑的！”

他说：“对，我知道。所以我既没有写反对毛主席，也没有反党反社会主义，你们定不了我三反的罪行，判刑最多判两三年，反正我还不到二十岁，吃几年牢饭，算不了什么。”

副主任愣了半天，问：“这么说，你宁可坐牢，也不愿在这儿当兵？”

“对，坐牢至少不用天天爬这爬不完的山头，吃这难吃的饭吧？”

这到底是一种什么情绪？从滨海到荒山，部队刚刚移防，牢骚怪话和各种

“活思想”，还真是层出不穷。

接下来，在营以上干部和参谋干事中间，也开始不知不觉地出现了那种不安的焦虑。

按照部队规定，营以上干部家属，是可以随军的。那些连长指导员们被提升到营职岗位后，第一件事，往往是把自己在农村的家属办到驻地来，在驻地附近安排工作。那时候，军人社会地位高，收入稳定，机关干部们又大多有文化，也是驻地女青年婚恋的首选目标。而一旦和驻地女青年结婚，可以不受职务限制，每周至少能和妻子团聚一次。

部队移防之后，团机关参谋的一名家属到北京出差，顺便来探亲。她坐上火车倒长途汽车，一路奔波，来到金锁镇，在这里住了几天。临走时，这名参谋陪她在金锁镇从南到北逛了个遍，又来到镇外，在山上河边走了走。越逛，越走，她的眉头锁得越紧，无非嫌弃山区条件艰苦。从金锁镇刚一返回山东，她就来了信，逼着参谋赶紧转业，还放下话来：“要不能转业，那就离婚。”

如果只有她一个人这样闹，还好办。可她回去不久，那些结了婚的、没结婚的女人们，差不多都写来了信，都无一例外地要求男方尽快转业。那些还没结婚的，甚至明确提出，男方若不能回山东，之前的山盟海誓都不算数了。

这些情况，令团领导们分外头疼。团政治处的干部们，分头下到各连，找到不同年份入伍的战士和各级干部座谈。出乎意料的是，大家都异口同声地表态：“这里苦，这里累，这里条件差，军人不来，哪个来啊！军人的职责，就是要不辱使命，再艰苦、再困难，献出自己的生命也决不皱皱眉头！可要在这里安家、扎根，从内心深处不大情愿。”

一位营教导员的话很有代表性，他说：“我们是军人，军人以服从命令为天职，我可以献了青春献终身。我宁可两地分居，也不愿让家属子女来陪我遭这个罪。”

分析来，分析去，政治机关最后把这种情绪定性为临时观念。具体表现就是不怕自己吃苦，但不愿让家人和子孙后代也来这里吃苦；情愿为保卫首都北京的北大门献身，但不愿为保卫北京北大门在这里扎根。针对这种情绪，政治处上报师里，决定开展一个以“了解金锁镇，热爱金锁镇，扎根金锁镇”为主题的教育整顿，目的是克服临时观念，树立扎根思想，为保卫北京北大门奠定牢固的思想基础。

报告报到师里，立刻引起了师党委的高度重视。原来，不光是守备一团有这种情绪，师里的其他各团也都碰到了同样的问题。师政治部在向一团派出工作组，准备抓出点典型经验的同时，把一团的报告转报军里，同样受到军党委的重视。移防到燕山地区的这个野战军的其他单位，也都不同程度地存在着同样的情绪。于是，军政治机关的工作组也到了一团，要抓出点能解决临时观念的有效办法来。

军师两级机关工作组同时下到一个团抓同一件工作，这在部队里是不多见的。

团里也立刻行动起来。在随前指打前站的那些日子里，岳宗曾经跟随政治处张股长、徐干事三人一起，走访过一些老八路、老干部、老贫农，对党当年在这里开辟根据地，发动群众开展抗日斗争的经历进行过调查整理。这样，经由他们的推荐，政治处一个电话，连里二话没说，便通知岳宗去团政治处报到了。

解决临时观念是当时团里的头等大事，如何让官兵们扎根金锁镇呢？徐干事带着岳宗在上一次调查的基础上，进一步深入调查，回顾金锁镇的光荣历史。抗战时期，金锁镇一带曾是我党领导下的平北和冀察热辽根据地的重要组成部分。1938 年，八路军宋时轮、邓华支队在东进开辟冀东抗日根据地的途中，就在这一带连克赤城、丰宁、滦平、密云等十余座城镇，在日伪“华北”“蒙疆”和“满洲国”三个伪政权的夹缝中建立了抗日根据地。

1939 年，由萧克任司令员的八路军支队，组建冀热察挺进军，采取以小部队梯次进入的战略战术，从小到大，从少到多，站稳一步，前进一步，经过一年多艰苦卓绝的战斗，在这一带建立了抗日民主政权。太平洋战争爆发后，日寇集中冀察热辽四省三个伪政权的兵力，在这一带反复“清剿”“扫荡”，强行推行“集家并村”，使这片处于“敌后之敌后”的抗日根据地，天天有战斗，处处在流血，因此，金锁镇出过不少战斗英雄。

对，加强革命传统教育，恰是我们需要努力突破的一个关键点。在和武装部王部长一起踏勘时，岳宗了解到，曾和董存瑞一块参军、一起打仗的老英雄郅顺义，就是金锁镇南黄旗公社所属的小河村人。在解放战争中，郅顺义英勇作战，先后立过十二次战功。于是，他提出了“把郅顺义请到家乡来”的建议。

“好，你了解情况，执行任务吧。”

这样，岳宗奉命随团政治处干事专程到沈阳军区某炮兵师，请来了老英雄郅顺义。他给官兵们讲述了当年在这燕山地区怎样自力更生，克服困难，发动群众，夺取一个个对敌斗争胜利的故事。

他深情地回忆：1948 年，我军攻打隆化城的战斗打响，当时他掩护董存瑞到达暗堡下的旱河，但那里没有任何支架可以支撑炸药包，正急得不知道该怎么办的时候，冲锋号响了，总攻开始了，董存瑞毅然用左手托起炸药包，右手拉开了导火索，郅顺义惊呆了，正要起身向他冲去，董存瑞朝他喊："卧倒，卧倒，快趴下……"他话还没说完，炸药包就爆炸了。

"我俩是并肩作战的战友啊！那么多战友都牺牲在敌人的枪炮下，他们可一天福都没享过。现在有吃有穿，还有啥不知足的？"讲到这里，岳宗突然觉得老英雄有点异样，侧头望去，发现他已老泪纵横，泣不成声……没有当兵的经历，不知道战友情深；没有上过战场，怎么能体验到失去战友，那撕心裂肺的痛啊！

"战争年代，根本顾得上什么最偏远、最困难，军人转战南北，没有丝毫犹豫！当兵的，哪里需要就去哪里！"老英雄的一番话语，铿锵有力，掷地有声。这正是我军扎根金锁镇最需要的奉献和牺牲的战斗精神啊！

人总是需要一点精神的！作为一名士兵，必须对自己说："无论如何，我必须要驻守在这里，这是我们的职责啊！"老英雄郅顺义炽热的革命情怀，带给燕山守备师官兵一份坚不可摧的精神力量。

随后，岳宗和徐干事很快把郅顺义的英雄事迹连同抗日军民曾在燕山创造过的许多可歌可泣的英雄事迹，编写成小故事，由团政治处组织印刷成册，作为了解金锁镇、热爱金锁镇的教材发放到各个连队。

他们编写时一直遵守两条规则：一条是真实，老老实实，原封原样。另一条，力求简练准确，顺畅明白。当然，他们也很细心地把搜集到的，当年流传于冀察热辽抗日根据地的抗日小调，附录于金锁镇的民情之中。比如,《四季歌》中有一段耐人寻味、妙趣横生的唱词："大姑娘心上有情郎；情郎血气好男儿，又打虎来又打狼。"这是说，姑娘心上挂念的人是八路军战士，又打鬼子，又捉汉奸，是英雄好汉。

后来，师里的毛泽东思想文艺宣传队，还以岳宗他们记录下的金锁镇一个老贫农李全有，为掩护八路军干部，在日寇的严刑拷打下英勇不屈，眼看着自己三个亲人惨死在日寇屠刀下，也决不说出八路军干部藏身之地的事迹，编出了《血肉长城》的三幕话剧，到各团驻地巡回演出，取得了轰动效果。

经过形式多样的教育，新兵们的从军热情一下子被激发出来，那几个开小差的新兵，也主动检讨了自己的错误。连首长结合革命传统教育，耐心解开他们的心结，让他们终于又说出："用青春和热血谱写人生！到祖国最需要的地方去，保家卫国！穿上军装，我们就要做一名合格的军人！"年轻人的理想愿望，逐步落在了脚踏实地的位置上。

军人的价值，就在于牺牲奉献精神。无论战争年代，还是和平时期，我们都要永远铭记。

燕山地区自古就是"一夫当关，万夫莫开"的险川要道，燕山百姓多为戍边军人的后裔，民风淳朴剽悍，创造过许多可歌可泣的英雄事迹，为中国革命做出过不可磨灭的贡献。

"必须驻守在这里，这是我们的职责！"此时，这句话已成为燕山守备师新老官兵上下一致的心声。

原来有焦虑情绪的机关干部们，开始渐渐地心平气和了。他们跟家属说："现在，部队移防、换防已是常态，不可能只在一个地方当一辈子军人。军人从来都是南征北战的，哪能贪图安逸？要么完成任务，要么跌下悬崖，在这个转折点上，我们需要坚守！我们都不做懦夫，才能真正福佑子孙后代！"

同时，为了解决官兵们的现实问题，师团两级派出政治干部，回到山东老驻地，和地方政府一起，做那些军人家属和女朋友的工作。地方政府根据情况，也给军属们安排了更加稳定的工作。岳宗他们四连一位老兵，因这次部队移防而推迟了婚期，未婚妻单位既照顾分配了住房，还由单位领导专程把她送到部队，在金锁镇举办了隆重的婚礼。金锁镇的妇女们，还给守备一团的每个官兵，都做了两双千层底、实纳帮、号称"踢死牛"的拥军鞋。

如此一来，那种不安于新驻地的种种焦虑和行为得到了有效的缓解。党团员们纷纷向党团支部表示了"扎根燕山，保卫北京"的决心。战士们在操场上、在行进中、在集合场所的口号声和歌声中，又重新激荡起那种昂扬向上的蓬勃朝气来。

在完成团政治处的任务后，宣传股张股长找到岳宗，劝他留在政治处。

张股长诚恳地说:“通过这一段工作，发现你采访时很善于抓深度、抓细节，梳理材料能够突出主题。知识面比较宽，语言文字功底也不错。怎么样？愿不愿意到宣传股来？你要是愿意，于连长不愿放也不行。”

岳宗想了想:“股长，我现在还没入党，哪成呢？再说，还真舍不得离开连队呢。”

“好吧，先别忙着做决定。俗话说，过了这个村，可就没有这个店了。对了，上级准备给你记功呢。抓紧把这一段的事归纳一下，写个东西，明天上午交给我，可别忘了啊!”

要给自己记功？岳宗有点发蒙，连忙说:“股长，这怎么写啊，再说哪有自己写自己的？那不是老王卖瓜嘛!”

张股长说:“哎，人手不够，难为你啦！你怎么做，就怎么写。你翻山越岭深入采访，废寝忘食点灯熬油写材料，精益求精几次三番修改。还有独自到县城印刷厂完成了排版校对印刷装订等，工作无一错漏。所编写材料，又在这次教育整顿中发挥了重要作用。记住，既要高度概括事迹，又要十分具体哦!”

“股长，那些事，都不是我一个人干的，我哪能贪功为己有呢?”

“哎呀，你这个人，看着挺机灵的，怎么到关键时刻这么不开眼？好了，权当给我们宣传股记集体功，把那些事都写上吧。”

几天后，团里进行教育整顿总结，岳宗等三人荣立三等功。又过了几天，连党支部召开支部大会，岳宗在会上宣读了自己的入党志愿书，终于于 1971 年 4 月 21 日成为中国共产党的一名正式党员。

当天晚上，岳宗按捺不住心中的激动和兴奋，立刻把立功和入党的喜讯告诉了父母。同时，他太想让肖海平和自己一起分享快乐了。转眼间，来到金锁镇已经半年多了，可没有收到她的只言片语。岳宗拿起笔，在信封上写下“烟台海军医院”几个字。

红色帽徽
红领章

RED
Cap Badge
RED
Collar Insignia

第十六章

备料

在老乡家的日子，要比住营房舒服多了。每天早晚洗漱有热水，对内务卫生的要求也不那样严格了。过去，除了病号，白天不到午休时不准往铺位上躺的规定，不知从什么时候起，执行得也不那么严格了。集会或者训练归来，战士们把脸和手简单一洗，往铺位上一躺，那种舒贴、酣畅的滋味，已经不是言语所能表达的了。

通常，新兵们会帮着房东大嫂浇浇菜、喂喂鸡。那些散养的母鸡，别看下完蛋后喜欢“咯咯嗒——咯咯嗒”叫个不停，可是在下蛋时，却总爱找些偏僻背静的角落。只要能找到它们常下蛋的窝，往往一次能捡回十多个丰盈饱满、温润光滑的鸡蛋。每当战士们把这些鸡蛋递交到大嫂手中时，那种高兴劲儿就甭提了！

军民鱼水情，历来是我军能够战胜中外强敌的法宝。然而，住老乡家时间长了，军民关系好得过了头，也不是个事儿。连队战士都是血气方刚的小伙子，在“文革”那种特殊年代，能够参军入伍，比起现在的年轻人千方百计跻身名牌院校的劲头儿来，丝毫不逊色。

四连战士们不敢说个个都是精英，其中能歌善舞、能舞文弄墨、会讲笑话唱小曲儿的，应有尽有；那些能扶犁会种菜、能赶车会挖渠的庄稼把式，就更多了；最不济的，也都有一副好身板，好长相。这些条件，最能吸引当地姑娘的青睐。由此，部队做了不准单独行动的规定，可是，百密难防一疏，时间一长，该出的事，终于还是出了。

一天下午，连队正在进行射击预习。连长于跃海手提一支 63 式自动步枪，要求岳宗用三发子弹把它校正好。该枪是以 56 式半自动步枪为基础研制的，改进了击发装置，能打连发。可是，由于当时的历史背景，63 式自动步枪设计定型后没有搞小批量试制，批量生产后问题百出，弹匣常常会自动脱落，准星基座也会没来由地松动。实弹射击前，都要对枪支进行校正，否则，真不知道子弹会被打到地球的哪一边去。

四连校枪的事儿一直是由岳宗负责的。按正规的步骤校枪，至少要消耗六发子弹。于跃海设计了一个高精度校枪靶，就是在黑色矩形校枪靶上，贴一张八十厘米见方的白纸，用标尺在上面以中心为原点，向上下左右，每间隔一厘米画一条与矩形的纵边或横边平行的直线，形成一个像围棋盘一样纵横交错的方格网。这样，每打一发子弹，就能很容易地测算出给方位的偏差。然后，根据这个偏差量，直接校正枪支。这样，最少只需三发子弹，就能校正一支枪了。

因为是临时安排，岳宗没把于连长设计的高精度校枪靶纸带到训练场上来。

于连长朝向刘新柱："五班副，去把校枪靶纸取来！"刘新柱只好回村里跑一趟。

岳宗一边检查着班里其他人的瞄准击发动作，一边等着刘新柱。不知为什么，一向办事并不拖拉的刘新柱，那天却左等右等，也不见回来。一直过了足有一个多小时，刘新柱才满脸通红，气喘吁吁地跑回来。当时岳宗也没顾得上多问，仔细贴好靶纸，又向刘新柱交代了几句，就和于跃海一起，扛着靶子拿着枪，向另一条隐蔽的山沟走去。

当天晚饭后，连里没安排活动，岳宗想着该抽空儿写家信了。他那封告诉肖海平自己入党又立功的信，已经发出一个多月了，还是没收到她的任何回音，他心中正暗自惴惴地琢磨着怎么才能重新和她接上头。通过探亲时那短短的十天，肖海平已经在他心中牢牢地占据了一个重要位置，岳宗接受不了这样不明不白地又和她断了联系。

可就在这时，刘新柱找到岳宗，支支吾吾地说："班长，你出来一下，跟你说个事儿。"

岳宗有些不耐烦地说："有什么事儿？就在这儿说，还出去一下干什么？"

刘新柱涨红了脸，低着头，期期艾艾地既不说事儿，也不出去。岳宗有些急了，大声说："有话说，有屁放！你老刘怎么也跟个大姑娘似的，这么磨磨叽叽的。说不说？不说走！我可没工夫陪你。"

岳宗的话音刚落，刘新柱扭头就走。岳宗以为他没什么了不起的事儿，轻轻一笑，点亮了油灯。靠山营村那时还没通电，夜晚照明都是靠煤油灯。每屋只有一盏那种带玻璃罩子的煤油灯，放在靠墙的柜子上，为大家照亮。为了平时晚上看个报写个信什么的方便，岳宗拿一个空墨水瓶，在瓶盖上钻个眼儿，安上一根用棉花搓成的捻儿，倒上半瓶煤油，自制了个小煤油灯。

岳宗刚把灯点着，刘新柱又走进来，蹭到他身边，用带着哭腔的声音哀求着说："班长，你出来一下，我真的有事儿，得跟你一个人说！"

刘新柱平时虽然话不多，但也是个爽快人，像所有山东汉子一样能担当，轻易不会求人。听到他话音里带上了哭腔，岳宗知道，他是真的遇上难事儿了。岳宗一口吹熄了油灯，收好信纸，跟在刘新柱身后出了屋。

岳宗和刘新柱来到房子后一个空场上。农村人天黑后多数都待在自己家里，外边很少有人走动。岳宗向四周看了看，没发现有什么人，对刘新柱说："老刘，这儿没人，你有什么事儿，说吧。"

刘新柱还是低着头，嘴里一声接一声地叹着气，吭吭哧哧的，就是不开口。岳宗有点急了，问："犯什么事儿了？你找我，是信得过我。可跟你出来了，你又不说，这算怎么回事儿？咱们是弟兄啊，能解决的，我上刀山下火海，也一定帮你。实在解决不了的，我也帮你出个主意。咱们之间，知根知底，还有什么事不好说？"

见刘新柱还是嗫嚅着，岳宗转身，拔腿要走。刘新柱一把拉住他。岳宗挣了一下，没挣开："你不说，拉着我干什么？你真拿我当好兄弟了吗？"

刘新柱往地上一蹲，双手抱着头，发出了努力压抑的呜咽声。岳宗知道，他是真的遇上了大事，连忙蹲下身子，一边用手轻轻地拍着他的肩膀，平抚他的情绪，一边在脑子里急速地过着电影，回想他今天一天的情绪变化。

忽然间他灵光一闪："啊，老刘，是不是你回来取靶纸时发生了什么事？"

听到岳宗的问话，刘新柱的呜咽声更大了。

"没错！"这证实了自己的判断，基本对路。

"到底是什么事儿，你跟我说，我向你保证：第一，我绝不会随便告诉第三个人；第二，我们来一起分析一下，看看这件事到底有多严重，怎么解决更好；第三，我一定尽最大努力帮你争取一个最好的结局。你看好吗？"

刘新柱还是在那儿呜咽。岳宗皱着眉头想了一会儿："这样吧，我问，你答。问对了，点点头；问得不对，你就摇摇头。"

刘新柱点了点头。

岳宗说："下午让你取校枪靶纸时，出事了是不是？"

刘新柱点点头。

"是在房东家出的事，是不是？"

刘新柱点点头。

"那，是不是你看到什么了？"

刘新柱迟疑了一会儿，好像要点头，但很快又坚决地摇了摇头。

"是在老胡家出的事？"刘新柱又摇了摇头。

岳宗思索了一会儿，猛然意识到什么，立刻压低了声音问："是在小胡家，和房东大嫂？"

老兵复员后，刘新柱当了五班副班长。他带着五班的下半班住在和岳宗他们隔着一道院墙的小胡家。小胡是老胡的亲弟弟，两口子都刚三十出头，家里有一个还没上学的女孩儿。刘新柱他们住到小胡家半年多，和房东的关系一直很好。

刘新柱迟疑地点了点头，呜咽声又大了起来。

就这样，经岳宗一番盘问，除了摇头和点头之外，刘新柱像挤牙膏一样，断断续续地说了些情况。把这些情况凑到一起，岳宗终于弄明白了事情的原委。

原来，自从刘新柱他们住进小胡家，他就引起了小胡媳妇的注意。刘新柱老家在沂蒙山区，那里苦则苦矣，但自古以来也多出英雄好汉。刘新柱得自祖先的遗传，天生一副高高的身材，宽大的骨架。到部队后两年多的饱饭一吃，不仅身高又蹿了一截，而且肌肉也更加丰满发达了。再加上他黑里透红的肤色，浓眉大眼、鼻直口方的相貌，和他那几乎是天生而成的勤快劲儿，都是农村妇女最喜欢的类型。刚住进小胡家的时候，刘新柱往往放下扁担就抄起扫帚，刚放下扫帚，又拿起铁锹，眼睛里特别有活儿，总是闲不着。

那天，连队过周末。在靠山营这样偏僻的地方，所谓过周末，除了早晨不出操、白天不安排操课之外，没有什么特殊的意义。刘新柱是个闲不住的人，吃完早饭，他见房东家猪圈里又积满了粪水，便脱去上衣，挽起裤腿，只穿着一件刚刚换上身的白衬衣，甩掉鞋子，抄起铁锹，跳进猪圈里干了起来。

猪圈里粪水最深的地方没过了小腿肚子，别人看着都会皱眉头，可刘新柱一点也没有犯难。他先把猪赶到一处稍干燥些的地方，接着一锹一锹铲起粪水，隔着院墙，扔到墙外的小路边。用农村的话说，只用了比一顿饭略多一点的工夫，满是粪便泥水的猪圈，就被他清理干净了。他跳出猪圈，洗了脚，穿上鞋，又到老胡家推出独轮小车，从五六里外的河滩上推来几车干土，把猪圈垫得干干爽爽。垫完猪圈，他又到院墙外边，把扔在路边的粪肥堆成一个上小下大、四楞见线的粪堆，只等着生产队安排人往地里送了。

在刘新柱干这一切的时候，小胡媳妇就在屋里不停地朝他这边看。

那肩宽腰细的健美身材和他胳膊上像小耗子一样窜动的腱子肉，让小胡媳妇看得出了神。当他干完活儿，脱去衬衣，打了盆水，在院子里擦洗身子时，那发达的胸大肌、背阔肌和斜方肌，更是让她看得发了呆。也许从那次以后，她就对他动了心思。

小胡家已经有了一个女孩，可不幸肢体有些缺陷。这儿山区几乎每个村子都会有几个不是肢体有缺陷，就是智力有问题的残疾人。随前指一起来的军医道出了答案：环境恶劣，交通不便，人们通婚的距离一般不会超过十公里，天长日久，亲上加亲，近亲结婚是造成这种现象的主要原因。

和刘新柱相比，小胡的身高不仅足足矮了多半个头，而且身材也要瘦弱得多。不知那两口子私下里是怎么商量的，也说不清是从哪一天开始的，小胡媳妇就对刘新柱发起了进攻。开始时是经常叫刘新柱去他们住的东屋里帮着干这干那，后来就故意在刘新柱面前衣冠不整，半遮不掩地露出些不宜暴露的地方。憨厚的刘新柱心正眼不斜，对这些不正常的举动根本没往别处想。

可是，树欲静而风不止，俗话说得好，“不怕贼偷，就怕贼惦记”。

那天下午，刘新柱刚一回村，就被正往外走的小胡媳妇看见了。

人就是这样，越是得不到手的东西，占有它的欲望就越强烈。长时间的觊觎，早就让小胡媳妇如饥似渴，这回好不容易碰上了他放单的机会，她立刻迫不及待地行动了。

刘新柱在岳宗的褥子下边，很快找到了靶纸。他拿着靶纸刚出了老胡家院门，突然听到小胡媳妇在屋里喊他帮忙。当时，他还愣怔了一下：刚才明明看到她正扛着锄头往外走，怎么又回到了家里？心地单纯的他也没多想，习惯地答应了一声，进了小胡家的院子。当他推开门，进了屋，又撩起房东住的东屋门帘时，一下子呆住了：小胡媳妇正斜倚在被垛上向他招手。

刘新柱说，当时他只觉得脑袋里“轰”的一声，好像全身的血一下子都涌上了头。他愣了一下，立刻转身出门。可当他推门时才发现，不知什么时候，房门已经被人从外边反锁上了。透过门缝，还能看见小胡正像个猴子一样，佝偻着身子往外跑。

…………

事后，刘新柱可是完全傻了。用他自己的话说，他在那天剩下的时间里，完全不知道自己在哪里，在干什么，整个人好像腾云驾雾一般，迷迷糊糊，不知所措。一直到晚上收操回到村里，看到小胡媳妇满脸的潮红和嘴角那抑制不住的笑意，还有不断飞来的眼风，他才感到像是当头挨了一棒子似的，脑袋里嗡嗡直响，人也一下子委顿下来。

问题弄清楚了，应是老兵们在熄灯后谈论过的“借种”。可怎么处理这事儿呢？让岳宗犯了难。那时，他刚满十八岁，对男女间的那些事，仍然混沌未开。以他当时的经验，还不可能完全理解刘新柱当时的感受和心情。

可是，有一点岳宗知道，当时像刘新柱这样的农民子弟，绝大部分人都有着一个同样现实的想法，那就是通过自己的努力，能在部队入党、提干，让家人过上稳定的生活。即便入不了党，提不了干，能在部队多干几年，复员时也能多得到一些复员费，可以使家里的经济状况好一点。刘新柱已经入了党，当上了副班长，按他的表现和能力，离他的理想应该不远了。可惜，这种事一出，他的所有希望和努力，全部要付之东流了。

出了事儿的刘新柱，第一时间跑来找自己，仿佛在寻找一位可靠的兄长，此刻，他最需要的是来自战友间的相互支撑。无论如何，当前最迫切的，就是尽量长时间地捂住盖子，以争取时间应对。

岳宗打定了主意，对刘新柱说：“老刘，我相信这事错不在你。现在，你要做的第一件事，就是死不承认发生过的事。我去敲打敲打他们两口子，肯定让他们不敢声张。”

刘新柱追问：“班长，怎么让他们不敢声张？”

“嗯，我上次去镇上，看到街上贴了布告，有些公社和大队领导利用给下乡知青办招工、上学的机会，诱奸女知青，被认定为是在破坏知识青年上山下乡的伟大战略部署，枪毙了好几个。咱就拿这事儿吓唬他们是在破坏军民团结，小心被枪毙。”

“这，这能行吗?”

“应该管用。关键是这事确实是他们理亏。咱这么做，实际上也是帮他们遮丑。只要把道理讲清楚，他们应该知道哪头轻哪头重。”

“嗯，嗯。”

岳宗平缓下来，劝说道:“第二呢，就是你自己。像今天这样，晚上回来连饭都不吃，这可不行。该吃还得吃，该睡还得睡，平时见到那两口子，该打招呼还得打招呼，一切都和以前一样。否则，就算你不说，他们也不说，时间长了，也会被别人看出来。”

刘新柱急了，说:“班长，那我可做不到。我现在连进那个院儿都发怵，更别说和他们照面打招呼了。”

岳宗低头琢磨了一会儿，觉得他说得也是，出了这么大的事，要让刘新柱这个老实人还装得像没事人一样，确实是难为他。可现在事情明摆在那儿，要是他和房东一家人关系出现明显变化，真的用不了多长时间，一切都会原形毕露的。

“好，这不马上要打第二次射击练习了吗？抓紧一点儿，早晨出完操，你该打扫院子该挑水还照干。中午和晚上，咱就搞三五枪、三五弹练习，一点儿都别留出空儿来。过几天，我去找连长指导员帮你请假，咱们那一年的老兵就你还没探过家呢。休探亲假一来一去得一个多月。等休假回来，这件事差不多就可以风平浪静了。你看这样行不行?”

刘新柱想了好半天才说:“那，那也只能这样了。听你的，试试吧。”

在以后的十多天里，只要有时间，大家就自动端着枪瞄靶子，认真练习捕捉最佳击发时机的要领。有的人还主动增加难度，不是在枪上挂砖头就是吊水壶，苦练握枪的稳定性。人的精力是有限的，都集中在了训练上，也没那么多的闲心去琢磨其他的了。

一切风平浪静。第二次射击练习，五班打了个“满堂红”。

刘新柱也如岳宗计划的那样顺利休假了。在刘新柱探家的日子里，小胡媳妇打听过他的去向，岳宗乘机告诉她，刘新柱在老家早有对象，这次是回去订婚的。岳宗还旁敲侧击地说:“做人，还是要本分点儿。不管办什么事，都不能只图一时，不考虑后果。有些事儿，一次错了，只要不再错，老天还是会原谅的；要是一错再错，那就该下十八层地狱了。大嫂你说是不是?”

小胡媳妇听了岳宗的话，满脸通红地进屋去了。人只要还知道脸红就还有救。果然，从此以后，只要五班的人在，那女人再也不像以前那样高声大嗓地说笑了。

有些时候，既要靠条令条例和革命道理来带兵，也要有点特殊手段。岳宗就是这样，出了事儿，敢于担当，因势利导，终于靠战友间的互相支撑和团结协作，把这一“轩然大波”消弭于无形之中，还换来了全班军事训练全优的成绩。

在部队里，最让领导头疼的，莫过于这些与三大纪律八项注意第七条相关的事件。这种事情也最能引起群众的公愤，最能破坏军民关系。驻到金锁镇不过半年，诸如此类的情况在其他连队也曾传出过。这使部队首长们意识到，再在老百姓家里这样住下去，部队就很难完成扎根燕山、保卫首都北大门的任务了。看来，建营房的事再也不能拖了。

建营房首先要确定地点。时间的车轮已经进入 1971 年，此时，中苏高层也已经就两国关系正常化问题，进行了著名的首都机场会谈，达成了若干共识，可实际上，两国的紧张局势还没有缓和。

为了防备侵略战争，毛主席发出了“备战，备荒，为人民”的指示。中央在部署三线建设时，提出“山、散、洞”的方针，要求部队在营房定点时，必须符合战备要求。上级指示守备一团一营的营房建在金锁镇的东南沟，二营营房建在东大沟，三营营房建在金锁镇西北的达子沟，团部和直属队的营房，则建在老牛河以西的胡麻营。

三个营中，离团部最近的是二营，将近五公里。离团部最远的三营，到团部的距离有八公里之多。这样一来，军事设施便符合了“靠山、分散、进洞”的方针，其防御能力水平更高、更隐蔽，完全符合三线建设总目标。但是，在幽深的山沟内逢山凿路、遇水架桥，其艰险可想而知。

筹建营房的方案一敲定，下一步就是准备建筑材料。自从 20 世纪 50 年代后期苏联撤走支援我国经济和国防建设的专家后，全国人民便喊响了一个口号——“自力更生，发愤图强，多快好省地建设社会主义”。在解放军这个革命大熔炉里，凡事争取多快好省的方法，更是一个最基本的思路。而建造营房所需的砖、瓦、木材和石料等，都要靠战士们的双手去获得。

金锁镇一带自古山岳挟持环抱，有的是石头。灰白色的花岗岩，铁黑色的玄武岩，青灰色的石灰岩，赭石色的砂岩，应有尽有，都是建房的好材料。当地老百姓盖房，都是趁上山干活时，用镐头或撬棍到石砬子上撬下几块石头，收工的时候，肩扛背驮，或是放在牲口驮架上一块块捎回来，堆放在宅基地上，等差不多够用了，再开工盖房。

军队建营房建的不是一两间房子，用的石头多，光靠镐头撬棍肯定不行。要在规定时间内备足修建营房所需的石料，非得用炸药开山炸石不可。

部队倒是不缺炸药，但那都是供训练和作战用的，属于战备物资，不能轻易动用。于跃海想起了岳宗在兆川煤矿打坦克训练时，跟矿上技术员学习自配炸药的事，指定由五班负责为全连开山炸石配制炸药。

司务长老潘不知通过什么路子，搞来了许多硝酸铵化肥，这是配制炸药的主要原料。硝酸铵本来应该是白色粉末状结晶，但它的吸水性极强。吸了水分的硝酸铵，往往会结成一个坚硬的大块。即使是不吸水分，它的晶体里也含有一定量的结晶水。

用硝酸铵配制炸药，先要除去它里边的水分。这倒是件新鲜事，谁都没干过。

岳宗知道，这事还是要依靠大家，群策群力出点子。

自从第二练习实弹射击后，战士们对岳宗这位班长，那是绝对地敬重佩服，岳宗一招呼他们，他们马上一个个来到老胡家。“来，大家都出出主意！”班长一开口，屋里的气氛一下子活跃起来。

“照我说，盘起一个烧劈柴的大灶，支上一口大锅，让硝酸铵受热，水分自然就蒸发了！这活儿，我干过。”一向稳重的姚永符，这次抢先说话了。

吴少文在一边接茬说：“哎，班长，你僫嘛（怎么）忘了，在一排时，我和老班长就干过介（这）活儿，得用铁锹慢草（慢炒）啊，样（让）它平均受热。介有嘛（啥）?”吴少文入伍后一直在一排，刚刚调整到五班来，操着一口直沽腔，生怕别人不知道他是天津人。

岳宗说：“好！老兵到底是老兵，还都干过。但是，我要提醒大家，无论在什么地方，炸药都算得上是不折不扣的危险品。配制炸药，更是一个充满了可怕变数的高危工种，稍有不慎，随时都有可能发生不堪设想的后果。这样吧，老姚你呢，做技术指导。老吴你呢，先给大家做示范，做不成就算输，行不?”

大家都说没问题。吴少文也不得不点头。

岳宗了解这个吴少文，知道他其实挺聪明的，可他就是不把这聪明劲往正道上用。人说“京油子，卫嘴子”，他要是损起人来，那真能连说三个小时都不带重样的。就因为这，他到哪儿都不太招人待见，当兵不到两年，就换了三个地方。这次是任副连长叮咛岳宗要好好带他，岳宗和他打赌，一定要把全班人，尤其是吴少文的积极性充分调动起来。

五班在离采石场约一公里左右的地方搭了个棚子，盘灶支锅，特意用麦草、锯末引火，同时用铁锹不断翻炒硝酸铵，让它均匀受热。等到大大小小的结块全都松散开后，撤去明火，靠灰烬的余热继续加温。再等到那些细小的结晶体全都崩散成更细的粉末后，便以最快的速度，把它们铲到另一口锅里，按一定比例，与柴油、锯末混合在一起，充分搅拌均匀，制成了硝铵炸药。

刚开始的时候，为确保安全，五班在加热翻炒硝酸铵时，每次放进锅中的硝酸铵量很少，加热翻炒的动作也很轻柔，每天的炸药产量刚刚供得上连里使用。随着时间推移，他们配制炸药的工艺和程序越来越熟练，产量也大大提高。全连一天需用的炸药，不到一个小时就能配制出来。当然，吴少文也渐渐融入这个新集体中。

一切都很顺利。全连在采石场干得热火朝天，五班也不可能只干个把小时就歇工。连里研究决定，五班每天按时配制炸药后，也和其他班排一样开山采石。

他们没有任何机械，每一个步骤都是人工操作。通常是两三人一组，一人手扶钢钎，另两人轮换着抡起十几磅的大铁锤，不断击打钢钎尾部，靠钢钎头在岩石上反复冲撞，形成一个越来越深的炮眼。而后，等候炸药炸响、石块滚落，把大小正合适的石块撬搬下来，在路边垒成一个个齐胸高的石垛，等着用车运走。

部队里有的是能人，打炮眼使用的钢钎，都是由入伍前当过铁匠的战士打造的。他们在采石场旁垒起烘炉，架上铁砧，把截短的钢筋一头埋进焦炭中，拉动风箱，燃旺炉火，把钢铁烧得变成明亮的白色，再用铁钳子夹出来，放到铁砧上，抡起大锤猛砸。这样反反复复，直到把钢筋头打出个锋利的刃口来，再往放在铁砧边的水桶里一放，随着“哧”的一声，水面上冒出一缕白气，再过一会儿，把钢筋拿出来，便成了既坚硬又锋利的钢钎了。

上了采石场，于连长一副经验老到的表情，对岳宗说：“你可别小看了最后往水里的那一浸，那叫‘淬火’，是金属材料加工的一个重要环节。火淬得老了，钢钎会变脆，几锤下去，刃口就会崩坏。要是淬得嫩了，硬度又不够，用不了多久，刃口就会磨秃，要把钢钎淬得既不老又不嫩，那可需要点儿功夫。”

“好嘞，撸起袖子，干啊！战士们也需要淬火成钢！”按照于连长规划的石场地块，五班十几名战士像商量好一样，自觉三人成组，分散在山坡下采石。

扶钢钎，抡大锤，打炮眼，哪个活儿都不轻松。有一本叫《欧阳海之歌》的小说，写的就是欧阳海如何从一个普通农村青年，成长为一名舍身保卫人民生命财产的英雄的。书中有一段就是描述欧阳海在国防施工中，怎样从一个根本不会抡锤的“棒槌”，经过一番苦练成为全连抡大锤冠军的。

城市兵吴少文一开始也有股子冲劲，上来就要抡大锤。

打炮眼用的大锤有很多不同的规格，最常用的是十八磅锤。把十八磅的铁锤，连续抡几百下的劲儿他有，但要保证锤锤都能准确地砸在那直径仅七八厘米的钢钎头上，他便没把握了。而一锤抡偏，一下子把扶钎的人左小臂砸成开放型骨折的事故，就刚在一连发生过。没有人敢为他扶钢钎，还是岳宗过来，拿了把长柄钳子夹着钢钎让他打，结果他第一锤就把钳子砸弯了。

抡不了大锤，只能扶钢钎。扶钢钎的人，要在每一次大锤击打后，趁钢钎反弹时立刻轻轻转动一下钢钎，并且要时刻注意掌握好钢钎吃进的方向，否则，会使炮眼内部形成弯曲，把钢钎卡在炮眼里。同时还要注意每一锤砸来的方向，一旦有变，必须在瞬间做出判断，再以闪电般的速度收回双臂，才能避免被砸伤的危险。

岳宗班里的几个抡锤高手，都扶过钢钎，姚永符是入伍前在家乡农田水利建设工程中练就这一手本领的。

岳宗发现，老姚打锤很会分配体力。每一锤砸下后，他都会巧妙地借助钢钎的反弹力和锤柄的弹性，轻松地把大锤举过头顶。当大锤被举到最高点时，只见老姚的胸肌和肱二头肌，立刻绷出棱角和线条，就连面颊两侧的咀嚼肌，也下意识地紧缩成两块突出的肉球，全身的力量瞬间集中，说时迟，那时快，突然间，“哐当当”，那泰山压顶般的千钧一击砸下来。此时，他的眼睛无一例外地仍然紧盯着钢钎头。

就这样，五班战士们抡大锤的，扶钢钎的，装填炸药的，各司其职，干得热火朝天。常常是几百下击打后，钻出越来越深的炮眼，等炮眼达到一定深度后，再用一个小拇指粗钢筋制成的小勺子，一勺勺往炮眼里装填炸药。

一天，岳宗把炮眼清理干净，等着往里面填炸药时，对正在抹汗的刘新柱说："柱子，你歇会儿，让我来抡几下行不？"

刘新柱一向对岳宗言听计从。自从岳宗帮他把那件可能影响他一生的危机消弭于无形之后，他对岳宗更有了一种特殊的情感。凡是岳宗出的主意，他都二话不说，全力支持。这次也同样，岳宗话一出口，他立刻把锤柄递到岳宗手中，走过来抄起钢钎，用充满信任的目光看着岳宗。

岳宗抄起大锤，学着刘新柱的样子，左脚在前，右脚在后，在刘新柱对面站成弓箭步，然后握紧锤柄，开始打钢钎。刚开始时，岳宗只把锤举到比肩略高的位置就砸下去。试了几下，居然锤锤都砸中钢钎头了。岳宗心中一喜，对刘新柱说："柱子，我要抡开砸了，你注意看着点儿，万一锤走偏了，你注意闪着点儿。"

刘新柱坦然地看着他："班长，你就砸吧，我注意着呢。你别担心我，把注意力全都集中到钢钎头上，我有数，你不会砸偏的。"

岳宗从心底里感激这份信任，学着他的样子，从地上抓了一把刚从炮眼里掏出来的石粉，在双手上搓了搓，吸去手上的汗水，然后双手握紧锤柄，双臂用力把大铁锤高高举过头顶，双眼紧盯着那个被大铁锤砸得锃亮，能够照见人影的钢钎头，轻轻一咬牙，用了七八成力往下一砸。一声清脆的金属撞击声传来，稳稳地打在钢钎头上。

接着，又是第二锤、第三锤……一连打了上百锤，锤锤都不偏不倚地打在钢钎头上，发出一声声清脆悦耳的当当声。

"好了，班长，该掏石粉了。"

岳宗意犹未尽地停下锤，让他掏石粉。刘新柱一边掏石粉，一边说："班长，你打得不错，比我第一次抡锤时强多了。再抡锤时，你得学会借力，锤往上走时不要用多大劲儿，等锤往下走时你再用力，那样会省不少力气。"

"唉，我得使出十二分的力气才行！"岳宗咬咬牙，抡圆了大锤一阵猛砸，居然也能锤锤都砸在钢钎头上，一下也没有砸偏。随着"嘎巴"一声，大石头碎成几块，岳宗的自信心也更强了。再抡锤的时候，他也试着像那些老手们那样，双手凑在一起，紧紧握住锤柄尽头，每次抡锤时，都让大锤凭着自身重量自由下落，再向上甩，同时胳膊稍用些力，把锤头甩过头顶，再集中全力狠狠地砸下去，果然略显轻松了。真是三百六十行，行行有门道啊！

如果说抡锤打钎是个力气活，那选择炮眼的位置，以及确定钢钎吃进的角度和深度，绝对是个脑力活了。要想用较少的炮眼和装药量炸出更多的石方来，必须精确地设计炮眼的位置和角度、深度。在兆川煤矿时，岳宗曾利用下井的机会，向采煤队的技术员请教过这个问题，技术员赠给他一些图书，热心传授了相关知识。

但是，“纸上得来终觉浅，绝知此事要躬行”，要把书本知识运用到实践中来，有时还真要付出代价。那一次，他凭借记忆，运用数学基本公式，设计出一种方案：先从石壁底部吃进，吃到一定深度后，再从石壁顶部密集打眼放炮。可是，实际运用后，虽然效果确实不错，但风险太大，差点为此断送了小命。

那天，岳宗按照炮眼设计的基本思路，先在一处三米多高的石壁底部放了一排炮，再在石壁上方打了一排超过一米半深的炮眼，力图让各炮间形成合力，把整个石壁像刀切豆腐一样劈下大块石头来，以达到更好的采石效果。当底部那一排炮硝烟散尽后，岳宗拿着根三米多长的钢钎，沿着堆满碎石的缓坡靠近石壁，准备把那些被崩得摇摇欲坠的险石捅下来。

突然，他看到石壁顶部有些豆粒大的石子在往下掉，紧接着，整块石壁不易察觉地晃动了一下，慢慢地倾了下来。这时不管是往两边跑还是往回跑，都注定会被覆盖下来的巨石砸中。千钧一发之际，岳宗一眼瞥见巨石下方有一个约半米深的凹坑。他一个箭步冲过去，身体紧紧贴住坑壁，横趴进坑里。就在这时，轰的一声巨响，一阵碎石、尘土像瀑布一样直落下来。

岳宗只感觉有什么东西使劲拉了自己肩膀一下，便什么都不知道了。

仅几秒钟，山体崩塌，巨石翻滚着落到山坡下，惊呆了的人们一窝蜂地涌上来，七手八脚地把他从凹坑中挖了出来，所有人都以为他“光荣”了。

稍后，岳宗被一阵疼痛疼醒了，他不断倒吸着凉气。原来，那块巨石是擦着他的右肩直落下去的，把他身上那件权当工作服的旧军衣撕裂开来，他的右肩和整个后背都被鲜血染红了。看到他睁开眼睛直喊疼时，刘新柱当胸给了他一拳，接着又一把抱住他，呜呜地哭出了声。

真是有惊无险啊！守备一团刚上任三天的吴团长从刚停稳的北京吉普上一下车，就看到了这惊险的一幕。当看着满身是血的岳宗被刘新柱背下山的时候，他一边命令小车立刻把伤员送到团卫生队，一边把于跃海叫到面前，一通狠批，并命令立刻停工，认真查找出现险情的原因。

后来听连里的弟兄们说，吴团长当时爬上缓坡，仔细地观察了那个凹坑和那块已经翻滚到坡下的巨石，然后长叹一声："好险呀，也只有躲在这里，才有一丝生还的可能。这个战士是谁？竟然能在那么惊险的一瞬间，随机应变，做出唯一正确的选择，避免了一次重大事故。还有，这小子敢迎着掉下来的巨石冲上去，够硬……"

以后几天，岳宗发现，每当一阵爆炸声过后，自己抄起长钢钎准备排险时，总有人从自己手里夺过钢钎，抢先冲上去。一次、两次，岳宗还没太在意，次数多了，他再也受不了了。那天，又一茬炮眼轰隆隆炸响之后，岳宗抄起钢钎，第一个冲出隐蔽位置。刘新柱跑上前，伸手就夺钢钎："班长，让我上。"

"上次是你上的，这次该轮到我了。"

"班长，你不能上……"刘新柱两条胳膊像两根钢梁，紧紧地箍住岳宗。

"刘新柱，你放开我！"

姚永符过来，从岳宗手中夺过钢钎，抢先走向硝烟刚散尽的现场。

岳宗责怪他："你怎么让他上？你忘了连里的规定？必须由正副班长担任安全员呀！"

刘新柱说："老姚在家当民兵时就在采石场干过，他当安全员，是连里特批的。连长给我的任务，就是看住你，不能让你再去冒险。"

岳宗一收工，直接去了连首长住处。见他进来，于连长故意板着脸："怎么连个报告都不喊？咱们虽然住在老乡家，也不能真成了游击队吧？"

岳宗开门见山："连长，你凭什么专门派个人看住我，这也不让干，那也不让干？"

于跃海放下笔，瞪着岳宗："对你负责，懂吗？你小子专爱往险处去，不派人看住你，真要有个三长两短的，怎么办？"

岳宗说："噢，你怕我有个三长两短，就不怕别的战士有个三长两短？哪个战士不是爹娘生，父母养，肉掺着血，包着骨头做成的？都一样！石头砸着都得流血！咱们连不管是谁有个三长两短你当连长的都得担责任，怎么办？都不干了？那还来当兵干毬？在娘怀里吃奶还有噎着的呢！咱们是战士，是军人，是来保卫祖国的，别说破点皮流点血，就算是把这条命交待在这儿，也是'重于泰山，死得其所'，你有什么好担心的？"

入伍快三年了，他敢说，自己取得的每一点微小的进步，都是靠不懈的努力得到的，为了同样的一点进步，甚至付出了比别人更多的努力。也正因为如此，大家都没有觉得他这个父亲在军队高级机关工作的人有什么特殊。今天，就因为出了这么点险情，连长就给这么多关照，这怎么行?！这样下去，自己还怎么继续在这个经过长时间同甘共苦、相濡以沫的温暖集体中待下去？不行！自己绝对不能心安理得地享受这种照顾！

接着，岳宗猛地摘下头上的军帽，"啪"的一声甩到炕上，冲着于跃海大声说："连长，你不就是怕担责任吗？好！我今天给你立个生死文书，从今往后，不管我岳宗是断胳膊折腿，还是真的把这条小命交待在这里，都是我自愿的，一旦发生身体损伤甚至生命危险，都不追究你们连里领导的任何责任，行吗?"

于跃海猛地从炕上蹦到地下，大声道："我于跃海是那种因为自己的利益而不顾朋友的人吗？不让你再干冒险的事，这是团长的明确指示，我不执行成吗?"

岳宗也毫不示弱："不让干冒险的事，不等于不让干有风险的事，冒险和风险不是一回事儿。冒险，是不顾自然规律和操作规程蛮干；风险，是干任何事情都有可能发生的。要真想避免同样的险情发生，根本不应该限制我的行动，应该多动动脑筋，改进工作方法，想办法找到一个能把开山炸石的风险降到最低的科学施工方法！"

于跃海一把抓住岳宗的手，连声地说："对，对，就是这句话。那天把你送到团卫生队后，作训股专门通知我们连，要认真总结这次险情发生的原因。你这一说提醒了我，总结经验教训，目的不就是为了改进工作吗？怎样才能既降低风险，又能多出石头，你想过没有?"

岳宗抬起手抓了抓头发："这我可真没想过。咱们现在工期这么紧，劳动强度又这么大，每天干完活回去，除了吃饭就是想睡觉，哪有工夫想这些?"

于跃海笑了："噢，说真的，你有什么好办法没有？"

岳宗说："咱当兵的可是来自五湖四海。能不能把四川、河北、辽宁、山东，还有河南、陕西的采石方法集中起来，取其所长？还可以找当地的技术人员和老石工请教请教。"

"好，这件事交给你了，给你三天时间，拿出个既安全又高效的方法来。"

"三天？得找人谈，得筛选归纳，还得进行些试验吧？怎么也得一个星期！"

不知哪位哲人说过："一个人的个性，应该像岩石一样坚固，因为所有的东西都建筑在它上面。"面对现实中的问题，只要坚强、坚持、勇敢地一直把事情向前推动，便有可能在渴望改变中，达到预期的理想。

五天后，岳宗交出了答卷，主要有三条：一是用从上往下，层层剥离法采石；二是"打深葫芦眼儿"、少装药；三是放群炮。

这样一来，从石体的最高处开始打眼采石，把作业点选在石体最高处，无论是打眼还是处理被震松的石头，都能从根本上避免被落石砸伤的危险。第一轮炮过之后，崩下一批石头，石体被炸出一个台阶来。下一轮炮眼，就在这台阶的根部继续往下打。从上往下，一层一层剥离石体，最大限度地降低被落石砸伤的风险。

"打深葫芦眼儿"，是从当地的石工和技术人员那儿学来的新招。过去战士们打眼，一般都是打深度为八十厘米到一米左右的直眼，然后在里面装药放炮。这样，装药少了，爆炸力不够；装药多了，给堵炮眼的胶泥留下的余地又太少，很难真正让炸药的爆破能量完全都作用到石头上，放起炮来声音虽然震天响，但真正崩下的石头却十分有限。打深葫芦眼儿，把每个炮眼的深度都打到一米半左右，打好眼后先不装炸药，而是把一个雷管放到炮眼底部先爆一下，使炮眼内部形成一个像葫芦那样口小底大的空腔，然后再装药，可以明显地增加装药量。每次装药，装到离炮眼口部三十厘米左右时，还要装进黄胶泥捣实，可以有效地保证把炸药的爆破能量最大限度地作用到石体上。

放群炮，不仅是要多打几个炮眼，还要通过精确截取导火索的长度，控制炮眼炸响的顺序。这样，先响的炮把石头震松，后响的炮可以直接把震松的石头崩下来，不仅一炮可以崩下更多的石头，而且可以大大减少被震松但还未落下的险石，从而也降低了排除险石时的危险。

四连按照新的方法进行试验，一轮打了八个炮眼，五个炮眼从上往下打，间隔三米左右，排列成一个半月形，两个炮眼从石体下方三米左右横向打，方向朝内合，同时把深葫芦眼儿和群炮结合使用，结果一轮炮过后，一次崩下了一百多方石头。

在全团推广新方法后，采石的进度大大加快。原计划要用半年才能完成的采石量，仅用了三个多月，便超额完成了。

把建营房用的石料基本备齐后，团里又要求每人打十块相邻的、三个面基本横平竖直的石料，为盖大礼堂做贡献。打制这种石料要用到那种二十多厘米长的短钢钎和八磅重的小锤。连里备的短钎和小锤不多，大家一般都利用在隐蔽处等待放炮和排除险石的时间干这件事，只有手快的，才能抓到应手的工具。

那几天，岳宗左手手背上经常有一块块瘀青和紫癜。他负责装药和点火，每次都最后撤到安全处，经常抢不到小锤和短钎。刘新柱说：“班长，你的石料我包了，我先完成你的那十块，再干我的。”对这种好意，还能说什么？岳宗点点头应允了他。

第十七章

紧急任务

采石开山的劳动强度大，伙食一定要跟上。团里经再三研究，决定派出十辆汽车，每连派出一个人，由团军需股长带队，回老驻地运一批猪来。回山东老营房运猪的人，带来了部队移防北线以来，从全国各地寄到老营房的信。岳宗同时收到肖海平寄来的二十多封信，心中的高兴劲儿就别提了。他先把所有来信按照邮戳上的时间排好顺序，然后逐一打开，细细品读。

原来，肖海平从北京探亲回烟台后，很快提干了。不久，又赶上军医大学从优秀战士和基层干部中选拔大学生，她是卫生队唯一的女干部，自然被选中，现已告别海岛，到上海军医大学海军医学系学习去了。

人有时也挺怪的，在那些一个星期能收到她两封信的时候，岳宗有时挺怕收到她的信，一是没有时间看，更没有时间回；二是怕她那咄咄逼人的气势。可是，这半年没收到她一封信，静下来的时候，岳宗的心里还真是有些空落落的。想知道她现在的情况，想看她那秀丽挺拔的字迹，甚至想起她那连珠炮般的嗔怪，都觉得有几分亲切。这回，一下子收到她那么多封信，岳宗心中的欣喜不言而喻。

给肖海平写信，岳宗从来都是实话实说。他先是埋怨了部队留守人员脑子不够灵活，不知道早些把信捎过来，同时又感激他们毕竟一封不拉地保存了她的每一封来信。然后，他描述了金锁镇的冬天多么冷，夏天的洪水多么大，工作又是如何艰苦……恨不得把所有经历的一切，都向她倾诉一番。最后，还忘不了再告诉她自己入党立功的喜讯。

岳宗曾在一本小说中看到一段议论，说处于热恋中的女生，心思特别敏感脆弱，要是对方特别在意她，她会很有幸福感。为了让肖海平高兴，岳宗还用相当的篇幅，写了自己半年多没有收到她的信的焦急，以及为了得到她的消息，自己做了怎样的尝试与努力。在信中，还跟她相约，如果一旦断了联系，让她直接写信给岳衡，再让小妹转给自己。

这封信岳宗足足写满了五六页纸。他把信小心翼翼地折叠好，鼓鼓囊囊地塞满了整个信封。这下，岳宗心里轻松多了。从金锁镇寄信到上海，最快要四五天，即便她立即回信，再收到回信也得是在两个星期之后了。

青草在成长，繁花在盛开，正是怡人的季节。

建营房的基本石料，已经初步备好了。五一节刚过，全团又马不停蹄地转入了砖瓦和石灰的烧制。各连分工明确，四连负责烧砖。

烧砖，烧自然是关键。于跃海把烧火的任务交给了五班。

砖窑建在老牛河东侧一处六米多高的土崖旁。

在装窑的同时，岳宗领着五班的人，在营房股姜助理的指导下开始砌灶。他们先用砖坯砌出一个高一米二左右，三条边各长约一米半的“Π”字形矮墙；再留出一个长宽各二十厘米左右的炉门，将土坯一直砌到灶顶；再用泥浆把整个灶墙涂抹严实，灶就算砌成了。

营房股姜助理是他们专门聘请来的当地老窑工。据他说，在民间，每年砖窑点第一把火可是大事，要挑选黄道吉日不说，还要摆放牛、马、羊三牲和果品祭窑神。部队虽然没那么多讲究，但在第一窑砖点火的时候，四连还是搞了个小小的仪式。

全连战士列队站在窑前，连长于跃海宣布点火，姜助理点燃火把，伸到炉条下。火把引燃劈柴，发出哔哔剥剥的响声，只见浓浓的白烟，顺着砖窑的烟道冒了出来。渐渐地，烟雾中白色间杂有了褐色，且越来越浓重，最后成了犹如水墨浸染般的深黑色。

姜助理长出一口气：“点着了。”战士们发出一片欢呼声。

烧砖的火，点燃之后便不能间断。接着闷窑、浸窑，轮番着干下来，要到整窑砖坯都烧透了，才能熄火。

浸窑是整个烧制过程中最累人的工序。往窑里浇水，其实没什么特殊要求，只要不停地一桶桶浇下去，别让水干就行了。说这活累人，是因为离水源太远，还得一次次从高高的窑顶上跑下来，打满水后再一步步爬上去。

那一挑水，少说也得有七八十斤，打满水后往六米多高的窑上爬，一次两次觉不出来什么，可要是连续八个小时一刻不停地循环往复，哪怕是铁打的汉子也受不了。五班身体最棒的是刘新柱，就他那样的体格，一个班次干下来，走路都抬不动腿了。挑着满满的水桶往窑顶上爬，一路上难免会洒出些水来，用不了多久，上窑顶的坡道就又湿又滑，挑水的难度更成倍地增加了。

老这么干可不是办法。岳宗开始动起脑筋来。他先是想把一条无名小溪的水，直接引到窑顶来。可是工程量太大，不得不放弃。挖渠引水不可能，他又想到了挖池蓄水。马上就到雨季了，要是能在窑顶旁边挖一个蓄水池，把雨水蓄积起来用于浸窑，不是可以大大地降低劳动强度吗？

他把这个想法跟姜助理说了，姜助理强调蓄水池必须离窑至少十米远，以免积水渗进窑里，影响了砖的质量。又经过一番仔细筹划后，五班不当班的人一齐动手，只用了三天时间，就在离窑顶十米左右的地方，挖好了一个直径约五米，深两米多的土坑。连里又帮着弄来了石灰和沙子，把坑底和坑壁砌得严严实实的。

蓄水池修好的第二天，岳宗下了大夜班，睡梦中突然被轰隆隆一声炸雷惊醒。下雨啦！他立刻捅醒刘满囤，拿起铁锹直奔窑场。等他们深一脚浅一脚地赶到蓄水池旁的时候，瓢泼大雨中，一股股手指粗细的水流正往低处汇集。他们一边观察水的流向，一边顺地势挖了几条沟。雨水顺着引水沟源源不断地流进池内，不一会儿，池中积水已经有四十多厘米深了。

那一场及时雨，使蓄水池蓄积了八十多厘米深的水。天放晴后，正好要封窑浸窑了。当大家就近担着一挑挑水倒进窑里的时候，心里甭提有多痛快了！

岳宗笑着自嘲："哎，这就叫懒人自有懒办法！"有时，他承认自己比较懒，可他有一套为懒辩护的理由，说什么人的本性就是好逸恶劳，正是这种好逸恶劳的本性，才是推动人类文明不断发展的原动力。人因为懒得上下楼而发明了电梯，懒得步行而发明了各种车和飞机、轮船，懒得长途跋涉传递信息而发明了电报电话。当今世界人类文明每一项新的成就，都和懒得去干某件事而寻找代劳者有关……

唉，人呐，日常生活中懒不懒，那是小事一桩，真要做到古训所云"大事不糊涂"而机敏干练、宽厚多恕，那才是人生的大智慧！

烧砖过程中还有一桩苦活，那就是"落灰"。要让炉中的火，始终均匀欢畅地燃烧，必须不停地把底层烧焦的煤捅碎让它落下来。落灰时一要出力，二要勤快，多捅几次。通条重几十公斤，如果用的力稍大一点儿，很容易把整个焦煤层捅穿，仍在燃烧的煤块就会像瀑布一样，从捅穿的地方倾泻而下。对烧窑的人来说，这火的瀑布便是灾难的源头。

有一次，轮到岳宗和刘满囤值班，到了快交班时，由于多次添煤，灶膛里已经形成了一个里高外低的斜坡，焦煤累积了足有半米多厚。他俩一阵猛捅，结果把底层焦煤捅出个足有洗脸盆那么大的窟窿来。顿时，几乎半炉正燃烧的煤块，“呼”的一下倾泻下来，高高的火炭堆，几乎填满了整个灶坑；浑黄的浓烟，立刻充塞了整个窑道；火堆中散发出来的高热，燎得堆在炉前的煤块，都冒出丝丝缕缕的白气。

他俩本能地弯腰冲出窑道，跌坐在窑口外十几米的地方，滚滚浓烟涌出窑道，升入半空。过了好一阵儿，见浓烟一点儿也没减弱，岳宗有些急了，抄起板锹就要往窑口冲，想先把那堆灼热的火炭弄出来，等窑道里的烟消散些，再去想堵漏洞的办法。刘满囤一把抱住岳宗，焦急地说：“班长，你不要命了？会把你烧死的！”

岳宗指着仍然在咕嘟嘟冒烟的窑口，说：“那怎么办？总得想点办法吧？”

刘满囤眼珠一转，看到了苫砖坯垛上的稻草帘，好像有了主意。他拿来一块草帘子，三把两把拆去中间的一块，掏出个洞来，又把草帘子用水浸湿了，套在头上，让湿草帘挡在胸前，又把浸湿的毛巾绑在嘴上，拿起板锹冲进窑口。不一会儿，他端着满满一锹燃烧的煤炭从浓烟中钻出来，往废煤堆上一扔，换了口气，又钻进窑口。一看这办法行，岳宗也找来块草帘子，学着他的样子弄湿了挡在胸前，等刘满囤又端着一锹燃烧着的煤炭出来之后，从他手里接过锹，也一头钻进窑口中。

就这样，他们两人互相替换着，费了好大劲才把燃烧的煤炭清理干净。等到把漏洞堵上时，灶里的火几乎要熄灭了。他们又是添煤又是开烟道，好不容易才让炉火重新旺旺腾腾地着起来。本来已经快要封窑的一窑砖，又不得不多烧了两天。

经过那一次，谁也不敢再偷懒了，不管多累多乏，每个班都要至少落四次灰。后来，这成了一个不成文的规定，大家都自觉遵守着。

在烧窑这一行里，技术含量最高的，还是看火候。那要用眼神观火色，测定烧成情况。烧足火候后，要能通过砖坯的明暗变化，判断窑内的温度，从而决定是烧大火、中火还是小火，循序渐进，直至烧成。如果搁现在，应该有温度计之类的仪器，来帮助掌握窑内的温度。而在四十多年前，不可能有这样的条件，判断窑温全凭一双眼睛和经验，那些烧窑师傅们就是凭这手艺吃饭的。什么时候该烧什么火，什么时候该封窑，全凭烧窑师傅一句话。

烧成几窑砖后，岳宗也大致掌握了一些看火的规律。一天，姜助理又来看火，未及他开口，岳宗问："该改小火了吧？"

姜助理随口答了一句："对，烧小火。"紧接着又提高了声音问："你是怎么知道的？"

岳宗指着窑内通红的砖坯说："你看，那亮线已经升上第八层了，每次这个时候，你都让我们改小火。"

姜助理在岳宗肩上拍了一巴掌，说："好小子，你敢偷师学艺？这要是在老年间，不光要挨板子，还得被逐出窑场！说说吧，你是怎么学会的？"

岳宗说："也没什么。就是每次你看完火后，我也来看一看，记住是什么样子，次数一多，就了解了个大概。不敢说学会了，只能说是刚刚摸着点门道吧。"

姜助理笑着说："你还真是个有心人。没错，你是摸到点儿门道了。但烧窑这一行，里面的水深了去了。我十二岁跟爷爷学烧窑，到现在二十多年了，也不敢说会烧窑了。烧窑这一行和别的行当一样，不是谁都能学的，得要有灵气，得看祖师爷是不是赏你这碗饭吃。看来你是干这一行的料！要不是在部队，我倒真愿意收你这个徒弟。"

岳宗马上说："姜助理，从今往后，我就叫你师傅了，你有空把烧窑的诀窍给我念叨念叨，先教一点儿最基本的。我要是能学点儿怎么看火，不也省得你老往这儿跑了吗？"

刚刚烧出的一窑砖，是满满一窑"鸽子蓝"，姜助理正高兴，当下就把看火的一些最基本的要领给岳宗讲了。他讲得细致，岳宗听得用心。之后他每次来看火，都要先考考岳宗看火的本领。有时言谈间，还常说些民俗俚语，颇有哲理性，比如，"火心要暄，人心要实"，"只要人勤奋，前途有的奔"，"只要功夫深，钢梁磨绣针"，等等。

岳宗很聪明，总能在跟别人的谈话中汲取营养。多年以后，这些话，言犹在耳。当年那些零星琐碎的工作场景和生活细节，竟会刀刻斧凿般镌刻在他的心里。其实，人生只要认真走过，虽然有时略觉苦涩，最终留下的却是奋斗后的满足和甜蜜。

五班烧砖的技术越来越熟练了，岳宗初步掌握了看火候的诀窍后，又毫无保留地教会了刘新柱和姚永符。有意思的是，除了烧砖之外，他们有时还做点儿"私活"，比如跟着五班战士小李仿做宜兴风格的紫砂壶。据小李说，他当兵前曾跟叔叔学过。

大家都学着小李的样子，拿几块土坯捣碎了浸到桶里，用一根木棍反复搅拌，搅成一桶泥浆。等泥浆沉淀后，小心地撇出最上面一层颗粒最细的泥，晾到半干，再像揉面一样反复摔打揉搓，切割成需要的形状，再拼接起来做成壶坯，阴干后放到窑中去烧。虽然这泥不是著名的紫砂泥，战士们做出的壶，也歪歪扭扭的不成个样子，但这毕竟是自己动手做的，一时间竟也颇受欢迎，供不应求。

那段时间，岳宗没有放松锻炼身体。这个习惯，是他从老爸那里学来的。还是上幼儿园的时候，老岳只要有空，早上一起床，就带着家里的几个孩子围着院里的操场跑步。老爸经常挂在嘴边的"身体是革命的本钱"这句话，早就深深地印在了岳宗的脑子里。靠着有一副好身体，岳宗参军后，面对那么多重活累活，从来没发过怵。在军事训练上能够名列前茅，也多亏了身体素质好。

开始烧砖后，吃饭不规律，睡觉睡不好，尤其是连着上几个大夜班以后，岳宗更是感到又困又累心里又烦，书看不进去觉也睡不踏实，心中就像被缠上了一种莫名的烦恼丝，怎么待着也不舒服。每到这时，岳宗便去跑步。

从靠山营到窑场大约有三公里。岳宗从靠山营往窑场跑，快到窑场时再折回头往回跑。这样跑上几个来回，把汗出透了，再去看书或睡觉，那种莫名的烦恼会烟消云散，身上也舒服多了。他从中悟到一个道理：人的生命是有一定节律的，一旦这个节律被打乱了，人肯定会出现种种不适，而要把被打乱的节律调整过来，最好的办法应是体育锻炼。男女都一样，坚持下来，并经常自我鼓励，绝不允许轻易改变计划，这样内心会变得更加强大。

海平来信了。岳宗不得不佩服肖海平，半年多的时间里，之前她往山东老驻地已经连续寄了二十多封信，全都石沉大海。可她还是一封接一封不停地写。扪心自问，如果换成自己，恐怕早没耐心了。她真的有种撞了南墙也不回头的韧劲。

她的这封信有一个明显的变化，就是对岳宗的称呼改了。她称岳宗为“我的宗”。“呵，我什么时候成她的了？”岳宗微笑，想立刻回信。刘满囤走进屋来，又递过来一封信：“班长，还是上海的。”

这几天刘满囤闹感冒，去连部找卫生员要药，顺便也带回了报纸和信件。岳宗一看，又是肖海平那熟悉的笔迹。又来了一封？好嘛！以前在山东，最多一周两封，现在竟成了一天两封，照这个架势，不可能达到她每封信必回的要求呀！

刘满囤笑着凑过来：“班长，你可真行，啥时候还在上海谈上对象了？”

连队里是清一色的“和尚”，谁的对象有信来，是战士们最感兴趣的事。岳宗是班长，刘满囤不敢直接拆他的信，但还是对他的“一日两封”表达出浓厚的兴趣。

岳宗冲他挥了挥手：“什么对象，谁像你呀，给对象写什么……”

在刘满囤老家，男青年接到入伍通知书后，媒人就会立刻找上门来。刘满囤的对象是农村的小学教师。这小子给人家写信，愣把“梦”字写成了“楚”，把“想”字写成了“响”等，这下可让那位小学语文老师抓住了话把儿，专门把他那封错字连篇的信，用红色钢笔逐一改正后，又寄了回来。可巧这信被他老乡先拆了，战士们看了，一个个捂着肚子笑得直不起腰来。一提起这段儿，刘满囤立马缴械认输，跑到院子里洗脸去了。

岳宗在信封上撕开一个小口，从炕席上抽出一根苇篾伸进去，轻轻划开信封。一看，这封信开头的称呼成了“宗，我最亲爱的”。长这么大，第一次读出亲昵之情，虽然屋里只有自己，他还是觉得脸上一阵阵发烧。

看着肖海平情意绵绵的话，岳宗心里不禁升腾起一阵暖意。他在给她的回信中，同样第一次称她为“平平”。无论男女，每个人都需要异性的理解和关爱。肖海平对岳宗新驻地的艰苦环境，表示了极大的关心和同情，说了许多保证身体健康的注意事项，什么不要喝生水呀，不要抽烟呀，注意个人卫生呀，半夜上厕所要穿好衣服呀，上夜班一定要休息好呀……还说，看到上海体育用品商店中，有种用羊毛毡做的护膝，那是防止得关节炎的好东西，她星期天就去买了寄来。

纸上一字一句的关心，既让人踏实，又让人心动。此时的肖海平，已经把自己完全融入他生活的方方面面。要知道，“最好的爱，就是我懂你”，因此这暖心的交流使两颗心越靠越近。

岳宗告诉她，自己都记住了那些注意事项，并会努力按照去做，让她放一万个心。瞧，这铁铮铮的男子汉，在面对感情的时候，往往也会变得温情脉脉，柔肠百转。

时光飞逝，八一建军节过去了。天气晴好，战士们忍受着阳光和窑火的炙烤，成串的汗水顺着鬓角、脸颊不停地流淌，恨不得把身上的皮都扒下几层来。可是，只要太阳一落山，天气立刻凉爽下来，入夜之后，甚至皮大衣都抵挡不住那彻骨的寒气。都说新疆是“早穿皮袄午穿纱，围着火炉吃西瓜”，金锁镇正午的炎热和夜半的寒冷，比起新疆来毫不逊色，只缺少了那清甜可口的大西瓜。

一天中午，岳宗和刘满囤添了一次煤，把炉膛下堆积的焦煤灰清理干净，刚做完这些，就突然听到有人在喊：“五班长、五班长！”只见通信员小孙正站在窑坡上，一边高声喊着，一边伸长脖子四处寻找。

岳宗朝着小孙招了招手：“这儿呢！什么事儿？”

小孙连蹦带跳地跑过来：“连长命令，立刻跑步去他那儿！”

自从开始烧砖以来，五班就成了一个特殊单位，不仅一般的学习教育不叫他们，作息时间也由他们自己安排。这回究竟有什么大事儿？

小孙透露说：“好像师里有个什么集训，可能是这事儿。”

师里的集训？岳宗在心中盘算着。烧砖的任务用不了几天就可以完成了，伐木得等到冬天。要是有机会能参加集训，那当然是件好事。一想到军事训练，他就浑身来劲儿。当兵嘛，除了采石头就是烧砖，这算什么？是该好好抓一下军事训练了。他一边想着，一边不由得加快了脚步。

进了连首长住的院子，岳宗抻抻衣角，掸掸胸前沾的灰，快步走到门前，挺起胸大声喊道：“报告！”

只见门帘一动，于跃海一手撩着门帘，一边说：“快进来，进来！”

岳宗进了屋，把两只脚后跟一碰：“报告连长指导员，五班班长岳宗奉命报到，请指示！”

于跃海轻轻点着头：“还行，烧了这么长时间的砖，军人的基本素质还在！”

邓颂平接上话茬："行什么行，你看看他这个样子，说是要饭的都有人信！"

岳宗低头看了看自己，一身沾满汗渍的旧军装，领口没钉领章，衣服上甚至连一只扣子也没有，只是把左衣襟压住右边衣襟，在腰间用根稻草绳扎着，左边裤腿的膝盖处还破了个大窟窿，露出了半个膝盖。这形象确实更像一个叫花子。

岳宗有些委屈地说："这是工作服。我直接从窑上来的，没来得及换衣服。"

于跃海挥挥手："行了，说正事。师里要办一期军事集训。党支部研究决定，让你去参加。明天早晨八点以前到团司令部报到。有什么问题吗？"

岳宗问："按战备要求带齐个人物品？带枪不带？"

连长说："废话，军事集训，不带枪训什么？这次集训，主要学军事管理教育，不光是操枪弄炮。你一定要认真学习，争取门门都给我拿个优等回来！"

岳宗挺了挺胸脯说："连长，你放心，保证不会落在别人后边。快大半年没摸枪了，我这手还真有点痒痒了。"

邓颂平接着说："这次集训，全师三个步兵团，每个连队都有一个人参加。你是代表我们这个连续十年的'四好连队'去的，到集训队后一定要遵守纪律，服从命令。除了学好军事科目外，别的方面也不能落后。手脚要勤快些，眼睛里边要有活儿，像打个水，扫个地呀什么的，该干的也得干点儿……"

这可有点儿难。自从入伍以来，除了当小值日，岳宗还从来没抢到过扫把水桶。他承认，在这方面，自己好像是缺了根弦儿。他咽了口唾沫，说："是，我尽力吧！"

邓颂平不依不饶地盯着说："光尽力不行，得真正做好。这类集训我们都参加过，集训评语上有这一项。要是你弄回来个'细小工作不够主动'，那可不好交差呀！"

于跃海也说："你这方面是有点欠缺，指导员提醒得好，这次集训是对你的一次全面考验。在连里你是班长，到了集训队，就是普通一兵，你得拿出当新兵时的那股劲儿来，处处都要夹着尾巴做人。这次派去参加集训的都是各连的骨干，这是一个难得的学习机会。你除了要学好集训队开设的各个科目外，还要当个有心人，注意向参加集训的同学们学习，把他们的长处都学过来，这对你一生都会有好处的。"

岳宗抬手摸了摸脑袋："连长瞧你说的，还夹着尾巴做人，我哪有尾巴？"邓颂平又插话：“你怎么没有尾巴？就你那个傲劲儿，‘欧阳海也不过如此’，是不是你说的？人家欧阳海可是拦惊马的英雄，全军闻名，你都不往眼里放，你还没有尾巴？你尾巴都快翘到天上去了！”

岳宗想起来了，在采石时，自己刚掌握了抡大锤的技术，一口气能抡四五百锤，这话是那时说的。本来是大家躲在安全处等着炸药响时，闲极无聊随便说着玩的，不知什么时候竟传到指导员的耳朵里去了。

岳宗正要辩解，于跃海把手一挥：“好了，不用解释了。人，有点傲气不算错，但傲要傲对地方，要有个不服输的精神，但也不能目空一切。指导员这是提醒你，要放下身段，低调一点。行了，抓紧时间把工作交代一下，再做做准备吧。”

军营里，连首长的关心有时亲如兄弟，有时又像父母对儿女一样事无巨细，嘱咐再三。

从连部出来，岳宗脑海里仍然在想：脑袋一定要机灵点，姿态一定要低点，人要勤快点……他把连长指导员的话，牢记在心，不知不觉加快了步伐，平时要走半个多小时的路，这次只用了十几分钟就跑回了窑场。

刘满囤正坐在草垫子上，背靠着土壁打盹，岳宗没有惊动他，走到炉前，移开挡着灶门的土坯，见灶内的火烧得正旺。明天就可以改中火了。他用土坯挡好灶门，走过来，挨着刘满囤坐下。

“班长，你回来了？”刘满囤惊醒了，揉着眼睛说。

岳宗轻轻点了点头：“满囤，明天我到师部参加集训。这是咱俩一起上的最后一个班了。你说说，愿意和谁上一个班？我好安排。”

刘满囤歪着脑袋想了想：“那，那我跟副班长一班。”

岳宗嘱咐道：“满囤，你是我带来的兵，一年多了，各方面表现都还不错。你现在也是个老兵了，你可得发挥一个老兵的作用，和班里的同志们一起，烧好最后这几窑砖，完成好各项工作，给班里的新兵们做个好榜样。”

“班长，你放心，我知道。”

该添煤了，刘满囤抄起煤铲，走到灶前。岳宗说：“满囤，我来吧，这可能是我这辈子最后一次添煤了。”说着，他走到炉前，从刘满囤手里接过煤铲，弯腰从煤堆上铲起一铲核桃大小的煤块，送进灶门，扬出一个漂亮的扇子面形，均匀地撒到炉膛的各个角落。添完了最后一铲煤，岳宗又和刘满囤一起，落了最后一次灰，再用小车一车车把焦煤推到渣堆上。

回到住处，岳宗打开包袱，拿出两套钉好领章的军装，找出一顶安着红帽徽的军帽，又拿了两套衬衣裤和两双解放鞋，像又要出征的战士一样，仔细打点好行装。

第二天上午，各营参加集训的人员陆续赶到团部。这些战士大部分是岳宗当年新兵连的战友，也有几个是 1969 到 1970 年的兵。大家互相打着招呼。守备一团参加这次集训的有二十五人，编为三个班，岳宗被指定担任二班班长，团军务股新任参谋刘安东被指定担任排长。

刘安东是山东大学的毕业生，1969 年来到部队锻炼，因为表现出色，被留在了守备一团。虽然，他的年龄和文化水平都高出这些班长们一大截，但要论军事素质，他却是个不折不扣的新兵。

团参谋长做了简短的集训动员。他嘴上可没有那些风行一时的华丽辞藻，开门见山道："跟你们明说了吧，你们这批人，都是作为预提干部苗子送去集训的。至于集训回来后能不能提干，什么时候提，就要看你们的集训成绩啦。"

他还特意指着几个担任班长的人说："你们几个小子都给我听好了，到了教导队，得绝对服从刘参谋的指挥调度，谁都不许故意出难题，看刘参谋的笑话。你们这次去师里，不光是代表自己，还代表我们团。你们必须齐心协力，把总评第一拿回来！要是有人无故拉了集体的分，到年底你就回家撸锄把子去吧！有没有信心？"

大家一齐高声回答："有！"

团参谋长把手一挥："上车！"

刘安东答了一声"是！"举手敬礼，跑步到车前，拉开驾驶楼侧门，上了车。

汽车轻轻震动了一下，晃晃悠悠地沿着土路，驶上公路，直向县城的方向奔去。一路上，人人脸上都现出一副庄严的神色。显然，大家心中都还在想着"集训提干"那番话。别人怎么想的岳宗不知道，他的心里只有一个念头：到教导队安顿好后，赶快把这个消息告诉肖海平。嗯，最好，等到再休探亲假时，能穿着四个兜的干部服，直接给她一个惊喜！

远方有汩汩的水声传来，在渐渐消散的山间云雾中，出现了一片狭长的盆地。经过四个多小时的跋涉，汽车沿着一条土路，终于驶进一片满是灰屋顶房子的村庄。刘安东从驾驶楼中下来，对着车上喊了一声："到了。大家先别急着下车，我先去联系一下，看把我们安排到哪里住？"

守备一团所有参加集训的人员，都住在村里一户下乡知识青年点中。当时党和政府正鼓励城市青年扎根边疆、扎根农村，还给了许多优惠政策。队里按政策给他们盖了一正两厢共七间瓦房，围了一个足有半亩地大的院子。师教导队来这里后，他们把两幢厢房都腾出来让给学员们住。一团的二十五个人住进四间房，虽然有点挤，但比较集中，方便管理。

当天下午，照例是开动员会。此次，要进行军事地形学、战术标图、管理教育和连进攻、排防御五项内容的训练，其中管理教育贯穿集训始终。至于队列、射击、投弹等技术科目，主要在每天的早操和"天天练"时间进行。值得一提的是，蔡林也来参加集训了，就在师直属队第四区队。

第二天，集训正式开始。第一个科目是军事地形学。教导队给每个参训人员发了一块图板、一把指挥尺、一块指北针、两支红蓝铅笔、一本《识图用图手册》、一本《军队标号》和一张军用地图。地图名赫然写着"卧龙寨"三个字。教导队何队长亲自授课。什么"平面直角坐标系""真北、磁北、坐标北""方里格""等高线""合水线""分水线""高程""比高"等，一连串全新的专业名词写满了整个黑板。学员中差不多有一多半人的脸上，都是一副愁苦的表情。

这次参加集训的学员，文化程度参差不齐，既有像刘安东这样的大学生，也有连小学都没能毕业的半文盲。岳宗这个"老三届"，文化水平算是高的。

在一周后的一次抽考中，守备一团二十五人中，竟有十一人不及格。三区队只有七人刚达到及格标准。

面临着学习上的巨大障碍，一般人可能会望而却步。但是，这批学员对未来抱有新目标，他们互相鼓励"必须得学会，一切皆有可能"。毕竟这次集训的成绩，直接关系到每个人的切身利益。难虽难，但大家学习的积极性都很高。

刘安东不愧是大学毕业生，他把几个班长和学得比较好的人召集到一起商量，决定开展"结对子"活动：一个学得好的人，负责一到两个较差的。先把相应的名词概念一字不落地背下来，然后再结合实际去加深理解。

刘安东一方面自己学得不错，一方面又有给每个人打“印象分”的权力，自然也就有了相应的权威。大家课上认真听讲做笔记，课下利用每一点时间刻苦练习，到军事地形学这一科目结束的时候，一区队的所有人员都通过了考核。刘安东和岳宗还拿了满分。

集训有条不紊地进行着。理论学习、战例研究、沙盘推演、实兵演练，按照军官战术训练的步骤，所有学员都以连长的身份参与。受领任务、判断情况、定下决心、区分任务、组织协同动作、宣布口述战斗命令，学员们一步比一步做得好。

有个周末，集训队要进行会操。但是，今天情况有些异样，各区队人员都到齐了，却迟迟不见带操的队长。若在平时，不管轮到谁带操，都是第一个站在集合点上，神气活现地用挑剔的眼光，打量着陆续带来的各区队队列，只要他看到有什么不妥，都会用嘲讽的声调大声诘问，让你在众人面前出出洋相。

正吃早饭时，一阵急促的哨音响起：紧急集合！

大家纷纷扔下碗筷，迅速返回住处，以最快的速度打好背包，拿起武器，来到集合点。几个区队长从队部会议室出来了，人人脸上挂着严肃、紧张和几分迷茫。

岳宗心中升起一个大大的问号，难道真的出事了？

教导队何队长走到队前，从左至右扫视了一遍队伍，清了清嗓子说：“同志们！”

“唰”的一声，学员们不约而同地成立正姿势，脚跟相碰，发出整齐的声音。

何队长看着大家，略作停顿，举起手臂敬了个礼：

“请稍息。据上级通报，今天凌晨，有一架大型军用飞机自蒙古国境侵入我国领空，沿边境线飞行一段以后，又返回蒙古国。上级判断，这是‘苏修’对我国的侦察飞行。为防止‘苏修’对我国实施突然袭击，特别是为防止其进占我国机场实施机降突袭，师首长命令我们，在师高炮营和师炮团反坦克炮兵营的支援下，立刻以最快速度，占领位于县城以南的空军机场，封锁跑道，布置对空火力。

“这是在和平年代，难得的一次真实的战斗任务。大家都是从全师各部队挑选出来的精兵强将。我相信，我们教导队有信心有能力完成好这个任务。这也是对我们的一次最好的考验。同志们，大家有没有信心完成好这次任务?”

“咔”的一声，战士们的脚跟同时碰在一起，从每个人的胸膛中爆发出一声吼:“有!”

“好，现在，大家按机动预案登车，明确任务、确定分工。到机场后，立刻占领指定位置，以最快速度构筑工事、设置障碍，完成一切准备工作。出发!”

岳宗怀着既紧张又兴奋的心情，随大家登上车，向机场开去。

以特种部队占领对方机场实施机降，这是苏军在 1968 年 8 月首创的一种进攻战术，当时，几十万捷军被全部缴械，北约也没来得及做出任何反应。这就是有名的“布拉格之春”事件。难道苏联敢在三年之后，也用这招对付中国?岳宗心中不免有几分怀疑。

机场在城南十公里左右的一块平地上，它是北京军区空军的一座战备机场。一条宽约五十米、长达三千米的混凝土跑道，由南向北纵贯整个机场。十几架银白色的歼 6 型飞机，整齐地停放在跑道一侧，在阳光下闪着耀眼的银光。

教导队的任务是封锁跑道。学员们在区队长指挥下，用装满土的麻袋，在跑道两侧每隔百米就构筑一个工事。教导队何队长又命令学员们用装满土的麻袋堆满汽车，并指挥汽车两辆一组，头对头横着停在跑道上，车轮下都垫上了三角木。

岳宗在构筑工事的同时，注意观察了炮兵的布置。高炮营的十几门 65 式 37 毫米双管高射炮已经在跑道两侧排列开来，奇怪的是，他们不是把炮口指向蓝天，而是把炮身打平，炮口都指向跑道。反坦克炮营的十二门 56 式 85 毫米加农炮，则在跑道中央占领了阵地，黑洞洞的炮口，也都一律指向跑道。

“这是个什么阵势?这到底是要防止天上的飞机实施机降，还是要防止地面上的飞机飞上天?”稍有一点军事常识的人应该知道，对机场的防护，最有效的武器，就是机场上停放着的那些飞机。要真想防止敌军机降，应该在接到机降预警后，放飞机场的全部飞机，对敌机实施拦截，并迎击准备突袭我机场的敌战斗轰炸机。

“像现在这样，固然会对敌机机降造成一定的障碍;但也使我方飞机完全不可能升空作战，这太得不偿失了吧?”岳宗心中暗自诧异，随即发问。

何队长瞪大了眼睛，看了岳宗好一会儿，才说:“记住，连一级分队，主要是在上级编成内执行任务，你按上级命令，好好完成你的任务就行了。其他，用不着多想，明白吗?”

岳宗脚跟一碰，大声说:“是，明白了。好好完成自己的任务，其他不想!”

可是，接下来受领的任务，又让岳宗增添了新的疑惑。一区队二班接到命令，在出飞行员宿舍区和进入机场的铁丝网围栏门口处，设立岗哨。凡是没有机场防护指挥所签发的特别通行证，无论是谁，都不准进入机场。这更是一个让人匪夷所思的命令。

无论如何，保卫机场的安全，首先应该是空军的任务。空军场站专门编有场务连和警卫连，即使要切断宿舍区与机场的交通，也应该由他们来承担。为什么放着空军现成的兵力不用，而要临时抽调教导队的兵力，来完成这个任务呢?

学员们被告知，这次执行的任务属于“绝密级”，不仅不能对任何人说，更不准在通信中涉及此事。非但如此，连参与执行任务的人，对此次行动有什么疑问，也绝不允许打听，甚至相互议论也不允许。就这样，教导队的学员们，从 9 月 14 日进驻机场，一直到 10 月，严防死守地防着机场的空军战士和飞行员们。

塞外的气候，9 月下旬水就开始结冰了。学员们一直住在临时搭建在机场跑道旁边的帐篷里，每到快天亮的时候，许多人都会从睡梦中冻醒。时间长了，学员们跟空军战士和飞行员们由最初的相互戒备到渐渐熟悉起来。他们出早操练队列时再走近铁丝网，学员们也不再紧握钢枪虎视眈眈地予以喝止；学员们沿着铁丝网巡逻时，碰上铁丝网另一边的他们，他们也会微笑着打个招呼，道声辛苦。

终于，时间到了 10 月下旬，有一个中央文件传达给了全体党员。传达文件的那天，学员们集中来到空军场站的小礼堂，和场站的官兵及飞行员们一起听传达。学员们队列整齐地端坐在礼堂最中间的位子上，四周都是穿着国防绿上衣、蓝色军裤的空军人员，礼堂外边是一排荷枪实弹的哨兵。开始传达前，所有人被告知，这次传达的文件属于“绝密”，只许听，不许记录。

岳宗虽然有一定的思想准备，但文件的内容仍然惊得他目瞪口呆。

文件上说，“林彪于 1971 年 9 月 13 日仓皇出逃，狼狈投敌，叛党叛国，自取灭亡”，他乘坐的 256 号三叉戟飞机在蒙古温都尔汗附近强行着陆坠毁，林彪、叶群、林立果及机上乘坐的其他人员全部丧生。

因为执行紧急任务耽误了一段时间，训练科目考核也只能采用问答题的形式。岳宗选择一道“在排防御战斗中的工事构筑要注意什么?”作答，凭着记忆，把教材上的相关论述文字写上去就交了卷。考核结果公布时，岳宗得分居守备一团参加集训者之首。教导队宣布集训圆满结束。

晚饭后，岳宗请了假，和蔡林一起，肩并肩向村外走去。

他们来到村外一棵大榆树下，不约而同地站住。蔡林从裤兜里掏出烟，用手指在烟盒底部轻轻一弹，让几支烟探出盒外，然后把烟盒伸到岳宗面前。岳宗看了一眼，说:“嗬，水平不低呀，都抽上好烟了!”他一边说一边取出一支烟，放到鼻子下面嗅着。

蔡林嘿嘿一笑，说:“哪呀，我平时很少抽烟，这是在机场军人服务社买的，这不结业了吗，拿出来大伙抽抽。”

蔡林掏出火柴，划着了，边给岳宗点烟边说:“岳宗，还记得两年前吗?”

岳宗说:“什么两年前?”

蔡林说:“要不是两年前在子长县大街上碰巧遇见你，我这会儿也许还在大街上要饭呢。”

岳宗说:“还记得你那顿饭吃了多少吗?整整三大碗面，还有一斤羊肉包子!当时都把我给看傻了，好家伙!你怎么又想起这事儿了?”

蔡林郑重地说:“我这一辈子，从记事起就不顺，可自从遇见你，我就事事顺了。所以我说，你是我的贵人，没有你就没有我的今天。人不能忘本，到什么时候我都不会忘记你对我的这份恩情。”

岳宗笑着说:“嗨，什么贵人不贵人的，咱们是哥们。你有困难，正好让咱碰上了，咱不帮谁帮?别说是碰上你，要是碰上别的哥们，我也会帮的。”

蔡林说:“你可以这么说，我却不能这么想。叫你出来，我就是想问你，回去以后，你有什么想法?”

岳宗想了想，说:“什么想法?没想法。我们来的时候连里没说什么，到教导队后我才知道，来参加集训的都是干部苗子，只要集训时各项考核都能过关，提干基本上是板上钉钉的。不过我想，我回去恐怕暂时还提不了干。我们连不缺干部呀，没有空位子怎么提?你呢?你回去能提吗?”

蔡林轻轻点了点头，说:“是，我来集训前，师长找我谈了，说我是他当师长以来最好的警卫员，提干后让我进机关，是作训科还是军务科还没说好，反正是到司令部。岳宗，要不你也来师机关吧。师长知道你，说你是团里的名人呐！连师长都夸你，说你有战术头脑。你要是愿意来，我去找师长说说，准保能行。”

岳宗沉思了一会儿，说：“谢谢你了，蔡林，你真够哥们！我要是实在没地儿去了，说不定什么时候真会去找你。可我现在还不大想去机关。我老爸就在机关干了一辈子，不过他那机关大点。在机关能干什么呢？我看我老爸他们部里的那些参谋，整天就是写材料、打电话，有时候跟领导出差，连端茶倒水都得管，这种日子和我的理想距离有点儿大。像我这种性格，恐怕不大适合坐办公室。这样吧，蔡林，我现在还不到二十岁，等我再成熟点儿，再长几岁年纪，在基层干不动了，我再去找你。你看好不好？”

蔡林说：“基层好是好，在基层带兵，整天和来自五湖四海的战士们在一起，上边让干什么就干什么，上边布置什么任务，执行就是了，省心。”

岳宗接着说：“还有呐，战士里什么能人都有，木匠、瓦匠、电工、窑工，上边派下来的任务，不愁没人会干，跟着大家一起干，能学到不少东西。你看我当兵这些年，晒过盐、开过艇、支过‘左’、采过石头、烧过砖，经历多么丰富多彩呀，要是在机关，哪能有这么多经历？

“在基层，整天和那些战士们摸爬滚打生活在一起，他们真把你当兄弟，什么话都愿意跟你说，能了解多少以前我们不知道的事情呀。还有，连队的那些战士们，只要你有一点点比他们强，他们就会真心地佩服你。你要是有什么不会的，他们也会手把手地教你。机关行吗？我趁着年轻身体好，还是想多在基层待几年。”

那天晚上，岳宗和蔡林一直聊到熄灯号响，才分别回到各自的住处。

第二天一大早，大家打好背包，收拾好各自的物品，草草吃完早饭，就准备回各团了。临上车的时候岳宗突然想起，由于没想到教导队会这么快就结业，在上一封给肖海平的信中没提结业的事。算起来，她给自己的回信这时候可能已经在路上了。岳宗急忙跑到队部，找到通信员小高，千叮咛万嘱咐地说：“哥们，要是这两天有我的信，可千万记着给我转到团里去。”

路上，大家心情都不错，一支接一支地唱起歌来。先是《团结就是力量》，接着又唱起《打靶归来》《拼刺刀》《红色的帽徽红领章》，不知是谁带头，后来，大家唱起了《三大纪律八项注意》和《国际歌》。不知从何时起，最后的这两首歌就唱遍了九百六十万平方公里的神州大地。

第十八章

当好排长

岳宗在教导大队进行培训期间，石克玉排长已被调到师军务科，四连正式任命刘新柱当了五班长。刘新柱虽然文化不高，也讲不出多少大道理来，但他有一项长处，就是能以身作则，凡是要求别人做到的，他自己首先做出榜样；最累最难的事他都是自己先上，别人做错了什么，他也不多批评，自己做出个正确的样子，让你照着做。就凭这一点，他布置工作，提出要求，大家都没有二话，自觉执行。

在基层带兵就是这样，有一张生花巧嘴，不如做出好样子。战士们不是看你说得怎么样，而是要看你做得怎么样。

岳宗走进连部小院时，于连长正好从伙房打来饭菜。那天的中午饭是包子，外加一大盆漂着少许油星的萝卜汤。他们边吃边聊。于跃海笑着说："嗯，你新任命还没下，再回去当班长，那五班同时有两个班长了，这可没有先例。你想想，是不是？"

岳宗咽下最后一口包子，用手背抹了抹嘴，站起身来说："连长，那好办，我回五班当战士，坚决服从刘新柱的领导，该干什么保证干好什么，这样就没问题了。"

于连长想了想说："好吧，按你说的办。等正式任命下来再当排长。不过，这可有点儿委屈你了，该站哨还得站哨，该值日还得值日。"

岳宗连忙说："行，就这么定了，我保证当好一名合格的战士。这算什么委屈呢？当年在解放战争中，部队开展新式整军运动，我老爸因为家庭出身是小业主，从纵队作战科长被直接发配到马棚养马，要不是后来部队有作战任务，他还不知道要养多长时间的马呢！"

二十多天后，岳宗担任二排排长的任命正式下达了。

这段时间，连队囤好了过冬蔬菜和取暖木柴。正当于跃海计划安排冬训时，四连又接到新的任务：到县城北五十多公里的胡家栅子林场去伐木，为明年开春以后全团的营建施工准备木料。

胡家栅子林场位于与内蒙古高原接壤的燕山北部地区，人称“坝上”。这片土地神奇而美丽，拥有生态、地貌的多样性。山岭沟壑之间生长着成片的松树、橡树、榆树、杨树、柞树、柏树、槐树、桦树和椴树，树种繁杂，乔木与灌木混生，应属于原始次生林。听林场主任介绍说，县林业局严格控制不合理的樵采和垦殖。这次四连的“采伐证”上写得很明白，只能采伐杨树、桦树、椴树和落叶松等几种。

连队工棚设在北大沟，刘技术员带着大家上山开始伐木。只见他先用小斧子把树干底部的枝丫清理干净，再抡起大斧子砍出一个向下倾斜的茬口，紧接着斧刃切进树干，一块巴掌大小的三角木块应声飞离。这样，一斧接着一斧地砍，一会儿，斧刃吃进树干约三分之一后，又转到树干的另一面，在高出前茬口约十厘米处，又一斧接着一斧地砍起来。在两侧的茬口越来越接近时，刘技术员叫人拉紧那根缠在横枝上的绳索，又用力对准茬口狠狠地抡了几斧，然后用肩膀轻轻扛一下树干，喊一声：“顺山倒咪！”

随着一阵“咯吱咯吱”的响声，大树轻轻晃了一下，树身顺着先前砍出的茬口向下一滑，慢慢向着预定的方向倒下去，树冠扫过两旁的几棵小树，稳稳地躺到地上。

一路走来，岳宗最受益的一句话就是“人贵有自知之明”。他自知和那些从小在农村干着各种农活长大的战士们相比，自己处处都是外行。每当干这类活计时，他都像小学生那样，虚心地向农村来的战士请教。

慢慢地，岳宗也能把那些农活干得有模有样了，但也只停留在能干好自己手头那份活的层面上。现在，刚当上排长，怎样给全排分好工，怎样才能加强管理，确保安全，又好又快地完成任务，他心里一点儿底也没有。好在伐木这活儿不仅对他，对全连都是一个完全陌生的任务，大家都要从头学起。

看着刚刚伐倒的树，岳宗问刘技术员：“听说伐树时搞不好还会发生伤亡事故，您能不能讲一讲，怎样才能避免伤亡？”

刘技术员看着岳宗，微笑着点了点头说：“这个问题很重要。伐树时最容易出现伤亡事故的情况有三种：一是树倒时砸伤人；二是树倒时根部后窜伤人；三是树干下部的枝杈没清理干净，树倒后这些枝杈会使树干反跳伤人。要避免伤亡，确保安全，必须严格按照技术要求和要领去伐树，并且要严密组织、相互照应、加强联系。”

岳宗又说：“树倒的时候，你还喊了一声‘顺山倒’，那是什么意思呢？”

刘技术员耐心解释：“嗯，我喊的那声在伐木行里叫‘喊山’，按过去迷信的说法，山上的一草一木，一鸟一兽，都是山神爷的财产，到山上伐木打猎，要跟山神爷打个招呼。现在，不能再讲那些迷信的玩意儿了，可是为什么还要‘喊山’呢？就是给一同来伐木的人打个招呼，通报一下，告诉同来的人们注意避让。伐木人喊山有三个口号，分别是‘顺山倒’‘横山倒’和‘迎山倒’，为了方便后续工作，最好是让树‘顺山倒’或是‘迎山倒’，实在不行了，再让它‘横山倒’。还有什么问题？”

俗话说“新官上任三把火”，说的是新官到职，往往都想着尽快做出点过人的政绩，好给上司留下深刻的印象，为日后的升迁打好基础。可岳宗的想法却比较简单，他既没有跳农门和家属随军之类的念想，也没想过要为日后的进步积攒资本。当下，他认真记下刘技术员的话，把安全放在第一位。接下来，脑子里想的，嘴里说的，眼睛看的，手中干的，全都是和安全有关的事情。

第二天早饭后，岳宗指定一名副班长带领全排战士继续整理住房，自己则带着班长副班长们扛着斧子上了山。他把麻绳缠在腰上，别上一大一小两把斧子，手里拎把弯头砍刀，肩上扛一根茶杯口粗的木棒，走在最前边，体会着携带全副伐木工具上山的情形。

自从当了排长以后，他就养成了这样的习惯：凡做一件新的事情，自己都要先去体验一把，从开头到结尾，不放过任何一个细小的环节。只有经过这种全过程的体会，使自己心中对这件事有一个完整的印象，再去指挥别人干，心里才有底。一直到他以后进了总部机关，仍然保持着这个习惯。

把队伍带到现场后，岳宗按照刘技术员教的方法，详细讲解了如何选择要伐的树木，如何确定树倒的方向，如何运用绳索调整树头重心。

可在往树干上甩绳索时，却没那么顺利。他学着刘技术员的样子，抓住那根一头拴着小铁锚的麻绳，拎着锚头甩了几圈，又对准选好的树杈一撒手，谁知那铁锚不是向上飞，却是横着飞了出去，“嘭”的一声，砸到了树干上，又掉在地上，引起一片笑声。

他又试了几次，怎么也没法让铁锚头勾住选中的树杈，最后还是刘新柱过来，拿着铁锚一甩，一下就勾住了。然后，他把绳子拉向预定的树倒下的方向，用力拉紧绳索，把绳索的另一端绑在一棵小树上，靠绳索的拉力来控制树倒的方向。

岳宗啧啧称赞道："瞧！这就是典型的看着容易做着难。为什么刘班长能一下子勾住那个树杈而我却不能？因为他从小在家里跟着父亲上山采药，经常要用绳子勾着悬崖上生长的小树棵子才能爬上山崖，成功是因为多次失败以后得到了经验。我们该怎么办？一个字，练！只要大家下苦功夫练，都能掌握这个技巧。"

最初的十多天，在连里每天晚上的小结会上，二排完成的木方量都是最少的。连里为了加快伐木的进度，开展了优胜红旗评比。两个星期内，二排最好的成绩是排在全连的第二名，没有夺得过一次红旗。在连里的伐木进度表上，代表二排完成木方量的红线，总是要比其他排低一些。这下，有人就沉不住气了，纷纷提出也像别的排那样，改三人一组为两人一组，不必多设一人做专职安全员。正当岳宗犹豫着是否接受大家的意见时，一排的工作就暴露问题了。

一排是进场以来伐木进度最快的。排长邹明是 1965 年的兵，比岳宗早一年提干，当了排长后，事事都要争先。在伐木中，他不仅每天自己带头抡着斧子砍树，而且给每个班都规定了指标，每天不完成一定的指标，不许收工。

那次，他们是两人一组，轮番砍树。他们排三班的两个战士选中了一棵胸径六十多厘米的落叶松，扫清了树下的灌木后，握紧锯把，一个推一个拉地用力锯起来。随着"嘿嘿"的号子声，金黄色的锯末一簇簇向四处飞溅，不一会儿，下茬口就开好了。只见他们手中的锯子越拉越有劲儿，随着上茬口越吃越深，再拉上十几锯，便可以高喊一声"顺山倒"，放倒这棵漂亮的大树了。

可就在这时，茬口处突然发出一阵"咯吱咯吱"的声音，树身向左转了半圈，晃了一下，又往回转了半圈，倾斜着立在那里，再也不动了。

他们不知发生了什么事，跳到一边看了一会儿，又走上前，抄起大锯，塞进锯缝又要继续。刘技术员正好走到这里，见状大喊一声："住手！快闪开！"

"坏了坏了，这树是'坐住'了！"

所谓"坐住"，是指那些茬口已经交错的树，因为茬口的位置不对，或是树头的重心发生变化，一时没有倒下。这样的树，随时都有可能向任何方向倾倒，极其危险。所以，在它没有倒下之前，周围几十米的范围内，都不能再进行伐木作业。

原来，他们在锯树时，上下茬口的间距没有选准，再加上两人只顾上下拉锯，风向又发生了变化，把本来倾向东北方的树头，扭向了东方，绳索的牵引顿失平衡，使得树身一会儿往东，一会儿往北，摇摇晃晃，不知会往哪儿倒。

刘技术员一边抬头观看树冠动向，一边想着办法。林子里的风向一会儿一变，树冠一会儿向这边扭扭脖子，一会儿又向那边动动身子。刘技术员琢磨了一会儿，又从别处要来一根绳索，看准时机，手一扬，绳索准确地套住了大树半腰上的一根横杈。刘技术员招呼人把这根绳索使劲往西北方向拉，拉得树身正了过来，然后说："大家注意，听我的口令，拽着绳子的用力拉，抱着树干的使劲顶，咱们让这棵树还是往北边倒，大家听明白没有？"

"听明白了！"众人同心协力。

刘技术员抄起斧子，飞快地砍了几个楔子，再把它们一个个打入锯缝，一边观察着风向的变化，一边大声喊着："一！二——"突然，他停顿了一下，把手一挥，大喊一声"三！"同时用斧背猛力把最大一个楔子狠狠砸进锯缝里。

人们瞬间同时发力，再加上风的力量，只见那棵大树猛地抖动了一下，慢慢地向北边倒了下去。树冠画出一道扭曲的弧线，树身发出"哗"的一声怪响，巨大的树冠拍在地上，砸断了一棵小树，尘土、枯叶和雪沫冲天而起。等尘土和雪沫慢慢落下后，人们走上前去，只见一道扭曲的裂缝贯通了大半个树身，把一棵粗大的松树，从中间劈成了两半。刘技术员长长地出了一口气，自言自语地说："万幸，总算没有伤人，只是可惜这棵树了，上好的一等材，现在只能当劈柴了！"

三排也传来了不幸的消息，他们七班的一个战士刚放倒一棵树，在用斧子修削枝杈时，一斧头砍空砍伤了脚面。九班的两个战士伐一棵树，树倒时树冠碰到另一棵树，反弹改变了方向，一根枝杈把他们俩打得满脸是血。

接踵而至的几件事，让连里意识到，再也不能单纯强调进度了。

连里专门停工一天，组织大家总结经验教训，制订安全措施，要求大家严格按照伐木的安全规定进行作业。还规定了几种不伐，几个注意，像什么"风向不定不伐，倒区清理不净不伐，歪脖树不伐，生长位置坡度太陡不伐"等。这样一来，二排再也没有人提要改变编组方式，单纯追求伐木进度了。

在那些日子里，岳宗把二排的工作安排得井然有序。战士们按三人一组编成了八个伐木小组，每组都由一名正、副班长或一名老兵为组长，每伐一棵树，都采取两人轮番砍树，一人做安全员，专门负责观察有无人员走动、树头重心变化和风力大小、风向变化等。他的职责就是负责提醒大家，要严格按照技术要求伐木，确保安全。

岳宗把安全生产放到首位，要是谁违反操作规程蛮干，他有时也会骂两句娘，甚至上去给他一拳两脚。要是谁严格按伐木的安全程序操作，尽管进度不快，他不仅不会批评，反而会在讲评时提出表扬。每天的讲评也极为简单，最长的一次，是因为别的排出现了事故苗头，他又一次强调要严格遵守规章制度和操作规程，并把自己在伐木现场看到的本排战士各种有违安全程序的情况指名道姓地一一列举，要求大家认真改正。其他问题，他都是三言两语、简明扼要，没有半句废话。

他知道，劳累了一天，晚饭后战士们最想做的，就是洗漱干净后，放平身子，放松放松筋骨。再说，还有那么多磨斧子、发锯、整理绳索等为第二天伐木做准备的工作要做，少占用一点时间，准备工作就能够更加充分。这对第二天的伐木，至关重要。

伐倒的树木并不是截成木材就算完了，还要把木材从山林中运出来，运到汽车能够到达的地方，再分别归堆码放。檩材一般是一人扛一根，椽材是一人扛三四根，收工的时候顺手带下来码放好。而那些由树的主干截成的大材，则要利用不宜伐木的风雪天，组织战士把它们抬到山下。

抬木头都要喊号子，一人领号，其他人应和，目的主要是统一步伐，使大家能够步调一致，把劲用到一处，既安全又省力。喊号子讲究即兴编词，抬的什么木料，上坡还是下坡，什么天气，有什么人，甚至晚上吃什么饭，都能通过号子唱出来。那些生动有趣，内容丰富的号子，除了协调步伐外，还能起到娱乐逗笑、缓解疲劳的作用。

在那个什么都讲究“革命”的年代，就连号子也打上了时代的烙印。四连那时候常喊的号子是：“革命战士，嘿呀！站稳立场，嘿呀！团结紧哪，力量大呀！

抓革命呢，促生产呀！排除万难，嘿呀！去争取胜利，嘿呀！”

塞北的冬天，严寒刺骨。在大雪封山之前，四连执行的伐木任务终于圆满结束了。

转眼之间，岳宗当排长已经一年多了。他是从连队直接提拔的干部，最了解战士心里都想些什么。遇到需要出大力流大汗或是有一定风险的事，他都干在前面。碰上立功、嘉奖这些有名额限制的好事，他会安排给那些最需要的人。岳宗在连里没有老乡，在这些事上，比较容易做到一碗水端平。

岳宗和排里的几个班长关系都处得不错，五班长刘新柱就不用说了。刘新柱是和他乘同一辆卡车到四连的，之后又一直在同一个班，他们之间的关系就和亲兄弟差不多。四班长和六班长都是 1968 年的兵。在同年的战士中，岳宗的能力和素质有目共睹，他当排长，他们没有什么不服气的。姚永符是 1970 年的兵，无论是政治思想、军事技术，还是细小工作，处处都显得稳重得体。去年老兵复员后，岳宗让他当了机枪班班长。

当排长的，和班长们的关系理顺了，排里的兵就好带了。遇到什么新任务或是棘手的事儿，先跟班长们商量商量，拿定主意后，再通过班长们去抓落实，所有的事都会顺理成章、水到渠成。二排的各项工作都走在前面，这也为岳宗赢得了威望。

说实在的，岳宗从不认为排长是什么官，自然也就不会有什么官架子。说起来让人难以置信，他的内心深处，还没有完全放下那个当飞机设计师的理想。那么好的数理化基础，当兵五年来，基本上没遇到施展的机会，这让他常常心有不甘。

当排长后，能够由自己支配的时间比当战士时多了不少，他就让小妹把家里那几本几乎被他翻烂了的高中数理化教科书，和几大本自己装订的《航空知识》合订本寄了来，一有空闲，就随手翻翻。在林场伐木时，他还试着用这些数学知识，合理地分配人员，琢磨出一些省力的干活方法，让排里的战士们得了不少实惠。

战士们也真没把他当干部对待，以前怎么说笑打闹，他当排长后，还是怎么说笑打闹。别的干部看在眼里，对此还颇有微词。一排长不止一次地说过他：“你都是个干部了，怎么还没个干部样儿呢？平时别老跟战士们没大没小、嘻嘻哈哈的。平时太随便了，到了关键时刻，你怎么领导这个排？”

四排长老冯说得更直白：“对当兵的，你就得熊，不能给他们好脸子，要不然谁怕你？都不怕，你说的话有谁听？”

对这些话，岳宗也不是没往心里去。他拿自己当战士时的体会来对照。入伍以来，他最服的干部就是任保田，但在他的记忆中，任保田从没骂过人。一事当前，他总是摆事实，讲道理。这件事应该怎么干，主要环节是什么，你错了错在哪里，应该怎么改正，条分缕析，说得人心服口服。从来没有哪个战士和他顶过嘴，倒是那个成天“妈的”“老子”不离口的冯排长，有好几次被战士顶得直翻白眼。

在岳宗看来，排长整天和战士们同吃、同住、同训练、同娱乐、同劳动，本来就是个“兵头儿”，是个最基层的带兵人。

一个步兵排编制三十多人，要带好兵，必须对这三十多人的政治思想、文化水平、接受能力、特长缺点、身体状况，以及每个人的性格特点都做到心中有数。甚至连谁和谁是老乡，谁的家里有什么困难，谁的对象来信少了，谁的情绪有什么变化，以及其他难以一一列举的情况都得操心。特别是几种属于“活思想”的情况，都要靠和战士们朝夕相处细心观察，才能了解。

中国有一句老话：制度是死的，人是活的。条令条例中的规定，针对不同的人，必须采用不同的方法，才能让他们心悦诚服，然后不折不扣地去执行、去落实；否则，即使下级当着你的面不说什么，但在具体执行中，也必然不会那么顺畅，有时候，还可能得出完全相反的结果。

那时候，部队里有不少干部子弟在当兵。

部队对来当兵的干部子弟的态度不尽相同。师团以上的领导大多对来自己部队当兵的干部子弟持欢迎态度，而基层干部们对自己手下当兵的干部子弟，却往往有一种又爱又怕的矛盾心理，大多对其敬而远之，不愿意要他们。岳宗则不然，他自己就出生于军队干部家庭，自信对干部子弟比较了解，能够有针对性地加强管理，用好他们的长处。别的排不愿意要的干部子弟兵，他全给要到了二排。这样，二排就有七名来自不同城市、不同家庭背景的干部子弟兵。

军营里长大的军队干部子弟们，多有一种英雄情结。他们中的许多人，最大的志向就是像他们的父辈一样，把军队当成自己的家，愿意一辈子当个军人。五班的曾凡勇就有这种想法。曾凡勇老爸是石家庄步校炮兵指挥教官，“文革”开始后，军队院校也和地方院校一样，开始了大批判、大串联，狠批“反动学术权威”和“军内一小撮”。小曾的父亲被学校的造反派划入“一小撮”之列，关进了“牛棚”。直到他父亲得到平反，他才参了军。

曾凡勇的个子不高，还不到一米七，但他聪明好学，军事训练上手很快，五大技术中，射击、刺杀、土工作业、爆破成绩都不错，只有投弹稍差点。知道他愿意子承父志，在部队长期干，岳宗对他的要求也比较严格。

和多数干部子弟一样，曾凡勇也有喜欢夸夸其谈、看不大起农村来的战士们的毛病。而且还特别懒，凡有起猪圈、淘厕所、浇菜之类的活儿，他总是能躲就躲；换下的脏衣服总要在盆里泡上好几天才洗，还经常不洗脸不洗脚就往被窝里钻，谁都不愿意挨着他睡。一次，他又因为取笑沂蒙山土话惹恼了刘新柱，两人拍桌子、摔板凳、吵得脸红脖子粗，差点儿就动了手。

对于他的这些毛病，岳宗一点不姑息。那一次，岳宗一连四个晚上参加他们班的班务会，发动全班人给他提意见。最后，曾凡勇脸红脖子粗，吭吭哧哧、一字一顿地做了检讨，但岳宗看得出来，他的心里还是不服气。

对曾凡勇这种看过不少书，自认为懂得许多道理，平时又有主见的战士，光靠造声势、施高压，他是不会真正服气的。他们心里最看不起那些凭职务、资历虚张声势，以势压人的领导。对他们施压，不仅不会有任何作用，反而会损害领导者的威信，要让他真正认识自己的问题，必须把道理讲透。

在曾凡勇做完检讨之后，班长刘新柱做了小结，最后照例问岳宗还有什么要说的。岳宗看着曾凡勇那七个不服、八个不忿的样子，微微一笑，说：“曾凡勇，我知道，你父亲是步校的教研室主任，家里一定有不少军事方面的书吧？”

曾凡勇抬起头，两眼直盯着岳宗，有几分茫然地答：“当然有，怎么了？”

岳宗又问：“比如，像《星火燎原》《红旗飘飘》《悲壮的历程》《红旗谱》《暴风骤雨》这样的老红军回忆文章，和反映共产党人怎样发动农民闹革命的小说，你都看过没有？”

曾凡勇的眼睛里流露出一分自信：“当然看过！不光这些，《毛主席的六篇军事著作》和《马克思恩格斯军事文选》我都看过，连克劳塞维茨的《战争论》我也都看过!"

岳宗平静地说:"光看过不算什么，你真的看懂了吗?"

曾凡勇的脸上，显出了几分骄傲:"当然懂了。不信，排长你问吧，只要是这些书里的内容，我保证对答如流!"

岳宗轻轻点了点头，说:"那好，那你就告诉我，秋收起义失败之后，毛主席带上井冈山的人一共有多少?"

曾凡勇想了一下，说:"毛主席亲自领导的秋收起义，刚开始时有一个师，人数是五千多，后来进攻长沙失败，向湘赣边转移，到三湾改编时大约还剩一千多人。"

岳宗说:"好。三湾改编后，毛主席率领八百多人上了井冈山，又收编了占山为王的王佐、袁文才的四百多人，也不过才一千多人；一直到朱总司令带着南昌起义余部，在湖南宜章发动湘南起义后发展起来的八千多人上井冈山后，与秋收起义的部队合编为中国工农革命军第四军，全军才有两个师，万把人。我问你，毛主席当年是靠着什么，仅凭这万把人的队伍起家，越打人越多，从小到大、由弱到强，最后推翻了三座大山，打败了有美国后盾的蒋介石，夺取了全国革命的胜利?"

"这，这原因可就多了，这可不是一句话两句话能说清楚的。"曾凡勇说。

岳宗立刻顶上去:"怎么说不清楚?看来你还是没有真正看懂那些书。其实要说毛主席能够领导中国革命取得胜利，最关键的只有一条，那就是他抓住了中国革命的核心问题，这就是农民问题。可以说，没有广大农民群众的参与与支持，共产党不用说取得全国革命胜利了，连能不能在中国立住脚都是问题。

"建国二十多年了，全国七亿人口中，至少还有六亿多是农村人口。告诉你曾凡勇，你的问题，从根本上说，就是没有把自己的位置摆正，就是看不起农民！看不起农村来的同志！在我们部队里，农民出身的干部战士也占了绝大多数，百分之九十以上的干部战士当兵前都是农民，你看不起农民，在我们中国人民解放军中，就没有你的立锥之地!

"你回去好好想一想，想通了，认为我说得有理，你就跟你们班长说，再开一次班务会，重新做个检讨；想不通，算是我看错了人。路，其实就在我们自己的脚下，你想怎么走就怎么走，可是你要想好了，当初选择当兵，难道只是为了在部队里混几年？”

当天晚上，岳宗后半夜起来查铺查哨，来到五班宿舍，见这个从来都头一挨枕头就打呼噜的小子，还在那里“烙饼”，翻来覆去的，显然还没有睡着。那以后的几天里，曾凡勇都沉着个脸，好像在想什么心事。一个星期后，刘新柱找到岳宗说：“曾凡勇想通了，今天晚上开班务会，请排长参加。”

岳宗说：“我就不参加了，要帮助他进一步加深认识，如果大家都觉得他检讨得不错，你要表扬他一下。这小子优点还是不少的，敲他一下子后，还要鼓励他重新站起来，千万别一棒子给打死了。我也在适当的时候再表扬表扬他。”

据刘新柱说，那天，曾凡勇的检讨相当深刻，他不仅从思想深处检查了自己对农村兵和农民的偏见，还对班上每一个被他嘲笑过的人，都真诚地道了歉。

从那以后，曾凡勇有了明显的改变。岳宗知道，要做到这一点，那真是相当不容易。

可是，自那次班务会之后，再也没有听到他说风凉话，反而经常能看见他在训练休息时，仍然在手把着手地教个别战士掌握动作要领。

岳宗在训练讲评中，郑重表扬了曾凡勇的这一进步。那年的半年总结中，岳宗向连里建议，给曾凡勇记了一次连嘉奖。从那以后，他和班里那些来自农村的战士们，完全融成了一个整体。

对于懂道理的战士，只要把道理讲透，就能解决问题。可是，在那个时代，教育远没有现在这样普及，部队中还有相当一部分战士说是高小毕业或初中毕业，实际上连家信都不会写，对于一些基本的人生道理，也都还是懵懵懂懂的。帮助这样的战士，光靠讲道理不行，还要有些特殊的办法。

老家亳州的曹建林，便是这样一个战士。

亳州，在安徽省西北部，地势平坦低洼，是个蛤蟆尿泡尿都能闹水灾的地方，又夹在淮河与黄河之间，无论哪条河发水，这里都会受灾，是历史上著名的“十年倒有九年荒”的地方。

曹建林家境贫寒，父母双亡，从十二岁起，就和一个五十多岁的老汉相依为命，负责喂养生产队的几匹马、几头骡子和黄牛。没上过学，没有大人管教，再加上饲养员独来独往的自由生活，使他养成了孤独、懒散、率性而为的个性。高兴起来，无论是多么脏、多么累的活儿，都干得兴高采烈。可要是他的“驴劲儿”一上来，任凭你是天王老子，也别想管住他。

1973 年底，守备一团去安徽省宿县、亳州、蚌埠等地区征兵。他不知通过什么办法，硬是死乞白赖地跟到了部队，穿上了军装。但以他的个性，怎么能受得了紧张、严肃、纪律严明的生活呢？在新兵连他和班长、排长，乃至营连干部都干过架，到了新兵下连队的时候，没有一个连队愿意要他，万般无奈，团里只好安排他到管理股烧锅炉，负责给团首长和机关干部们提供开水。

刚开始，他干得还算不错，机关干部们每天一上班，灌满开水的暖瓶早就放在办公室门前了。晚上工作一天回到宿舍，早晨放在门口的暖瓶也已经灌满了热水。那段时间，从团首长到机关干部，人人都说曹建林是个好兵。可是好景不长，没过几天，他那渗透到骨子里的自由散漫性格就钻了出来，又恢复了参军前的老样子，整天懒懒散散，四处溜达。高兴时，还能和从前一样，每天一早一晚，按时给团首长和机关干部们烧水打水。要是不高兴了，他便躺在床上蒙头大睡，才不管你团首长和机关干部喝不喝得上开水呢！

那天，夜里下了场雨，把引火柴打湿了，他竟跑到司机班灌来一瓶汽油，想也没想，打开锅炉门就往里面倒。汽油是沾点火星就着的东西，一浇到冒烟的劈柴上，“腾”的一下，火苗蹿了出来。他连急带怕，撒手把瓶子摔得粉碎，火苗随着四溅的汽油，点燃了锅炉旁边的劈柴垛。万幸的是，那锅炉房是农技站自行搭建的，和哪座房子也不挨着，才没有酿成更大的灾祸。

待他从团卫生队养好烧伤出院后，管理股长说什么也不愿意再要他了。正好那段时间吴团长在四连蹲点，他把曹建林的情况向岳宗说了，问岳宗敢不敢要这个兵。岳宗当时也没多想，顺口答应了。就这样，曹建林成了四连二排的一名战士。

刚来的那几天，曹建林倒还老实。岳宗早听说他的军事技术是马尾巴串豆腐——提不得，便把他安排到机枪班，当了个专管背子弹盒的副射手。他来的时候，连队正在盖营房。叠砖砌墙之类对技术要求较高的活儿，团里专门从山东老营房和县建筑公司请来了技术工人，连里的战士们主要是干点搬砖运瓦、筛沙和泥之类的小工活儿。

经过几天观察，岳宗发现曹建林泥和得很有水平。砌大墙要用水泥砂浆，他和得不稠不稀，比例合适，师傅们用起来很顺手。和他聊了聊才知道，他在老家时最爱干的活儿，就是帮村里的人盖房，负责和泥。去干这活儿时不仅可以享受好烟好茶，还有一天三顿肉菜和白面馒头吃。虽然他们老家盖房一般都用三合土，而部队营建用的是水泥砂浆，但道理都是一样的。

和泥这活又脏又累，要把水泥从牛皮纸袋里倒出来，和沙子掺在一起，再加水和匀。要是正好碰上刮点儿小风，那些又细又轻的水泥面儿，就会到处乱飞。用不了多久，黑乎乎的水泥能把人身上糊个严严实实，别提多难受了。

这种令大多数人都望而生畏的活儿，曹建林却干得蛮起劲儿。只见他一溜小跑，从远处的沙堆那儿推来筛好的沙子，又推着小车运来一袋袋水泥，咬牙用力，把重五十公斤的水泥袋搬下车来，猛地往上一提，“哗”的一声，满满一袋水泥从牛皮纸包装袋中倾泻而出。然后，他用铁锹铲来沙子，在水泥和沙子堆中挖出一个小坑，抄起水桶，慢慢把水倒进坑中，再翻动搅拌水泥砂浆，只几下，一堆不稠不稀、比例合适的水泥砂浆就和好了。

见他有这个特长，岳宗把排里和泥的活儿都交给了曹建林。一开始，岳宗见他又是运沙子，又是运水泥，还要挑水，不一会儿就满头大汗，还打算专门安排一个人帮帮他，曹建林却不领这个情，非要一个人干不可。于是，岳宗就把这些活儿都交给他一个人，并在每天收工讲评的时候，都忘不了表扬他几句，一个月下来，还给他争来个队前口头表扬。那些日子里，曹建林乐得嘴都合不上了。

都说好孩子是夸出来的，好兵何尝不是如此呢？在团管理股差不多天天要挨批评、人见人烦的曹建林，自从得了那个口头表扬后，好像换了个人一样，不仅在营建工地上一人顶几个人，干得热火朝天，而且回到住处还抢着挑水扫院子，连内务卫生也整得像模像样了。

但是，军队是要准备打仗的，要求士兵战斗能力越练越强。明代军事家、抗倭名将戚继光撰写的《练兵实纪》中有一句话：“士卒爱矣，与我同死生而不辞矣，苟不加教习之，亦是以卒予敌耳。”意思是将领爱兵，即使达到了能让士兵与之同生共死的地步，但如果不注重训练，也不过是把士兵的生命白白地送给敌人罢了。

对于曹建林来说，从随时准备打仗的需要出发，必须让他掌握最起码的杀敌本领。在投弹上，他和曾凡勇不同，不是力气不够，而是不得要领。提高他的投弹成绩，主要是纠正他的动作。岳宗首先让他空手做引弹、蹬地、转身、挥臂等动作，纠正“撇弹”的毛病，空手练得差不多了，再让他扔木棍、石子等较轻的东西，最后再投教练手榴弹。经过一番努力，他的投弹成绩总算达到了三十五米以上的良好水平。

在射击上，曹建林并不是不懂得什么是正确的瞄准，而是由于性情浮躁，瞄准的稳定性太差。岳宗注意观察过他，这小子是个毛猴子性格，注意力集中的时间，难以维持五分钟以上。不管是上政治课，还是队列训练，不一会儿，就要东张西望、抓耳挠腮。这种性格不好好扳一扳，他的射击甭想打及格。

常言道，“江山易改，本性难移”，要想改变一个人的性格，那可是比搬掉一座山还难的事。岳宗采取的办法，是教他做针线活儿，好让他放平心气儿，磨磨他的性子。这还是从小时候妈妈教自己钉纽扣的经历悟出来的道理。

那是一个休息日。一大早起来，岳宗把自己和曹建林的棉被一起拆了，把棉花套搭到屋外铁丝上晒着，把被套摁到脸盆里用水泡上。部队发的棉被，是用草绿色平纹布缝成一个大口袋，再把弹好的棉花套塞进被套里，把口缝上，这就成了被子，不分被里被面。

曹建林见岳宗要帮自己洗棉被，感动得什么似的。他从炊事班借来一个大盆，把两床被套都放进盆里，然后放上洗衣粉，倒上水泡着，搓洗时嫌手使不上力，就脱去鞋袜，光着两只脚，站到盆里不停地踩。据他说，他们老家的妇女们在洗床单、被里之类的大物件时，都是用这种方法。见他蛮有兴致的样子，岳宗说：“好，这活儿交给你啦，晚饭前，你必须把两床被子做好哦。”

下午，果然看他把晾干的被套平铺在大通铺上，盘腿坐在旁边，准备缝被子。

岳宗叮嘱他：“在缝的时候，要一只手在上面拿着针往被子里扎，另一只手伸到被子下面，去接扎过来的针。要集中精力，不急不恼，专心致志地缝。千万不能分心，一分心，会扎了手啊。”正好通信员来通知干部去连部集合，这样，宿舍里只剩下曹建林一个人了。

岳宗再回到排里时，曹建林还没有缝完。只见他脸憋得通红，成串的汗珠在脑门上汇聚成滴，又顺着鬓角滚落下来，把衣服肩部和衣领都洇透了。再看被子，已经开始绗最后一行的最后几针了。针脚虽然有大有小，间距长短不一，但还算整齐。有的针脚两边还留着几个暗褐色的斑点，显然是鲜血留在草绿色被面上的痕迹。

岳宗看了看表，已经快晚上八点半了。他从五点开始缝被子，到现在，已经过了整整三个多小时了。想想平时连十分钟都坐不住的曹建林，能够连续三个多小时坐在那里，全神贯注地一针针缝起两条棉被，也真够难为他的。

从那以后，曹建林的衣服破了、扣子掉了，都让他自己缝补。一来二去，还真使他的性子沉稳了不少，再进行射击训练时，他瞄准的稳定性也明显好多了。

曹建林是班里的机枪副射手，射击训练当然也要用机枪。56 式班用机枪的机簧非常有劲儿，每次扣动扳机时，即使不打实弹，也会带动枪身明显后坐。好的机枪射手，靠着双手配合的握持力和正确的操枪姿势，能够在枪身后坐复位后，仍然保持瞄准线稳稳地指向瞄准点，这是实弹射击时命中点射的保证。曹建林的个子本来就小，又是个新手，射击预习时，每次扣动扳机，枪身都是一阵乱晃，有时竟然会把枪面拧得整个翻过来。即使这样他还不愿意多练，常常是练不了几下就躲到一边去。对他这样的人，道理讲不通，硬逼着他也只是趴在那里做做样子，还是解决不了根本的问题。

训练休息时，岳宗看见曹建林满脸谄笑地向别人讨烟抽，突然灵机一动。“来，咱们做个游戏，”岳宗一边说，一边掏出烟盒，取出一支烟来，接着说，“我把烟立在机枪枪面上，谁能保证击发后香烟不倒，这烟就归谁。来，谁来试试？”

机枪班班长姚永符和一个老兵都过来试了，都赢到了香烟。曹建林也感兴趣地在机枪后面趴下。岳宗让他握好枪，取出一支烟平着放在枪面上，说：“不用试也知道，你根本做不到让烟不倒，对你的要求不能太高，这样，你如果保证击发后烟不掉下来，这烟就归你！”

曹建林恨不得把全身的力气都用到手上，紧紧握住了枪。他扣动扳机，枪身猛地晃了一下，那支烟随着枪的晃动，翻着跟头滚到了一旁。曹建林不服气，还要再试。岳宗又让他试了两次，每次的结果都和第一次一样。

岳宗轻轻拍着曹建林的肩膀说：“小子，你以为泰山是用土堆起来的？冰冻三尺，非一日之寒。不过也没什么，谁也不是天生就会的，‘只要功夫深，铁杵磨成针’。要是你能像你们班长那样，能保证击发后香烟立着不倒，我给你买一盒恒大！”

从此，曹建林像是被焊在了机枪上，不仅射击预习时认真练习、体会，就连训练休息时，也趴在那里练个不停。果然，功夫不负有心人。曹建林肯下苦功，加上姚永符的悉心指导，一个多星期以后，曹建林竟满怀信心地主动找上来，非要让岳宗再看看他的操枪功夫。

第二次实弹射击，曹建林破天荒地打了个良好成绩。就为这，岳宗又建议连里给了他一次连嘉奖。那几天，曹建林的嘴始终就没合上，连说："谢谢排长，谢谢排长！"

"行了，收拾一下出去吧！下午参加训练。"

当天，在连务会上，邓指导员还特意提出表扬："二排曹建林，自从团管理股来到四连后，果然像是换了个人，不仅遵守纪律，服从命令，各项工作还抢着干。没说的！"

那天晚上，岳宗笑得最开心！

对有些兵你得讲道理；对有些兵你得哄；还有一些兵，道理他也懂，他的毛病还哄不得，你训他一顿，他唯唯诺诺，连声称是，但到时候该犯还是犯。对这种兵呢？那只有"打"了。

什么，还敢打人？《三大纪律八项注意》中不是明文规定不准打人吗？嗯，其实，这里所谓的"打"，不过是老师的一点小伎俩，实属无奈之举。

事情是这样的。二排有个战士，文化水平不算低，人也长得干净利索，能说会道的。无论军事训练，还是作风纪律，在他们同年的兵里边，应该都能排中等偏上。但这人有个毛病，手脚不大干净。也就是说他的手，老是伸到不该去的地方，拿些不该拿的东西。说白了，就是有点小偷小摸。

自从他们那批兵来了以后，二排总是出些蹊跷事儿，不是今天有人丢了一支笔，就是明天有人用了一半的擦脸油找不到了。住进新营房后，战士们睡的床铺和海防连盐场的铺一模一样，也是下面用砖垒成一个个垛子，两个垛子之间用木板隔为上下两层，上层放信封信纸笔记本钢笔墨水瓶之类小物品，下层则放着洗脸盆和牙刷牙膏肥皂盒小马扎什么的。由于没有门，自然也不能上锁，这些个人常用的物品，实际上处在一种完全开放的状态下。

一开始，有人报告丢了东西时，听说丢的都是这类东西，岳宗没当回事。也许是谁拿错了，也许是谁洗漱时，顺手取过别人的先用着，用完了又没有及时放回去，都是些半大小伙子，这都是难免的事儿。岳宗提醒大家，互相别拿错了东西。可是，这样的事情总是不断，让岳宗不得不留了心。

经过观察，岳宗发现有个战士不太正常。每隔一段时间，这个战士就会变得比较神经质，好像总在提防着什么，老是下意识地东张西望，特别爱猛回头看看身后。即使正吃着饭，他的眼睛也滴溜乱转，连菜盆里的肉都很难吸引他的目光。有时，他的脸上还会出现一种莫名其妙的痛苦状。

俗话说“抓贼要赃”，要确定是他，必须抓现行。

那一天，估摸着他已经吃完饭，该回宿舍了，岳宗突然出来，俯身从窗户下经过，猛然一下推开宿舍门，一个箭步冲进去。果然不出所料，那个战士的手，正伸进和他铺位隔着三四个人的一个铺位下边的隔板里，手里还正握着一个装擦脸油的扁圆形的小铁盒。

见岳宗进来，那个战士一屁股坐到地上，呆呆地愣在那里，干张着嘴，什么话也说不出来。他的那张脸煞白煞白，一双惊恐的眼睛直勾勾地看着岳宗，连手里的东西都忘了放下。见他这副德行，岳宗二话没说，转身就走。到了晚饭后，那个战士一步一蹭地蹭到岳宗身边，用从嗓子眼里挤出来的一丝声音嗫嚅着：“排长，我，我想找您谈谈。”

岳宗正在看报，头也没抬地说：“谈谈？谈什么？你想好了吗？你干的事情，你知道，我也知道。我可不想听你告诉我你都干了几次，都是怎么干的。我想知道的是，你为什么要这么干，能不能改，想怎么改。你想好了我们再谈。”

那个战士愣了一会儿，又说：“想好了。”

岳宗说：“真想好了？那好，走，咱们去外边谈。”

那天晚上，那个战士把他的所作所为，一五一十地都对岳宗讲了。岳宗非常吃惊，从他第一次开始作案到现在已经大半年了，他竟能把每一次作案的细节都记得那么清楚，连哪样东西是谁的都记得一清二楚。

那个战士领着岳宗从他存放赃物的地方，把东西都取了出来。

岳宗问他：“你把这些东西拿了来，自己又不用，可见你并不需要这些东西。我就闹不明白了，既然你不需要，为什么还要这么干呢？”

为了不过于刺激他，岳宗刻意避免用“偷”这个字眼儿。

那个战士吭哧了半天，说：“我也不知道。”

岳宗说：“你给我听着，念你坦白得比较彻底，这次就不追究了。你把这些东西都给我悄悄地送回去，是谁的还给谁。这不是什么好毛病，这次就不给你声张了，但绝不能再有下次了。下次要是再犯，可别怪我不客气!”

这以后，大约有一个多月的时间，再没有人丢过东西，岳宗便把这件事抛到脑后去了。可没过多久，同样的问题又出现了。“这才消停了几天？怎么又干上了呢?”那个战士，又是一把鼻涕一把泪地检讨，发誓痛改前非。

“你要是再干怎么办?”

“排长，我向毛主席保证，再也不干了。再干，排长，你把我的手给剁了!”

岳宗说:“那可不行，剁你的手我犯法，还得上军事法庭。你要是还敢这么干，我认识你，我的拳头可不认识你！去，把东西给人送回去，这次要当面向丢东西的人做检讨，人家原谅了你，你才能走。去!”

听到让他当面把东西还给人家，还要赔礼道歉，那战士又有些迟疑地说:“排长，还是像上次那样，悄悄地送回去吧。”

经不住他再三央告，岳宗心一软，又依从了他。原以为这下他能改了，谁知好景不长，没过多久，又有人向岳宗报告，丢的还是这些值不了仨瓜俩枣的东西。不用说，又是他老毛病犯了。

想想他立保证的那个样儿，岳宗一股怒气直冲顶门，把他叫到营房后面一条小山沟里。

岳宗狠狠一拳打在他小肚子上，趁他疼得弯下腰去的时候，又飞起一脚，踢在他胸脯上，把他踢得连退好几步，一屁股坐在山坡上。看着他一个劲儿地告饶，岳宗大声喝问:“你给我说说，你怎么就是改不了呢?”

那战士沉默了好长时间，却说:“排长，我真的不知道为什么，每次我要去拿别人的东西时，好像是着了魔一样；有时候为了不去拿别人的东西，我恨不得能把手捆起来，可还是不行。你说，我这会不会是什么病啊?”

岳宗没好气地说:“什么病？你那是瘾！我光听说过有烟瘾、酒瘾，头一次知道还有这种瘾。我告诉你啊，这种瘾可不是什么好瘾，你必须戒掉！有了这个瘾，不光害你自己，还害别人！这回，你就是说出大天来，也得照我说的去办，你不是真想管住自己的手吗?那好，就让大家来帮你管。”

那个战士思想斗争了很长时间，还是决定把东西还到它们主人的手里，给每一个人道歉。从那以后，二排倒是再也没有传出谁丢东西的消息。

红色帽徽
红领章

RED
Cap Badge
RED
Collar Insignia

第十九章

参训队

林彪叛逃事件发生后，叶剑英元帅主持军委日常工作，提出军队整顿的两项任务：一是搞好军以上单位领导班子的调整、建设；二是抓好军事训练。针对许多基层干部军事素质滑坡，不会组织训练，不会指挥打仗的问题，中央军委发出“关于办好教导队加速轮训部队基层干部”的指示。像于跃海那样，急于抓好军事训练，又愿抓、敢抓、会抓军事训练的人才，适逢其时。1974 年春节刚过，上级就下了调令，调于跃海到师部去担任教导队队长。

师教导队作为司令部的直属单位，列入正式编制。教导队的级别为正营级，有正副队长、正副教导员和八个教员的编制。于跃海担任教导队队长，等于越过了副营这一级，直接被提升为正营职，属于越级提拔。这在和平时期的部队中是不多见的。

于跃海一接到去师教导队任职的命令，就找到岳宗，问他愿不愿意去师教导队，还专门强调了教导队的教员级别可以定为副连甚至正连级，暗示岳宗，这是一条在同年入伍的干部中，最早提升为连级的捷径。

面临人生抉择，该如何做好呢？坦率地说，能够提前晋级，是每个干部都求之不得的机遇。尤其是在讲究论资排辈的部队，能早一点得到提升，就意味着占据了一个非常有利的起跑点，这对任何人都是相当有吸引力的。但是，当教员讲究“给别人一碗水，自己就得有一担水”，仅凭自己生吞活剥地读过的那几本军事书，和一次为期三个多月的集训学来的这点知识，能教给别人什么呢？让自己当教员岂不是误人子弟吗？

再说，就凭自己的个性，无论是接人待物，还是说话办事，都差得远。到师部去，整天在首长眼皮底下晃悠，万一哪句话说得不对，或是哪件事办得莽撞，得罪了首长，自己受不了哇。

关键还是那句话，要认识你自己。那唾手可得的东西值不值得争取？那就要看适合不适合自己。在机遇面前，人生是一种选择，亦是一种放弃。能适度放弃，才是了悟一切的坚定和洒脱。

最终，岳宗还是婉言谢绝了于跃海的好意，向他推荐了刘新柱。

刘新柱入伍以来一直勤勤恳恳、兢兢业业，训练基础打得相当扎实，军事技术也很过硬，即使当不了教员，当个学员队的管理干部，也完全能够胜任。另外呢，设身处地替朋友着想，他在靠山营有那么个“老病根”，趁着这个机会，让他离开这个是非之地，对他今后的发展会相当有利。

于跃海离开不久，上级来了一纸调令，把刘新柱调到师教导队，担任区队长兼教员。指导员邓颂平也被提到团政治处，当上了组织股股长。副连长任保田接替于跃海当了连长，团政治处宣传股一个姓董的干事接替邓颂平，当了四连指导员。

再过几天，将又迎来五一劳动节了。自从营房建好，各项制度都恢复正常后，守备师承担了战备值班任务。哨兵执勤，时刻箭在弦上，引而待发，休息时间越来越少，为的是一旦敌人在节假日发动突然袭击，要有足够的部队能够招之即来，从容应对。

一天，岳宗正带着班长们查哨，通信员一溜小跑地找到他：“二排长，快，快接电话！”

“哪儿来的电话？”

通信员喘着气说：“团里来的，好像还挺急，你快去吧。”

岳宗指定一个班长临时负责，自己跑步来到连部，拿起电话。听筒里传来作训股赵股长的声音：“喂，是小岳吗？军里要组织参训队。正式的通知会以书面形式下发，你准备把工作交代一下，过完‘五一’就去军里报到。”

岳宗连忙问：“股长，什么是参训队呀？”

“哦，参训队就是专业参谋的集训队，主要训练内容为参谋业务基础知识。你不是要上军校吗？现在暂时无法满足你的愿望，不过，这次的教员都是在军师两级司令部任过职的老骨干，教学水平不比军校差。集训的主要对象是现职参谋，也包括部分优秀的连排干部。给你报名了，你小子可别不知好歹啊！”

岳宗想了想，连声说：“那好，我去。谢谢你啊！这次集训多长时间呢？”

“从 5 月 4 号开训，一直到 10 月底结束，整整半年，参训队结业后，还要从参训人员中选出十个成绩最好的，代表咱们军，参加军区组织的参谋业务比武。你文化水平可以，脑子够用，反应也够快，只要肯下功夫，拿个好成绩应该没问题。机会难得啊，你可要抓紧！”

“谢谢赵股长！我听你的，一定努力。”岳宗这个人，不是十分有把握的事，都不会把话说得太死，但只要是他应承下来的事，都会尽力去落实。

5 月 3 日，岳宗和参加集训的人们一起，乘车去军里报到。

这次参训队，军所属每个师的参训人员组成一个区队，军机关和军直属坦克团、炮兵团、高炮团的参训人员合编为一个区队，全队一共是五个区队，共计一百七十多人。

参训队的学员们被安排住在军招待所一座三层的青砖小楼里。岳宗和作训股张参谋合住一个房间。张参谋是 1964 年的兵，来作训股之前，任三营九连副连长，已经当了两年参谋。

当天下午，学习资料和用品发下来了，仅教材就有六本。岳宗迫不及待地翻阅着这些书籍。有比较熟悉的，例如《毛主席的六篇军事著作》《军事地形学》《军兵种知识》《军队标号》，他都曾阅读过。至于《参谋业务手册》和《参谋工作参考资料》，他还是第一次接触。

一块上面刻有大小不等几何图形的长方形塑料板，引起了岳宗的好奇，那装曲线尺、三角尺的纸套上，赫然印着三个红色的正楷大字：指挥尺。听张参谋说，这是标图的工具。此外，还有厚厚的硬皮笔记本和彩色铅笔、指北针、放大镜、绘图仪器等。

岳宗按张参谋的指点，仔细削好了铅笔，把教材和用品都放入图囊收好，规规矩矩地摆在三屉桌右上角。从金锁镇出发前，听团首长说了，这次集训，军里所有团以上单位都有人参加，也是守备师第一次在军里亮相。所以，这是一次“不是比赛的比赛”。团首长要求，从进参训队的第一天起，“行为举止要正规，物品摆放要规范，严格以连队普通一兵的标准要求自己，只准为集体增光，不准给集体抹黑”。

第二天，参训队员集聚在军招待所小礼堂里。上午，李军长亲自做开训动员，他要求参训队所有学员“严格纪律、努力学习、比学赶帮、加强团结，共同搞好这次集训”。军长的动员，话虽不多，但深刻有力，这让参训队员们马上明白了组织这次参训队的意义和作用，以及军党委对学员寄托的厚望。现在，要在半年内学完军事参谋所有的科目，不下一番苦功夫，是很难取得理想成绩的。

听着李军长的报告，年轻人那种像求生一样的求知欲望，被强烈地激发出来。每个人都默默下决心：“一定要刻苦学习和训练，争取最好的成绩！”

下午，齐副军长给大家讲授了毛泽东的军事思想，让岳宗大开眼界。

齐副军长讲课不用讲稿，只在手里握着几张卡片，举事实、讲道理，通过分析毛主席的战略决策，论述军事理论的基本要义。其中，不乏引经据典，齐副军长都是信手拈来。

在讲课中，齐副军长不时引用毛主席的原话。岳宗比对了手中的《毛主席的六篇军事著作》，发现齐副军长不仅能一字不差地大段背诵著作中的原文，甚至于连停顿、语气，也与原文中的标点丝毫不差。更绝的是，他拿着一根两米多长的教鞭，指着通过幻灯机打在白墙上的战役经过图，讲解那些著名战役时，竟然根本不用看图，信手指去，教鞭顶部的红色尖端，总是能准确地随着他的口述，指向一个个标着相应地名的圆圈，并能随着图上一个个不规则的箭形图标移动，移动的路径也与图标的走向极其吻合。

齐副军长讲课时，整个小礼堂里的三百多个位置座无虚席。所有人的注意力，都被他所吸引。整整一个下午，中间只休息了短短的十分钟。课后，齐副军长收起手中的卡片，戴好帽子，站起身来，向大家敬礼，说：“好，今天就先讲到这里，下课！”此刻，全场静默了足有一两秒钟，随即爆发出一阵经久不息的掌声。真不愧是在全军最高学府为高级指挥员讲过课的专家！齐副军长这生动的第一课，让岳宗立刻产生了一种难以压抑的兴奋与冲动。

当天晚上，岳宗整理好听课笔记，又摊开信纸，告诉肖海平在军参训队的新收获。同时向她坦诚，自己作为基层部队的排长，没有一点参谋工作经验，参加这样的集训感到压力巨大。言外之意则是，面对如此繁重紧张的集训，未必能给她每信必回了。

肖海平写给他的信还是那么勤，而且每封都是厚厚的一大沓，好像有说不完的话。若他信写少了，还会时不时嗔怪他不像她那样“爱”。天地良心！爱的程度，难道能用信的长短衡量吗？岳宗相信，她肯定希望自己各方面都成为最好，提前给她打打“预防针”，她不但不会怪自己，还一定会想方设法鼓励自己去争取好成绩！

接下来，集训正式开始了。每天早晨五点半，起床号吹响，他们像在连队时一样五分钟后在楼下集合，然后到军部大操场上出操。每逢周六，还要进行会操评比。每个排抽一个班，参训人员轮流担任班长，指挥本班按照规定内容，完成队列动作。评比标准的设定，既有对指挥员口令和指挥调度的要求，也要求全班人员的排面整齐、动作协调一致。

然后就是整理内务，被子叠得见棱见角、四四方方，就像一块块豆腐干。内务评比随时都可能进行。各个班里，都有以检查内务卫生见长的军务参谋。他们每次检查时的认真细致劲儿，丝毫不逊于岳宗在新兵连内务卫生流动红旗评比时的严格程度。

参训队开设的课程，除了军事理论课之外，还有“画、写、传、读、记、算”六项参谋业务基本功训练，要求决策参谋者六项职能于一体。达到“六会”，必须注重基础训练。

这些课程基本上是平行进行的。常言道，“聪明又勤快的人，适合当参谋”，比如“六会”之“算”，要求运用各种计算公式和工具，为作战指挥提供必需的各种数据，这就得多用功。为此，他们每天上午学四个小时，只在中间有十至十五分钟的课间休息，其他时间都安排得满满当当。

中午虽然有两个小时的午休，但许多像岳宗这种从来没有接触过参谋业务的人，都会利用这段时间来消化上午所学的内容，准备下午上课的用具。

下午课程不像上午安排得那么满，除了讲新课之外，还会留出一些复习、练习和做作业的时间。

每天晚饭后，如果没有集体活动，岳宗就会按照上学时养成的习惯，把当天学过的课程进行归纳小结，然后再抽出时间，看看第二天要讲的内容，记下不大明白的问题，以便在听课时能抓住重点。

“这么用功，你不觉得苦吗？”和岳宗住同屋的张参谋有一次这样问道。

“呵，不，不苦，一点也不。没有任何人强迫我这样做。正相反，我觉得很快活。因为我有兴趣，我急于要探索‘高参’的奥秘呢。”岳宗爽朗地笑起来。

在岳宗看来，学习训练就和做其他任何一项工作一样，贵在有事业心。对学习和工作有没有兴趣，换句话说，也就是有没有事业心。他相信，如果在这之前自己还是一个军事工作的门外汉，经过这半年的集训后，基本上可以算是已经迈进了军事工作的殿堂了。向科学进军，有时就必须争分夺秒、废寝忘食。

张参谋已经干过两年的参谋了，对于军用文书、战术标图等，都有一定的实践经验。每天的作业、练习完成后，岳宗总要先向他请教有没有不合规矩的地方，以便及时纠正过来。这些作业练习都要交给教员批阅打分，并最后算到总成绩中去的，谁也不敢马虎。

参训队教学的形式多种多样。除了在小礼堂集中上大课之外，很多军事科目都要到野外实地讲解。比如，但凡涉及“军事地形学”“军兵种知识”“野战指挥所布设”等这类课程，就要到野外去，对照着现场地形讲。这样，再看地图上那些一圈圈弯转曲折的等高线，以及标注的高地、河谷、盆地、平地，就没那么费解了。“军兵种知识”涉及坦克、炮兵、工兵、防化等科目，要到相应部队观看实物、观摩演练，再加上自己的操纵体会，就把那些有关武器装备的枯燥数据，实物化、具体化了。

还有一些现场也不好体现的科目，要用“沙盘推演”和“图上推演”的方法进行。

“堆沙盘”本身就是参谋业务中的重要内容。堆制沙盘时，人员要分工明确，有的负责确定主要控制点的位置，有的负责确定山脊、河流、公路、峡谷等贯穿长形地貌的走向，有的负责制作村庄、高地、河流、桥梁等地物的名牌，有的负责最后整饬，全班人分工合作，一般一块五十平方公里左右的沙盘，在十分钟之内大致可以堆制完毕。这次集训的战例研究，便是利用沙盘细化了抗美援朝战争中我军一次成功的反坦克战例。如此一来，那深奥复杂的“排防御教学”，也变得更具实用性了。

播放军事教学电影，从而达到类似“图上推演”的效果，更能激发学习乐趣。譬如，军教片《打坦克效应》就让岳宗记忆深刻。影片中记录演练打坦克的方法，那是最具直观性的教学了。而直观的电影画面，又可以激发无穷的想象力。比如，怎样把炸药包放到敌坦克的履带上？怎么把航空炸弹投到敌坦克的顶盖上？当通常部署在战斗队形纵深的 152 加榴炮，要靠六百米的直射距离来打敌坦克时，战斗的结局会是什么样子？这些问题，也会在观影中受到深刻的启发。

当时，还有一些标明了“供批判用”的电影，也成了理解军事理论、了解军事历史和研究敌军的教材。这类影片有：苏联拍摄的《伟大的转折》《第三次打击》《斯大林格勒保卫战》，日本的《山本五十六》《啊，海军》《军阀》《日本海大海战》《虎！虎！虎！》，美国的《攻克硫黄岛》《诺曼底登陆》《中途岛之战》等。通过观看影片，岳宗逐渐形成了一个印象：能够在战略层面掌控时局、把握机会，需要更高的智慧和毅力。而在这方面，古今中外战例研究，还有许多值得探索的工作要做。

古人云：“授人以鱼，不如授人以渔。”从接受者的角度来说，学习捕鱼的方法远比向别人要几条鱼好得多。为了提高参训队学员的分析能力，参训队还专门开设了马列主义哲学课。军里的理论权威、宣传处李处长，把马列主义的世界观概括成这样几句话：“世界是物质的，物质是运动的，运动是有规律的，规律是可以被认识的，认识规律离不开实践。”

他讲得一点都不错，真是万物都有规律，认识事物的关键，就是要善于找到它的规律。只要找到了规律，坚持按规律办事，就能收到事半功倍的效果。这些上升至哲学层面的世界观、方法论，看起来深入浅出，一学就会，一用就灵，但要认真执行起来，却没那么简单了。

江水奔流，前后相继。在培训班，学员们还听到不少军中老前辈们的各种奋斗故事。温故而知新，重温历史，感受传统，在内心，他们深深知道哪些应该记住，哪些最好遗忘。经过刻苦学习和训练，参训队学员们无一例外，都通过了最后的结业考核。

“后生可畏呀！”军首长们勉励他们，将来一定要成为能文能武的专业军事人才，为建设世界一流军队出力。

参训队结业后，总评成绩前十名的人被留了下来，进行进一步强化训练。又经过两轮淘汰，岳宗和六名同志一起，被选中参加军区组织的参谋业务比武。经过一番努力，在军区十六个参赛的军级单位中，他们取得了团体总分第三名的优异成绩。岳宗的个人成绩，在军区一百多名参加比武的参谋中名列第二。

当知道岳宗的家就在北京时，带队的军司令部刘副参谋长特意准了他两天假，让他回家去看看父母。比武拔了头筹，又得到这样的奖励，岳宗兴奋得难以自已，当即整理好个人物品，出了招待所大门，跳上摇摇晃晃的公共汽车。

岳宗的意外归来，让全家人都分外高兴。晚上，妈妈做了几个好菜，爸爸拿出平时舍不得喝的茅台酒，和岳宗碰了两杯。岳宗绘声绘色地向爸妈和弟妹讲述了在军区比武的情况。当听到他在军区参加比武中名列第二，而位居军里所有参赛人员中第一名时，爸爸那满是笑纹的脸上，不知什么时候却有了一丝忧虑的神色。

晚饭后，老岳把儿子叫进书房："儿呀，军区比武得了名次，是不是觉得不错了？"

"那当然，不光我高兴，全军都替我高兴呢。军长听说我们拿了团体总分第三，个人总分第二，高兴得哈哈大笑，当时就表示，要给我记一次三等功。爸，你说，和平时期没有战争，这比武立的功，是不是和战功差不多？"

"什么差不多，差远了！战功，那是随时都要冒着生命危险，拿血、拿命换来的。你们这比武，顶多就是流点汗。那汗能跟血比吗？"

老岳起身找出桌上的文件，指着上面的字说："这个材料你们学过没有？这句话，你念念。"

"峣峣者易折，皎皎者易污。阳春白雪，和者盖寡。盛名之下，其实难副。"

"嗯，这是后汉人李固写给黄琼信中的几句话，语出《后汉书·黄琼传》。大意是高傲刚直的东西容易受到损折，清白高洁的事物容易沾上污秽；高雅深奥的乐曲，能和唱的人一定很少。在美好的声名之下，实际的才德能力往往难以与之相符。"

岳宗一边默默听着老爸的讲解，一边琢磨着毛主席引用这段话的本意。见老爸端起茶杯喝水，便问："爸，你说，毛主席在给江青的信里，引用这几句话，想说明什么呢？"

听了这话，老爸稍稍一愣，接着一挥手说："你别打岔，现在不说这个。现在是说你！你，你觉得这次参加军区的比武，取得这样的成绩是好事吗？"

"当然是好事，这既为我们军争了光，也显露了我的能力，为什么不是好事？"

老爸轻轻摇了摇头："不见得吧。你想过没有，以你这么一个一天参谋也没有当过，只参加了半年参谋业务集训的新手，一下子拿了这么好的成绩，这里面有没有侥幸的成分？有没有别人的帮助？”

岳宗歪着头想了想：“别人的帮助当然有。参训队的那些教员，同屋的参谋，特别是最后帮助我们强化训练的那几个人，都对我有很大的帮助。要说侥幸嘛，可能也有，正好我们重点复习的那些内容在这次比武中都用上了，但我也是下了功夫的。那几天为了背记那些数据，连晚上做梦满脑子都是敌我双方的编制装备。”

爸爸点了点头：“嗯，在这次成功中，你还知道有哪些人帮助了你，还算不错。我最怕你稍微有点成绩，就不知天高地厚了——老子天下第一，谁也看不起。真要是那样，你离完蛋也不远了。

“古人还有几句话：木秀于林，风必摧之；堆出于岸，流必湍之；行高于人，众必非之。所谓‘前鉴不远，覆车继轨’，你得记住，千万别把取得的一点成绩，全都记在自己的功劳簿上。千万不要骄傲，不要脱离群众。只有这样，你才能不断得到大家的帮助，才能不断有所进步。小子，这道理深着呢，估计光我这么一说，你还不一定能理解。不过不要紧，暂时不理解，你也要记住，以后你经历的事多了，自然会慢慢理解的。”

岳宗轻声嘟囔着：“什么木秀于林，风必摧之，还不就是典型的妒贤嫉能吗？谁比自己强了，不是想方设法向人家学习，而是千方百计地要把人家弄倒。”

老爸怒斥一声：“知道别人会有忌妒之心，你就要表现得更谦虚、更低调、更努力、更尊重别人，连被尊为大成至圣先师的孔老夫子，还要不耻下问呢！不懂就问，虚怀若谷，只会让你有更多的学习机会，让你能学到更多的本领，你懂不懂？”

说实在的，爸爸讲的这些道理，当时岳宗不仅不大懂，还真有点不以为然。不过，爸爸说的话，他还是记住了。因为他知道，父亲虽然严厉，但这些话透露出的都是对儿子满满的期待和慈爱。可是，爸爸让他回去后主动向领导表态，把记功的机会让给其他同志，岳宗当面答应了，实际上却没有照着做。

岳宗觉得那样未免有点太虚伪了，再说，他也挺看重这次取得的成绩的。那毕竟是自己下了无数功夫，靠扎扎实实练好基本功才得来的。上级给自己记功，是对自己努力的肯定。要是推掉这次功，那不是对自己的否定吗？怎么能自己否定自己呢？立功喜报下来后，岳宗只写信告诉了肖海平，没有告诉家里。

不得不承认，父亲的反复叮咛嘱托，其实是在提醒自己时刻保持清醒的头脑，审时度势，防止矫枉过正，过犹不及。唯有如此，人生的路上方可更顺畅。

“木秀于林，风必摧之；堆出于岸，流必湍之；行高于人，众必非之”，这其中具有多少睿智的内涵，是岳宗后来才逐步体会到的。父爱如山啊！

从团部告辞出来，岳宗直接回到连队。此时，四连已经离开营房，踏上千里野营拉练的征途了。连里只留下一个饲养员、一个炊事员和两个病号，连岳宗在内，一共是五个人。岳宗每天带着留守的战士们出操、站岗、打扫院子，空闲的时候，他们几个在一起打扑克、下棋，岳宗则利用这难得的时间看书。

这次从北京回来，岳宗带来不少书，都是近两年军事科学院翻译的、外军高级将领撰写的有关第二次世界大战的回忆录。这些书只在军内发行，供我军高级干部和司令部人员学习参考。老爸答应，等岳宗看完这些书后，他还会不断地把新书寄来，但是要求岳宗每看完一本，都要写详细的读后感寄给他，他觉得过关了才会寄新书过来。

在这些由参战将领撰写的战争回忆录中，对战局的分析、决策的过程和对影响决策的相关因素的描写，远要比他以前看到的那些研究二次大战的书更具体、深刻，也生动得多。岳宗抓紧时间，深入研究深奥的战争指挥艺术。这或许正是在参训队的新收获：学习任何知识，都不能浅尝辄止，他对自己的专业水准和专业精神有了更高的要求。

正当岳宗沉浸在对第二次世界大战的遐想之中，想象着自己指挥千军万马，随着由坦克、装甲车、自行火炮组成的钢铁洪流，挥兵直捣敌军老巢的时候，突然有一天，一辆暗绿色的北京 212 吉普车开进营房，宣传股彭干事跳下车，一个劲地喊着：“岳宗，快打背包，快！”

岳宗心中一愣，对站在车边的彭干事问：“啥事这么急呀？都要带什么东西？”

彭干事说：“哎呀，什么都不用带，就带上你的个人物品。皮大衣、大头鞋都得带上，这么说吧，按照拉练的要求，把东西都带齐了就行。”

呵，一定是拉练途中有演习！只能先把那些书锁进抽屉里了。

岳宗拎着背包走出宿舍，对彭干事说：“按拉练的要求，我还得带上手枪，可手枪都在连队武器库里锁着呢，文书拉练去了，其他人没有钥匙，我拿不出来，怎么办？”

彭干事着急地说："哎呀，你就快点吧，什么枪不枪的，你人去了就行了，还有好几百里路呢，再晚了，晚上就赶不回去了。"

嚯，不用带枪，看起来不是演习，那又会是什么事呢？岳宗带着满脑袋的疑问上了车。他刚把车门拉上，汽车就一阵轰鸣，驶出了营区。

"到底是什么事儿？这么急？"

"你们连出大事了，师里政治部郭主任带工作组来解决问题，要求全体干部必须都到场。"

"有什么大不了的事，非得在拉练半路上解决？"

彭干事瞪了岳宗一眼，说："你说得倒轻巧，什么叫把毛主席的指示精神学习不过夜、宣传不漏人、溶化在血液里、落实在行动上，你难道不懂？"

政治处的人就是这样，一张嘴就像做报告，像货郎推着小车卖碗——一套套的净是瓷（词）。见彭干事端着个架子老也舍不得放下，岳宗干脆把脸扭向一边，透过吉普车帆布车门上的有机玻璃小窗，观看起车外的景色来。

朱可夫当年骑马返回驻地，一路上详细勘察了从莫斯科到基辅的地形，这对他以后指挥莫斯科保卫战起了不小作用。岳宗也想趁这个机会观察一下地形，也许自己今后会在这块地方打仗呢。

汽车一路颠簸着，终于在天完全黑下来之前，驶进一个村庄。在村头一座房子的山墙上，写着三个一米见方的大字：白草店。

到了白草店，岳宗先找到连长指导员住的地方，向他们报到，然后由通信员带领，来到五班住地。二排的战士们见排长回来了，都亲热地围上来问候寒暄。听说他还没吃晚饭，立刻有人跑去炊事班打来了饭菜。说实话，颠簸了一路，岳宗还真有点饿了，一见到红通通的胡萝卜炖肉和黄澄澄的窝头，立刻狼吞虎咽地吃起来。

第二天，岳宗和战士们出操回来正蹲在地上洗脸，通信员来通知大家，早饭后去村里小学校集合。白草店属于坝上地区，冬天的早晨寒冷彻骨。屋里地方狭窄，战士们都把脸盆端到院子里洗漱。热情的房东给大家烧了热水。但即使加了热水，等大家刷完牙再去洗脸时，脸盆里的水也会结上一层薄薄的冰。战士们把毛巾浸到水里，得不停地抖动着提出来，才能匆匆擦上一把脸，要是动作稍微慢一点，还没等擦上脸，那毛巾便冻得硬邦邦的，像一块刚锯出来的木板。

这次，名义上是连队召开年终总结会议，先是由郭主任开始年终总结动员。师政治部的郭主任是一个中等身材、表情严肃的中年军人。岳宗竖着耳朵仔细地听着他所讲的每一个字，两眼紧紧地盯住他的脸，想从他的表情和语气上，捕捉到一点什么异样，并以此来判断他此行的真正任务。可郭主任这类老政工干部，早已修炼得喜怒不形于色，从他的语气和表情上，岳宗没有得到任何有用的信息。

接着，是新来的董指导员讲话。年终总结属于政治工作范畴，通常是由指导员以连队党支部书记的身份来布置、主持，再由连长做补充动员。指导员结合连队实际，着重强调了立功受奖人员的评选要求。之后，与以往不同的是，他没有问连长任保田还有什么要说的，就宣布动员结束，并让各位排长都留下，参加支委会。

难道彭干事说的那个什么“大事”是出在连长身上？岳宗正在疑惑不已，董指导员已经招呼大家向另一间屋子走去。这间屋子原来应该是学校老师的办公室，屋门上挂着厚厚的棉门帘。这里比刚才全连集合的那间屋子要小些，屋子中央有一个用红砖盘成的取暖炉，炉子上坐着一把铁皮大水壶，正从壶嘴里突突地往外冒着白气。

师政治部郭主任在靠近门边的一张桌子后坐下。等大家都坐好，他那张略带笑容的脸立刻绷起来，挂上了一种铁面无私的严肃表情。他用威严的目光扫视着每个人的脸，然后动作缓慢地打开随身携带的一个黑色皮公文包，先从里面取出一副老花镜戴上，又掏出一个白色信封，从里面抽出一张薄薄的纸来。

郭主任轻轻地咳嗽了一声，操着浓重的鲁西口音说道：“大约在一个月之前，师党委收到一封群众来信，反映了你们连个别领导的一些问题。师党委很重视，特意派我带领工作组到你们连来，了解一下情况。至于怎么处理，那是调查研究并得出结论以后的事。”

这是一封以战士的名义，向上级“反映连长不正确言行”的举报信。比如，“任保田连长不尊重指导员、副指导员等政工干部，还经常犯自由主义错误，在背后说指导员上党课时除了背毛主席语录就是照抄两报一刊社论，没有一句话是自己的，还说指导员除了会唱几句样板戏什么也不会，只会给团政委家当保姆”，等等。要求上级领导“严肃处理”，云云。

屋里一片寂静，只有坐在炉子上的大铁皮水壶不断响着水沸腾的声音。

郭主任把信纸叠好，抬起头，扫视了一遍众人，说："师党委收到这封来信后，专门开会做了研究。我已经了解过了，写信的战士签署的都是真名实姓。任保田同志，你说说吧，信里这几个战士反映的，是不是实情？"

岳宗的座位正好斜对着任保田。当郭主任念到"向你们反映我连连长任保田同志的一些不正确的言行"时，岳宗注意到，任保田的脸猛地一下涨得通红，随着郭主任不紧不慢的语调，任保田的脸色又渐渐地由红变白，最后变得一点血色也没有，两只眼睛像要冒出火一样，满是通红的血丝。

等了好一会儿，任保田才艰难地开口："我，承认，我这个人党性不强，平时说话嘴上少个把门的，有可能犯自由主义的错误。但是信上列举的那些话，特别是说，指导员给团政委家当保姆什么的，我肯定没有说过……"

任保田还要说什么，那个董指导员突然厉声打断了任保田的话，说："怎么没说过？你在家属房和七连长一块儿喝酒，我正好在隔壁，亲耳听到你说过！"新指导员来四连没多久，岳宗便去军里参训队学习了，他到底叫什么名字？岳宗到现在也不清楚。

在一旁坐着的彭干事举起手说："对，我也听到了，我可以作证。"

新提为副连长的原一排长邹明随声附和道："咳，说指导员'只会唱几句样板戏'之类的话，我也听到过，可以证明。"

连文书也举手说："对，我也听到过，可以证明。"

副指导员刘玉明也说："还不止这些呢，任保田同志犯自由主义错误不是一回两回了，还说过他的那几个老乡呢。像管六连史指导员叫史大脑袋呀，管机枪连的吴副连长叫什么歪把子机枪呀。人家不就是嘴有点歪，说话有点快吗？"听到这里，岳宗等几个排长忍不住笑出声来。郭主任不满地瞪了刘玉明一眼，用手中的笔敲敲桌子，说："注意啊，批评要注意政治，这也是毛主席教导的，平时老乡们在一起开玩笑说的那些话，不要在这儿说了。"

任连长双肘支在桌面上，两手抱着后脑勺，额头几乎要碰到桌面了。

岳宗是任保田从北京接来的兵，下连队后任保田又一直是岳宗的领导，对岳宗一直不错。说心里话，岳宗一直是把任保田作为学习的榜样，遇到难办的事，常常会习惯性地回想一下他在遇到同样的事时，是怎样处理的。

在岳宗的印象中，任保田和大多数基层干部不同，不是那种一张嘴就是粗口，“妈的”“老子”不离口，不骂人便不会说话的莽汉，他毕竟受过高等教育，说话办事都很有条理，从容不迫。但岳宗也觉得，任保田不像那些从农村兵提起来的干部那样好接近。在相处的几年里，很少听到他和别人开玩笑，也很少和战士们一起打球、下棋、打扑克，给人的感觉是他有些“清高”。可是，这次怎么居然是他犯了自由主义错误了呢?

对新来的董指导员，岳宗没什么印象。只记得部队还在山东老营房时，他曾到连里教唱过样板戏。他的嗓子确实不错，不管多高的音都能拔得上去，就连李玉和那“迈步出监”的“嘎调”，他也能毫不费力地唱上去。听说，他入伍前在县里河北梆子剧团唱小生，当兵入伍后，一直是文娱活动的骨干，但由于军事技术太差，哪个连都不愿意要他，后来去给政治处主任当了公务员。要不是普及样板戏，他也许早就复员了。

从郭主任念的那封信和他刚才的发言看，好像他和任保田之间早有矛盾。也许是像父亲说的那样，当年任保田当尖子班班长时，这个姓董的指导员被派去给他们洗过衣服擦过枪？岳宗又想起老爸说的“有人拿着个小本本，专门记别人说过的话，到了关键时刻，就掐头去尾，断章取义，给你上纲上线，来个突然袭击”的话来。哦，这恐怕就叫“木秀于林，风必摧之；行高于人，众必非之”吧，没想到还真有这种事！

听着几个排长们的表态，不是学着连干部的样子，不疼不痒地批评几句，就是声音高、语气重地表示一下愤慨。渐渐地，任保田也逐渐从最初的震惊中挣扎出来，开始拿起笔在本子上记着什么。岳宗不想像别人那样落井下石，但又不能漠视不良风气。他正犹豫着不知怎么开口，人们已经把目光集中到他身上。原来，几个排长都表过态了，只有他还没有发言。

岳宗迅速整理了一下思路，清了清嗓子说:“在我的印象里，任连长是个有知识、有文化的人，我还真有点不大相信任连长会犯这样的错误。我想，当时任连长一定是喝了不少酒。人一喝多了酒，会很难管住自己，说话办事，也就难免荒腔走板。我觉得不光是连长，我们大家都要引以为戒。一呢，要不断增强自己的党性观念，严格用共产党员的标准要求自己。二呢，要少喝酒。酒这个东西有时候是真误事！至于任连长管他的那些老乡叫什么‘大脑袋’‘歪把子’什么的，我觉得，只要是被称呼的人不反感，这算不了什么事。相反，那还正说明他们之间的关系好，亲密无间呢。”

岳宗的话音还没落，董指导员插话说：“不能这么说，随随便便给人家起这么难听的外号，总不是什么好事吧？”

岳宗连忙说：“对，不是什么好事。对这个我以前也认识不足。我在上学的时候，不光爱给同学起外号，还给老师也起过外号。那时候是刚看完《水浒传》，见梁山一百单八将里人人都有绰号，就也给同学老师起了外号。现在看起来，这起码与条令条例的要求是不符的。内务条令里专门有一条是规范同志之间的关系的，那里明文规定：同志之间互相称呼，知道对方职务的，是姓或姓名加职务；不知道职务的，一律称同志或首长。同志之间相互称呼，还是应该以条令条例的规定为准。”

见岳宗不再说话，郭主任冲着岳宗说：“嗯，讲得不错，还有什么要说的？”

“没了，这回真没了。我过了‘五一’就去军参训队集训了，之后又去军区参加了参谋业务比武，有大半年没在连里了，对很多情况确实不了解，还是听了主任念的那封信和大家的发言，才对事情有了个大概印象。刚才有说得不对的地方，还请大家批评指正。”

郭主任点了点头，指着岳宗对大家说：“嗯，刚才这位同志——”董指导员轻声介绍：“他是我们连的二排长，叫岳宗。”郭主任接着说：“岳排长的发言不错……”

当天中午，岳宗刚撂下碗筷，通信员小孙就跑来通知他：“二排长，郭主任让你去他那儿一下。”

岳宗一愣：“郭主任找我？知道什么事吗？”

小孙摇摇头：“不知道。你快点跟我走吧。”

岳宗心里还没理出个头绪，就已经到了郭主任住的院子外面。见岳宗来了，还没等他喊报告，郭主任已单刀直入地发问：“小岳，你对今天的这件事是怎么看的？”

岳宗一时没弄明白郭主任到底问的是什么，迷迷糊糊地问：“什么……什么怎么看的？”

郭主任耐心地解释着：“你是怎么看这封群众来信的？它真的是几个战士自发写的吗？他们写这封信的目的到底是什么？你是怎么想的，就怎么说。”

听着郭主任的问题，岳宗沉思了一会儿，说：“是啊，郭主任，对您，我必须说实话，怎么想的就怎么说，不能有任何隐瞒和回避。我说得不对的地方，请您批评指正。”

郭主任笑着说：“你看你，别有那么多的顾虑嘛，要说实话。”

岳宗说：“不是我有顾虑，真的有些后怕。您想想，即使那封信里反映的情况属实，那算什么问题呢？把一个人在不经意间，在不同场合下说过的话都记下来，集中在一起，这叫什么？这就叫别有用心，断章取义！这是各个造反派之间互相攻击诋毁的常用手段。我敢说，用这种办法整人，不出半年，就能整出个现行反革命来。

“我这个人呢，平时说话不大注意，爱开玩笑。要是有人把我说过的那些话，也用这种方式记下来，反映上去，恐怕连吃枪子儿都有富余了。设身处地想想，基层干部整天都处在具体的事务性工作之中，每天有那么多的事情要处理，谁能把每一句话都说得四平八稳，不洒汤、不漏水？我认为从大局看，任连长还是个难得的好干部。”

郭主任看了看表，说：“嗯，今天你能够把自己对这件事的真实想法毫无保留地谈出来，我很高兴。你的意见我会认真考虑的。从下午开始，重点要帮助任保田同志提高认识，你的这些意见，可以在会上说，也可以单独找任保田同志谈。”

岳宗问：“怎么？我们还可以找任连长个别谈心？”

郭主任说：“当然可以，谈心是我们做政治工作的一种重要方式。任保田同志现在还是你们连的连长，是你们党支部的副书记嘛，怎么不能谈心？就算他犯了错误，和他谈心，也是帮助他认识问题，改正错误嘛。当然可以谈，而且要早谈，越早认识问题越主动嘛。”

晚饭后，岳宗来到连长的住处。任保田正歪在炕上，两只眼睛望着天花板出神。

见岳宗进门，任保田呼地一下坐起来：“唉，这叫什么？真是墙倒众人推呀，还让我肃清什么流毒！我哪有什么流毒可肃？”

岳宗耐心地听他说完，走到躺柜边，从暖瓶里倒了一杯水，递到任保田面前：“连长，来，你消消气，听我说。我认为，那封信里反映的情况，说你犯自由主义，也不是没有道理。你说董指导员的那些话，你可以推说是酒后的胡言，但该道歉的时候，还得向他道道歉。”

任保田把眼睛一横，说："给他道歉？他算什么东西？哼，我要是也把他平时说过的那些落后话给集中集中，他比我还反动！"

岳宗连忙说："你真是当局者迷呀，你反什么动？你一点也不反动。今天中午郭主任把我单独找去谈话，我是有什么说什么，我认为这种还没有在连里开展批评和自我批评，就向上级党委越级打报告的事不妥当，有搞突然袭击之嫌。郭主任没有反驳，还问我知不知道那几个战士背后还有什么人。我不了解情况，连长，你估计，谁能是那几个战士的后台呢？"

"还能是谁？那个董坤，没跑！"

"是董指导员？可我听说你们俩是老乡呀，他干吗要害你？"岳宗有些不解地问。

"谁和他是老乡？我是河间人，他是邢台临城的。不过我跟他是一趟火车拉到部队的倒是不假。他算什么？他不就是县剧团一个唱戏的？在新兵连时，军事训练样样都不及格。后来不知怎么被当时的主任，现在的团政委看上了，要去当了警卫员。

"在主任家里，他洗衣服、做饭、生炉子、劈柴，不是当保姆是什么？他就这么赖叽叽地一直混到 1966 年。本来那年年底让他复员的，碰巧又赶上了'文革'。1967 年主任去地方'支左'，他也跟了去。主任'支左'回来当了政委，不知怎么也把他提起来，在宣传股当了个什么干事。这次，他准又是走了政委的门子，才给弄到咱们连来的。"

岳宗听着，又问："那，那他跟你也没什么过节呀，干吗要这么整你？"

任保田皱紧了眉，说："我也想不清楚，大概是那回我们几个老乡在家属房喝了点酒，胡扯时说的话让他听见了吧。"

岳宗说："噢，是这么回事呀。可就为这点事，把人往死里整，也不至于吧？"

任连长痛苦地摇摇头，说："这就是小人！老话说，宁可得罪君子，也不可得罪小人，一点都不假呀！他姓董的一个人整我也就罢了，可我想不通，咱们连怎么还有那么多人也跟他一鼻孔出气，一起来批判我呀？！"

岳宗说："是呀，副连长怎么那么听指导员的呢？"

任保田说："咳，他们是老乡！一个大队的，副连长的对象还是姓董的给介绍的呢。"

"哦，原来有这么回事。不过，连长，从今天郭主任的态度来看，我觉得他并不想把事情弄大，只想把这件事限制在自由主义的范围内。要单单是个自由主义问题，最多在支部大会上做个检讨就可以了。连长，我觉得你要争取主动，先找郭主任谈一下，做个深刻检讨，承认自己是自由主义……”

见任保田陷入了沉思，岳宗说：“行吧，连长，你再好好想想，我先走了。”

俗话说，“明枪易躲，暗箭难防”。有时，面对错误的指责，简直让人抓狂。比如，先是愤怒不已，之后忧心忡忡，直至歇斯底里。可是，你内心一旦平静下来，正像《论语》所谓：“君子坦荡荡，小人长戚戚。”即使遭逢逆境，亦必须勇往直前；即使穷途末路，亦不必心灰意冷。经过与岳宗的交谈，任保田彻底想通了：做人嘛，无关乎别人的想法，重要的是做好自己！

“语言是表达思想的工具”，是一种说法，而“语言是人们掩盖自己真实思想的工具”，又是另一种说法。究竟哪一种说法更准确些？依岳宗的经验，那要依运用语言的环境和场合而定。在许多情况下，人都有种自我保护的本能。这一本能使他们迅速判断形势，并下意识地做出对自己伤害最小的选择。这个选择，最简单的就是随大流，顺从大多数人的意志，或是顺从最强势一方的意志。只有少数真正的智者与强者，才有可能在任何场合都坚持自己的判断和主张。这恐怕也是“行高于人，众必非之”的原因之所在吧。

那些天，每天上午和下午两个时段，郭主任都要召集连党支部的支委们在那个教师办公室里开会。中午和晚上，则要分别找连里的干部们谈话。郭主任是一个具有相当丰富政治工作经验的正派人。在个别谈话中，他主要是在听、在记，自己并没表现出明显的倾向性。只是在谈话对象就某个问题发表完自己的意见后，他才用新的提问让谈话继续下去。通过个别谈话，他大致了解了每个人对这件事的基本态度，同时也掌握了更多的情况。

在全体支委参加的大会上，大家先是批评了任连长的自由主义错误。后来，又开始自查自由主义问题。查来查去发现，这种自由主义现象，在四连竟相当普遍！有的对熟人、同乡、老同事、老部下，明知不对，也不同他们做原则上的争论，只求和平和亲热；有的当面不说，背后乱说；有的工作随便，学习松懈。这些现象都不同程度地存在。对照着毛主席《整顿党的作风》的教导，批评与自我批评，四连党支部“坚持真理，修正错误”的团结气氛浓烈起来。

在支委会进行的同时，连里的年终总结也在按计划进行着。每个战士都回顾了一年的工作。各班排评出了立功受奖的人选。连队召开了全体班长以上干部参加的连务会，听取了各班的总结汇报，研究确定了嘉奖和立功的人员名单。

经过郭主任的深入工作，特别是找了那几个在举报信上署名的战士们了解情况后，对那封信的来龙去脉有了基本的把握。在连队召开军人大会，总结了全连一年的工作之后，郭主任又把全体支委召集到那个教师办公室开会。

郭主任见大家都坐好了，清清嗓子，开始讲话。

他首先肯定说："你们连不愧是老典型，党支部贯彻上级指示坚决，各项工作安排合理，落实抓得也不错。无论是政治工作、作风建设、军事训练，还是行政管理、农副业生产、军民关系等方面，都做出了突出成绩。对此，我们在向师党委报告时，都会给予充分的反映。"

随之，他又尖锐地指出："你们连党支部在以下几个方面，还有进一步加强的必要。一是班子要团结，二是要进一步端正风气，三是要加强学习。连队的干部战士，平时在一个锅里吃饭，在一个屋里睡觉，在一个班子里工作，战时还要在一个战壕里流血，同志之间，绝不应该有个人的恩怨，这一点非常重要。有的人心里可能会说，平时互相闹点意见没什么，到了关键时刻，搞好团结就行了。我要告诉你，不行的！

"大家都看过《南征北战》这个电影。那里面国民党军的张军长和李军长，平时互相看不起，到了打仗的时候，他们不可能密切配合。我到空军部队去参观过，空军有个规定：长机和僚机之间有了矛盾，不解决好不许上天！因为人有时候是会冲动的，矛盾没有解决就上天，万一一时冲动，很有可能酿成大祸！开展好批评和自我批评，让各种误解、矛盾都及时得到化解，才能增强团结，达到步调一致，带领连队不断创造新的业绩。"

郭主任一席话，在情在理，赢得了大家的一片掌声。

半年后，董坤被调到师政治部下属的毛泽东思想宣传队当了指导员，又过了几个月，副连长邹明在军队整顿中被安排转业。经历这样一场风波后，岳宗对"团结同志，实事求是"的原则，体会颇深，细细回味，真是别有一番感悟在心间。

第二十章

悼总理

1976 年，发生了一连串不可思议的事情。

1975 年岳宗当了副连长。或许因为那次“信件风波”中岳宗的表现，连长任保田对他更加信任，时常让他代行连长的职权。比方说，带领连队出操训练、主持手榴弹实弹投掷、实弹射击考核和班排战术训练，甚至于一些团里指定要由连长参加的会议，连长也常常推说身体不舒服，让岳宗代他去。

岳宗看得出来，经过那次风波，虽然要整任保田的人都先后离开了连队，表面上好像再没什么影响，但那件事对他的打击还是挺大的。任保田变得更加沉默寡言，在很多场合，能少说话就尽量少说话，连和老乡们一起相聚时，也变得格外小心谨慎。好像对人世间的厚薄冷暖，更多了几分感悟。

后来，岳宗才知道，那次信件风波对任保田的仕途颇有影响。

1975 年，复出后的邓小平担任了中国人民解放军总参谋长，主持军队整顿，要求对军队干部实行“年轻化、知识化、革命化”。在那时，有的营级干部，直接被提升到师里担任副职首长。任保田是大学生，又当过尖子班班长，本来有机会越级提拔。但在研究师团班子人选时，有人又提出了那次事件，担心这样的越级提拔，会助长他的骄傲自满。

军队在和平时期任用干部时，有一个不成文的规定，那就是在一些重要岗位上的人选，必须在党委会上全票通过，只要有一个党委成员对该人选提出异议，提升便基本泡汤了。

有些上级首长宁愿用一些好领导、听指挥的人，也不愿用那些虽有能力、有威信，但也因个性强、敢“抗上”，且有争议的人。虽然“能者上、平者让、庸者下”的口号已经喊了许多年，又有多少人能真正做到这一点呢？

那年冬天，四连照例参加了团里组织的千里野营拉练。几年的拉练下来，他们已经把金锁镇方圆几百里内的每一条公路都走了一个遍。指战员对于这片未来战场的地形、气候、水文、社情，不能说是了如指掌，至少也算得上心中有数了。

到了这年拉练的最后一百多公里路，全团仅用不到二十四小时即走完了全程。昼夜连续二十四小时的强行军，之前守备一团并没有尝试过。但在我军的历史上，二万五千里长征途中，红一军团红二师四团，曾有过昼夜兼程二百四十华里，飞夺泸定桥的战例。在抗美援朝战场上，38 军 113 师也创造过在崎岖险峻的深山里，一夜强行军一百四十公里的壮举。

所谓强行军，除了行进速度要快于正常行军外，最大的不同，便是途中没有埋锅造饭的时间。上级要求每人都要准备够五顿饭的干粮。如果是现在，这算不了什么，有按国家标准定制的野战干粮，足够供给剧烈运动后人体所需的能量补充。可在四十多年前没有这个条件。各个连队只能各显其能：有的连每人五张烙饼，加一个咸菜疙瘩；有的连每人五个半斤一个的大包子；有的连是馒头咸菜加煮鸡蛋；有的连除了带干粮外，还把每人的水壶里都灌满了浓浓的豆浆。

出发前，任保田向岳宗交代任务，让他带一个排作为尖兵，走在全团的最前面。

尖兵，担负着为大部队侦察、探路、扫除前进障碍和打路标的任务。要是在战时，尖兵往往要比本队多带不少东西，还要多走许多路，在精神上也高度紧张，随时都要准备投入战斗，是件苦差事。可是在和平时期，虽然上级也要求提高敌情观念，但大家心里都明白，而且脚下的路已经走过不下两三次了，哪里要拐弯，哪里能抄近，大家都心知肚明。

岳宗选择了他最了解的二排，带上个打路标用的石灰粉盒子就上路了。

现在，二排的排长是曾凡勇。岳宗当了副连长后，向党支部建议，把他提起来接替了自己的位置。曾凡勇是岳宗一手带出来的，岳宗对他的能力比较放心。即便一路上自己有什么疏漏，曾凡勇也会及时替他弥补。

尖兵的一个重要任务，是控制部队的行进速度，快了不行，慢了更不行。从梁底下村到金锁镇，沿公路走是一百三十多公里，如果走山沟、河滩抄近道，距离应该是一百公里出点头。用二十四小时走完全程，平均每小时不到五公里，这是正常的行军速度。但考虑到上山下坡和夜行军视野不良等因素，以及连续不断的行军造成战士们的体能消耗过大等原因，应该在开始阶段，特别是在白天和平坦的道路上走得稍快一些，在夜间和山路上走得稍慢些。

根据部队的习惯，上级要求在某一时刻前到达某地，通常都喜欢提前而忌讳拖后。部队的说法是“时间就是胜利，早到一分钟，就多一分胜利的把握”。即使在现代条件下按分秒精确计划的军事行动中，部队仍然习惯宁早勿晚。

在行军的开始阶段，岳宗一直把速度控制在每小时六公里左右。几个战士轮流背着那个打路标用的石灰粉盒子，每到转弯和岔路口，都要把盒子有孔的一面朝下往地上一摔，让石灰粉从那些小洞中漏出来，在地上留下一个指示方向的箭头。

塞北的一月，正是每年最寒冷的时候，大大小小的河流早已冻得硬邦邦的，不仅能走人，连满载货物的汽车，都能在冰面上轰隆隆地开。这就给抄近道提供了不少方便。山谷间那些弯弯曲曲的河流，这时都成了能够畅通无阻的坦途。

尖兵排要做的，除了选择方便大部队下河滩的地点并加以标识外，有时还要在冰河的对岸做出明显的标记，比如插两根树枝、搬几块石头堆个堆什么的，给大部队指明行进的方向。这不像打一个方向标那么容易，得耽误一些时间。遇到这样的情况，要留下两三个人，做完标识后再跑步跟上队伍，整个排则速度不减，继续前进……

夜行军，最艰难的是在下半夜，尤其是接近黎明的那段时间。且不说经过长时间行军，人的体力消耗已经接近极限，就是身体的生物钟，也会把人体的脉搏、呼吸、体温，甚至大脑皮层对外界刺激的反应速度，都降到最低。体力和精神的双重疲劳，使每个人虽然都还在不停地向前移动，但那时候的胳膊腿，好像不是在自己的主观支配下有意识地行动，而是跟着前边的人影机械地挪动，至于去哪里、去做什么，都已经顾不上想了。

行军速度不知不觉地慢了下来。被汗水浸透的棉衣，传来一阵阵凉意，顺着头发淌下来的汗水，沿着耳郭往下流，到接近耳垂的地方，又被凛冽的寒气冻结成冰，好像一粒粒晶莹的珍珠缀成的耳饰，粘在被冻得通红的耳朵上。帽檐四周，早已布满哈气凝成的白霜，就连眉毛和胡子上，也挂满了小水珠。与其说队伍还在艰难地行军，倒不如说是在疲劳、饥饿和寒冷中挣扎。人们的心中都默默地揣着一个念头：走一步，再走一步，只要回到营房，就用不着再走了。

这是1月9日，凌晨四点多，时间已经接近黎明。高远的星空上，不断眨着眼睛的繁星，从宇宙的深处远远地注视着地球。突然，东方的天穹上，一颗巨大的流星，在靠近穹顶的地方闪了几下，划破黑暗，仿佛无限留恋着那深邃的宇宙，缓慢地在深蓝色的天幕上，留下一条长长的弧形尾迹，依依不舍地坠落到东南方的地平线下。

岳宗之前曾经见过不少流星，但像这么大，这么亮，这么清楚，这么缓慢地划过大半个天穹的流星，还是第一次看到。

岳宗带着尖兵排，沿着公路不停地前进。路过一个又一个村落。远远地，看着四周那些熟悉的山影，岳宗判断出，前边这个村庄是金锁镇了。在公路的尽头，那两盏灯照耀的地方，不正是团部的大门吗？岳宗心中一阵兴奋，脚下不由得加快了脚步。很快，他们越过团部的大门，再往左一拐，爬上一个低矮的土坡，踏上那条高低不平的土路，已经能看得见靠山营那熟悉的暗影了。

你知道，人在经历了艰苦奋斗之后，终于看到目标在即时，会是一种什么状况吗？是兴奋、雀跃、痛哭、下跪、祈祷、庆贺，还是振臂高呼，抑或是麻木不仁？可能都有吧。不知别人怎样，反正当岳宗经过二十多个小时连续不停的行军，终于看见此行终点近在眼前时，便长长地出了一口气。

突然间，他的双腿像被抽去了骨头，软得像棉花一样，无论如何再也支撑不住身体的重量了。岳宗就那么背着背包，一屁股瘫坐到地上。也许是受了他的传染，尖兵排的二十多个人，一时间犹如从车上颠落下来的面口袋，一个个都扑通扑通，东倒西歪，乱纷纷地坐倒在通往营区的道路两旁。

正所谓“气可鼓不可泄”，一直支撑着人们苦苦挣扎的那口气一旦泄了，想要再聚起来，谈何容易？要不是还有把这二十多个战士带回营房的责任，岳宗真想就这样躺倒在路边，闭上眼睛，睡他个昏天黑地，歇他个地久天长！但是，不行呵！他意识到自己的责任，抬起头，回过头看了看，一长串黑影已经越过了团部门口的那两盏路灯，正越来越近地朝这边走来。不用问，那正是四连的队伍。后边，还跟着整个营。

岳宗连忙支起身子，大声吆喝着：“起来，都快起来！哎哟，曾凡勇，快过来扶我一把，我这腿怎么不听使唤了！”

曾凡勇到底年轻几岁，听到呼唤，连忙强撑着爬起来，蹒跚着走到岳宗身边，把双手伸到他腋下。借着曾凡勇的力量，岳宗双腿用力站了起来。见其他人还都横七竖八地躺着，他大声喊着："起来，都起来！都互相帮着点儿，快起来！快快！起来！"

人们互相搀扶着，都站了起来。岳宗把手一挥，坚定地说："九九八十一难都过了，还差这最后几步吗？弟兄们，这次尖兵排的任务完成得不错。但是，得把最后这几里地走下来，才算圆满！三百六十个头，咱们都磕过来了，还差这最后一哆嗦？咱们可不能前功尽弃呀！来，都跟上我，齐步——走！"

说完，岳宗率先向着营房的方向，迈开了腿。后面，二十多个人拖着疲惫的脚步，整齐地跟上。看着天边越来越清晰的鱼肚白，不知是谁起了个头，大家一齐唱起来："向前向前向前！我们的队伍向太阳……"

尖兵排在操场上列队整齐。又等了一会儿，大部队才过来。岳宗双手握拳，提至腰间，跑到距任保田几步远的地方立定、敬礼："报告连长，四连二排完成尖兵任务，全部返回营房，请指示。副连长岳宗！"

任保田把手一挥："还指什么示呀，快解散吧。"

岳宗答应一声："是！"他向后转，跑步到队列前，下达口令："二排注意，各班带回，解背包、铺床、烫脚、睡觉！"

曾凡勇下达口令。各班班长把队伍带回宿舍。

回到和副指导员合住的房间，通信员已经打来了热水。岳宗把被汗湿透的解放鞋连同袜子一起甩到墙角，坐在床边，把脚伸进热水里，一股暖流从双脚一直涌向头顶，接着又溢满全身的每一个骨节，一种酥麻麻的感觉让他的四肢都绵软下来，腰也好像支撑不住上半身的重量，身子不由自主地向后倒去，倚靠在墙上。

突然，有一个声音远远地传来，低沉、缓慢，却像重锤一样，一下一下地撞击着岳宗的耳膜，把他的意识从遥远的黑暗中拉了回来。渐渐地，岳宗听清楚了，那是哀乐。接着，操场边电线杆子上的高音喇叭里，传出中央人民广播电台播音员沉重的声音：

"中国共产党中央委员会、中华人民共和国全国人民代表大会常务委员会、国务院讣告：……以极其沉痛的心情宣告：……周恩来同志，因患癌症，于一九七六年一月八日九时五十七分在北京逝世，终年七十八岁。"

就像有人用粗大的木棒，照着岳宗还没有完全清醒过来的头，狠狠地敲了一下，岳宗眼前猛地一黑，无数个闪着诡异的金色光芒的小点，在他眼前不停地飞舞。他使劲摇了摇头，努力甩去那些幻影，让自己的注意力集中起来。

窗外，没有一点声响，只有播音员低沉的声音不断传来。

“周恩来同志是中国共产党的优秀党员，是中国人民伟大的无产阶级革命家，是中国人民忠诚的革命战士，是党和国家久经考验的卓越领导人。”

岳宗不敢也不愿相信这是真的。他把舌尖伸到齿间，用力咬了一下，好疼！岳宗双腿一伸，“咣”的一声，蹬翻了脚下的盆子。一盆已经变得冰凉的水，泼得满地都是。岳宗顾不得找鞋，就那样光着脚走到门边，一把推开门，播音员的声音更清晰了。

“周恩来同志自一九七二年患癌症以后，在伟大领袖毛主席、党中央的亲切关怀下，医护人员进行了多方面的精心治疗。周恩来同志一直坚持工作，同疾病作了顽强的斗争。由于病情恶化，医治无效，中国人民的伟大战士周恩来同志和我们永别了。他的逝世，对于我党我军和我国人民，对于我国的社会主义革命和建设事业，对于国际反帝、反殖、反霸的事业和国际共产主义运动的事业，都是巨大的损失。”

…………

岳宗双腿一软，无力地跌坐在门前的台阶上。脑子里一片空白，只有两只耳朵里，像是飞进了一群马蜂，嗡嗡嗡地响个不停，还不时有几下刺痛的感觉。不知在台阶上坐了多久，司号员小吴跑过来，扶起他，问:“副连长，你是怎么了?”

岳宗摇摇头，推开他，说:“没怎么，头有点晕。”说着，他摇摇晃晃地走进屋内。洒在地上的水，已经冻起了一层薄冰。岳宗光着脚，在上面打了一下滑，然后一个趔趄，一头栽倒在床上。他再也压抑不住心中的悲痛，趴在枕头上，呜呜地哭出了声。

那些天，岳宗每天吃完饭便倒在床上，蒙着被子又很难入睡。一闭上眼睛，一幕幕影像纷至沓来：一会儿是在天安门城楼上，身穿草绿色军装，佩戴着红领章红帽徽的周总理，挥动着伤残的手臂，指挥簇拥在一起的红卫兵们一遍遍高唱《三大纪律八项注意》和《东方红》；一会儿是在电影里，面容清癯的周总理，面带真诚的笑容，在机场迎送外宾；一会儿是满面倦容的周总理，在四届人大会议上，强打精神，向与会代表做政府工作报告；一会儿又是身材消瘦的周总理，徐徐步入人民大会堂宴会厅，频频招手，向欢声雷动的来宾们点头致意……

近些年来，在那些电影正片前加映的新闻简报和彩色纪录片中露面的周总理，面容越来越疲倦，身材越来越消瘦。当这一噩耗真正降临之时，岳宗还是感到那么突然，那么难以相信，那么不能接受。

诸多思绪，在岳宗头脑中纠缠纷扰，宛若一团乱麻，理不出个头绪来。如此，岳宗似醒非醒、似睡非睡地在床上躺了整整三天。随着体力的逐渐恢复，岳宗的脑子也渐渐清醒起来。他注意到，对于周总理逝世这样一个惊天动地的大事，在全国广大人民群众获得信息的主要渠道——中央人民广播电台中，只在公布讣告的第二天，播出了一则周总理治丧委员会名单，以后再也没有了下文！

第三天的晚上，岳宗找到任保田，对他说："连长，周总理逝世这么大的事，怎么广播里一点反应也没有？记得前些年，罗荣桓元帅逝世，全军都停止娱乐一个月呢，现在怎么这广播里，还在播样板戏？"

任保田长长地叹了一口气，打开抽屉拿出一张纸，递到岳宗手中："这有什么奇怪的！"

岳宗接过那张纸，那是一份电话记录单。在打着红线格子的纸上，白纸黑字写得明明白白。来电单位：师政治部值班室。记录人：团政治处值班室彭干事。电话内容："传达上级指示，在周恩来总理治丧期间，各单位和个人都要严守革命纪律，不准戴黑纱，不准送花圈，不准设灵堂，不准开追悼会，不准挂周恩来遗像，望各单位遵照执行。"

一股怒火直冲头顶，岳宗猛地一巴掌拍在桌子上，大声吼着："是哪个混账王八蛋下的这个通知？"

任保田弯腰从地上捡起被震落的水杯，压低了声音："你小声点儿，吼什么？"

"老子豁出去了！连长，咱们马上集合全连，纪念周总理！你不要管，我来说！"

任保田瞪了岳宗一眼："你把我看成什么人了？要说也是我来说，怎么也轮不到你。我反正就这样了，在部队也没什么大前途了，有什么责任我来承担。你不一样，你在部队的前程还远大着呢，不能给别人留下话把儿，那会耽误你一辈子的。"

"管他什么远大前程，就这么窝窝囊囊保下来的前程老子不要！周总理逝世都不敢表示一下悲痛，还算个男人吗？说定了，由我来说！"说完，岳宗起身要推门出去。

任保田一把拦住岳宗，说："集合全连可以，表示对周总理逝世的哀痛也可以，但咱们不能硬顶。我想好了，这五不准里，没有提到不准为周总理默哀。咱们就集合全连，默哀五分钟，然后解散。"

岳宗一听，这倒是个两全其美的好办法，既能表示对周总理逝世的哀悼，又没有违反五不准，谁也说不出什么："行，就这么办！我去集合队伍。"一边说着，一边拉开门大声喊："小吴，吹集合号！"

清脆的号音在营区响起，不一会儿，全连的战士们列队整齐，在连部门前集合完毕。各排排长报告了应到人数和实到人数。全连除了一个哨兵以外，全部到齐。岳宗走到队列前，大声下达口令："稍息，立正！向右看——齐！向前——看！大家都听到广播了，我们敬爱的周总理，因患癌症，医治无效，已经去世了。毛主席教导我们说，今后我们的队伍里，不管谁去世了，不管是炊事员，是战士，只要他是做过一些有益的工作的，我们都要给他送葬，开追悼会。这要成为一个制度。由于上级有规定，不准开追悼会，我们今天不开追悼会，仅向周总理默哀，表示我们的悲痛与哀思。下面，注意听口令。脱帽！"

"唰"的一声，全连一百多人用同样的动作，在同一时间摘下了军帽。

"默哀！"

全连一百多颗头颅同时低下，下颌抵住前胸。时间一分一秒地过去，全场没有一丝声响，细细听去，仿佛能听到每个人胸中咚咚的心跳声。岳宗的泪水夺眶而出，顺着鼻尖一颗颗落到地上。不知过了多久，感觉有人轻轻地碰了碰后背，岳宗猛然醒悟，抬起头来，轻轻说了一声："默哀毕。"

全连的同志们都抬起头来。岳宗看到，黑暗中，有许多人的眼睛周围，都有亮光在闪动。岳宗又沉默了一会儿，极力抑制着内心的激动，大声下达口令："解散！"

全连人依然挺立着，没有一个人移动身体。

岳宗又大声补充了一句："解散，各排带回！"

又沉静了几秒钟，各排排长们才下达口令，队伍纷纷散去。

几天后，岳宗收到肖海平的来信。此时，肖海平已经从上海医大毕业了，被分配到海军总医院，在空潜科当了一名住院医师。她在信里详细述说了北京人民悼念周总理的情形：

第一遍讣告，人们是在早晨 7 点的《新闻和报纸摘要》节目中收听到的。当时，正是上班、上学的时间。当沿街的高音喇叭里传出那个令人悲痛的消息时，骑车的人们下了车，步行的人们停住了脚步，就连一些公共汽车都停在了路边。人们面对着喇叭的方向，默默地伫立着，当播音员播出“周恩来”三个字时，许多人当即痛哭失声。大街上、小巷中、胡同里、院落内，立刻传出人们压抑不住的哭泣声，一些上了岁数的老人，甚至当即哭倒在路旁。

当天上午，人们不约而同地来到新华书店，默默地排着队，购买刚从印刷厂生产线上运来的周总理遗像。肖海平她们科的护士，把刚从甘家口新华书店买来的一张周总理的彩色遗像，挂在科里活动室的正面墙上。科里的医生、护士和病员们自发地在遗像前，献上了自制的花圈和白花。活动室的电视机，也一改以前定时开放的规矩，全天开放，病区里凡是能下床的病号，都聚集到活动室，一边观看着向总理遗体告别的情景，一边寄托自己的哀思。

1 月 11 号是个星期天。下午 5 点多，肖海平上完白班，听同伴说周总理的遗体马上要被送往八宝山火化，她顾不上休息，立刻骑上自行车，来到军事博物馆西侧大街旁。当时，太阳已经落山了，天空灰蒙蒙的，还有一点光亮，大街两边的路灯发着昏暗的光，天气又阴又冷，滴水成冰。街道两旁的人行道上，却挤满了闻讯而来的男女老少。没有人能计算出到底有多少人，密密麻麻，井然有序，向东望不见头，向西看不见尾。人们的左臂上都缠着黑纱，胸前都佩戴着白色纸花，眼睛里都噙满了泪水。

一位满头银发的老人，拄着拐杖，背靠着一棵树，踮起脚尖，伸长脖子，焦急地向着东方不停张望。一对夫妇，丈夫抱着小女儿，妻子领着儿子，默默地站在人行道边。一群泪痕满面的红领巾小朋友，相互扶着肩，踮着脚向着东边张望。几个身穿棉军服的军人站在最前边，眉头紧锁，神情肃穆。往常车水马龙的大街上，没有一辆车，没有一个行人……

远远地，亮起一串车灯，“来了，来了！”人群骚动了一阵，立刻又安静下来。人们不约而同地摘下帽子、头巾，任凭凛冽的寒风吹散了头发。

前导车过去，一辆蓝白相间的大轿车缓缓开来。车的四周挂着黑黄两色的挽幛，装饰着白花。这就是周总理的灵车，周总理的遗体就在这辆车上。人们的目光随着灵车移动。老人、青年、小孩，都站直了身体，静静地望着灵车。

灵车缓缓地前进。许多人在人行道上追着灵车跑。灵车渐渐远去，渐渐消失在苍茫的夜色中。人们还是面向灵车开去的方向，静静地站着，默哀……

那一天，肖海平和许多人一样，一直在路边站到深夜，直到载着骨灰的灵车又从八宝山方向开回来，消失在东边的夜色中。泪水打湿了她的衣襟。

“十里长街送总理！我们没想到，一点也没想到会有那么多人！”一直到后来，很多亲历者回想起那几天的场景，仍心绪难平。

1 月 15 日晚，中央人民广播电台播出了周恩来总理的追悼大会在人民大会堂举行的消息。在“文革”初期被打倒，后又复出担任了中共中央副主席、国务院副总理、中央军委副主席的邓小平，在周恩来总理的追悼大会上，语气凝重、字字千钧地致了悼词。

邓小平宣读的悼词颂扬了周恩来。悼词中说，周恩来同志忠于党，忠于人民，为贯彻执行毛主席的无产阶级革命路线，争取中国人民解放事业和共产主义事业的胜利，英勇斗争，鞠躬尽瘁，无私地贡献了自己毕生的精力。全党全军全国人民衷心地爱戴他，尊敬他。

…………

周总理的逝世，使岳宗痛不欲生。同时他又深深地知道，对周总理逝世的最好的悼念，是我们活着的人的更加勤奋地工作，和千百万革命接班人的迅速成长。要让先烈的英灵，在九泉之下能够安息，要让我们伟大的社会主义祖国，永远屹立在世界的东方，我们的责任重啊！

后来，又一件惊天动地的大事突然而至：在这一年的清明节前后，北京的广大人民群众自发到天安门广场悼念周总理，酿成了著名的“天安门事件”。

“清明时节雨纷纷，路上行人欲断魂”，每逢清明，祭扫坟墓，这是中华民族古老的习俗。但是，1976 年的清明节，却是“一样祭扫别样情”。人们在抒发怀念总理之情的同时，表达了对“四人帮”的强烈不满和抵制。

北京人民悼念周总理的活动，是从 3 月底开始的。活动的中心是天安门广场。一所小学的“红小兵”们，排着整齐的队伍来到天安门广场，在人民英雄纪念碑前，向敬爱的周总理献上了第一个花圈。

接着，工人、农民、军人、学生、干部……越来越多的人来到天安门广场和纪念碑前，抬着自制的大型花圈，排着整齐的队伍，默默地从天安门广场的北边，一直步行到人民英雄纪念碑前。没有人管理，没有人指挥，但队形都那样整齐，步伐都那样一致。人们把花圈安放在人民英雄纪念碑的基座上，纪念碑前的花圈，很快堆积如山。

人们纷纷把胸前佩戴的白色纸花解下来，系在人民英雄纪念碑四周的护栏和树篱上。渐渐地，护栏和树篱上好像落上了一层厚厚的白雪。人们高声吟诵着自己创作的悼念周总理的诗词，广场和纪念碑前，立刻成了诗词的海洋。那些诗词像匕首、像投枪。当时，“四人帮”与老干部和人民群众之间的矛盾，已经愈演愈烈且日益公开化了。

“欲悲闻鬼叫，我哭豺狼笑；洒泪祭雄杰，扬眉剑出鞘！”纪念碑向着太空，发出了雄壮浑厚的声音，“倘若魔怪喷毒火，自有擒妖打鬼人！”

“天安门前花似雪，纪念碑下泪如雨。总理精神万代传，子子孙孙举红旗。中国已不是过去的中国，人民也不是愚不可及，秦始皇的封建社会已一去不返了。我们信仰马列主义，让那些阉割马列主义的秀才们，见鬼去吧……”

广场上本来井然有序。人们也只是想把对周总理表达怀念的花圈和诗词，保留到清明节之后。可是，4 月 5 日清晨，当人们上班路过天安门广场时，却发现广场上前一天还如山似海的花圈，一夜之间已经不知所踪。人们终于被激怒了。高呼着“还我花圈，还我战友”口号的人越聚越多，形成了大规模的群众抗议活动。

其实，正如岩浆在山体深处聚集能量，山体越是沉重，能量的聚集过程越长，而聚集起的能量就越大。一旦这能量超出了山体的重量，那将是一次冲天的火山大爆发！这一回，便是人们压抑已久的愤怒，终于如山呼海啸般地喷发出来了！

刚刚进入七月，广播喇叭里又一次传出了沉重的哀乐。播音员以缓慢、沉痛的声音播送着讣告：“中国共产党中央委员会委员、中央政治局委员、中央政治局常务委员会委员、全国人民代表大会常务委员会委员长朱德同志，因病医治无效，于一九七六年七月六日下午三时一分在北京逝世，终年九十岁。”

又一位开国元勋驾鹤西去，对广大人民群众来说，这等于又是一个晴天霹雳！

朱德早年就读云南讲武堂，在民国初年的护国战争中，因战功升任滇军旅长。后来，他又主动放弃高官厚禄，漂洋过海去欧洲寻找救国救民的真理，在德国加入了中国共产党。在 1927 年“八一南昌起义”中，他以南昌市公安局局长的身份，在家中设宴，把南昌驻军的团以上军官都请到家中喝酒，为起义的成功立下了大功。

如果没有朱老总，就没有井冈山会师！ 1927 年 10 月，朱老总率领的南昌起义军余部面对强大敌人和内部的失败情绪，有顷刻瓦解之势。在危急关头，朱老总登高一呼:“谁愿意革命就跟我走!”这样，在南下广东途中，他不断收留、整编被敌人打散的队伍，并领导了湘南暴动，把南昌起义的火种带上了井冈山。在井冈山，他担任我党指挥的第一支正规武装部队工农革命军第四军军长，和毛主席一起创造了著名的游击战争“十六字诀”。在抗日战争中，他作为八路军总司令，一直战斗在抗日战争的第一线。

在相当长一段时间内，他的名字和毛泽东一起作为中国工农政权的象征，被合称为“朱毛”，他的画像也和毛泽东的画像一起，并排悬挂在我党的各级组织办公处正面的墙上。新中国成立以后，他担任中国人民解放军总司令，在我军 1955 年第一次实行军衔制时，他被授予中华人民共和国元帅军衔，位于十大元帅之首。

朱德逝世，是这一年中第二位开国元勋辞世了。

朱德元帅自民国初年从军，戎马生涯六十多年，在枪林弹雨中冲锋陷阵，多少次身先士卒，闯关夺寨，身经数百战而毫发无损，人称有“刀枪不入”的神功护体。而今，却和我们永别了，真是令人扼腕!

红色帽徽
红领章

RED
Cap Badge
RED
Collar Insignia

第二十一章

抗震救灾

1976 年 7 月 28 日唐山发生大地震，悲惨的 7 月，记录下那一段惨痛灾难的回忆！

那天晚上，轮到岳宗查头遍岗。在正常时期，连队干部一般每夜查两次岗，检查哨兵夜间执勤情况，同时还要到各班的宿舍转转，检查战士们的就寝情况。这叫“查铺查哨”，是我军行之有效的一项日常管理制度。

大约 11 点多钟，岳宗从哨位回到宿舍，不知怎么回事，他心里很烦，好几分钟过去了，还是辗转反侧睡不着觉，索性打开床头小灯，找出肖海平寄给他的《基度山伯爵》看了起来。自从肖海平毕业回到北京，定期寄书的任务，很自然地落在了她的肩上。她寄来的书，内容十分丰富。比如：莎士比亚的四大悲剧、契诃夫的短篇小说、惠特曼的《草叶集》、杰克·伦敦的《毒日头》、巴尔扎克的《高老头》、大仲马的《三个火枪手》，还有德莱塞的欲望三部曲以及托尔斯泰、雨果、三岛由纪夫、狄更斯、罗曼·罗兰等人的经典作品。

《基度山伯爵》一书，在当时的北京年轻人中特别火。拿到书的人，常常被要求一夜之间看完，因为在后面排队等着看的还有好几十人呢！这一套《基度山伯爵》，是她从已经调到军政大学当教员的哥哥那儿，软磨硬泡搞到手的。这书岳宗已经看了一多半了，还有大约三分之一的篇幅。反正一时难以入睡，不如趁机看完。

大仲马的小说和杰克·伦敦、巴尔扎克、雨果、狄更斯的小说不大一样。他不怎么关注社会问题，而是更热衷于民间传说，有点儿像现在的武侠小说，以情节离奇和语言生动见长。书中跌宕的情节和生动的语言，让人一旦看进去就忘记了时间。夜深人静，当岳宗终于从书中让人窒息的紧张氛围中走出来时，窗户上已经映出灰白的光影了。

岳宗看了看表，已经接近凌晨 4 点了。抓点紧，还能睡个把小时。由于睡前喝了不少水，他感觉小肚子有些发胀，便趿拉着鞋出了屋，到五十米开外的厕所方便了一下。他回到屋里刚躺到床上，突然，远处传来好像有上万匹骏马一齐奔腾时发出的那种滚雷般的声音，紧接着，大地一阵晃动，床和桌子也跟着晃动起来，发出“咯吱咯吱”的声音。放在桌上的一只暖水瓶，摇摇晃晃掉到了地上，“砰”的一声摔得粉碎。

“地震了！是地震！”岳宗的脑子里刚一浮出这个念头，身体立刻从床上跃起，同时手在床下一划拉，左手抄起放在床下的马扎，右手抱起昨天没来得及吃的一个西瓜，接着一个箭步冲到门边，在拉开门的同时，人已经跨到院子里了。

整个营院已经乱成了一片。无数扇门几乎在同一时间被打开，人们纷纷涌向空旷地带。有人直接从窗户跳到户外，大声惊呼：“地震！地震了！屋里的人快出来！”

对于地震，岳宗印象最深刻的是 1966 年初春发生在河北邢台的强烈地震。那时他正在学校宿舍里睡得正香，突如其来的震动，让整座宿舍楼猛地晃动起来！宿舍里的人只穿着短裤背心一窝蜂地跑到楼下，拥到操场上。

最近一次，是 1975 年 2 月 4 日的辽宁海城大地震。听说在地震发生之前，出现了许多奇闻怪事。比如，井水突然变得浑浊，鸡鸭飞上了大树，还有几百条蛇在零下二十多摄氏度度的严寒中纷纷爬出洞，被冻僵冻死。而且有些地区出现小震、余震不断。由于中国科学家敢于发布大地震短期预报，当地政府部门提前疏散民众，有的组织乡镇村民连夜在室外看电影，结果地震发生时，相当一部分人都转移到了户外，躲过了房倒屋塌被砸被埋的劫难。

海城地震后，部队专门进行了抗震教育，从地震的起因、先兆，地震发生时的躲避措施，震后的逃生，以及对被埋人员的救援等方面，都进行了知识普及，并进行了相应的训练。现在地震真的发生了，抗震教材中的那些内容，像电影一样一幕幕地在岳宗眼前闪过。

岳宗放下手中的物品，对刚跑出来的通信员说：“立即通知各班排长，赶快清点人数。咱连战士睡觉都死，肯定还有没起来的，班长负责带齐各班人员！”

通信员飞跑着去了。任保田和陈少平朝这边跑来。塞外的夏天气候凉爽，他们的家属都来队探亲，住在营房后边的临时来队家属房里。岳宗迎上去，把自己的处置向他们做了报告。听完报告，任保田发出命令：“通信员，通知值星排长，全连紧急集合！”

“嘟嘟嘟……”一连串急促的哨音响起，不一会儿，全连人员都在操场上集合起来。各班排报告了人数。还好，所有人都出来了。天色渐渐地亮起来。看着集合在一起的战士们，大多数都只穿着背心裤衩，只有十几人穿上了长裤，还有几人打着赤膊。任保田下达口令，让那几个打着赤膊的战士在队前集合。他们狼狈的样子，引得战士们一阵阵发笑。

任保田大声说：“哼，看看你们几个的样子！早就说过了，军人不露体，晚上睡觉不准打赤膊！这是多少年血的教训换来的。你们可别小看这多一件少一件衣服，这反映了一种精神面貌。今天还算不错，没有光着身子出来的。你们别笑，前两天晚上我查铺，就有五马长枪光着睡的！你们想想，要是敌人突然袭击，你就算手里有杆枪，可身上一丝不挂，你还能有那个心气儿去对付敌人吗？你还能打得了胜仗吗？嗯，今天总体上还不错，大家的反应都还够快，也挺机警，在地震这个突发事件上，处置也很得当。”

这时，他看了岳宗一眼，又接着说：“今天反应最快的，是咱们的副连长，你们大家看看，他不仅人跑出来了，还一手提着马扎，一手抱着西瓜，连长期作战的准备都做好了。你们谁行？你们除了人出来了，什么都没顾上！副连长考虑得很是全面，这一点，你们不服都不行。”

岳宗轻声说：“连长，我正好起来上了趟厕所，还没睡着就地震了，这不能算。”

任保田点了点头：“我说呢，怎么连西瓜都抱出来了？那也不错。大家记住了，在这种突发的自然灾害面前，除了人以外，吃的喝的是最重要的，副连长的处置，完全正确。”

任保田又说：“好了，抗震知识教育时讲过的那些条条大家还都记得吧？”

战士们迟疑了一会儿，有人回答：“记得。”

任保田说：“回答得不坚定啊，看来大部分人都忘得差不多了。这也难怪，谁知道这地震什么时候发生呢？用不着的知识，一般都很难记得牢。不过也没什么，各班排注意组织复习就行了。从刚才第一次地震情况看，这次地震小不了，地震中心也不会离我们这儿太远，上级很可能会派我们去抗震救灾。早做准备。好了，先讲这些，解散吧。”

后来，经新闻媒体报道，1976 年 7 月 28 日 3 时 42 分 53.8 秒，中国河北省唐山丰南一带（东经 118.2°，北纬 39.6°）发生了强度里氏 7.8 级（矩震级 7.5 级）地震，震中烈度 11 度，震源深度 12 千米，地震持续约 23 秒。数年后，媒体才逐渐披露出这次地震造成 242769 人死亡，164851 人重伤，位列 20 世纪世界地震史伤亡人数第一位。

当日清晨的新闻和报纸摘要节目中，播音员播报了地震情况："唐山、丰南一带发生强烈地震，并波及天津市、北京市，使人民的生命财产遭受很大损失。"至于人员伤亡如何，财产损失怎样，这些问题当时还是个未知数。

但是，不管何时何地，当灾难来临，第一时间行动的永远是军人。

四连即刻召开党支部会议，连长任保田说："大家都听广播了，那里面说各级党组织和负责人已经赶到灾区指挥抗震救灾，而解放军和医疗队正在赶赴现场。意思就是说，真正抗震救灾的主力还没有到达灾区。咱们这儿，离北京、唐山都在两三百公里之内，一定得做好上北京甚至上唐山去抗震救灾的准备。说说看，我们当前需要做哪些准备？"

岳宗开口说："连长，我想，不管是上北京还是上唐山，这次任务只要派到我们头上，那就是急茬儿。我们得明确一下乘车的编组和任务分工。到了灾区，最大的问题应该是后勤工作。到时候，不光是我们要吃饭，还要考虑到灾区人民，得请司务长查一下，看看咱们连里还有多少粮食。还有就是工具，抗震救灾，主要是救人。恐怕铁锹、镐头、撬棍、钢钎什么的都不能少，这些咱们前两年打石头烧砖时都用过，各班排都查查、找找，能找到的都带上，到了灾区可没地儿找去。"

指导员陈少平说："对，副连长说得不错，粮食和工具都得做好准备，这些东西临时抓，恐怕都要抓瞎。小刘，这事你负责。"

这个支委会开得简短干脆。会后，司务长一干人去金锁镇筹备食品。岳宗带着班排长们翻仓倒库，准备工具。各班排也按照连里的布置，以最快速度做着各项准备工作。似乎只待一声号令，他们便可奔赴一线抢险救灾！

大约在中午时分，营里来了通知，全体干部到营部集合。守备一团是甲种团，每个营有三个步兵连、一个机枪连、一个炮兵连。全营的干部共五十来人，把个营部的小会议室挤得满满当当。吴团长满脸严肃地说道："刚刚接到命令，上级命令我们团采取摩托化开进方式，参加抗震救灾。由你们二营为团的第一梯队，首批开赴灾区。现在我命令你们，在 12 点之前完成一切准备，等保障车辆一到，立即登车出发。”

不知什么时候，天空中淅淅沥沥地飘起细雨。到了下午，雨渐渐大了起来，配属部队摩托化开进的车辆却一直没有来。趁着这个机会，指导员陈少平进行了抢险救灾动员。各排党小组和团组织也行动起来，请战书、决心书像雪片一样，纷纷飞到连长、指导员手中。

自从入伍以来，岳宗就一直渴望着能有一次真正的考验。这一次行动，虽然按团长的说法，是“非战斗性军事行动”，远赶不上真正的打仗，但毕竟是一次半点折扣都不打的真正的军事任务。他暗暗下了决心，一定要在这次任务中，充分发挥自己的聪明才智，最大限度地抢救灾区人民的生命财产，体现军人的能力和价值。

在等待车辆到来的时候，岳宗的脑子一刻都没有闲着。他根据到北线以来几次乘车的经历，设想着摩托化开进途中可能出现的各种情况，并根据那本只有十几页的抗震救灾知识教材，设想灾区可能出现的情况。

“凡事预则立，不预则废”，这还是在他上小学的时候，老爸就反复叮嘱的话。也正是按老爸的要求，岳宗养成了课前预习的习惯，各门功课也因此都学得不错。岳宗相信，把这个道理用在抗震救灾中，也一定能起到作用。

天色渐渐黑了下来，军区汽车五团的车辆仍然不见踪影。5 点多钟的时候，发生了一次较大的余震。大地颤抖、房屋摇动，房顶上的瓦“咯拉拉”响成一片，门窗也发出“咯吱吱”的声音。正在屋中的人们在同一瞬间都冲到了屋外，惊恐地看着还在微微摇动的房子。人们下意识地发出一阵阵惊呼。余震过后好长时间，人们宁肯穿着雨衣，靠在屋外的树下避雨，也不愿意回到屋里。

汽车五团的车直到夜里 11 点多钟，才摇摇晃晃地从远处开来。分配给四连的车共有四辆。按照早就拟定好的方案，四个排各乘一辆，连部人员和炊事班打散，分别插到各排的车上。副连长岳宗所带三排乘坐的车编为四号，走在全连的最后。物资和人员都上车后，又等了好长时间，一直到东方的天空泛出了淡淡的青白色，车辆才终于开动了。

汽车顺着蜿蜒曲折的公路爬上东大梁，又越过遵化县城（今遵化市），驶上了一望无际的大平原。宽宽的公路笔直平坦，路两旁是一水的钻天杨，闪着油光的树叶被风吹得哗哗作响，好像在列队鼓掌，欢迎抗震救灾的车队。岳宗刚刚松了口气，迎面一座村庄兀然出现在眼前。

眼前的情景让他惊呆了。紧靠着路边的一大排房子，几乎有一半都是歪歪斜斜的，许多院子的围墙都坍塌成了一堆碎砖乱石，一座不知是什么年代的古庙，只剩下几根立柱仍然支持着房顶，房顶上的瓦片都已经不知去向，只剩下纵横交错的大柁、檩条和椽子，还保留着房顶的形状。村子北边一座水塔，只剩下半截烟囱一样的底座还竖立在那儿，上部的储水罐整个歪倒在地上，像是被炸翻的碉堡，粗大的钢筋张牙舞爪地伸向四方。几只乌鸦在村子的上空盘旋，显露着一种不祥的征兆。

“这个村子里肯定死人了。”湖北籍的司机慨叹，“要不，不会有这么多乌鸦。”

岳宗心中一惊。遵化离唐山起码还有百来公里，这儿都震成这样，那唐山得震成了什么样呀？

路边的村庄越来越多，毁坏的房屋也越来越多。他发现，那些垮塌得比较严重的，大多是用石头和红砖砌墙的房屋。相反，那些看上去样式古老，用青砖砌成的房屋倒塌的却不多，即使被震塌，也都和那座古庙一样，房子毁了，但房架却大多还不倒，几根立柱支撑着一个房盖，在周围坍塌的房子中，显得格外刺眼。

灾区的惨状，显然刺激了驾驶员的神经。他们一扫刚进入平原地区时的松懈，集中精力，把车开得又快又稳。下午 4 点多钟，车队越过了唐山北面最后一个县城丰润，再往前走，就很难前进了。本来就不算宽的公路上挤满了车辆，有从唐山往外开的，更多的是从不同方向往唐山开的车。车上的人有的穿着雪白的白大褂，一看就知道是医疗救护队，有的穿着蓝色工作服，不知是哪个机关或工厂派出的救援队，更多的车上挤满了军人，他们身穿绿军装、头戴红五星军帽，领口上两片鲜红的领章格外显眼。不用问，这都是从各地赶来抗震救灾的兄弟部队。

路边，缕缕行行、络绎不绝往外走的，是刚从塌天大祸中侥幸逃生的唐山市民。他们好像还没有从突如其来的灭顶之灾带来的巨大震撼中清醒过来，每个人都神情呆滞，脸上没有任何表情，也不和任何人说话。他们那沾满灰尘和泥污、袒露在外的肢体上，或多或少都有些刮伤和擦痕。人群中没有一声哭泣，也没有一滴眼泪。蹒跚前行的人们都机械地迈着双腿，走得那样匆忙，虽然没有明确的目的地，但人人都知道，身后的城市是灾难的中心，离那里越远，就越安全。看着这些连丧失亲人的悲痛都来不及表达的人群，岳宗的心禁不住一阵阵抽紧。

道路完全被四面八方涌来的车辆堵死了，好半天不能前进一步。岳宗跳下车，拦住一位三十多岁的中年人，问："大叔，前面情况怎么样？"

中年人用呆滞的目光看了岳宗一眼，什么也没说，继续往前走。岳宗又伸手拦住一个上唇刚长了些黑胡茬的小伙子，问："大哥，你给我说说，唐山那边怎么样了？"

那个小伙子像是在回答，又像是在自言自语，喃喃地说："平了，全都平了！啥也没了！爹、娘，还有爷爷，全都没了！"

他那呆滞的表情，让岳宗的头皮一阵发麻。岳宗又问："大哥，这儿离唐山还有多远？"

小伙子茫然向四周扫了一眼，喃喃地说："这儿？这是哪儿？十里？二十里？知不道。"

岳宗见问不出什么，就放开他，向前边连长的车跑去，找到任保田，急切地说："连长，看来这路一时半会儿通不了，我们不能在这儿傻等。我建议，咱们下车徒步前进吧。"

正说着，陈少平也从后边跑过来。听了岳宗的话，说："那不行，咱们车上还带着那么多东西呢，人都走了，这东西咋办？还有，没有上级命令就行动，行吗？"

任保田说："抢险救灾，时间就是生命，灾情就是命令。我们不能再等了。营部和团前指的车就在后面，我马上向团前指报告我们的决心。东西好办，每辆车留两个人照看着就行了，其他人带工具徒步往里进。这样，指导员，你留下带着炊事班照看物资。小岳，我带人在前边开路，你压后，保证咱们连的人别走散了。"

陈少平说："那不行，全连行动，我这个党支部书记不能不跟着。这样，让司务长带人看东西，岳副连长带人在前边开路，我们都跟连本队走。"

岳宗连忙说：“我同意指导员的意见。我带人在前边开路。”

任保田说：“好，就这么定了。小岳，现在已经是29号下午了。我估计已经有先来的部队进入唐山市区了。我们对市区里边的情况一无所知，你带人在前面，一定要沿着大路，尽量往里走，要找一块没有别的部队的街区。找到后，派个机灵点的人到大路边等着，引导我们进去。”

岳宗说：“明白！连长，我还是带二排进城。”

任保田说：“好，你先去吧，我向团前指报告。”

任保田向车队后边走去。岳宗从车上叫下二排长曾凡勇，把刚才的决定对他说了。曾凡勇一声招呼，二排的战士纷纷下了车，在车边列队站好。岳宗从战士手中接过一根撬棍，对大家说：“路堵住了，车暂时过不去，抢险救灾，时间就是生命。连里决定，徒步进唐山。我们这次还是尖刀排，任务是为全营探路。现在唐山市区的情况很乱，估计越往里走路越不好走。哦，天又块黑了，大家一定要一个紧跟一个，千万不能掉队。大家都像我这样。”

说着，岳宗从头上把帽子摘下来，把帽顶翻过来，让白色的里子朝外，反戴在头上，说：“反戴帽子，后边的人注意观察，看到白色帽顶就紧紧跟上，各班副班长要切实负起责来，保证一个不落地把人全带进去，大家都听明白没有？”

“明白了！”

岳宗转过身，问站在旁边的陈少平：“指导员，还有什么指示？”

陈少平说：“我只说一句，大家要注意安全。现在，前方情况不明，余震还在发生，一定要注意观察四周的情况，一定要注意安全。”

陈少平讲完，岳宗举起手向他敬了个礼，说：“指导员，那我们先进去了。”

陈少平伸出手来，握着岳宗的手，说：“好，我们随后就来。”

岳宗说：“放心吧，指导员。”说完，他把手一挥，下达口令：“出发！”随即转过身，带着队伍，紧贴着一行行停滞的车辆，逆着源源不断的人流，快速向唐山市区走去。

岳宗在前边甩开大步，沿着一条公路一直往南走。在临行前发的开进路线示意图上，这条路被标为唐丰路，是由丰润直通唐山市的主路。越往前走，路边的建筑物损坏得越严重。又往前走了一段路，公路两边的道沟里，开始出现了一具具盖着被单、蒙着草席的尸体。尸体被整齐地摆放在道沟的斜坡上，一具挨着一具。

路边，一座钢筋混凝土结构的楼房，楼体整个儿歪向一边，楼面的墙壁完全倒塌，只剩下几层水泥楼板叠在一起。水泥楼板的缝隙中，显露着倾斜的家具和一排排书架。有一座楼朝向公路的一面墙整个儿没了踪影，露出六层楼的侧面，许多家庭设施暴露无遗——完整的桌子、椅子、床铺、书架，一些桌子上，还放着花瓶、台灯、书籍、座钟，甚至还有毛主席站立着招手的塑像。一座七层大楼塌成了一座坟丘似的三角形瓦砾堆，唯有一侧一个两间房大小的建筑，还颤颤巍巍地高高耸立着，随时都可能倒塌。

再往前走，一个十字路口，一条足有六七十厘米宽的裂缝，斜着横穿了整条马路，一直延伸向远方。马路两旁的路灯杆和树木，好像是在同一时刻遵循同一个口令，整齐地按照同一角度向同一方向倾斜。远处，参差不齐地显露着高低不平的废墟和七零八落的混凝土梁柱，斜矗着的电线杆、半截的水塔、烟囱，东倒西歪、横躺竖倚。欲落而未落的楼板，张牙舞爪伸向空中的钢筋，仿佛是一具具皮开肉绽、相貌狰狞的建筑物的断肢残体。

岳宗清楚地看见，一座楼的废墟上，一根碗口粗的水泥梁戳穿了一个人的胸膛，把那人的尸体高高地挑在半空。两层断裂的楼板之间，夹着一颗被压成平板的头颅，而那具尸体，就那样斜挂在还没有完全倒塌的楼外。

那令人不忍目睹的惨状，竟与战争中的城市废墟场景酷似。岳宗原以为，只有战争才能把一座城市摧毁成这样。

路边的废墟上，一些穿着残破内衣的人们，还在搬动着碎砖断梁，声音凄厉地呼喊着亲人的名字。还有许多身穿绿色军装的人影，在废墟上忙碌着。岳宗的心不由愈发抽紧了，脚下的步子，也迈得越来越大、越来越快。突然，一个十多岁的男孩不知从什么地方钻出来，拉着岳宗的手哀求道："解放军叔叔，快来救救我妈，我妈还在屋里呢，快救救她吧！"

岳宗一边安慰着那个孩子，一边命令："四班长，带几个人过去，救出人后，在路边等着大部队，然后随大部队继续前进，要注意安全！"

那个孩子向岳宗深深地鞠了个躬，带着四班长飞快地向自己家跑去。

岳宗注意看了一下路边的路牌，一块蓝底白字的长方形路牌上写着四个大字：建设北路。

岳宗开始跑起来，不忍再去看那路边的惨景。二排的人紧紧跟上。不知跑了多久，一个下身穿条蓝色长裤，上身只穿一件跨栏背心的男人拦住他，说："解放军同志，快救救命吧，快救救命吧！"

岳宗停住脚步，问："怎么了？这是哪儿？"

那人说："这儿是唐山第一招待所，我们是上海来这儿开会的，一共来了六个人，只跑出了我一个，他们都还在楼里压着呢！"

岳宗问："这儿离市中心还有多远？"

"这儿是唐山市中心，"那人右手指着一处高出地面许多的山包说，"呶，那边是凤凰山公园。"他又把手向南一指，接着说："那边是开滦医院。那边……"他又转过身，指了指南边，说："市政府就在那边。"

岳宗往四周看了看，见这一带的救灾部队并不多。废墟上，只有不到百余名官兵，有的用镐，有的用锹，更多的用手，正在扒拉着碎砖烂瓦。岳宗把曾凡勇叫过来，说："这儿已经是市中心了，我们就在这儿展开。这样，你带一个人沿路往回走，去接应连长他们。"

"是！"曾凡勇答应一声，带着人走了。

岳宗回过头问那个男人："你们的人在哪儿？带我们过去。"

那人千恩万谢，一溜小跑地在前边带路。岳宗跟随那人来到路边一个宽大的院落。那人指着一个大瓦砾堆说："我们的人都在八层，在最西边的两个房子。"

看着这个最多不超过十米的瓦砾堆，真不敢相信这里原来竟然是座八层高楼。按照那人的指点，岳宗带着战士们爬上瓦砾堆，来到最西侧。楼房已经倒塌得完全辨认不出原来的样子了。这么大一堆废墟，要是漫无目的地乱翻，那可不知什么时候才能找到被埋压的人。

岳宗用撬棍轻轻敲了敲散乱的瓦片，大声问："喂，下边有人吗？"

那人也帮着喊："老李！李处长！小孙！老刘！你们还活着吗？说话呀！"

岳宗似乎听到有什么东西敲击的声音，做了个手势，说："都别吵，仔细听。"

大家立刻安静下来。从前面的废墟下面，传来一声声有节奏的敲击声，好像是木棒敲在砖墙上的声音。那声音虽然低沉、轻微，但却是一下一下，持续不断。岳宗侧耳听了一会儿，辨准位置，说："就在这里，挖！"

战士们立刻挥动锹镐，搬动碎砖断瓦。那个上海人在一旁犹豫着："首长，首长，我们的人好像不在这边。"

岳宗厉声打断他的话："不管是谁压在下面，我们都得救。你快去找你们的人，找到了，来喊我们！"

那人一下子哭出来，一边抽泣着，一边大声地喊着"李处长！老刘！小孙，你们在哪里呀？你们还活着吗？"一边拾起块断砖在废墟上敲敲打打，向西侧走去。那声音嘶哑、凄凉，在越来越暗的天空中传出去很远、很远。

这座楼的顶层是一层红色的瓦，瓦下边是厚厚的沥青、灰泥和木板，都已经被震得裂开了许多宽大的缝隙。战士们锹镐齐上，不一会儿就挖开了一个直径两米的洞。再往下是一层水泥板。水泥板断裂的地方，可以看见手指粗细的钢筋。那个有节奏的敲击声更加清晰了，好像就在这层楼板下边。水泥板看起来是整体浇筑的，岳宗真后悔来的时候没带上那专门用来对付敌人铁丝网的破坏剪，要不然，现在也不至于对着这些钢筋束手无策。

岳宗抡起撬棍，猛力击打水泥板的断头。一块块水泥碎裂下来，钢筋暴露得越来越多。当钢筋露出十多厘米时，岳宗从一个战士手中要过一把十字镐，用那宽的一面，对准钢筋猛力一刨，"锵"的一声，火星四处飞溅，钢筋却纹丝不动。

岳宗隐约记得，就在刚进这个院子大门时，似乎看见门边有一个上边搭了个小棚的架子。对，那里应该是放消防器材的。他说了一声："等着。"飞快地下了废墟，跑到院门边。那里果然有一个放着消防器材的架子。除了几个底部是圆锥形的铁皮桶外，架子上还有几根带钩子的尖头长木杆和两把明晃晃的板斧。

他抄起板斧爬上废墟，对准露出的钢筋用力一挥，只听"嘣"的一声，钢筋齐齐地被截断。岳宗把另一把板斧交给身旁的战士，说："就这样干！动作要快！"战士答应一声，继续干着。

那块地方太小，二十多个战士根本施展不开。岳宗迅速打量了一下四周，找到一处隆起的地方，招呼着："四班副，你带着你们班在那边干。五班长，你们到这边来，从这儿往下挖！六班长，你们负责把这里的碎砖瓦清出去！"

战士们奋力干着，不一会儿，大约大半间屋子大的楼板清理出来了，两边断裂处的十多根钢筋也都被截断了。岳宗打开手电筒向裂缝里照去。从旁边一扇紧闭的门里，突然传出了有节奏的敲击声。估计是有人从门缝里看到了手电光，才又开始敲击起来。

岳宗大声喊着："喂，里边的人，别着急，已经打开房顶了，我们马上来救你，能不能告诉我，你现在是个什么情况？"

门里传来一个女人微弱的声音："是解放军吧？我被一根大梁压住腿了，现在只有两手还能动弹。"

岳宗又问："屋里还有别人吗？"

女人说："没了，我是这楼层的服务员，赶上值夜班，被捂里面了。"

"好，你别急，我们马上来救你！"

本来，岳宗是想再找到水泥板的另一个断茬，打断钢筋，把水泥板掀开再进去救人的，可实践证明，这种办法根本行不通。且不说二十多人能不能搬动那块足有半间屋子大小的水泥板，就算能搬得动，在那瓦砾堆上，也没有立脚的地方。见这个方法不行，岳宗又找到裂缝较宽的那一边，抡起镐头猛砸水泥板。只几下，一大块水泥崩落下来。几个战士明白了岳宗的用意，也过来一起抡起镐猛砸水泥板。

不一会儿，裂缝有两尺多宽了。岳宗把两腿伸进裂缝，又努力缩小肚腹，钻进楼板下面，弯着腰来到那扇门前，打开手电仔细打量那扇木门。很显然，这堵墙之所以没有完全垮塌下来，完全是因为这个门框的支撑作用。岳宗向战士要来十字镐，把尖头伸进门板的缝隙，双手握紧镐把，猛地一别，"咔"的一声，一块三寸多宽的木板被别了下来。

岳宗把手电伸进板缝，往四下照着。在离门两三米的地方，一个看上去还不到二十岁的女孩半躺着坐在地上。她背靠着墙坐在一张三屉桌下边，桌面上满是碎砖。一根二十多厘米宽，足有四五米长的钢筋水泥大梁正压着她的小腿。看样子，这女孩是被地震惊醒后，正好跑到桌子那儿时被大梁砸倒的。多亏了那张三屉桌护住了她的头部。要是桌上的那堆碎砖直接砸在她的头上，她也许早已成了一具尸体了。

岳宗一边撬动门板，一边对那个女孩说："这位同志，你别怕，我们马上就能把你救出去。告诉我，除了腿，你别的地方还有伤吗？"

那女孩喜极而泣，一边抽咽着，一边说："解放军叔叔，我挺好的，就是腿被压着，动不了，别的哪儿也没伤着。"

岳宗又撬下几块门板，侧着身子，钻进屋去，仔细观察了一下情况，发现自己一个人根本不可能把她弄出去，又叫进来一个战士。岳宗把桌上的碎砖搬开，移开三屉桌，让战士蹲下身，双手抱住女孩的上身，自己把十字镐的尖头探进水泥梁下边，慢慢用力，撬动水泥梁，看到大梁刚一离开那女孩的腿，立刻命令战士抱住女孩用力往后拖。

随着那女孩一声尖叫，战士把她的腿从大梁下抽了出来。接着，岳宗让战士先钻出屋，自己抱着女孩，头前脚后地把她从门板上的洞中递了出去。战士在外边接着女孩，又把她抱到裂缝处。等在外边的战士们争先恐后地伸出手，合力把女孩从裂缝处抱了出来。

这个女孩是四连进入唐山后，从废墟中救出的第一个人。后来知道，她复姓欧阳，单名一个凤字。她的那双小腿由于被压的时间太长，终于没能保住，后来在上海成功地配了义肢。不知道她这段经历的人，从她的步态上，完全看不出她是个被截去了一双小腿的残疾人。

从欧阳凤那里，岳宗得知了那几个上海人的准确位置。遗憾的是，当战士们打开楼板，找到他们时，他们都已经没有任何生命的迹象了。

就在战士们刚把欧阳凤抬到路边时，曾凡勇带着大部队赶过来了。

岳宗把抢救欧阳凤的经过向团长做了报告。吴团长说:“好，干得不错。刚才我们在路上遇到了四班长。他带领三个战士从一座平房里救出了一家四口。进来的时候，我注意看了一下这儿的房子。这里的楼房大部分是砖墙加水泥预制板结构，像搭积木一样盖起来的。墙一倒，预制板往下一拍，人都拍在里边了。我们没有起重工具，挪开预制板挺不容易，我看你们这个打洞的办法可行。过一会儿，你给大家讲讲救人的经过，给大家提供个参考。”

岳宗答应了一声，问:“团长，咱们就在这块儿干吗?”

团长说:“对，在这儿。这个地方你选得不错，离市委市政府很近。这儿是唐山最大的招待所，再往那边一点，凤凰山南边，是唐山市交际处，是接待外宾的地方。这一条街上，有唐山最大的百货商场，还有银行、学校，开滦医院也离得不远。咱们就在这儿干了。”

当天夜里。团长召集全营的干部开了会，给各连划分了任务区，又让岳宗和四班长介绍了在楼房和平房救人的经过和要注意的事项。随着一声“解散!”大家立刻四散离去，带着各自的连队，跑步向任务区奔去。

在营房经过一夜待命，岳宗基本没合过眼，又经过一整天长途奔波，到现在，已经三十多个小时没有睡觉了，他却感觉不到一丝疲劳。接近唐山市区后，看到震后唐山那成片被损毁的房屋和那些缕缕行行、看不到尽头的伤员队伍，还有路边那成堆的死尸，听着那一声声“救命”的呼唤，人人的心里都像烧着一团火，精神高度紧张，什么困倦、疲劳、饥饿之类的正常生理反应早已被抛到了九霄云外，就连人生的“三急”也完全没有了感觉。

已经是深夜，各班排战士们分散开来，岳宗往背静处走走，想解决“内急”的问题。突然，听到身旁土堆下面好像有什么动静。他打开手电筒，朝那个土堆照去，发现这是一座倒塌的平房。一根像手指头般粗细的木棍，正从土堆下一下一下地向外捅着。

岳宗大声喊着:“喂，里面有人吗?”

土堆中传出的声音急切而凄凉:“有，有人，是亲人解放军来了吧？快来救命啊！这里是院里的医务室，我们是值夜班的医生。这儿还有各种急救器械和药品，把我们救出来，我们可以救别人啊!”

是啊，战士们只要把这些专职医生救出来，再加上宝贵的急救器械和药品，可以救活多少人啊！见那个土堆不大，岳宗一个箭步跳上土堆，双手齐上，奋力把最上边的那些瓦砾碎砖清理干净，又揭去一层厚厚的油毛毡和沥青、碎石子混合而成的防水层后，露出几块水泥预制板。岳宗把撬棍尖头插入预制板间的缝隙，用力一别，一块预制板松动了一下，又落回原处。连续撬了几下都是一样。

废墟下的人出着主意:“解放军同志，我们几个人都只有点轻伤，你只要打开一个能钻出人的洞，我们就能钻出去。”

岳宗手边没有镐，靠撬棍根本砸不断预制板，唯一的办法，就是掀起预制板，让里边的人钻出来。可是，预制板一头搭在大约有一米半高的残墙上，一头落在地上。下面叠压的每块预制板，都是一米多宽，四五米长、二十多厘米厚，中间有五个直径约十五厘米的洞，重量不知几百斤。

岳宗入伍后，随着年龄的增长，身体又结实了许多，一百多斤的麻袋，不用别人帮忙就能扛上肩。这预制板虽然不知几百斤，但只搬一头，至少可以省一半力气，咬咬牙，应该能搬得动。

他打定主意，对屋里的人喊着："好，现在我已经清理完房顶了，下面，我准备搬开一块预制板，救你们出来。外面只我一个人，可挺不了多长时间啊，最多只能挺一两分钟。我准备搬这块预制板啦。"岳宗用撬棍敲敲选好的那块。"你们都靠到这边来！好了没有？都过来了？那我搬了啊！"

岳宗用撬棍撬起一块预制板，用脚踢过半截断砖，垫到预制板下边，把撬棍往旁边一扔，往手心啐了口唾沫，又使劲搓了搓手，然后蹲下身子，把手指摸索着伸到预制板下，紧紧抠住预制板的边缘，又调整了一下双脚的位置，对里面的人喊道："注意啊，我要搬了！"然后，猛吸一口气，大喝一声："起！"双腿和腰部一齐发力，慢慢站直了身子。那预制板也随即离地而起，露出了一个一米多宽、七八十厘米高的缺口。

最先钻出来的，是一个身材瘦削的女人。她钻出来后，一屁股坐在旁边，压抑不住地号啕大哭起来。里边那个男人声音严厉地斥道："小吴，哭啥哭！还不快给解放军搭把手？"

那女人恍然大悟，随手抹了把眼泪，凑过来和岳宗一起抬着预制板。接着，又钻出来一个略为丰满些的女人。大概是有了小吴的榜样，她一出来，立刻凑到岳宗的另一边，三个人一起抬着预制板。最后出来的，是一个身材魁梧的男人。他用一块白色床单，包了一大堆绷带、纱布、酒精、碘酒之类的急救用品。岳宗咬紧牙，从牙缝里发出声音："还有人吗？"

三人一齐说："没了，没了！"

岳宗对两个女人说："你们让开！"

两个女人让到了一边，岳宗又换了一口气，猛地松开双手，同时向后跳了一步，一个趔趄，坐倒在地上，大口大口地喘着气。那个男人把岳宗拉起来，双手抓住岳宗的手一个劲地摇晃着，嘴里不住地念叨着："恩人，救命恩人哪！"又对那两个女人说："咱们得给救命恩人磕两个响头。"

那两个女人真的就要下跪。岳宗连忙甩开男人的手，伸手搀住那两个女人。说："别别，真是折杀我了！我们来唐山，就是救人来的，快别这样！"

男人看着岳宗，诚恳地说："话不能那么说，没有你，我们就出不来。你就是我们的救命恩人。我看得出来，你是个领导，现在我们就是你的兵了。你指到哪儿，我们打到哪儿，说吧，让我们干点啥？”

岳宗略一沉吟，说：“几位，你们都是专业的医生，找个安全的地方，开个急救站，专门给我们救出来的伤员上上药、包包伤，做个人工呼吸什么的。多救一个是一个，行吗？”

男人说：“没问题！”说罢，还是千恩万谢地带着两个女医生走了。

原来，这三人都是机关家属院医务室的工作人员，那天晚上一起值班，好在医务室垮塌得不算严重，三个人才都保住了一条命。

7 月 29 号那天，四连一共救出了三十一个人。30 号那天，又救出了十七个人。被岳宗救起的三人也功不可没。他们不光给救出的伤员包扎上药，还在战士们挖出的尸体中，经过仔细辨认和及时施救，又救活了四个人。

当年在地震后的唐山市，自己被救后顾不上去找自己的家人，又转身去救援别人的人相当多。唐山人民勇敢、热情、豁达，不畏生死、顾全大局，在抗震救灾的日子里，那种舍小家为大家的事层出不穷，更处处体现出军民鱼水深情。

记得 8 月 1 号那天中午，拉着行装和给养，滞留在唐山郊区的车终于开进来了。战士们把背包和盛满大米的麻袋从车上卸下来，连里的干部战士都已经连续几天没大吃东西了。“民以食为天”，那些被战士们从瓦砾堆中救出来的唐山人，惊魂甫定，第一句话往往就是：“解放军同志，有啥吃的没有？”在这种情况下，谁还能留得住一点食物呢？

岳宗见炊事班的人们也跟车进来了，立刻对炊事班王班长说：“快，找个地儿支上锅，用最快的速度熬几大锅粥。”

粥锅开了。饥饿的人们围住锅，每个人手里都举着一个大瓷碗。炊事班长为难地看着岳宗。岳宗看着围在锅边的人们，对炊事班长说：“给他们打吧，不管大人小孩，每人先给两勺。”又对着围在锅边的人大声喊着：“乡亲们，大家别挤，粥有的是，这锅喝完了，咱们再熬！现在最大的问题，就是没有水，煮这几锅粥的水，是从凤凰山荷花池打来的。谁知道这院里消防栓的水口在哪儿？能找到水源，咱们粥管够！”

有人搭上腔：“消防栓都在楼里，全捂里边了！”

有人说：“医务室里有水龙头，把医务室扒开就能有水了。”

还有人说："甭费那劲了，水塔都震倒了，电厂都停电了，水管子里哪儿还有水？"

大家一起叹息着。也许是天上掌管着行风布雨的神灵听到了人间的叹息，几块阴云从东北角飘过来，渐渐遮满了整个天空。"咔"的一道闪电，黄豆大的雨点哗哗地从天空中落下来。人们都挤到几棵大树下躲雨。

看着地上渐渐蓄起来的水。有人说，这不就是水吗？不知是谁带头，父老乡亲们纷纷把从废墟里找出来的脸盆、饭碗、铝锅，凡能接水的物件，都摆到了空地上。炊事班也把几口大号的铝制行军锅放到空地上。夏天的雨，来得快，去得也快，大约半个小时以后，雨收云散。人们把盆里、碗里、锅里的水集中起来，竟然装满了两口行军锅。那一天，四连的官兵和百姓们一起，喝了一碗用天上的雨水熬的粥。

经过一个多星期奋不顾身的抢险救灾，官兵都程度不同地受了伤，每个人的十根手指都磨秃了指甲、磨破了皮肉。每搬动一块砖，都会在砖上留下十个鲜血淋漓的指印。而且，连续多天不分昼夜地连续劳作，官兵的体力严重透支，对周围环境变化的反应也明显迟钝。再有突然袭来的余震，躲闪的动作也明显缓慢了。

在一次余震中，四连有两名战士躲闪不及，被顺着废墟斜坡滑落的预制板伤了腿。再这样下去，肯定要出大问题。连长指导员和岳宗商量，每个排抽出一个班，利用各种能利用的器材，搭建能够避雨挡风的临时住所。

战士们从废墟上抬下还算完整的预制板，拼成临时住所的地板，又从废墟里找出些还算直的水管，每四根水管搭成两个人字形支架，再在上边横搭一根两三米长的水管，然后，把雨披斜着搭在支架上，把下端固定，搭成一个个帐篷。在进入唐山市区十多天后，官兵们第一次钻进临时帐篷，刚把身子放平了，头还没挨上枕头，就一个个进入了梦乡。

几个连干部商量过，这段时间战士们都过度劳累。第一个晚上，全部由干部站哨，让战士们好好休息。那天晚上，岳宗站的是第三班哨。前两班是连长任保田和指导员陈少平。陈少平把岳宗从睡梦中叫醒的时候，岳宗看了下表，已经是夜里十一点了。一阵阵粗细不等的鼾声，从各个帐篷中传出来，不时还夹杂着几声呓语和呻吟。远处，还有汽车的轰鸣声和火车的汽笛声。

岳宗围着临时营地，慢慢地转着圈子。记不清是在转到第三圈还是第四圈时，天上又开始下起雨来。岳宗走到路边一棵梧桐树下，背靠树干站着，一边听着雨水打在宽大树叶上发出的唰唰声，一边想着心事。

而等岳宗突然一个激灵睁开眼睛时，他发现，天早已大亮了，自己不知什么时候已经背靠着大树睡着了。他抬起手腕看了看表，已经是早晨六点四十了。这是“睡岗”啊，对一个担负着全连安全重任的哨兵来说，这是不可饶恕的失职！这也是他当兵八年多唯一的一次。他连忙从裤兜里掏出哨子，急促地吹响。好一会儿，才有人打着哈欠从帐篷里钻出来。岳宗找到任保田，羞愧地说：“连长，我，我昨天夜里睡岗了……”

任保田笑着说：“没什么，特殊情况嘛。不瞒你说，我站头班岗，都差点睡着了。连着几天不合眼，谁能挺得住？什么也别说了！”

岳宗说：“不行，我们要求战士这样那样，自己犯了错却不当回事，以后还怎么严格要求战士？我得向全连检讨。”

当天吃早饭的时候，岳宗站在全连的队列前，对自己睡岗的行为做了深刻检讨。没想到的是，他的检讨却换来全连官兵的一片掌声，连旁边那些等着和战士们一起开饭的老百姓也鼓起掌来。

地震过去十多天后，被埋在废墟里的人，就算房倒屋塌时侥幸没有被砸死，连续这么多天水米不进，连饥带渴，也早就超出了生命所能承受的极限。不知从什么时候起，救人已经变成了清理被埋压在废墟下的尸体。

时间过了大约一个多月，埋压在废墟中的活人都被救出来了，尸体也被清理出来了。他们开始为灾民搭建越冬的防震棚，部队的作息时间也都进入了正轨。

又过了几天，上级发下十顶班帐篷。那天，岳宗奉连长指导员的命令，去为连队寻找新的驻地。经过现场勘察，他们最后决定把连队新的营地放在凤凰山南坡的一片树林内。最难得的是，那片林间空地上，居然还竖立着几根电线杆，电杆上还架设着路灯，用电十分方便。全连在小树林中安顿了下来。有了树林的遮挡，即使在骄阳似火的中午，帐篷里也不是太热。就连带着卫生队来查卫生的团长看了，也直夸四连的营地选得好。

第二十二章

晴天霹雳

从四连新驻地沿着上山的路往前走不到五十米，拐过一个约莫九十度的弯，便是一条通往唐山市交际处后门的小路。隔开公园与交际处的石砌围墙，好多地方都震塌了。

军前指就设在交际处院子里。所以，四连在新营地安顿下来的当天，就被军前指的几个参谋发现了："好嘛！距前指咫尺之遥的地方，竟然驻着下属部队的一个连！"从那以后，四连就成了军前指直接指挥的机动部队。除正常任务外，还经常被临时赋予警备、调整之类的公差勤务，以及一些比较重要的突击性任务。

唐山市交际处位于凤凰山公园南麓，里面是开滦煤矿初创时专为从外国聘请的工程技术人员建造的一组欧式风格的洋房。最早的几座洋楼，不仅图纸是外国人设计的，就连建筑用的砖、瓦、水泥等材料，都是从英国跨洋越海运来的。新中国成立后，唐山市政府又在洋楼旁边建造了一些新楼，此地便成了专门接待贵宾和外国专家的地方。

唐山大地震之前，交际处内共住着二十三位法国人、十九位丹麦人和九位日本人。在大地震袭来时，日本专家组居住的 4 号楼一塌到底，三层楼房塌成了一堆高不足十米的瓦砾堆。其中，援建陡河电厂的三名日本专家当场死亡。

丹麦人、法国人居住的新楼虽然没有倒塌，但也岌岌可危。中方翻译人员组织住在低层的外宾用窗帘、被单结成救生索，从窗口滑到地面。那些住在较高楼层的外宾，是由最早赶来的救援人员，冒着生命危险进入楼内，爬上断裂的楼梯，踩着摇摇欲坠的楼板，撞开被挤压变形的门窗，一个个背出来的。

这些刚刚获救的法国和丹麦外宾，在六十多岁的法国访问团蒙热团长的带领下，组成一支抗震救灾的"临时多国部队"，和中方人员一道，开始在 4 号楼废墟中，寻找有无可能生还的日本专家，但最终还是没有发现任何生命迹象。

得知这个消息，日本专家所在机构通过外交途径，要求我方尽快返还他们遗留的物品。当时，我国刚与日本建交，对他们的请求相当重视。军前指便把清理日本专家组遗留物品的任务交给了四连。岳宗带着二排从小路来到交际处4号楼前。

这是一座砖混结构的三层楼房。和传说中的一样，建造这座楼的砖呈棕红色，砖块比我国砖窑烧制的砖略大，质地也要坚硬得多，有点像砌锅炉内膛用的耐火砖，而且每块砖上都印有英文字母，记录着它们的产地。

这座楼坍塌得很彻底，整座楼全部向西侧倾斜，只在中间部分还保留了几处没有完全倒塌的房间，其余地方的三层楼板，全部叠压到一起，就像一块巨大的夹层饼干，楼板之间夹杂着一些家具和坍塌的碎砖烂瓦。

这座楼的楼板，是用钢筋编网后，用水泥整体浇筑的。日本专家组成员的住房占据了三楼的整个西半层，足足有十几间房子。要清理出他们的遗留物品，必须首先揭去房顶，打开顶层楼板，才能进到他们住过的房间里。

军前指在布置任务时说，清理日本人的遗留物品是一项政治任务，关系到中日两国人民的友谊。日方对遗留物品开列了详细的清单，上级要求四连，要一样不少地把这些物品清理出来，封存好，再经我国外交部按清单点验后，转交给他们。

岳宗带着二排，用了整整三天时间，先清理废墟，再把房间里被砸得支离破碎的衣柜、写字台、床头柜和保险柜全都翻了个底朝天，把可能属于日方的东西，一件件收集起来。

清理出的物品可谓五花八门：有施工图纸和日本人遗留的衣物鞋袜；有半导体收音机、盒式录音机、电热水壶、电熨斗等家用小电器；有扑克牌、麻将牌、围棋、玻璃球和一种印着各种花色的卡片等娱乐用品；有照相机、摄影机及许多五颜六色的彩色照片；有日本人的护照、证件和面额不等的日元纸币、旅行支票、硬币，还有成捆簇新的连号人民币。拣出来最多的则是日本的报纸杂志。岳宗赶紧找来几个麻袋，把那些报纸杂志一股脑儿装了进去。

岳宗和曾凡勇带着战士们把全部清理出来的物品详细登记造册，交给外交部专门来唐山处理此事的工作人员。据外交部的工作人员说，四连清理出来的物品，比日方提供的清单还多了许多。把这些物品送还日本后，有个叫须永其幸的日本专家的夫人，还专门通过日本外务省致信向中方道谢。四连的战士们清理出的一张镶在镜框里的他们全家合影，竟然是须永其幸生前最后一次与家人的合影，连他妻子手里都没有。这张照片留下了须永一家最后相聚的记忆，对他们来说，那是无价之宝。

在距离凤凰山公园不远的一条街上，有一家据说是唐山市最大的银行。这条街上的十几家商场每天的营业收入，都要送到这家银行保管。每天晚上存在银行里的现金，据最保守估计，也在三十万元以上。原来三层高的银行办公楼，地震之后成了一堆废墟。而有人发现，最近几天的深夜，常有些不明身份的人在这座废墟旁边转，估计是打上了废墟中埋着的那几十万元现金的主意。于是，四连又担负起清理银行废墟的任务。

因为紧挨着市区主干道，为尽量减少对整个救灾行动的影响，上级要求必须在二十四小时之内完成清理任务，而且要做到钱账相符，不差一分。清理废墟的前一天，岳宗和连长指导员一起，找到银行负责人和主要工作人员，详细了解了银行大楼的结构和现金、账本、票据的存放位置，确定了清理的重点。那些单据和账本，记载着银行业务往来和储户的全部信息，那是银行震后恢复营业的基本依据，现金的重要性更不必说了。

清理时间从傍晚开始。这是岳宗出的主意。岳宗的“小算盘”是，到第二天傍晚，正好是 24 小时。如果到那时还没能完成任务，需要延长时间，因为马上就要入夜，不至于对救灾行动影响太大，上级也比较容易批准。

清理工作进展得比较顺利。那天连长任保田去团里开会，指导员陈少平和岳宗一起，带着战士们来到现场。指导员把清理的重点区域明确分工给各排，各排排长带着战士们一层层揭开废墟上的碎砖断瓦，从每一件家具中认真地清理每一页纸。

接着，又用筛子把堆得像一座小山丘一样的渣土筛了个遍，把混杂在渣土中的每一个硬币都找出来。岳宗和文书负责，把清理出来的钱和账本、单据一份份清点清楚，再交给银行的工作人员。

经过一夜的苦干，到第二天上午，战士们已经把所有重点位置都清理了一遍。所有的现金、账本、票据和贵重物品，全部从废墟中挖出来，移交给了银行工作人员。

就在这时，让岳宗喜出望外的是，竟然在凤凰山公园里意外地遇见了肖海平！

那是一个星期天。虽然已经8月下旬了，但唐山的天气还是那么热。吃完午饭，炽热的阳光透过树叶的缝隙照在帐篷上，把帐篷烤得像蒸笼一般。岳宗在帐篷待不住，就和几个战士一起去爬凤凰山。虽然已经在公园附近住了一段时间，但除了来勘察地形的那一次外，岳宗还真没有在这唐山最著名的公园里好好游览过。

岳宗、曾凡勇和曹建林等几个战士沿着上山的路，一口气爬到了山的最高处。在凤凰亭前，已经有头脑比较灵活的人开起了照相点，照一张相五毛钱，加洗一张一毛钱，要是想在照片上写字，每个字还得再加五分钱。想到到了年底，同行的人中有好几个可能都要复员回家，又在这有着特殊纪念意义的地方，岳宗招呼大家就着登山的石阶站成三排，照了一张合影，并写上了“一九七六年唐山抗震留念”。

而后，岳宗和他们几个一起，沿着另一边路向山下走去。一边下山，他一边向他们讲着上次来勘察地形时的见闻。

刚拐过了两个弯，来到曾经发现梅花鹿的地方，迎面撞入眼帘的，是几顶军绿色帐篷。中午的阳光照在帐篷顶上，好像给原本深绿色的帐篷涂上了一层亮亮的浅黄色，晃得人有些睁不开眼睛。大概是为了散热，帐篷四面的帷幔被高高卷起，露出几张行军床。

岳宗正在为眼前的所见惊讶，同时努力调整眼睛的焦距。帐篷里突然响起一阵女人的惊叫，接着就是一声高亢的怒斥：“什么人？敢到这儿来耍流氓！”

坏了，这是一处女兵的营帐。怎么稀里糊涂地闯到这儿来了？这里什么时候有了一处女兵的营地？来不及细想，岳宗和战友们好像是听到了口令一般，同时转过身，撒腿便顺着来路跑去。

身后，那个高亢的声音又响起来：“往哪儿跑？给我站住！”

这声音怎么这么熟悉呢？莫非……岳宗稍一愣神，身后的声音又传过来，只是其中少了一些恼怒，却多了几分惊讶和欣喜：“岳宗？是岳宗吗？站，站住！”

岳宗停住脚步，转过身来，只穿着一条蓝色短裤和一件白色背心的她赫然站在远处，脸上满是开心的笑容。

岳宗惊奇地问：“海平？你怎么会在这里？”

肖海平带着几分娇嗔："我还问你呢，你怎么会在这儿?"

岳宗恢复了镇定，边向她走过去边笑着说："那还用问？抗震救灾呗！你呢？也是来抗震救灾的？"

肖海平说："当然！你以为就你来了？"

同来的几个战友，都满脸是笑地看着他。岳宗板起面孔，假作严肃地说："你们都还傻站在这儿干什么？还不都给我向后转、跑步走？"

几个战友转过身，沿着来路向山上走去。岳宗又加上一句："帮我向连长指导员请个假，就说我在抗震前线遇上战友了，得晚点回去！"

曾凡勇的声音传过来："放心吧！"接着，又是一串笑声。

身后响起脚步声，肖海平的声音传过来："还傻站着干什么，让我好好看看你。"

岳宗转过身来，只见她已经套上了一条深蓝色的长军裤，上身是一件果绿色的确良短袖衬衣。原来两条齐腰的长辫子没了，只是在两只耳朵旁边，各扎了一把短短的小刷子，显得更加充满了朝气。

岳宗抢上几步，拉住她的手，又伸出手臂，轻轻揽住她的双肩。肖海平缓缓挣脱了他的怀抱，小声说："别，有人看着呢！"

她告诉岳宗，收到他寄还的书，看了夹在书中的纸条后，才知道他参加抗震救灾来了。当时，她也积极要求到唐山来。可是，医疗队更需要外科、内科和传染科的医护人员，而她在空潜科，不大符合来唐山的条件。后来，医疗队有一个医生在抢救灾民时受了伤，跟着送伤员的车回了医院。她这才有了机会，硬是争取到来唐山的名额。

她们医疗队开设的救护所，在凤凰山公园西门内的广场上。到唐山后，她一边参加救治伤员，一边想尽办法寻找岳宗。凡是有往机场运送伤员、去居民区检测环境卫生、到废墟上喷洒消毒药品之类的活儿，她都抢着去，也是为有更多的机会与外界接触，能早一点儿见到岳宗。

她说，四连负责的那个家属院她也去过，是去喷洒消毒药水的。可那时候连队正在清理尸体，人人脸上都绑着绷带、毛巾，她们去喷消毒水时，更是用帽子口罩把整个脸蒙得只露出一双眼睛，就这么阴差阳错给错过去了。

她说，最紧张的时候，她们医疗队每天都要做几十例截肢手术，手术台下边的草地都被血水浸透了，走在上面一步一打滑。

她说，那些重伤员处理得差不多了，可是，由于水源污染、水质恶化，震区灾民又开始罹患痢疾。每天都有几百名吊着胳膊、捂着肚子、皱着眉头、面如菜色的唐山人，在她们医疗队的红十字旗前面排着长长的队伍，等着领取药品。还有不少已被疾病折磨得筋疲力尽的患者，只能坐着甚至躺着排队。那些苍蝇放肆地在人群中飞着，走到哪儿都能听到那种令人厌烦的“嗡嗡”声。

她说，刚来的时候，根本没有地方休息。实在太累了，随便找个树底下、草坪上躺下就睡。雨下得最大的那个夜晚，她就是穿着件雨衣，坐在一个石头台阶上，趴在自己的膝盖上睡了一夜。那一夜，可能是因为雨太大，没有送来新的伤员，竟然是她到唐山之后，睡得最安稳的一觉……

听着肖海平喃喃不断的叙述，岳宗的心里泛起一阵阵又酸又甜的滋味。情不自禁地轻轻把她揽到怀中，一只手在她的背上轻轻地抚摸着，对着她的耳朵怜爱地说：“平平，你怎么那么傻，那么大个唐山，十几万救灾部队，你算过我们相见的概率吗？”

“我只想能跟你见一面！”说着，两只秀丽的眼中，竟然盈满了晶莹的泪水。

岳宗不禁疼爱地说：“哎，我都不敢相信，像你这样平时见到个毛毛虫都吓得要流眼泪的娇小姐，会那么坦然地去面对灾区这么残酷的场面！以后这些事，让我们男人去干吧，你们就不用去了。你放心，有我们，就一定能够获得抗震救灾的最后胜利！”

听了岳宗的话，肖海平再也控制不住自己的眼泪。岳宗胸前的衣襟很快被她的眼泪浸湿了一大片。她的泪水就像是一团火，烧得岳宗的心，滚烫滚烫的。

不知不觉中，时间进入了 1976 年 9 月。那是一个阴云低垂的正午，守备一团吴团长突然只身一人阴沉着脸，走进连部帐篷。他看着大家，目光有些茫然。还是指导员最先醒悟过来，试探着问：“团长，出什么事了？你好像很伤心？”

沉默了一会儿，吴团长才慢慢抬起头，一字一顿地说：“咱们国家出大事了。你们要特别注意，随时做好执行紧急任务的准备。今天下午两点，除留一人负责掌握连队以外，全体干部准时到团前指集中，有重要文件传达。”

那一顿午饭，虽然饭菜相对丰盛，但所有人都吃得味同嚼蜡。

当天下午，岳宗留在连队，带着战士们，继续帮助老百姓清理被埋在废墟里的物品，而连里其他干部一起去团部参加重要会议。大约三点多钟，通信员找到工地上，说:“副连长，连长让收工回去呢。说是有重要文件精神要传达。”

自从部队开进唐山以来，面对这座几乎被夷为平地的城市和数十万饱受灾难的唐山人民，指战员们心中都像压着一座沉重的大山。为了抢救唐山人民的生命财产，曾昼夜不停地连续奋战一个多星期都没有休息。现在，最紧张的抢救生命和最难熬的清理尸体的阶段虽然都过去了，但天气马上要转凉了，灾后重建工作日益繁重。他们常常是从吃完早饭开始，一直干到天色暗到实在看不见了才收工。两个多月来，还从来没有过提前收工的情况。

联想起中午团长说过的话和他凝重的表情，岳宗知道，一定是国家出了什么惊天动地的大事，才会有这样的非常举措。岳宗集合了队伍，带着大家往回赶。刚回营地，连长指导员就迎上来。从他们的脸上看得出来，两人心情都十分沉重。

指导员陈少平走到队列前，语气沉重地说了声“同志们”,“唰”的一声，战士们马上立正站好。陈少平没有像以往那样下达“稍息”的口令，而是接着说:“今天让大家提前收工，是要组织大家收听中央人民广播电台的重要广播。”他看了看表，示意文书把上级新下发的那个半导体收音机打开。

来唐山抗震救灾走得太急，许多单位都没有带收音机，连队每天必有的收听中央人民广播电台新闻节目的做法，中断了很长时间。你可别小看了听广播，那可是对战士们进行国际国内形势教育和战备教育的重要环节。为尽快补上这一课，军区抗震救灾总指挥部为每个参加救灾的连队，新发了一台南京无线电一厂生产的熊猫牌半导体收音机。

文书打开收音机，此时正是 1976 年 9 月 9 日下午 4 时，中央人民广播电台以万分悲痛的心情对外宣布：中国共产党中央委员会、中华人民共和国全国人民代表大会常务委员会、中华人民共和国国务院、中国共产党中央军事委员会极其悲痛地向全党全军全国各族人民宣告……毛泽东同志，在患病后经过多方精心治疗，终因病情恶化，医治无效，于一九七六年九月九日零时十分在北京逝世，享年 83 岁。

队伍里没有一点声音。刚才还在不断摇曳着树叶的风，不知从什么时候已经停了。就连枝头上不时发出一阵阵叽叽喳喳鸣叫的小鸟，也不知道飞到哪里去了。

播音员的声音仍在继续：中国人民的一切胜利，都是在毛主席领导下取得的，都是毛泽东思想的伟大胜利。毛泽东思想的光辉，将永远照耀中国人民前进的道路……中共中央号召全党全军全国各族人民，一定要化悲痛为力量，我们一定要继承毛主席的遗志……

又是一个出人意料，又是一个晴天霹雳！

在那一代人的心目中，毛主席是人民的大救星，是中华人民共和国的缔造者和英明的领袖。岳宗从上小学起，就在喊“毛主席万岁”。中学学了英语后，知道了英语“万岁”发音为“Long live”，直译为“长命”。伟人怎么可能会逝世呢？

广播里还在说：“毛泽东主席的逝世，对我党我军和我国各族人民，对国际无产阶级和各国革命人民，对国际共产主义运动，都是不可估量的损失……

天空中，不知从什么时候开始，飘起了星星点点的小雨。雨水落在树叶上，又聚成大颗的雨滴，从树叶上滚落下来，打湿了战士们身上的军装。没有一个人动一下身子。人人都被这突如其来的噩耗惊呆了，一个个像木雕泥塑一样，任凭雨水浸透衣衫……

东方红日，顿然隐去，群山低首，江河呜咽！

播音员的声音停止了。队列里仍然是死一般的沉寂。

指导员陈少平走到队列前，率先摘下自己头上的军帽：“大家听我的口令，脱帽！”

“唰”的一声，大家齐刷刷地摘下头上的军帽。

“默哀！”每一个人都把头深深地垂下，静静地伫立着。队列中传出一阵低低的啜泣声。

接下来的几天里，广播中、报纸上，通篇都是全国人民和世界各国悼念毛主席的消息。据广播报道，当毛主席逝世的消息公布之后，在十五分钟内，路透社、美联社和法新社等世界各大主要通讯社，争相报道了相关消息。

紧接着，世界各大媒体都发表了大量赞扬毛主席及介绍毛主席革命事迹的评论和文章。世界各地对毛主席赞扬和哀悼的文章，如潮水般铺天盖地而来。在毛主席逝世当天，联合国总部也降了半旗志哀，这是联合国历史上罕见的。

联合国秘书长瓦尔德海姆在联大会议上说，“毛泽东是一位伟大的政治思想家、哲学家和诗人”，“他实现自己理想的勇气和决心，将继续鼓励今后的世世代代”。联大主席也称毛泽东是“我们时代最伟大的英雄人物”，“他改变了世界历史的进程”。

在我国驻各国的使馆中，前来吊唁的人们络绎不绝。许多国家的领导人还不顾我国不准备邀请外国政府、兄弟党和友好人士派代表团或代表来华吊唁的态度，纷纷提出要求，要来北京参加毛泽东主席的追悼会。在很多国家，人们甚至举行了各种形式的悼念毛主席的游行。

这时，接上级通知，中央将在 9 月 18 日下午三点，在天安门广场举行百万人参加的毛主席追悼大会，全国各地也要同时举行追悼会。

9 月 18 日，岳宗和战士们都换上了干净的军装，左臂上带着上级统一下发的黑纱，胸前别着自己制作的白色纸花，列队来到唐山市文化宫露天广场。这里是唐山市追悼大会的主会场。主席台中央醒目的黑色挽幛上，是十七个白色大字：“伟大的领袖和导师毛泽东主席追悼大会。”挽幛下方，是镶着黑边的大幅毛主席画像。人们队列整齐，神色凝重。上午还是天高云淡的朗朗晴空，不知从什么时候起，已经变得阴云密布。

下午三点整，高音喇叭里传来北京天安门广场追悼大会的现场直播。哀乐缓缓响起，人们的心情愈发沉痛。哀乐过后，整个中华人民共和国九百六十万平方公里的土地上，所有轮船、火车、汽车及航行在全世界四大洋上的中国轮船，无数个汽笛同时拉响，悠长的汽笛声持续了整整三分钟。岳宗和战士们同全国八亿人民一起，向毛主席的遗像默哀三分钟。接着，中共中央第一副主席华国锋，操着浓重的山西口音宣读悼词。

当华国锋列举毛主席为中国人民的解放事业立下的丰功伟绩时，广场上的人群中，有许多人压抑不住心中的悲痛，热泪夺眶而出。开始，还是无声的呜咽和低声的啜泣，很快，越来越多的人哭出了声，整个现场化成了一片悲痛的海洋。

老天也像是被这人间的悲痛所感染，开始洒下飘飘细雨。雨水和泪水混杂在一起，湿透了人们的衣服。沉浸在无限悲痛中的人们，对此却好像茫然不知。

追悼大会的现场直播，一直持续了一个多小时，一直到华国锋致悼词之后才结束。接着，又有几个人分别代表唐山市的工人、农民、学生、机关干部和正在唐山执行抗震救灾任务的解放军在大会上发了言，表达了唐山人民对毛主席的怀念之情和继承毛主席的遗志，坚决夺取抗震救灾伟大胜利的决心。

毛主席追悼大会后，天气明显地变凉了。唐山市遭受那么严重的天灾，死亡人口及外送的重伤员，加在一起虽然超过了三十万，但留在唐山的人，仍然有百万之众。那时候的条件远远赶不上现在，国家不可能一下子拿出那么多简易房和保暖帐篷。唐山人民的越冬住房，都要由部队帮他们建造。在那些天里，四连战士们不畏艰难，每天照常迎着太阳起，顶着星星回，整日奋战在为唐山人民搭建越冬抗震棚的工地上。

很快，到了 1976 年 10 月。战士们太累了，该歇歇啦。国庆节期间，接上级通知，所有参加抗震救灾的部队放假三天。唐山市民们自发地组织起来，到部队驻地慰问解放军。

四连负责的那个有三百多户人家的机关家属院，也组织了一个二十多人的毛泽东思想宣传小分队，排练了一台节目，既有样板戏折子戏，又有自编自演的歌舞、快板、对口词、诗朗诵等，来到四连驻地慰问演出。那些节目的内容都是四连的官兵们如何不知疲倦地救灾的故事，有些甚至就是那些演员们的亲身经历。他们的表演，在技巧上也许有所欠缺，但那份感情却是绝对真实的。

放假的几天里，除了晚上睡觉的时间，军民之间有了更多的交流。他们除了聊一些各自在抗震救灾中的见闻外，更多的，是聊那些人人都关心的事。从一些“消息灵通人士”那里，岳宗得知，在毛主席逝世的第二天，清华大学负责人迟群就要求学生们发扬“五不怕”精神，准备“更尖锐的斗争”，并命令民兵随时听候调用。当时还有人传言“上海的工人民兵都发了枪”！

听到这些消息，岳宗的心头无比沉重。他虽然一时还说不清楚那些消息的真正含义，但直觉告诉他，在这些消息背后，隐藏着一个巨大的政治阴谋。一旦这个阴谋得逞，国家和人民将万劫不复。

一个阳光明媚的中午，烈日当头，即使有树荫遮挡，帐篷里边还是相当热。岳宗的基础体温比正常人要低一点儿，凉一点没关系，可就是怕热。此时，他正倚靠着一棵枝叶繁茂的国槐乘凉，忽然，一个熟悉的身影在树林外边一闪，是肖海平！

岳宗一跃而起，忐忑不安地迎上去，急忙问：“海平？你怎么来了？出什么事了吗？”

肖海平不知是跑得太急，还是因为天气太热，一张俏脸涨得通红，眼角眉梢满是压抑不住的笑意。一看见岳宗，立刻蹦跳着跑过来：“告诉你一个特大喜讯，‘四人帮’被抓起来了！”

岳宗一愣，有点怀疑自己的耳朵：“真的被抓起来了？你是听谁说的？消息可靠吗？”

“嗯，10 月 6 号晚上，华主席和叶帅在中南海怀仁堂坐镇指挥，由汪东兴负责具体实施行动。以召开政治局常委扩大会议，审定《毛泽东选集》第五卷书稿的名义，通知王洪文、张春桥和姚文元参加会议，顺利逮捕了他们！随后又在江青住所逮捕了江青。现在，‘四人帮’被抓的消息在北京差不多都公开了，咱们在唐山，知道得晚。听说，在北京，大大小小的商店里的酒都被人们买光了，就连几毛钱一瓶的二锅头都被抢光了！”

岳宗仔细听着肖海平的叙说，越听越觉得这事是真的。她话音刚落，岳宗一把抱住她，在她嘴唇上深深一吻，兴奋地说：“还等什么，还不赶快去买酒去？晚了，唐山的酒也得被抢光了！”说完，又和她紧紧地拥抱在一起。

回到连队住处，岳宗抑制不住心中的兴奋，掏出身上所有的钱，交给通信员小孙，说：“快去，到街上买酒去，什么酒好买什么，能买多少买多少，我请客！”

指导员陈少平凑过来问：“怎么了，你小子又抽什么风？你和弟妹要办喜事啦？咱这儿目前可没条件给你们办喜事啊！”

岳宗高兴地对他说：“是喜事儿，可不光是我个人的喜事，是全国人民的喜事！那四个人被抓起来了！”

陈少平兴奋地一拍巴掌：“我说怎么这几天左眼皮一个劲地跳个不停呢，原来应在这儿了！”说着，他掏出身上的钱也递到通信员手中：“快去，要买好酒啊！你再顺便通知司务长，把那头猪杀了，告诉炊事班长，好好露露手艺，今天晚上，咱们全连会餐！”

当天下午，炊事班兴高采烈地把猪杀了，炊事班长施展浑身解数，又从近旁的唐山市交际处请来位一级厨师，用新宰杀的猪肉又是冷盘又是热炒，做了八盘八碗外带两个汤。

“多行不义必自毙”，倒行逆施的结果，必然是搬起石头砸自己的脚。10月18日，粉碎王洪文、江青、张春桥、姚文元反革命集团的消息通过广播、报刊发表后，全国从城镇到乡村，到处敲锣打鼓，鞭炮齐鸣，载歌载舞，热烈欢呼这一伟大的历史性胜利。

第二天，《人民日报》以套红标题，报道了首都一百五十万军民举行的声势浩大的游行。全国沸腾了！整个唐山市沸腾了！人们持续的庆祝活动，让1976年那“狂欢的十月”，永久地载入史册。

那些天里，一首《祝酒歌》传遍了中国的大街小巷：美酒飘香歌声飞，朋友啊请你干一杯，请你干一杯！胜利的十月永难忘，杯中洒满幸福泪。十月里，响春雷，亿万人民举金杯；

舒心的酒啊浓又美，千杯万杯也不醉。手捧美酒望北京，豪情胜过长江水。锦绣前程党指引，万里山河尽朝晖。待到理想化宏图，咱重摆美酒再相会……

从10月底开始，守备一团便在为撤离唐山做准备了。这段时间，为唐山人民建造越冬住所的任务已经基本完成。四连在帮责任区内的市民盖好防震棚之后，又帮着那些在地震中失去了儿女或父母的孤寡老人和儿童，在屋外垒起了灶，搭了小厨房，在屋里盘了炕。战士们还掏出不多的津贴费，集资给他们添置了锅碗盆勺、被褥床单和棉衣棉裤等基本生活用品。做完这些事后，又进行了每次执行重大任务后都少不了的一个环节：总结评比。

总结评比的核心是评功评奖。立功受奖，是每个军人都十分看重的荣誉。但是，谁能立功受奖，除了要看个人表现之外，还要看上级下拨的奖励名额有多少。这次抗震救灾属于仅次于战斗的重大突击性任务，上级给了四连七个立功名额，受奖的比例，竟达到编制人数的百分之二十！

岳宗认为，立功受奖，不应受什么名额的限制，而是应该主要看付出了怎样的努力，做出了多大贡献。只要是付出了常人没有付出的努力，做出了常人难以企及的贡献，就应当给予肯定和奖励。这并不是没有先例的。在战争年代就有过这样的规定。不管你是刚刚过来的新战士，还是有多年革命经历的老兵，只要你在战斗中击毁敌人一辆坦克、装甲车，或是击落一架敌机，炸毁一个碉堡，或是俘获敌人的高级军官，都能立大功一次。

即使不能立功受奖，也应该由上级颁发某种有特殊纪念意义的纪念物。岳宗就亲眼见过老爸的“淮海战役纪念章”“渡江战役纪念章”“抗美援朝纪念章”。想想多年以后，大多数既没有立功也没有受奖的战友们已经当了爷爷。当他们和孙子、孙女们谈起这段抗震救灾的难忘经历时，孙辈们问他：“爷爷，你真的参加了唐山抗震救灾吗？”他连一个能证明参加过的证书或纪念章都拿不出来，该怎么向孙辈们解释呢？

评功评奖一开始，岳宗就声明，自己不愿立功，也不愿受奖。但战士们和连党支部却通不过。他们列举了许多理由，什么在准备阶段提出了很好的建议，使我们连的抗震救灾准备工作做得特别充分，是少数带足了干粮和工具进入灾区的连队之一，并因此使我们连成为全团救出活人最多的连队呀；什么带领二排最先深入灾区，为全团选择了较好的展开区域呀；什么身先士卒，钻进随时可能倒塌的危楼，救出了第一个人呀；什么以身作则，第一个用双手抱出高度腐败的尸体呀，等等，非要给岳宗向上级报请二等功不可。

虽然岳宗据理力争，说自己无论是带领一个排率先进入灾区也好，为全团选择了较好的展开地区也好，都只不过是尽了自己应尽的义务，完成了上级交给自己的任务而已。至于救出了第一个人、第一个下到废墟中去抱尸体，那更是每一个进入灾区的军人的职责，真的没有做出什么突出的贡献，真的当不起这个功。可是，在专题研究评功评奖工作的支委会上，指导员陈少平的一句话就把他顶了回来：

“小岳，你说的都对，我们每一个人进到灾区来，都是尽我们的义务和职责。养兵千日，用兵一时嘛。救出多少被埋压在废墟里的灾民都是我们的本分，又有多少灾民由于我们救得不够及时，或是不大得法而没有获救，那都是我们的遗憾。在灾区抢救人民群众的生命财产是尽义务、尽职责，那在战场上打坦克、打飞机、消灭敌人是不是尽义务、尽职责？

“按你的说法，尽义务、尽职责、尽本分就用不着表彰，那我军还要立功受奖制度干什么？那还要评什么战斗英雄、尊干爱兵模范干什么？谁不都是在尽义务、尽职责？都是尽义务，还有个尽得好不好的差别呢！大家给你评功，是对你在抗震救灾中的表现的肯定，你要是这么牵着不走，打着倒退，那可就不是谦虚，那就成了矫情了啊！你到底是怎么回事儿？是嫌二等功不够高，还想立个一等功还是怎么的？”

岳宗连忙解释：“不是，指导员，这次抗震救灾。咱们连那么多干部战士都干得不错，都该立功受奖，可立功受奖的名额就那么几个，实在是僧多粥少，不够分的。我是想，回去以后，也许过不了几天，有些同志要复员离开部队了，他们都面临着分配的问题。要是能够立个功、受个奖，回到地方后，很有可能安排一个比较理想的工作。这对他们这一辈子，对他们全家，都是一个难得的机会。而我呢？我想，至少是这次回去后，不会立刻安排我转业吧？所以我说这个功，或是奖，对他们来说，比我更有用。”

岳宗继续说：“指导员，你知道吗？就在我钻进危楼里去救那个欧阳凤的时候，赶上了一次余震。我当时正蹲在那儿撬压着欧阳凤的那根水泥大梁，和我一块下去的曹建林自己都顾不上躲，却一把把我推到了桌子底下。这样的战士，真的到了战场上，他真能为你挡子弹！像这样的战士，到年底都得复员，他还连个党员都不是，要是不立个功或是受个奖就回去，八成还得去撸大锄杠子！我们能帮他们什么？我真的是想让像曹建林这样的战士，都能立个功再回去。”

不知什么时候，岳宗的眼泪涌出眼眶，顺着面颊滚下来，一滴滴落到地上。

陈少平也动了感情。他沉默良久，说：“小岳说得不错，这次抗震救灾，咱们连个个都是好样的，个个都够立功受奖的条件，可名额就那么几个，再向上级争取，估计也很难。这样，我提议，这次评功评奖，我们干部就都不要评了，班长骨干们也要高标准要求，把名额尽量都让给那些像曹建林这样的今年就要复员的战士。同意的，请把手举起来。”

岳宗第一个高高举起了手。其他几个支委也都陆续举起了手。陈少平满意地点了点头，又说：“在抗震救灾出发前的动员会上政委说过，要开展火线立功、火线入党活动。我们要结合评功评奖，把火线入党也搞起来。那些还没有加入组织的战士，表现突出的，如果立不上功，也要发展他们加入党组织。不能让那些能在战场上为我们挡子弹的好兄弟，在部队干了几年，到复员回家时还是个白丁！”

在接下来的会议上，党支部又逐个分析了每个战士在这次抗震救灾中的具体表现，大致确定了立功、受奖和火线入党人员的名单。这以后，评功评奖工作进行得就比较顺利了。干部、骨干、党员带头谦让，全连没有出现争功争奖的现象，顺利地评出了 7 个立功、11 个火线入党的人员，其余 24 个不同级别的嘉奖名额，也都落实到人头。团里还根据四连在抗震救灾中的突出表现，为四连报请了集体二等功！

完成评功评奖工作之后，连队就开始了紧张的撤离准备工作。

恩莫大于救命。在大地震中获救的唐山老百姓，对于把他们从废墟中抢救出来，又帮助他们重建家园的解放军，充满了真挚的感激之情。当被埋压在废墟中的亲人遗体基本清理完毕，开滦煤矿重新恢复生产，中小学校重新开学，银行、商店重新开业，家家户户住进了安全可靠、防寒保暖的抗震棚之后，唐山市民就开始了欢送亲人解放军的准备工作。那一天，沈阳军区撤离时，唐山市民早早从四面八方、涌向了部队将要经过的大街两旁……

于是，团里特意通知，一切准备工作都要秘密进行。不为别的，就是为了尽量减少唐山人民的负担。刚刚经历过自然灾害的大劫难，许多唐山市民多年积攒起来的全部家当，都在一夜之间化为乌有，现在靠着国家的救济，刚刚勉强解决了温饱，怎么能忍心再让他们抠出仅有的细粮、鸡蛋、花生、糖果来慰问部队呢？

在正式撤离前的那个晚上，四连的战士们先是乘夜色，把临时驻地周围的垃圾清理干净；把从交际处借来的铺板、方木一一清点，登记造册；连从废墟堆里捡来用于床板的砖头都点明数目，码放整齐。然后收拾好个人物品，打好背包，撤收帐篷，列好队伍，静悄悄地离开凤凰山的临时驻地，向位于三里外唐山市第一招待所停车场走去。

出乎意料的是，车队刚开出不到一百米，街道两旁突然响起了震天的锣鼓声，一队队中小学生们举着五颜六色的花束，摇着各色小旗，打着一条条横幅出现在街道两旁。一群群妇女拿着一篮篮鸡蛋、花生、水果、馒头、包子、大饼和唐山特产蜜麻花，一窝蜂地拥到了路中间，把前进的路堵得死死的，车队不得不停下来。

营长下了车。一位五十岁左右的中年人走上前，握住营长的手，一个劲地埋怨："啊呀，首长啊，你们要走，咋不打个招呼呢？唐山的人民可舍不得你们走啊！俺们也知道，你们解放军还有别的任务，俺们留不住你们。可你们走，总得让俺们送送吧？俺们这一带的居民们都准备好些日子了，就为了在你们走的时候能送你们一下，当面跟你们说一声谢谢，给你们捎上点儿咱唐山的土特产，捎点路上的吃食。东西不多，是咱唐山人民的一点心意啊！”

营长一个劲儿地解释：“这位大叔，不是我们不打招呼，我们是按照上级的命令，今天零点以前撤出唐山。我们是怕打扰了大家伙儿。毛主席说了，军民团结如一人，试看天下谁能敌。唐山人民的一片心意我们收下了，东西就不用带了吧。唐山人民刚刚经历过这么大的灾害，手头都不宽裕。咱们都是一家人，一家人就用不着那么客气了吧。”

中年人说：“喔，话不能这么说。就算家里再穷，亲人上路，总不能让家人空着手吧？东西不多，是个心意！”

就在营长向那个中年人解释的时候，汇聚在路边的上千名群众早就动起手来。有一个十岁左右的小学生跑过来，把一朵鲜红的纸花戴在营长胸前。那些挎着篮子、端着笸箩、提着口袋的大嫂大娘们，都拥到车边，把那些鸡蛋、花生、水果和唐山特产蜜麻花，一把一把地往车上送。有些性急的人，竟把篮子口袋整个塞到了车上。那些半大小伙子和中小学生们挤不到车边，抓起花生、糖果、苹果和梨子，一把一把地往车上扔。车上的各种食品已经堆满，群众还是一个劲儿地往车里塞，直到把他们带来的食品全都塞进了车里，他们才渐渐退到路边，给车队让出一条路来。

车队缓缓地开动了。没有人下命令，车上的战士们全都站直了身子，向夹道欢送的唐山人民行着庄严的军礼。有人点燃了成串的鞭炮。喧天的锣鼓和鞭炮声响成一片。人们挥动着双手送别，无数的手臂汇集成一片森林。几位老人腰里系着红绿彩绸扭起了送别的秧歌。岳宗注意到，他们腰间的彩绸上，还有各色花纹。不用说，他们准是临时找不到彩绸，把家里珍藏的彩绸被面撕开，系到了腰间。

部队是 11 月 6 日撤离唐山，返回营房的。从进入唐山的那天算起，整整一百天。

车队渐行渐远，一些小伙子们还是依依不舍，一路追着汽车跑，边跑边挥着手，还不断地往车里扔各种食物。车上的战士们也不停地挥动着手臂，依依不舍地告别唐山，告别唐山人民。战士们被这用鲜血和汗水浇灌出来的军民鱼水情深深地感动，每一个人的脸上，都滚动着激动的泪水。

红色帽徽
红领章

RED
Cap Badge
RED
Collar Insignia

第二十三章

当连长

“沉舟侧畔千帆过，病树前头万木春。”这是唐诗中的名句，在当时曾经一度较多地被用来表明无产阶级的豪情壮志。“四人帮”被打倒半年多了，即成为“沉舟”“病树”，“文化大革命”事实上也已经结束了。

“文革”之后，国家最迫切的工作，便是拨乱反正。部队也是一样，在“文革”中停办的军队院校要恢复。十年过去了，院校房舍依旧，但教材、教具，尤其是能够胜任教学需要的教员，却远远不能满足需要。于是，各院校纷纷从部队选调人才，学历高且年富力强的连长任保田，很快被北京军区军政干校选中，调去当了教员。岳宗以副连长身份，在代理了一个多月连长职务之后，正式被上级任命为四连连长。

打个不大恰当的比喻：在一个连队里，副连长，就像是已经成年的长子，他所做的所有事，都是根据父亲的指示，按照父亲的意图去做的，遇到大事，他可以向父亲求助。而连长，更像是父亲，家里所有事情都必须由他思考、谋划、决策，碰上困难，遇到风险，他同样要挺身而出，去担当、去承受。一个好的父亲，应该具备很高的个人素质，同时还要能够理顺家中所有成员之间的关系，把全家人牢牢地拢在一起，带领全家人一齐奋斗，并能够根据家中各个成员的特点和特长，给他们提供发挥能力的舞台，把他们一个个培养成人。

正如在家庭中，父亲最重要的，是要理顺和母亲的关系一样，当好连长，最要紧的，就是要处理好与指导员的关系。我军的内务条令规定，指导员和连长同为连队的正职领导，从职务上讲是平级，只是工作的重点略有不同。连长更侧重于军事工作和行政管理，指导员更侧重于组织建设和思想教育。按说条令上既已有了明确规定，理顺连长与指导员的关系应该不是难事。但实际情况往往不是这样。在中国人的观念中，讲究的是“家有千口，主事一人”，在一个连队里，谁来当这个“主事”的人，往往是情况复杂。

自从岳宗当兵以来，不算在新兵连，所经历过的连长、指导员也有四五对了。最早在海防连，那时候全连分成好几摊，每年除了年终总评那几天，很少有机会同时看到连长和指导员。岳宗当时又是个新兵蛋子，对连队的情况一点不摸门，看不出个高低好歹来。不过，听老兵们说，连长老刘和指导员老邓之间也相当“不对付”。连长要是坐镇连部，指导员就一定要到盐场，或是到执勤哨所去蹲点；要是指导员蹲点回来，连长肯定要到下面去视察。两人虽然名义上同住一屋，实际上却很少照面。到了非照面不可时，两人也仅仅是表面上客客气气。事实是否真的如此？岳宗没有亲眼见过。不过在处理一些大事情上，他们却是心往一处想，劲儿往一处使，默契得像左右手似的。

于跃海和邓颂平搭班子的时候，四连在师部执勤。岳宗当了副班长，和连长指导员接触的机会多了，但也没看出他们之间有什么矛盾，感觉连长和指导员既分工明确、各司其职，又能够互相配合、互相支持。连队在作为全团打坦克训练试点时，他们常常同时出现在训练场上，年终总评时上级派来工作组，他们也是一起接待。

不过，岳宗也注意到，于跃海上军事课时，邓颂平很少到场；邓颂平组织政治教育时，于跃海也基本不露面。在岳宗的记忆中，他们之间只因为用什么菜做饺子馅的事儿，爆发过一次激烈冲突。当时，他们一个摔了饭碗，另一个踢翻了桌子，眼睛瞪得比铜铃还大，要不是当时人多拉着，他们也许真能动起手来。

到任保田当连长时，从团政治处来的那个姓董的当指导员，两人之间的矛盾几乎公开化了。那个姓董的指导员没怎么在连队待过，许多事情都不大懂，可又处处摆出一副支部书记的架子，事事都要说了算，还动不动就把“我们的原则是党指挥枪，而决不容许枪指挥党”挂在嘴边。任保田一开始在小事上不和他争，但在关系安全和用人的问题上则寸步不让、据理力争。这样争来争去，最后就出了那封“群众来信”，结果是姓董的指导员被调离，任了个闲差；任保田也因此错过了进入团“老中青三结合班子”的机会。

陈少平来当指导员之后，和任保田的关系还算不错，两个都是聪明人。任保田经过“群众来信”事件后，心情一直不大痛快，连里的事情也有点懒得多管。别看陈少平表面上大大咧咧，平时说话嘴上像少个把门的，但他对任保田却很尊重，影响团结的话一句不说。

现在，轮到岳宗来当连长，和陈少平搭班子，该怎么处理好跟指导员的关系呢？岳宗在给老爸的信中，向他提出了这个问题。原以为老爸在回信中，又会像以前一样，讲道理、举例子，用他的阅历和经验，给自己详详细细地出谋划策。没想到老爸在回信中，对这个问题只用了十六字："尽职尽责、照章办事、戒骄戒躁、加强沟通。"

岳宗捧着老爸的来信，看了一遍又一遍，引起了陈少平的注意。他问："是弟妹来信了？写了些什么甜言蜜语，让你这么翻来覆去地看不够？能不能公开一下？"说着凑过来，在信纸上扫了一眼，随口称赞："嚯，弟妹一手好字嘛！比你那两笔字可强多了啊！"

岳宗连忙说："哪儿啊，是老爸来的信。我这不刚当连长嘛，不知该怎么干，让他给咱传传经。"

陈少平颇感兴趣地问："噢？听说你爸是咱们部队的老首长？他是怎么说的？"

岳宗说："我爸当年没在咱们师待过。你看，就这么十六个字，多一个字也没有。我还没太明白他的意思，这不正琢磨着吗。"说着，把信纸递过去。

陈少平接过信边看边点头，赞叹着说："高！真是高！你爸真不愧是老首长，你看这四句话，说得多精辟！尽职尽责、照章办事，是要你根据条令条例的规定，恪尽职守，履行好连长的职责；戒骄戒躁、加强沟通，是教给你态度和方法。真能按这四句话十六字做好了，别说是个小小的连长，就是当好师长也不在话下！"

岳宗想了想，说："指导员，用你的话，咱们是就着热锅下饺子。既然把话说到这儿了，干脆就谈谈心，说说怎么一块儿带好这个连吧。我只是个初中生，文化水平不高。当兵这些年来，除了去师教导队学过三个月，到军参训队学了半年以外，就是在连队当战士的那六大技术，可以说对军事工作还是一知半解。咱们连前几任连长都那么强，我真的是怕咱们连这块金字招牌会砸在我手里。指导员你年龄比我大，军龄比我长，经验比我多，更比我见多识广。你可真的得给我好好来个传帮带呀。"

陈少平连忙说："哪里哪里，你可别这么说。小岳，哎，不，现在得叫你连长了。连长，对你我还算是了解的，你军事技术好，为人正派，处事公正，胆大心细，遇事爱动脑子，聪明好学，还善于总结经验，我对你很有信心。团里给咱们连配连长的时候，常政委找我谈话，征求我的意见，我就是这么对他说的。小岳，哎不，你看，我这一时还改不过来了。”

岳宗说：“指导员，不用改。你比我年长，在你面前，我就是小字辈嘛。”

陈少平说：“不行，该改还是得改。要不老是小岳小岳地叫，也影响你的威信嘛！这不利于工作，必须得改！”

岳宗说：“要不这样，在大家面前叫连长，咱们单独在一起的时候，就叫小岳。”

陈少平认真地说：“那不行，回头叫顺嘴了，一不小心溜出来怎么办？你知道吗？你现在，可是咱们团最年轻的连长。咱们连一排长、四排长，一个是65年兵，一个是66年兵，论资历、年龄，都比你大。团里主要是担心你太年轻，资历不够，怕你压不住阵。我说：让他去别的连当连长可能压不住阵，在我们四连没有问题，这些年他干得怎么样，大家都看在眼里，大家都服气。这才让团里打消了顾虑，最后下了决心。”

岳宗感激地看着陈少平：“哦，那可太谢谢你了！指导员，有你的支持，我就有信心了。以后，遇到大事咱们多沟通，在军事训练和行政管理上，我有什么不懂的地方，或是遇上什么困难，你可不能看我的笑话，得伸手拉一把。”

陈少平在岳宗肩膀上重重拍了一下：“一言为定，就这么办了！嗯，你爸的这十六个字我得记下来，在连务会上，好好地给那几个班排长们讲讲。要是大家都能按你爸的这几句话去办，咱们连的工作就省心多了。”

十多天后，上级来通知，史军长要带一个工作组到四连来蹲点，时间是一个月。要求四连做好准备，既要如实地向工作组反映情况，又要在工作组蹲点期间，保证连队的各项工作不出一点纰漏，要把最佳状态展示给工作组。上级还特别强调，史军长已经50多岁了，在战争年代负过伤，血压有点高，又有胃病，可他还坚持要在连队食宿，在蹲点期间要和战士们实行“五同”。

所谓“五同”，即“同吃、同住、同学习、同训练、同娱乐”。对军长来说，关键是“同吃同住”不太方便。那时候，连队战士每天的伙食费，只有4毛7。粮食虽说是大米、白面和粗粮各占1/3，总不能因为军长要“同吃”，连队就一个月只吃细粮，不吃粗粮吧？那样的话，不仅军长会起疑心，工作组走了后，连里得至少连吃2～3个月的粗粮了。

再说“同住”，连里一共就那么几间宿舍，军长来了，至少得给他腾出一个单间吧？听说他还带了七八个人一起来，来的人里还有军机关的处长、副处长。军里的处长和团长是同样的级别，即使不住单间，也不能让他们睡到班里，和战士们一块儿去睡大通铺吧？

那些天，就为接待工作组的事，愁得岳宗五脊六兽的不知所措。他在心里暗暗埋怨，军长早不来晚不来，偏偏刚当连长他就来了，这不是给自己出难题吗？要是当副连长，这种事自有连长、指导员拿主意，轮不到自己犯愁。要是连长已当了几年，经的见的也会多得多，自然有办法应付。可现在连长的板凳还没坐热，军长就来了，真不知该怎么办了。

着急归着急，埋怨还不能公开埋怨，这副担子还得自己来挑。岳宗和陈少平商量了一下，决定开个支委扩大会，专题研究如何接待军长一行的问题。

人员都到齐了，陈少平先开了口：“今天会议，先由连长介绍一下具体情况，大家要注意听。”说完，朝岳宗点点头，示意开始。

岳宗是第一次以连长身份向大家讲话，心里不免有几分紧张。他掏出小本子，轻轻咳嗽了一下，说：“同志们。”这个开头显得过于正式了，大家有点不大习惯，有人发出了善意的笑声。陈少平瞪了发笑的人一眼，示意岳宗继续。

岳宗又咳嗽了一声，继续说道：“嗯，根据上级指示，史军长将带领工作组来咱们四连。我和指导员商量了一下，感到有下面几个问题，需要大家出出主意。一是吃的问题，二是住的问题。还有如何展示连队真实情况和搞好业余文化生活等问题，咱们都要好好研究一下。”

说完，岳宗坐下，把本子摊在面前，准备记录。

陈少平看了看大家，引导着说：“连长讲得很全面了，四个问题，咱们一个一个议。对于住的问题，连长和我是这么想的，军长肯定要住单间。那我们把连部所有房子全腾出来，也勉强只有 3 个单间，处长副处长们只好委屈一下，两人住一间，其他几个参谋干事助理员，只能到各班排去挤一下了。大家看，这样安排行不行？”

沉默了一会儿，一排长说：“也只能这样安排了。咱们连就这么个条件，还能怎么办？”

二排长曾凡勇说：“住房这么安排我也同意，但我觉得还得想得细一点。比方，军长到咱们连里，睡这硬板儿床行吗？还有，马上天就要热了，咱们金锁镇这儿虽然没有蚊子，但苍蝇、跳蚤多得都能滚成蛋，咱们都习惯了，工作组的人恐怕适应不了。”

陈少平说：“好，这个问题提得好。大家是要想得细一点儿。硬床板的问题还好办，把咱连那几床公用的被褥都给铺上，就差不多了。苍蝇跳蚤的问题可不大好办，拿开水烫断不了根，用药杀也不行。再说，那几个参谋还得睡到班里去呢。”

卫生员说：“我们在集训时，教员倒说过几种集体消毒的办法。其中一种叫熏蒸，就是把要消毒的东西集中到一个密封的大屋子里，用一种什么药，放在火上烧，那烟气能把大部分致病害虫都杀死。具体怎么弄，我得回去查查书。”

指导员说：“好，这件事交你负责了。这样，谁还有什么好主意，尽管提出来。只要有了办法，我们能自己解决就自己解决，不然，可以请上级帮助解决。”

司务长刘根说：“指导员，我听说最近上面拨下来一笔营房维修费，咱们能不能申请一下，让团里给咱们连把宿舍的纱窗解决一下？要不那苍蝇可是会飞的，你今天打了药，它们飞走了，明天药味散了它又飞回来了。那可不是办法。”

指导员和刘根是老乡，平时的关系就不错。他笑着指点着司务长说：“好你个小刘，算盘珠子扒拉得不错嘛！这个主意好！”

接下来，话题转入“同吃”的问题。司务长介绍了一种粗粮细做的办法，把玉米和小米磨成面，过细箩，加工成极细的面，做的时候用开水烫熟后，再和发好的白面揉到一起，无论是蒸馒头、花卷、发糕还是包包子，都和纯白面差不多。大家还提出要炊事班提高厨艺，多做些花样，别老是米饭馒头窝头统治饭桌，还要多吃几顿肉。

司务长好像牙疼似的，一脸苦相说：“哎哟，大爷们，你们光知道肉好吃，可知得花多少钱吗？伙食费吃超了怎么算？”

岳宗说：“好钢得用在刀刃上，把这一个月过去再节省嘛！有粉你不往脸上搽，难道留着往屁股上抹？”

司务长刘根说：“好我的连长哎，你是不当家不知柴米贵呀。超容易，省起来你知道有多难吗？”

陈少平板起脸说：“刘根，你怎么说话呢？什么叫不当家不知柴米贵？连长不当家，难道你司务长当家？就按连长说的办，把好钢往刀刃上用！”

谁都听得出来，指导员这是在维护岳宗的威信。岳宗感激地看了眼指导员。

吃的问题基本有了办法，大家又七嘴八舌，议了在工作组蹲点期间，怎么展示连队的良好风貌，搞好文体活动的问题，以及怎么防止那几个“活宝”出洋相等，想出了不少解决的好办法。

第二天，文书根据支委扩大会的记录，起草了一份如何迎接军部工作组蹲点的汇报提纲。岳宗又在文书的稿子上改了改，特别把需要团里帮助解决的几个问题，重点强调了一下，交给文书誊清后，拿着汇报提纲去找陈少平，对他说：“指导员，这个提纲你看看，我第一次搞这个东西，不知道行不行。你是老领导了，又是支部书记，有最后决定权。你给把把关。”

陈少平一边谦虚地说：“哪里哪里，咱们一块儿商量着办。”一边接过提纲，仔细看着。“行，行，我看这样就行。”指导员满意地连连点头。

俗话说，“你敬人一尺，人敬你一丈。”耳闻目睹的许多事情，让初当连长的岳宗明白了一个道理，所谓“加强沟通”，就是要放平心态，端正自己的位置，不高估自己，不小看别人。放低身份，尊重他人，事情就好办。

不久，各项准备工作都落实了。军长一行人，乘坐三辆吉普车来到四连。

军长的个子不算高，身体略微有些发福。黑中透红的标准国字脸上，浓眉下的一双眼睛炯炯放光。在他的右腮边有一个蚕豆大小的伤疤，据说是抗战时一次反清乡战斗中，被鬼子的手榴弹片炸的。

最让岳宗高兴的是，蔡林居然也是工作组成员之一。他在师教导队集训结业后，被师长安排到作训科当了参谋。师长被提为副军长后，他又跟着师长到了军司令部。见工作组中有个自己人，岳宗的心里一阵轻松。这一下，军长对四连的基本看法、对四连的工作是否满意，他都能在第一时间知道，工作主动多了。

岳宗跟陈少平商量后，特意把蔡林安排到二排，和自己的铺位紧挨着。这样，工作组那边有什么情况，他立刻就能知道。

军长到四连的第二天早晨，起床号一响，全连以最快的速度在操场上集合。操场位于连队营房西侧。那天，早操的科目是队列训练。工作组的几个参谋干事都被编进了班。军长和几个处长副处长们则在一旁观看。

早操开始，照例先是全连围着操场跑步，然后，再各班带开练习。因为军长就在旁边，全连官兵都格外兴奋。岳宗一边带着连队围着场地跑圈，一边学着新兵连郭连长的样子，把“一、二、三、四”四个字的口令，变换成不同的节奏，一声接一声地、用最大的声音高声吼出。全连战士们也以更高的声音，跟着连长的节奏吼叫。

那口号声从 100 多条年轻的嗓子中齐声吼出，冲天而上，惊得落在操场四周树上的鸟儿们一阵扑腾，乱纷纷向别处飞去。

那天早操刚结束，趁洗脸时，蔡林凑到岳宗身边压低了声音说：“嘿，军长表扬你了，说你能把一个连队带得嗷嗷叫，是块带兵的材料！”

岳宗朝蔡林感激地点了点头，胡乱抹了把脸，又急匆匆找到担任值星排长的一排长，向他交代了几句。一排长点点头：“行！放心吧，连长，就按你说的办！”

又过了一会儿，一排长照例提前 10 分钟吹响了哨子。仅用了半分钟，各排的战士们都带着马扎，排好队，陆续跑步来到连部前边的空场上。值星排长整理好队伍，向岳宗敬礼报告：“报告连长，全连应到 107 人，实到 107 人，现已集合完毕，准备收听中央人民广播电台新闻，请指示！一排长刘明亮！”

岳宗向一排长还了礼，说：“坐下吧。”

一排长高声答道：“是！”然后转过身子，朝着队列下达口令：“放马扎！”

“唰”的一声，100 多张马扎在同一瞬间放在每个人的身后。

一排长又下达口令：“坐下！”

又是“唰”的一声，100 多个身躯在同一瞬间，安安稳稳地坐在马扎上，人人挺着腰板，双手放在膝部，头正颈直，目视前方。

一排长走到队列前，双手半举，起了个头“巍巍井冈山，预备，起！”同时双手猛地往斜刺里一劈，100 多条嗓子同时吼出一串声音：“巍巍井冈山，养育了红四连……”这是四连连歌，由四连前任指导员董坤集中连队智慧，根据电影《碧海丹心》中的插曲改编的。这大概也是他为四连所做的唯一贡献了。自从连歌诞生以来，凡是重大活动，会场上都会响起这首曲调高亢、节奏明快的歌曲。

今天是工作组来到四连的第一个早晨，岳宗特意嘱咐一排长，在听广播之前，让工作组的人们听一听四连的连歌。当连歌的最后一个音符，随着一排长一个果断的手势戛然而止的时候，悬挂在连部房檐下边的喇叭盒子里，也响起了广播电台播音员那沉稳的声音：“中央人民广播电台，现在是《新闻和报纸摘要》节目时间……”

在早餐的饭桌上，军长颇感兴趣地问：“哎，你们连怎么还有个连歌？是谁写的词，又让谁作的曲？”

陈少平说：“噢，这曲子是电影《碧海丹心》的插曲，词是我们大家的集体创作。我们连在红军时期得过一面‘开路先锋’的锦旗。我们就琢磨着把老前辈的事迹和精神编到歌里，一代代传唱下去，为的是更好地继承老一辈的优良传统，为人民再立新功。”

军长不住地点着头，赞叹着：“嗯，镰刀割断旧世界，斧头开出新江山，为了人民政权，我们勇敢向前！向前！相当有意境嘛！不错，真不错！”

当天上午的训练科目是第二练习的射击预习。这时的第二练习，已经和岳宗刚入伍时不大一样了。那时候，第二练习射击属于精度射击，射击成绩评定的基本依据是命中的环数。这时的第二练习射击，已经改为应用射击，成绩评定只看命中的子弹发数，不计环数了。

一般而论，所谓精度射击，重在掌握正确的瞄准击发要领，常用环数的多少作为评判成绩的标准。应用射击，则更接近战场实际，重在能在有限的时间内，发现目标、判断距离、装定表尺、完成射击，用命中的弹数来评定成绩。因此，总部把第二练习射击科目，改为了应用射击训练，更突出训练和检验部队的实战化作战能力。

按惯例，在第二练习射击预习前，有一堂弹道学课，主要讲在不同距离上，弹道变化的规律。这一课涉及的内容，包括什么是弹道、弹道形成的原理、步枪瞄准具的结构和原理，以及不同距离上的弹道高等。

这种课通常都是由连长来讲。

自从林彪折戟沉沙、殒命温都尔汗后，持续多年的“天天读”就自动取消了。8 点整，除四排特殊执勤和炊事班之外，全连所有战士，都带着笔记本和小马扎，在连部前空地上整齐地坐好，只等着岳宗来上课了。

岳宗入伍后，不止一次听过弹道学课，但那时他的身份是学员，除了在新兵连时那一次听得比较仔细之外，其余几次，都是连长在上边讲，自己却思想开了小差。现在，军首长们都坐在下面听课，他的心里不免有点儿打鼓。

以前看连长上弹道学课，都是用一个注射器灌上染成红色的水，讲到弹道形状时，用手轻轻推一下注射器的活塞，红水从注射器中喷出来，在空中形成一个明显的抛物线，以此来讲解弹道的形状。这种办法形象直观，岳宗自然也照此办理。可就在前一天备课时，岳宗一个不小心，把注射器弄坏了。新的一时领不来，只好另想办法。

他想起上小学时，不知是谁发明了一种玩法：用蓖麻叶的柄当发射管，把高粱米含在嘴里，用舌头的弹力和吐气的冲力，把高粱米像子弹一样射出去。一时间，这种玩法风靡了全校。玩得好的人，不仅能打单发，还能打连射。肺活量大的，能让高粱米准确地命中 5 ~ 6 米开外的目标。而现在驻地山上有一种草，结的果实比黄豆略大，滴溜滚圆，像极了一颗颗白色的小滚珠。老百姓常把它们串成串儿，做成门帘。对，就用它来演示弹道吧。

大家都坐好后，岳宗开始上课。

"弹道，是弹丸从发射起点开始，直到终点的整个运动轨迹。我们研究弹丸在射出枪口后，依靠惯性，并在空气阻力、地球引力的共同作用下飞行轨迹的特点，是为了正确地选择瞄准点，使弹丸能够精确地命中目标。这在射击训练中，至关重要。"

"那么，弹道是什么样的呢？由于弹丸飞行太快，人眼无法看清弹道的形状。现在，我用这个东西……"岳宗边说边从桌上拿起早已准备好的一根一尺多长的空心玻璃管，又拿出十几颗草籽，装进去，接着说，"来演示一下，请大家注意看。"

岳宗把玻璃管的一头凑到嘴边，吸一口气，轻轻一吹，十几粒草籽鱼贯飞出，在空中形成一条明显的弧线，落在十几米开外。

"大家看见了吧？这些草籽在离开玻璃管口到落地，在空中飞过的这条线，就相当于子弹从离开枪口到落地时飞过的弹道。有谁能说说，这弹道有些什么特点？"

战士们纷纷举手，要求回答。岳宗叫起一名战士。

"弹道是弯的。"

"对，观察得很仔细，答得不错！子弹在射出枪口之后，飞行的轨迹是一条弯曲的弧线，这条弧线也叫抛物线。还有谁能说说，这条弧线本身，还有什么特点？"

下面一阵嗡嗡声，是战士们在交头接耳，低声议论。

等了一会儿，他指着最前排的一个战士说："三班长，我演示的时候，数你离得最近，刚才，你眼睛睁得也最大。告诉我，你都看见了什么？大胆说出来。"

听见连长点了名，三班长站起来，一张脸涨得一直红到了脖子根，有些口吃地说："看、看见了，那些草籽越飞越低。"

下面响起一阵善意的笑声。三班长的脸更红了。

他请三班长坐下后，大声说："对，三班长观察得非常仔细，也非常准确。弹道的另一个特点，也是最重要的特点，就是从离开枪口以后，它的飞行轨迹，是越来越低于枪管的中心线，直至最后落到地上。"

接着，他拿起粉笔，用直尺比着，在黑板上画出一个代表枪管的狭长矩形，又在这矩形中间画出一条虚线，一直延伸到矩形之外，表示枪管的中心线，又从"枪口"处画出一条逐渐向下弯曲的弧线，表示子弹飞离枪口后的飞行轨迹。

然后，他又结合挂图，详细地讲解了 63 式自动步枪、冲锋枪和班用机枪瞄准具的结构和原理，讲解了什么是常用表尺，以及这几种武器在不同距离上选用常用表尺时的弹道高，并结合不同的靶形，讲解了在不同距离上选取瞄准点的原则和方法。

战士们始终全神贯注，认真地听着讲解。把准备的内容全部讲完，岳宗扫了一眼腕上的手表，用了不到一个小时。看来还是有点儿紧张，讲得稍快了些。

午饭后，蔡林告诉岳宗，作训处刘处长对这一课，评价极高，认为你抓住了要点，不仅讲清楚了弹道形成的原则和特点，还把认识论的道理也讲进去了，做到了复杂问题简单化，抽象问题形象化，有点儿当年"大比武"时郭兴福教学法的味道。军长对这一课也挺满意，说岳宗能调动听课者的参与意识，课堂气氛活跃，讲课效果好。

当连长的第一课能得到军工作组的肯定，对岳宗来说是个不错的好兆头。当然，给战士们讲"弹道学"，说到底，还都是一些极浅显的道理。对一个正牌大学生来说，未免有点"小儿科"。因此，他更关心钱副处长对这一课的评价。钱副处长是大学毕业生，对其中涉及的物理学原理，别人挑不出毛病，他是能听出来的。

岳宗问蔡林："哎，那个宣传处的钱副处长是怎么说的？"

蔡林说："噢，老钱呀，他也说不错。他知道我和你当年是同学，还问我你上学时的情况。我把你好好吹了一通，把你参加的那些课外小组和你在全市初中组数学竞赛得过第二名的事儿都跟他说了。”

“他没说我讲课中有什么毛病吗？”

蔡林想了想，说：“那倒没说。不过他们政治部的人，不到关键时候不说。”

几天以后，军长给四连上传统课。岳宗注意到，钱副处长听课时手不停地在笔记本上记着什么。课后，在闲下来聊天时，岳宗问他：“钱处长，军长讲课的时候我见你不停地在笔记本上记，可看那动作又不像是写字，能不能告诉我你在记什么？”

钱副处长好奇地看了岳宗一眼：“嗯，你怎么知道我不是在写字？”

“哦，往笔记本上写字，又写得那么快，笔杆末端运动的幅度不应该有那么大。你往笔记本上写的时候，笔杆动的幅度要大得多，给人的感觉好像是在写外语。”

钱副处长听了岳宗的话，把头微微向后一仰，张开嘴哈哈笑着说：“哎呀，你这个同志眼真够毒的，连这都看出来了？”说着，他掏出笔记本递到岳宗面前，说：“告诉你，我是在记录军长的讲课内容，看看吧，这就是我记的。”

岳宗接过本子，打开来一看，只见满篇都是些奇形怪状的符号和线条，有的是一些大大小小的圆圈和数量不同的小点，有的是一些长长短短的曲线和弧线，有的像一群拖着长短不一的尾巴的小蝌蚪，有的像是不同外语的字母，其中还掺杂着一些笔画最简单的汉字，和一些有点像在小学时学过的注音字母。看着这满页天书一样的符号，他问道：“钱处长，你这，你这写的都是些什么呀？我一点儿都看不明白。”

钱副处长笑着从岳宗手中接过本子，指点着上面的符号说：“这叫速记。上大学时，为了能多记一些教授的讲课内容，我参加了一个速记班，学了些速记知识。像咱们军长今天上课这样的语速，用我这套速记法，熟练的，每分钟至少能记 150 字以上，完全能够把军长的讲课内容一字不落地记录下来。”

看起来，钱副处长的大学真不是白上的。他的那个不算大的脑袋里，还不知装了多少值得自己学的知识呢。听他说完，岳宗连忙问：“钱处长，你说的这个速记，难学吗？”

钱副处长一双眼睛睁得大大的，望着他，问：“怎么，你想学？”

岳宗使劲儿点着头说：“当然想学。我们在基层当干部，许多重要文件都只能听传达，看不到原文，回来再传达，往往不知不觉就把文件的有些精神给‘贪污’了。要是会速记，能把上级文件一字不落地记下来，那回来贯彻落实起来，不就更有谱了吗?”

钱副处长说:“你要是真想学，我就教你。只是你得真下功夫。学速记，相当于学一套新的文字，不下一番苦功夫是学不来的。”

“行，我肯定下功夫，你就教吧。”

钱副处长略一沉思:“嗯，你学过注音字母吗? 21 个声母，15 个韵母还都记得吧?”

岳宗说:“记得。”说着，拿过一张纸来，把注音字母的声母韵母一一写出来。

钱副处长一边看着，一边不断地点头称赞:“嗯，不错，再要记录的时候，你就试着用注音字母来记，不要一个字一个字记，而要按词和词组来记，比方说‘毛泽东思想’你就记每个字的声母，第一个字或最后一个字加上韵母，这样，六个注音字母就能记下一个词组。记的时候，耳、脑、手要配合好。耳朵听、脑子记、手写，遇到讲话语速比较快的人，手记很难赶上耳朵听，这时候，脑子要起到临时储存站的作用，让脑子成为手与耳朵之间的一个缓冲器。关键是要多用多练，用得多了，熟能生巧，也就能运用自如了。”

岳宗一边听着，一边记下钱副处长所讲的要领。几天以后，军务处的耿副处长给四连上条令课。他试着按钱副处长教的方法速记。一开始，有些磕磕绊绊，主要是在如何区别词和词组上常常犹豫不决，结果一句话记不下来，又影响了后面更多的话。

后来，岳宗不再刻意地去分辨词和词组，而是凭着脑子里的第一反应去记，结果反而流畅多了。到最后，他已经能大致记下耿副处长所讲的每一句话。下课后，他把记录结果拿给钱副处长看，并说出了自己的体会。

钱副处长说:“对，你的这种感觉，是初学速记的人都会碰到的，你处理得非常好。我们这是在记录，不是在上语法分析课，完全不必把词和词组分得那么清楚。哎，我发现你的悟性相当不错，能那么快发现问题，并能找到解决问题的办法。你要是能有机会上大学去深造一下，以后一定能成大事。”

现在回想起来，岳宗依然认为，年轻人在成长过程中即使再有天赋，也一定要勤于学习，并不断尝试一些超出自己预期的东西。如果失败了，从失败中汲取经验教训，然后再来一次。慢慢地，你的内心永远会勃发出一股强大的力量，同时能感受到生活中的许多乐趣。这恐怕就是古人所说的‘男儿须读五车书’的道理吧！”

接下来，四连要严格按照条令，完整地展示排防御战术训练，为全团进行示范教学。刚得知这一消息时，岳宗的第一反应，是请团里另选担负示教任务的连队。指导员陈少平却不同意。他说：“咱们四连是老资格的红军连队，从井冈山到抗美援朝，什么时候对上级叫过困难？小岳，你傻呀！这次示范教学是你在全团一次亮相的机会。你要是放过了这次机会，再过几年，你会把肠子都悔青了的！”

见岳宗苦笑着，陈少平继续说：“事情就是这样，这就叫挑战与机会同在，挑战越大，机会也越大！这好比打桥牌，你叫的分越高，打成的难度越大，一旦打成了，你得分就越多。容国团说的一句话我特别赞赏，那就是，人生能有几次搏？现在，只看你有没有这种搏一把的勇气了！难不成你还要开创让咱们连蒙羞的先例？”

陈少平的这一番话，激起了岳宗内心强烈的自尊。他只觉得一股热血从胸腔直冲头顶。他话音还未落，岳宗就站起身来，大声说：“指导员，出洋相就出洋相，我干了！”

陈少平笑着照岳宗胸口来了一拳：“嗨，这还像个男人！只有不怕失败，才会有胆量去争取胜利。不要老想着出洋相，要想着怎么去争光、去露脸。这段时间。你别的什么都不用管，集中全部精力，就想怎么搞好示范教学的事儿。我相信你，一定能成！”

看来，这就是老爸谆谆嘱托的“加强沟通”的作用啊！指导员一直在鼓励，在引领着他……

这次示教作业，光靠在书本上学习，在地图或沙盘上研究是不行的，必须结合现场的地形特点和现有编制装备，才能把教材中的军事思想、作战原则、注意事项、战术技术数据等一项一项都落到实处。岳宗自小就不服输、不信邪，越是那种山重水复，泰山压顶，虽绞尽脑汁、竭尽全力仍难窥胜机的难题，越能激发他的潜能。为此，他开始了认真的准备。

那些天里，岳宗白天和战士们一起上山，抡镐舞锹，修筑排防御工事，晚上则在灯下完善示范教学教案。四天之后，一个相当完整的排防御野战阵地工事，基本修筑完毕。他们又用了一天的时间，对表面阵地和副防御设施进行了精心伪装。然后，岳宗带着二排，在新修筑好的阵地上进行了整整两天的演练。第八天的上午，指导员陈少平带着连里的其他班排长们来到阵地上，充当示范教学的第一批观摩者。

岳宗按照早已背得滚瓜烂熟的教案，详细地讲解了排防御阵地的组成要素，以及各种火器射击位置的选择理由。陈少平突然插话说："连长，你先等等。上级让我们在这儿组织防御，应该是要控制前边的那条公路。记得，咱们的40火箭筒和82无后坐力炮，直射距离都只有三百米，你把它们都配置在这儿，怎么能控制那么远的公路呢？"

对这个问题，岳宗根本没有想到。他争辩说："指导员，你的问题，可是超出了排防御的范围了。我们在这儿，只是进行排防御的示范教学，并不是真的要在这儿组织防御。要是真的组织防御，我就把阵地建到金锁镇北边去，在那儿布上几门反坦克炮，敌军就是来一个坦克师，我都能叫他寸步难行！"

陈少平说："连长，你要知道，这次观摩示教，军首长和机关那些参谋干事们，哪个不是揣着根筷子来吃莲藕宴，专等着挑眼来的？我敢说，他们提出来的问题，比我提的还要刁钻！你准备应付提问，可不能只局限于示范教学本身，凡是和阵地防御有关的，都要准备到，有备无患嘛。你要把这次示范教学，当成真正在这儿组织防御作战来准备，把方方面面的问题都想全了！"

陈少平的话让岳宗茅塞顿开。他当即又对整个防御阵地进行了新的补充。在老牛河西岸一线，设置了40火箭筒的前出阵地；在山脚下，构筑了防炮洞和弹药库；在防坦克三角锥之间，设置了能控制起爆的炸药包，并在河岸西侧的那片开阔地上，又挖掘了几条纵横交错的交通壕，充分利用副防御设施的迟滞作用，使炸药包、手雷、爆破筒这些前些年在"三打"训练中主要的步兵打坦克武器有了用武之地。

在向军首长工作组汇报示范教学情况时，史军长对四连在那片开阔地上设置的由交通壕、堑壕与反坦克雷场、障碍物相互组合的反坦克阵地大加赞赏。

史军长兴奋地说："嗯，这个阵地，很像抗美援朝时期志愿军在金城东北古直木里地区组织防御时用过的网状阵地嘛。那一次，打的是美国鬼子。用我军最好的反坦克武器90火箭筒，有效射程还不到二百米。当时，就是这样构筑了以堑壕和交通壕为骨干，以射击掩体和各种隐蔽工事为核心的三道反坦克网状阵地。”

这次军长来四连蹲点，大家才知道，军长在战争年代曾三次负伤。在抗美援朝时，被美国炸弹震伤，到现在还有点后遗症。但是，谈起他亲历的战争，仍记忆深刻。

军长继续分析道：“美国鬼子一个重型坦克营二十多辆坦克向我方进攻时，我军把敌坦克放进网状阵地内，利用各种障碍设施，迟滞敌坦克机动。同时，火箭筒手和反坦克手利用堑壕、交通壕隐蔽灵活机动，绕到敌坦克的侧面和后方去打它，和敌人的坦克纠缠在一起，让敌人的火力优势难以发挥，而我军想怎么打就怎么打。”

最后，军长手势一挥鼓励道：“你们这个阵地，就有点网状阵地的味道！可以请作训股参谋们，帮助再好好总结提高一下，让它不仅能够打敌坦克，还能打敌步兵，防御炮击。”

吴团长在示教作业讲评中，充分肯定了四连立足我军现有装备，结合现地地形，发动群众、开动脑筋，大胆创造反坦克新战法的做法，并要求全团所有干部战士都要充分运用集体的智慧，掀起一个创新反坦克战法的新高潮来。

经过大家的共同努力，示教作业搞得相当成功。前来观摩的那些营连长们，也都对建在山地上的这个完整的排野战防御阵地赞赏不已。岳宗准备的那些对付各种提问的腹稿很多没有用上，最后都被他用在了训练结束后的讲评之中。

有一天，蔡林突然告诉岳宗，他的一块梅花牌手表不见了。蔡林的那块梅花表岳宗见过，闪着银光的镀铬表壳，珍珠白表盘中间偏上的地方，镶着一朵半颗绿豆大小的金色梅花，梅花花蕊的位置上，一颗小米粒大的钻石晶光四射，让人一看就知道这表价值不菲。

那时候，“文革”刚刚结束，各种物资仍然十分匮乏，别说这种国际名牌瑞士表了，就连想买块上海全钢表都得托人情走后门，费尽周折，还不一定能如愿。蔡林的这一块表，据说是军管理处从北京购得，是老师长让给他的。

那时候，连队战士不允许戴表，其实戴了也没什么用。在一个连队，连长的手表永远是最准的。对工作组的人，戴不戴表不归连队管。蔡林这小子整天把表戴在手腕上，连晚上睡觉都舍不得摘下来，一伸胳膊就亮光四射，吸引着人们的目光。

岳宗曾经劝过他，最好把表收起来，在连队不管是军事训练还是出公差，不是摸爬滚打就是挥锹抡镐，那么贵重的物件，磕着碰着都不合适。可这小子不听，岳宗也不好多说。猛一听他说表丢了，岳宗立刻拉下脸，说："你说啥？这些天我够操心的了，你别再给我添乱了。你那块破表整天不离身，连洗脸都舍不得摘下来，还说是防水的，不怕水。你肯定是放哪儿忘了，你快回去再找找。宿舍就那么块巴掌大的地方，什么褥子底下枕头旁边，再不就是小橱柜里，再去找找！"

蔡林满脸沮丧地说："都找了，没有。"

岳宗睁大双眼瞪着蔡林，严肃地问："真的？真找不着了？这可不是开玩笑的事！你可别拿我开涮！"

蔡林着急地说："真的！我能跟你开这种玩笑吗？"

看他那个表情，不像是开玩笑。军长带来的工作组的人，在自己的连里丢了东西，丢的还是价值好几百块的瑞士名表，这事要是坐实了，不单自己这个连长吃不了兜着走，就是四连，甚至整个守备一团也同样吃不消！岳宗拉着蔡林去找指导员。这些天，陈少平一直陪着军宣传处的于干事住在三排。

陈少平到底老成些，他对蔡林说："别急，蔡参谋，你再好好回忆回忆，你是什么时候发现表没了的？当时是个什么情况？"

蔡林说："今天下午。训练回来，我发现表蒙子上被划了一下，就用毛巾蘸着牙膏在擦，正擦着，你们不就搞紧急疏散了吗？我当时也记不清是把表戴上了还是随手放哪儿了，急着打背包，然后就跟着你们往疏散地域跑。一直到再回营房洗脸时，才发现表不见了。宿舍里都找遍了也没找着，这不才向你报告吗？"

一听这情况，岳宗说："这就好办了，有两种可能，一是紧急疏散，你匆忙间表没戴好，跑了那么远的路，又在外边野炊后才回来，可能是掉哪儿了。等明天天亮了，早操搞5公里越野，再顺原路跑一趟，你那表那么亮，就算是掉到草棵里、石缝间，也不难找。再一种可能，你当时没顾得戴表，随手放在什么地方了，咱们一走，门敞着、窗户开着，你的表又那么显眼，让什么人看到了，进来顺手牵羊给顺走了。要是这种情况就比较难办了。

"不过，咱在营房里，外边老百姓进来作案的可能性不大，又是晚饭前后，其他连的人来串老乡的可能性也不大。要真是让人顺手给牵了羊，最大的可能还是咱们连的人干的。查一查，一定能找着！”

陈少平说：“连长的分析很有道理。出去找不能等明天早晨，现在就得去，内部审查也宜早不宜迟。嗯，我觉得，三排的陈万才疑点最大。他明天要回去探家，今天的紧急疏散他没去。处理这件事的关键，是不能惊动军长他们。连长，你立刻带几个可靠的人沿路去找，我正好和陈万才住一个宿舍，先不动声色看住他。你们找不到，我再找他谈，最好能让他主动交出来。只要盯紧了，不怕他露不出马脚来。”

岳宗立刻找了十几个可靠的人，人手一支手电筒，一齐沿着通往紧急疏散地域的小路搜索前进。几乎是一寸寸搜遍了那块地方，仍然是一无所获。熄灯号早已吹过了。整个营房静悄悄的，大多数人都已进入了梦乡。

岳宗把情况向陈少平汇报。他说：“那错不了了，肯定是陈万才。你们走后，我注意观察了，他显得有些心神不宁，老是从眼角那儿偷偷地看人，脸上表情也很不正常。”

岳宗说：“那还等什么，马上把他提溜起来审吧。”

陈少平把手一举，说：“别急，还不到火候。这样，今天夜里查铺查哨时，多往他那儿走着点儿，防止他把东西转移出去。明天早晨部队不出操了，让大家结合搞卫生，再整理一遍个人的战备物资。他要是聪明的话，应该趁机会把表还回去。要是还执迷不悟，再截住他搜查，到时候，人赃俱获，看他还说什么。”

岳宗不由得从心里佩服起陈少平来。他的这一番安排，考虑周详，安排缜密，可以说是天衣无缝。他立刻点头同意。

第二天早晨，连队集合好后，岳宗来到队前，说：“经过和指导员商量，今天的早操时间，安排清点战备物资，特别是有的准备探家的同志，要在走之前，把自己负责的战备物资准备好，早饭后我要检查。战备物资摆放不到位，谁也不准走。好，各班带回！”

队伍迅速解散了。岳宗见陈少平拿着脸盆往水房走，连忙跟上去轻声问：“哎，老陈，你怎么出来了？不紧盯着点儿？”

陈少平神秘地一笑：“你盯得太紧了，怎么往回放啊？你得给他个改正错误的机会嘛。”

吃早饭时，蔡林凑到岳宗耳边悄声说：“表找到了，是在我睡的那块草垫子下边找到的。”

岳宗朝陈少平点了点头，会心地一笑，说：“你看，我说的吧，是你自己一忙一乱放错了地方。找到了你就收好了吧。再找不着，我可不管了啊！”

饭后，岳宗亲自找来正套好毛驴车、准备上街采买的上士，让他把两个要探家的战士捎到长途汽车站去。陈万才拎着提包来了，岳宗迎上去问：“都给家里老人带些什么好东西呀？”

陈万才有几分不自然地说：“没什么，就是几身穿不着的衣服，还有两双解放鞋。”

岳宗说：“嗯，咱这儿的榛子不错，个大皮薄仁满，你们老家不一定有，应该买点带回去让家里人尝尝。还有，你家是在四川吧？一路上得走好几天，要多注意安全，特别是钱和贵重的东西，要照看好了，别让小偷给偷了去。当兵的这点钱来得都不容易，咱们不打别人钱财的主意，也别便宜了那些一心打别人钱财主意的人。好，走吧，回去别忘了替我和指导员问你家老人好，感谢他们养育了一个通情达理、知错就改的好孩子。快走吧！”这几句话，说得陈万才满脸通红，只一个劲儿点头。

岳宗帮着陈万才把提包放到毛驴车上，目送着他们出了营房。

军长带的工作组离开连队后，岳宗和指导员一起研究对陈万才的处理办法。陈少平说：“小陈入伍以来一直都表现不错，挺老实的一个孩子。这次犯这种错误，属于一时犯糊涂，一念之差，不能算是品质问题。况且他能主动把东西还回去，按法律上说，应该算是自动中止犯罪，是可以免于追究刑事责任的。再说也没有造成什么严重的后果。我的意见，不要做处理了。年轻人嘛，谁能保证一辈子不摔个跟头，干点傻事？改了就好嘛。你说呢？”

岳宗当然同意指导员的意见，俩人一拍即合，相当默契。

当年年底，陈万才服役期满，复员回到家乡，当上了村里民办小学的教师，找了个当地女青年结了婚，还给连里寄来了一张他和新婚妻子的合影照。那件事，除了岳宗和陈少平知道详情外，没有任何人知道。当然，也就没有对他的一生造成任何不好的影响。

第二十四章

大学梦

岳宗从小在部队大院长大，入伍前又一直在干部子弟占多数的寄宿制学校过集体生活，接触社会的机会少，成长环境相对单纯，他最短缺的，就是在复杂的社会生活中，观察、衡量、把握人与人、事与事之间关系的能力。而这些微妙关系把握不好，常常在不经意间就得罪了人，在自己今后的道路上，埋下一颗不大不小的雷。

这雷也许一辈子都不会爆炸，但在关键的时候，一旦不小心触发了它，它的杀伤力，常常出人意料。都说“害人之心不可有，防人之心不可无”，像岳宗这样没有害人之心的，即使有了防人之心，也往往防不到要害处，防不到关键时，防不到点子上。因为他根本就不知道该在什么时候、什么地方、从哪个方向去防范那些明枪暗箭。

1977 年，新兵下连队了。令岳宗大出意外的是，分到四连的新兵中，竟然有一个又瘦又小的半大孩子！他小小的个子，还不到一米六，单薄的身体，5 号军装穿在身上还显得肥大，看那身板，体重绝对到不了八十斤。天知道他是怎么通过入伍体检的！岳宗一打听才知道，这个战士名叫常玉田，还不到十五岁。原来他是常政委的亲侄子，典型的“后门兵”。

那时，“文革”刚结束，各行各业都脱离了高压政策，松了口气。部队的松口气没别的，就是让子弟们入伍。以前的后门兵，除了关系外，自身的入伍手续也都正规、完备。可那一年的后门兵就没那么讲究了，什么体检、政审都免了，有的仅凭上边一个电话，就自己找到部队来了，连军装都是到部队后才领的。

但岳宗万万没有想到的是，像常玉田这样的半大孩子，也给送到部队来当兵了！不要说负重七八十斤、每天走六七十里的野营拉练了，就是每周一次的五公里越野他也吃不消。一旦有了紧急任务，光照顾他们都顾不上，连队还有什么战斗力？

刚见到常玉田，岳宗的第一个想法就是把他退回去。可岳宗正和陈少平议论着，常政委的电话便打过来了。政委说：“小岳呀，我兄弟的小孩非要当兵不可，我也不好拒绝，只好让他来了。你就放在连部，让他当个通信员就行了。人交给你，你可得给我照顾好了。”

岳宗说：“政委，他来当兵，还得有人照顾他，这叫什么事啊！叫我说，既然是来当兵，就下到班里当个普通战士，摸爬滚打哪样也别拉下。我不就是这么过来的吗？”

常政委说：“那可不行！你当兵时多大了，他才多大？”

岳宗没好气地说：“他不是自愿来的吗？噢，来当兵，还这不能干，那不能干的。他以为连队是什么地方？要不，政委，您让他给您当警卫员得了，您亲自照顾，不是更周到吗？也省得您不放心了。”

常政委火了，说：“你这个小岳，怎么那么不懂事？别那么多废话，人就放你那儿了！他要出半点事，我唯你是问！”说完，“哼”的一下，把电话挂了。

岳宗虽然一肚子不愿意，但部队就是部队，在上级面前，下级有时候是没有多少理好讲的。政委的指示那么明确，他怎么敢硬抗？岳宗把政委的话，原封不动地向指导员传达了，这样，常玉田在连部当上了通信员。

那天，岳宗找他谈了一次话。告诉他，有政委的关照，该照顾的地方，连里都会尽量照顾，但他也必须做好吃苦的准备。在连部当通信员，公差可以不出，夜里也不用站岗，但该做的工作，都必须做到。既然到了部队，必须做好吃苦的准备。

小常还算不错。人虽然又瘦又小，但挺要强，也还聪明，能吃苦，通信员当得不错，没让岳宗费太多的心，各项工作很快上路了。

军长带工作组在连里蹲点那段时间，岳宗让常玉田专门负责照顾军长。他端茶倒水，扫地搞卫生，既勤快又有眼力见儿，让军长非常满意。一来二去熟了，很自然拉起家常来。当军长问起他的年龄时，他竟然实话实说，告诉军长他要到十月份才满十五周岁。

第二天，团长政委来向军长汇报工作。在中午的饭桌上，军长指着正盛饭的常玉田问：“小岳连长，你给我说说，你们连，怎么会有这么小的兵？”

岳宗也没顾上多想，指着一旁的常政委，说：“军长，这事儿您得问我们政委。我一个小小的连长，还不得坚决执行上级指示嘛！”

军长转过脸问常政委:“是吗?你知道这个兵?”

常政委的脸，顿时涨成了猪肝色，一直红到了脖子根。

还是指导员陈少平脑子转得快。他一边狠狠地踩了岳宗的脚一下，一边说:“军长，这还用说?后门兵呗!今年我们团来了不少，差不多都是军里、师里压下来的。不过这些兵表现都还不错。就说咱们小常吧，不光通信员当得有模有样，训练成绩也相当不错呢!别看他个子小，第二射击练习打了优等，跑障碍也挺快呢!”

岳宗立刻明白了陈少平的用意，一边带着几分歉意看了一眼政委，一边说:“就是，小常这样的兵文化高、接受能力强，是不错的苗子，在咱解放军这个大学校、大熔炉里好好锻炼锻炼，能成为栋梁之材!”

军长点了点头，说:“我也知道今年后门兵多，军里的修理所、卫生所、通信营、野战医院都有不少。可我没想到，战斗连队也有。你们说得对，这些孩子都是好孩子，可是打起仗来，连队是要执行战斗任务的，他岁数这么小，身体那么单薄，行军打仗怎么能吃得消?那是要影响连队战斗力的。”

岳宗只得推说:“喔，军长，也不能一概而论吧?红军时还有个‘少共国际师’，平均年龄还不满十八岁。听说，咱军区的吴副政委，当年就是‘少共国际师’的吧?八路军、新四军里的小兵更多了，他们战斗任务完成得都不错嘛。”

军长笑着说:“嚯，你这个小岳连长知道的还不少嘛!你说的不错，不过那是在特殊情况下，现在不一样了嘛。今年走后门参军的事，已经引起了中央关注，华主席专门有批示，说‘此风不可长’嘛。不过人既然来了，还是要好好带他们，既要严格要求，又要切实关心爱护，要让他们都成为合格的战士。”

那次午饭后，陈少平把岳宗好一顿数落:“你也太没眼力见儿了，差一点儿在军长面前出了政委的洋相，幸亏后面圆得还算不错，要不然，你就等着‘穿小鞋’吧!”

随着时间的推移，没有发生什么事。这件事很快被岳宗忘到脑后去了。

军长带工作组在四连蹲点这一个月里，作为连队的军事主官，岳宗的神经高度紧张，真的无暇再顾及其他。肖海平的几封来信，都还原封不动地装在他挎包里，连信封都没来得及打开呢。军长离开后，岳宗和陈少平又搬回了连部宿舍。

这一天，是休息日，岳宗把肖海平的几封来信，按时间顺序排好，一封一封看起来。虽然说他每次看信，都免不了要嘟囔一句“又是婆婆妈妈的”，但心里，还是会涌起几丝甜蜜的感动。

当他拿出那支她送的英雄金笔写回信的时候，浓浓的爱意顿时溢满胸间，洋洋洒洒，不知不觉便写满了六页信纸。觉得差不多了，他把信细心叠好放入信封，封好。然后，来到连部战士的宿舍，见小常正在看书，就缓步走过去把信递给他，并叮嘱说：“过会儿去取报纸时，别忘了捎带寄出去。”

岳宗顺手拿起小常刚放下的书，见是一本中学数学课本。他有些意外地问：“哎，小常，你这些天看的，都是这些书吗？”

“是。”小常说，“连长你还不知道吗？国家要恢复高考了！前几天《人民日报》登了消息呢！”

“是吗？我怎么没看到？快，快给我找找。”岳宗急切地说。

小常在一摞报纸堆里翻找着，不一会儿，找出一张报纸，翻到第一版，指着一条消息说：“你看，这不是？高等学校招生进行重大改革。”

那是1977年10月21日的《人民日报》，头版头条上以《高等学校招生进行重大改革》为标题，报道了刚刚结束的全国招生工作会议的消息，宣布当年“恢复统一高校入学考试”，并于同一版面上，发表了人民日报社论《搞好大学招生是全国人民的希望》。

岳宗一目十行，迅速地浏览着：这次北京会议，明确了今年的招生对象不仅有工人、农民、上山下乡和回乡知识青年，还有复员军人、干部和应届高中毕业生；考试分文理两类。文科的考试科目是政治、语文、数学、史地四门；理科的考试科目是政治、语文、数学、理化四门，而且是由省、市、自治区拟题，县（区）统一组织考试。

中断十一年之久“择优录取”的高考制度终于恢复了，教育的春天来临了。

岳宗从小的理想，是当一名世界顶级的飞机设计师。为了实现这个理想，他在初中时，便自学了高中数理化全部课程和微积分，还参加了学校航空模型小组和无线电小组，组装过性能相当不错的半导体收音机。甚至，他还照着《航空知识》杂志上刊登的战斗机三维图，把当时美军的十几种主力战机，都做成了实体模型。

“文革”动乱，让他继续上学深造的最后一点希望，幻灭了。

在部队这些年里，随着年龄一天天增长，岳宗的“大学梦”，虽然越来越淡，却从来没有从心头完全打消。前些年，时兴推荐工农兵大学生，因为是在陆军部队，没有向航空学院推荐的名额，曾经让岳宗一度心灰意冷。今天，一看到“高校恢复招生”的消息，好像干枯的幼苗遇到了清冽的甘霖，希望之火又在他的心头燃起。

《人民日报》上写得明白：“报名时可以根据自己的爱好和特长，按学校和学科类别填写 2 ~ 3 个报考志愿。”这就是说，想上哪个大学，学什么专业，可以自由报考，只要考试达到录取分数线，都可以去上，没有什么空军还是陆军的限制。

岳宗对自己的文化底子心中有数，只要抓紧时间复习，他自认为有把握达到北航的录取分数线。特别让他兴奋的是，今年考试的科目中没有外语！当了十年兵，初中学过的那一点英语，早已还给老师了。不考外语这一条，简直就像是专门为他准备的！

岳宗顺眼一扫，在同一版面上，还有一篇圈着花边的社论，岳宗顾不上再细看，拿着报纸去找指导员。陈少平正坐在桌边，翻着一本《中国青年》杂志。岳宗把报纸递到他手中，说：“嗨，指导员，这张报你看了吗？咱们国家要恢复高考了！”

陈少平接过报纸，有几分不解地说：“看了。恢复高考怎么了？和你有什么关系？”

岳宗兴奋地说：“恢复高考好哇，我上北航就有希望了！指导员，你帮我打听打听，看看军人在报名上还有什么具体的规定。”

陈少平好像不认识似的，上下打量着岳宗，好半天才说：“我说连长，你想什么呢？不会是真的想放下这连长不当，赶时髦去考什么大学吧？”

岳宗愣了一下：“这怎么是赶时髦呢？指导员，你不知道，我从小就有一个理想，长大后要当一名飞机设计师！前些年，团里要推荐我到北大中文系去上学，我为什么没去？就是在等这一天呢！现在实现理想的机会来了，我怎么能轻易放过呢？”

陈少平放下手里的杂志，郑重其事地说：“我的岳连长，你今年已经满二十五了，当连长也半年多了，怎么还像小孩子似的，想起一出是一出？以你的能力和素质，再加上团党委对你的培养，你的前程会很辉煌，你还上什么大学？要上也得去上军队的学校！再说了，你已经整整十年没摸过中学课本了，到时候别大学没考上，再给团首长留下个不安心本职工作的印象，你值吗？”

指导员陈少平的这一番话，像是兜头泼过来的一盆冷水，让岳宗满腔的热情一下子从头顶凉到了脚后跟。是的，指导员说的这些，他还真没有认真想过。七月下旬召开的党的十届三中全会，恢复了邓小平的各项职务，开始全面清查和否定“文化大革命”的错误，引用一句当时报纸上充满激情的话：坚冰已经打破，航路已经开通，风帆已经升起，新中国这艘历经艰难的航船，将在以华主席为首的党中央的正确领导下，乘长风，破万里浪，向着四个现代化的伟大目标，扬帆前进！

拨乱反正，百废待兴，军队也是一样，同样需要一大批优秀人才，去进行各个方面的深化改革。那些经过革命战争考验的一代军人，这时大多都已经接近离退休年龄了，而像自己这样的年轻干部，正像毛主席所说的那样，是早晨八九点钟的太阳，正在兴旺时期。在现在的岗位上踏踏实实地干下去，等待着自己的，将是一个相当光明的前程。

然而，要坚持自己的理想，去报考北京航空学院，即使真的考上了，面临的也将是晦涩艰深的空气动力学、材料学、有机化学和工程制图、统筹学、控制论等这些自己之前完全没有涉及的深奥知识。毕竟错过了最佳学习年龄，以后，还不知道要经过怎样漫长的道路，付出怎样的努力，才能当上飞机的总设计师呢！

设计和制造飞机，可不是一件简单的事。即便在科学技术高度发达的美国，一架新的飞机从形成设计理念到设计定型、投产、装备部队，也需要十多年甚至二十多年的时间。这“大学梦”即使实现，到毕业时，也该接近三十岁了，自己真的能有机会主持设计一种全新型号的战斗机，在保卫祖国领空的空战中大显神威吗？如果做不到这一点，放弃现在所拥有的一切和看得见的前程，去争取那个未必能够实现的理想，这代价是不是太大了？

怎么办？那就不考了？把从少年时代起，就在心中扎下了根，经过十多年的时间，依然念念不忘的理想，在这即将可能实现的前夜抛到脑后去？他实在于心不甘！那毕竟是自己最喜欢做的事。要把理想变为现实，肯定要付出必要的努力。能够毫不费力就实现的事，能叫理想吗？人生在世，仅仅因为有许多牵挂、困难就轻易放弃理想，那不活生生就是个自己最为鄙视的懦夫吗？

印度有个寓言，说是有一只特别善飞的鸟，飞得又高又快又远，在历次飞行比赛中，都能拔得头筹，它也因此获得了许多黄金打造的奖牌。但是，它过于珍惜这些奖牌，整天把它们背在身上，连睡觉时也舍不得摘下来。一次，森林中突然着起大火，各种飞禽走兽争相逃离火海。这鸟也扇动翅膀，奋力起飞，却终因身上带的金牌太多、太重了，没有飞多远，便从空中跌落下来，葬身于火海。

什么职务、前程，那不都是挂在身上的金牌吗？不能把这些都抛到一边，那和那个被烧死在大火之中的笨鸟，又有什么区别呢？

人，有所得，必然会有所失。为了实现理想，舍得抛弃现有的一切，才算得上真正的大丈夫！即使这种舍弃，最后并没有换来理想的真正实现，那也是值得的。那毕竟为了实现自己的理想努力过呀！正所谓置之死地而后生。没有这种破釜沉舟、自行断绝一切退路的决心，怎么可能激发出最后一点求生欲望，从而获得最大的动力，去为了成功，奋力一搏呢！

经过几天激烈的思想斗争，岳宗又去找陈少平：“指导员，我想好了，我要参加今年的高考。你去找找团政治处的人，帮我问问报名的事吧。”

陈少平睁大了吃惊的眼睛：“你真想好了？不要部队的前程了？”

岳宗平静地说：“想好了。我不是不要前程，我是想为实现自己的理想再最后努一把力。能考上，便去造飞机。考不上，再回来兢兢业业地当好这个连长，同样是为军队建设，为实现国防现代化出力。退一步，就算给上级留下个不安心工作的印象，也顶多是在一定程度上，对我今后的发展增加一些难度，这也不一定是坏事。天下哪有那么多的一帆风顺？要学会开顶风船，才能走得更远。你说是不是这个道理？”

陈少平说：“理倒是这么个理，可你想过没有，《人民日报》那篇报道中说，招生工作推到第四季度进行。现在，满打满算，仅剩下不到七十天时间了。你能把要考的这几门功课都复习一遍吗？这第四季度又要搞冬防、修大寨田，还要准备野营拉练，你这一连之长，哪样工作不得带头干？你再好好考虑考虑，非要参加今年的高考不可吗？”

岳宗说：“指导员，你说的这些我都想了。鲁迅先生说过，时间就像海绵里的水，只要挤，总会有的。熬熬夜，起起早，总能挤出时间复习的。虽说是谋事在人，成事在天，这该人来谋的，总不能不谋吧?”

陈少平深深地叹了口气，又轻轻地摇了摇头:“你呀！真没见过你这样的，放着平平展展的大路不愿走，偏偏要去走满是荆棘乱石的羊肠小道！哎，你现在的情况，就像是在爬山。虽然还没上多高，但也已经离开山脚，有了一个相当不错的开始，剩下的路，有同志们对你的了解，有领导对你的信任，你会走得顺利得多。

“而你去考大学，就是从这上了一半的山上，出溜到山脚下，再重新去爬另一座山。那山上有多少悬崖峭壁，有多少荆棘刺棵，有多少毒蛇猛兽都很难预料，而且到那座山脚下，你还先得跟成千上万的人一起，从万丈深渊上架的一座独木桥上挤过去，你还不一定能到得了那座山脚下。你再好好想一想，你真的还要从现在的山上下去，去爬上那一座山吗?”

岳宗坚定地点了点头，说:“是的。我已经想好了，我不能那么轻易地放下自己的理想。这是最后的机会了，我必须努力去试一试。指导员，我记得你跟我说过，人到关键时，要能够豁得出去，搏一把。我现在就是想再搏一把。”

陈少平又轻轻叹了口气，说:“那好吧，既然你这么坚定，我也不再劝你了。我这就给干部股林股长打电话，这招生报名的事，应该归他们管。你等着听我的消息吧。”

陈少平刚站起身，电话铃突然响起来。他走过去，拿起话机，说了一声:“喂，这儿是四连，请问您找谁?”接着，陈少平放下电话对岳宗说:“是常政委打来的，让我上他家去一趟。”

岳宗问:“常政委?什么事?电话里不说，还让上他家去?搞得还挺神秘的。”

陈少平说:“嗨，领导嘛，当然不能跟你我似的，有什么话不管什么场合都张嘴就说，那得讲究个时间地点场合对象不是?哎，你要不也一块去?”

岳宗摇着手说:“不，我得去找找老师，找点儿高中数理化的书和复习材料。”

陈少平说:“哈，你小子还真抓紧呐!”

快开晚饭时，陈少平才从团部回来。

他一进屋，一把抓下头上的帽子，狠狠地甩在床上，随口骂道:“这都是什么世道，一边要求别人遵章守纪，一边不把规章制度当回事!”

岳宗心头一沉，以为报名参加高考的事，遇到了什么麻烦。迟疑了一下，开口问："指导员，怎么了，这么大火气？"

陈少平端起桌上的杯子，咕嘟咕嘟喝了几大口水，把杯子"咚"的一声重重顿到桌上，抬起手背抹了一下嘴，气呼呼地说："小岳，你都想象不到，常政委叫我去有什么事！"

岳宗愣了一下："什么事？难道他能掐会算，早知道我要报名参加高考？"

陈少平把手一挥："嘁，他哪有那个本事！"说着，走到门边，伸出头向外看了看，把门关上，又接着说："不过也和高考有关。不是你！你用不着慌，是为了小常！咱连的小常不是他侄儿吗？我到了他家，常政委又是倒茶又是削苹果的，我正丈二金刚摸不着头脑呢，他言归正传了。原来他想让小常今年年底就退伍回去，好参加明后年的高考！这些人，这算盘珠子从来都是往自己那边扒拉！"

岳宗一下炸了，跳起来一拍桌子，大声说："真把部队当成他们家开的幼儿园啦！想来就来，想走就走？这还有没有王法了？"

陈少平指着岳宗说："你看，我就知道你一听准得炸。幸亏你今天没去，要不你参加高考的事就彻底泡汤了。"

岳宗疑惑地问："这跟我参加不参加高考有什么关系？八竿子打不着嘛。"

陈少平说："怎么打不着？他是谁？团政委！你我的命运、前途都在他手里攥着呐！他说过一句名言，叫'就算你有本事能上天把月亮摘下来，我就是不用你，你又能怎么样？'他整人有一招最狠的，就是既不批你，也不撤你，还不让你复员转业，就是什么事也不让你干，晾你个三年五载，你就算真有天大的本事，也差不多成个废人了！"

岳宗张口结舌地愣了一会儿，愤愤地说："那，那战士当兵，还有个服役期管着呢，不满两年就回去。这算是怎么回事呀，总得有个说法吧？按犯了错误提前处理复员还是除名算？那样对孩子的前程也不利呀？"

陈少平说："我当时也是这么说的，可人家政委早就想好了，说是按病休处理。让团卫生队开个证明，算个肝炎或是结核什么的，人先回北京治病，退伍手续到明年老兵复员时再办。还特别嘱咐了，小常的津贴费，还得按月给他寄到家里去！"

岳宗气得右手攥拳，狠狠在左手心里砸了一下："那，那你是怎么回答的？"

陈少平说："这事明摆着，咱们不答应也不行。我当时灵机一动，把你要报名参加高考的事说了。政委听了倒没说反对，其实他心里明白得很，要是不让你报名，小常想走，就没那么容易。这种事，见不得人。他是怕你那个二杆子劲儿一上来，把这事给捅出去！我看这样也好，既能让政委满意了，你也能顺利报上名，各得其所，也不错。”

岳宗拧着眉毛，说：“这叫什么事儿啊，这不成了交易了吗？”

陈少平说：“你以为呢，说白了就是这么回事！你也用不着不痛快。是哪个先哲说过，政治的奥秘就是妥协，是妥协和让步的艺术，是平衡和和平的艺术。各让一步，各自得到各自所需要的，然后把酒言欢，何乐而不为？”

岳宗低着头好久没有说话，心里像吃了个死苍蝇一样，一个劲地犯腻味。过了一会儿，他长长地叹了口气：“那好，听你的吧。其实小常这孩子不错，如果能正常服完两年兵役再复员，入个党应该没问题。真弄不懂当家长的都是怎么想的，为什么非要让孩子按照他们画好的道道过这一辈子呢？多给孩子点儿自主权，让他们自己走自己的路不好吗？”

陈少平说：“这就叫‘可怜天下父母心’，大家都是苦出身，千辛万苦干到现在都不容易，都不愿让自己的孩子再吃自己吃过的那些苦呗！你小子连婚都没结，你哪懂这个？等你小子有了儿子就明白了！怎么样，小常这事咱们两个的思想算统一了吧？那让通信员通知一下，晚饭后咱们开个支委会？”

岳宗想了想，说：“马上就开支委会你不怕副连长、四排长他们闹起来？我看还是老办法好，咱们先分头个别做做工作，大家都通了再开也不迟。”

两天之后，在支委会上，与会的支委们大发牢骚。主持会议的指导员脸上始终带着一丝似有若无的讥笑，等到每个人都发泄完胸中的不满，他才用手敲敲桌子，说：“好，咱们言归正传，来表决一下。同意按常政委的意见……哎，不，同意让常玉田同志以病休名义提前离队的同志请举手。”经过一阵犹豫，所有的支部委员们都陆续举起了手。

又过了一天，团里来通知要岳宗到干部股去一趟。岳宗到团干部股填了一张表，又交了三张一寸免冠的照片和五毛钱报名费，算是完成了高考报名的手续。当天下午，岳宗正式通知常玉田，让他到卫生队去开诊断证明，准备回北京去看病。虽然谁肚子里都像明镜一样，但即使是弄虚作假，也得办得认认真真，一点差错也不能有。

从那一天开始，岳宗进入了紧张的高考复习。他把每天的时间安排得满满的，上午头脑比较清醒，他抓紧利用清晨时间，进行数学、物理、化学这些比较费脑子的理科科目复习。理科的几科，又把重点放在数学上。从小学六年级的四则运算、初中的一元一次、二元一次方程式，到高中的三角函数，都做了详细的安排。

岳宗初中数理化学得相当扎实。无论是代数、几何还是物理、化学，看看书、做做习题，那些公理、定理、定律和公式、法则，很快就都能运用自如了。但是，对于物理、化学课中一些重要的实验，他根本没做过，复习起来难度比较大。岳宗就把在做习题当中遇到的问题集中起来，利用晚上和休息日，到金锁镇中学修老师家去当面请教。

在复习时，岳宗学着伟人的榜样，把几门功课穿插起来。据说马克思在写《资本论》，感到疲倦时，常常演练几道数学题，从中得到乐趣，振奋精神。岳宗也照着做了，发现相当有效。在被政治、经济概念搞得头大如斗时，他就放下书本，做几道有一定难度的数学题，或是朗声背诵一篇古文。瞬间，头脑变得像刚抹完润滑油的轴承一样灵动，不断地闪现出一个一个奇思妙想。那些原本觉得晦涩难懂的知识，再复习起来，相互之间好像有了某种自然的联系，枯燥的专业理论也变得既相当明白，又能够牢牢地记在脑子里。

岳宗本来是最不能熬夜的，每天一听到熄灯号，他体内的生物钟就自动停摆。当了连长后，他常常是熄灯号响过后，等上十分钟，先要查岗查哨，然后回到宿舍洗洗脸烫烫脚，往床上一躺，打开夹在床头的小灯，再看上十几分钟书，瞌睡上来了关上灯，一翻身，紧跟着便打起呼噜。有时，碰上有什么事没有处理完，不得不推迟上床的时间时，他会哈欠连天，办事的效率大幅度降低。

听说咖啡和浓茶能够提神，他特意让肖海平从北京寄来了速溶咖啡，又在金锁镇商铺购得那种牧民们煮奶茶时用的茶砖。每天晚上处理完各种事务之后，他一个人来到连队会议室，让通信员打来满满一暖瓶开水，用那个在海防连发的足能盛两升水的白搪瓷缸子，沏上一大茶缸颜色深黑的浓茶，趴在桌上看起书来。这一看，至少得看到半夜十二点。

每天早晨，靠山营的鸡刚叫头遍，岳宗就爬起身来，先用冰凉的冷水洗一把脸，把盘踞在脑子里的瞌睡虫赶出去。然后，围着连队的小操场跑上几圈儿，活动活动胳膊腿，让身体彻底清醒过来，再冲上一杯浓浓的咖啡，几大口喝下去，然后再看书。那时候的咖啡劲儿真大，喝下去不一会儿，两个耳朵旁边的动脉血管就怦怦地跳个不停，什么瞌睡困倦也就随之跑得无影无踪了。

岳宗还有一个发现，在做那些难度颇大的数理化习题时，如果在一旁轻声播放一曲旋律优美、舒缓流畅的轻音乐，对活跃脑细胞、激发灵感、启发解题思路大有裨益。曾凡勇不知通过什么关系，给岳宗买来了一些难得一见的牛肉干。看书看得实在疲倦了，他就拿一块牛肉干放在嘴里嚼上一嚼，那又辣又咸又香的滋味先是充满口腔，再顺着食道一点点滑进胃中，提神的作用要比浓茶加上咖啡的效果还要强些。

据说心理学家发现，人类分为两种不同的睡眠类型：经常喜欢晚睡的属于“猫头鹰”型；喜欢早起的属于“百灵鸟”型。岳宗那段时间既是“猫头鹰”，又当“百灵鸟”。为了实现自己的理想，整个人一直处在一种高度亢奋状态下，连续几十天每天平均睡不到四个小时，却一点也不觉得疲倦。这样，他用了一个多月时间，以“革命加拼命”的精神，把那些重点复习内容都过了一遍。

11 月下旬，岳宗拿到了准考证。那是一张比普通纸略厚一些的米黄色小卡片。准考证右上角，贴着他的照片。旁边的表格里，填着姓名、籍贯、年龄、政治面貌。岳宗不大明白，准考证上要填政治面貌干什么？难道是党团员还能加分？

高考的时间安排在 12 月的 15、16 日两天。岳宗在金锁镇中学报名，考场被安排在金锁镇一中。

正式高考那天，岳宗依然是早晨四点不到就起床，又匆匆翻了一遍政治复习材料。临阵磨枪，不快也光嘛。然后，背上挎包，跨上从营部借来的自行车，沿着崎岖不平的土路，直向金锁镇骑去。

太阳刚刚升起在东边山梁上，给山川大地涂上了一层金黄中带着些亮红的颜色。几只喜鹊喳喳地叫着，从头顶上飞过，让他的心情分外愉悦。

考场被安排在高三（1）班的教室里。进了考场，岳宗发现，和自己同场考试的，都是些脸上带着岁月的风霜，年龄看上去比自己还大的人。其中有一个面色黝黑的妇女，满脸都是倦容，还挺着个大肚子。看得出来，为了实现上大学的梦想，她付出了怎样的努力。

第二天，岳宗又提前一个多小时来到一中。上午是数学考试，他胸有成竹地交了卷。下午理化综合考试时，有一道有机化学试题，岳宗感觉比较难，答题有些犹疑。等他从考场出来，把结果与修老师的试答的卷子一对照，证明他解题的步骤和结果全对！这让岳宗的信心更加充足了。

岳宗蹬着自行车返回营房。宿舍前面那三层台阶，他一步就跃了上去，抓起桌上的大茶缸子，一仰脖把大半缸子凉茶倒进嘴里。正坐在桌边看着什么的指导员连忙说："哎哎，你这是干吗呀？不会续点儿热水再喝？没听老人说过吗？'冷茶饿酒断肠丸'！小心坐下病！"

岳宗在桌边坐下，摘下帽子，扔到床上，说："指导员，这些天连里的事儿我没怎么管，偏劳你们几个了。最近连里有什么大事吗？"

陈少平说："没什么大事。下一步就是拉练，18 号出发，还有三天。我想这样，你前一段够累的了，要是真能考上，还有不少事儿得忙乎呢，这次拉练你就别去了，在家准备准备，也休息一下。"

岳宗提高了声音说："那怎么行？拉练全连出动，把我连长一人留下，哪有这个道理？我问过修老师了，这次高考是'文革'十年后的第一次，参加的考生多，阅卷量大，起码得一个多月成绩才能出来。到那时真考上了，再做准备也来得及。"

那时，每年例行的冬季野营拉练，通常是用一个月左右时间走六七百公里的路程。

四连是在 12 月中旬离开营房，转年到了 1978 年 1 月中旬，回到营房。岳宗刚走进宿舍，还未来得及换鞋，修老师就满面红光地迎上前来，顾不上寒暄，高声说："岳连长，分数下来了，你四门总分是 327 分，拿了金锁镇考区理科头名状元！恭喜恭喜呀！"

过度的体力支出，常常会使人的脑筋变得不那么灵活。在最初的几秒钟里，岳宗的脑子还没有从刚刚完成的百公里奔袭造成的劳乏中清醒过来，一时竟没能明白修老师在说什么。看见岳宗那副木木的样子，修老师又提高了声音大声说："岳连长，你怎么了？没听清楚？你是我们金锁镇一中考区的理科第一名！"

岳宗这才明白过来。一把抓住修老师的手，盯着他的双眼，问："修老师，您说什么？您是说，我的高考成绩下来了？总分是 327 分？”

修老师指着岳宗，对也在一边瞪大了眼睛的陈少平笑着说：“哈哈，指导员你看，我就知道，准得傻！这早在我的意料之中！没考好的哭，考得太好的傻，‘文革’以前就是这样！其实，成绩已经下来好几天了。听说你们拉练去了，我就在这儿等着。这不，一见你们回来了，立马跑来给你报喜信儿！

“你的这个分，已经超过了北大、清华、南开、复旦这些一流大学在河北省的录取分数线！我记得你报的第一志愿是北京航空学院，肯定上分数线了，你等着收录取通知书吧！”

岳宗心头一阵狂喜。真没想到，自己一辈子的理想，马上就实现有望了！他又连忙问：“修老师，那录取通知书什么时候能下来？”

“大概还得半个月到二十天吧，具体说不好。”

“怎么要那么长时间？”

“这还算长？今年是十年的考生放到一起考，据说全国共有五百多万考生参加高考，比正常年份多了好几倍！那卷子得一份一份地批，档案得一份一份地调。上了分数线的，还得体检、政审，都合格了才能发通知书。你成绩在那儿摆着呢，还急什么？你就踏踏实实地在这儿等着吧！咱们金锁镇即使录取一个也有你！”说着，修老师站起来，“得了，喜信儿送到了，你们刚拉练回来，得好好归置归置。你们歇着，我先走了。”

送走了修老师，回到宿舍，岳宗洗了把脸，又脱下被汗水浸湿的解放鞋，把脚伸进热水盆里正泡着。陈少平走进屋，对岳宗说：“连长，有个事你得抓紧点儿。”

岳宗还沉浸在得知高考成绩大大超过录取分数线的喜悦中，根本没有心思去想别的什么。听了陈少平的话，还以为是连队的什么事，忙问：“什么事？你快说。”

陈少平说：“你呀，你得抓紧时间赶快打个结婚报告，趁着还没去大学报到，赶快把个人问题给办了吧。”

一听是这事，岳宗摇摇头：“这着什么急？反正我就要去北京上学了，到时候再说吧。”

陈少平说："据我所知，大学期间，是不允许学生结婚的。你今年二十五了吧，听说弟妹比你还大？大学四年不能结婚，你倒没什么，弟妹等得起吗？你难道还真想让弟妹等到三十出头再嫁？听我的，趁着还没去大学报到，赶快把婚结了吧。"

和肖海平好了近十年了，一直分处两地，离多聚少。虽然岳宗早已经做好了这一辈子和她共同生活的准备，但一直没有认真地想过结婚的问题。他总感觉，自己和她好像还没来得及好好谈谈恋爱，现在，指导员却一下子把结婚的事提了出来，这让他多少有些手足无措。他愣了好半天，才说："指导员，这事，我一个人说了不算，还得跟她商量商量。"

陈少平倒干脆："爱你没商量！要不这样，你在电话里向她求婚？对，现在就打。"

岳宗还犹豫着："打长途？行吗？再说，我还不知道她今天值不值班呢。"

陈少平说："先往她家里打！你平时挺机灵的个人，怎么真碰到事儿就这么笨？"

岳宗通过团总机，要通了肖海平家电话。也许真是"心有灵犀"？对方电话只响了一声，听筒里就传来她的声音："喂？岳宗吗？"

岳宗急忙说："噢，告诉你个好消息，我高考分数 327 分，是金锁镇考区理科第一名！"

肖海平大喜过望："太好了，我就知道你能行！那你什么时候回北京报到？"

岳宗说："分数刚下来，录取通知书还得等几天呢。"

陈少平走到岳宗身边，压低了声音说："别闲扯了，说重要的，这是长途！"

岳宗愣了一下，清了清嗓子，说："噢，平平，我想好了，现在，对，这就向你求婚。平平，嫁给我，好吗？"

电话那头，突然没有了声音。除了"嗡嗡"的电流声之外，还隐隐约约传来一阵阵轻微的啜泣声。他急忙问："平平，你怎么了？你听见我的话了吗？"

"你刚才说什么？我没听清楚，你再说一遍！"

岳宗心里一阵温暖，完全领会了她的用意。把话筒移到嘴边，大声说："平平，我慎重考虑过了，我爱你！愿意和你一起生活一辈子！现在我郑重地向你求婚，肖海平，求你答应嫁给我，你愿意吗？你要是愿意，我明天就向团里打结婚报告！”

这时，听筒里传来了带着几分哭腔的喜悦声音：“岳宗，我也爱你！我愿意，我愿意嫁给你，我愿意做你的妻子！我明天也给医院打结婚报告！”

那天晚上，岳宗竟然失眠了。其实，连续二十多个小时的强行军，早已使他全身每一处骨头缝里，都好像灌满了陈年的山西老醋，脑子也变得像铅一样沉重。可是，每当他闭上眼睛，努力想尽快进入梦乡时，眼前却一阵阵闪过这些年来有数的几次和肖海平在一起时的情景。

整整一夜，他好像一点儿也没睡。可奇怪的是，第二天早晨，他的头脑却像被山泉水冲洗过那样清爽、洁净。

以后的几天里，一切都是那么顺利。申请结婚报告打到团里，不到一个星期就批下来了。拉练总结和老兵复员工作，都如期完成。曹建林在复员前，总算解决了组织问题。送老兵上车前，他紧紧地拉着岳宗的手，说了许多依依不舍的贴心话。临别，岳宗送给曹建林五百元钱和二百斤全国粮票，这是他从年初起，就开始为他准备的。

又过了几天，通信员从营部取报纸回来，把一个比普通信封大一号的淡黄色牛皮纸信封交到岳宗手里，说：“连长，给，你的录取通知书来了！”

岳宗一把接过信封，仔细一看，信封上写着连队的地址和自己的姓名，信封的下款，清清楚楚地印着“北京市海淀区学院路 37 号北京航空学院”一行鲜红的宋体字。岳宗打开抽屉，拿出剪刀，小心地从一端剪开信封，从信封里取出一张对折的白色重磅道林纸。打开来一看，五个比报纸上大标题的字号还要大的黑色宋体字——“录取通知书”映入眼帘！

下面，空了一行，又是一串略小的宋体字。宋体字前边留出的空白处，是用毛笔写的两个正楷小字“岳宗”。他忍不住轻声读出来：“岳宗同志，你已被我校飞行器设计与制造系录取。请于 1978 年 3 月 5 日 17 时前，持此通知书来我校报到。”岳宗注意看了落款处的日期，是 1 月 26 日。他又扫了一眼墙上挂着的日历，今天已经是 2 月 2 号了。就是说，这封信已经在路上走了一个多星期了！

第二天，岳宗赶了个大早，直奔团部而去，他需要办理上大学的各种手续。

到了团部，他直接来到组织股。四连的老指导员邓颂平正坐在桌边看文件。见岳宗进来，满脸是笑地迎上来：“小岳，恭喜你呀，还真考上北京的大学了？不简单，真是不简单！”

岳宗有些不好意思地说：“哪里，指导员，哎不，邓股长，我能有今天这点成绩，还不都是您和连长帮助教育得好？”说话间，邓颂平已经把组织关系介绍信开好了。

岳宗向邓颂平告别，又进了干部股办公室。见岳宗进来，林股长先是一愣，然后，沉思了片刻，才开口说：“是这样啊，小岳，这次高考，咱们军就你一个人考上了。首先向你道喜！可是，哎呀，这个介绍信，今天我还不能给你开。”

岳宗一听，急了，“噌”的一下，他站起身来，急切地问：“为什么？怎么就开不了呢？”

林股长抬起手，做了一个向下按的手势：“哎，小岳，你别急嘛，这次，你是通过高考上的地方大学，上学期间的军籍是否还保留，行政管理和后勤供应是否还由部队负责，这些问题上面都还没有个说法。再等等，只要上级的精神一到，咱们该怎么办就怎么办。”

万万没想到还会有这种情况，岳宗还能说什么？他呆呆地愣了一会儿，强笑着说：“行，林股长，既然上边还没个说法，那也只能再等等了。”

接下来，岳宗去金锁镇赶回北京的长途汽车。那时候，结婚没有现在那么多讲究，既不用看“皇历”选“黄道吉日”，也不用找饭店去预订酒席。到北京的第二天，趁着节前还没有放假的日子，岳宗和肖海平一起，拿着双方单位出具的介绍信，到医院旁边的街道办事处去登了记，领回来两张结婚证书。

那时候的结婚证书像是学校里发的奖状，上边印着些彩带、花边、红旗、双喜字什么的。在彩带花边中间印着一行字，批准 XXX 与 XXX 结为夫妻，特此证明。一式两份，夫妻双方各持一份，男方手里的那张，是男方名字在前，女方名字在后；女方手里的那张，正好相反。

岳宗的大弟弟岳嵩正好也回来探亲。这小子已经是坦克连的连长了。他送给岳宗的礼品最有特点：一个用坦克炮的黄铜炮弹壳做的花瓶，一个用最新型的超速脱壳穿甲弹弹体做的台灯，还有一把用穿甲弹炮弹皮打的菜刀。这把刀真快，用它剁排骨，就跟削萝卜差不多，一点也不费力。

岳宗的大妹妹岳华，这时已经从南京国际关系学院毕业了，刚分到总参外事局。岳华送了岳宗两条纯毛毛毯，还和妈妈一起，连夜为岳宗缝制了两床里外三新的棉被和一条又宽又厚又软和的褥子。岳宗的小妹小弟也用他们节省下来的零用钱，给大哥买了两条毛巾被，一条是浅蓝色的，一条是浅粉色的。

岳宗的那些同学们送了些锅碗瓢勺、脸盆暖壶之类的日常用品。肖海平她们科有个“五毛钱俱乐部”，凡是本科的人结婚，无论医生还是护士，每人都要出五毛钱，凑在一起买一件礼物，作为大家共同的祝愿。他们送的是一个西铁城石英钟。那个石英钟至今还挂在岳宗家客厅墙上，而且走时极准，三十多年了，仍然分秒不差。

还有一样礼品，岳宗至今仍保留着。那是老爸他们部里一个擅长书法的叔叔，用遒劲的草书，写在大红纸上的一副对联。上联是“昔日同窗八载，竹马青梅共谈青春理想”，下联是“今朝好合百年，流水高山再谱知音新章”。简短三十二字，高度概括了岳宗和肖海平从相识到相知相亲相爱的全过程。岳宗调到总部工作后，陆续搬过三次家，作为共同珍爱的物品，这副纸色已不再那么光鲜的对联，依然挂在他俩的卧室中。

婚礼是在阳历 2 月 10 日、阴历大年初四那天举办的。岳家没管什么“正月不娶、腊月不嫁”的说法，选了个阴历阳历都是双数的好日子，就给他们把喜事办了。

回到部队第二天，岳宗直奔团部，办理转行政关系的手续。进了干部股办公室，林股长满脸堆笑地从办公桌后站起来，迎上前，说：“哦，是小岳呀，度完蜜月回来啦？你看你不大够意思呀，这么大的喜事不告诉我，我还是后来才听说的。”

岳宗心里浮起疑云，自己的结婚报告上，盖着干部股的公章，发给海军总医院调查肖海平情况的公函，也是干部股发出的。作为干部股长，他怎么会不知道自己结婚的消息呢？这念头在脑子里一闪而过。岳宗也没顾得上深想，连忙从挎包里掏出糖果和香烟，撒到桌上，说：“林股长，贵人多忘事吧？我上次来办手续，不是发过喜糖吗？来，上回是预请，这回是正式的喜糖喜烟。来，大家都请！”

林股长用手拍着脑门，说：“对，对，你看我这脑子，不中用了，真不中用了。”说着，拿起一块糖放进嘴里嚼着，又点着一根烟，深深吸了一口：“小岳呀，你是来办转行政关系手续的吧？真对不起，上级还是没有一个说法。”

那几天，岳宗天天往团部跑。可每次去，林股长都是说师里还没有答复。眼看离录取通知书上规定的报到时间只有五天了。

那天，当林股长又说出类似的一番话来后，岳宗再也按捺不住，猛地拍了一下桌子，说：“林股长，这几天我天天来，你天天是这一套词，你给我说实话，这事儿到底是谁在卡我？为什么要卡我？”

林股长瞪起眼睛说：“哎，你这个同志，怎么说话呢？谁卡你了？”

岳宗猛一跺脚，说：“好，我也不跟你废话了，我去找团长政委，让他们给我个说法！”说完，他一把推开干部股办公室的门，沿着走廊直往政委的办公室走去。

林股长也追出来，高声喊着：“上级就是没有说法嘛！”

岳宗正大步走着，一扇门突然打开来，组织股邓颂平股长拦住岳宗，把他拉进办公室：“小岳，你别太冲动！来，坐下，喝口水，听我慢慢给你说。”

邓颂平在岳宗对面坐下来，沉吟了一会儿，开口说：“你这个人呐，什么都好，就是这个火爆脾气，沾点火就着，这不好。不好好改改，会影响你进步的。小岳，你现在，经过党和军队的多年培养和教育，已经是一个相当优秀的连级干部了。如果我告诉你，你的大学梦这个理想可能实现不了，你千万不要冲动，不要干傻事。我相信，你能做到，对吗？”

岳宗一听就站起来，提高了声音问：“为什么？北航的录取通知书我都拿到了，为什么我的理想还可能实现不了？”

邓颂平说：“你看你看，又沉不住气了，你不坐下我就不说了。”

“老指导员，我能沉得住气。你，说吧。”

“这就对了嘛，你别急，我从头跟你说。我先问问你，常政委是不是让你们以病休的名义，让他在你们连的那个侄子回了北京，还要求按月把津贴费寄去，有这回事没有？”

“有啊，怎么啦，这和我上大学八竿子打不着啊。”

邓颂平点了点头，说：“据我了解，事情是这样的。就在春节前几天，你从我这儿开走介绍信的第二天，咱们军师两级党委同时收到一封群众来信，检举常政委滥用职权，先是开后门，把侄子弄到部队来当兵，后来又为了让他侄子准备考大学，入伍还不满一年，就开假证明给他侄子办了病休，回北京继续上学。

“当时，师党委刚把准备提升常政委的报告报到军里。军党委一收到这封信，就把这事先放下了。常政委年龄已经到线了，这回提拔不起来，便没有机会了。你想，他能不急吗？他认定了这信即使不是你写的，也是你示意那些退伍老兵写的。他抓住了上级对今年考上大学的干部怎么办手续、还没有明确政策这件事，指示干部股不放你走。”

岳宗一听就急了，说：“老指导员，我在你手下从当战士到当排长，干了六七年，我是什么人，你最清楚。我是那种背后捅人刀子的人吗？我那些天整天忙着复习高考，一天恨不得能有四十八小时。参加完高考，分数没下来就跟着部队去拉练，回来又准备结婚，我有那个闲心去琢磨这事儿吗？老指导员，你帮我去找政委说说，给军师党委写信的事，跟我没有半点关系，我根本就不知道这件事！把这事往我头上扣，那真是天大的冤枉啊！”

邓颂平轻轻摇摇头说：“你想得太简单了。政委这次提升基本泡汤了，一肚子气正不知道往哪儿出呢，现在就算是把真正写信的人找到了，他也不会放你走的。谁去找他说，都不会管用的。”

岳宗说：“那我直接去找师党委，或是军党委反映，找他们去要个说法！”

邓颂平瞪着岳宗说：“你可别犯傻啊，你到哪儿去找说法，最后不还得回团里来办吗？常政委从当战士起，已经在团里干了三十多年了，在咱们团，他不让干的事谁敢干？咱们吴团长是外来户，在好多事上都得让他三分。你去找上级，那就是和常政委撕破脸皮了。回来再办不成，你在咱团怎么干，你想过没有？”

岳宗想了想：“那，我转业回去上大学，不当这个兵了，他总得放我吧？”

“你想得太简单了。你转业，也得经过团党委吧？再说，干部转业，地方得有接收单位，你想进北京，还得有指标。你自己估摸估摸，就算能让你转业，在规定的报到时间之前，你能弄来进京指标，找到接收单位吗？”

岳宗又说：“那我不当这个干部了，我复员回原籍，当个平头百姓，靠国家给的每月十几元助学金上大学，这总行了吧？”

邓颂平摇摇头，说：“那就更不靠谱了。现在军队干部，不是犯了大错，哪有复员的？办起来，可能比转业还要麻烦呢。没有健全的手续，回北京你连户口都上不上，你怎么去学校报到？”

岳宗欲哭无泪，仰天长叹：“天哪，怎么会有这样的事啊！是哪个该死的多管闲事，他常政委滥不滥用职权关你屁事，给军党委师党委写的什么信嘛！我一辈子的理想啊！我费了那么大的劲，好不容易通过了高考，拿着录取通知书，可就是上不了大学，天理何在？天理何在呀！！”

这声音如狮吼、似虎啸，穿墙透壁，传出很远，很远。

红色帽徽
红领章

RED
Cap Badge
RED
Collar Insignia

第二十五章

当参谋

那一天，岳宗都不知道自己是怎么离开团部，怎么挣扎着越过冰封的老牛河，走完那段将近五公里的土路，回到连队的。只记得自己刚一迈进宿舍，就一头栽倒在床铺上。

当他再度睁开双眼时，只觉得屋顶是那样高，好像离他足有千百丈的距离，遥不可及。周围是那样冷，仿佛身子下边铺着的全是冰，那彻骨的寒冷，透过肌肤，一点一点侵入骨髓，一直凉到心底。四肢和身体那样沉重，好像浇铸了巨大的铅锭一样，被牢牢地束缚住，连稍稍转动一下脖子，也根本不可能。

慢慢地，他尝试着把双眼睁开一条缝，却发现就在自己身边，有一个模模糊糊的影子。他努力聚拢目光，映入眼帘的是那个非常熟悉的女人！

“宗，你醒了？真的醒了啊！”两行晶莹的泪珠，从肖海平的眼睛里夺眶而出。

顾不上擦一把欣喜的泪水，肖海平猛地在他脸上亲了一口，直勾勾地看着他：“哎呀，你总算是醒过来了，知道吗？你整整昏迷了七天！”

昏迷？七天？……

门开了，来的是指导员陈少平。他俯下身说：“哎呀，你个小岳连长啊，可真把我们吓坏了！那天你从团部回来，浑身上下，烧得就像火炭似的。余军医说是重感冒，靠山营老中医说是夹气伤寒，给你开了药，打了吊针。还是弟妹有办法，用药棉蘸着酒精，隔一个小时就给你全身擦一遍！你小子前世积了什么德，修来这么个好媳妇！小张，连长醒了，让炊事班下碗热面条来！”

肖海平打来一盆热水，正用毛巾蘸着，轻轻在他脸上擦拭着。肖海平忙说：“指导员，他恐怕吃不了面条，还是蒸碗鸡蛋羹吧。”

“面条要下，鸡蛋羹也要蒸。蛋羹给他吃，面条，你吃！”

指导员出去了。岳宗把她的手拉到怀里，无力地说：“平，你怎么来了？”

“唉，等了你十二天呀。眼看报到的时间错过了，我能不急吗？忙向医院请了假，买了张车票，就来了！”

岳宗努力回忆着自己办手续的经过，一股酸楚从心头掠过，他哽咽着："平平，你知道吗？为了这个大学梦，我费了多大劲儿呀，都拿到录取通知书了，可他们就是不放我走！唉，为什么不让我实现自己的理想呢？"

肖海平轻轻叹了口气，说："你呀，怎么像个孩子似的，老把问题想得那么简单，你知道什么叫羡慕嫉妒恨吗？"

"什么？对我？我并不比别人强呀。论入党，在我们这批兵里，算是比较晚的，我一直到 1971 年 4 月才入党。论提干，也比较晚，我们那批兵里，早的 1969 年就提干了啊。"

肖海平想了想说："唉，令人嫉妒的，是那些别人不管怎么付出、怎么努力，都不可能得到的。比方说，你有一个当官的老爸，或是有比别人强得多的天赋，这才是招人嫉恨的根子。你知道，你最招人嫉恨的是什么吗？"

"这我还真不知道。我老爸官不算大，又是个老正统，别说帮我办事了，他就会利用职权把我往最艰苦的地方塞！我又没有什么特别的天赋，我觉得别人没理由嫉妒我。"

肖海平抬起手，指点着岳宗的脑袋，说："你呀，你最招人恨的就是这儿！"

"这儿？"岳宗一脸茫然，"我这脑袋有什么可招人嫉恨的？"

"你知道以前上学的时候，一到考试，有多少人恨你吗？"

岳宗终于明白了她指的是什么，转而有几分得意地说："那没办法，我的脑瓜特别好使，这是爹妈给的，又不是我投机取巧作弊，有什么好嫉恨的？就算把我脑袋给砍下来，也不可能安到别人的脖子上去呀？"

"所以呀，这就是你特殊的天赋。你能够毫不费力做到的，别人怎么使劲儿也难以做到，这就容易招人嫉恨。你看你，一天参谋没当过，只参加了半年参谋集训，到军区去参加参谋比武，就拿到个人名次，还立了功，比人家当了十多年的老参谋还强。这回高考，只复习了四十多天，又拿了个考区理科总分第一名，这还不够招人嫉恨的？"

"啊？这还有天理吗？你不知道在参训队那半年我是怎么过的。我说我连半夜说梦话都在背外军编制装备和武器性能数据，那是一点都不带夸张的。还有这四十天复习，我每天睡不到四个小时，考完试我称了称体重，比复习前整整掉了二十二斤！半袋面呀！平均每天掉半斤多肉，这怎么不说了？这不是典型的'光看见贼吃肉，不见贼挨打’吗?”

“对，这就是大多数人的心态。不去看别人付出了多少努力，只看为什么他能得到，我却得不到。不从自身努力够不够上找原因，只从别人的特殊条件上找原因，这就是羡慕嫉妒恨产生的基本因素。像你这次，说起来，有人就是抱着幸灾乐祸的心态，在旁边看你的笑话，你不是能考上吗？我就是不让你去，你又能怎么样?”

岳宗呆呆地看着肖海平，愣了好久，才说:“哎呀，平，你这水平，够得上当指导员了，你怎么能把问题看得这么透?”

肖海平说:“当局者迷呗。用指导员的话说，你这个人是‘噘嘴骡子卖了个驴价钱’！他说你能干，也肯干，脑子灵活点子多，能吃苦，能带头，有担当，连里的干部战士都挺服你。但是，你最大的毛病还是过于锋芒毕露了，才容易招别人嫉妒。还说，你的弱点是缺乏社会经验，有时候心直口快，嘴上缺少个把门的，有时候还有点抗上，如能把这个毛病改了，以后的前程，无可限量。”

岳宗沉思了很久，把肖海平拉到怀里，说:“行，我尽量吧。不过，有句老话你也知道，江山易改，本性难移。平常时间我可以努力做到平心静气，收敛锋芒，给嘴上多加几个岗哨。但遇到急事、大事，或是重要关口，我可不能保证每次都能收得住!”

她把脸贴在他胸口上，说:“我知道。其实我也不是要求你怎样，就是给你提个醒。你能做到，最好；做不到，也没有什么。大不了不要那个前程了，转业复员回北京。我心里有底，凭你的素质和能力，回北京不管干什么，你都能干出名堂来!”

有一首歌词写得好：人世间最深莫过携手夫妻情，说的是家里话，道的是恩爱情。相濡以沫伴终身，磕磕绊绊过一生。

正是靠了肖海平的精心调理和疏导，没用几天，岳宗就感到曾经绵软无力的身子，充满了活力。他又重新开始履行起连长的职责来。

可是，经历了高考这件事，对岳宗的伤害究竟有多大，连他自己都很难说得清楚。只知道，自己的饭量明显下降，原来每顿饭七八个窝头都填不饱的肚子，现在连三个窝头也盛不下了。心头总像是压着一块沉重的碾盘，胸臆中总有一团说不清的烦恼难以消除，总想寻机发泄一下郁闷的心火，却又不得不极力压抑着自己。

岳宗把身体的变化写信告诉了肖海平。她来信说，这都是因为思想压力过重造成的。还说，她特后悔自己要求岳宗说话办事要考虑后果，凡事要三思而行，因为那不是岳宗本来的性格。肖海平说，她爱的，就是那个真诚、直率、阳光、开朗，就像一碗清水，能让人一眼看到底的岳宗，要是他真的变成了一个谨小慎微、心机难测的人，她真要后悔一辈子。

岳宗理解肖海平的用意。她要的，不是让自己变成一个心机重重、城府深不见底的人，而是让自己更加成熟。他要求自己，必须尽快调整心态，让自己充实起来、愉快起来；必须加大饭量，增强体力，就像新兵连时那样，吃得饱睡得着。

从那以后，只要一有空闲，岳宗就一本接一本地看书。当然，数理化之类的教科书他是不会再看了。北京航空学院的录取通知书，已经证明了他掌握文化知识的能力。目前他看的书，全都是肖海平寄来的世界名著和第二次世界大战名将们的传记和回忆录，他如痴如醉，不仅是一般的浏览，而是深入地研究。时间长了，岳宗竟然练出一手不管周围环境有多嘈杂，都能将其摒之耳外，专心致志看书的本领。

岳宗还特意每天提前半小时起床，先爬一遍营房后面那座长满荆棘和荒草的小山，然后，再带领全连出操。连队的日常训练，不管是技术训练还是战术训练，他总是跟到现场，亲自给战士们做示范动作，讲解动作要领。在训练休息时间，还跟战士们比赛摔跤和对刺。

这种不让脑子有片刻闲暇，更不让身体有些微懈怠的努力，很快收到了效果。每天上床后，岳宗又能很快进入梦乡了，饭量也恢复到了从前的水平。表面看上去，似乎一切都已经恢复到参加高考以前的状态。

肖海平来信说她怀孕了，还特别喜欢吃酸的东西。这个消息让岳宗喜出望外。老人们常说“酸儿辣女”，她想吃酸的，很可能怀的是个男孩！岳宗当然希望能得个儿子，一连几天都乐得合不拢嘴。他找到在靠山营住时的房东帮忙，不到一个小时，就从老乡家买了十多斤山里红，给家里寄了过去。

又过了几天，岳宗突然接到吴团长的电话，让到他那里去一趟。自从吴团长来守备一团之后，也许岳宗给他留下的第一印象过于深刻的原因吧，他对岳宗一直不错，多次在全团干部会议上表扬过他。岳宗能当上连长，也和吴团长提携分不开。

进了团长办公室，吴团长开门见山地说："小岳呀，有件事你考虑一下。最近军里下令，我很快要到B师去当参谋长。你如果愿意，一块儿过去，到师司令部当参谋。怎么样?"

当参谋?自从在军区参加参谋业务比武回来之后，就有过各种上级机关要调岳宗去当参谋的传言，但传来传去，最后都没了下文。时间长了，岳宗已经渐渐打消了去机关的念头。现在，吴团长突然又提起来，而且是让他离开已经待了整整十年的守备师，到另一个完全陌生的单位去当参谋。这对岳宗有点突然。岳宗不由得一怔："团长，您容我想想，行吗?"

吴团长微微一笑："嗯，跟你说实话，如果没有你上大学的这场风波，我是不会建议你去机关的。你这个人聪明、能干，鬼点子又多，个人素质好，群众基础也不错，相比起来，继续在一团干，对你个人的成长和进步，要比去机关有利得多。但是，自从你考上大学，团里又没让你去之后，情况有些变化了。听说事后你还大病了一场?"

岳宗低下头说："是。"

"我理解，那样的打击，一般人都是难以承受的。在部队，这种事情并不少见，你能够很快恢复过来，我挺为你高兴的。不过，我也看得出来，这段时间你干得并不痛快，有些缩手缩脚，特别是当政委在场时，你更是显得拘谨，甚至有些慌乱，是不是?"

岳宗轻轻点了点头。

吴团长接着说："中国有句老话，叫'树挪死，人挪活'，这次正好是个机会。军委要把B师重新扩编为甲种师。你如果愿意到师机关当个参谋，不但你学过的那些参谋业务基本功有了用武之地，而且能够开阔眼界，从更高的层次、更广的角度，去了解把握军队建设和军事训练的基本情况。你仔细考虑一下，去，还是不去，你自己来定。"

"团长，我去。"

岳宗刚才还在犹豫：自从入伍以来，整整十年了，从来都没有离开过四连，和连里的同事和弟兄们，已经有了一种难以割舍的感情。可是，听了吴团长这一番语重心长的话，岳宗仿佛看到了他对自己的一片关怀爱护的拳拳之心。

听到岳宗的回答，吴团长眼睛一亮，又追问了一句：“你真的想好了？”

岳宗坚定地说：“想好了。您说得对，虽然我还没有因为上大学的事跟政委撕破脸，但从这件事上，却重新认识了他。每次看到他在台上冠冕堂皇地讲那些大道理，都会不由自主地去联想他干的那些摆不上台面的事儿。在这种状态下再干下去，我真保不齐能干成什么样子。我想好了，就跟您走。”

吴团长满意地笑了，说：“好，小岳，我没看错你！正式调令没到之前，你该怎么干还要怎么干，不能出一点纰漏，能做到吗？”

岳宗挺了挺胸，说：“能！”

吴团长又说：“反正还有时间，你也可以给你父亲去封信，听听他的意见。听说你父亲对你要求很严，要是你父亲不同意，我也不敢调你去啊。”

岳宗按照吴团长的吩咐，提笔给老爸写了一封信，同时也给肖海平写了一封。现在，她的肚子里，已经孕育了岳家的后代，今后人生道路上的任何抉择，都必须听取她的意见。

肖海平的回信是先到的。除了支持岳宗的想法之外，她在信中还详细地述说了肚子里的宝宝，给她带来的种种折磨和喜悦。看着她信中的描述，岳宗忍不住要笑出声来：看她前边对妊娠反应痛苦的倾诉，似乎她手中如果正好有一把刀，立刻会毫不犹豫地把那小家伙清除出去；可当她叙说小家伙现在的样子时，又是那样充满了温情和怜爱。这女人的心啊，真是永远让男人捉摸不透。

老爸的来信还是那样严肃、冷静。他说，军队也是一个社会，同样会有各色人等。他告诫岳宗，要学会认清复杂人际关系的本领，提高处理好上下级之间、同事之间、个人与群体之间各种关系的能力。还说，对弱者来说，挫折是人生道路上的鸿沟和断崖，很可能就此让人一蹶不振；但对强者来说，应该是人生成长道路上的修理所和加油站，使人能够由此发现自身的不足，更换磨损的部件，添加新的能量，从而在以后的征途中跑得更快、更远。

老爸希望他做一个强者，从这次波折中汲取宝贵的教训，使自己更加成熟起来。

他告诫岳宗，要注意从琐碎的日常事务性工作中跳出来，从更高的层面上去把握军事工作的规律。同时又警告他，千万不要脱离基层，脱离实践，变成一个只知道埋头于文件、数据、材料和只会打电话的小官僚。

老爸还用自己的亲身经历，讲了当好参谋的注意事项：什么胆大包天、心细如发呀，什么实事求是、敢讲真话呀，什么去伪存真、明察秋毫呀，什么独立思考、犯颜直陈呀，还有什么把握时机、把握分寸、把握角度、把握方法、把握对象之类的经验之谈。但在当时，岳宗并没能真正理解这些告诫和提醒，他只看到了一点，就是老爸并不反对自己去 B 师当参谋。

找到一个合适的机会，岳宗把老爸的来信给吴团长看了。吴团长感慨地说："真是可怜天下父母心啊，你可要理解你父亲的一片苦心！你看这封信上写的，这是你父亲当了一辈子参谋的经验、教训和体会的总结，完全可以拿到《军事学术》上去发表。有这么一个好父亲对你这样关心帮助，你要是还当不好参谋，能对得起谁?!"

十几天后，上级公布了吴团长到 B 师当参谋长的任命。又过了一个多月，一纸调令，把岳宗和守备一团另外四名连排干部一起，调到了重新扩编为甲种师的 B 师。岳宗的新职务，是 B 师司令部作训科参谋。其他几个干部都得到了提升，有到团里任股长的，也有下到连队当正副连长指导员的，只有岳宗是平职调动。

B 师作训科共有九个人。科长金国玺，是刚从师教导队长任上提起来的，1961 年的兵。他精通五大技术和小分队战术，是个搞训练的行家。副科长钟华，1963 年入伍，是刚从参谋提升起来的。他从 1970 年起，就在作训科当参谋，是个"老机关"。

两名作战参谋，一个姓钱，是江苏徐州人；一个姓李，是唐山滦县人。四名管训练的参谋：那个脸色黝黑的大个子姓王，是河北邢台人；身材有些发福的姓陈，家住天津郊区杨柳青；还有一个身材适中，脸白白的姓周，河南漯河人；一个脸上总是挂着笑容的中等个儿姓毕，是湖北咸宁人。科里的参谋，除了正副科长和陈参谋外，都是 1968 年以后的兵。

岳宗在其中兵龄虽然不是最短，但当参谋的"职龄"却是最短的。按照老爸的提醒，他把自己摆在一个新兵的位置，拿出了一副虚心求教的姿态，学习"子入太庙，每事问"，很快赢得了大家的好感。

B 师的驻地，位于燕山腹部一个中等盆地之内，面积比金锁镇略大些，跨越金锁镇正北偏东四十公里处。这儿虽然是个县城，但无论是城镇的规模，还是经济的繁荣程度，都不比金锁镇强多少。唯一的好处是这儿通火车，在县城北部，有一个火车站。

岳宗到师作训科报到后，第一份工作是协同主管作战的李参谋，编写驻地的《兵要地志》。

刚到金锁镇时，岳宗曾和赵参谋一起，到燕山区域进行踏勘，为编写当地的《兵要地志》搜集过资料。B师自进驻此地以来，又从军事工作的角度，搜集了大量的有关交通通信、历史战例等情况。现在，岳宗要做的工作，就是和李参谋一起把这些资料归纳整理，并进行必要的补充，最后再整理成文。

那些天，岳宗跟着李参谋，先把现有的资料分门别类，并按照时间顺序分别码放成几大摞，最矮的一摞也有一尺多高，各种资料堆满了作战室那个超大会议桌的整整半个桌面。然后，又为这些资料编撰目录，弄清楚哪些资料还需补充，再和李参谋一起，骑着自行车走遍了县里的工矿、电力、农牧、林业、文教、卫生、公安、气象、文物、档案等方面的主管单位，收集了许多鲜为人知的新资料。

其中最为珍贵的，是从县档案局借来的一套民国年间编撰的县志。

这套县志一共七册，全是线装本，记录着B师所驻县的概况。内容包括：自然、经济、军事、文化、民俗等方面的历史风貌，以及政府机构编成、行政区划、民间传说和一些极富传奇色彩的地名来历。甚至连建县以来历任县太爷的籍贯、学历、任职时间和在任上的主要政绩都记录在案。

此外，县志还记载了清朝康熙和乾隆皇帝木兰行围制度，以及帝王出塞行围《木兰秋狝途中所作》十几首诗。诗作中的立意、用典和遣词造句虽然远不及唐宋名家，但从这些传世的诗文中，可以获悉，当年行围的场面十分壮观，我们可以管窥到康熙皇帝平定漠北蒙古之时，八旗官兵“身背箭筒，手挽弓弩，时而奔驰，时而勒马”，显得格外骁勇善战的本色。其中的雄浑大气，依然可圈可点。

接着，就是阅读整理这些资料。对那些人口、物产、资源，以及水文、天候等能用数据表达的资料，按照李参谋的指点，岳宗画了一张表，把各种数据一一填在表上。对行政区划、地理条件、经济潜力、历史战例、民俗风情、相关传说，以及具有军事价值的重要高地、通道、关隘、村镇等，则用文字形式进行综合描述。

岳宗发现，在文字表达能力上，自己存在着严重缺陷，最大的问题是语言啰嗦烦琐、词不达意。岳宗平时看书，多注重于书中的情节和人物命运变化，对于如何运用文字的方法和技巧，却从来没有认真留心过。上学时写作文，常常随心所欲，信马由缰，写到哪儿算哪儿，有时难免“下笔千言、离题万里”。

岳宗入伍后一直在连队，平时除了写家信，很少用到文字。当了连长后，不管是总结还是讲评，大多不用写稿，就算是向军工作组汇报这样的重大场合，也是拉一个提纲，列出要讲的内容，划个大致的范围，讲的时候基本上是即兴发挥，对语法、句式和词语的运用都不那么讲究。可编撰《兵要地志》，必须严格按照机关公文的格式，运用规范的语言，准确地描述那些纷繁复杂的材料，既要说明问题，又要简明扼要，还要能分得出轻重缓急，让人看起来不那么枯燥，这可真把他难住了。岳宗真有些后悔，上学时，不该那么轻视语文课。

岳宗向李参谋请教，李参谋让他去找副科长钟华。岳宗找到钟华。钟副科长先给他讲了些机关公文的种类、格式、要求等基础知识，又说：“你现在要写的《兵要地志》，属于备考类公文。同属于这一类的军用公文还有会议纪要，战斗要报详报，作战或训练、包括演习的总结，以及战例汇编、战争回忆录等。这类公文的要求，首先材料要真实可靠，过程要尽量详细。但也不能事无巨细，一股脑地都往上堆。其次，要对所占有的材料进行分析归纳，有一个去粗取精、去伪存真的加工过程。再次，是要讲究词语的规范、准确，还要强调熟练地运用军语。”说着，他找出几份材料递给岳宗，说：“这些是我们移防以后，陆续整理的一些有关战区地形、交通、物产方面的资料，你可以看看。格式和行文要求，可以参照着这几份材料整理。”

岳宗认真阅读了副科长给自己的资料，试着整理了一份战区水文地质情况汇编，请副科长指点。钟华看了之后，进行了一些文字上的修改，对岳宗说：“小岳，你这份材料，素材比较详细，行文上按由大到小的顺序写也对，不足的地方是有些地方过于烦琐，而有些地方又显得不够。比方说，战区的这几条主要河流都是时令河，汛期水量和枯水期水量要相差几十倍，这对军事行动是一个重要影响因素，还需要做些补充。”

李参谋也有相同的见解，他说：“在《兵要地志》里，要写明汛期和枯水期在每年的什么时间，历史上最大水量曾达到什么程度，以及河流冰冻期、冰层最大厚度、能够承载多重的车辆通行等。而另如有多少条支流等，就不必写得那么详细了。只需将对军事行动影响较大的支流编入即可。这些兵要资料，主要供战场准备、军事训练、拟制作战计划使用，对军事行动影响不大的内容，可以省略点儿。”

就这样，借鉴了科长和其他参谋的多年经验，文字几经修改，经过一个多月的反复，《兵要地志》终于通过参谋长的审查，打印装订成册，收入 B 师的作战资料库。通过这一工作，岳宗也基本了解了机关工作的节奏和规律，算是初步适应了参谋岗位的工作。

和在基层连队相比，到机关工作后，岳宗备感紧迫的是知识的明显缺乏。他虽然参加过军组织的参谋业务集训，对“六会”基本功掌握得还算可以，但是那“六会”，只是参谋人员适应战时司令部工作要求必备的基本能力。这在一个称职的参谋人员需要具备的知识中，只占很小的比例。

例如对天气的判断。知道作战地区的年最大降水量、无霜期、年平均温度、四季的大致分界是一回事，能够准确地判断明天及今后几天有雨无雨、雨量多大及降雨的持续时间，则完全是另外一回事。而后者，对师级部队军事行动的部署，显然更为重要。

可能有人会想，了解这些情况，完全可以通过气象部门来解决。这种思路当然不错，可实际上行不通。因为当时地方气象部门的业务水平相当低！还是在滨城执勤时，那黄豆大的雨点已经把地上的积水打得不断冒泡了，高音喇叭里播送的天气预报还在说：天气，晴。

为了掌握准确预测天气的本领，岳宗收集了许多判断天气的农谚，还专门让肖海平寄来了好几本气象方面的专业书。农谚是靠天吃饭的农民长期观察天气的经验总结，对准确判断小范围的气象十分有效。但有许多农谚本身看起来却相互矛盾。

比方有农谚说“天边出现火烧云，不出三天大雨淋”，还有的农谚说：“晚霞红满天，大地直冒烟。”这倒不是农谚不准确，关键是如何区别火烧云与晚霞。经过仔细观察，岳宗发现，傍晚时分出现在西边天际下边火红、上部暗黑的云朵，属于火烧云；而分界不清，红遍半边天空的，属于晚霞。类似的还有，瓦块云与鱼鳞天的区别，堡状高积云与砧状高积云的区别，等等。仅从文字表述上看，很难严格区分，必须坚持长期的实地观察，才能把握它们之间的微小区别。

B 师师部的四层办公楼，是当时县城内最高的建筑。有好长一段时间，每到下雨天，岳宗都要披着雨衣，在楼顶平台上仔细观望远处天边的雨脚和云层，记录雨水到来和收尾的时间。经过一段时间的积累，他不仅能判断第二天是否有雨，还能估算出开始降雨和雨停的大致时间及雨量。

许多年后的一个星期天。那时北京高层建筑还不像现在这样多，在岳宗家居住的四楼阳台上，还能够断断续续地看到天边的地平线。一天晚上，岳宗许愿第二天带儿子去公园玩。可是，起床后一拉开窗帘，窗外的雨下得正欢。儿子说了一句“下雨啦”，赖在被窝里不愿意起床。岳宗来到阳台上，仔细向天边看了看，满怀信心地对儿子说：“快起床，吃饭！我保证，这雨最多下到九点，不耽误咱们去公园。”

儿子将信将疑地起来，穿衣洗漱。吃完饭跑到阳台上去看外边的天气。岳宗和肖海平刚收拾完碗筷，儿子就兴奋地跑进屋，大声嚷着：“爸爸，爸爸，雨停了，雨停了！”

肖海平抬头看看挂在墙上的那个“西铁城”石英钟，八点四十。她诧异地问：“哎，你怎么能说得这么准？”

岳宗故意莫测高深地说：“那当然，没这两下子，怎么能当个称职的作战参谋？”

除了预测天气的本领，还有对战区地形的熟悉。因为军队的一切战斗行动，都是在一定的地形条件下进行的。因此，利用地形是军事行动的基础。无论多么高明的战略战术，都必须与相应的地形结合起来，才有可能成为现实。参谋“六会”基本功中的“读”，就是要能通过地形图和航空照片，准确地判断战区的地形，为首长确定作战部署提供资料。

事实上，熟练地掌握识图、用图的技能和利用地形的要领，并不算难。但是，要能把整个战区的山川、河流、交通及制高点等军事要地，全都装在脑子里，达到行动时判定方位不迷向，除了必须舍得花时间、下功夫研究之外，还必须对那些主要道路、桥梁和高地进行实地勘察。

在完成了整理《兵要地志》的任务后，岳宗被分到作战组。就这样，为熟悉战区地形，他利用星期天时间，爬遍了县城周围大大小小的山头，还利用陪同首长外出的机会，几乎走遍了驻地内能通行汽车的大小道路和桥梁。

那时候，全军处于临战状态，各级都把战备看得非常重要。作战参谋的职责之一，就是陪同上级、友邻和本部首长，实地勘察战区地形。

外出勘察地形，首长都爱坐北京212吉普车的副驾驶位置。这个座位相对独立，不会受邻座挤压碰撞，视野也开阔。久而久之，这个座位便成了首长的专座。

首长各有不同的个性。有的是车一开就睡觉，到了预定的勘察点才听你介绍情况。有的你看好像是睡着了，可不知什么时候，他会突然提一些问题。比如，前方到了什么位置？路边的山头海拔多高？或刚刚经过的桥梁有多长，承重量是多少之类的问题。还有的首长，车一出师部大门，眼睛就瞪起来，不仅会随时问些地名、海拔之类的问题，还随时盯着道路两旁的山坡、草棵和灌木丛，总能发现其中潜藏着的野兔、山鸡之类的野物，向你询问山川风物、动植物方面的特点。

每次陪同首长看地形，岳宗在行前都要认真准备，把行进的路线、行程、途中经过的村庄、桥梁、岔路口和有高程注记的山头都一一记在心里，准备随时应对首长的提问。这样一来二去，渐渐使他对驻地内的地形地物了如指掌。几年后，即使行前不做准备，只要仔细打量一下周围的山头、峡谷、河流和道路，他都能准确地说出站立点的位置、附近山头的标高、居民点的名称和桥梁的承重量。

当参谋，要反应敏捷，讲究时效，在规定时限内完成任务，这是职责范围内的基本要求。刚好，这也完全符合岳宗的性格：工作中，坚持高标准；对任何事敢于负责，处理果断，不拖泥带水。

在机关工作另一个最大的特点是，能由自己支配的时间明显增多了。在基层连队当主官，身后跟着一百多个士兵，他们的训练、管理、吃、喝、拉、撒、睡样样都得考虑周到。每天各个时间段都排得满满的，半夜还得起来查铺查哨。到了机关，只要做好自己分管的那份工作就一切OK，至于什么时间做什么，一般不会有人过问。

作训科的工作基本上已经程式化了。每周一上午司令部大交班，司令部全体除值班人员外，上午八点整都要到司令部办公室集中，由参谋长主持，各科科长报告本科上周工作情况和本周主要工作安排、具体工作进度和相应情况。汇报过程中，参谋长会随时询问某项具体工作的相关情况。负责具体操办的参谋，要随时准备回答参谋长的提问。各科汇报完毕，由参谋长对司令部的整体工作和各科之间的配合协调，进行讲评，提出要求。

除了大交班之外，作训科每天早晨上班后，所有人员要到作战室集中，报告各人负责的工作进度和出现的问题，科长对某些具体工作做些指示，大约半个小时。各人汇报完毕，科长副科长再交代些注意事项，大家便纷纷起身，各忙各的去了。每天科里的参谋们只有两个时间到得最全：一个是每天早晨刚上班的半小时内，另一个，则是晚饭的饭桌上。其他工作时间干什么都由自己安排。午休和晚饭后的时间，更是基本上属于自己。

对于时间，鲁迅先生曾经说过：浪费自己的时间，等于慢性自杀；浪费别人的时间，等于谋财害命。先生的意思，岳宗是完全赞同的。

岳宗的时间一般是这样安排的：凡是上级交给的任务，像陪同首长勘察地形，或是一些其他的临时性任务，都要认真准备，全力以赴，争取当日事当日毕，做到案无积卷。像整理《兵要地志》，管理作战室及其中的各种图表、文件、器材等长期性任务，他都严格按相关的制度和计划去做，以提高工作效率。

没有紧急任务时，岳宗不是对照着地图仔细研究那些打着"绝密"印章的作战方案，就是看上级下发的军事教材和报刊上与军事工作有关的文章，丰富自己的军事知识。

他用旧画报做了几个剪贴簿，把那些旧报纸上有关的文章剪下来，分别贴在不同的本子上，一有空就拿起来翻翻。千万别小看那些不起眼的豆腐块文章，所谓聚沙成塔、集腋成裘，岳宗的许多军事知识，便是这样一点一滴积累起来的。

"文化大革命"结束之后，新华书店的书架上，各种书籍像是夏天雨后的草原，五彩缤纷、琳琅满目。除了阅读肖海平从北京寄来的书之外，只要有时间，岳宗几乎每周都要去县城那个不大的新华书店里转转。他还在县图书馆办了个借书证，常去借些新出版的中外小说来看。

那时候，为了迅速提高各级干部指挥现代战争的能力，军内陆续恢复出版了《军事学术》《人民装甲兵》《人民炮兵》《通信战士》《外国军事学术》等军事期刊，还经常下发诸如《苏联军事百科全书》《军事百科词典》和苏美英德等国将领对第二次世界大战经历的回忆录。这些书刊都是发到作训科，再由作训科转给有关的首长和科室。

这近水楼台之便，岳宗当然会很好地利用起来。像《苏联军事百科全书》《军事百科词典》这样的大部头，并明确要列入移交的书，他就放在作战室的文件柜里，在值班时翻阅。而那些军事期刊和回忆录，则带回宿舍，利用午休和晚饭后的时间阅览。

看这些书，当然不能像看小说那样，只浏览情节、故事和人物，而要边看边做笔记，尤其是对其中一些表述不尽一致，甚至明显针锋相对的观点，则要参考更多的资料，结合自己的理解，做出判断。

那段时间里，岳宗就像一块干渴了很久的海绵吸取水分一样，利用一切机会，拼命地汲取各种与军事有关的知识。这种随时随地、一点一滴、不分门类、兼收并蓄的学习方法，效果一点也不比正规系统的学习差。这种学习，像是把自己的脑子当成一个大货栈，平时遇到什么有用的货物，随时把它放到相应的货架上，时间长了，货架上的东西越来越丰富、越来越齐全，到了需要的时候，立刻能从货架上信手拈来，迅速解决重大问题。

当然，在机关与首长们近在咫尺，每天都可能要面对首长们交办的事情。这对岳宗来说，也有一段适应的过程。

岳宗刚到 B 师时，师部设有五位副师长，他们分管着训练、炮兵、行管、后勤、国防施工等，各把一摊工作，谁都认为自己分管的工作最重要。一旦上级有任务下达，这些首长们会像战士听到冲锋号一样，立刻来了精神，都到作战室来要资料、要地图、要器材。后来，当他们知道岳宗除了对驻地的各种情况比较熟悉，还会点儿速记之后，都点名要他陪同去现场看地形、制订方案。之后，还要求把文字带地图注记的实施方案，限时整理出来，以便他们在党委会上汇报。

年轻人多干些工作，岳宗倒不怕。怕的就是几件事凑到一起，掰扯不开。岳宗想分个轻重缓急，但首长们可不依：他们交办的事儿，在他那里就比天还大。战场上摸爬滚打过来的军事干部，多半都没什么好脾气。要是把哪个首长的事稍一拖延，说不定那“娘、老子”的粗口，紧跟着就上来了。

有一次，岳宗正在赶一份王副师长交办的材料，任副师长的警卫员找到岳宗说，副师长要去某地看地形，车已经在楼下等着了。岳宗对警卫员说：“马上就完，请副师长再等我几分钟。”不料，任副师长火冒三丈地闯了进来，岳宗刚要解释，难听的词句从副师长口中喷出。岳宗也不是那种能忍气吞声的人，一股火没按住，抬手挡了一下副师长几乎杵到自己脸上的手指。任副师长竟然暴跳如雷，抓起桌上的茶杯扔了过来。

这件事闹得大了，惊动了一层办公楼。问明情况后，吴参谋长专门把岳宗叫到办公室，批评说：“让我怎么说你呀，小岳同志！你说你挺聪明的个人，大学都能考得上，怎么这么点关系就处理不好呢？”

“都是副师长，都是急茬，您让我怎么办？”岳宗不满地嘟囔着。

“怎么办，谁更急就先给谁办嘛！像你这次，王副师长的那个材料固然也急，他毕竟没有坐在你面前等嘛。从来就是参谋等首长，哪有首长等参谋的？副师长人都上来了，你就赶紧放下手头的事跟着走吧。你可好，还埋着头在那儿写！那不是火上浇油吗？今天这事，完全是你没处理好，你必须去向任副师长道歉！”

“什么？我向他道歉？”岳宗忍不住站起身来大声说。

“你看你，你急什么？我问你，参谋工作的本质是什么？是为首长服务。服务首先就是服从，要无条件地完成首长交办的一切事务。让首长满意，这就是参谋人员的工作标准。听我的，你马上去向任副师长道个歉，把事情原委向他解释清楚，求得首长的原谅。”

岳宗把脖子一梗，把头扭向一边：“我想不通，我没有做错什么，凭什么向他道歉？再说，他凭什么那样骂人？还想动手，以为我怕他呀？我不去，要是去了，他再骂我，我怕我管不住自己！”

“岳宗，说什么呢？越说越不像话了！”吴参谋长厉声呵斥。停了一会儿，又说，“任副师长虽然脾气不大好，但人还是不错的。他是个直性子，事情过去就过去了，从来不记仇。你就放心去吧，你态度诚恳点儿，说不定，他还真会向你道歉呢！”

事情还真像吴参谋长所说的那样。

那天，岳宗找到任副师长，向他检讨了自己工作安排得不周，说明了王副师长催要材料的情况，又对自己的态度做了深刻的自我批评。任副师长还真的检讨了他那天的做法和态度。这便应了“不打不成交”那句老话。

从那以后，岳宗成了任副师长最信任的参谋之一。尤其是他当了师长后，不管大事小情，都愿意交给岳宗去办。对他交办的事，岳宗自然也格外重视，每次都能让他十分满意。几年后，他提升到军里去任职时，还想把岳宗也带到军机关去。但那时岳宗已经接到去高级陆军学校上学的通知了，自然无法随行。

“逢时独为贵，历代非无才”，人世间的遇合，有谁能预料得到呢？

到机关工作，让岳宗最不适应的，就是不管大事小情，都要通过文字的形式进行。各项工作开始前要有计划，完成后要有总结，对上级要请示报告，对下级要指示答复，就连接个重要点儿的电话，也要在专用的本子上，按规定的格式，记录得清清楚楚。

有一次，岳宗接到军里一个电话通知，记录完通知内容后，他客气地问对方：“请问您怎么称呼？”对方说：“我是作训处刘参谋。”岳宗一字不差地记录下来，并报告了科长。科长看完电话记录稿后问：“作训处有三个刘参谋呢，是哪个刘参谋来的电话？”

岳宗一下愣住了。他刚来时间不长，连许多其他科的科长、参谋都还没认全，怎么会知道军作训处竟然会有三个刘参谋？岳宗仔细回忆着接电话的过程，说：“是，是那个说话有点山西口音的刘参谋。”

科长说：“山西口音？作训处的参谋里只有一个是山西人，可是他姓贾，不姓刘呀。”

岳宗背上冒出汗来，说：“要不是山西的，那就是张家口，或是内蒙古的，反正说话老是把‘二’说成‘俄’。”

科长笑了，说：“不是山西的，也不是内蒙古的，这肯定是那个叫刘万云的刘参谋。他是河北迁西人，他们那儿就把‘二’说成‘俄’。小岳你记着，张王李赵遍地刘，以后再接电话，凡是姓这几个姓的人，你都要问清楚他的名字。还有一些姓，同音不同字的就有好几个，比方说姓于的，就有干勾于、人禾余、虞美人的虞、鱼虾的鱼、方人下面两点的於、给予的予，等等。要是人熟还好办，像你这样人不太熟的，不要怕多问几句话，一定要问清楚了，免得出纰漏，懂吗？”

“哦。”人生处处皆学问。当参谋，接电话还要辨识语音？一开始，可能连听都听不懂，但是只要努力去学习、去适应，那么在执行任务的过程中，便有了对上级意图的完整正确的辨识和理解。其他，诸如记录文件、转送材料之类，这些看似简单而重复的事情，只要留心、坚持不懈地在干中学，在学中干，慢慢地积累经验，逐渐便会变成一个有智慧的人，这自然也会提高参谋助手工作的质量。

拟写公文，是岳宗的弱项，但科长偏偏总把起草重要公文的任务，交给岳宗来办。

每年必写的那几个文件，比如，年初的《训练指示》、半年的《训练小结》和年终的《年度训练总结》等，基本都是岳宗的事。这对岳宗来说倒不难。因为这一类的文件都有固定的格式，只要把上级指示和相关内容，分别填写到相应的框框里去，便能做到八九不离十。最让岳宗怵头的，是各个季度的《训练形势分析》和各项训练活动的总结报告。

一项工作完成后要有总结这很正常。部队的年度训练活动，一般可分为新兵入伍训练、共同科目训练、技术训练、战术训练、干部训练、训练考核、野营拉练等几个阶段，其间还会有若干次不同科目的集训。

每个阶段或集训结束后，向上级机关报告基本情况，本是正常的机关业务。难的是首长的要求高。师里做了工作，都想在上级那里留个名、挂个号，这就要求在报告中，一定要选择新角度，总结出新做法，力争引起上级重视，最好能让上级机关转发。可是，同样的工作，各个部队都在做，怎样才算是新思路？岳宗绞尽脑汁，也想不出来。

一次，师里组织对某团的干部训练考核之后，岳宗用了整整一个星期的时间，写出了一份四千多字的情况报告。那次考核，作训科几乎全部参与，在那个团整整考核了三天。从理论到实际，从技术到战术，从机关干部到分队干部，从团长政委到各连的司务长，全团干部一个不落，全部参加了考核。当岳宗把考核总结报告的草稿交给参谋长后，吴参谋长把岳宗叫到办公室，指点着那份材料问："岳参谋，这次考核你参加了吗？"

岳宗说："嗯，从制订考核方案，确定考核科目起，我就参加了。具体参加的是分队干部组，他们的理论考核、五大技术、教学法和战术考核，我从头至尾都参加了。"

吴参谋长问："这么说，整个考核的情况你都清楚？"

岳宗肯定地说："清楚。"

吴参谋长板起面孔说："那你这是怎么写的？什么领导重视、计划周密、纪律严明、成绩过硬，这些东西，是这次考核的主要特点吗？总结这次考核关键的地方在哪儿？"

岳宗低下头，轻声嘟囔着："我知道我文字功夫不行，写不了这些东西，可科长非要让我写不可。明摆着是赶鸭子上架，出我的洋相嘛。”

吴参谋长提高了声音说：“这不怪你们科长，是我让他那样做的。当参谋，写材料上过不了关，就永远只能跑跑腿，给别人打下手，没有大出息。你以为写好材料只是文字功夫的事儿？错！能不能写出好材料，关键要看的是参谋的思想水平！

“你给我记住，要写出高水平的材料，首先要从全面掌握情况入手，要把上级的、下级的、友邻的情况都吃透。其次，要不断提高自己的理论水平。我知道你读过不少书。什么《军事百科词典》《第二次世界大战回忆录》，我见你都在看，这很好！可是，要提高理论水平关键是要善于思考，善于磨炼自己的判断力，并要努力探索解决问题的新思路和新方法。把这两条解决了，就不愁写不出高质量的材料来。”

什么叫醍醐灌顶？什么叫茅塞顿开？听了参谋长这一席话，岳宗立刻明白了自己的症结所在。

从办公室出来，他马上找来上级转发的军区各单位训练经验，翻出了 B 师近几年各项训练工作的总结，先是对掌握职权范围以内的全盘工作，做到心中有数。然后，经过认真对比分析，找出这次考核形成、下达的过程当中，解决了哪些新问题。这样一来，再归纳出干部训练考核的特点就容易多了。

他用了一天的时间，重新起草了一份总结报告。参谋长看完之后，又和他一起逐句逐段地修改材料。

最后，吴参谋长说：“看来你是从保存的文件里了解了不少情况，是不是？”

见岳宗点头，他又说：“还是陆游说的‘纸上得来终觉浅，绝知此事要躬行’啊！对历史和友邻情况的掌握，可以从文件上得到；对本单位的情况，可不能只满足于看文件呐。以后你还是要多下去，多参与各种训练活动的组织实施。有些事，站在一边看是一回事；自己亲自参与进去，又是另一回事。有些经验教训，不亲自摔几个跟头，是不可能真正记住的。行了，这份材料差不多了，你再誊清一下，可以送打印室了。”

那份《总结报告》，报到军里后，果然登上了军机关的《情况通报》。不久，又被军区转发到全区各师。从此，岳宗再也不为材料如何“出新”犯难了。

红色帽徽
红领章

RED
Cap Badge
RED
Collar Insignia

第二十六章

初为人父

在机关工作，岳宗感到最大的好处，是往北京打电话方便多了。作战室里，有一部可以通过军区长途台，直拨北京军线的电话。只要拿起电话，用不了半分钟，听筒里就会传来对方电话“嘟——嘟——”的振铃声。岳宗差不多每个星期，都会给家里去个电话，问候一下父母的身体，向他们报个平安。当然，岳宗打得最多的，是肖海平的电话。

每次给海平打电话，电话铃响不到两声，准能听到她那柔美的声音，从电话那头传过来。好像她正守在电话机旁，专门等着接电话似的。其实，他们并没有事先约定。尤其是在她值夜班时，虽然根本无法预知她什么时候在值班室，可每次把电话要过去，接电话的，差不多都是海平。或许，这就是心有灵犀吧！

近一段时间，海平在电话中说孩子发育得非常健康，好像比一般这个月份的胎儿要大一些，而且很不老实，经常在肚子里挥动小胳膊小腿，拳打脚踢，极不安分。还说，她肚子里的小家伙好像已经能听见声音了，每当周围噪音比较强的时候，他就动来动去，很不老实，可要是放上一段舒缓轻柔的音乐，马上就会安静下来。

那一天，岳宗在作战室值班，电话铃突然响起来。他拿起电话，把听筒贴近耳朵：“喂。”他正要公事公办地自报家门，听筒中却传来那动听的声音：“喂，是岳宗吗？”

“是我，平平，你好吗？小家伙最近老不老实？”岳宗立刻满脸笑意。同时心中也有些诧异：由于转接不便，海平很少主动给自己打电话。今天是怎么了？

岳宗的疑惑刚一浮现，听筒中传来她的声音：“宗，告诉你，今天下午我们院的妇产科余主任又给我检查了一遍，她说听到了两个胎心音！”

语速很快，听得出来，她既兴奋，又有几分紧张。

“噢，那又怎么样？有什么不对吗？”岳宗有些不解地问。

“哎呀，有两个胎心，很可能是两个孩子呗！”肖海平欣喜中带着几分娇嗔。

“两个孩子？怎么可能?!”岳宗还是有些发懵。

“哎呀，两个孩子，双胞胎嘛!”声音很大，一个个音节像小炮弹一样，直冲他的耳膜。

双胞胎？在岳宗的同学中，就有一对双胞胎。两个人长得一模一样，穿一样的衣服，一样的鞋，戴一样的帽子，背一样的书包，连说话的声音都一模一样。两人站在一起，老师都很难分清楚。和他们两个在一起，曾经给枯燥的住校生活，带来了无限的乐趣。难道，今后同样的乐趣也会出现在自己家？岳宗还是有些不相信自己的耳朵，对着话筒大声说:“平平，你说什么？我没听清楚，再说一遍!”

“哎呀，双胞胎，你知道吗？像咱们同学大明小明那样，两个小男孩，一模一样!”

岳宗哈哈地笑出声来，高兴地说:“哎呀，平平，是真的吗？你怎么那么有能耐呀！你真棒！我的好平平，亲爱的平平，真是好样的，你真是太棒、太伟大了!”这个喜讯真让他有点不知所措。平时还算能说会道的他，乐得不知用什么词汇，才能表达此时心中的喜悦和兴奋。

“什么呀！你别光知道乐，一下子来了两个孩子，你让我一个人怎么带？两人都饿了让我怎么喂？都拉了都尿了先给谁换？一大堆尿裤子谁来洗？要是生了病怎么办？以后上幼儿园、上学怎么弄？这些你都想过没有?”

海平的嘴，像是一挺轻机枪，哒哒哒哒……把一大堆问号一连串地扔了过来。一下子就拥有两个孩子的喜悦，让岳宗浑身的血，都一个劲儿直往头上涌，他哪里还顾得上细想这些？听到海平有些着急，连忙用最温柔的声音说:“哎，平平，你不用着急，面包会有的，牛奶也会有的。你现在的任务，就是吃好、喝好、休息好，高高兴兴、快快乐乐地，把还在你肚子里的孩子养好，让他们健健康康地发育成长。你需要什么，一句话，我就是上天入地也得想方设法给你办到。”

“我什么也不要，就是想要你陪着我。你知道吗？我现在连腰都弯不下去了，洗脚、穿袜子、提鞋都特别困难。我要你回来，每天帮帮我!”海平在电话里撒着娇。

“行，没问题，我马上去请假，回去陪你。”岳宗立刻应承。

“真的？你真能马上回来？”这声音里透着兴奋，但又很快露出沮丧，“算了吧，你那么忙，领导能让你回来吗？回来也待不了几天，还得走！”

岳宗信誓旦旦地说：“能回，肯定能回！领导放，我得回去；不放，我也得回去。大不了我这个参谋不当了，转业回北京，去伺候我孩子的妈去！悠悠万事，唯此为大。工作有的是人干，我孩子她妈，只有我一个人能伺候。我这个时候不回去，什么时候回去？好钢用在刀刃上，养兵千日，用兵一时嘛，现在就到用我的时候了，我怎么能找借口往回缩？只要老婆需要，再大的事情也得放下。你放心，放下电话我就去请假。”

她舒心地笑了。虽然不是可视电话，但岳宗好像看到了她那一脸幸福、满意的笑容。她的声音又传过来：“哼，就会拿你那张油嘴填豁人！我还不知道你？算了吧，还是别回来了。我也就是说说而已，谁还指望你真的能回来伺候我？”

岳宗立刻说：“我真的得回去一趟，做到一个父亲应尽的职责呀！”

岳宗知道，作训科两位科长，都是60年代初入伍的老兵，非常体恤下情。听他们常说起，当兵的家属生儿育女，确实没有条件在他们身边，很是遗憾。而人生的许多事情，一旦错过了，便是永远也补不回来了。

第二天上午，作训科正在交班，岳宗把请假报告交到科长手里。纸上只有几行字：“老婆身孕异常，恳请探望，心安。”科长接过来看了看，又和副科长交换了意见，对岳宗说：“这两天正好没什么急事，你就回去看看吧，一个星期怎么样？”

副科长附和道：“这阵子，正好有条件，回去看看就放心了。”

当天晚上，岳宗在位于县城北部的火车站，乘上了开往北京的客车。

这是一趟普客，铁路刚建好不久，客车属于试运行，车速限制在六十公里以内。火车走走停停，停停走走，终于，在天刚放亮时，驶进了北京北站。他先乘105路无轨电车，又在西四上了101路公共汽车。车到白堆子，岳宗下了车走进路边的“大众食堂”，把两张炸油饼和一碗热气腾腾的豆腐脑风卷残云般地填进肚子。再看看时间还早，他又要了四两包子，一边不紧不慢地吃着，一边关注着马路对面海军总医院的大门。

一辆军绿色大车，从西边一拐弯，驶进了海军总医院正门。岳宗抓起最后一个包子塞进嘴里，大步跑过马路。班车在路边停住，一些身穿上白下蓝海军军服的人，从车门处快步走出。一个高高的个子，身材臃肿，穿着条浅蓝色背带裤的人影，慢腾腾下了车。

“海平！”岳宗高喊一声，撒开双腿直奔过去。

她转过身，满脸地惊喜：“呀？你真的回来啦？”

“当然，我不是说了吗？忠不忠，看行动！哈，早上 5 点下的火车。”

接过她肩上背的包，交到右手，把左手伸进她腋下，搀扶着她往食堂走。一开始，她还不好意思地挣扎了一下。岳宗说：“别动，小心闪了腰！你现在是非常时期，是该我好好表现的时候了。”

到食堂，安顿海平在桌边坐好，岳宗打来了饭菜，坐在桌边，目不转睛地看着她。她吃饭还是那样安静，咬一口包子，抿着嘴，细细地嚼，再喝一口粥，再咬一口包子，只是咀嚼和吞咽的速度，要比以前快得多了。

海平工作的空潜科，在海军总医院最南边的四楼上。岳宗搀扶着她上了楼，来到她的办公室。科里的医生护士们看到他，自然少不了开些玩笑。岳宗全然不顾，亦步亦趋地跟在海平身边，只要她一走动，他立刻就伸出手在旁边搀扶着。一开始，海平还带着几分羞涩躲闪避让。岳宗说：“平，我回来待不了几天，你就让我好好表现表现吧。”她这才坦然接受了。

海平知道他最关心的是什么，查完房之后，带着岳宗来到妇产科。妇产科余主任是一位精力充沛的中年女性。她上上下下地打量了岳宗一会儿，说：“你就是肖大夫的爱人？”

岳宗恭敬地点点头。

“你可真有福气！已经可以确诊了，小肖怀的是双胞胎，平均 150 多个孕妇，才有一个怀双胞胎的呐。目前胎儿发育正常，两个小家伙，心跳都非常有力。一个每分钟 136 次，一个每分钟 144 次，预产期是 12 月下旬。不过，双胞胎后期，发育都比较快，分娩期很可能会提前，你就做好当爸爸的准备吧。”

“余主任，现在，能看出来是男孩还是女孩吗？”

“怎么，你还挺重男轻女，不想要女孩儿？”

岳宗窘得涨红了脸。过了一会儿，又问：“余主任，那您看小肖现在要注意些什么，我什么都不懂，还得请您多指导。”

“嗯，这还差不多，像个当丈夫的样。以后要注意的，一是要定期检查，二是要适当运动，当然，剧烈运动不行。但每天一定要坚持散散步、做做操。这样既有利于胎儿发育，也可以增强孕妇的体力，便于生产。三是要注意增加营养，尤其要多吃些水果、坚果和含蛋白质比较多的食物，要营养全面，搭配合理。四呢，就是要特别注意小肖的身体。怀孕期孕妇用药不慎，会直接影响胎儿的正常发育，最好的办法，是让孕妇不生病。”

岳宗认真记在心里。转而又问：“主任，像她现在这样，还能正常上班吗？”

“完全可以，只要多注意就是了。注意不要长时间站立，也别老坐着，要适当运动一下。不要伸着胳膊够东西，尽量少颠簸，就不会有事。”

“可是她们科，楼层那么高，又没有电梯，每天爬上爬下的，多不安全呐。”

余主任笑着说：“看不出，你还真是细心呢。你放心吧，每天爬爬楼，权当是运动了，对小肖没坏处。小肖怀孕有六个月了吧？”

“是二十二周，还差两个星期才满六个月。”

余主任故作严肃地对岳宗说：“你小子注意了，怀孕的前后三个月可都是危险期，这段时间绝对不能同房。你可得搂着点，要不然，会引起流产的！这可不是吓唬你！”

中午，岳宗搀扶着海平一起去食堂，打来了饭菜。饭后又搀扶着她在院里散步。下午上班后，岳宗跟科里一个医生借了辆自行车，到甘家口商场买了些蔬菜和鱼虾。当天晚上，岳宗和海平一起，坐上医院的班车，回到了海军大院。

吃完晚饭，他小心地搀着海平，在院里一圈圈散步。临睡觉前又打来热水，帮着她擦洗身子。海平解开衣服，岳宗吃惊地发现，她的小腹就像塞进了一个篮球似的，高高地向前凸起，把肚皮撑得像纸一样薄，连那些浅蓝色的静脉血管，都清晰可见。他把耳朵轻轻贴到她肚子上，听了一会儿，疑惑地问：“哎，我怎么什么也听不见呢？”

“当然，那得用专门的胎心听诊器，才能听得到。”

岳宗轻轻地给她擦着身子，擦到她肚子时，海平突然挡住他的手，伸手指着自己的肚子说：“你看，你看，你儿子又踹我呢！”由于岳宗一直认定海平怀的是儿子，所以不知从什么时候起，两个人都开始把尚未出生的孩子叫“儿子”了。

岳宗顺着她的手指看去，只见她肚子上凸起的一个小小的包块，并且不停地抖动。他伸出手，轻轻地按住那个小包块，一阵有节率的颤动，顺着他的手心直传过来，宛若一阵欢快的电流，立刻传遍了全身。

岳宗抬起手："这小子，这么不老实，还敢踹你妈，看我不教训你！"说着，作势要打。

海平连忙捉住他的手："谁敢打我儿子，我可跟他拼命哦！"

岳宗笑着说："你看，你看，这就护上了。不行啊，儿子可惯不得，一定得严格要求。你看我还算优秀吧？你知道我从小到大，让我爸揍过多少回吗？我上二年级时，最多的时候，一天让我爸打过四回！"

肖海平笑着说："以后啊，我希望儿子的聪明劲儿像你，性格也可以像你，我最喜欢你那种天不怕地不怕，什么事儿都难不倒你，到哪儿都能争个第一的劲儿。可我先说好，你那些淘气使坏的能耐，可不许教儿子啊！"

岳宗说："那当然。不过，儿子要真像我这么聪明，有我这么丰富的知识，到时候真碰上事儿，不用我教，他们也自然会有办法对付的。"

那天晚上，岳宗帮海平擦洗了身子后，又换了一盆水，把她的脚按在盆里，仔仔细细地洗了一遍，还帮她修剪了脚趾甲。她满脸都是幸福的微笑。岳宗给海平换上一身干净衣服，让她在床上躺好，放下蚊帐，然后，把她换下来的衣裤和袜子洗干净。一切都忙完了，才躺到她身边，一边轻轻摇着蒲扇，一边小声说着在部队的趣事。一直到她的呼吸变得平稳均匀，他才放下扇子，也沉沉地进入梦乡。

那几天，岳宗一直陪伴着肖海平。她好几次让他回家去看看父母，岳宗却说："这次，就是伺候你来了。我已经给家里打过电话了。老爸听说你怀了双胞胎，高兴坏了，是老爸让我不用管他们，只管照顾好你就行了的。"

余主任说过，孕妇特别爱出汗，最好穿宽松透气的纯棉衣服。在海平上班的时候，岳宗特意去西单商场帮她买衣服。那时候，西单地下商场常有些直接从国外和香港进来的商品，只有用外汇券才能购买。

所谓外汇券，是那时候由中国银行发行的一种在国内流通、与人民币等值的外币替代凭证。当时，随着改革开放，到我国来经商、旅游和学习的华侨及外国人越来越多，由于那时国际流通的美元无法直接兑换成人民币，为了方便他们消费，只好发行了外汇券。一些高档出口商品和进口货，非得用外汇券才能买到。像友谊商店、国际俱乐部等地方，你要是没有外汇券，干脆连大门都不让你进。

在西单商场的地下商场，岳宗发现了一种乳胶做的玩具。那是一套儿童玩偶，一共十二个，全是小男孩。每个高不过十五厘米，大大的脑袋，小小的身子，穿着各种好看的服装，或是耸鼻挤眼，或是咧嘴龇牙，做出各种滑稽淘气的表情。他向售货员打听，全套玩偶要一百块外汇券。好在西单商场外边，就有兑换外汇券的“黄牛”，岳宗二话没说，当即换了外汇券，把那套玩偶买了下来。

晚上，当他把那套玩偶亮到肖海平面前，她一把将那十二个玩偶都搂到怀里，爱不释手地逐个把玩。玩着玩着，她突然问：“哎，宗，这些怎么都是小男孩儿呀?”

“咳，你管它男孩女孩呢，先说喜不喜欢吧。”

“当然喜欢了。我以前玩的娃娃都是小女孩，这还是第一次看见男娃娃呢。”

“只要你喜欢就好！抱在怀里，你就想着，要是个真的小男孩，肯定得比这假的还要好。想着想着，说不定，你真能生出两个淘气的小男孩呢。”

海平含笑说：“小孩是男是女，这会儿已经定了，现在才拿这些娃儿，晚了啊!”

岳宗争辩着说：“那可不一定哦。据我的了解，现代科学还远远不能解释许多生命的奥秘。说不定这胎儿的性别，真能按父母的愿望来生呢。”

亲人相处的时间，总是过得飞快。一晃，过去五六天了。那天晚上，岳宗洗完刚换下来的衣服，钻进蚊帐里，一边给海平扇着扇子，一边对她说：“平平，科里只给了我一个星期的假，明天我得回去了。”

肖海平定定地看着岳宗，伸出手摸着他的脸，说：“你看，这次回来，你天天陪着我，一直都没有好好休息，都累瘦了。”说着，忍不住泪珠从她眼里涌出来，滴落在胸前。

岳宗轻轻把她揽到怀中，亲吻着她的脸颊：“平平，你别哭哇。你是我老婆，又正怀着咱们的儿子，伺候你，还不是应当的吗？我生病时，你不也是一连几天几夜连衣服都没有脱，守在床边伺候我吗？只可惜，我不能一直在北京照顾你。过了‘十一’，你就别去上班了，住到我家去，我父母会好好照顾你的。我妈就是医生，一般的问题她都能处理。”

肖海平不声不响地靠在他胸前，默默地流着眼泪。岳宗知道，在这时候，再说什么都是没用的，就紧紧地搂着她，一边用手帕帮她擦去不断涌出的泪水，一边轻轻拍打着她的后背，嘴里轻声“噢、噢”地哼哼着，就像在哄一个刚撒完娇的孩子。

从北京回到师里后，岳宗几乎每天都要给海平打个电话，关心她的身体，更关心她腹中的孩子。不知是因为什么，以前听着她絮絮叨叨地说着怀孕的感觉和胎儿的变化，岳宗还有些心不在焉。但就在他隔着海平的肚皮，亲自触摸到胎儿的躁动之后，一如看到胎儿的模样了，那还没见过面的小小生命，也好像一下子变得和自己那样亲近、那样贴心了。现在，他最喜欢听的，就是她小声地叙说着胎儿的每一点变化。

时间过得飞快，转眼之间，四周的山峰由绿转黄。塞外的冬季来得早，几场雪一下，群山又从红黄相间的五彩缤纷，变成了毫无生机的灰沉沉一片。

紧张的年终考核一结束，作训科的工作明显地轻松了许多。岳宗忙完了年终总结报告之后，便向科长请了假，归心似箭，带着满满一纸箱鸡蛋，回到了北京。

那一天，陪海平到医院检查后，岳宗把房间彻底打扫了一遍。窗户上的玻璃被他擦得晶明透亮。他把床移到靠近窗户的地方，又买了一条蓝布做的棉门帘，挂在房门口。据说月子里的产妇，不能吹风。这样，她不用下床，就能晒到太阳。

对于一个男人来说，天下事无非是家庭和事业。当兵在外，岂能贪图“老婆孩子热炕头”这样的生活呢？但是，回归家庭，那种“儿女忽成行”“双宿双飞过一生”的日子，就是人生中最可艳羡的事情了。

再次检查之后，岳宗坚持不让海平再上班了。把她接到自己家，每天中午搀着她在院子里散步。女生大多都爱干净，搞医的还要再加个“更”字。马上要到预产期了，岳宗还是每天都要帮海平擦身子洗脚。

小弟岳玄见天天如此，带着几分嘲讽说：“大哥，这可不是男子汉干的啊。”

岳宗却朗声道：“去，你懂什么，什么叫铁骨柔情？什么叫无情未必真豪杰，怜子如何不丈夫？我又不是为别人，她是你嫂子，现在又怀着你侄子！好女人要能上得厅堂，下得厨房；好男人，也得能上得了战场，又能帮老婆洗脚。不信你问爸，当年，是不是也这样？”

妈妈笑着接过话茬，说:“他呀，我生你的时候，你爸还在朝鲜打美国佬呢!”

星期天中午，全家人都到齐了。妈妈和岳华忙活了半天，做了满满一大桌菜，有爸爸爱吃的红烧鱼、清炖排骨，还有大家都爱吃的红烧肉。正吃着，海平突然碰了岳宗一下，说:“我有些不舒服，想躺会儿。”

这几天，海平都起得比较晚，估计还不太饿？岳宗起身将她扶起，送到屋里，帮她躺好，海平带着点哭腔说:“刚才我肚子突然一阵疼，像刀绞的一样。”

见海平的整个脸都被疼痛扭歪了，看起来疼得不轻。他也有几分慌张，一边走过去轻轻安抚着她，一边大声喊着:“妈，妈！你快过来看看?”

妈妈走到床边，拉起海平的手，数着她的脉搏，又问了她的感觉，然后说:“像是要生了。马上送她去医院。”

海军总医院，二楼妇产科。病房里共有三张床，除了肖海平外，那两张床暂时都还空着。

余主任急步走进来。大概因为都是本院的同事吧，这边一有情况，值班医生便请来了主任。经检查，海平确实快生了。

岳宗来到医生办公室，余主任又详细叮嘱他，要帮助海平消除紧张情绪，保持镇静乐观。而后，她神色庄重地看着他:“不夸张地说，生孩子，尤其是初产，对女人来说差不多就是到鬼门关去走一遭。万一出现不好处理的情况，你是要保大人，还是要保孩子?”

“我都要！大人孩子都要保!”

余主任笑了一下，说:“那当然，我们也是要尽一切努力来保证母子都平安，但我是说万一,万一做不到母子平安，你必须有所选择。”

岳宗想了想说:“万一不行，那当然要保大人。庄稼受灾了没收成，来年还可以再种，要是地都没有了，那可就全完了。”

余主任瞪了岳宗一眼:“说什么呢？什么地呀收成的，你们这些男人真是!”说着，她从抽屉里拿出几页纸，递到岳宗面前，说:“行了，该说的我都说了，这是一份分娩通知书，你好好看看，然后把字签了。”

窗外已经完全黑透了。见海平好像没什么大事了，岳宗让岳华先回去，留自己一个人在这里陪着。岳宗给海平冲了一杯麦乳精，又把巧克力掰成小块，喂给她吃。一开始，她还不想吃，岳宗说:“你们余主任可说了，生一个孩子，体力消耗相当于跑一次马拉松。而且整个分娩过程，主要是靠你自己努力，别人谁也帮不上忙，你不吃，到时候哪有劲儿生孩子呢？听话！”

一听说是为了孩子，海平立刻顺从地张开嘴。最近就是这样，无论是让她去散步，还是让她吃什么东西，她要是有一点不情愿，只要一提孩子，她马上就放弃自己的意愿，乖乖地听你安排。这，也许就是母性的体现吧。

海平问岳宗：“哎，孩子叫什么名儿，你想好了吗？”

岳宗突然灵机一动：“嗯，孩子是我们爱情的结晶，我想这样：姓当然要姓我的岳；名字，就从你的名字里取。大的叫岳海，小的叫岳平。”

“岳海、岳平……”海平轻声念了几遍，脸上露出满意的笑容。

突然，她抓紧岳宗的手，两条又黑又长的秀眉紧紧拧到一起，脸上露出痛苦的表情，呻吟着：“你，你快去叫护士！”

护士检查了一下，对岳宗说：“快去找轮椅，送她去产房！”

岳宗推着轮椅，伸手推开一扇门，正要往里进，护士拦住他，说：“行了，里边是产房，男同志不能进，你在外边等着吧。”说着，接过轮椅，推着肖海平就要往里走。海平紧紧抓着他的手不放。岳宗轻轻掰开她的手指，贴着她的耳朵轻声说：“进去吧，我就在外边，等着你胜利的消息！”

护士把门关上。岳宗喜滋滋地在产房门外，来回踱着步子。大约又过了一个多小时，产房里传出一声婴儿的啼哭。那声音，就好像是被关在一个瓶子里压抑了很久，突然，瓶塞在瞬间打开，那声音就此迸发而出，嘹亮、欢快，那样地不管不顾，那样地肆无忌惮，那样地充满活力，恰似一颗携风裹电的炮弹，直冲岳宗的耳膜。过了片刻，又是同样的一声啼哭，还是那样响亮，还是那样动人心魄！

是平平生了！岳宗再也顾不上什么规定和禁忌，一把推开产房的门，一边大声喊着：“平平，平平，是你生了吗？”一边大步流星地往里闯。

一个粗壮的女人，不知从什么地方蹿出来，横在岳宗面前，厉声斥责：“哎，你这个同志，这儿是你能进的地方吗？出去！出去！”一边说，一边用力把他往外推。

在那女人的推搡下，岳宗一步步退出了产房的门，两眼直勾勾地盯着那两扇白色玻璃门，连眨也不敢眨，生怕在眨眼的那一瞬间，会错过了海平出来的时间。好像是过了千百年，又好像仅仅过了一小会儿，突然，那两扇白色玻璃门动了一下，一个长得十分富态的女人满面笑容地走出来，双手环抱在胸前，两个包裹得严严实实的婴儿一左一右，靠在她的肩头睡得正香。她笑着问:“谁是 12 床家属?”

岳宗连忙上前一步，举起手，说:“我，是我。”

那女人走到岳宗身边，说:“两个都是儿子，看看吧!”

岳宗看了露在襁褓外边那两个小脑袋一眼。两张还不及自己手掌大的小脸，紫红紫红的，就像刚切开的心里美萝卜，额头上、脸颊边，还有一条条皱纹，比姥姥脸上的皱纹还多。紫红色的小脸上，覆盖着一层密密的浅黄色绒毛，一闪一闪地反射着灯光。两个孩子都紧闭着眼睛，眼睑下边，长长的睫毛梢微微向上卷曲着。

哈，当爸爸喽！可岳宗怎么也想不到，儿子会是这副尊容。他不敢再看第二眼，连忙问那个女人:“哎，他们的妈妈怎么样了？什么时候能出来?”

那女人笑着看了岳宗一眼，连声表扬着:“嗯，你还真不错，还知道问问孩子他妈，放心吧，是顺产，母子平安！他们的妈妈一会儿就出来了。孩子送婴儿室了啊!”

岳宗连忙拦住她，说:“哎，先别忙，我得做上个记号，别回头再给抱错了。”

那女人说:“放心吧，不会错的!”一边说着，一边向婴儿室走去。

又等了一会儿，白色玻璃门再次打开。在盖得严严实实的被子下，肖海平正使劲仰着头四下张望。她的头发湿漉漉的，面色苍白，没有一点血色。眼神疲倦、茫然，其中还带着几分紧张和焦虑。岳宗连忙一个箭步抢上前去，伸手握住她的手。一瞬间，她就变得那样安详、宁静，还透出几分骄傲。嘴唇轻轻一动，吐出两个字:“儿子。”然后，嘴角露出一丝宽慰的笑容，闭上眼睛，沉沉地睡去。

岳宗轻轻放开海平的手，和护士一起把她推回病房，给她盖好被子。见她睡得正香，岳宗蹑手蹑脚地出了病房，来到护士站，拿起电话向家里报喜。电话只响了一声，就有人接起来。“喂，是宗儿吗?”

是老爸的声音，声音中透着几分焦虑。岳宗立刻说:“爸，海平生了，两个都是男孩，母子平安！海平现在已经回病房了，正睡着呢!”

“哈哈！两个都是男孩？好，好，海平可为我们岳家立了大功了！哎，等会儿海平醒了，你告诉她，明天，我和你妈一起看她去。想吃什么，我们做好了给她带去。”

挂上老爸的电话，岳宗又拨通了海平家的电话，把母子平安的喜讯告诉她的父母。听得出来，她的父母也是从心里感到高兴。

肖海平的这一觉，一直睡到了第二天上午。她的同事们听说她生了两个健康的胖小子，都抽空过来看她。上午 10 点左右，老爸和妈妈一起来了。见海平还睡得正香，他们放下带来的老母鸡汤和各种吃食，就要去婴儿室看他们刚刚出生的两个孙子。

岳宗陪着爸妈来到婴儿室。说也奇怪，隔着婴儿室宽大的玻璃窗，岳宗一眼就从密密麻麻紧挨在一起的十几张婴儿床里，认出了只看过一眼的儿子。那两个小家伙，其中一个还在襁褓中沉睡。另外一个正把自己的大拇指放在嘴里，饶有兴致地吮吸着。岳宗把儿子指给爸妈看。平时脸上难得有笑容的老爸，看到孙儿这本能的举动，也笑出声来说：“哈哈，这小子，看起来准好养活！”

岳宗说：“妈，这小孩儿怎么这么难看啊，就像两个剥了皮的小猴子。”

老爸狠狠地瞪了岳宗一眼。“什么难看，比你刚生下来的时候好看多了！你那个时候，小脑袋才这么大，”老爸把右手的拇指和食指圈在一起，比画了一下，接着说，“就像只剥了皮的小老鼠！”

岳宗的父母正饶有兴致地看着刚出生的孙儿，海平父母也走过来。岳宗指着那两个小家伙对他们说：“爸妈，你们看，那两个就是你们的外孙子。”

海平爸爸伸出手，紧握着岳宗老爸的手，高兴地说：“老岳啊，恭喜你啦，恭喜你一下子得了两个孙儿！”

岳老爸笑着说：“哪里，这都是海平的功劳！老肖，我得好好谢谢你啊，海平这段时间可是受苦了，怀着两个孩子，还一直坚持上班，岳宗又不在北京工作。不过你们放心，月子里，我们一定会全力照顾好她的，保证把她养得白白胖胖的。”

海平抱着两个儿子爱不释手，两只眼睛专注地盯着孩子的小脸，一会儿亲亲这个，一会亲亲那个，还认真地读着孩子手腕上拴着的小卡片：“12 床肖海平大男，3240 克，1978 年 12 月 15 日 23 点 45 分。12 床肖海平小男，3260 克，

1978 年 12 月 15 日 23 点 50 分。嗯，这个是小海，那个就是小平。”又回头看着岳宗说：“小海这哥哥当得可真够便宜的，才比小平大了 5 分钟!”

在陪伴海平住院的日子里，岳宗除了守在床边喂水喂饭陪她聊天外，就是去婴儿室隔着大玻璃窗看两个儿子。那两个小家伙几乎是一天一个样，皮肤上紫红的颜色渐渐变浅了，两张小脸儿变得红彤彤的。脸上那层淡黄色的软毛也已经大部分褪去，只剩下两腮还有淡淡的一层。岳宗还向余主任专门请教了照顾产妇和婴儿的种种要领，好做到心中有数。

第三天下午，妈妈带着一个叫张姨的保姆，乘车来到医院，把肖海平和孩子一起接回了家。车到楼下，她俩一人抱着一个孩子，先上了楼。岳宗扶着海平下了车，见她走路还不太稳，干脆一弯腰，一手穿过她的两腋，一手托住她的腿弯，轻轻把她抱起来。海平紧紧地搂着岳宗的脖子，有些紧张地说：“哎哎，你行吗？还是把我放下来，让我自己走吧。”

岳宗说：“你忘了？还没生的时候，不是我把你抱到轮椅上去的？抱你们娘仨都没问题，现在抱你一个，还有什么不放心的？”

海平的身子虽然挡住了视线，但那走过无数遍的楼梯，迈几步该上台阶，每一级有几个台阶，到哪里拐弯，早就深深地印在岳宗的脑子里。他抱着她，拐过四道弯，登上四十五个台阶，又转过身，用身体推开门，直接把海平抱进了屋。

刚把一切都安顿好，肖海平就让岳宗帮她洗头。她的头也确实该洗了。可是，岳宗听人说过，刚生过孩子的妇女，身上各个骨节和汗毛孔全都是张开的，最容易遭到风寒的侵袭。按阴阳五行的说法，凡具有寒凉滋润的事物均属水。在月子里，能给她洗头吗？

按照妈妈的指点，岳宗用脸盆把水调到稍有些烫手的温度，把一条新毛巾浸湿了，又用力拧干。然后，让她把头枕在自己腿上，用一把桃木梳子，一层层挑开她厚厚的黑发，用毛巾仔细擦拭她的发根。换了一盆水，让海平把头靠近床沿，把她的一头长发浸到盆里，涂上洗发香波轻轻地揉搓，又用几盆清水洗净泡沫，再用毛巾细细擦干。

海平用梳子梳理着乌亮蓬松的长发，把头发松松地编成一条长辫子。看着她白里透红、露着满意笑靥的面庞，岳宗忍不住把她搂到怀里，对着她红润的双唇深深地吻下去。

此时，包裹着孩子的襁褓里，突然爆发出一声长啼。海平轻轻推开岳宗，俯身去看孩子。看着他那不停左右扭动着的小脑袋，岳宗说："这小子是饿了。"

海平抱起那个孩子，对岳宗说："这个是小海。你看，他头顶的旋儿，是偏向右边的，小平的旋儿是在正中间，他们俩就这点儿不一样。"

"那你快喂喂小海，别让他那么哭哇，你看，都快上不来气了！"

海平两眼深情地看着怀里的孩子，说："我奶还没下来，拿什么喂他？"妈妈拿来一瓶刚冲好的奶粉，看着岳宗着急忙慌的样子，说："是孩子饿了吧？给，快拿去喂。"

岳宗拿着奶瓶转过身，小海正叼着海平的乳头使劲地嘬，嘬了几下没嘬出他想要的东西，张开嘴，又要哭。岳宗忙把奶瓶递过去，刚把奶嘴凑到小海嘴边，他就像是有某种感应似的，小脑袋一歪，张开嘴，一口叼住奶嘴，香甜地嘬起来。呱唧呱唧的吮吸声和咕咚咕咚的吞咽声响成一片。海平掩上怀，皱着眉头说："小海的劲儿可真不小，嘬得我奶头生疼！"

妈妈从海平手中接过小海："哼，和他爸爸一个样儿！宗儿小时候就这样，吃起奶来穷凶极恶的。哎，也真难为他了。那时，部队在闽西山里练兵，我们驻的那个小山村，穷得什么都没有，我奶水不好，又是第一个孩子，也不会带，饿得他整夜整夜地哭，军部的人都管他叫'小洋号'。谁弄到什么就给他吃什么，马奶、羊奶、水牛奶，他都喝过。"

说笑间，小海已经把一瓶奶都喝完了。小舌头一挺，把奶嘴吐出来，歪过头，又睡了。

妈妈把小海竖着抱起来，让他的小身子趴在自己肩上，用手轻轻拍着他的背。拍了几下，小海"咕"的一声，打了一个嗝。妈妈把小海交到海平手里，说："给孩子喂完奶，就要这样拍拍他，让他打完嗝再睡，要不然孩子会吐奶。"

海平刚把小海放好，那边小平又哭闹起来。和哥哥一模一样，也是一脸的不满，也是紫涨了脸皮，摇头晃脑地抗议。她赶紧抱起小平，一边轻轻地拍着，一边哄着。张姨递过冲好的奶粉。她又学着妈妈的样子，左手把小平斜着抱在怀里，右手扶着奶瓶喂他。

妈妈对岳宗说："你明天得赶快去上户口，然后，给孩子订奶。现在没有新生儿的户口，根本就订不上奶。"

第二天上午，岳宗到了派出所才知道，现在岳家的户主，竟然是小弟岳玄！爸爸、自己、大妹岳华和大弟岳嵩都是军人，妈妈是随军人伍，军人都没有户口。小妹岳衡的户口，在她考取协和医科大学时，已经迁到学校去了。现在家里的户口本上，只有小弟岳玄一个人。

派出所的民警在户口卡片上，填上了岳海和岳平的名字，在“与户主关系”一栏中填上了“户主之侄”，然后，把两张卡片夹进户口本中。岳宗从挎包里抓出一把糖，递给民警，转身骑上车就往奶厂赶。当时北京唯一的奶厂，在靠近北三环的大钟寺附近。岳宗足足骑了一个多小时，才找到奶厂的那个白色的大门。

订奶的过程还算顺利。那个专管订奶的中年妇女一边填单子一边说：“恭喜你啊，一下子得了两个大儿子，你可真有福！”又说：“从下星期一起，你订的奶就来了。”

今天才星期四，岳宗算了一下，还得有四天，儿子们才能喝上牛奶。这几天可怎么办？岳宗突然想起，北郊肉联厂离这儿不远，听说当年的哥们刘小明从东北兵团回来后，就给分到了那儿。对，找他去！

岳宗蹬着车上了北三环，车把一转，朝东一阵猛蹬。那时候的北三环，路两边都是大片大片的菜地，刚收完菜的地里，这里一堆、那里一片的，扔着不少白菜帮子和菜叶，还有一个个间隔均匀的深褐色土堆，那是准备在来年开春后撒在地里的粪肥。

到了北郊肉联厂，在传达室一打听，还真有刘小明这么个人。岳宗把电话打到车间，刘小明二话没说，骑着车飞快地赶了出来。当听说肖海平一下子生了两个儿子时，他高兴得直说：“你哪来这么好福气，一下就是俩，简直太牛了！”

岳宗说：“牛什么，我正发愁呢。这不，孩子生下来都四天了，海平的奶还没下来。孩子整天饿得哇哇直哭。我刚把牛奶订上。哎，听说吃炖猪蹄能下奶，我跑了好多地方也没买着，这不才找你来了吗？能不能给想想办法？”

刘小明说：“别的忙帮不上，这买猪蹄太简单了。你不知道，北京人不大认猪蹄，我们这儿每天好几百斤猪蹄，都不知往哪儿处理。你要多少，我就能给你弄多少！”

在刘小明的帮助下，岳宗以每斤一毛五的价钱，一下子买了二十多斤猪蹄，足足装了小半麻袋。当天晚上，岳宗就把炖得烂糊糊的猪蹄，端到了海平面前。

按照余主任的交代，产妇在月子里，必须少吃盐和调味品。炖猪蹄的时候，岳宗没敢多放盐。海平喝了几口淡而无味的汤，就推开碗，不愿再喝了。

岳宗极耐心地对她说："余主任说了，你在怀孕期间增加的体重，60% 是水，这些水分必须在月子里慢慢地排出。食物中的盐分和调味品，会使你体内的水分不易排出。因此，产后第一周必须少吃盐，才能尽快地利水消肿，恢复体形。这猪蹄汤下奶的效果，据说很好，为了小海和小平，你咬着牙也得喝。"

第二天下午，海平的奶水就下来了。她身体底子好，这一阶段的营养又供应到位，奶水来得很旺。不管两个儿子什么时候哭闹，只要她把乳头往儿子嘴里一送，儿子立刻不哭也不闹，闭着眼睛叼着乳头香甜地吮吸着，吃饱喝足之后，用粉红色的小舌头，把乳头轻轻往嘴外一顶，脑袋一歪，就呼呼地睡去了。

虽然海平的奶水足够两个小家伙喝，但这样频繁地喂奶，严重影响了她的休息，使她整天都是无精打采的。岳宗看看这样不行，就和妈妈商量，让海平坚持四个小时给孩子喂一次奶，不到四个小时，孩子闹起来，就给他们喂牛奶。

给孩子煮牛奶的任务，是张姨的。据说牛奶里除了含有丰富的营养外，还有许多细菌和婴儿不易吸收的物质，要除去这些物质，煮奶时就得特别讲究。妈妈手把着手教张姨煮牛奶：先把奶用大火煮开，在奶开始沸腾，即将潽出锅时，迅速把锅拿开，盖上盖放置几分钟，再放到火上去煮。这样要反复三次，据说是既能保证杀死牛奶中的细菌，又不会过多地破坏牛奶的营养成分。煮好的牛奶一分为二。一份是海平的，为了补上她在怀孕期间和分娩过程中，消耗的大量营养和体力；另一份，则按一定比例掺上水，分装在几个奶瓶中，随时准备供给总也吃不够的小海和小平。

按育儿书上的说法，未满月的婴儿，不论是喂奶还是喂水，每次六十毫升就足够，最多也不能超过一百毫升。可小海和小平，只是在第一个星期还遵守这个定量。从第二个星期起，那一百毫升的奶或水喝完，他们仍哭闹不止，必须马上再拿过一个奶瓶，把奶嘴塞到他们的小嘴里，才能止住哭声。能吃能喝的直接后果，就是能拉能撒，于是，每天都有大量的褯子，等着岳宗去洗。

冬天的温度低，要把洗过的褯子晾干，不大容易，好在家里有暖气。那些日子里，岳家所有的暖气片上，都晾满了小海和小平的褯子。那种带着点儿甜味儿的奶香和淡淡的尿味儿，始终飘散在家中的各个角落。

妈妈找出了家中积攒下来的旧棉毛衫和棉毛裤，全部按一定尺寸撕开，给小海和小平每人都准备了 30 多块褯子。这样，除了泡在盆里的和烤在暖气片上的，每人还都有十来块干爽的褯子，随时可用。

除了给儿子洗褯子，每隔两三天，岳宗还要给肖海平擦一遍身子。坐月子的女人不能沾水，按妈妈的指点，在热水中加入少许盐和酒精，把毛巾浸湿了，再用力拧干，从头部、面部、两耳和脖子擦起，一寸寸地擦遍她的全身。每当这时，她都会轻轻握住他的手，说些给两个孩子喂奶、换尿布时的趣事。而后，他们会一起听几段旋律舒缓优美的圆舞曲。

还有一件让岳宗乐此不疲的事，那就是用照相机的镜头，记录孩子每天的变化。未满月的孩子，一天一个样。昨天还满是皱纹的脸，今天即像刚剥去壳的煮鸡蛋一样光滑，皮肤上的紫色一点点褪去，变成了娇嫩的浅粉红色，手和脚的活动越来越多，刚刚捆好的襁褓，一会儿工夫，被他们连踢带挣地弄散，两只小手握成拳，两只小脚丫却都五指张开，伸到襁褓外面。干脆，不再捆他们了，用一个小被子盖住宝宝的手脚，保证他们不会着凉就是了。

变化最多、也最快的，是他们的表情。大人们难以想象，在吃饱喝足，又刚换上干爽的尿布后，他们在睡梦中，到底看到了些什么变幻莫测的奇景，会让他们的面部表情那样丰富多变。小海和小平一会儿脸上会露出浅浅的笑容；一会儿又皱起眉头，露出一副沉思的样子；一会儿睁一下眼睛，作恍然大悟状；一会儿又撮起嘴唇，做一个怪相……他们的这些表情都被照相机的镜头，记录在胶片上。岳宗想，等他们都长大了，再让他们看看自己当年的模样，准会哈哈大笑的。

随着时间的推移，孩子出生已经满一个月了。他们已经能够转动脖子，睁大充满好奇的眼睛，去打量周围的世界了。有一次，岳宗不小心把一个药瓶碰到地上。随着“嘭”的一声脆响，两个孩子都不约而同地轻轻一动。岳宗高兴地轻声欢呼：“看，他们能听见声音！”

从那以后，再放音乐时，岳宗会有意把声音稍稍放大，让孩子一起欣赏那美妙的旋律。他还买了许多颜色鲜艳的塑料玩具，每当小海和小平睁开眼睛时，便举着这些玩具在他们的脸前晃动。两个孩子会聚拢目光，皱着小眉毛，直盯着这些玩具。虽然每次都只能持续很短的时间，但可以肯定，他们已经开始能看到东西了。

伺候月子的日子，既有辛苦和劳累，更充满了欢乐。这样的日子过得最快，不知不觉间，归队的日子即将到了。那天吃完晚饭，岳宗放下碗筷，爸爸叫住他问："你的假期到哪一天？"

岳宗微微一愣，说："应该是 10 号吧，怎么了？"

爸爸说："今天已经是 6 号了，要不要帮你订一下票？"

"不用，那票好买，什么时候走，临时到窗口买就行。反正回去也没什么大事，我还想给科里打个电话再续几天假，过完春节再回去呢。"

爸爸沉下脸，说："不行，你是个军人，军人自有军人的职责。军人每年的休假时间就是一个月，这次你们科里给你五十天假，已经是破格了，你怎么还好意思再要求续假？"

岳宗低下头，不满地嘟囔着："这不是海平生孩子了，特殊情况嘛！"

爸爸严肃地说："谁没有特殊情况？家家有本难念的经。你家老婆生孩子，人家也许老人有病呢？都像你这样假期满了还赖在家里不想回去，万一国家需要，谁来保卫祖国？你也要替别人想想，军人休假都是有比例的，你不归队，别人就不能回家和亲人团圆。不要说了，你必须按时归队。"

妈妈也替岳宗说话，对爸爸说："你也是，又没什么大不了的事，让孩子打个电话，能续就续几天假，过完春节再回去，有什么不好？"

老爸把眼一瞪："几天？春节要到 28 号呢！今天才 6 号，想在家过年，就得续二十多天假，有这样的吗？别废话了，9 号晚上就走。10 号晚饭前，必须回到部队。"

老爸的口气斩钉截铁，没有任何商量的余地。岳宗知道多说也没用，默默站起身，掀开门帘，走进海平坐月子的房间。这个孩子正吃着奶，那个孩子又闹开了。岳宗连忙从她手里接过儿子，看着她满是幸福微笑的脸，真不忍心把假期马上要到了的消息告诉她。

又是一个阳光灿烂的中午。岳宗和张姨一起，给两个孩子洗了澡。记得，第一次给他们洗澡时，刚脱去小衣服，两个孩子就挥手蹬腿地挣扎，还大声哭闹，可往温水盆里一放，立刻安静下来，乖乖地摊开手脚，任由大人用毛巾蘸着水在他们身上擦洗。又闹了几次之后，好像知道了洗澡的舒服，再给他们脱衣时，既不哭也不闹，只是睁大了充满期待的眼睛，静静地等候。往身上撩水时，还会咧开小嘴微笑。把他们放到松软的毛巾上，擦干身上的水，又扑上喷香的爽身粉时，他们竟能快活地笑出声来。

见还有不少热水，岳宗又开始给海平擦澡。明天就要走了，这次他擦得格外仔细，动作也格外温柔。不知是被他的动作还是情绪触动了，突然她冒出一句："宗，你是不是要回部队啦?"

"是，后天我的假期就到了，明天晚上就得走。"

海平睁大了眼睛看着他，晶莹的泪珠止不住地滚下脸颊。他用毛巾轻轻替她擦去眼泪，说："平平，老爸说得对，我是个军人，假期满了，必须回去，这是我的职责。你放心，我走了，爸妈会好好照顾你的。你这次一下给他们生了两个大孙子，是咱家的大功臣。你想吃什么，需要什么，就跟爸妈说，决不会亏待你的。你要好好保重自己，好好照顾小海和小平。好在，咱们有电话联系呐。"

肖海平轻轻叹了一口气，说："唉，知道你还得走，就怕这一天，可这一天还是来了。咱们都是军人，注定是要离多聚少的，从嫁给你的那一天起，我就有这种思想准备了。你就放心走吧，我会照顾好自己和小海、小平的。"

言词之亲切、语气之温柔，都是从来没有过的。海平的这种变化深深地感动了岳宗。当一个女人甘愿为了照顾儿女家庭付出一切时，便表明了婚姻爱情的分量。岳宗从海平的深谙事理看懂了这一点，心中就像压上了一份感到十分沉重、又能体会到几分甜蜜的责任。

岳宗无言地把海平搂在怀里，就那样默默地抱着她，久久都没松手。

第二十七章

磨砺

岳宗来B师司令部当参谋，已经一年多了。在这段时间里，他刻苦钻研业务，勤奋学习各种相关知识，虚心向老同志请教，很快从一个门外汉，成为一个称职的作战参谋。然而，接连几次在不同场合，得到首长的夸奖和表扬后，他那口无遮拦的毛病又都“脱颖而出”，暴露无遗了。转眼之间，却换作“塞翁得马，焉知非祸？”天地之大，祸福之变，谁也难料。

但是，必须得承认，与他人共事的时候，在涉及一种关系上，尤其要逢迎关照这类事情，对岳宗来说，实施起来一直是相当困难的。发生在他身上的那些事，其实都不是什么大事，也不是同时发生的。但就是这些所谓小事，累积起来，便让他在人生的道路上，栽了个算不上大，但也绝对不能算小的跟头。

图上作业，是参谋业务训练的一种形式。要求所有参训人员，以指挥员的身份，在军用地图上，按军队标号标绘作战双方情况；根据作业想定范围和不同的地形，排兵布阵，定下决心，并把作战的部署标绘在图上。

那一次，在司令部组织的图上作业现场，因为有些事要处理，等岳宗走进司令部会议室时，已经有人把标好的作战决心图往墙上挂了。他正在会议室里慢慢地踱着，观看其他参谋的作业情况时，侦察科的田参谋把他拉到一幅标好的绘图前，指点着说：“哎，你看这张图标得怎么样？”

岳宗直起身来，端详那张图。只见图上的队标醒目亮眼，特别是那几个表示进攻方向的箭形队标，箭头尖锐，两耳对称，角度颇为美观，但仔细一看，便看出了毛病：几个箭标的大小、长短、力度都完全一致，却看不出哪是主攻、哪是助攻，其中一个箭标到了“敌人”纵深，竟然还分了岔，经过两个不同的方向发展进攻。

他也没顾上仔细看这幅图的作者，就一阵哈哈大笑，说：“这标的是什么玩意儿啊，平分兵力，犯了兵家大忌。而且一个团的进攻，突破敌第一线营域后，就已经是强弩之末了，哪儿还能兵分两路，同时进攻两个纵深目标？完全违背了集中优势兵力，各个歼灭敌人的原则，按这个决心去打仗，不吃败仗才怪！”

岳宗还要往下说，有人在他背后捅了一下，猛回头，只见刚从某团团长任上调到司令部的王副参谋长，正面色阴沉地看着他。他立刻住了嘴，但已经说出口的话，再也无法收回了。

还有一次，是在某团射击场。军里通知，国庆节要举行全军大比武。都说“文无第一，武无第二”，“是骡子是马，拉出来遛遛”。在军队里，个人与个人、各个建制单位之间，都有一种互不服气的心劲。参加军里比武的第一步，是在全师范围内，挑选各行各业的技术尖子。那次，B 师某团选拔步兵轻武器射击尖子。团里推荐的战士们打完靶后，还剩下不少子弹。带队的金科长一时兴起，抄起一支自动步枪，压进 10 发子弹，对着百米外的胸环靶，立姿无依托射击。一阵枪响过后，靶壕那边报来成绩：“93 环！”

按当时射击教材中第一练习射击的要求，对 100 米处的胸环靶，9 发子弹卧、跪、立三种姿势有依托射击，命中 60 环及格、70 环良好，命中 80 环就是优等。10 发子弹能打出 93 环，本身就是一个相当过硬的优等了，何况还是难度最大的立姿无依托射击。

金科长脸上流露出几分得意，转身对参谋们说：“你们谁也来打打？”

金科长是师教导队队长出身，1964 年大比武时就是射击尖子。他打出了那么高的成绩，大家都一时却步。科长的眼光落在岳宗身上，说：“小岳，你来打打看，你可以用卧姿。”

岳宗说：“不用，我也立姿。”说着，随手接过金科长刚用过的枪，也压上 10 发子弹，就站在金科长刚才站立的射击位置上，对准百米外的靶标开了火。10 发子弹打完，靶壕里报来成绩：“97 环！”这就是说，他这 10 枪，至少打了 7 个 10 环。

金科长看了岳宗一眼，又拿起一支冲锋枪，压满了弹匣，一个标准的卧姿装子弹动作，卧倒在射击位置上，瞄准百米外的半身靶射击。“嗒嗒、嗒嗒……”一阵枪声过后，靶壕报来成绩：“命中 17 发！”

当时我军装备的冲锋枪，是苏军 AK-47 式突击步枪的仿制品。这种枪可靠性高、杀伤力大、火力猛，是综合性能世界第一的名枪。据说在越南战场上，有许多美国大兵扔掉手中的 M-16，捡起越军遗弃的 AK-47 来用。这种枪的弱点是射击时枪身跳动较大，打连发时难以操纵，除基准弹外，后续子弹很难命中目标。金科长 30 发子弹最多能打 15 个点射，他命中了 17 发，说明至少命中了两个点射。这是个相当过硬的优等成绩。

金科长把枪递到岳宗手里。冲锋枪射击是岳宗的弱项。他当班长那会，连队不是晒盐就是“支左”，移防北线后，又是打石头、烧砖、伐木、建营房，基本没怎么摸过枪。他还是在当了连长以后，跟团作训股一个姓李的参谋一起，研究过冲锋枪打点射的操枪问题。

说实在的，在接过枪的时候，岳宗心里还真没什么底。他把压满子弹的弹匣卡到位，拉动枪机，推上子弹，心里默念着李参谋教授的要领：“慢压快放搂到底，两发三发没问题。”在射击位置卧倒，左手用力扳住弹匣下端，胳膊肘抵紧地面，右肩肩窝抵紧枪托，把瞄准点选在半身靶下部，屏住一口气，扣动了扳机。“嗒嗒、嗒嗒、嗒嗒……”一阵枪响过后，靶壕那边报来成绩：“命中 17 发！”

金科长看了岳宗一眼，又抄起一挺班用机枪，有人递上一条压了 40 发子弹的弹链。科长在机枪后边卧倒，装好子弹，瞄准 200 米外的机枪靶一通猛射，靶壕里报来成绩：“命中 37 发！”

金科长又拿起一条同样压了 40 发子弹的弹链递给岳宗，说：“来，你也打打看。”

科里的参谋直给岳宗使眼色，那意思是不要再打了。可岳宗直盯着前方的靶标，根本就没有看见。他从金科长手中接过弹链，卧倒，顶弹上膛，胸有成竹地用左手托住枪托下沿，右手握紧握柄，把身体的重量压到枪托上，瞄准远处的机枪靶，“嗒嗒、哒哒哒”地打了起来。不到半分钟，岳宗全部打完 40 发子弹，一个标准的“退子弹起立”动作，站起身来。不一会儿，靶壕那边报来成绩，“命中 38 发！”。

事情到这个时候，其实还不算糟，糟就糟在他后面的那句话。当金科长听到岳宗又比自己多打中一发后，微微愣了一下，走到岳宗面前，伸出拳头在他胸脯上轻轻捶了一拳，说：“行啊，岳参谋，军事技术挺过硬嘛！”

岳宗不自觉地挺了挺胸脯，把头一昂，不知天高地厚地说：“那是，没这两下子，还能当连长？”

话一出口，科长、副科长，还有几个一起来的参谋们，脸色都瞬间变得很难看。原来，在作训科的参谋中，像岳宗这样在连长位置上干过的只有他一人。而在当时的部队里，人们是很看重在连长、团长位置上的任职经历的。岳宗的那一句话，直接得罪了全科的人。

最近这一次，是岳宗第一次单独陪同师长下部队。那时候，首长不管是去营连还是在团里，住了几天、吃了几顿饭，要一笔一笔地算账，不光要交房钱和饭钱，还要交粮票。这种琐细的事情，自然都是参谋代办的，原本责无旁贷。可是，有的首长出差回来之后，从不把为他垫支的钱和粮票，还给参谋。

在那个年代，粮票在某种程度上是比钱更金贵的东西。时间长了，参谋们就不大愿意跟着那些首长一起下部队。岳宗到师里时间不长，对首长们的脾气秉性都不大清楚。虽然以前也跟师长一起出过几次差，但都有老参谋带着，一些事情还用不着他去考虑。

但那次，师长去检查炮团的国防施工情况。原本打算就待两天，查一查安全措施和施工进度就返回的。参谋长让岳宗陪师长去。到了师炮团，正好赶上他们施工的一条坑道出现塌方，碰上这样的情况，师长当然不能拍拍屁股就走。师长坐镇第一线指挥，抽调人员物资和施工机械，亲自在现场督促，指挥调度，游刃有余，使抢险工作进行得十分顺利。岳宗也亲身体会了什么叫处变不惊，什么叫指挥若定。

待到险情处理完毕，去食堂司务长那儿结账时，岳宗却傻了。他和师长还有司机三个人，连吃带住十多天，一共要交四十多块钱和五十多斤粮票！岳宗那时已经当了爸爸，每月工资到手，除了留下买饭票的钱和少许零花钱之外，其余的全都寄回北京，身上根本就没带那么多钱。好在司机们经常随首长出差，身上带了些钱和粮票，但他们两个把带的钱和粮票都拿出来，还是不够，万般无奈，只好去找师长。师长一边严厉地批评岳宗准备工作没做好，一边极不情愿地掏出了钱和粮票。

从师炮团回来后，科里让岳宗起草战备工作总结报告。这是作战参谋的一项重要工作。岳宗把别的事情都暂时放下，集中精力，起草文件。那几天，师长几乎天天都要到作训科来，还不止一次地催着他赶快填写差旅费报销清单。

被师长催不过，岳宗只好先放下刚刚开了个头的战备总结，找出差旅费报销单开始填写。他正一笔一笔地填着单子，钟华副科长走过来，看了看刚开了一个头的文件，问：“小岳，师长是从来不关心这些小事的，以前陪他出差，回来找他签字报销，都得找好几回他才签，这次，怎么这么积极?”

岳宗一边低着头填写单据，一边没好气地说：“这次我们不是赶上炮团施工现场出事了，多耽误了几天嘛，我钱和粮票没带够，找师长借了些。”说着，他在单据上填好最后一笔，一抬头，却见师长正站在办公室门口，满脸怒气地瞪着自己。

跟在基层分队相比，岳宗觉得在机关工作最大的难点，就是如何处理与首长的关系。按说，首长各有分工，机关工作更有相当完善的规章制度，一切都按照首长分工和规章制度办，就不会有大错。这道理说起来容易，可实际做起来，却不是那么简单。

有一次，是在篮球场上。那一年，国家要召开第四届全运会，部队里各种形式的体育竞赛活动，都在积极开展起来。篮球，是部队开展得相当普及的一项运动。岳宗近一米八的个头，在同龄人里算是大个儿了，从在新兵连起，一直是篮球场上的骨干。

师直属队和机关组织篮球比赛，他是司令部的主力。那次最后进入决赛的，是司令部和师政治部。师政治部的张副主任，曾在军区篮球队打过球。他有一手转身跳投的绝活，在四五米的距离上，几乎是百发百中。硬是靠着张副主任的发挥，政治部篮球队接连战胜了工兵营和警卫连，杀入决赛。

决赛那天，一开始司令部打得很顺，很快，领先了十多分。担任场外指导的张副主任坐不住了，也脱下外衣上了场。张副主任接球后，常常是背对篮筐运几下球，然后肩膀猛一使劲，扛开对方防守队员，突然转身、起跳、出手投篮，那球就像长了眼睛一样，画出一个漂亮的弧线，准确地飞进篮筐。张副主任的身高占有绝对优势，块头也大，一时没人能防得住他。他接连投进几个球，很快缩小了比分差距。

司令部教练王参谋长叫了暂停，指定岳宗去防张副主任。张副主任身量比岳宗高了几厘米，球技也在岳宗之上，但毕竟岁数大了几岁，体力和灵活程度比不上岳宗。再上场后，岳宗对张副主任贴身紧逼，接连断掉了几个传给他的球，又成功地盖了他两个“帽”儿。那场球打到最后，司令部以七分优势赢了政治部。

在回宿舍的路上，司令部一个参谋兴犹未尽地对岳宗说：“嘿，你那几个

‘帽’儿盖得太帅了，张副主任还从来没被人盖得那么死呢!”岳宗当时还沉浸在赢得了冠军的兴奋之中，想都没想就接嘴说:“那是，我是谁呀？老张以前那是没碰上我，从今往后，只要有我在，他别想再逞能了!”当时张副主任正走在他们身后几步远，岳宗这句话，一字不落地都被他听进了耳朵里。

就这样，这些不值一提的小事和无意之举，到了关键时刻，却有了相当的杀伤力。

1979 年下半年，军委下达通知，要给机关干部定职。

机关干部定职主要有这么几条杠杠：一是军龄，二是立功受奖情况，三是所在机关的级别，四是各级职务的比例。前两条好理解，入伍早、军龄长，立功受奖多，职务也相应高一些，理所当然的，谁都不会有什么异议。第三条也不难理解，庙大菩萨也大嘛。按机关干部定职的规定，机关干部的职务不能高于副职直接领导。

在师级部队的机关，副职直接领导就是副科长，职务是正营。机关干部的最高职务就只能是正营。第四条最没道理，但也不能没有。军队的特点就是如此，立功受奖、晋升职衔、探亲休假、困难救济，无论干什么，都要讲究个比例。

职务评定采取个人自评、群众评议、单位申报、领导审定的步骤进行。按照当时的情况，师司令部不算正副科长有四十多个参谋人员，按照上级规定的比例，能评四个正营职参谋、十六个副营职参谋，其余的基本都能评为正连职。

个人自评时，岳宗虽然军龄和许多参谋一样，都是 1968 年的兵，在当时算是最老的，又当过两年多连长，并多次立过功，但考虑到自己毕竟当参谋的时间比较短，就没敢往高报，给自己报了个副营职。群众评议时大家都认可，科里往上报时，也是按副营报的。

可就在这期间，岳宗患了急性中耳炎，到了晚上，耳朵里像是被扎进了一根钉子，疼得他坐也不是，站也不是，真想用脑袋去撞墙。经师医院大夫诊断：现在鼓膜已经穿孔了，必须做手术，否则，会引起耳源性脑炎。

“脑炎”两个字，把岳宗吓住了。上小学时，他的一个同学暑假跟爸爸妈妈一起去东北玩，不知被一种什么蚊子叮了，得了大脑炎，最后虽然保住了一条命，但却成了个连自己父母都不认识的傻子。岳宗可不愿意像他那样。

晚上，岳宗给肖海平打电话，说了得病的事情。她一听就急了，以严厉的语气要求他，赶快回来做中耳炎根治术。在医疗方面，海平是岳宗心中的绝对权威，有了病该怎么治、吃什么药、需要注意什么问题，全听她的。

第二天，岳宗就找师医院的大夫开了转诊单，准备到军区总医院去治病。

岳宗回到师里请假，科长拿着转诊单看了又看，问岳宗："你非得马上去北京看病吗？"

岳宗说："大夫说了，我这耳朵得的是胆脂瘤型中耳炎，最好的治疗办法就是做中耳根治术，而且是越快越好。否则时间长了，可能会引发多种严重的并发症，搞得不好，还有可能会危及性命。"

金科长解释说："不是不让你去，现在是机关干部定职的关键时刻，部里最后还要综合平衡，评定结果在上报军里之前，还要跟本人见面。以我的经验，在这种时候，本人在与不在，最后的结果可大不一样。你考虑考虑，能不能再等一等？"

当天晚上，岳宗又和海平通了电话，她毫不犹豫地说："定职有那么重要吗？什么级别不级别的，都是身外之物。我看你最明智的做法，就是尽快回来做手术。我不要你定多高的职，我要的是你有个健健康康的好身体。"

这样，回到北京第二天，岳宗便住进了军区总医院。耳鼻喉科朱主任亲自为他做了检查，并指定一名叫郑宏的住院总医师主刀。

那天早晨，八点钟还不到，肖海平就来到了病房。八点半左右，护士过来通知岳宗去手术室。手术室在三楼。她陪着岳宗沿着楼梯一步步往上走。来到手术室门外，拉住岳宗的手，轻声说："你进去吧，要听大夫的话，好好跟大夫配合，感觉有什么不舒服，要及时对大夫说，我在外边等你出来。"

做中耳根治术用的是局部麻醉。整个手术过程岳宗始终清醒。他能感觉到，先有什么液体流了出来，发出一阵嗞嗞的抽吸声。接着，像是用凿子，一下一下有节奏地敲击着，震得他的脑袋一阵阵发晕。不时，还用什么器械伸进耳朵掏挖一阵，往岳宗的耳朵里填塞着什么。好不容易，大夫们总算弄完了，又在他耳朵上垫上了层层纱布，最后，用大块橡皮膏把整个耳朵严严地封好，结束了手术。

从手术床上坐起来时，岳宗瞟了一眼墙上的挂钟，已经是 12 点 35 分了。等他在护士的搀扶下，步履蹒跚地走出手术室大门，一眼就看到正背靠着墙站着的肖海平。见岳宗出来，她几步跑到他身边，扶着他的胳膊，急切地问："做完了？还好吧，怎么这么长时间？"

此时，岳宗的眼眶突然一热，那从不轻弹的泪珠却从眼角涌出，于刹那之间，她看见了，忙凑近了问："你怎么了？宗，哪里不舒服？"

岳宗轻轻握住她的手，说："没什么，我没事。平平啊平平，你干吗要对我这么好呢？就我这么普普通通的一个人，值得你对我这么好吗？"

回到病房，她小心把病床上半部摇高，让岳宗斜靠在床上，一边用温热毛巾轻轻为他擦脸，一边柔声抚慰："当然值得，你是我丈夫，是孩子的爸爸，是我从心里深爱着的人。为了你，我做什么都心甘情愿！"在这个世界上，除了父母之外，她就是自己最亲的人了。现在，她既要照顾孩儿，又要伺候自己，让岳宗油然生怜。

手术后，为预防伤口感染，要打抗生素，还要往耳朵上敷料、换药，海平每次都反复叮嘱："洗脸的时候，注意不要弄湿敷料，晚上睡觉，尽量取左侧位，避免压着伤口"，等等。这样持续了二十多天，手术伤口处的缝合线已经拆了，可大夫就是不提出院的事。岳宗有些着急了，在一次换完药后，问："郑大夫，我这耳朵长得怎么样了，什么时候能出院？"

郑大夫沉吟了一会儿，说："你的伤口总体长得不错，但前一段李大夫在给你换药时，填塞敷料的力度不大够，使你的伤口处上皮组织长得不大平，有皱褶，这样以后容易积存污垢，搞不好会引起感染。"

"那就是说，术后的护理出了点毛病？有什么补救的办法吗？"

郑大夫想了想，说："办法还是有的。办法之一，是加大填塞敷料的力度，争取把皱褶压平。这些天，我就是采取这个办法在给你治。但目前看，效果还不太明显。"

岳宗急着问："那办法之二？"

郑大夫直盯着岳宗的眼睛，说："办法之二，就是再做一个补救性手术，把产生皱褶的上皮组织切除，让它重新长。"

宛如晴空霹雳，在耳边炸响。岳宗愣了一会儿，说："那上次的手术白做了？"

郑大夫说："上次手术，打通了你的乳突腔、鼓窦和鼓室与外耳的通道，根除了发生耳源性脑炎的可能，应该说，手术本身是成功的，问题出在术后的换药上。如果再次手术，只是清理没长好的上皮组织，不用再凿开骨头，最多个把小时就能做完。”

第二天，岳宗把手术情况，向科长做了汇报。在这一个月里，科里发生了不小的变化。金科长被提升为某团团长，已去上任了。新科长由钟华副科长担任。某团作训股王股长调来作训科当了副科长。最近，师里受领了年底“对防御之敌进攻”演习任务，机关干部职务评定工作似乎暂时被搁置到一边。

最后，钟华科长在电话里说：“小岳，你最好能快点出院。这次演习是我们师自“文革”以来的第一次，军区和军里都特别重视。演习的标准高，准备时间紧。现在科里天天加班，人手都有点拉不开栓了，特别需要像你这样熟悉情况、业务能力强的参谋。你要是能尽快赶回来参加演习的准备工作，对你自己，也是一次难得的锻炼和学习机会。”

岳宗当即表态，只要医生批准出院，自己会立刻赶回去参加演习准备。

这样，岳宗再次做了补救手术。新手术的过程，和第一次差不多，正像郑大夫说的那样，没有再动凿子，而是用一种像小勺子一样的刀在刮。那种刀刮削皮肉，最后直接刮到骨头上发出的嚓嚓声，至今仍让岳宗一想起来，心里就一阵阵发麻。

不知是这次郑医生格外用心的结果，还是海平拿来的那些新药起了作用，只两个多星期，岳宗的耳朵大见好转。那天，郑大夫取出了耳朵里填塞的纱布条，又透过头上戴着的那个中间有一个圆孔的小镜子，对准他耳朵仔细看了又看，轻舒一口气，说：“好了，你耳朵里上皮组织生长得不错，已经完全覆盖了创面，而且长得相当平整……”

岳宗出院后，在家里只住了一个晚上。他满怀欣喜地看着两个宝贝儿子，小家伙们圆圆的小脸蛋儿，长得又白又胖。长长的睫毛，又浓又密，眼眶几乎都被又黑又亮的瞳仁占满了，黑钻石般的瞳仁，闪烁着耀眼的光芒，眼角处露出的一点眼白，透着青玉般淡淡的蓝色。端正的鼻梁、小巧的鼻头，那玫瑰花蕾一样微微张开的小嘴，简直就是海平的翻版。

“你看，他俩多会长，把咱俩的优点，都集中在一起了。那大脑门儿，简直和你一模一样呐，将来也会和你一样聪明。”谈起儿子，当妈的无不自豪。

“哎，快告诉我，哪个是小海，哪个是小平？”

“你看，这个是小海。他比小平要老实些；那个鼻子眼睛老是乱动的是小平。小平脸上的表情可丰富呢，不是皱皱眉毛，就是耸耸鼻子，再不就是噘噘嘴，长大以后，说不定是个当演员的材料。”

“一个男孩子，当什么演员呀？最多业余演个小节目就行了，还是要当科学家才好。”

岳宗顾不上再争辩，连忙拿出给儿子买的玩具，塞到两个孩子手中。那是两个颜色鲜艳、造型优美的软塑料玩具，一个是遍体金黄的小鸭子，另一个是桃红点缀白色小花的梅花鹿，只轻轻一捏，就能发出“吱吱”叫声。两个孩子拿着玩具，两手捧着，直接送到嘴边，“吭哧”就是一口，咬得两个小动物不约而同地、发出“吱”的一声尖叫。

岳宗忍不住哈哈笑出声来。爸妈和弟妹们走进了屋，笑了一会儿，妈妈说：“还笑人家呢，你小时候不也是这样，抓到什么都往嘴里送。”

老爸说：“这也没什么好奇怪的。这说明人在认识周围世界的时候，首先是把所有的东西都分成两大类，一类是能吃的，一类是不能吃的。然后，才是对它们的进一步认识。民以食为天嘛！”

岳宗刚把小海抱到怀里，小家伙把塑料小鸭扔到一边，张开大嘴哭起来。哈，这时，他惊喜地发现，小海的嘴里，已经多了两颗亮晶晶的门牙。

妈妈抱过小海。一到妈妈手上，小海立刻停住了哭声。岳宗有些悻悻地说：“这小子，怎么连他爸都不认？”

妈妈说：“嗨，你从他们还没满月就走了，半年多没回家，孩子知道你是谁呀？对不对？”又把小海凑近岳宗，说：“海儿，看看，这是你爸爸，来，让爸爸抱抱！”

再看呢，那边小平仰面躺在那儿，双手捧着奶瓶咕咚咕咚喝水，可能是喝得高兴了，还把双脚举到空中，像蹬自行车一样一下一下地蹬踏着。不一会儿，他先喝完了水，吐出奶嘴，接着，两只小手同时往外一推，奶瓶在空中划出一条短短的弧线，“嘭”的一声，摔在床头的栏杆上了。

正说着，那边小海也喝完了。又是一道弧线，奶瓶飞出来，掉在地上。岳宗捡起奶瓶，说：“平平，他们这毛病得改，下回再这么扔，你得批评他们。”

“还批评呢，我敢吗？开始，那是玻璃的奶瓶，让小家伙扔碎了，爸爸看到了，不仅不批评小海，还抱起小海一个劲儿地亲，直夸他的孙子怎么棒，劲儿怎么大，长大了能拿举重冠军！你说，爷爷奶奶都这样，我能怎么办？”

“哎，这没办法，隔辈亲嘛。我爹那是多严厉的人，要是我不小心摔个东西，他大巴掌说不定早就抡过来了，可换到他孙子身上，错误都成了优点！”

家呀，就是这样，开门七件事，柴米油盐酱醋茶。再加上衣食住行，上有老，下有小，儿女情长，琐琐碎碎，却充满着欢乐。

“平，我们这个家真好，真好！”岳宗总是这样，在家里，即使短暂一刻，也会感觉到家的温暖，倍感温馨。殊不知，正是这种对婚姻家庭的依恋，给了他历经磨砺、不断兢兢业业工作的勇气和力量。

次日，他买了返回部队的火车票。海平沉默了很久，才说：“宗，我支持你！晚上，我到火车站送你。”

岳宗回到了师里。他连宿舍都没有回，直接去了办公室。科长正带着几个从下边团里临时抽调上来的参谋，在作战室里研究地图。岳宗报告：“科长，我回来了。”

科长钟华有些意外地看着他，愣了一会才说：“噢，回来了？都好利索了吗？”

“现在，基本好了。剩下后续治疗和定期检查，在师医院就能处理。科长，演习准备进行得怎样了？有什么要我干的，你尽管吩咐。”

钟华简要地介绍了演习准备情况后，说：“现在，最急迫的是要赶快把企图立案图标出来。这是你分内的事，还是由你牵头，下周一要向军里汇报。这几位……”他指了一下那几个从团里来的参谋，继续说：“你就领着他们干。”

岳宗立刻坐到桌边，开始研究演习预定文件，考虑着怎么标好那张立案图。

午饭时，岳宗走进食堂。通信科刘参谋把他拉到桌边。带着几分神秘地压低声音问：“哎，评职的事，科长跟你谈了没有？”

“评职？评职不是因为要演习，暂时搁置起来了吗？”岳宗有些疑惑地问。

“哎呀，你那是老皇历啦，现在，已经把结果报到军里去了。”

岳宗停住筷子，看着刘参谋，问：“那给我评了个什么职？”

刘参谋愣了一下，说：“你们科长没跟你谈？具体的，我也不太清楚。”说完躲开岳宗的目光，低下头，只顾扒着碗里的饭。

午饭后，岳宗把田参谋拉到宿舍。田参谋也是北京兵，老爸是B师首任师长，他本人是1965级北京工业学院的大学生，“文革”后期当了兵，从普通一兵成长为师侦察连连长，三年前又调到师侦察科当参谋。岳宗到B师后，他俩一直比较谈得来。

“唉，说起来，确实是挺让人生气的。这次给你定了个正连！”

正连？这太出乎岳宗的意外了：“给我定正连，那别人都定的是什么？”

田参谋说：“唉，有几个大家都没啥意见。可是，那管理科的老乔，就因为靠他舅舅的关系，给师首长每家买了台日本进口彩电，这次也定了个正营，这就有点过分了。其他1968年兵的都定了副营，只有你一个被定为正连。”

岳宗顾不上别人的定职结果，只想知道自己为什么只定了个正连，便急切地问：“凭什么呀？我是兵龄比别人差、任职经历比别人差，还是在立功受奖方面比不上别人？”

田参谋叹了口气，说：“都不是，是因为有人把你给顶了。”

“有人把我顶了？是谁？”岳宗忍不住提高了声音。

田参谋连忙抬起手，做了个往下压的手势，说：“你小声点！还能有谁？就是那个娶了军里韩政委女儿的红一连副指导员。听说要把政委女婿给评为营职，这就需要从已经定为营职的人里边拉一个下来。师党委会开了三天，平衡来平衡去，最后把你给平衡下来了。”

岳宗说：“那好，是好朋友你就给我说说吧，到底我在哪些地方做得不够，起码以后别在同一个地方再摔跟头吧？”

田参谋说：“为了把你给弄下来，有人给你列了三条‘罪状’。第一是骄傲自满，第二是不安心部队工作，第三是不尊重领导。说你不安心部队工作，其实就是指你参加高考那回。参谋长争辩说，你高考拿到录取通知书后，没上成大学，恰好说明了你能正确处理个人利益和工作需要的关系，安心部队工作。并且，因为能力素质都比较出众，年轻人有些骄傲自满，也在所难免。可是说到这第三条时，师党委好几个人都举出了你在不同场合，对他们不够尊重的事儿来，参谋长就顶不住了。”

岳宗呆呆地听着田参谋的叙说，一边努力回忆着自己曾经在哪些场合，对哪位首长有过不敬之举。心里面也为自己平时的行为不够检点而深感后悔，但同时又心有不甘。他忍不住说："在咱们师机关，参谋干事们私下里议论首长的又不是我一个，凭什么就我一人倒霉呀?"

田参谋说："凭什么？有句话叫'不打勤的，不打懒的，专打不长眼的'，你听没听说过？别人议论首长，都是在背地里，和最贴心的哥们一起议议，谁敢像你一样在办公室、大庭广众之下张嘴就来？还有好几次，首长就在旁边你也敢说？就算你说的时候首长不在，那些在一旁听的人，说不定一转身就给首长汇报上去了。

"唉，对谁都有什么说什么，你不倒霉谁倒霉？本来这次综合平衡，师里是准备把文化科侯干事平衡下来的。可这小子刚一听到点儿消息，就拍桌子摔板凳，吵吵着要找师党委理论理论。正好你当时人在北京，对你的毛病，党委的多数人又都有同感，把你拿下来，虽说有点不大公平，但起码不会有人闹。所以啊，就这样了。"

其实，岳宗知道自己率性而为、棱角分明的性格，于不经意间，往往会伤到一些人。禀赋不同、环境不同，人的命运也就千变万化。你生来直性子，不会逢迎那又如何？他点着一支烟，深深地吸了一口，愤愤不平地说："老田，那你说我现在该怎么办？这事，我就这么忍了？侯干事能闹，我就不能闹吗?"

田参谋停了一下，又接着说："一个聪明人，在决定干一件事之前，有两个问题是必须考虑的。一个是，做这件事将要付出什么样的代价；另一个是，这件事做下来，会有什么结果，或是会有什么收获。从这两个方面来考虑，我不赞成你去闹。"

岳宗点点头："你再说得细点儿。"

"嗯，这时候你如果执意去闹，不但为师党委会上给你定的那几条罪状提供了口实，还可以增加几条，什么名利思想严重啊，不顾全大局呀，爱走极端呀，无组织无纪律呀，不仅不会有任何好的结果，反而很可能成为反面典型。依我说，把这事看淡了吧。什么正连副营的，一样是一颗红星两面红旗，每月一样是六百大毛。"

田参谋说得对。那时候，军队没有军衔。从总部首长到刚入伍的新兵，人人都是"一颗红星头上戴，革命红旗挂两边"，没有任何差别，而且职务和工资根本不搭界。那时每月的工资，按二十二级干部标准，只有六十块钱。话虽这么说，但职务能定得高一点，在心理上会感到更好受一些，更何况，它毕竟也代表着一个人的能力呀。

最后，田参谋说：“演习准备工作你该怎么干还得怎么干，绝不能撂挑子，也不能降低标准。这次演习，从军区到军里都非常重视，在这个问题上一点都不能含糊，一定要高标准、高质量，决不能出半点纰漏！你在评职上受到不公正待遇，在工作上却仍然兢兢业业、一丝不苟，只会引起更多知情者的同情。说不定，柳暗花明又一村呐！”

世上的事情就是这样，同一件事，从这边看上去，处处都令人沮丧；换一个角度再看，它又会展现出许许多多让人欢欣鼓舞、喜出望外的因素，让人的精神也为之一振。心情畅快了，做起事来就更加有干劲儿。听着田参谋头头是道的分析，岳宗真为他的老谋深算而折服：“行，田参谋，我就按你说的做。”

下午上班后，岳宗像什么事也没发生一样，带着几个团里调来帮忙的参谋们，认真研究了演习预案，又根据他们的特长，明确了分工，确定了几个重点问题。岳宗让他们把几张整张的道林纸粘贴在一起，用铅笔在上面打上格子，用方格缩放法，把已经确定的演习地域地形，放大描绘到图纸上，以完成设想的敌我双方作战企图方案。

岳宗找来比例尺为 1:50000 的演习地域地形图，把一套二十四色彩色铅笔一支支仔细地削好，一丝不苟地按照想定文件，开始标绘演习企图立案图。这一份图，是向上级首长机关汇报用图的依据和基础。图上所标注的内容，将会被放大若干倍后，再绘制到放大图上，因此，更不能出任何差错。整整一个下午的时间，按照先敌情后我情，先主要方向后次要方向的顺序，首先把想定中明确的敌方情况，仔细地一一标绘在地形图上。

科长钟华几次走进作战室，站在岳宗身后看标图，又几次离开。刚开始，岳宗佯装没看见。后来，当他精力集中，认真标图时，有谁在作战室里进进出出，他真的不大清楚了。

晚饭后，岳宗又招呼团里来的参谋们，一起进了作战室。在明亮的碘钨灯下，继续用方格放大法，把标在地图上的河流、道路、村庄、桥梁、森林等地形地貌，以及那弯弯曲曲的等高线，往放大图上绘制。岳宗坐在自己的办公桌前，正全神贯注地标注绘图。

钟华走进办公室："岳参谋，你来一下，有点事跟你说。"

岳宗进了科长办公室，见刘副参谋长先站起身和他握了手，并连声说："今天，我和你们科长把你叫过来，谈谈机关干部定职的事儿。"

刘副参谋长停顿了片刻，观察着岳宗的反应。见他只是轻轻点了点头，又继续说："本来呢，师机关干部定职工作，因为有演习任务，是要往后推一推的，但军政治部不同意，说不能因为我们一个师，影响了全军的进度。这样，师党委进行了综合评定，现在，军政治部已经有了正式批复。"

"副参谋长，那给我定什么职呢？"

刘副参谋长字斟句酌地说："嗯，根据你的军龄、经历、立功受奖情况，司令部向师里汇报的方案，是给你定职副营。但经过师党委综合评定，最后，给你定职为正连。"

"噢，那我们师司政后三大机关，68 年的兵，还有谁没有评上副营？"

"还有，后勤营房科的黄助理，他定职为正连。"

说到黄助理，也是一位犟脾气。今年上半年，因为前任师长在搬家时，将公家配发的几件家具也一起装上了车，于是，他挺身站在汽车前面，拦住汽车不让开，弄得师长很没面子。有人说，黄助理事情办得太过分，岳宗倒觉得，作为管营房的助理员，制止这种把公家家具据为己有的行为，是在履行职责。没想到，这件事竟然会影响了他的定职！

岳宗又问："那 1968 年以后的兵，都有谁评上了副营？"

刘副参谋长说了几个人的名字，忽然醒悟，说："这次评职，也不是只看军龄，还要看任职经历、本人素质、工作表现和群众的意见嘛。"

这话，反倒激起岳宗心中的不平："呃，我 1968 年入伍，1971 年提干，当了两年排长、三年副连长、两年连长，又当了一年多参谋，从当兵到现在，立过三次还是四次三等功，我记不清了，受的嘉奖就更多了。我的经历、素质、能力和工作表现，跟同年的参谋干事们相比，比谁差？不说别人，就是副参谋长您，在司令部每周一次的交班会上，有多少次表扬过我？凭什么别人都能评上副营，我只能评个正连呢？"

"所以呀，司令部报上去的，是给你评的副营呀，最后，是师党委综合评定。"

岳宗提高了声音说："不对。副参谋长，您不用把矛盾往上交。要是说到综合评定，这个结果就更不公平了。咱们先不说我的事，就说文化科的那个侯干事，大家都知道的，原先在师宣传队当指导员就干得一般，从他到文化科一年多了，除了闹转业、泡病号外，还干了什么？凭什么他这次也能评上副营？

"咱们这次评定职务，正像师首长在动员大会上说的，除了是对所有机关干部的工作进行一个客观、准确、公正的评价外，还是给机关干部树立一个行为的楷模和导向。像这样不干工作的评得高，坚持原则的反而评得低，这是树立的什么楷模和导向？难道让大家都去学不干工作的侯干事，别学坚持原则的黄助理？"

刘副参谋长说："当然不能学黄助理，不讲求工作方法一味蛮干，怎么行？你知道他那么一闹，造成了多大的负面影响？他那事都上了军区的通报了！"

岳宗说："那我呢？我犯了什么够上军区通报的大错，或是在工作中有什么重大的疏漏？噢，就因为我当时不在师里，就给我评下来？邓主席整顿军队领导班子，着重整的就是软、懒、散三个字。整顿好几年了，在咱们师，就整出这么个结果？"

刘副参谋长长长地叹了一口气，说："唉，小岳，你也不能这么说嘛。"

岳宗说："得，副参谋长，我只问您一句，您认为这么评，公平不公平？"

刘副参谋长说："你是个明白人，职务评定到底是因为什么原因才出现这样的结果，你心里自然有数。现在，木已成舟、米已成饭。本来这件事由你们科长通知你一下就行了，就是因为党委也认为这个结果对你来说，是不大公平，才决定帮助你打通思想。参谋长到军里开会去了，要不然，他会亲自找你谈的。今天你回来，放下东西，就投入演习准备。我已把你的情况向参谋长汇报了。

"参谋长要我们表扬你工作第一的精神，并要求你顾全大局，把个人的事先放到一边，先把演习的准备工作做好。你到师司令部时间也不算短了，应该知道一个作战参谋在演习中肩负的担子和重要作用。这次演习，是我们师自 1965 年以来，举行的第一次团级规模的现地实兵实弹演习。在我们全军区范围内，恐怕也是十多年来的第一次。"

钟华插话说："66 军前两年搞过一次。"

刘副参谋长说："和他们不同，咱们这次，是有空军配合的加强步兵团山地进攻作战实兵实弹演习。在火力准备、纵深战斗和抗反阶段，空军都要打实弹。

从演习准备阶段，确定企图立案，编写基本想定，拟定演习计划和各种文书、图表，到和空军搞好协同等，都有大量工作要干。参谋长要求你，先不要去管职务评定的事，集中精力，投入演习的准备工作。”

岳宗说：“这一点请您放心，我要的，就是您也认为这个结果对我不公平这句话。说实在的，在刚听到把我评了个正连时，真是有一股火直冲脑门，我这心里，真像开了锅似的直翻腾。听了您这句话，我心里舒服多了。

“至于演习准备，今天科长也在这儿，我岳宗不管怎么说，也受党和军队教育培养十多年了，不敢说觉悟有多高，但哪轻哪重，哪个该在前，哪个该在后，我还是知道的。职务评定的事关系到我的实际利益，要说一点都不想，那是骗人。但我绝不会因为这件事，就不好好工作，或是故意在关键时刻撂挑子，那不符合我做人的原则。

“在咱们司令部，我还是个新手，还有很多东西不懂，有很多事不会做，我保证把这次演习当作一次难得的学习机会，有不懂的地方，及时虚心向领导和老同志请教。对领导交给的任务，尽我最大的能力，保质保量准时高标准地完成。对做得不对，或不够好的，该返工返工，该重做重做，绝对任劳任怨，没有二话。请看我的实际行动。”

刘副参谋长满面笑容地站起来，说：“我就说嘛，你岳参谋不是那种不懂道理的浑人。好，你能有这个态度，今天找你谈这个话，就没有白谈。哎，对了，老钟，刚才小岳提到的演习准备中，有许多要学习的东西，恐怕不是他一个人的事，咱们这些参谋任职时间最长的，就是你了吧？演习准备的这些事，你都搞过吗？”

“我是 1970 年咱们师调到北线后，才来司令部的，我也没干过。”

“这是个问题。我得和参谋长商量一下，利用什么时间搞个培训班，重点学习一下毛泽东军事思想、战斗条令、军兵种知识和战时司令部工作，补一下相关的知识。磨刀不误砍柴工，搞这么个培训班，对提高演习准备工作的质量大有好处。”

见副参谋长和科长谈起了工作，岳宗抓准时机说：“副参谋长，你们谈工作，我先回去标图了，今天晚上怎么也得把企图立案图先标出来。”

刘副参谋长把头一点，说：“行，你先去。哎，也别搞得太晚了，要注意休息。这才刚开始，大头还在后边呢，别把身体累垮了，不然，到关键时刻我找谁去？”

“您放心吧，年轻人还怕多干活？只要咱食堂的伙食能跟上，我保证，越干越有劲儿！”说着，岳宗推开门出去，又轻轻把门掩好。门缝里传出刘副参谋长的声音：“你呀，老钟，还怕谈崩了？你对这个部下还要加强了解呀。我看这个小岳素质不错，好好培养培养，将来会是你的得力帮手。”

又传出科长钟华的声音：“那你们这些当首长的，也不能总把小岳这样懂道理、不胡来的人，当软柿子捏吧？咱可不能让老实人太吃亏了。要那样，谁还会当老实人？真要把老实人给逼急了，那可什么事都干得出来！”

天下无难事，唯坚忍二字，为成功之要诀。在大家一鼓作气、协同努力之下，演习完成得非常成功。正式演练那天，不仅总部和军区首长来了，沈阳、兰州和武汉军区不少人也到现场观摩，其中军以上领导就有二十几位。除了向首长们介绍那十几幅地形、战略和战术要图之外，岳宗还因操着一口纯正普通话，字正腔圆、声音洪亮，又有军事干部的阳刚气质，被师首长指定，担任演习的现场解说员。

由于岳宗极为专注地参与了全部预定科目的演练，对全程演习的准备工作，对演练课题的重点、难点，及各个时节的关键问题等诸多情况了如指掌，在正式演习时，他的解说与演习进程便如影随形，尤其是与参加演习的空军行动，更是配合得天衣无缝。

每当他报出空军部队的行动时，话音未落，天边就传来战机轰鸣声。参加演习的机群，排着整齐的队形，从参观台上空呼啸而过，直扑远方，把成吨的火箭弹和炸弹，准确地倾泻到“敌人”阵地上，炸起冲天的烟雾……

当宣布“演习结束”，那颗绿色信号弹腾空而起时，参观台上爆发出一阵热烈的掌声。

首长先退场，经过设在主席台一侧的解说席时，前来观摩演习的最高首长，主管全军军事训练的副总参谋长还特意走过前来，和岳宗握了握手，夸他解说得不错。

当年年底，师里给岳宗又记了一次三等功。第二年，有一次给百分之二干部调整行政级别的机会，司令部有一个半名额。经师党委研究决定，岳宗比大多数干部都提前一年多，由行政二十二级调整到二十一级，每月的工资比同年干部多了十元钱。又过了不久，师里任命岳宗为师教导队副队长，仍在作训科工作，其职务即由正连职提升为副营职。

其实，细想起来，人生不如意之事十之八九。只要你没有被困难打倒，一切都能够过去！关键是你必须具备坚毅的信心和钢铁般的意志，百折不挠地朝着既定目标前进，否则，哪有幸运之事光顾呢？

“塞翁失马，焉知非福？”那其中蕴含着的人生哲理，足以让人警醒，让人永不言弃。

第二十八章

涅槃

佛教中有“凤凰涅槃，浴火重生”这样一个故事，说的是凤凰经过烈火的煎熬和考验，获得重生，并在重生中达到升华，以此典故寓意不畏痛苦、义无反顾、不断追求、提升自我的执着精神。

但是，绝非所有生命都可以像凤凰那样，浴火化为灰烬后，还能够涅槃重生的。真正能够实现涅槃，除了要有像凤凰那样投身于火海、燃尽自身的勇气外，还要有强烈的求生欲望，并有把这种欲望转化为行动的决心，付出超出常人的努力，以获得重生。

如果说，在参谋定职问题上，岳宗只是遭受了一次小小的挫折，那么接踵而来的，他就要背负着人生失志的痛苦，犹如那浴火的凤凰，必要经受了巨大的轮回后，才能得以重生。在那段日子里，他可算得上栽了一个大跟头。

事情发生在半年总结的支部会上，他刚任教导队副队长不久。按照党章规定，每一个党员，不论职务多高，资格多老，都要在党内的一个基层支部中过正常的组织生活。司令部最高首长参谋长，也要参加作训科支部的全部活动。

进行工作总结，都按固定的程序：从领导动员、个人总结、相互评议直到支部书记总结。岳宗在部队几十年，经历过好几个不同的单位，虽然每个单位都有各自的特点，但在半年和年终总结上，却是高度一致。

个人总结一般都是在政治思想、作风纪律、业务工作、团结同志等几个方面对自己一段时间的基本情况进行回顾。有所不同的是，随着时间的推移，自我表扬的成分在个人总结中所占的比重越来越大，而对自己的缺点和不足却有越来越轻描淡写的趋势。特别是近几年来，在有些人嘴里，已经把它转化为“需要进一步努力的方面”了。

相互评议则用整顿党风的传统方法，以自我批评为主，辅以善意批评，互相帮助，互相启发，共同受到教育。可不像现在有些单位，或是把这个环节简化为评功评奖，或是相互提一点“要搞好个人卫生”“要加强体育锻炼”之类不痛不痒的意见。那时候，还真是按照延安整风时那样以斗争求团结，开展积极的思想斗争。相互之间提起意见来，都是一针见血，直抵要害，常常会让人出一身冷汗。

岳宗的跟头，便是栽在这个环节上了。

那时，作训科支部的相互评议，依照“先新后老、先普通参谋后大小领导”这一约定俗成的顺序进行。对科长副科长和各位参谋的评议都进行完了，只有对参谋长还没有进行评议。面临评议最高首长，基层支部一般比较重视，组织性、纪律性大大增强，大家都提前几分钟进了作战室，很快在各自习惯的座位上落了座。

上班铃声响起，负责记录的参谋打开支部会议记录本，写上了时间、地点和参加会议的人员。主持会议的支部书记钟华科长说：“这几天，党员干部相互评议，肯定了成绩，指出了不足。今天下午，请大家给王参谋长提提意见。”

一片沉默。这也难怪，毕竟评议的对象，是司令部高层领导。过了一会儿，见还没人发言，科长又说：“谁想好了，谁先说，别小米豆干饭，都闷（焖）着。”

为了活跃气氛，平时不苟言笑的科长钟华，还说了句俏皮话。

还是没人发言。

又沉默了一会儿，王参谋长说：“大家用不着有什么顾虑，干了半年了，工作中不可能一点纰漏也没有。你们作训科跟我打交道的机会最多，对我的缺点毛病也知道得最清楚。按毛主席说的，知无不言、言无不尽，言者无罪、闻者足戒嘛。”

听了他这番话，岳宗当时也不知道是脑子里的哪根弦搭错了，竟然清了清嗓子，带头发言：“那我先给参谋长提几条，算是几点改进意见吧。第一条，在组织参谋人员的业务学习上，还应该多下点功夫。在我印象里，吴参谋长过去坚持的参谋业务学习、参谋夜校等这些好的做法，自从王参谋长上任以来，不知怎么就渐渐荒废了。我认为，既然是行之有效的好传统，就应当坚持下去，这对加强司令部的整体建设大有好处。”

参谋长向他点了点头：“不错，接着往下说。”

岳宗大受鼓舞，竟口若悬河地说起来：“第二条，要注意掌握好表态的时机。在讨论问题的时候，参谋长要是过早地表了态，参谋们往往有什么不同的意见也就不大方便说了，这样不利于充分发扬民主。比如，咱们去年年底搞的那次演习，研究空地协同时，空军的人还没说话，王参谋长上来就噹噹噹噹地整整说了一个上午，其实效果并不好。

“嗯，还有第三条，就是王参谋长平时和参谋们在一起，打扑克、下棋，平易近人、深入群众，这都挺好，但是也要注意掌握好分寸，最好别在办公室打扑克、下棋。毕竟那只是游戏，适当地玩一玩，挺好；但如果因此影响了工作，那就不好了。吴参谋长在时……”

嗬，岳宗还要接着往下说，想不到王参谋长立刻跳起来，把桌子拍得“砰砰”响，指着他的鼻子，便是一阵劈头盖脸的狂风暴雨。

“好你个岳宗，你以为刚给你立了个功，又给你提前调了级，咱们B师司令部就装不下你了？去年师党委刚给你定成正连职时，我们还都为你抱不平。看起来师党委定得非常准，说你历来骄傲自满、不尊重领导，一点也没有冤枉你！

“什么吴参谋长怎么样，我怎么怎么样，他是他，我是我，用不着你来对比！我知道，吴参谋长和你是一个团来的，处处呵护着你，把你惯得一身毛病。天是老大，你是老二！尾巴都翘到天上去了！老虎屁股还摸不得了。

“现在，我在这儿当参谋长！是龙，你得给我盘起来；是虎，你也得给我趴着！还来教训我？你小子有什么了不起？行了，大家先拿起批评和自我批评的武器，好好帮助帮助岳宗，让他认识认识自己骄傲自满、不尊重领导的毛病，在支部会上做出深刻的检查！”

那一顿突如其来的暴风骤雨，把岳宗打得晕头转向。一时间，他的脑子一片空白，两个耳朵边，就像突然聚集了成千上万只知了，“吱吱”的鸣叫声响成一片，只有参谋长气急败坏的怒吼，一阵阵钻进耳朵，其他人都说了些什么，他一点也没有听见。

回到宿舍，躺在床上，岳宗脑子里还是乱糟糟的。他一直没弄明白，自己明明是出于好意才提出了几条意见。而且，私下里在谈起这位王参谋长时，大家有同样的感觉。“以党小组生活会形式，发出批评声音，又怎么做错啦？”可惜，侦察科田参谋已经下去当团参谋长了，要不然，把情况跟他说说？他一定会帮助自己分析出点头绪来的。

其实，冷静下来，岳宗自信自己并没有大错。所谓检讨，主要是为了平息王参谋长的火气，给他个在全科人面前下台的阶梯。当然，不能直接说不该处处把他和吴参谋长比，那样无异于火上浇油。他昨天那一通怒骂，主要是说自己不尊重领导、骄傲自满。对，就从这两个方面做检查，什么自由主义、个人英雄主义、无组织、无纪律，纲和线总得要上一上，要不根本就过不了关。

在第二天的支部会上，岳宗按照事先打好的腹稿，语气沉重地对自己进行了严厉的批判，深挖了骄傲自满、不尊重领导的思想根源，检讨足足持续了两个多小时。

王参谋长也讲了几句话，认为岳宗的检讨有深度，触及了灵魂，改正措施是切实可行的。最后，还对他昨天的态度做了检讨，说自己当时也不够冷静，不该用那样的态度和那样的话来对待批评意见，云云。散会以后，王参谋长也没再提要岳宗到司令部大会上做检讨的事。一切，都回归到风平浪静。

岳宗本以为，这场风波就这样过去了，没想到的是，正如民间那句俗话说的那样，“老鼠拉木锨，大头在后边”。岳宗这次算是把王参谋长给得罪惨了，他决不会轻易放自己过关，更多、更严厉的整治手段，将会陆续到来。

半年总结之后，钟科长便通知他随某师长下部队，并叮嘱：“走前，把作战室文件柜和存放贵重器材的柜子钥匙，交给另一位作战参谋。”这是工作惯例，以前下部队，或是出差、探家、住院，离开科里时间较长时，都要把钥匙交出来，岳宗也没有多想。不同的是，当几天后岳宗回到科里时，钟科长并没有让那位参谋再把钥匙交还给他。

大约半个月后，钟科长在科里的交班会上说，为了全面提高参谋人员素质，要调整一下人员分工。让一个从团里新调来的参谋，接替岳宗管作战工作；而把岳宗调整到训练组，分管干部训练。到作训科后，类似的调整也有过几次。八大军区司令员都可以相互调换岗位，在科里调整一下各个参谋分管的工作，又有什么可大惊小怪呢？岳宗愉快地服从科长安排，把自己的办公桌，搬移至走廊北侧。同时，也理所当然地交出了作战室的钥匙。

又过了大约一个多月，上级下发了一个文件，要求各级广泛开展训练改革，从训练的内容、体制、方法，到训练的组织形式、训练器材，都在改革之列。不知科里通过什么途径，知道了岳宗在原部队曾制作过打飞机训练用的活动飞机靶，说岳宗在技术革新上有经验，又解除了他分管干部训练的任务，让他专管对训练器材的革新工作。

技术革新一要人才，二要经费，而师一级作战部队，这两样都没有。可不管怎么样，上级既然赋予了任务，就得想方设法，把这项工作开展起来。

岳宗先是按照上级下发的文件精神，起草了一份通知发下去，要求各单位充分发动群众，按期把革新项目报上来。三个星期后，岳宗又跑遍了直属队各营连和下属各团，一一和各项目的申报人谈话，了解他们的革新思路、知识水平、已有的条件和需要的帮助。

这样，用了前后四十多天的时间，他就把全师的技术革新工作明确了目标，突出了重点，制订了计划，做出了部署。下一步，就是督促各单位和各项目的负责人具体抓落实了。可是，凡涉及最关键的经费问题时，师里往往没有办法垫支，需待革新项目有了一定成果后，再向军区汇报，争取列入军区的计划，然后，才能申请经费。

对这种做法岳宗也理解。当时国家还很穷，有限的经费当然要重点投向最有可能成功的项目。银行贷款，不是也要重点扶持那些信誉好、产品销路广、经济效益高、资金流转顺畅的企业吗？一时间，岳宗每天就是在上班时参加一下科里的交班。半个小时的交班会后，其他参谋们都去各忙各的业务，他就没什么事好干了。

都说司令部有三大闲人，指的是“收发、号长、保密员”。

收发，就是每天把各单位送来的信件交给邮递员带走，再把邮递员送来的报纸信件分好，通知各单位通信员取走，前后用不了一个小时，就能完成每天的工作。号长平时的工作主要负责按时吹响各种控制作息的号音，现在有了播音喇叭，这项工作都交由电影队去管，除了演习和拉练，号长没有什么具体的事可干。保密员，虽然每天都得在保密室里收发保管文件，但除了登登记之外，也没有多少具体工作要干。

岳宗现在比他们几位还要轻松，他们不管怎么样，都还有具体的职责和工作，而技术革新不在年度工作计划之列，没有具体的落实指标。完成得好，会在师的年度工作总结中记上一笔；完成不好，也不会有谁来追究他的责任。

过着这种轻松、自由，神仙一样的日子，岳宗一开始还挺得意。他给自己制订了一个学习计划，除了军事知识之外，什么经济的、文学的、科技的、哲学的知识，都被他列入学习计划。他甚至靠着一本《英汉科技辞典》，开始试着读一些让岳华帮着搞来的外文科技科普期刊。他觉得既然科里让他负责技术革新，自己总得开阔一点眼界，了解一下国内外最新的科技动态吧。

书籍是知识的源泉，他性好读书，绝不浪费时间。

十月份，岳宗被暂时借调，他随军技术革新领导小组的白处长，用了一个多月的时间跑遍了军所属二十多个团以上单位，对全军团以上单位的技术革新工作情况进行巡回检查。回到师里后，岳宗却发现，自己的行李书籍和全部个人物品，都被从宿舍搬出来，放进了科里的仓库。原来，科里又从各团调来一批新参谋，岳宗已经被列为“超编人员”。

仿佛当头挨了一棒子，把岳宗从懵懂中惊醒过来。这时，他才知道，半年总结中发生的那件事，还远远没有完。什么工作调整，什么技术革新，那都是王参谋长名正言顺又不露痕迹地送过来的一双双“小鞋”。自己已经在不知不觉之中，被人从司令部的中枢位置，排挤到可有可无、无足轻重的边缘地带。要不是师长下部队时还总是习惯要自己陪同，同时转业进京的指标也十分紧张，恐怕自己已经被列入转业干部的名单中了。

如同再耀眼的明星，长时间没有机会登台，也会变得黯然失色一样；一个人能力再强、本事再大，如果长时间不给他提供用武之地，也会很快被人们遗忘。如果他再不及时警醒，只知道被动地在那里等待，那就会很快被时代的潮流所抛弃。

岳宗把自己的行李物品从仓库中搬出来，在师招待所找了个闲置的房间，打扫出来，搬了进去。然后，每天除了到司令部食堂吃三顿饭之外，便把自己关在屋里，仔细思考今后的出路。自己年龄还不到三十岁，身体也很健康，从刚满十六岁穿上军装，至今已经十多年了，把最好的青春年华都献给了军队。下一步，自己的路该怎么走？是从此消沉下去，等着安排转业，还是再努力搏一把？

毋庸置疑，北京和这个深山中的驻地相比，各方面条件都要好不知多少倍。每次休假，将要返回部队时，肖海平都那样依依难舍。她一个人在北京，又要上班，又要照顾两个越来越淘气的儿子，还要替自己在父母跟前尽孝，真是难为她了。要转业回北京，不就能和爱妻终日相守了吗？不仅彻底解决了两地相思之苦，而且也能更好地尽自己为人夫、为人父、为人子的义务。而且，趁着年轻，到一个新的领域中，去闯出一片全新的天地，不也是一件极富挑战性的事情吗？

但是，就这样离开军队吗？当了十多年的兵，还从来没有闻过战场上硝烟的味道，这是让岳宗最不甘心的。要是转业回到地方，那可就彻底没机会了！岳宗自信，论业务水平和工作能力，至少在当前，在B师司令部中，还没有人敢说比自己强。这从师长每次下基层还总是要自己陪同，科里有什么重要的活动，特别是那些重要的文件，还都要自己参与研究讨论就可以看得出来。遇到一点挫折就打退堂鼓，那不是真正的爷们。能够在逆境中冲杀出一条生路，那才是真正的英雄。自己在部队的路，还没有走到尽头。决不能让那些给自己小鞋穿的人，看到自己如他们所愿，就这样沉沦堕落下去。

传说中“凤凰涅槃，浴火重生”每五百年一次。当凤凰到濒死的境地时，便会集梧桐枝自焚，在烈火中新生。而当凤凰从火中再次振翅冲天时，它的灿烂光芒照亮的又岂止是我们的双眼？是啊，涅槃之后的凤凰，才会变得更强大。一个人需要有一种置之死地而后生的勇气，才能在未来的路上走得更远！

对，就让自己做获得重生的最后一搏吧。凤凰涅槃，生命不灭！即使被钓离了水面的鱼，尚且还要拼命扭动身体，去争取几乎不可能的重入水中的希望呢，要是心情沮丧、默不作声地等着人家来处理，那岂不是连鱼都不如了吗？更何堪媲美那辉煌永生的火凤凰呢！虽说能不能拼搏成功，尚未有定数，但如果连争取都不争取，那注定会死得很惨。

你想把我边缘化，不让我干重要工作？这正好给了我充分的时间。我要好好利用这宝贵的时间，做自己想要做的事。你不是想让我淡出人们的视线吗？我偏偏要每天都在师里主要首长的眼前晃，让你们天天看到我。你不是想把我踢出中心工作吗？我偏偏要在中心工作上做出成绩，崭露头角！

这升华了的“涅槃”之境，它是一种生的智慧，它是一种自我的救赎。

岳宗思谋已定，便立刻付诸了行动。从第二天起，他每天提前一小时起床，沿着师部大门前的公路开始练长跑。他计算好了时间，先从师部大门口跑到火车站，在站前广场上踢踢腿、下下腰，再练一套捕俘拳，然后往回跑。此时，司令部出操的队伍，刚在宿舍楼前集合完毕。每当这时，他都满头大汗地跑回来，一边向正在院内散步的师首长们敬礼问好，一边跑到队列里，和大家一起出操。

正课时间，他从作战室借来《苏联军事百科全书》《马克思恩格斯军事文选》《军事百科辞典》等大部头著作，敞开办公室的门，端坐在桌前，认真地看书，做笔记。工间操时间，他换上解放鞋，先围着办公楼跑上几圈，再陪着爱打太极拳的师长，比画几下太极。要是轮到作训科值班，别的参谋有事，他就主动代替。作战值班责任重大，值班员除了上厕所外，寸步也不能离开值班室。最多的时候，他曾经连续五天吃住都在作战值班室。

一天晚上，岳宗看书看得累了，打开值班室的窗户，呼吸新鲜空气，突然发现远处腾起一片火光，凭着对县城周围地形的了解，他立刻断定县化肥厂失了火。他立即行使作战值班员的权力，先后通知附近防化连、工兵营、通信营和警卫连，让他们出动机械，组织人力前去救火。最后，他又要通了值班首长王参谋长的电话，及时报告了自己的处置。

仅凭如此勤奋努力，还不足以杀出一条新生之路，要想真正能浴火重生，还必须在军队最关心的问题上做出成绩。

20 世纪 80 年代初，我军的军事战略进行了新的调整，从军委总部到各级作战部队，都在认真思考：怎样用我军相对落后的武器装备，战胜现代化强敌以坦克机械化部队为主的立体快速进攻？这形成了军事学术研究的热点。

当时，由军事科学院创办了《军事学术》杂志。上自军委、总部和各大军区、军兵种的主要领导，下至师团首长和机关参谋人员，都非常关注这本期刊。每月《军事学术》杂志一发下来，首长争相阅读。能在全军唯一的军事学术期刊上发表论文，也是各级首长和参谋人员在和平时期展示自身价值的重要领地。

“哼，现在不是不让我做事吗？这正好给了我时间，可以多看些书，多想些问题。对，就从军事学术研究入手，下定决心，刻苦努力，不信做不出成绩来！”

可是，岳宗在做出这个决定时，甚至连什么是军事学术研究都不大清楚。不过，这难不倒他。他找来近年来所有《军事学术》杂志，认真阅读并潜心思考：哪些问题是大家关注的重点？在哪些问题上研究探讨得最深入？有哪些观点认识还不尽一致？学而思，思而学……

“他山之石，可以攻玉。”经过一番准备，岳宗决定以大家认识不尽一致的问题，围绕“现代战争的反侵略战术”撰写了一篇文章。他把握论文知识之论点、论据、论证三要素，运用引证、对比、归纳、演绎等论证方法，用了整整一个星期的时间，终于完成了他平生第一篇军事学术论文。工工整整地誊抄了一遍，寄往杂志社。

十多天过去了，没有任何消息。岳宗没有气馁。在这期间，他又结合几次参与组织演习的经历，写了几篇关于战术欺骗、空地协同、开辟通路方面的稿件，寄到《解放军报》“学军事”专栏，同样如泥牛入海。

在春节回北京休假期间，岳宗特意带了几篇写好的稿件，找到《军事学术》编辑部，当面向编辑老师请教。接待他的，是一位鬓发斑白的郭编辑。他报了自己的姓名，没想到郭编辑竟然知道他。

郭编辑找出岳宗寄来的稿件，一边翻看着，一边进行点评。“小岳呀，从你的这份稿件中，可以看出，你读过不少军事理论著作，文字功夫也相当不错，这些论证方法，像引用、演绎、类比，用得都很恰当，文章有一定的说服力。但是呢，问题主要出在选题上。咱们进行军事学术研究绝不是单纯谈理论，像你要发挥基层部队参谋人员的自身长处，针对技术战术训练中的实际问题进行研究。你说对吗？”

岳宗听得频频点头，又把自己带去的几份稿件，递到郭编辑手中。郭编辑认真看了岳宗带来的稿件，挑出一份谈实兵实弹演习中搞好空地协同应注意的几个问题的稿件，说：“嗯，这份稿件还有点儿意思，既有具体做法，又有深入探讨，一看就知道是从组织演习的实践中总结出来的经验，对全军组织此类演习，应该有借鉴意义。”

郭编辑的点评和讲解深入浅出，岳宗听得如痴如醉，心里一下子就明白了，今后应该把功夫下在哪里。兴奋的心情，那就和当年在巡逻艇上夜航往烟台送伤员时，在漆黑的夜色中突然发现了明亮的航标灯时一模一样。

大年初四，岳宗就返回师里。他找出近些年来陪同首长勘察战区地形时的案头笔记及首长们的指示，翻出整理《兵要地志》时，踏勘驻地主要山川河流和交通要道时留下的笔记，还把在吴参谋长带领下，修订作战方案时的笔记也找了出来，又找到负责作战的陈参谋，要来一份 1:200000 的战区地形图。

岳宗把地图贴在床对面的墙上，搬把椅子对着地图坐下，认真地端详着图上那些弯弯曲曲的道路、河流、等高线，和那些像秋天草原上的野花般、星星点点散布其间的村庄、集镇，仔细琢磨整个战区的地形特点。渐渐地，那些河流、道路的走向和高地、山峰、村落的位置，牢牢地印在了他的脑海中：峰峰相连形成山脊，河流与道路沿着沟壑纵横相交，把星罗棋布的村庄连接在一起，形成一张巨大的网，覆盖了整个战区。可是，这张巨大的网，和本师的作战任务又有什么内在联系？岳宗一时还找不出头绪。

在彻夜难眠的苦思中，岳宗不知什么时候进入了梦乡。梦中，他仿佛又回到了金锁镇，来到那高耸对立的石壁之间狭长弯曲的河床上，正在听公社武装部王部长讲当年伪满洲国一个不到百人的边防连，在这里巧妙利用地形，凭借简陋的武器，硬是把苏蒙联军一个骑兵军阻击了七天七夜的故事。

猛地一下，像是在漆黑的夜空里突然亮起了一道闪电，地形、防御这两个词占满了岳宗的整个脑袋。他猛地坐起身来，拉开灯，双眼直盯着挂在墙上的地图。

岳宗突然发现，战区内的大小道路，差不多都沿着河流的走向延伸。而大一点的居民点，都建在几条河流汇集的山间盆地上。较大的河流在流入盆地之前，差不多都有一段逶迤于群山之间的狭窄河谷。本师的基本作战任务，就是凭借险要地形，阻截越过平坦开阔的内蒙古高原直扑首都北京的敌军，保证首都北大门的安全。

已经全部实现了机械化的敌军，他们的坦克、装甲车、步战车、自行火炮在山地进攻中，离开了道路、桥梁和河谷就寸步难行。只要在几条主要通道上重点设防，充分利用这些狭窄的隘口，阻断敌重型车辆行进的通道；同时，在那些山间盆地做好打敌空降机降的准备，就能够用现有装备和较少的兵力，有效地阻击敌军，完成好保卫首都北大门的任务！对，这个思路肯定站得住脚！

岳宗几步跨到桌边，抓起笔来，飞快地记下灵光一现的想法。接着，又围绕这个想法继续深入思考。渐渐地，充分利用地形特点组织山地防御的思路越来越清晰，办法也越来越多。

郭编辑说过，成理还要成章。什么是成章？就是要符合一定的格式、规矩和行文的要求，最好能像“一点两面”“四快一慢”“四组一队”“三三制”那样，用几个数字化或是形象化的词语，对主要观点进行高度概括，让人一看就能明白，就能记住，就能留下深刻的印象。刚才的那些想法，用数字化的词语来概括恐怕不容易，还是形象化比较靠谱。

形象？这些河流、道路、盆地、山头，像个什么呢？对，整个防御体系就像人的消化系统，把进攻的敌人一点点放进来，再一点点消化掉？这完全符合我军诱敌深入，各个击破的传统战法。对！这个比喻既形象，又恰当，真是妙极了！但细想想，总觉得还缺少点什么。怎样的比喻才更贴切呢？他又陷入了苦苦的思索。

一时间难以再入睡，岳宗索性打开台灯，坐在桌边奋笔疾书，把各种想法一一写在纸上。对于如何比喻防御体系一时拿不定主意，他索性先把它放到一边，只记录随着这个思路不断迸发的那些火花。多少天思考的问题就像是水库中越聚越多的水。突然而至的灵感，就像是一只从天而降的大手，一下子打开了闸门。一串串灵光闪现的文字争先恐后地往外奔涌，手中的笔几乎赶不上比闪电还要快的思绪。

当他在稿纸上，画下最后一个句号时，阳光已经洒满了整个屋子。

一个星期后，郭编辑把电话打到师里，通知岳宗去编辑部修改稿件。按照郭编辑的指点，岳宗把那些“肠状”“胃状”之类的比喻，改成了更简单、通俗易懂的“卡口子”“阻通道”“守要点”，并在稿件上署上了已经从军事学院毕业，又回到 B 师任副师长的原吴参谋长的名字。两个月之后,《军事学术》杂志在显著位置刊出了论文。当年，这篇论文被《军事学术》杂志评为年度优秀论文，并被军区评为优秀学术研究成果一等奖。

在编辑部修改稿件的那些日子里，虽然家就在北京，但为了能更集中精力把稿件改好，也为了能多向编辑老师学点儿东西，岳宗一直住在军事科学院的招待所里。在和郭编辑交谈和探讨的过程中，他的收获远比修改稿件要大得多。

其实，在参谋日常工作中经常涉及的几种公文，比如工作总结、调查报告等，与军事学术研究论文之间，只隔着薄薄的一层窗户纸。吴参谋长当年教会了岳宗怎么过参谋工作的文字关，郭编辑的指点，等于把那层窗户纸轻轻地捅破，使他得以初步窥见了军事学术研究的门径，开始步入军事学术研究的殿堂。

在那段时间里，岳宗通读了克劳塞维茨的《战争论》、约米尼的《战争艺术概论》、杜黑的《制空权》、马汉的《制海权》，还有《孙子》《吴子》《尉缭子》《十一家注孙子》等书籍。一有时间，他便潜下心来阅读、思考，如饥似渴地从中汲取学术养料。除了那些军事书籍外，他还借阅了《逻辑学》《统筹学》《系统论》等教材。要想提高自己的思辨能力，不懂得起码的逻辑知识和科学的思想方法，那是根本行不通的。

此外，岳宗还想尽办法，更多地接触军事工作实际。虽然没给他分配具体工作，但他主动争取参与各项任务的机会。比如，管训练的参谋要去各团了解情况，他主动陪同一块儿下去。从训练计划落实、教练员培训、训练进度、质量，到训练场地、器材、经费的保障情况，都深入调查、详细记录。上级或兄弟单位到驻地勘察，他也心甘情愿地陪同前往。

从 20 世纪 80 年代初期开始，军区每年都要按不同作战方向，组织师以上首长进行战役集训。每次集训时，各师除师长、政委、参谋长之外，还可带一两名参谋人员参加。岳宗主动找已经当了师长的任副师长请缨，参加军区的战役集训。

军区组织的战役集训，每次围绕一个作战方向，集中研究一个课题，分理论辅导、战役勘察、战法研究、想定作业四个阶段实施，每个阶段，都要布置相应的作业。更难得的是，这些作业还要在集训中公开展示。参加集训的人员，都是各单位军政主官和参谋中的尖子，是军事工作的行家里手。组织集训的军区首长和机关人员，更是具有丰富实战经验，又有高深理论知识的专家。对各单位的作业，哪里做得还行，哪里需要改进，他们都要进行既不讲情面又十分中肯的讲评。这样的学习锻炼机会，比金珠翡翠还要宝贵。

在一次帮助接替自己分管作战的陈参谋整理科里历年积累的文件资料时，岳宗意外地发现了 B 师在解放战争和抗美援朝战争中的部分阵中日记。他如获至宝。那些阵中日记虽然大小不一、纸质不同，笔迹、详略也完全不一致，有些纸页上还沾染着水迹、污痕甚至血迹，但从或钢笔、毛笔，或直接用标图用的蓝色铅笔记载下来的文字中可以看出来，这些资料都是对当年那弥漫着炮火硝烟和血雨腥风的战场上所发生的一切最真实的记录，字里行间甚至能闻到当年战场上硝烟的味道。

岳宗从图库中找出 B 师当年战场的地图，按照阵中日记的记载，把解放泰兴城、奔袭林梓、如黄公路遭遇战、涟水保卫战，以及莱芜战役、孟良崮战役、淮海战役、渡江战役，还有抗美援朝战争中的长津湖、上甘岭、金城等 B 师的历次战斗经过，尽可能详细地标绘出来，尽可能真实地了解当年这些战斗的每一处细节。

在研究这些宝贵的原始材料时，岳宗还从全国政协编辑出版的《文史资料选辑》中，找到当年参加过相应战斗的国民党军将领撰写的回忆文章与之对照，把敌我双方对同一战场上情况的理解、判断和处置进行比较，从中体会双方的谋略运用和指挥艺术，提高自己对奥妙无穷的战争指挥艺术的理解和感悟。

这样的努力，当然是要付出代价的。

那一段时间里，岳宗每天的所有时间，几乎都用在读书、整理资料和记录心得体会上。每天参加完科里交班后，他不是在作战室那宽大的桌面上摊开各种图表和书籍，对照几种不同版本、来源的材料，在地图上尝试着重现 B 师的前辈们在战争年代创造的辉煌，就是在办公桌前仔细阅读通过不同途径弄来的各种书籍。

作训科保存的那些资料，按规定也是不能带出作战室的。岳宗已经不再分管作战，能让他随时进作战室翻阅资料，分管作战的参谋们已经很给面子了。岳宗尽量不再给他们增添麻烦，每天上班时间都抓得特别紧，连每天下午雷打不动的打篮球时间都占用了。

岳宗的努力没有白费。在不长的时间内，头脑中被塞进了那么多的军事概念、观点、理论和数据，又在直接和间接的军事工作实践中，碰到和发现了那么多问题，想不让它们摩擦、碰撞出些火花都难。

以前，岳宗常为军事学术论文的选题而绞尽脑汁，动起笔来也常常会遇到数不清的拦路虎。有些文章勉勉强强收了尾，誊清后放几天再看，他自己都觉得驴唇不对马嘴。而现在，他不得不把头脑中的那些题目排排队，挑选那些问题比较普遍、突出，自己考虑得比较成熟，特别是已经有了解决问题的思路或办法的，便优先动笔成文。

上小学时听老师说过，早晨是一个人头脑最清醒、最好用的时候。像背记课文、英语单词和数学公式这类比较费脑子的活儿，最好用早晨或上午时间进行。岳宗的体会却不尽然，无论读书或写文章，他下午的效率，要远远高于上午。

一般经过几天的酝酿和思考，主要观点已基本成形后，他往往用上午时间重温一遍相关资料，列出一个比较详细的提纲，认真谋划好文章从哪个角度切入。

中午抓紧时间眯一觉，让兴奋的头脑冷静下来。起床后，再把提纲从头至尾过一遍。于是，整篇文章的主题、脉络、间架结构和谋篇布局便了然于心，动起笔来，常常是奇思如涌，妙语如泉，整个人完全进入了一种忘我的创作状态，什么时间、饥渴，全然无暇顾及。

有人说，写文章的过程，与揉面有几分相像。初写成的文章，就好像是刚和成团儿的面。就像面得不停地揉一样，文章也得不停地改。面里的疙瘩揉开了，便同于把文章中的硬伤、病句改正了。到这个地步，还只是完成了一半。和好的面，得经过一个饧的过程，刚写好的文章，也得搁上最少半个月，再来从头到尾仔细看一遍、改一遍，才能拿得出手。岳宗正是这样，一步步修改完善，直到自己认为满意了，才把文章寄出。

由于文稿写得多，也投得多了，岳宗和许多记者编辑成了朋友。每碰到拿不太准的问题，他会把电话打到编辑部，直接向他们求教。他们也会及时通报近期报道要点和争鸣热点。这样一来，他所写稿件也越来越经常地出现在全军报纸和期刊上。

一天，岳宗坐在作战室大桌边，正摊开几本资料，边看边记，王参谋长走到他身边，拉过把椅子坐下，抽出一支烟，扔给岳宗。这可是近一年来，破天荒的第一次。岳宗不是小肚鸡肠之人。他接住烟，四处翻找火柴，准备给参谋长点烟。王参谋长已经点着了自己的烟，又划着一根火柴，岳宗连忙凑了过去。

王参谋长吸了一口烟，看着岳宗问:“你这是又在构思什么文章呢?”

“嗯，参谋长，我正琢磨着写一篇关于参谋训练的东西。”

王参谋长点点头，缓缓地说:“小岳啊，其实，我们司令部参谋训练的内容，除了六会基本功以外，还有战时司令部工作，以及军事理论学习两个部分。战时司令部工作呐，有准备情况资料、提出决心建议、组织协同动作、组织战斗保障、指挥所的开设和调整、警备勤务，等等。依我看，这个战时司令部训练，完全有必要，而且有可能进行一些必要的规范。”

岳宗回应:“噢，好。可是，我看了我们师从 1965 年以来的训练工作总结，好像还没有搞过战时司令部工作训练。各项工作应该怎么做，确实没有一个统一的标准。参谋长，那您给出出主意，看看这个强化战时司令部工作训练，应该突出哪些重点内容、达到什么标准呢？您要是觉得可以的话，这篇文章由您指导着我来写，您看行吗？”

王参谋长盯着岳宗看了好一会儿，才说：“真没看出来，你岳参谋了解情况很深入嘛。你这个想法，我完全赞同，研究一下战时司令部训练，非常有价值。具体内容嘛，作战值班肯定要算一个。嗯，还有下达预先号令、组织和开设指挥所、开启作战预案、沟通对上对下联络、协调与友邻的关系、组织战斗保障等等，起码能列出十多条来。小岳，我觉得你这个问题抓得挺准，也是个人人都有感觉，但至今还没有真正解决的问题，用你们文人的话怎么说？叫什么什么有，什么什么无？”

岳宗对“文人”这个称呼，并不赞同，但见王参谋长问，他接下话茬，说是不是“人人心中皆有，人人笔下皆无”？

王参谋长使劲地点着头：“对，对，是这句话。我看这篇文章可以写，而且一定要写好。这样，我再细琢磨琢磨。这十多个问题，都罗列上去恐怕不行，咱得好好选择一下。嗯，可以参考军区参谋比武中标图的方法，明确了训练的课题、内容，再搞个评判标准，就能够推动战时司令部工作训练的落实……”

王参谋长一边说，岳宗一边飞快地记录。王参谋长毕竟有十多年司令部工作的实践经验，又是有名的“万事通”，思路一打开，便口若悬河，一时半会停不下来。王参谋长的这番议论，对撰写深化战时司令部训练的文章，很有启发作用。岳宗知道，这是一次难得的与王参谋长和解的机会，必须牢牢地抓住。毕竟，顶头上司老是看着你不顺眼，你就是再有能力、再有涵养，干起工作来，也总难免别别扭扭，心情也难以舒畅。

岳宗先是按照参谋长提到的那些战时司令部工作训练内容，列出了十几个训练课题，又在每个训练课题中，细分了若干个小题；同时，又根据各部门的专业分工，列出了各部门的具体训练内容，并且尝试着为每个训练课题，制订了评分标准；还提出了集团式授课学理论、按分工作业练技能的训练方法。

岳宗把初步整理出来的材料交给王参谋长，引起了他的高度重视。连着几天，王参谋长不是把岳宗叫到他办公室，就是主动来到他的办公桌边，和他一条一条地详细研究课题的设立、内容的选择、组训形式的选用和评分标准的设定。之后，王参谋长又找来副参谋长和几个老参谋讨论与研究，终于形成了一个比较完整的、加强战时司令部工作训练的方案。

为此，岳宗写了一篇题为《深化战时司令部工作训练》的文章，请王参谋长审定。当按王参谋长的改动，把文稿打印好，正准备寄出时，王参谋长又专门把稿件要去仔细看了，然后，把岳宗叫到他办公室，说："小岳啊，你这篇文章我反复看过几遍了，从理论上看，基本上可以自圆其说了。但实际训练情况如何，尤其是那个最核心的问题，评分标准到底有多少可行性？我感觉还不是很有把握。"

参谋长的感觉，也正是岳宗的顾虑。还是在反复修改稿件时，他心里就直打鼓。这个东西是在办公室里想出来的，虽然有参谋长十多年司令部工作的经验做参考，又参照了军区组织参谋比武时的打分办法，但毕竟没有经过训练实践检验。按照这套标准来评判战时司令部工作的优劣，真能达到科学合理吗？"要不然，咱们搞一次演习试试？"岳宗试探着说。

王参谋长看着岳宗，道："把你的想法详细说说。"

岳宗说："我是想，能不能搞一次团司令部带通信工具的演习？采取检验性演习方式，先从咱们机关抽些人员，熟悉这套评分标准，同时准备演习想定。准备好之后，到一个团临时下达演习任务，具体打分时，可以参考体育比赛的办法，先取平均数，再用平均数乘以这项工作的重要性指数，最后再把各项工作得分相加，这就是司令部战时工作科目的最后得分标准。您看这样行不行？"

王参谋长笑着点点头，说："看起来，这个问题你也动了不少脑筋了。我们所见略同嘛，好，搞一次带通信工具的现地演习，来检验一下这套评分标准的可行性。你去叫刘副参谋长和你们科长，我们一起研究一下。"

半个月以后，团首长机关现地演习如期举行。参加演习的，便是王参谋长曾任团长的那个团。

在宣布演习任务前，王参谋长向参演人员宣布了演习目的和各项工作的评分标准。演习中，所有导调人员都兼任评分员，详细记录参演人员在各项工作中的表现，按照评分标准进行打分。演习一结束，只要把评分结果汇总，便可评出最后得分。

演习结束后，王参谋长又带着岳宗和那个团的参谋长，以及作训、炮兵、军务等几个股长进行座谈。大家一致认为，对战时司令部工作训练进行科学合理的评分很有必要，这一套评分标准思路正确，评分方法可行。同时，还对各项工作的权重进行了调整。

岳宗又结合这次演习，对文章进行了修改，增加了定性评估与定量评估相结合的有关内容，补充了具体办法。

三个多月以后，这篇由王参谋长单独署名的文章，在总参军训部主办的《军训通讯》杂志《司令部建设》栏目头条位置刊出，编辑部还在文章前加了“编者按”，充分肯定了 B 师在司令部训练中的探索与实践，号召全军各级司令部，都要发扬这种勇于探索的精神，把司令部训练进一步推向更高的层次。

过完元旦后的一天，王参谋长把岳宗叫到他的办公室，从抽屉里取出一支金属杆的圆珠笔，递到他手中，说：“咱们那篇文章，被《军训通讯》杂志评了个优秀作品一等奖，还寄来了获奖证书和奖品。获奖证书上写的是我的名字，我就留下了。这个奖品，你收着吧。”

“参谋长，奖品是给您的，我怎么好要呢，还是您留着。”

“唉，那篇文章，我虽然也提了些修改意见，但无论是从开始构思，还是后来的成文和修改，都是你出的力。其实连这个证书也应该是你的，可是，我让你也署上名你偏不听。”

岳宗说：“参谋长，我还是那句话，现在刊登出来的这篇文章，和我原来想的已经完全不一样了。没有您的那些经验，没有您说的要把推进战时司令部工作训练的重点，放在建立科学的评分标准上，没有您出面组织的、对团首长机关带通信工具现地演习的试评，也就不可能有那篇文章。”

王参谋长笑着坚持说：“就算你说的有一定道理，那篇文章你也是功不可没。这支笔你拿着，就算是我奖励你的，还不行吗？”

岳宗拿着那支笔回到办公室，仔细端详起来：银白色的笔杆上，镶着一块有半个指甲盖大小的液晶屏，屏幕上显示着几点几分几秒，笔杆头部是红、篮、黑三个不同颜色的按钮。按动按钮，笔尖处就会伸出相应颜色的笔芯来。在靠近笔尖的地方，还有一个小小的灯泡，轻轻扳动一下笔帽上的挂钩，灯泡就能发出明亮的光，照亮笔尖周围两三寸的地方。靠着这个小小的灯泡，在光线很暗，甚至是全黑的地方，也能够清楚地阅读和书写。后来，虽然那支笔早已不能用了，但岳宗还是把它收在自己的书桌抽屉中。

正像陆地上有高山，也有深谷；海洋里有顺风，也有逆风一样；人的一生，也不可能都是时时顺利，一直向上。在人生的道路上，同样密布着沟沟坎坎和丛丛荆棘。在顺风顺水的时候，大多数人都能够意气风发、春风得意，但是，在突然跌入谷底，周围遍布荆棘时，却很少有人还能冷静地审时度势、自励自强。

岳宗特别认同毛主席说过的那句名言：“有利的情况和主动的恢复，产生于再坚持一下的努力之中。”

人在处于困境、逆境时，最要紧的是决不能自暴自弃、怨天尤人，更不能自甘堕落、破罐子破摔。而必须冷静地分析和认识遭受挫折的原因，看清楚自身的缺点和不足，明确奋斗的目标和方法，咬紧牙关、埋头苦干，发扬百折不挠的毅力，付出更多的努力和汗水，在荆棘丛中开出前进的道路，在深谷中竖起攀登的阶梯。下定决心、不惧艰辛、排除万难、坚持到底，才能最后从困境、逆境中闯出一条重生的道路，使自己的灵魂和人生，走上一个更高的层次。

从这个意义上来说，人生的逆境和困难，要远比那些顺风、坦途、鲜花和赞扬更为宝贵。时势造英雄虽然不错，但面临相同的时势，却不是人人都能成为英雄，也是不争的事实。其中的根本原因，当是个人的意志品质和毅力恒心的不同。

人生就像一个大舞台，每个人都在其中扮演着不同的角色。当有人试图把岳宗放逐到不受关注的舞台边缘，使他遭受人生道路上的重大挫折时，岳宗靠着自己的意志，发挥自身的长处，坚持不懈地努力抓住一切机会在舞台中心亮相。日积月累，终于得到大家的认可，改变了自身的境遇，重新又在这个舞台的中心占据了一个引人注目的位置。

这年7月，作训科科长钟华提升为司令部副参谋长。王副科长提升为科长。在师党委研究由谁来担任作训科副科长时，王参谋长向师党委推荐了岳宗。师党委成员一致赞同。岳宗成了师作训科副科长。

当了副科长，职务从副营提为正营，岳宗感到最大的方便，是又能用作战室的电话和肖海平联系了。在他被赶到招待所去住的那些日子，除了在值班时能给她打个电话外，大部分时间，岳宗都只能靠八分钱邮票和邮差的自行车轱辘，才能知道一点儿她和小海、小平的消息。B师所在那个山区小县城，虽然距北京直线距离不过二百多公里，但一封信从投进邮箱到送到海平手里，至少得用四五天的时间。

为了更多地做出成绩，出好成绩，岳宗把时间用到了极致。每天从早晨起床后的跑步，到晚上睡觉前的洗漱，凡是自己能够支配的时间，什么时间干什么，都做了精确的安排。为了节省买邮票的时间，他每次都是整版整版地买。一版邮票八十枚也不过才六元四角。而从招待所去一趟县邮局，来回至少得要十五分钟。他可耽误不起这么宝贵的时间。

当了副科长，岳宗每天就可以堂而皇之地进出作战室，往北京打起电话来，当然也就方便得多了。岳宗和海平又恢复了每周至少一次的电话联系。

在一次通话中，说了两个儿子的情况和一些家中的琐事之后，海平柔声问："宗，这些年，分到医院的大学毕业生越来越多，有的还是硕士。正好你又不在北京，我想考研究生，你觉得怎么样？"

岳宗笑着说："哦，照你这么说，我要是在北京，还会影响你复习功课？自己意志不坚强，别老赖别人啊！告诉你平平，我更喜欢的，是你原先在学校时的那个样子。你一直是很自信，很有主意的呀。我完全支持你去考研究生，而且我相信，你一定能考上！"

那一年冬天，肖海平参加了协和医科大学研究生院的考试。

第二年春节过后，她收到了录取通知书，成了协和医科大学心血管专业的硕士研究生，和小妹岳衡成了同学。

第二十九章

出征

1982年9月，岳宗任作训科副科长还不到一年，便被推荐到了石家庄高级陆军学校深造。

那时候，军队院校培训有多种学制。短期培训，属于在职培训，培训结束后仍回原单位任原职。正规培训学制在一年以上，通常都是离职学习，即学习期间不再担任入学以前的职务，学习结业后，绝大多数仍回原单位，但需重新任职。

在征询个人意见时，王参谋长提醒他说："小岳，你可想好了，这次你去上军校基本系，学制两年，是离职学习。现在，你可是作训科长的最佳人选。你要是去上学，两年后回来，还不知是个什么样子呢！"

岳宗诚恳地说："参谋长，不瞒您说，我只有初中毕业文化水平。在连队干的时候，还不觉得有什么，可到机关当参谋这几年，越来越觉得自己这点知识不够用。不是有一句话，'不经名师点，哪得渡迷津？'我觉得我太需要这个机会了！要是光靠自己努力，恐怕很难再有什么提高了。"王参谋长舒了一口气，说："好，那你就准备一下吧。"

石家庄高级陆校位于石家庄市中山西路，西靠巍巍太行山，北临滔滔滹沱河，占地一千多亩。学校院内分为教学和生活两大区。两大区域中间，是一个硕大无比的大操场。操场两边整齐地排列着一副副单双杠、肋木、攀登架和障碍场。

学员队的宿舍建在教学区最南边，视野中，那是一幢幢火柴盒般四四方方的红砖楼。岳宗来到时，和他同宿舍的贾承先已经把房间收拾得窗明几净、纤尘不染了。老贾也是1968年的兵，入学前是驻天水某师的军务科副科长。他红脸方颌、鼻直口阔，宽宽的肩膀、厚厚的胸脯，让他那本来不算矮的身材，显得格外敦实。

岳宗所在的这个班被编为学员一班，共三十八名学员，分别来自北京、兰州、济南、武汉四大军区十九个野战军。班长原为济南军区某野战军的一个副团长。班上学员中年龄最小的一个名叫刘越，1954 年出生，1971 年的兵，上学前是C军侦察处的参谋，老爸曾在这里当过副教育长。在校学习的这两年里，他就是班上有名的“消息灵通人士”。

开学第一天，第一节课是合成军队指挥课。上课铃声响过，一个身着整洁的军装，中等身材的教员稳步走进教室。值班长下达了“起立”的口令，“唰”的一声，全班学员从座位上站起，向教员敬礼。

让岳宗喜出望外的是，给自己上课的这位教员竟然就是老连长任保田！

老连长举手还礼后，学员们重新在座位上坐好。老连长清了清嗓子，说：“我叫任保田，是你们‘合成军队指挥’课的任课教员。今天，我们先讲第一个问题：绪论，即合成军队指挥这一课的研究对象和内容。首先要弄清楚什么是合成军队……”

任保田从军队武器装备的发展变化，到各个技术兵种的形成；从军队编制的发展，到各个军兵种在战争中的作用；从我军由小到大、由弱到强的成长壮大史，到我军陆军的各个兵种，引经据典、如数家珍，从容不迫、娓娓道来，深入浅出地讲解合成军队的定义。

岳宗一边极力压抑着“他乡遇故知”的兴奋，一边努力集中精力，追随着老连长的讲述，在笔记本上记下要点。

下课的铃声响起。教员刚一宣布下课，岳宗就一个箭步抢到讲台前，伸手拉住任保田的手，说：“老连长，你还认识我吗？我，我是岳宗啊！”

任保田笑着说：“怎么不认识？一拿到你们班花名册我就在想，这是不是当年我从北京带的兵？可一看是B师，又有些犹豫。今天一进教室门，我就看见你了。你小子，这些年个儿没怎么长，不过这身子，可比以前壮多了。说说，你怎么到B师去了？”

“咱们吴团长到B师去当参谋长，调我过去了。可你怎么会在这儿？当年，你不是到320步校吗？怎么又到了这儿？”

“你们入校时没讲过校史？320是军区老步校的代号，后来改成北京军区军政干校，我来了以后，才改成石家庄高级步兵学校（后又改为石家庄高级陆军学校）的。咱们连的于连长，你还记得吧？”

“于跃海嘛，怎么不记得？”

任保田说：“他，还有原来你们班刘新柱，现在都在石家庄。老于是军区步校战术教研室主任，刘新柱是学员队队长。他们学校在西郊，星期天咱们找个地方聚一聚。”

岳宗说：“真想不到，咱们连这帮老伙计，会有机会在这儿聚到一起了。这真是他乡遇故知，人生四喜之一呀！”

…………

其后，经过近二年的不懈学习，岳宗毕业论文通过了答辩，毕业离校的日子指日可待了。这时，从消息灵通人士刘越那里，传出“机密”情报：“听说了吗？咱们这批学员毕业时，要抽一部分人去老山前线实习！”果然两天之后，队里宣布了去老山前线实习的学员名单。基本系学员一班，岳宗和刘越都名列其中。

星期天中午，岳宗又把于跃海、任保田和刘新柱请到了太行饭庄，点的还是第一次相逢时的那些菜。所不同的是，他从学校的军人服务社花了三十二块钱买了四瓶泸州老窖。这是当时在石家庄能买到的最好的酒了。岳宗原以为这酒能让老连长满意，可谁知老连长于跃海只看了一眼泸州老窖那方方的瓶子，便不屑地挥挥手：“小岳，咱这回喝的是什么酒？”

不想让老连长为自己担心，他故意轻松地说：“老连长，我马上要毕业离开石家庄了，咱们这回喝的，算是告别酒吧。”

于跃海瞪了岳宗一眼：“怎么说话呢？什么告别酒？别以为我不知道，学校已经批准了你去老山前线实习的申请，你们下礼拜三就要出发了，对不对？”

岳宗看了任保田一眼：“任连长，咱们不是说好了，不要告诉老连长吗？”

“这不怨老任。你以为就你们学校有人去老山吗？告诉你，我们学校也有！哼，一得到要从全军指挥院校应届毕业生中选派部分学员去老山前线的消息，我就知道你小子老实不了。还记得1969年，咱们刚从海防连调到滨城执勤时的事吗？”

岳宗说：“1969年？我，我还是新兵啊？怎么了？”

任保田说：“你说怎么了？那年三月，中苏两国在东北珍宝岛动了手，一听完广播，你就跑到连部吵着要去珍宝岛。连长说了句不是党员不能去，你立马写了入党申请书。那十九个大字我到现在都还记得：为了能够上前线打仗，我申请加入中国共产党。对吧？”

“没错，就是这么写的。当时老邓说，当了多少年指导员，还没见过这样的入党申请书。我说嘛，当兵的有了这种积极求战的意识，就有了当一个好兵的根本。这次抽调军校生去前线的通知一下来，我想都不用想，就知道你会怎么闹。你一给我打电话说想聚一下，我就知道，这事被你闹成了。”

“连长，别再拿老眼光看人了，我这次真的没闹。我就是在我们队里第一个报了名，再就是向校党委打了份报告，重申了一下上前线的决心和自身的优势，学校就批准了。”

“所以呀，咱们这次喝的，应该是送将士出征的壮行酒！送将士出征，必须用最好的酒。你这泸州老窖虽然也算得上好酒，但用在壮行上，还不大够格。”说话间，他提起手提包，拿出一个雪白的瓷瓶子摇了摇，说：“看看，这个才够格。”

岳宗眼前一亮，那是一瓶贵州茅台。他从于跃海手中接过酒瓶，仔细打量，见那酒瓶要比一般的茅台酒瓶大了不少，瓶身前方的商标上，一排从左下向右上方贯通的大字：贵州茅台酒。酒标左上方红色三角形中，在麦穗和齿轮中间，是一颗红彤彤的五角星，右下角红色三角形中，是两行白色黑体字：中国贵州茅台酒厂。白字下边一行黑色小字：53%（V/V）750ml。翻转瓶身，酒瓶背面介绍茅台酒历史的标签下方，赫然打着 1979 年的字样。

于跃海有几分得意地说：“这是 1979 年贵州茅台酒厂特意为欢送出征部队生产的一批军用酒，是我在广州军区的战友参战回来后送给我的。这么多年了，我一直没舍得喝。这回拿出来，给你壮行！”

“哎呀，老连长，这太珍贵了，我有点承受不起。”

“有什么承受不起的？”

他一边说着，一边把酒打开，依次在每个人的杯中倒满了酒，举起酒杯说：“1979 年自卫还击，参战部队喝了这酒出征，只一个月，就把敌人打得稀里哗啦，溃不成军。今日，咱们用这酒为你壮行，一是祝你们旗开得胜，好好教训教训敌人，让他们知道知道咱红四连出来的人的厉害！”

说完，他举杯把杯沿在岳宗手中酒杯上轻轻一碰，一仰脖子，把酒全部倒入了口中。任保田和刘新柱也过来和岳宗碰了杯，他们一起喝干了杯中酒。

于跃海又拿起酒瓶，在杯中倒满了酒，对岳宗说：“这二，是祝你再立新功。我记得在四连时，你没少立功吧？”岳宗轻轻点点头。他接着说：“第一次好像是为了试枪，第二次是团里搞整顿，你去政治处帮忙？”

任保田说：“没错，那一次，占了政治处的立功名额。”

“喔，不管是为了什么吧，都不是在战场上立的功。军人真正的价值，只能在战场上体现。在和平年代，军人能有机会上战场，应该算是幸事。小岳，真是羡慕你呀！我要是能再年轻十岁，说什么也不会放过这次机会。小岳，你记住，这次，不是你一个人去的，你是代表咱红四连去的！你得对得起这次机会。到了战场上，你要智勇双全，给我立个战功回来！”

岳宗把胸脯一挺，说：“放心吧，老连长！当年你领着我们练的那些本事我都没放下。我现在射击还是全优，手榴弹一出手就是六十米以上。还有战术、土工作业、埋排雷，都是优等。任连长知道，学校组织考核，我在我们班所有学员里，总分第一！加上在石高这两年学的东西，我有把握，这次只要让我上去，肯定不会空着手回来。”

于跃海把酒杯和岳宗的酒杯一碰，说：“好，喝了这杯酒，战场立新功！”四只酒杯碰到一起，四人一起仰头把杯中的酒一饮而尽。

于跃海再次举起酒杯，两眼直视着岳宗语重心长地说：“小岳，这第三杯酒，我要你全须全尾，平平安安地给我回来。你上了战场，能打胜仗能立功，我一点都不怀疑，我知道，你有这个能力。我最担心的，就是你太冒失。你给我记住了，我要你活着胜利归来。”

于跃海用杯子重重地在岳宗杯子上一碰，说：“干了，这杯酒祝你平安凯旋！”说完，一仰头喝干了杯中的酒。

岳宗有几分激动地说：“老连长，你放心。我记得拿破仑说过一句话，大意是说，在战场上，如果有一发子弹命中注定要打中你，哪怕你躲到十八层地狱，它也会找到你。我这人命大，不会有事！老连长，我一定记住你的话，在战场上眼观六路，耳听八方，胆大心细，遇事不慌，一根汗毛都不缺地回来见你！”说完，也一口干掉了杯中酒。

三天之后，石家庄高级陆校一行二十多名赴老山前线实习的毕业生，一起登上了南下的列车，一路向南，驰往那充满了炮火与硝烟，每时每刻都在进行着血与火搏杀的南疆战场。

丝毫顾及不到钢铁车轮与轨道互相撞击的铿锵刺耳，此刻，在岳宗耳畔，仍然回响着儿子稚嫩纯真的童声。

昨天晚上，他犹豫再三，还是来到宿舍走廊尽头的电话机旁，对着话筒报出了自己的学号和对方的电话号码，请学校总机为他接通了家里的电话。校方已经给总机打过招呼，凡是要上前线的学员打电话，都要优先接转。不一会儿，听筒里就传来了一个清脆的女声："喂，请问，您找谁？"

是小妹岳衡。"小妹，家里都好吧？"

岳宗本来是不想把将要去老山前线实习的事告诉家里的。还是那天在太行饭庄，酒酣耳热之际，二位老连长异口同声地劝说："这么大的事，不跟家里说一声怎么行？就算不告诉你父母，也得告诉你媳妇一声吧？"

正是听了他们的话，岳宗才决定在最后一刻，把自己要去前线的事告诉家里。反正明天要走了，他们即使想来也不赶趟了：岳宗真怕海平在自己面前哭出来。她哭的时候，不声不响，只睁着一双大眼睛默默地看着你，泪珠扑簌簌地顺着脸颊直往下落。那种样子，对岳宗有着致命的杀伤力。

"都好。大哥，你找嫂子吗？我去叫她。"

直到这一刻，岳宗还没有想好怎么跟她说，连忙对小妹说："哎，先让爸来接吧。"

"宗儿？你东西都收拾好了？明天什么时候的车？"

"爸，您都知道了？"

"嗯，我早就知道了。我专门给你们校长打过电话，知道你是你们队里第一个报名的。不错，还像是一个军人。"老爸的声音充满了力量。

岳宗暗想，怎么把这茬儿给忘了？老爸在总部工作了那么多年，以他在军内的人脉关系，像石高这样军委的直属院校，有什么事情能瞒得住他？说不定，学校能批准自己上前线的请求，还有他的功劳呢。看起来，真应该早一点告诉他。有老爸在家中坐镇，自己那变得越来越多愁善感的妈妈，还有柔情似水的海平，根本就用不着自己担心。

"爸，我都准备好了，我们的实习期是半年，最多明年春节前，我就能回来。爸，您和妈年纪都大了，正是需要儿子的时候，我不能在你们身边尽孝，老婆孩子还得让你们操心，这心里挺不是滋味的。可我是个军人，我得先顾国家。"

老爸说："这些你不用说了，自古忠孝不能两全。军人当然要先顾国家。你放心去吧，你妈妈挺好的，海平她们娘儿仨也都挺好的。小海小平都会背几十首唐诗宋词了，要不要让他们背给你听？"唉，这真是"知子莫若父"啊！

岳宗一阵惊喜："是吗？那您快让他们来。"

紧接着，一阵"噼噼啪啪"的脚步声。一个稚嫩的声音传过来："喂，爸爸吗？我是小平。"

"你是小平？想爸爸了吗？你又长高了吧？听爷爷奶奶和妈妈话了吗？在幼儿园又得了多少小红花？小海好不好？你们两个谁最好？"

听筒里传来小平的声音："嘻嘻，我老想爸爸。我们两个都想爸爸。小朋友每个星期都有爸爸妈妈来接他们回家，就我和小海，只有妈妈接，没有爸爸接。爸爸，你什么时候能和妈妈一起来接我们呀？"

岳宗心头一热，眼眶有点儿发酸。对着话筒说："好儿子，快了。明年，等到明年，爸爸就能和妈妈一起来接你们回家了。"

"明年是哪年呀？"

"明年，嗯，明年就是树叶都掉光了，草地都变黄了，天上下雪了，等雪化了，树叶再长出来，草地再变成绿色，就是明年了。小平，快告诉爸爸，你长高了没有？"

"哈哈，我们两个都长得好高好高了。吃饭那个桌子，现在才到我和小海的脖子这儿。我们特别听爷爷奶奶和妈妈的话。嗯，小海的小红花比我的还要多一些。有一次画小花猫，我的黑的和黄色的蜡笔没了，就给小花猫涂了个绿色。老师说没有绿色的猫，就没给我小红花。还有一次，老师在桌子中间放一个大碗，里边放了好多糖，谁用筷子把糖夹过来，糖就是谁的。我老夹不上来，就用手抓了，老师也没有给我小红花……"

听着儿子充满稚气的叙说，岳宗从心里乐出来："好了，小平，让妈妈来接电话。"

听筒里传来她的声音："宗，你是明天就要出发上老山前线吗？"

"是啊。一直没告诉你，因为这些天实在是太忙了。今天这个请吃饭，明天那个要送行。队里、学校，没个完，天天都弄到 11 点多才能回来，一直没腾出空儿……"

岳宗的声音越来越低，这些借口，连他自己也觉得十分苍白。她只静静地听着。一句话也不说。突然，听筒中传来一声啜泣，低低的，像是刮过了一阵微风，瞬间又恢复了平静。

“平平，你别哭嘛！其实，在报名前就该告诉你，可是……可是我觉得，这种事，有我们男人扛着就行了，不想让你背上那么重的包袱。我想，等从前线回来，再告诉你。”

“唉，我就知道你会这么说。你说的这些，我都懂。我生气的，就是你为什么不早点告诉我。在这种时候，军人应该怎么做我也知道。我不会拉你的后腿，你不该小看我。从今往后，不许有任何事情瞒着我啊，听见没有？”

“当然，忠不忠、看行动，好吧？哎，听爸爸说，小海小平会背好多首唐诗了？让他们给我背背。”见海平消了气，岳宗赶紧转移了话题。

听筒里传出两个儿子一本正经的声音：“男儿何不带吴钩？收取关山五十州。请君暂上凌烟阁，若个书生万户侯？”“青海长云暗雪山，孤城遥望玉门关。黄沙百战穿金甲，不破楼兰终不还。”“大漠风尘日色昏，红旗半卷出辕门。前军夜战洮河北，已报生擒吐谷浑。”“百战沙场碎铁衣，城南已合数重围。神手射杀越南鬼，祝君凯旋得胜归！”

岳宗的热泪夺眶而出。好个有心的肖海平！她早就知道了自己要上前线，专门挑选了这几首描写边关将士戍边生活的诗，让儿子背了，就等着为自己鼓劲呢！第一首，那是号称“鬼才”李贺诗《南园》，后面三首像是王昌龄《从军行》。不过最后一首结句，岳宗记得应该是“突营射杀呼延将，独领残兵千骑归”，怎么变成了“神手射杀越南鬼，祝君凯旋得胜归”？是了，这是爱妻在祝福自己呢。

亲爱的平平，你放心吧，就冲着你的这份良苦用心，我也一定能凯旋！

前方战事，重于一切。岳宗他们乘坐的这趟军列，享有最高级别的优先通行权。一路上，除了调换车头和补充煤水外，几乎是一刻不停地前进。据上一次停车时得到的消息，明天上午，列车将要到达云南省会昆明。该休息一会儿了，岳宗把在铺位上研读的“敌情资料”收好，拉开被子，蒙住头，不一会儿，就呼呼睡去。

突然，“呜”的一声汽笛长鸣，紧接着车身一阵剧烈的晃动，“哐当当——”，大家不约而同地从被窝中钻出了头，打量着车外的情景。从车窗口闪过的树影可以判断出，车速正在明显放慢。一个声音喊起来："醒醒了，马上到昆明了，赶快打背包，准备下车。"

石高的实习学员整好队，来到站外的广场上，登上一辆蒙着绿色篷布的军用卡车。岳宗注意看了一眼："咦？不是熟悉的解放牌。车标怎么是由两个弧形的单耳箭头组成圆形？"

后来岳宗才知道，这是由湖北第二汽车厂制造的"东风牌"卡车，它无论在载重量、爬坡能力、耗油量还是驾驶性能上，全面优于从20世纪50年代生产的解放牌。因此东风牌卡车，已经成了老山前线运输保障的主力车型。

汽车慢慢驶出广场，一路向南。透过篷布缝隙，可以看到两边青翠欲滴的山林，不停地朝后退着。在车的前方，是一辆辆同样蒙着帆布车篷的卡车。在车的后边，同样也是一辆接着一辆飞奔的卡车。道路另一侧迎面而来的，同样是东风牌卡车组成的一条看不见尽头的长龙。汽车沿着公路下了一个长长的大坡，又向左转了一个弯，一片青灰色岩石，出现在公路右侧。

不知什么时候，车速明显慢下来。岳宗捅捅趴在车顶上往外看的刘越，问："什么情况？这车怎么越开越慢了？"

"哦，没什么情况。出现了好多炮车，那些家伙吨位太大，走不快，这路又窄了点儿，没法超车。"

大约中午一点多钟，汽车在一个空旷的广场上停下来。带车的干部跳下车招呼着："都下车，准备开饭，大家的动作都快一点，下午还有一百多公里路呢！"

有人问："拿不拿碗筷呀？"

"不用，都准备好了，大家尽管放开肚皮吃就是了。"

学员们由带车的干部引领，沿着一条长满灌木的小路往前走。岳宗打量了一下四周，可以看出，这里原来是一座部队的营房，一样宽阔的操场，一样一排排整齐的平房，只是不知道驻在这营房里的军人们都去了哪里。

吃饭时岳宗打听到，这座营房，原来是云南省军区某独立团的营地。独立团官兵们已经全部上了第一线，腾出来的营房，据说很快会有前来轮战的部队进驻。我军已经多年没有打过仗了。中央军委高瞻远瞩，从我军长远建设考虑，决定陆续从后方各大军区成建制抽调部队，来老山这块磨刀石上加钢淬火，培养经历过真枪实弹考验的建军骨干。第一批前来轮战的，听说是南京军区的部队。

匆匆忙忙吃完了饭，见还有时间，岳宗和几个同学向带队干部请了假，出了营房，到文山街里转转。

文山城市不大，没有什么现代化的建筑。街上来往的人们神态都挺正常，没有岳宗想象的那种大敌当前的紧张氛围。

一行人走到邮局前，推门进去，见橱柜里有一种印着各地风光的明信片。岳宗灵机一动：明信片上用不着写几个字，隔段时间往家里发上一张，既能报个平安，让家人放心，又不用花费多少时间，岂不两全其美？他当下买了一打，每个月发上两张，足够用了。见岳宗买明信片，大家在同一瞬间都明白了用意，争相掏出钱来，几乎把邮局里的明信片给包圆了。

遥远的边疆，崎岖的山路，汽车沿着通往东南方向的公路又行驶了两个多小时，终于来到了这次行程的终点麻栗坡县城。老山正处于麻栗坡南边，那烽火连天的战场，显然已近在咫尺。

昆明军区前指一位四十多岁的首长，前来欢迎他们。他嗓音洪亮，致辞鼓励："保家卫国、守土镇边！"然后，他宣布了学员们将要去实习的地方。

岳宗和刘越都被分配到在老山战役中担任主攻任务的昆明军区 S 师。

两个多月之前，正是由昆明军区将士冒着满天炮火和密集飞舞的子弹，仅用了五个多小时，就一举摧毁了敌人苦心经营建立起来的、以钢筋水泥工事和天然岩洞为主体的坚固防御体系，全线收复了松毛岭、老山主峰及其一带十多个山头，永久留驻下"英勇奋战，无私奉献"的老山精神那座丰碑！

"在战场上浴血奋战，杀敌建功"，这种军人职责如影随形。在当了 16 年"和平兵"之后，现在，果真能进入战区主战场，像父辈们那样为保卫祖国领土和尊严而战，"真是太棒了！"岳宗紧紧抓住刘越的肩头，不停地摇晃着。

再次上车前，来接应实习学员的 S 师干部科高干事告诉大家，将要去的地方叫曼棍，是 S 师前指的所在地。从麻栗坡到曼棍，还有大约二十五公里路程。在快到曼棍时，要经过一个叫"三转弯"的路段，那里是越军炮火的重点封锁线，高干事叮嘱大家在通过三转弯时要分外小心。

高干事特意说："今天是 7 月 2 号，是我军发起老山战役后的第六十六天。是个吉利的日子，六六大顺嘛。预示着这一次前线实习，一定会顺风顺水，满载而归！"他的话引起了大家一阵欢呼。

高干事又说："噢，还有件事问一下，你们都按规定把姓名、年龄、血型和部队番号写在领章背面和胸前衣袋上了吗？"学员们微微一愣，随即，有人大声说："早写上了！"也有人疑惑地说："没人通知要写呀。"

刘越"啪"地拍了一下身旁人的脑袋说："这个，战场上常识的，还用通知？写上了，你死拉死拉地以后，通知你家人的，大大的方便，你看我……"

笑声中，高干事说："对，一点不错。还有，男同志一律要剃光头，为的是头部受伤时，清理伤口和包扎都方便。大家把各自物品放到车上，然后，咱们先去理发。"

这样，学员们按照要求，把背囊放到车上，列队来到设在营房东边的理发室。只见理发室内，三四个理发员手持电推子，紧贴着人们的头皮慢慢地移动，随着一撮撮黑色头发被理去，一片片青白色的头皮在推子后面露出。几推子下去，刚才还是黑发从生的脑袋，便变成了一个泛着青白色微光的葫芦。

岳宗发现，不是什么人推光头后都中看的。留着头发时，每个人脑袋差不多都是浑圆的，可一旦把头发剃去，那可就不一样了：或脑袋中间微微突出，形成一道"中央山脉"；或脑袋顶部平坦，像极了黄土高原上那一个个浑圆的塬峁。有的人脑袋凹凸不平，像犁过后来不及耙平的土地；还有人脑袋上竟然沟壑纵横，把构成头颅的额骨、顶骨和左右颞骨划分得泾渭分明。人们见惯了长满头发的头，突然变得寸草不生，相互对视间竟有些不好意思了。

岳宗已经在领章上写上了自己的姓名血型，利用等待理发的机会，又脱下军装，在印在左胸前兜背面的表格中，填上了自己的姓名血型等一干内容。他强烈地意识到，从现在起，已经到了充满炮火硝烟的前线了，生与死的考验迫在眉睫。毕竟从小到大，活了三十多年，还是第一次和死神离得这么近，内心深处，也难免有些说不清楚的紧张。

理完发，上了车，汽车开出营区，沿着坑洼不平的公路，摇摇晃晃地向前驶去。

出了麻栗坡县城，透过草绿色伪装网上的洞孔可以看到，道路两边都是南国陡峭的崇山峻岭，公路蜿蜒其间，一个急转弯接着一个急转弯。车上的人们像元宵节前北京稻香村笸箩里的元宵一样，一会儿被甩到左边，一会儿被甩到右边。

渐渐地，沿途出现了一些荒弃的村庄。村庄周围和两边山上，有很明显的被火焚烧过的痕迹。再往前走，路边山坡上和田野里，这里一处，那里一处，零零散散地出现了一些弹坑。有些弹坑旁的泥土还很新鲜，一看就知道，那是几小时前才被炸开的。

又往前走了一段，隐约可见环绕于小村镇外的丛林中，有十几门 130 加农炮在昂首向天，炮身上同样披着绿色伪装网。这种火炮最大射程可达两万七千米，是我军陆军部队火炮中射程最远的。按照炮兵配置原则，这里距离老山一线阵地，应不足十公里。高干事告诉大家:“前方，到交趾城了。”

交趾城，是云南省麻栗坡县老山脚下的一个边境小村，而在前不久的 1984 年 4 月 28 日，老山对越自卫还击战打响，我军攻下老山主峰时，昆明军区第 40 师炮兵指挥部即设于此处。

在岳宗的记忆中，当年汉武帝在平灭南越国后，设置了交趾、九真、日南三郡管辖越南北部故地。东汉初改交趾刺史部为交州刺史部；三国时，东吴派遣大将步骘为交州（交趾）刺史。之后越南在历史上受中国影响很大，曾长期自称“中国”。法国一度把越南变为殖民地，亦称越南为交趾支那。交趾城，还有多少历史值得追忆啊！

车出交趾城，往右拐了个弯，是一段下坡路。公路一边是露出红土的高山，另一边，是看不到底的深谷。道路弯曲狭窄，几无错车之地。一条大河，在谷底逶迤奔涌。高干事告诉学员们，这条河叫“盘龙江”，就从老山脚下，流入越南国土。

汽车缓慢地爬上一道坡，不断地转着小弯，避开一个接着一个的炮弹坑。公路两边山坡上的树木和草地，已经不知被炮弹犁翻过多少遍，远远看去，只是一片暴露着赤褐色泥土的山坡，没有一点热带常见的碧绿颜色。山坡上和道路边，密密麻麻的弹坑，形象地说明了敌人的炮火对这一路段的封锁有多么严密。

司机把车停在一个小山坡后边，跳下车来，仔细地检查着轮胎和传动轴，又不停地发动引擎，检查点火系统是否良好。

高干事告诉大家，翻过这个山坡就是“三转弯”，天气晴好时，可以清楚地看到越南境内的小青山。敌人在那座山上设立了炮兵观察哨，一发现我方的汽车，炮弹马上就打过来。一旦汽车遭到炮击，大家要迅速疏散隐蔽。

当汽车再拐过山脚时，眼前呈现一座高耸入云的大山。一条公路像一条浅灰色的彩带，从山脚处曲折而上，形成一个个“之”字，平铺在山坡上。

呵，原来，所谓“三转弯”，只是个笼统的说法。这条路大大小小的弯道加起来，足有十八处之多呐。其中，有九处下山的转弯处，都在越南一方。这座山离小青山直线距离不到五公里，越军设在小青山上的炮兵观察所，可以清楚地看到公路上每一辆车，甚至每一个人。下山的九个转弯处，有三处无遮无挡；开战以来，折在这段路上的汽车，以及抢修道路的工程兵，已经数以百计。

汽车艰难地喘息着，行驶到公路的最高处，就要进入“三转弯”了。毕竟是第一次通过敌人炮火严密封锁的地段，大家都不由得屏住了呼吸。岳宗感到自己的心脏像打鼓一样激烈地跳动。他下意识地咬紧牙关，生怕一张嘴，那颗心脏真的会从嘴里跳出来。

高干事让大家都抓紧车厢板。他指挥着驾驶员跑一段停一下，然后接着再跑。经过几次跑跑停停，突然，随着一声尖利的呼啸，“咣，咣”两声，敌人的两发炮弹在上一次停车的地方爆炸，炸起的泥土和碎石飞起老高，又纷纷落下，砸在路边的树林里哗哗作响。

汽车刚往前走了十几米，“咣”的一声，又一发炮弹在那个弹坑后边两三米的地方爆炸，溅起的土石有些直接落进了车厢。

岳宗伸了伸舌头说：“这小鬼子的炮还有点准头，要是车再晚几秒钟打着火，咱们这会儿可能都已经见到老马了！”

汽车继续在山路上疾驰。突然汽车猛地停下，紧接着又疯了一样向后倒去。几秒钟后，“唰”的一声轻响过后，前方一声巨响，燃起一团火光，炮弹爆炸的位置，正在汽车倒车时前方十米处，要不是司机机警地紧急倒车，这发炮弹正好命中汽车。

“这炮打得够水平啊！在这段隐蔽路段上还能打这么准！”岳宗惊奇地说。

高干事脸色铁青地说：“不奇怪，这路边肯定藏着他们的特工。咱们让他们盯上了。”

听了他的话，岳宗脊背上一阵发凉。早就听说越军的特工厉害，没想到这刚上战场第一天，就和他们遭遇了。透过伪装网上的洞孔，岳宗瞪大了双眼搜索着路边的山坡。高干事对岳宗说：“没用的，这帮特工都狡猾着呢，你根本发现不了他们。”

再往前开的时候，汽车的速度明显加快。越军的炮弹在特工指挥下，紧追着这辆汽车，前一发后一发不断地爆炸。看得出来，敌军的特工很老练。他们对卡车行驶的速度估算得很准。在司机灵活地躲避敌人炮弹的间隙，高干事告诉大家：在这条路上跑过几个来回的司机们，都练就了一套听风辨器的绝技。一旦发现来袭炮弹，他们会根据情况，采取急停、加速，或是倒车等方式进行规避。

真要感谢这位经验丰富的司机，否则，这一车来前线实习的学员，恐怕人还没到前线，便要在这险恶的"三转弯"集体"光荣"了。

汽车犹如脱缰的野马，在颠簸不平的道路上忽而加速、忽而急停。渐渐地，敌人炮弹的炸点不那么准了，这意味着已远离了敌特工的潜伏地点。最终，汽车过了"三转弯"，开进了峡谷深处一个不大的村庄，高干事告诉大家："曼棍村，到了。"

曼棍村里有个"曼棍洞"，位于麻栗坡县中越边境的老山脚下，是 1984 年老山战役的前线指挥所。在我军收复老山后，各批轮战部队，一直把该洞当作师指挥所。因在这个洞里指挥过作战的首长，后来大多擢升为将军，当地人也把"曼棍洞"称为"将军洞"。当时，S 师前指和军前指都设在洞内。

学员们在曼棍村南一处开阔的广场下了车，顺着石板小路走向曼棍洞。路边的山崖上，布满了青苔，走了几百米才看到曼棍洞口。洞口有一个荷枪实弹的战士，在那里站岗。高干事出示了证件，又对卫兵说了些什么，学员们被允许进入山洞。

一进洞内，一股清凉的空气扑面而来，学员们燥热的身体立刻凉爽了许多。沿着天然形成的石阶下行，面前是一个有好几块篮球场大小的宽阔平台，足以容纳数百人。岳宗仔细打量着洞内的情况，这是一个入口处宽阔，越往里越窄的山洞。洞内最高的顶处比北京许多礼堂的房顶还高，而低的地方，人得弯下身子才能通过。这是个典型的石灰岩溶洞。洞里还有一条溪水流淌。无数姿态各异的石钟乳、石笋、石柱、石幔分布在洞内各处，足称得上千姿百态、形状万千。

曼棍洞内的空间很大，除了三条"主干道"外，两旁还有数不清的短洞和凹陷。工兵们利用这些短洞和凹陷，用绿色塑料布搭建了许多棚子，军师两级指挥机关百十号人，作战、通信、机要、炮兵，以及各重要部门都设在洞内，仍然绰绰有余。

前来见习的学员们刚放下背囊，一位作战参谋就把他们带到沙盘边，向大家介绍情况。

这是一个巨大的战区地形沙盘。长约七米、宽约四米三，长与宽的比例，非常接近标准的黄金分割。沙盘上，布满了大大小小、相依相连的山头。一条弯弯曲曲的公路在群山间蜿蜒逶迤，一条大河沿着山脚盘曲回环。

作战参谋用指示棒点着沙盘。指示棒的棒尖，指着沙盘上插着的一面小红旗："这是曼棍分场，我们指挥所的位置，位于曼棍南侧一百米溶洞内。"

"这是盘龙江，这是船头。"棒尖，沿着那条河流移动，最后停在紧临国境线的几个小方块上。"盘龙江，是这一地区流往越南境内的最大河流，到越南境内后，称为泸江。船头，是中越两国的边境口岸，沿江公路经过这里，一直通往越南境内。"

他手中的棒尖，又指向一座山峰："这就是闻名全国的老山。老山地处云南省麻栗坡县东南部，位于中越边境第二段 12 号至 14 号国界碑之间中国一侧，天保口岸东北部。主峰海拔 1422 米，是那一片山地的制高点，中越双方即以老山的山脊线为边界线。"

像老山这样的山峰，在军事地理学上被称为"骑线点"。按照国际惯例，在骑线点上，相邻两国一般都是只设界标，不派兵驻守。1979 年对越自卫还击战后，越军趁我自卫还击部队后撤之机，侵占了老山、八里河东山、扣林山和者阴山，并越境构筑工事、埋设地雷，把整个老山、者阴山地区，变成蚕食中国领土和进行军事挑衅的前沿。1979 年至 1984 年五年间，越军不断向我国境内的农场、村寨、学校开枪开炮，扰乱我边民的和平生活。

忍无可忍，无须再忍！终于，1984 年 4 月 28 日凌晨，我军奉中央军委命令，打响了老山收复战。经二十分钟炮火准备之后，昆明军区某部突击分队，首先向敌军阵地发起猛攻，当日中午，攻占了老山主峰；又经过十八天的血战，全部收复了老山、者阴山敌占领地区。

作战参谋将指示棒，指向越南境内："这个越南村寨叫清水河口，是当年我国支援越南必经的交通要道，也是越军进入老山地区的咽喉。老山，实则从东至西，分为东、中、西三个区域。东区以八里河东山为核心，那里峰峦叠嶂，平均海拔一千六百米，国境线由东向西穿过。中区，自松毛岭至清水河口，地势低呈南北走向的峡谷，地形易攻难守，为我军主要防御方向。西区，以老山主峰为核心，由大小二十七个高地组成。遍布这些区域，我军配置有师工兵营、通信保障和野战医院，形成了一套进可攻、退可守的防御体系。”

作战参谋喝了一口水，又接着说：“我军当面之敌，是越军越北第二军区所属共五个野战师，其中313师是其绝对主力，分别配置在渭川、清水、龙海、北吟、越林、黄连山等地。自从我方收复老山后，越军采取特工袭扰、小分队偷袭、炮击等手段，不断对我进行反扑，并于6月12日组织了一次营规模的偷袭。我方驻守的一个排几乎全部牺牲。后来我军集中炮火支援，才夺回阵地。敌又两次发起营规模反击，班以下规模的袭扰几乎天天都有……”

听着作战参谋如此详细的介绍，岳宗想起出征前军校首长郑重动员时说的话：“你们上前线去，绝不是以一个普通士兵的身份去的，必须站在更高的层面上，从整体上参与前线的战斗。我军的编制装备、指挥体制、作战指挥、各个兵种之间的协同、官兵的综合素质、训练水平、战斗精神，还有越军的战斗特点，有什么长处和弱点，都要注意观察、注意积累相关的资料。回来之后，要写出有说服力的专题报告，明白吗？”

初征疆场，便遇良师，岳宗就像吃了颗定心丸，心里特别畅快。正值学员们片刻休息之时，沙盘那边转过一个军人，走到他的面前，凝神打量了好一阵：“请问，你是不是姓岳？”

岳宗一愣，除了一同来的伙伴，自己在这里并没有熟人啊？他仔细打量着，对方大约一米七五的身高，一张又黑又瘦的脸上，两只黑亮的眼睛精光四射，透着精明和干练。这张脸确实似曾相识。他一边迅速在脑海深处搜寻着记忆的碎片，一边疑惑地回答：“是，我是岳宗。请问你是？”

“哈哈，果然是你！”那人大笑着，把手伸向他：“啊呀，真是你呀，我的小老弟！你怎么把三哥忘了？我是方明远呀！”

那人一声“三哥”出口，岳宗立刻认出了他。连忙张开双臂，紧紧拥抱：“哎呀，三哥，你怎么会在这里？”两人哈哈大笑。同来的伙伴们，都惊奇地看着他们。

刘越凑到跟前："咦？你怎么会有个姓方的三哥？是表哥还是……"

方明远笑着说："什么表哥呀，我们是一个头磕到地上的结拜兄弟。"

"什么？"刘越更不明白了，"什么年代了，还有结拜兄弟？"

"你们不知道，我们是老同学了，从小学到中学，都在一个班。60年代初有个电影，《矿灯》，你们都看过吧？"

刘越抢先说："我看过，那好像是讲几个小孩儿，小小年纪下矿井给日本鬼子背煤的事儿，挺惨的。怎么啦？"

"唉，那电影里边背煤的几个童工，一个叫路子、一个叫石头，还有顺子、二豆子什么的。日本工头欺负他们年纪小，后来，他们拜了把子抱成团，一块儿跟日本工头斗……那时候，他……"他指着岳宗，继续说，"是我们班上年纪最小的，人也瘦得很，尽受人家欺负，我那时候个也不高。看完电影，他说'我们也拜把子吧，那样就没人敢欺负我们了'，这样，我们班个儿最小，最瘦弱的五个人一起，拜了把兄弟，当时按年龄排序，我是老三、他是老小，当然是小老弟啦。"

听着方明远的话，岳宗仿佛又回到了少儿情景。他连忙问："哎，别说别人了，快说说你吧，你怎么也到老山前线来了？"

"1968年我报名上山下乡，来了云南。到这儿遇上老爸当年的老战友，直接就当兵了。现在，我是这个军的侦察处长。哎，你呢，你怎么也来这儿了？"

听他如此一说，岳宗更是喜出望外："你是侦察处长？那太好了，我在石高重点学习的课题就是特种作战。我军现有的特种作战部队，那就是你们侦察兵了。我正想着怎么才能到侦察分队去实习呢！嗯，今天是夺取老山的第六十六天，真是六六大顺呐！没说的，这次实习，就跟着你了！"

方明远看着岳宗，问："你，当过侦察兵？"

"没有，我一直当的是步兵。不过我在石高同宿舍的老贾，是侦察兵出身。我开始研究特种作战后，跟他学了很多侦察兵基本功，什么擒拿格斗、攀登越野、潜伏观察、调制要图、野外生存什么的，一天也没有断过。那老贾是沧州人，武术世家，我还跟他练过一些拳术套路，真到了战场上，对付十个八个应该没问题。"

方明远摸了摸裤兜，突然一扬手，一道白光向岳宗的头部袭来。岳宗机警地一侧头，避开白光，同时伸手接住来物，摊开手一看，是一小块半透明的白色石子。他把石子递给方明远，说：“嚯，这就考起我来了？你忘了，在学校时，教几何的徐老师，最爱用粉笔头打思想溜号的同学，他哪次打着过我？只要咱眼角余光一发现有异，立刻侧头躲闪，同时伸手接住他的粉笔头。这是咱自小练就的童子功！”

方明远把头一点，说：“行，反应还可以，够机警，有点侦察兵的素质。不过，我还真得考考你，侦察兵干的都是猫舔虎鼻梁的玩命买卖，越军特工队可不是吃素的。要是考核不过关，我可不敢带你去跟越军的特工队较量。”

第二天，在曼棍村南的空地上，方明远对岳宗进行了严格考核。他让岳宗系上安全带，手脚并用，攀上了一道三十多米高的岩壁。又从侦察营找来个身高将近一米九的排长，跟岳宗比试拳脚。午饭后，让岳宗自选位置潜伏。十分钟后，方明远举着望远镜一寸寸搜遍了整个山坡，没有发现岳宗的踪迹。他不动声色，盘腿坐在一处树荫下。

岳宗潜伏在茅草丛中。南国盛夏季节，烈火般的阳光当头直射，潮湿的地面热气蒸腾，汗水从每一个毛孔中钻出来，在脸上冲出一条条小溪。“啊哟，好热，热死了”。蚂蚁、蜈蚣和各种叫不上名字的昆虫，钻进裤腿和领口，在身上窜来窜去。“唉哟，好痒”，几只像小蝉那么大的牛虻和毒蜂，围着他的脑袋飞个不停。一只五彩的蜘蛛，从他脸上爬过……

岳宗强忍着恐惧和恶心，坚持着一动不动。

太阳渐渐偏西，气温也慢慢地降了下来，几只硕大的蚊子又飞过来，落在他的脸上，恶狠狠地吸着他的血，“唉哟，好痛……”，岳宗微微转动脑袋，用脸旁小草把蚊子赶走。

突然，方明远嘴里冒出一句“灯依姆！”

岳宗一愣，什么“灯依姆”？这是人话吗？突然想起，这是刚学过的一句越语战场喊话，意为“不许动”。这也是考题？

接着，又冒出一句：“空抖抗提丢叶嗄恩！”

这又是一句越语：不投降就消灭你。岳宗想了想，答道：“解放军战士，宁死不屈！”

方明远笑了:“牙得衣!”这是越语“出来”的音译。

岳宗也笑出声来，大声回答:“男子汉大丈夫，说不‘牙得衣’就不‘牙得衣’!”

方明远哈哈笑着站起身:“行了，考核结束，你就给我‘牙得衣’吧。完全合格！我马上去找参谋长，把你要到侦察队来!”一边说着，一边把岳宗拉了起来。

当天晚上，岳宗给肖海平发出了第一张明信片，告诉她已安全到达前线，并巧遇方明远；自己的实习岗位定在军前指，一切都好，让她放心。

第三十章

凯旋

听说岳宗的实习岗位定在了军侦察处，刘越便缠上了岳宗，也要到侦察队来。谁不知道，和在前指工作相比，去侦察队实习要危险得多。岳宗开始有点佩服这个身材瘦削、貌不惊人的刘越了。方明远对刘越，也进行了严格的考核。毕竟人家是侦察兵出身，基本功和侦察专业知识，都比较扎实。方明远也就同意了他的要求。

岳宗和刘越在侦察队最初的工作，是被安排在曼棍南侧一座山顶上的观察所里，用望远镜观察越方纵深的情况。他们要对越方二十公里纵深内的车辆往返、人员调动、火炮射击、坦克移动等情况进行跟踪，并详细记录。

岳宗第一次上观察所，是方明远带着去的。

天还不亮，岳宗就跟在方明远身后，沿着工兵修出的阶梯往山上走。一开始山路坡度不大，走起来还算轻松。上到半山腰之后，坡度明显陡峭，有些路段，需要手脚并用才上得去。大约用了四十多分钟，他们才爬到山顶。

“哎哟，这山怎么这么高哇！”

方明远说：“这座山标高近一千五百米，曼棍那边海拔才一百多米，那还能算是山？”

沿着弯曲的交通壕前行大约一百多米，进了一个掩蔽部。这是一个五六米宽的长方形掩体，四壁用红砖和水泥砌成一米多高的护墙，顶棚是成弧形的波纹钢板。再通过一条暗道，往下走了几十米，来到一个观察哨位。

方明远问正在值班的侦察员：“小马，有什么新情况？”

“早晨五点四十二分，有四辆吉斯 153 汽车进了新集村。六点四十三分，有一辆牵引车出了清水村，沿 4 号公路向南去了。其他没有什么。”

“好。你看，Q453 型防水望远镜，放大倍数五十倍，这是我们观察所的基本装备。”

岳宗把眼睛凑近望远镜目镜。嚯，几公里外的影像一下子被拉到眼前，好像一伸手就能摸到。一个村子里走出几个穿着灰绿色军服的越南兵，甚至连他们谁的脸上长着胡子，都看得一清二楚。

“这样的观察哨位，一共有四个，分别对着不同的方向。每个哨位每个班次是两人，从日出到日落，不间断轮换观察。整个观察所有一个排级干部任所长，负责调配观察人员，汇总全天情况。这里有电话直通军前指，一般的部队调动、人员活动四小时一报告，四辆以上军车和连级以上部队调动等重要敌情，按要求随时上报。”

正说着，他们来到一个交通壕转弯处，方明远说：“喏，这就是老山方向哨位。”

那天，方明远带着岳宗走遍了四个观察哨位，为他指点了越方境内大大小小上百个重点观察目标，并把观察的要求、记录的方法和向所长汇报的时机一一明确，又把岳宗交代给当班的罗所长，便匆匆下山去了。

岳宗被所长安排在离山顶最近朝向正南方向的观察哨，和两个满脸稚气的侦察兵一起观察。

两个侦察兵一个姓李，一个姓张，都是山东东平人。他们所在的警戒哨位，长有三米多，宽近两米，同样是红砖砌墙，弧形波纹钢板的棚顶。一台Q453型防水望远镜架在三脚架上，从经过改造的机枪射孔探出，靠近后墙的一个角落里，横搭着两根一握粗的木棍，一望可知，那是在不当班观察时，可以倚靠墙角坐下稍事休息的地方。

一进观察哨位，岳宗就闻到一股怪怪的臭味儿。四处寻找，发现在靠近门口的地方，并排放着几个一公斤装水果罐头的大铁罐。他正要过去察看。小张连忙制止：“首长，没什么好看的，那里面都是我们的屎尿。”

“屎尿？为什么要装在罐头盒里？”

小张解释说：“对面越军狙击手盯得紧，方处长命令，大小便一律不准出去，就在掩体内解决，等太阳下山后，下哨时再带出去倒掉。”见岳宗似乎还不大明白，又说：“首长，在前线都这样。咱们这儿好多了，老山阵地上那些弟兄们更艰苦。他们有的洞离敌人阵地只有十几米，一进洞十几天出不来，装屎装尿的罐头盒，能占差不多半个洞！”

“小李小张，咱们在一个哨位上，别老首长首长的。我比你们大几岁，你们就叫我老岳吧。哎，那你们吃饭怎么解决？”

“早晨上哨的时候背上来。带一壶水，中午饭是罐头加压缩饼干。有水果罐头，也有红烧牛肉、红烧猪肉、红焖鸡块罐头。”

“哦，这些罐头，哪种好吃？”

“咳，闭上眼睛吃，都一个味。刚上来时，大家喜欢带肉罐头，现在很少有人爱吃了，倒是这种，”他递过来一个扁扁的罐头盒，印着酸辣雪菜的字样，“这种味道不错，比较清淡，不但开胃，还能提神。在这儿是最受欢迎的。”

接下来的日子里，岳宗每天早晨五点起床，匆匆早饭后，便背着水壶和干粮上山，沿着陡峭的山路爬到山顶，在山上一待一天，直到满天繁星闪烁，才沿着来路深一脚浅一脚地摸索着下山。记完战地日记之后，差不多已经快十点了。经常是连脸也顾不上洗，扒去沾满泥土的军装，便一头倒在铺位上沉沉地睡去。

那天，正在整理东西准备上哨，方明远满脸怒气地从外边进来，径直向作战室方向走去。“一定有什么特殊情况。”机警的岳宗紧随其后。

方明远刚一进门，刘军长便急切地问：“方处长，到底是怎么回事？”

“查清楚了，是越军特工深入我纵深破坏，不知怎么摸到雷达阵地去了。警卫连让人家堵着门，又是冲锋枪又是火箭筒的一阵猛打。越军特工队两点半开火，两点四十撤离，我方 10 人牺牲，49 人负伤。辛伯林炮位侦察雷达被破坏。敌特工被我打死 1 人，打伤 9 人。”

刘军长右手握拳，狠狠砸在桌面上，怒吼着：“这打的什么窝囊仗？那个警卫连长是谁？”

“连长姓刘，在战斗中牺牲了。”

刘军长又是一拳，猛砸在桌上：“方明远呀，方明远！我今天把任务就交给你了！一，把参与这次袭击的越南特工队干掉；二，彻底摧毁越军一个雷达站。给你三个月，能完成，我给你立功；要是完不成，这个侦察处长你就别当了！”

“是，保证完成任务！”

从作战室出来，岳宗问方明远：“不就炸了个雷达吗？军长干吗发这么大火？”

“咳，这部雷达叫‘辛伯林炮位侦察雷达’，专门对付曲射火炮的。它可以捕捉敌方炮弹的弹道轨迹，在三秒钟内，准确计算出敌炮阵地的精确坐标，引导我方火炮进行还击。这种雷达我国一共只进口了两部，为了教训越南鬼子，军委专门发给我们一台，这仗才打了两个多月，这么宝贝的东西就报销了，军长能不发火吗？不行，我还得查查看。”

“那军长的任务，你打算怎么完成？”

“要查明这事是什么人干的不难，他们有这样的行动，事后一般都要开庆功会，大肆张扬，为的是鼓舞士气。怎么打掉这股特工队，倒是要下一番功夫。哎，岳宗，你小子鬼点子多，你得给我支支招，看怎么才能把这股敌人干掉？”

“嗯，越军特工队的作战特点，我倒是研究过，可具体怎么打这一仗，还得容我好好想想。这样，三天吧，三天后我给你拿出个初步方案来，我们再好好合计合计。你对他们的了解肯定要比我多，没问题。”

那天下午，岳宗到位置最靠前的 4 号观察哨，注意观察老山正面敌人的动向。天灰蒙蒙的，越南境内，一片片积水反射着天光。岳宗盯着积水间那一条条纵横交错的小道，脑海中冒出一个念头：在这森严壁垒的边境线上，在那么多像波浪一样起伏的山岭之间，要是能找到敌特工潜入我方的必经之路，还愁不能打个漂亮的伏击战？对！打伏击！

岳宗正在为自己这个绝妙的主意而兴奋不已，突然，一声尖利的哨音没有任何征兆地挟着一股劲风扑面而来。他还没有弄清发生了什么，就被一股巨大的力量掀起，整个身子飞在半空向后倒去，重重地撞到掩体后墙上，接着，又摔倒在地上。有什么东西击穿了掩体顶部的波纹钢板，一些碎土纷纷撒下。紧接着，耳畔又传来一连串咚咚的轰响。

“老岳！老岳！”同班的战士惊慌地呼喊。他轻轻转动了一下脖子，又活动了一下手脚。还好，这些部件都还听指挥。只是下巴底下好像被抽了一鞭子似的，一阵火烧火燎地疼，头上的钢盔不知什么时候已经滚落到一边。

天黑以后，岳宗扛着被打坏的望远镜回到前指。他刚走进曼棍洞，刘越就迎上来，抬着他的下巴检查伤痕。方明远接过望远镜，观看着上面的弹痕，又检查了岳宗的钢盔，说：“你小子，算你命大。要不是这望远镜替你搪了一下，钢盔又发挥了点儿作用，你这颗脑袋，恐怕早就碎成八瓣儿了！”

“没事儿，我早就说过，能打中我的那颗子弹，现在还没有造出来呢！”

三人在桌边坐下，岳宗问方明远：“明远，我到现在还没闹明白，越南小鬼子是拿什么枪打的我？我们那观察哨，离着边境线可有一千多米呐，他什么枪能打那么远?”

“什么枪?高射机枪!你没看望远镜上的那道沟?还有你钢盔上的那道痕?典型的12.7高射机枪的弹痕。”

“高射机枪?这帮混蛋,高射机枪怎么能当狙击枪用呢?”

刘越说:“游击战嘛,属于非正规作战,摆兵布阵非正规、作战手段非正规,武器装备使用当然也得非正规啦!还是在跟美国佬打仗时,他们就用高射机枪打过美军的吉普车,谁规定高射机枪就不能当狙击枪用了?”

“小刘说的没错。其实,越军早在抗美战争时期,就已经有了狙击步枪,由苏联配置的德拉贡诺夫狙击步枪。我们侦察队使用的79式狙击步枪,也是这种枪的仿制品,其有效射程约八百到一千米。老山开战以来,越南小鬼子对12.7高机进行了改装,去掉了对空瞄准具,加装了光学瞄准镜,当狙击枪用。使用时一般都是打单发,这次可能是为了增加命中概率,打了个短点射,在一千米以上的距离也足以致命。”

“你说什么?侦察队有狙击步枪?知道吗?前天下午,几个越南兵在河里洗澡!当时,我要有支狙击步枪,保证一个都跑不掉!明远,我要当狙击手!”

“你以为只要枪法好,就能当狙击手?差远了!一名真正合格的狙击手,必须要有强健的体魄和钢铁般的意志,还要具备长时间潜伏的能力。那不光得百里挑一,还得经过严格训练。别的不说,你那沾点火就着的炮仗脾气,就不是干狙击手的料!”

刘越也在一边帮腔:“我听说,一个合格的狙击手,至少要经过四个月的专门训练,培训科目有二十多个,光是训练期间打的子弹,都要在一万五千发以上。一万五千发子弹呀,老兄!整整十箱都装不下!你背都背不动!”

“老方,三哥!还是那句话,你考嘛。按狙击手标准考,要是考核合格了,你就必须让我去当狙击手!”

“唉,我怎么摊上你这么个老同学?考,要是不合格,你可不许再闹!”

“好,君子一言,驷马难追,咱们明天就考!”

“这几天我可没工夫想你的事。袭击我雷达阵地的越军特工查清了。据越军电台广播,7月6日,他们的特工英雄潘氏娟,率领越军特工二团四〇六营七连一排,袭击了我方一个通信站,炸坏我一辆通信车。这充分证明了我的判断,敌人并不知道他们炸坏的是价值上千万美元的辛伯林炮位侦察雷达，还以为是辆通信车。”

“越军这番号是怎么排的？二团怎么会有个四〇六营？”

“这个四〇六营，就是袭击过岘港美国空军基地的那支特工队。当年，他们一举摧毁了美军二十多架飞机。这个潘氏娟曾经在苏联受过训，会跳伞、会开车、会爆破，据说还会开直升机，可是个厉害的角色。”

岳宗一拍桌子：“打就打这厉害的！哎，这收复老山也快三个月了，你们统计过没有，越军的特工队，一共对我方发动过多少次袭击，主要采取什么手段，袭击什么目标？”

“当然统计过。自从收复老山到今天，越军特工对我方发动的袭击，一次杀伤我十人以上，或是破坏我重要装备、袭击我重要人员的，一共有四次。像摸个哨兵、埋个地雷、往猫耳洞里扔个炸药包，或是给他们的炮兵指示个目标之类的，天天都有。

“越军特工对我方前沿，主要在夜间随机性袭扰，没有预定目标，打了就溜。对我方纵深，基本上也是以袭扰为主。这儿埋个雷，那儿放把火，还袭击我方炮兵阵地和仓库。那次炸雷达，就是以我二团 160 迫击炮阵地为主要目标。”

岳宗一边思索着一边说：“那，明远，你看啊，一支号称特别精锐，无论在人员选配、武器装备配备、还是在训练上都享有许多优先条件，并且过去战绩突出、名气很大的部队，在这次作战中，至今没有能够拿得出手的战果，这个部队的领导会面临什么情况？”

见明远没说话，岳宗又接着说：“我想，他至少要面临三方面的压力。首先是来自上级的压力。无论是老山收复战，还是最著名的两次防御大战已经证明，正规的攻防作战，越军根本不是我军的对手。正规作战打不赢，越军肯定要求特工部队短期内拿出战果。其次是来自野战部队的压力。再次就是来自他们自身的压力。”

方明远脱口而出：“对，面临这么大的压力，越军特工部队的指挥官，肯定会加速行动，调集最精锐的力量进行突击，尽快获得有轰动效应的重大战果。”

“嗯，这就给了我们打击他的机会。我们可以利用他急于立功的心理，散布一个假消息。记得你上次说，越军对我方的炮位侦察雷达破坏并不严重，真是这么回事吗?”

“那没错，我又亲自检查过那雷达，是把电源车炸坏了。我问过雷达技师，他说我们进口雷达时同时也进了易损配件，应该也有电源部分的配件，只要有配件，他就能修。”

“好，那就尽快修复雷达，同时散布消息，故意把有关雷达重要目标的情况泄露出去，吸引他们的注意。然后再找个便于打伏击的地形，做个假目标，把敌人吸引过来，这叫请君入瓮。假目标要做得能够乱真，还要能发出电磁波，让他能测得到……再收网，怎么样?”

“你这个主意太绝了！引蛇出洞，到我的地盘上来打，主动权就牢牢地掌握在我手里，成功的把握就大多了。兄弟，帮人帮到底，再帮我搞个详细的作战计划，特别是一些细节：假目标设在哪里呀，在哪里设伏呀，等等，你都好好想想，越细、越具体越好。”

“成，但你得让我当狙击手。”

“你呀，先把这个作战方案给我搞出来，我再考你。话可是你说的，达不到标准，别再提当狙击手的事儿!”

在我方境内打伏击，消灭越军特工队的想法，在岳宗脑子里转了已经不是一天两天了。在仔细研究了整个战区的地形图，又和方明远一起到现地反复勘察后，选定了设置假目标的地点和实施伏击的位置。然后，他又用了整整三天时间，反复推敲每一个细节，终于搞出了一份完整的诱敌和伏击计划。这个计划，很快得到军区的批准。

一切都按计划实施。炮位侦察雷达很快修复，引导我军炮火对越军火炮阵地反击，一打一个准。据说，还有一发炮弹，直接打进了敌人迫击炮的炮口，吓得越军的迫击炮好长时间不敢开火。用铁管、木材和胶合板制作的假雷达，以及一部 57 高炮炮瞄雷达，同时被安放在预定位置。每当敌人开始炮击，假雷达天线便转个不停。雷达阵地四周，架上了铁丝网，夜间，有探照灯四处照射，大有如临大敌之势。

饵料抛出去了，单等鱼儿来咬钩了。

一个阴云低垂的下午，岳宗正在观察所执行的例行的观察任务，马所长气喘吁吁地跑来："老岳，方处长来电话，让你赶快下去。"

"什么事?"

"他没说，只说让你以最快的速度去找他。"

刚拐上通往曼棍洞的小路，就听见方明远在喊："岳宗，这边，这边!"

"什么事儿呀？这么火烧眉毛的把我从山上叫下来?"

方明远顾不上回答，递过来一件防雨斗篷，又顺手把一个钢盔扣到岳宗头上："有情况了！快，跟我走，边走边说。"说着，转身就走。

下了一个小坡，一辆被伪装网蒙得严严实实的北京 212 吉普正等在那儿。方明远拉开后车门上了车。岳宗紧跟着脚刚离开地面，吉普车就像离弦的箭，一下蹿了出去。他连忙坐稳身子，顺手带上车门，问："什么事，这么急?"

方明远递给岳宗一个望远镜，压低了声音说："鱼上钩了。"

岳宗心里一喜。连忙问："快说说，怎么个情况?"

"技侦队截获越军电报，越北军区已经给特工二团下达了命令，要他们尽快摧毁我方炮位侦察雷达。我设在八里河东山的观察所也发现，越军特工从东北方 1134 高地两侧潜入我境内。我们判断，敌特工已经上钩了。我侦察队一个连已经在预定地区埋伏两天了，估计不是今晚就是明天黎明，便可以收网了。"

岳宗伸手在方明远胸前轻轻一捶："够哥们！这样的好事没忘了兄弟。"接着又变拳为掌："拿来吧。"明远故作不解："你还要什么?"

"枪啊！噢，要打仗了，连把枪都舍不得给我?"说着，把手中的望远镜往前一推。

"没猜错吧？知道你会有这一手。你不是要当狙击手吗？这次，我给你找了侦察队最好的狙击手林国玉，呶，就是这位。"他指了指坐在副驾驶座位上的一个黑瘦汉子。那人从上车起一直端坐在那儿，一言未发。这时回过头来，朝岳宗笑了笑。岳宗才注意到，他右肩上斜靠着一支枪，枪身要比普通的半自动长出许多，枪管上缠着布条。

"他是侦察三连副连长。你的任务，就是协助他观察战场，发现并评估目标，消灭逼近的敌人。枪，也给你准备了，不过不是狙击步枪，而是一挺机枪。三个弹盒，足足三百发子弹。来，你们先认识一下。"

岳宗紧紧握住他的手，用力摇了摇，说："小林，你就叫我老岳吧。上了战场，我有什么不对的地方，该批评就批评，用不着讲情面。”

林国玉笑了笑，说：“老岳，不用客气。你的情况处长都跟我说了，我相信，你能胜任。现在，我们得统一一下手语。”

狙击手进入狙击阵地之后，为减少暴露的机会，相互之间交流沟通，有一套专用的手语。几个简单的手势，能够交流战场上可能出现的各种情况和处理的方法。而在战场上，能够迅速地互通信息、交流意见，是统一意图，达成默契的前提。岳宗在研究特种作战课题时，专门研究过美军特种部队的手语，对此并不陌生。他立刻点头：“行，你说，我记着。”

林国玉伸出左手，握成拳，大拇指伸出，说：“大拇指向右，指右边；向左，指左边；向上，表示同意；向下，是不同意……”

他说一句，岳宗点一下头，同时牢牢记在心中。

接着，林国玉又做了表示男人、女人、成人、军人、集合、移动、撤离等十多种手势，然后问：“老岳，你会学什么动物叫？”

“呃，我会学蛐蛐叫，行吗？”

“老山这儿好像没有蛐蛐。”说着，他掏出个用柳树皮做的哨子和一张纸递给岳宗：“这种哨子含在嘴里，吹出来的声音很像雨林中一种树蛙的叫声，我们用这个哨子联系吧，联系信号纸上都有。”岳宗接过哨子，把那张写着各种联络信号的纸叠好，放进胸前的衣袋。

说话间，汽车拐下公路，驶进一片树林，又往前走了一段，司机一踩刹车。方明远打开车门下了车：“还有两公里，车不能再往前开了，剩下的路，得靠咱们这两条腿了。”说着，他伸手拨开没人高的荒草，带头向前走去。

老山地处热带，各种野草蓬勃旺盛，都能长到一人多高。尤其是一种茅草，茎秆像芦苇那样，比小孩的手指还要粗，叶边带有锋利的小刺，碰到人裸露的皮肤，一拉就是一道血印。更烦人的，是那些叫不上名的灌木和野藤，上扫人眼，下绊人腿，有些还长着带倒钩的尖刺，不经意间，便会钩住衣服和裤脚。

岳宗跟在方明远身后沿着小道深入一条山谷，大约走了一里多路，向右一拐，开始上山。进入一片丛林中，临接近山顶时，前方传来几声蛙鸣。哦，方明远略一停顿，嘴里也发出几声青蛙的叫声。一个身披着伪装斗篷的战士迎过来，方明远小声问：“怎么样？”

战士回答："一切正常，又进去五个，已经十七个了。"

方明远又问："那个女的来了没有？"

"已经进去了两个女的，不知有没有她。"

在离山顶几步远的地方，方明远伏下身子，以匍匐的姿势向前进，并举起望远镜。岳宗在他左侧卧倒，同样用望远镜向对面观察。在左前方，一片群山环抱之中，现出一个不大的低坝河谷，当地人称作"坝子"。在这个不知名的坝子北边，是一座低矮的土坡，假雷达阵地就设在那儿。从外界通往坝子的唯一通道，就是那条加了三个哨卡的急造军路。当初选择这里作为假雷达阵地时，岳宗曾向明远建议，要多设几处雷场封锁这条小径。越军特工的多疑不亚于曹操，要没有几处篝火的残烟，怎能把他们引进华容险道呢？

对面的那座山上，半山腰有一个溶洞，距假雷达阵地两公里左右，简直就像是老天爷专门为前来袭击的敌特工特造一般。方明远把这个溶洞定为重点目标，二十四小时派专人盯守。从昨天深夜开始，便发现有人往这处山洞移动。到今天下午，陆陆续续已经有十多个穿着普通老百姓衣服的人进了山洞。

观察了一会儿，方明远匍匐着退下来。负责警卫假阵地的郭连长来了。郭连长报告，今天上午有一个看上去不过十几岁的男孩，赶着十几只山羊想接近雷达阵地，被发现后带到连部，审了一阵，没问出什么，教育了一番，刚把人放了。

"这是化装抵近侦察，看起来他们还没有选好出击路线。估计明天还会用别的办法侦察。"他抬腕看了看表。"现在是十七点零七分，还有两个小时天就完全黑了。敌人发动袭击就在这两天，防卫要外松内紧，增加暗哨。天黑之后，所有分队要全部到位，明晨五点半，老郭指挥突击分队开始向溶洞运动，六点发起突击。堵着洞子打，给他来个瓮中捉鳖！"

方明远说完，又转过身："哎，老岳，还有什么要补充的？"

"嗯，我是来学习的，没什么补充的。不过，"他抬头看了看天，"看这样子，今天夜里可能要下雨，得做好防山洪的准备，特别是突击分队，向洞口接近和追击时要特别小心。"

"老岳提醒得好，你们考虑防洪问题了吗？"

郭连长说："我们有防洪的办法。突击分队接近山洞，主要是从两侧接近，从下方接近的，也选择了安全路线。伏击分队也选择了能避开山洪的位置构筑阵地。"

方明远说:“好，就这么定了。下面对表。”他抬起手腕，看着自己的表:“现在是十七点十九分三十秒，四十秒，四十五秒……二十分。”

二位连长按照方明远口中的读数，校正自己的手表，然后握手，转身离去。岳宗正要跟着林副连长一起走，被方明远喊住:“你一定要注意安全，不许出什么幺蛾子!”

“放心吧，我懂!”

岳宗紧紧跟在林国玉身后，翻过一道山脊，来到一片灌木林中。这伏击位置，选得非常专业，在茂密的丛林之间，居然露了一条缝隙出来，可将越方山坡和那条时隐时现的小路，一览无余地尽收眼底。岳宗选择的射击位置距谷底约二百米，距对面那座山约三百米，正在班用机枪的有效射程之内。他架好机枪，上好子弹，把表尺定在常用表尺上，然后关上保险，观察、等待着诱敌深入的最佳时机。

林国玉的位置，在左侧二十多米处。他的枪管从两丛灌木间伸出，枪管上缠绕着布条，枪的下护木垫在一个自然隆起的土包上，显得稳固而自信。

对面的山坡上布满了灌木和野草，敌人要是钻进去可不大好打。好在左边有一片宽约六七十米的风化石崩塌形成的陡坡，散碎的岩石像一片瀑布，从靠近山顶处一直倾泻到山谷。敌人如果沿着山坡横向逃窜，这里是必经之路。岳宗调整了一下架枪的位置，把枪口指向那片石坡。

老山地区属低纬度高原季风气候区，虽然全年的温差不大，但气候的区域差异和垂直变化却十分明显，有“一山分四季，十里不同天”之说。不仅山顶与山谷、向阳坡与背阴坡，温度相差较大，即便在同一天里，白天与夜间的温度，也常常能相差十几度。随着天色越来越暗，温度逐渐下降，周围的空气潮得像能拧出水来。

到了下半夜，天空果然滴滴答答地下起了雨。多亏了方明远给的斗篷，不仅能伪装，还能防雨。岳宗静静地趴伏在斗篷下，任凭雨水肆虐，始终像一块岩石一样，一动不动地保持着准备射击的姿势。

下雨也有下雨的好处，那些最烦人的蚊子和毒蛇、老鼠没有出来活动。为了防止蚊虫叮咬，岳宗把裤腿和袖口都扎紧了，领口也用一条带子扎得紧紧的，要是被那“三个蚊子一盘菜”的老山蚊叮上一口，在那种深入骨髓的痛痒煎熬之下，岳宗也不敢保证自己能够纹丝不动。

雨淅淅沥沥地下下停停，时间一分一秒地缓缓流逝。雨水落在树叶和草丛上，发出轻轻的“唰唰”声。东方的云彩渐渐有了亮色，按照方明远规定的时间，突击分队应该开始向敌人藏身的洞口运动了。

“呱！呱！”从林国玉伏身之地，传来短促的蛙鸣。岳宗知道：战斗马上打响。他屏住呼吸，握紧机枪，把枪托紧紧抵住肩窝，打开保险，把瞄准线指向那片石坡。

咣咣几声轰响，是 40 火箭筒和集束手榴弹爆炸的声音。紧接着，又是猛烈的冲锋枪扫射的声音，其间还夹杂着隐约可闻的咒骂声。

战斗打响了！从对面山上传来的声音判断，一切按照方明远的布置进行，突击分队成功地偷袭了敌特工藏身的山洞，并用冲锋枪封锁了洞口。

枪声一响，岳宗立刻兴奋起来，就像每次上了靶场一样，头脑中的一切杂念瞬间全都化为乌有，全部注意力都集中到缺口、准星，和它们连线指向的目标点上。

“嘭”的一声，林国玉的枪响了，是那种 53 式步骑枪弹特有的发沉的响声。这就是说，敌人的特工队员冒死冲出了山洞，岳宗迅速扫视了一下对面的山坡，几个黑影正一蹿一蹦地向外奔逃。显然，他们预先选好了撤退路线，正巧妙地利用灌木和草丛，灵活而快速地接近了那片石坡。

第一个黑影刚一露头，岳宗轻轻扣动扳机。“哒哒哒”，一个短点射，那个黑影向前一蹿，一头栽倒在地，横卧在那里不动了。紧接着，又蹿出两个黑影，伏击阵地上响起一片枪声，那片石坡被打得飞石四溅，有两个黑影顺着坡势往下滚。岳宗移动瞄准线，在他们下方打出一个长点射。一个黑影四肢伸开，倒下不动了。另一个黑影，向侧方一滚，躲到一处灌木后面。岳宗瞄准灌木打出一串串子弹。灌木后的敌人开始往山上蹿去，石坡上留下了三个黑影。那座山的顶部是一片裸露的岩石，敌人往上跑，等于进了绝路。

枪声像爆豆般不停地响着，敌人已完全暴露在光秃秃的岩石上。从他们的动作能看出来，其中至少有一个人已经负了伤，另两个人搀扶着他，艰难地往上爬，动作越来越慢。离山顶还有一段距离，他们终于停了下来，倒卧在山坡上。枪声突然停息，四野一片沉寂。那三个黑影聚到一起。突然，他们中间亮起一团火光，三人同时向后倒去。紧接着，传来一声手榴弹爆炸的轰响。原来敌人自知逃跑无望，引爆了手榴弹，集体自尽了。

岳宗随着搜山的战士们登上对面山坡，把倒在石坡上和灌木丛中的敌人尸体拖出来，又来到敌人自尽的地方，检查敌人的尸体。有三具尸体，两男一女。女尸腿上和腹部的弹孔还在汩汩地流淌着鲜血，三具尸体的头已经被手榴弹炸烂，面容无法辨认。

一名侦察兵，从敌女尸胸前衣袋中搜出几张照片，交到方明远手中。

方明远仔细端详着照片，又翻过女尸，努力辨认她的面容。担心自己一个人看得不准，又把岳宗叫过去，把照片递到他手中，指着女尸，说："岳宗，你帮我认认，这人是哪一个？"

岳宗扫了一眼照片。照片上两个还算俊秀的女人，胸前横挎着 AK-47 式冲锋枪，身穿越军军装，没戴帽子，一头长发披散在身后，算得上英姿飒爽，只是眉宇间隐隐透着一股杀气。岳宗看了看地下躺着的尸体，从残存的半张脸上，发现了腮上的一颗黑痣。他又对照照片仔细看了一遍，指着右侧那个女兵，说："应该是这个，你看她左腮边的那颗痣。"

方明远接过照片对照了一下，兴奋地一跺脚："哇，就是她！"说着，又从上衣口袋中掏出一张照片："你看，这是技术部门从越方电视新闻中翻拍下来的，她就是上次带人袭击了我们雷达的潘氏娟！越南特工队的著名人物！你再仔细看看，这两个是不是一个人？"

"没错，就是一个人！"岳宗肯定地回答。

郭连长跑过来报告："方处长，洞里打死了 17 人，洞外打死 7 人；一共 24 人，20 男，4 女，无一漏网。"

"好！"方明远又朝向林国玉招招手，"小林，我这位老同学，能当狙击手吗？"

"嗯，佩服！他不愧是个老兵，战术素质相当高，选择的射击位置、开火时机、打击目标，都无可挑剔。战场纪律也很好，昨夜下了那么长时间雨，他整整一夜一动不动。"

"小林，要是让他跟着你学，多长时间能训练合格？"

"以他现在的能力，最多一个半月，准能成为一个合格的狙击手。"

方明远高兴地拉着岳宗："好！看在老同学帮我出了这么好的点子，击毙了越军著名特工英雄的份上，先批准你跟着小林进行狙击手训练。别忘了，到时要通过考核噢。”

从第二天起，岳宗便跟着林国玉开始了狙击手训练。

一个半月之后，狙击手正式考核，岳宗在丛林中一动不动地潜伏了整整三天，发现了设置在十个不同距离上的隐蔽目标，击中了临时指定的五个远程目标，并用飞刀击中了一只飞蹿而过的老鼠……

考核过后，方明远将一支还没有擦去枪油的79式狙击步枪，郑重地交到了岳宗手中。最让方明远钦佩的是，经过了狙击手训练后，这位老同学的性格，要比过去沉稳得多，连思维方式也更像一个胸有成竹的老猎人了。

一天，方明远来找岳宗，告诉他：“越军从苏联得到一套新式电子战装备，它不仅可以侦听、干扰我方的通信和雷达系统，还可以对我方雷达和通信网进行精确定位。靠着它的作用，越军已侦测到我方两个团指挥所坐标，并进行了炮击。军长亲自下达命令，要求侦察队主动出击，找到这套装备位置，并设法将其摧毁。”

听到侦察队要出境作战，岳宗大喜过望。有机会执行这种特殊任务，是每一个想要有所作为的军人，无不梦寐以求的。他立刻“请缨”，获得批准。这次作战方案，由军祁参谋长牵头，军师机关作战、侦察、炮兵、通信和军区技侦人员参加，共同研究。

不久，作战方案确定，军侦察队尚队长率领一支由二十人组成的突击队，携带两台小型无线电测向仪，进入越南境内，查明电子战设备准确方位，引导我方将其摧毁。

突击队分为无线测向、火力、突击、通信、支援五个组。岳宗被编在火力组，任务是与其他两名狙击手一道，以精准的远程射击，消灭对我威胁最大的目标，掩护突击组完成任务。

这是一种微声冲锋枪，重量轻、射速快、威力大，并配有专用消声器，既可大幅度降低子弹出膛时的爆音，又能遮挡枪口喷出的火焰，即使在夜间，敌人在五十米外很难发现射手的位置。

为突击队员们配备的，还有一种微型电台，专门用于联络通话。还有，像火焰喷射器和定向雷等，全是最受侦察兵青睐的“明星武器”。火焰喷射器喷出的火焰能够随着地形拐弯，是消灭工事内敌人的利器，特别适合山地、岛屿、坑道作战。定向雷对付集群冲锋的步兵非常有效，在敌后作战中，更是侦察兵回撤时“断后”的首选装备。

当天晚上，尚队长仔细检查了每个人的装具，然后带领大家在鲜红的五星红旗前，举起右拳，向祖国宣誓：

“我是中国人民解放军的战士！保卫祖国是我的神圣职责！我宣誓：在战斗中坚决服从命令，听从指挥；不怕艰苦，克服困难；不怕牺牲，主动协同；轻伤不下火线，誓死不当俘虏；不完成任务决不返回！宣誓人……”

突击队员们依次报出了自己的姓名。

宣誓完毕，方明远与突击队的每一个成员用力握手。在和岳宗握手时，岳宗把给肖海平的一封信交到他手中。信上，岳宗告诉海平自己争取到了出境作战的机会，将随突击队执行深入越境，摧毁敌重要目标的任务。这次任务，危险而艰巨。自己为有机会执行这样的任务而感到自豪和光荣。自己将在战场上奋勇杀敌，实现自己的人生价值。

岳宗告诉方明远，要在收到完成任务的信号后，再把信发出去。明远伸开双臂紧紧抱住岳宗，动情地说：“兄弟，一定活着回来！”

岳宗打趣说：“三哥，这可不是送出征的战士应该说的话，要是都想活着回来，那干脆就别去了。你应该说，一定要完成任务！”

方明远眼中溢出泪珠。他在岳宗背上轻轻拍了拍，松开他，又去和后边的同志握手。

突击队员们举起右手，伸出食指和中指，做出那个象征胜利的著名手势，向着送行的人们晃了晃，转过身，悄无声息地消失在浓浓的夜色之中。

踏上异国土地那一刻，突击队的全体战友们都回身向着祖国行了个军礼，然后转身向越南纵深走去。小分队顺利地穿越了越方布设的雷区，快速向敌腹地前进。

越南境内的原始丛林，是个神秘的区域。连成片的丛林绿压压、阴森森地覆盖着陡峭的高山，无边无际，连绵不绝。热带常绿乔木巨大的树冠和藤蔓一起，把天空遮蔽得严严实实。森林中每一棵树都有几分相像，进入森林不过几步远，普通人便会迷失方向。在十年前才结束的美越战争中，有许多美国大兵进入这地狱般的热带雨林后，从此便杳无音信。

突击队员们小心翼翼地穿过茂密的灌木丛，在丛林中穿行。脚下，是千百年落叶形成的厚厚的腐殖层。人的双脚踩在上边，像踩在柔软的席梦思床垫上，软乎乎、颤巍巍，用力稍猛，便会踩破表面那薄薄一层稍硬的壳，“扑哧”一声陷入腐殖物的沼泽，一直没到小腿，一股刺鼻的腐臭直冲脑门。

丛林里的天气就像小孩儿的脸，说变就变。刚才还是晴朗明媚的艳阳天，转眼之间，就是阴云密布，瓢泼般的大雨稀里哗啦地透过树叶垂直砸落下来，脚下立刻成了泥沼，本来坎坷难行的地面变得湿滑无比。林中原有的一点微弱的光线也瞬间全失，变成伸手不见五指的一片漆黑。

岳宗在本队右前方，凭着指北针上微弱的磷光辨认着方向，小心翼翼地摸索着前进。真得感谢林国玉。他曾专门挑选云层遮满天空的暗夜，让岳宗练习过按方位角行进，使他在这样恶劣的条件里，还能够辨认方向。

身后传来几声蛙鸣，是尚队长发出的集合信号。岳宗顺着声音摸索着走过去。在一棵大树下，尚队长在雨衣的遮挡下，打开微光手电筒查看地图。见岳宗走近，招呼他过去，嘴里小声嘟囔着：“越南这该死的丛林，真不是人待的地方，还有这该死的雨。老岳，我看咱们还是先别乱走了，消耗体力不说，要是再迷了路就糟了。你说呢？”

按照总部要求，团职以上干部，不得出境作战。在这支突击队里，职务为正营的侦察队尚队长和被方明远给安了个副队长头衔的岳宗职务最高，遇上什么事，尚队长都要和岳宗商量。

岳宗看了一下手腕上的夜光表，时间是凌晨三点多，突击队出发已经整整三十个小时了。是应该再休息一下了：“行，你是队长，你定就行了。”

尚队长发出信号，通知大家原地休息。岳宗靠近尚队长坐下，说：“按我们行进的速度，我估计，再有最多一个小时，就可以走出这片雨林了。出了雨林后，随时都可能碰上敌人。让大家休息休息，恢复一下体力。等天亮以后，辨认一下方向再走。”

“行，就按你说的办。”

岳宗调整了一下姿势，把身体在大树上靠得更舒服些，对队长说：“老尚，你辛苦一下，我先眯一会儿，一小时后再换你。”

虽然是在杳无人烟的森林中，毕竟是在敌后，必须随时保持高度的警惕。经过一个多月严格的狙击手训练，岳宗已经能随时入睡并按时醒来。这也是深入敌后作战的侦察兵必须具备的能力。这次遴选出境作战的突击队员，有些人就是“栽”在这一条上。

一个小时以后，岳宗打了个呵欠，瞬间从沉睡中清醒过来。雨不知什么时候已经停了，树冠缝隙中，透过点点星光。时针正指向四点。岳宗对老尚说：“再有一个多小时天就亮了。你抓紧时间睡一会儿，我去看看他们几个。”说着，他站起身来，活动了一下变得有些迟钝的手脚，向一旁走去。突击队员们都是两人一组，背靠着大树坐着，一人睡觉，一人警戒。

天渐渐亮了起来。地面上升起淡淡的白雾。村庄附近开始有人活动。一个带着越南特有的那种尖顶斗笠的人朝这边不紧不慢地走过来，从他的动作看，似乎还赶着什么动物。

岳宗学着一种水鸟的声音叫了几声。尚队长悄声走近，也拿着望远镜向前方观察着。人影逐渐走近，从身形上看，是一个干瘦的老人。越南是典型的军民一体体制，在 1979 年自卫还击战中，我军就有不少部队吃过越南老人、妇女，甚至小孩的亏。狙击手的信条之一，便是不能轻视你所发现的任何人，并且，一向对情报工作非常在意，很注意抓“舌头”。

岳宗和尚队长交换了一个眼神。他双手做了个包抄的手势，紧接着又双手合拢，做了个卡脖子的手势。岳宗轻轻点点头，举起狙击步枪，用瞄准镜牢牢地锁定目标。

几声轻微的响动，是突击组的队员正在利用灌木的掩护，开始向前运动。

放牛人砍倒了一丛灌木，又向另一丛灌木走去。突然，脚下好像是被什么绊了一下，向前抢了一步，一个跟头栽倒在地。

尚队长迎过来：“审问清楚了，前边这个村子叫东寮，离马山还有十二公里。你看看。”

岳宗看着尚队长递过来的地图，在图上找到东寮村。一夜在雨林中冒雨行军，虽然大的方向没有偏离，却也走了不少弯路。突击队现在的位置，已经到了马山正西偏南方向。岳宗不禁骂了一句：“这该死的丛林。”又问：“那人，还提供了些什么情报？”

“他说了，村里的青壮年都出民佚去了，村里只有些老人和孩子。这边不是战区，没有驻军，他们也没有见过什么车队。”

岳宗说：“哦？这话不可全信。还是让测向组测一下敌电子战设备的具体位置吧。”

“已经测过了，在正东方向。”

岳宗和尚队长统一了思想，又把几个小组长召集到一起，部署下一步行动。突击队员们收拾好各人的东西，继续前进。离目标越来越近，大家都加倍提高了警惕。尚队长不仅往前方派出了尖兵组，还在靠近雨林边缘方向派出了侧方警戒。行进途中，又两次打开测向仪，测出了敌电子战设备的精确方位。

入夜，天空中又落下了雨，是那种密密的像牛毛一样的细雨。灰白色的雨雾笼罩着崇山峻岭，天地间一片苍茫。突击队员们正沿着公路前行，黑暗中闪过一道白光。一辆汽车开着大灯沿公路驶来。不用命令，侦察兵们迅速在公路两侧的密林中埋伏好。尚队长趴在草丛中，从高倍望远镜中发现，来的是一辆大卡车。这是一段上坡路，汽车摇摇晃晃地爬得十分艰难。

“突击组，劫车！其他各组掩护！”尚队长果断地通过小电台下达了命令。

就在汽车艰难地拐过一个弯，正准备继续爬坡时，几条黑影从路两边蹿出，几乎同时跳上驾驶室两侧的踏板，又有几条黑影从车后上了车厢。“扑、扑”两声轻响，汽车歪向路边。车厢里一阵短促的搏斗声，瞬间又恢复了平静。一个黑影打开车门，从驾驶室中拖出两具尸体。

小电台中传来突击组组长的声音：“敌人全部解决。”

岳宗和尚队长走过去。驾驶室里的两个敌人都是眉心中弹，车厢中的六个敌人，胸前的刀口还在汩汩冒着鲜血。尚队长命令突击组的人都换上越军军服，自己坐在驾驶员的位置上，熟练地发动了汽车，继续往山坡上爬去。

深入敌后作战，绝对不能手下留情。对敌人的任何一点悲悯，换来的都只能是自己的伤亡。在临战训练中，突击队员们看过太多越军特工，如何残忍地杀害我野战医院的伤员和医护人员；越军如何用我国无偿支援的武器向我发动进攻的电影和资料，激起了对敌人的强烈仇恨。人人心中都只有杀敌报国的念头，没有任何对死亡的恐惧。

汽车沿着盘山公路爬上了又一个山坡。测向员突然说：“2 号，敌人就在下面。”

岳宗轻轻拍了拍驾驶室顶棚，汽车在路边停下。队员们迅速下车，分散在路边的丛林中。用微光望远镜清晰可见：前方约两公里处，是一座孤立的小山包，靠近山顶，有一座不大的庄院，白色石块砌成的墙，连同高高的塔楼，在黑色背景下分外显眼。看起来，军首长判断得不错，敌人果然把电子战设备安放在了这座法国人留下的兵营中。

20 世纪 50 年代初，刘军长初任营长时，曾跟随兵团司令陈赓，到当时还是游击队的越南人民军中，担任过军事顾问，在这一带训练过越盟的游击队。一拿到技侦队对敌电子战设备侦测的结果，他就判断越军会把它安置在这个当年法国人的据点之中。

据刘军长回忆，这个据点占地约四亩多，外围是一圈石砌的平房，平房外侧，有一道四米多宽、三米多深的壕沟，只有从院子西侧，经过一条三米多宽的吊桥，才能越过壕沟，进入院中。院坝中间，靠南有一座石砌的两层小楼，一个加强连驻进去都绰绰有余。

在望远镜里看得非常清楚。院子西边的壕沟上，果然有一座桥，不过不是吊桥，而是一道有护栏的水泥桥。桥东是两扇大门。明亮的灯光下，两个哨兵胸前挎着冲锋枪在来回踱步。小楼顶部是一个平台，平台上隐约可见两个晃动的身影，那应该也是哨兵。操场上，两团黑黑的阴影，上边都顶着个像大草帽一样的圆盘，应该就是装在嘎斯车底盘上的电子战设备。

情况基本和预想的一致。尚队长把各小组组长召集到一起，下达了作战命令。突击组四名爆破手各带一个十五公斤 TNT 炸药包，负责炸毁电子战设备。其余，两人一组，消灭院里的守敌。火力组负责以精准的狙击火力，消灭敌哨兵，掩护突击组撤离。测向组两人和支援组六人作为预备队，不惜一切代价，坚决炸毁敌电子战设备……

尚队长下达完命令，岳宗又强调了几条：“这次任务的重点是炸毁敌电子战设备，炸药安放一定要到位，要确保摧毁。进院后用定向雷封锁各宿舍，炸药一响，立即引爆，迅速撤离，不要恋战。要注意协同配合，如果爆破手中途伤亡，离他最近的同志要立即主动替补。保证完成任务！还有，伤员和牺牲同志的遗体，必须带出来……”

岳宗的话讲完，尚队长把手伸出来。岳宗紧紧握住他的手。几位组长也纷纷把手伸出来，几只有力的手紧紧握在一起，停顿了片刻，又各自松开。岳宗伸出右手，做了个胜利的手势。大家都伸出手，做出胜利的手势，互相交换一个鼓励的眼神，转身消失在浓重的夜色中。

岳宗带着火力组的几名狙击手下了山坡，穿过一片蔗林，越过一片水田，爬上对面的一座山坡，进入一片灌木林。灌木比人稍高。战士们弯着身子钻进去，小心翼翼地拨开相互交叉纠缠的枝条，艰难前进。

走着走着，突然有一道细微的光在岳宗眼前一闪。他立刻停住脚步，仔细观察。借着微弱的星光，岳宗看到一根细细的蛛丝横在离地面约两三寸的高度，伸进两边的灌木。说是蛛丝，却比常见的蛛丝显得要亮，难道是敌人布设的地雷？他立刻发出暗号，提醒同志们注意灌木中的地雷。同时，轻轻伏下身子，顺着细丝向右边摸去，拨开落叶和枯草，露出一个比酒瓶子略粗的圆柱体，那根细丝就连接在那个突起的小圆柱上。

这是美制 M-16 跳雷。一旦触发，导火索便会点燃发射药，从那个圆柱体内弹出一个直径 10 厘米左右的雷弹，跳到离地面一米五左右的高度爆炸。这种雷的杀伤半径是十米。岳宗又看了看左侧的那丛灌木，相距不过七八米。杀伤从这两处灌木之间通过的人，有一枚地雷足矣。

岳宗抽出别在腰间的匕首，正要割断那根细丝，突然想起训练中教员反复强调的一句话：“在战场上，绝不能凭想当然来决定任何行动。”他立刻停住手，又捋着那根细丝摸向左边灌木丛。捋到细丝尽头，岳宗不由得倒吸一口凉气：一个长方形弯曲的塑料盒子赫然在目。

原来，这是一枚防步兵定向雷！和我军的定向雷一样，在那弯曲的塑料盒子里，整齐地排列着 800 粒直径 1.2 毫米的小钢珠，一旦触发，在它正面 60 度角、50 米距离内，将没有任何生物能侥幸生还！万恶的越南鬼子，这么狭窄的空间，竟然会用如此威力的地雷来封锁！

岳宗打开微光手电，仔细研究绊线与地雷引信的连接方式，发现在绊线上还连接着另一根线。而这种布雷法，是在绷紧的绊发线上再另加一个力，一旦绊线被剪断，力的平衡被打破，另一个力就发挥作用，引爆地雷。排除这种地雷相当麻烦。既然地雷已经被发现了，干脆做上标记，不去碰它就是了。岳宗掏出匕首，削下两枝灌木，并排插在两丛灌木之间，然后起身，小心翼翼地迈过绊线，继续搜索前进。

越过一段缓坡，又登上一个山头，那座法军兵营出现在眼前。这里距兵营大约五百米，是理想的狙击位置。岳宗在一片树林中选好了几个狙击点，举起望远镜，仔细向敌兵营观察。二楼平台上，一条人影懒懒地斜靠在遮阳篷的撑竿上。另一条人影，趴在一挺机枪前，抬着头、半张着嘴，贪婪地向一个方向张望。顺着他的眼光看过去，一个身材娇小的女兵身影，正向那间厕所走去。

“该死的色鬼，死到临头了，还有心轻薄!”岳宗暗下决心，只等炸药一响，立刻就用狙击枪送他上西天!

望远镜里，一条暗影悄没声地爬上了兵营东南角的房顶。那里正是平台上的两个哨兵观察的死角。兵营大门口，一个哨兵不知是听到了什么声音，快速走进了一边的暗影，好长时间没有返回。另一个哨兵过去查看，刚走进暗影，就好像被什么东西砸了一下，一个跟头栽倒在地。不一会儿，两个戴着越军那种凉帽式头盔的人影从黑暗中走出来。岳宗一眼认出，一个是突击队中个子最矮的张大个，另一个是越南话说得最好的马国强。他们两人一个个儿矮、一个精瘦，让他们冒充越军的哨兵，突击组的吴连长可算是知人善任。

马国强轻轻把大铁门推开一条缝，又慢慢把门推开，往里看了看，把手向身后一挥。几个机警的身影迅速摸进铁门，消失在黑影中。平台上越军机枪射手好像听到了什么，抬起上身探头往大门的方向看。岳宗迅速用瞄准镜锁定目标，见他好像没有发现什么，又缩回身子，趴在了机枪后面。岳宗松开压了一半的扳机，让那个小子再多活一会儿。

又过了大约十几秒钟，几个黑影闪电般蹿到两台改装车的后边。估计吴连长他们应该把炸药包安好了。岳宗用瞄准镜缺口和那个倒 V 形的尖端，牢牢地锁住越军机枪手的头部，屏住气息，稳稳地压下扳机。越军机枪手头猛地往后一仰，脑袋后边腾起一团血雾。几乎与此同时，那个同样伸着脖子盯着车后看的越南兵，也被从另一支狙击枪中飞出的子弹放倒，身子一歪，从平台上摔了下来。

带消声器的狙击枪，五十米以外就悄然无声。大概是那个站着的越军跌倒的声音有点大，一个只穿着大裤衩的越军出现在一间房屋的门口。紧接着，他现身的那间房的窗户里，突然闪出一团火光，接着传来手雷沉闷的爆炸声。

在漆黑的夜间，用冲锋枪扫射容易暴露袭击者的位置。用手雷消灭敌人是侦察兵的首选。随着爆炸的声音，整个兵营顷刻间乱了起来。还算训练有素的特工队员没有开灯，而是抄起枪隔着窗户向外猛打。岳宗迅速转换狙击位置，瞄准一处疯狂地喷吐着火舌的窗口，稳稳击发，火舌顿时熄灭。另几个往外吐着火舌的窗口，也同时遭到了枪击。

轰轰几声，定向雷那特有的爆炸声过后，冲出屋的敌人倒成一片。

车后一道火光一闪，吴连长拉着了拉火管。几条黑影迅速撤出大门。房间里的敌人冲进院子，东南东北的房顶上，两条火龙交叉喷出，院子里顿时成了一片火海。火光中，越军特工不停地翻滚蹦跳，发出阵阵哀号。喷火手又喷出两条火龙。火光中，一个披散着长发的女人指手画脚，来回奔跑，看上去像是个头目。岳宗用瞄准镜套住她的身影，轻轻扣动扳机。她猛地向后一倒，摔进一堆燃烧着的火中。

一阵橘黄色的火光亮起，紧接着“轰”的一声巨响，滚滚翻腾的浓烟中，汽车的碎片飞向空中。

按照战前部署，火力组的几条狙击枪，牢牢地封锁住兵营的大门，不紧不慢地给在烈火中挣扎的越军点着名。岳宗又击毙了两个敌人。

“轰、轰”，又是几声定向雷的爆响，成群的敌人像被割倒的麦子一样，东倒西歪地倒成一片。最初的慌乱过后，敌人清醒过来，开始还击。

岳宗大声学着野鸭的叫声，提醒狙击手们及时转移射击位置。

一声尖利刺耳的哨音，从半空中直压下来。岳宗迅速向旁边滚动身体。一发82 迫击炮弹正落在他刚才射击的位置，炮弹掀起的泥土像冰雹一样乱纷纷直砸下来，埋住他半个身子。他又往一旁打了一个滚，抖掉身上的泥土毫发无损。

“哈，哈，打了个漂亮的胜仗！”此刻，仿佛立在山巅之上，他爽朗地开怀大笑……

一个人的灵魂，只有经过战火的淬炼，才能得到更高的升华。在生命直接受到威胁的瞬间时刻，方显出置生死于度外、笑瞰人生的境界。而真正进入了这种境界，那一种处危不惊的大将风度，便油然而生。

身后传来一阵急促的蛙鸣，是尚队长发出的集合信号。岳宗瞄准一个敌人又开了一枪，又一个敌人一头栽倒。看着还在燃烧的兵营，他意犹未尽地收起枪，开始后撤。

刚出树林，尚队长便迎上来。岳宗问：“都回来了吗？”

“嗯，张大个被流弹打中头部牺牲了。叶班长在回撤途中踩了地雷。还有4人负伤，都背回来了”……

三天后，当突击队员们越过国境线，又一次踏上祖国的土地时，这些在血与火交织的战场上英勇拼杀的铁汉，不约而同地流下了滚烫的泪水。既为追念在行动中牺牲的战友，更是庆幸又回到了祖国的怀抱。有人抓起地上的黄土，放在鼻子上闻个不停，任由滚落的泪水和入泥香；有人随手从身旁的小树上摘下树叶放进口中咀嚼，虽苦觉甜；有的人直接躺倒在地，翻过来、覆过去，不停地打滚，那种激动、那种满足的心情，任何生花妙笔，都无法描述。

全体出境作战的勇士都荣立了一次一等功。

昆明军区前指把这次成功袭击的战报报向了总部。

两个月以后，总部从全国各大军区陆续调来五个侦察大队，在老山两侧二百公里的边境线上，对越军特工队采取以进对进、主动出击的战术，与号称精锐的越军特工队展开了以特种作战对特种作战的决战，打得越方特工队元气大伤，再也不敢到我境内捣乱。

元旦过后，岳宗和同来的实习学员们一起，告别了曾经出生入死，留下终生难忘记忆的老山，返回了石家庄高级陆军学校。

还是在太行饭庄，岳宗和于跃海、任保田、刘新柱一起，喝光了于跃海带来的军用茅台酒，又喝光了任保田、刘新柱带来的泸州老窖，相互搀扶着走出饭庄。不知是谁起的头，他们亮开喉咙齐声唱了起来：

向前向前向前……
我们的队伍向太阳，
脚踏着祖国的大地，
背负着民族的希望，
我们是一支不可战胜的力量！
…………

红色帽徽
红领章

RED
Cap Badge
RED
Collar Insignia

尾声

时间过得真快呵，转眼间，已到了 2018 年的盛夏。明天，就是中国人民解放军的第 91 个建军节了。

从总参军训部退休，已经当了爷爷的岳宗，牵着爱孙桐桐柔嫩的小手，在香山公园的林荫道上散步。

也许是听多了爷爷当年的故事，四岁的桐桐对军装情有独钟。为了迎接建军节的到来，今天他执意穿上爸爸给他买的一身红军时期的灰蓝色军装，在游客中显得格外惹眼。

看见路人不时投来的目光，桐桐骄傲地扬着小脸大声说："我爷爷也是军人，我爷爷是最棒的！"

"桐桐，来，给爷爷敬个军礼！"

"是！"

桐桐放开岳宗的手，欢蹦乱跳地向前跑了几步，一个转身，立定站好，挺起小胸脯，朝着爷爷把右手举到帽檐边，用稚嫩的童声高喊了一声：

"敬礼！"

群山为之呼应。附近的游人纷纷鼓起掌来。

那小小的、灰蓝色的军装上，红色帽徽红领章在阳光下反射着耀眼的光芒！

岳宗的眼睛湿润了……